ro
ro
ro

Astrid Fritz studierte Germanistik und Romanistik in München, Avignon und Freiburg. Als Fachredakteurin arbeitete sie anschließend in Darmstadt und Freiburg und verbrachte mit ihrer Familie drei Jahre in Santiago de Chile. Zu ihren großen Erfolgen zählen «Die Hexe von Freiburg», «Die Tochter der Hexe», «Die Vagabundin» und «Die Tote in der Henkersgasse». Astrid Fritz lebt in der Nähe von Stuttgart.

Mehr über Astrid Fritz erfährt man auf www.Astrid-Fritz.de.

ASTRID FRITZ

DER TURM
AUS LICHT

HISTORISCHER ROMAN

Rowohlt Taschenbuch Verlag

Originalausgabe
Veröffentlicht im Rowohlt Taschenbuch Verlag, Hamburg, Juni 2020
Copyright © 2020 by Rowohlt Verlag GmbH, Hamburg
Covergestaltung any.way, Barbara Hanke / Cordula Schmidt
Coverabbildung mauritius images / Historical image collection by
Bildagentur-online / Alamy; robertharding / Christian Kober / mauritius images;
akg-images; Shutterstock
Satz aus der DTL Vandenkeere
bei Pinkuin Satz und Datentechnik, Berlin
Druck und Bindung CPI books GmbH, Leck, Germany
ISBN 978-3-499-00119-2

Die Rowohlt Verlage haben sich zu einer nachhaltigen Buchproduktion
verpflichtet. Gemeinsam mit unseren Partnern und Lieferanten setzen
wir uns für eine klimaneutrale Buchproduktion ein, die den Erwerb von
Klimazertifikaten zur Kompensation des CO_2-Ausstoßes einschließt.
www.klimaneutralerverlag.de

*Meinem ehemaligen Klassenlehrer
Reinhard Mürle gewidmet,
dem ich einen wunderbaren Deutsch-
und Geschichtsunterricht verdanke*

Verzeichnis der Haupt- und Nebenfiguren

(alphabetisch nach Vornamen)

Buch 1: «Liebfrauen» (1270 bis 1291)

Albrecht von Habsburg (histor.) – Sohn des Rudolf von Habsburg, von 1298 bis 1308 römisch-deutscher König (ermordet von seinem Neffen Johann von Schwaben)

Alfred – Bildhauer unter Baumeister Gerhard

Anna Wohlleb – Ulrich Wohllebs Frau, Mutter von Anselm

Anselm Wohlleb – geboren 1262 als Sohn des Kaufmanns Ulrich Wohlleb und dessen Frau Anna (siehe Buch 2)

Pater *Benedikt* – Kirchenschaffner (Geschäftsführer bzw. Verwalter) der Kirchenfabrik; Geistlicher

Bernhard Rindkauf – Ratsherr im Neuen Rat und Viehhändler; Rindkauf ist ein historisches Freiburger Geschlecht

Cunrat Ätscher – Ratsherr im Neuen Rat; Ätscher ist ein historisches Freiburger Geschlecht

Diethelm – Goldschmied und Ratsherr im Neuen Rat

Dietrich Snewlin (histor.) – Ratsherr im Alten Rat und Mitglied der Snewlin-Sippe, siehe dort

Dietrich Snewlin im Hof (histor.) – Ratsherr im Alten Rat und Mitglied der Snewlin-Sippe, siehe dort

Dietrich von Tusslingen (histor.) – Ratsherr im Alten Rat und zugleich gräflicher Schultheiß (Gemeindevorsteher)

Eberhard Feinbeck – Ratsherr im Neuen Rat und Zunftmeister der Bäcker

Ederlin – siehe *Ludwig Ederlin*

Pfarrer *Egenolf* – sog. Leutpriester, Pfarrer der Kirchengemeinde

Egino (histor.) – ältester Grafensohn, als Egino II. späterer Stadtherr (siehe Buch 2)

Erwin von Steinbach (histor.) – Baumeister am Straßburger Münster, geboren um 1244 in Steinbach (Baden-Baden), gestorben am 17. Januar 1318 in Straßburg; seine beiden Söhne Johannes und Gerlach waren ebenfalls Baumeister, seine Tochter Sabina der Legende nach eine Steinmetzin

Friedhelm – Lehrknabe von Baumeister Gerhard

Georg – Bäckersohn und Bruder von Hannes (siehe Buch 2)

Gerhard von Straßburg (histor.) – Baumeister am Freiburger Münster, wirkte dort vermutlich von 1270 bis 1291. Im Roman geboren um 1235, verheiratet mit Odilia, keine Kinder

Geroldseck – historisches Adelsgeschlecht am Oberrhein

Gottfried von Freiburg (histor.) – Rektor und Herr über die Freiburger Pfarrei von 1262 bis zu seinem Tod 1275, zugleich Pfarrer in Villingen; jüngerer Bruder von Graf Konrad I.

Gottfried von Schlettstadt (histor.) – erster im Jahr 1291 gewählter Bürgermeister und später Kirchenpfleger (Aufsichtsrat) des Münsters; wahrscheinlich stammt er aus einer elsässischen Kaufmannsfamilie

Gregor von Falkenstein (histor.) – Ritter aus dem Geschlecht der Falkensteiner, deren Burg sich am Eingang zum Höllental befand

Hannes – Burgknecht und späterer Burgbäcker unter Graf Egino II., verliebt sich in die junge Burgmagd Maria; geboren 1264 (siehe Buch 2)

Hartmut von Krozingen – Ratsherr im Alten Rat, Nachbar und

Freund von Ulrich Wohlleb, Vater von Verena; die von Krozingen sind ein altes Breisgauer Geschlecht

Heinrich der Paradiesmüller – Besitzer der Paradiesmühle und
Ratsherr im Neuen Rat; Vater von Jakob Paradiesmüller in
Buch 2

Heinrich Rutschi – Zimmermann auf der Münsterbaustelle, Vater
von Heinzmann Rutschi

Heinrich von Fürstenberg (histor.) – Bruder von Graf Konrad I.

Heinrich von Badenweiler (histor.) – Sohn von Graf Konrad I. und
Bruder des späteren Stadtherren Egino II.

Herrmann – alter Burgbeck, bevor Hannes seine Position auf der
Burg einnimmt

Jecklin – junger Stadthirte und Hühnerdieb, der nach abgebüß-
ter Strafe auf der Bauhütte als Knecht anfangen darf

Jodokus (der) Loderer – Vater von Wernher Loderer; Salz- und
Tuchhändler, Konkurrent von Ulrich Wohlleb und Ratsherr
im Neuen Rat, später zum Ritter ernannt

Johannes Reinbot (histor.) – Ritter, neuer Schultheiß (Gemeindevorsteher) und Unterstützer des Kirchenbaus; Reinbot ist
ein altes Freiburger Geschlecht

Johannes von Keppenbach (histor.) – Ritter, Grafenvasall und neuer
Kirchenschaffner, kein Geistlicher; die Keppenbacher sind
ein altes Breisgauer Geschlecht

Karlmann – einer der Steinmetze unter Baumeister Gerhard

Katharina von Lichtenberg (histor.) – Schwester des Straßburger
Bischofs Konrad von Lichtenberg, Ehefrau des späteren
Grafen Egino II.

Kathi – junge Magd im Schaffnerhaus

Konrad Kolman (histor.) – Ritter, Ratsherr im Alten Rat und Verbündeter der Grafenfamilie; Kolman ist ein historisches
Freiburger Geschlecht

Konrad I. Graf von Freiburg (histor.) – Freiburger Stadtherr 1236 bis 1271, von den Bürgern wohlgelitten. Geboren um 1226, gestorben 1271, verheiratet mit Sophia von Zollern

Konrad von Freiburg (histor.) – jüngerer Sohn von Graf Konrad I., Dompropst und Freiburger Pfarrrektor 1275 bis 1301 (ohne Priesterweihe, wie damals durchaus üblich)

Konrad von Lichtenberg (histor.) – Bischof von Straßburg, über seine Schwester Katharina mit Graf Egino II. verschwägert; geboren um 1240 im Elsass, gestorben am 1. August 1299, nach schwerer Verwundung bei der Bürgerschlacht um Freiburg

Kunigund Snewlin – spätere Ehefrau des Wernher Loderer; siehe auch *Snewlin*

Ludwig Ederlin – Ratsherr im Neuen Rat, reicher Aufsteiger mit Erlösen aus dem Silberbergbau; Besitzer von Ederlins Badstube (histor.)

Margaretha – persönliche Hausmagd des Kirchenschaffners Pater Benedikt bzw. Johannes von Keppenbach

Margret – älteste Tochter von Ulrich und Anna Wohlleb, ältere Schwester von Anselm

Maria – kommt im Kindesalter als Ankleidemagd auf die Burg, spätere Braut von Burgbeck Hannes (siehe Buch 2)

Marx – Parlier und Stellvertreter von Baumeister Gerhard von Straßburg

Mechthild – Köchin im Schaffnerhaus, gut befreundet mit Baumeisterfrau Odilia

Odilia – Ehefrau von Baumeister Gerhard, keine Kinder; geboren 1239

Rindkauf – siehe *Bernhard Rindkauf*

Pfarrer *Rochus* – sog. Leutpriester, Pfarrer der Kirchengemeinde

Rudolf von Habsburg (histor.) – entfernter Vetter der Freiburger

Grafen, von 1273 bis 1291 erster römisch-deutscher König aus dem Geschlecht der Habsburger

Säu-Jecklin – siehe *Jecklin*

Snewlin (histor.) – Name des wohl ältesten, mächtigsten und am weitest verzweigten Freiburger Patriziergeschlechts im Mittelalter

Gräfin *Sophia von Zollern (histor.)* – Ehefrau von Graf Konrad I., Mutter von Grafennachfolger Egino II., Heinrich von Badenweiler und dem späteren Pfarrrektor Konrad sowie der Töchter Heilwig und Adelheid

Ulrich der Tucher, genannt Wohlleb – Ratsherr im Neuen Rat, Tuch- und Weinhändler, aufgestiegen in die Oberschicht; verheiratet mit Anna Wohlleb, Vater von Margret, zwei weiteren Töchtern und dem Jüngsten Anselm; geboren 1230 (Wolleben ist ein historisches Freiburger Geschlecht)

Verena von Krozingen – Tochter des reichen Ratsherren Hartmut von Krozingen und Kunigunde von Krozingen, geboren 1262; die von Krozingen sind ein altes Breisgauer Geschlecht (siehe Buch 2)

Walther von Breisach (histor.) – Dichter und Freiburger Lateinschulmeister (1256 bis nach 1300)

Wernher Loderer – Sohn des Kaufmanns Jodokus Loderer, Erzfeind von Anselm Wohlleb, geboren 1261 (siehe Buch 2)

Wilhelm – junger Ritter, Freund und Spießgeselle des späteren Grafen Egino II.

Wohlleb – siehe *Ulrich der Tucher*, genannt Wohlleb

Buch 2: «Himmelwärts» *(1299 bis 1314)*

Adolf von Nassau (histor.) – von 1292 bis 1298 römisch-deutscher
König, dann abgesetzt und in der Schlacht gegen den neuen
König Albrecht von Habsburg gefallen

Agnes – Kräuterfrau, Heilerin und Geburtshelferin

Albrecht von Habsburg (histor.) – siehe Buch 1

Andres von Endingen – Geistlicher und neuer Kirchenschaffner ab
1300, geboren 1273; die von Endingen sind ein altes Breisgauer Geschlecht

Anna Wohlleb – Witwe des Ulrich Wohlleb und Mutter von
Anselm

Anselm Wohlleb – Kaufmann und Ratsherr im Neuen Rat, Förderer des Münsterbaus, Erzfeind von Wernher Loderer.
Sohn von Ulrich und Anna Wohlleb, verheiratet mit Verena
von Krozingen, Vater von Burkhard, Klara und Sophie. Geboren 1262

Beate – Magd und Köchin von Kirchenschaffner Andres von
Endingen

Bertschi – Geselle beim Kirchenbäcker Hannes

Bertolt Nussbaum – Ratsherr im Neuen Rat und Zunftmeister
der Bäcker

Burkhard Wohlleb – Sohn von Anselm und Verena, geboren 1292

Clewi Kirchbeck – jüngerer Bruder von Thea und Lehrling beim
Vater Hannes, geboren 1301

Dietrich von Keppenbach (histor.) – Ritter, Ratsherr im Alten Rat
und Sohn des Johannes von Keppenbach (siehe Buch 1)

Dietrich von Tusslingen (histor.) – wie sein gleichnamiger Vater über
viele Jahre Schultheiß (Gemeindevorsteher) von Freiburg

Eberhard Illkircher – Laubhauer zunächst am Straßburger, dann
am Freiburger Münster, Freund von Josef; geboren 1290

Egino II. Graf von Freiburg (histor.) – Freiburger Stadtherr von 1271 bis 1316, am Ende gemeinsam mit seinem Sohn Konrad II., der ihn schließlich absetzte. Als Verschwender und Kriegstreiber bei den Bürgern verhasst. Verheiratet mit Katharina von Lichtenberg, gestorben 1318. Sein jüngerer Sohn Gebhard wird Freiburger Pfarrrektor

Elisabeth – Frau von Baumeister Heinrich, Mutter von Henni, Kathrin und Gritli; geboren 1277

Erwin von Steinbach – Straßburger Baumeister (siehe Buch 1)

Friedrich von Lichtenberg (histor.) – Bruder des 1299 gefallenen Bischofs Konrad von Lichtenberg und dessen Nachfolger

Gebhard von Freiburg (histor.) – erheblich jüngerer Bruder von Graf Konrad II., seit 1301 neuer Pfarrrektor in der Nachfolge seines Onkels Konrad

Georg – ältester Bruder von Hannes, dem Burg- bzw. Kirchenbäcker, und Erbe der väterlichen Bäckerei

Gerhard – ehemaliger Freiburger Baumeister (siehe Buch 1)

Gerhard von Bahlingen (histor.) – Ratsherr im Alten Rat, Badstubenbesitzer und Ritter; die von Bahlingen sind ein altes Breisgauer Geschlecht

Gisela – Magd auf der Freiburger Bauhütte

Gottfried von Schlettstadt (histor.) – erster bürgerlicher Kirchenpfleger (Aufsichtsrat) des Münsters (siehe auch Buch 1)

Gritli – jüngste Tochter von Elisabeth und Baumeister Heinrich, eng befreundet mit Sophie Wohlleb; geboren 1304

Hannes Kirchbeck – früher Burgbäcker, jetzt Kirchenbäcker; verheiratet mit Maria, Vater von Thea, Marga und Clewi; geboren 1264

Hartmann der Holtzer – Meister der Zimmerleute am Straßburger Münster und Vater von Josef

Heinrich von Munzingen (histor.) – mehrfach Bürgermeister von

Freiburg; die von Munzingen sind ein altes Breisgauer Geschlecht

Heinrich von Straßburg, genannt der Leiterer (histor.) – Baumeister am Freiburger Münster, wirkte dort vermutlich von 1300 bis 1330. Im Roman geboren 1270, verheiratet mit Elisabeth, Vater des Erstgeborenen Henni, der sein Lehrling wird, sowie von Kathrin und der Jüngsten Gritli

Heinrich Kolman – siehe *Kolmanbrüder*

Heinzmann Rutschi – Zimmermannsmeister und Bräutigam von Marga Kirchbeck, Theas Schwester

Henni – ältester Sohn von Baumeister Heinrich und dessen Lehrling; geboren 1296

Hesse Münzmeister (histor.) – mit den Grafen verbündeter Ratsherr im Alten Rat

Hug Mezziger – Zunftmeister der Metzger und Befehlsherr der Bürgerwehr

Jakob (Paradies)müller – Ratsherr im Neuen Rat und guter Freund von Anselm Wohlleb

Johann Snewlin von Blumenberg (histor.) – Ritter und zeitweiliger Bürgermeister, Besitzer der Burg Landeck

Johannes von Steinbach (histor.) – Sohn des Straßburger Baumeisters Erwin von Steinbach und dessen Nachfolger

Josef Holtzer – Steinmetz und Meisterschüler unter Baumeister Heinrich, geboren um Weihnachten 1291

Katharina von Lichtenberg (histor.) – Ehefrau von Graf Egino II. (siehe Buch 1)

Katharina von Lothringen (histor.) – Ehefrau von Graf Konrad II.

Kathrin – ältere Tochter von Elisabeth und Baumeister Heinrich, geboren 1300

Klara (Klärchen) Wohlleb – mittleres Kind von Verena und Anselm Wohlleb, geboren 1294

Köbelin – Straßburger Münsterpfarrer und Schulmeister

Kolmanbrüder (histor.) – Heinrich und Wilhelm, Besitzer der Wilden Schneeburg bei Oberried, einem Raubritternest, das von aufständischen Freiburger Bürgern 1314 zerstört wurde

Konrad II. Graf von Freiburg (histor.) – Freiburger Stadtherr von 1316 bis 1350; wie sein Vater Egino II. ein Verschwender und Kriegstreiber

Konrad der Malterer – Kaufmann und Ratsherr im neuen Rat; historisch gehören die Malterer zu einer der erfolgreichsten Aufsteigerfamilien Freiburgs

Konrad von Freiburg (histor.) – Onkel von Graf Konrad II. und Freiburger Pfarrrektor 1275 bis 1301 (siehe auch Buch 1)

Konrad von Tusslingen (histor.) – wie sein Bruder Dietrich d. J. über viele Jahre Schultheiß (Gemeindevorsteher) von Freiburg

Kunigund Snewlin – Ehefrau von Wernher Loderer

Kunigunde von Krozingen – Ehefrau von Hartmut von Krozingen, Mutter von Verena

Kunzi – Hüttenknecht unter Baumeister Heinrich

Loderer – siehe *Wernher Loderer*

Marga Kirchbeck – jüngere Schwester von Thea, geboren 1296

Maria – ehemalige Burgmagd, verheiratet mit Kirchenbeck Hannes, Mutter von Thea, Marga und Clewi; geboren um 1269

Mezziger – siehe *Hug Mezziger*

Nussbaum – siehe *Bertolt Nussbaum*

Odilia – Frau des ehemaligen Baumeisters Gerhard (siehe Buch 1)

Bruder *Paulus* – Hetz- und Wanderprediger aus Kolmar

Petermann – Bildhauer erst am Straßburger, dann am Freiburger Münster

Bruder *Pirmin* – Ordenspriester und neuer Münsterschaffner nach Andres von Endingen

Pfarrer *Raimund* – Vorsteher der mittlerweile drei Freiburger Leutpriester (Gemeindepfarrer)

Rudolf von Waltershofen – Ritter, Ratsherr im Alten Rat und Grafenvasall; die von Waltershofen sind ein altes Breisgauer Geschlecht

Sabina von Steinbach (Legende) – angeblich Steinmetzin und Tochter des berühmten Straßburger Baumeisters Erwin von Steinbach; im Roman geboren um 1287

Snewlin im Hof (histor.) – zeitweise Bürgermeister von Freiburg, siehe auch *Snewlin*, Buch 1

Sophie Wohlleb – jüngstes Kind von Verena und Anselm Wohlleb, mit Baumeistertochter Gritli befreundet; geboren 1303

Thea Kirchbeck – älteste Tochter von Maria und Hannes Kirchbeck, geboren 1295

Thomann der Medicus – Ratsherr im Neuen Rat und guter Freund von Anselm Wohlleb

Verena von Krozingen – Tochter des reichen Ratsherren Hartmut von Krozingen und Kunigunde von Krozingen, verheiratet mit Anselm Wohlleb, Mutter von Burkhard, Klara und Sophie, Leiterin einer privaten Mädchenschule. Geboren 1263

Walther von Breisach (histor.) – siehe Buch 1

Wernher Loderer – Sohn des Kaufmanns Jodokus Loderer, Ritter und Mitglied im Alten Rat; Erzfeind von Anselm Wohlleb; geboren 1261

Wilhelm Kolman – siehe *Kolmanbrüder*

Wolfhart – Steinmetz und Parlier unter Baumeister Heinrich; geboren 1278

Buch 3: «Glaube, Hoffnung, Liebe» (1318 bis 1330)

(hier nur die neu hinzugekommenen Personen, ansonsten siehe Buch 2)

Anna von Hachberg – Oberin des Reuerinnenklosters; die von Hachberg waren Markgrafen am Oberrhein

Conrad Snewlin zu Oberlinden (histor.) – Münsterpfleger in der Nachfolge von Gottfried von Schlettstadt

Diebold Loderer – Kaufmann und ältester Sohn von Wernher Loderer, Bruder von Rudolf

Friedrich von Habsburg (histor.) – ab 1314 einer der beiden römisch-deutschen Doppelkönige

Hachberg – siehe *Anna von Hachberg*

Heinrich von Luxemburg (histor.) – von 1308 bis 1313 römisch-deutscher König, 1312–1313 Kaiser

Heinzmann Rutschi – inzwischen verheiratet mit Marga, Theas jüngerer Schwester (siehe auch Buch 2)

Johannes – Steinmetz unter Baumeister Heinrich

Konrad Dietrich Snewlin (histor.) – mehrfach Bürgermeister von Freiburg

Ludwig von Baiern (histor.) – ab 1314 einer der beiden römisch-deutschen Doppelkönige, von 1328 bis 1347 Kaiser

Nepomuk – Bettler und Narr, der auf dem Friedhof haust

Quentlein – Goldschmiedemeister, bei dem Rudolf Loderer arbeitet

Rudolf Loderer – Goldschmied und jüngerer Sohn von Wernher Loderer, Bruder von Diebold und heimlicher Bräutigam von Sophie Wohlleb

Pfarrer *Schwarz* – zweiter Leutpriester (Gemeindepfarrer) am Münster

BUCH I

Liebfrauen

DIE JAHRE 1270 BIS 1291

Kapitel 1

Freiburg im Breisgau,
Mitte September, Anno Domini 1270

Sie sind da!» – «Die Kirchenbauer aus Straßburg sind da!» – «So macht ihnen doch den Weg frei!»

Sämtliche Freiburger schienen an diesem milden Spätsommertag auf den Beinen, als der eher bescheidene Tross des Baumeisters in die Stadt einzog, angekündigt von den Fanfarenstößen der Turmwächter, wie es sonst nur bei besonderen Anlässen der Fall war. Ein schwerer, mit Plane überdeckter Zweispänner rumpelte als Erstes durch das Stadttor, das in die nördliche Vorstadt führte. Das rot-goldene Adlerwappen der Freiburger Grafen über dem Torbogen tat dem Reisenden kund, wer hier die Herrschaft innehatte. Dem Fuhrwerk folgte ein Dutzend kräftiger, zumeist junger Männer zu Fuß, mit vollbepackten Handkarren und Maultieren. Sie trugen gegürtete Tuniken aus hellem Leinen und Bundhauben auf dem Kopf, die nackten Beine steckten in guten Rindslederstiefeln. Schon hatte sich eine Schar barfüßiger Knaben, mit Stöcken bewaffnet, dem Tross vorangesetzt, um herumstreunendes Vieh und kläffende Köter mit großer Geste zu verscheuchen. Dazu strömten mehr und mehr Menschen aus ihren Häusern und Werkstätten, klatschten freudig in die Hände oder riefen den Männern ein «Willkomm!» zu.

Baumeister Gerhard, der neben seinem Weib auf dem

Kutschbock des Fuhrwerks kauerte, nickte ein wenig müde nach rechts und links, als Odilia ihn in die Seite stieß.

«So schau doch endlich ein wenig freundlicher drein, Mann», sagte sie lachend. «Wenn das kein begeisterter Empfang ist!»

«Nun, wir werden sehen», knurrte er nur in seinen Vollbart hinein.

Schnurgerade führte die Gasse quer durch die engbebaute, noch recht neue Vorstadt mit ihren geduckten Holzhäusern, Schuppen und kleinen Stallungen fürs Vieh. Sein durch viele Reisen geschultes Auge verriet Gerhard, dass hier einfache Handwerker und Taglöhner wohnten, doch an Armut litt hier wohl keiner.

Als sie auf halber Strecke an einer zwar schlichten, doch solide gebauten einschiffigen Kirche vorbeikamen, setzte dort ein heller Glockenschlag ein, der sogleich von einem tiefen, vollen Klang aus der Altstadt beantwortet wurde. Da breitete sich auf Gerhards Gesicht nun doch ein Lächeln aus. Man schien sich auch ganz amtlich über ihre Ankunft zu freuen und bereitete ihnen einen würdigen Empfang.

Kurz darauf erreichten sie das innere Tor zur Kernstadt, eine wehrhafte Anlage aus mächtigen Bossenquadern, die mit Vortor, Graben und Falltür gut gegen Feinde gesichert war. Jetzt indessen, bei Tag und zu Friedenszeiten, stand alles offen, und die mit Hellebarden bewaffneten Torwächter winkten sie hindurch.

Vor ihnen tat sich eine breite Marktgasse auf. Obwohl die zahlreichen Verkaufslauben zu dieser Nachmittagsstunde mit Holzläden verschlossen waren, hatten sich auch hier Aberhunderte von Menschen versammelt, und auch hier schallten ihnen von allen Seiten freundliche Willkommensgrüße entgegen.

Eine freundliche und angenehme Stadt, dieses Freiburg, dachte Gerhard und nahm angesichts des Gedränges die Zügel ein wenig fester in die Hand. Die dreistöckigen Steinhäuser am Markt mit ihren kunstvoll geschnitzten Türen und ihren in hellen Farben verputzten Wänden verrieten die aufblühende Handelsstadt. Dabei zählte sie, wie er vor seiner Reise erfahren hatte, gerade einmal hundertfünfzig Jahre. Aber Freiburg konnte sich glücklich schätzen: Seine Lage war überaus günstig. Das milde Weinbauklima des Oberrheins traf hier auf den holz- und wasserreichen Schwarzwald, der uralte Höhenweg von Schwaben auf die rechtsrheinische Handelsstraße, die Basel mit Frankfurt verband. Beschirmt wurde die Stadt zum einen von der mächtigen Burg hoch droben auf dem Berg, zum anderen von einem wehrhaft ausgebauten Mauerring um die Kernstadt.

Was jenen betraf, verriet ihm sein fachmännischer Blick, dass hier erfahrene Baumeister und Arbeiter am Werk gewesen waren. Die begehbare, mit Türmen, Rondellen und Vorbauten samt Pechnasen bestückte Hauptmauer des Festungsrings war seiner Einschätzung nach gut neun bis zehn Fuß dick, mindestens fünf Manneslängen hoch und mit Zinnen versehen. Grabenseitig wurde sie mit einer schrägen Mauerschürze abgestützt. Wie es sich für eine zweckdienliche Befestigung gehörte, verlief auf der Innenseite eine weitere, leichtere Mauer, und die Stadttore waren als hoch aufragende Türme ausgebaut, um das Gelände um die Stadt gut überschauen zu können. Vor Feinden waren die Freiburger wahrlich gut geschützt, zumal man gerade dabei war, wie Gerhard bei seiner Ankunft nicht entgangen war, auch die nördliche Vorstadt zu befestigen.

Odilia fasste nach seiner Hand.

«Jetzt bin ich doch froh, dass du diesen Auftrag angenommen hast. Auch wenn's mir schwergefallen ist, Straßburg zu verlassen.» Ihre rundlichen Wangen waren vor Aufregung gerötet. «Mir gefällt's hier, und ich bin schon sehr gespannt auf die Pfarrkirche und unser neues Zuhause.»

«Hm. Erwarten wir lieber nicht zu viel», erwiderte er vorsichtig. «Der Kirchenbau lag lange Zeit brach.»

Er zügelte die Pferde und sah sich nach Marx um, der in Freiburg aufgewachsen war. Der schwarzbärtige, breitschultrige Altgeselle, der ihm seit zwei Jahren als Parlier und Stellvertreter diente, trat zu ihm an den Kutschbock.

«Dort vorne am Spital», er wies mit dem ausgestreckten Arm auf ein großes Gebäude mit Freitreppe und aufwendig gestalteter Fassade, «geht's links ab zum Kirchplatz.»

«Ist gut», erwiderte Gerhard und klatschte den beiden kräftigen Braunen die Zügel auf die breite Kruppe.

In diesem Augenblick brandete vor ihnen ganz plötzlich Unruhe auf: Eine Horde von halbwüchsigen Knaben, zerlumpt und schmutzig allesamt, tobte in Geißbocksprüngen heran. Sie schrien und johlten durcheinander, manche ließen auch Topfdeckel aufeinanderkrachen, was die Rösser vor dem Wagen aufgeregt schnauben ließ. Einer kletterte gar auf das schwankende Dach einer Krambude und brüllte: «Kommt alle zur Gerichtslaube! Dem Säu-Jecklin geht's an den Kragen! Dem werden die Haselruten ein lustiges Lied auf dem nackten Rücken spielen!»

Erneut läutete die Kirchenglocke, und die Welle von Menschen zog sich ebenso schnell zurück, wie sie herangeströmt war. Und zwar in die entgegengesetzte Richtung. Ein kleiner, buntscheckiger Hund, der nicht rasch genug aus dem Weg war, erhielt einen kräftigen Tritt und fand sich jaulend vor Gerhards Fuhrwerk wieder. Gerade noch rechtzeitig brachte er sich vor den breiten Pferdehufen in Sicherheit, mit eingekniffener Rute und auf drei Beinen humpelnd.

Verdutzt schüttelte Gerhard den Kopf. Dann sollte das Glockenläuten wohl gar nicht ihnen gelten, sondern der Urteilsverkündung über irgendeinen Erzlumpen? Jetzt, wo sich die Marktgasse vor ihnen ein gutes Stück weit geleert hatte und die Glocke verstummte, waren auch die Schläge des Stadttrommlers zu vernehmen.

«Das fängt ja gut an.» Odilia runzelte die Stirn. «Nicht, dass uns das Unglück bringt. Einen Scharfrichter will ich jetzt jedenfalls keinen zu Gesicht bekommen.»

«Unsinn.»

Er lenkte sein Gespann in die inzwischen menschenleere Seitengasse zum Kirchhof und kräuselte die Lippen. Das Ausstäupen eines armen Teufels schien den Leuten nun doch wichtiger zu sein.

«Seien wir froh, dass das ganze Volk weg ist», brummelte er mehr zu sich selbst. «Dann können wir die Baustelle in aller Ruhe besichtigen.»

Kein Ave Maria später rollte ihr Fuhrwerk aus der schattigen Gasse auf einen ummauerten Friedhof zu, in dessen Mitte sich die Freiburger Liebfrauenkirche erhob. Oder jedenfalls Teile davon.

Unwillkürlich reckte Gerhard den Hals und lenkte sein Gefährt ein Stück nach rechts vor eine Häuserzeile, um den Bau von der Seite betrachten zu können. Ein wenig schneller klopfte sein Herz nun doch. Hier also sollte für die nächsten Jahre und Jahrzehnte seine Wirkungsstätte sein. Nachdem er lange Zeit erst als Meisterknecht, dann als Parlier an der Straßburger Bischofskirche gearbeitet hatte, bot sich ihm nun als frischgebackener Werkmeister eine neue, wunderbare Herausforderung, die letzte vielleicht in seinem Leben.

«Was für eine seltsame Kirche», raunte Odilia ihm zu, während sich seine Leute mit erwartungsvollen Gesichtern neben dem stehen gebliebenen Fuhrwerk sammelten.

Nun, seltsam mochte die Kirche vielleicht auf einen Nichtkundigen wirken, der nur ein Stückwerk aus verschiedenen Zeiten und Baukünsten vor Augen hatte. Gerhard indessen erfasste mit einem Blick, was hier an Baugeschichte in Stein gefasst war: Von der Ursprungskirche aus Zeiten der Zähriger Stadtgründung standen nur noch der gedrungen und klobig wirkende Westturm sowie ein letzter Rest des dreischiffigen Langhauses, erbaut in dicken Mauern mit den für jene Zeit typischen kleinen Rundbogenfenstern. Ganz kurz ärgerte er sich, dass der Abbruch der Altkirche noch nicht weiter gediehen war, wo man ihm das in Straßburg versprochen hatte, doch dann sagte er sich, dass Graf Konrad ihm hierfür gewiss eine starke Mannschaft zur Verfügung stellen würde. Was hingegen bewahrt werden sollte, waren das aus späterer Zeit stammende, bereits mit größeren Fensteröffnungen versehene Querhaus im Osten, die halbrunde Apsis um den Chor sowie die beiden schlanken Chortürme, alles ganz offensichtlich dem Münster zu Basel nachempfunden und durchaus ansprechend in seiner etwas altertümlichen Ausführung.

Was Gerhard als Baumeister indessen am meisten fesselte, war jener Abschnitt, der zuletzt entstanden war. Mit den beiden Ostjochen des Langhauses, die sich ans Querhaus anschlossen, hatte sein Vorgänger, ein gewisser Peter aus Burgund, die neue französische Bauweise eingeführt. Auch wenn mittlerweile die Gotteshäuser allerorten derart errichtet wurden, so war Gerhard nach wie vor hellauf begeistert von dieser tiefgreifenden Umwälzung in der Baukunst: Nicht mehr eine massige Mauer trug die Last von Dach und Gewölbe, vielmehr leitete das feingliedrige Skelett des Strebewerks aus Rippengewölbe, Spitz-

26

bögen und Strebebögen ihr Gewicht nach außen auf die Strebepfeiler ab. Plumpe, dicke Mauern und Stützpfeiler wurden überflüssig, statt ihrer spannten sich riesige Fenster von Pfeiler zu Pfeiler, der Raum war mit Licht durchflutet und die aufwärts führenden Linien leiteten die Blicke himmelwärts. Auch hier überragten die beiden neuen Joche des Kirchenschiffs sogar die Spitze des alten Turms.

Sein guter Freund Erwin von Steinbach, ein junger, begnadeter Steinmetz, den er vor vielen Jahren in seiner Gesellenzeit am Bau von Unser Lieben Frauen zu Paris kennen- und schätzen gelernt hatte, hatte einmal einen wunderschönen Satz gesagt: «Bei dieser Art des Bauens triumphiert der lichte Raum über die Schwere des Steins wie das Himmelreich über das irdische Leben.»

Nun, so weit war es hier in Freiburg noch lange nicht, aber in seiner Vorstellung sah Gerhard alles schon vor sich. In kühnen, kraftvollen Linien wollte er den Westteil des Langhauses vollenden, mit Fenstern in zierlichstem Maßwerk, mit Bildschmuck aus der Hand seiner und weiterer hochbegabter Bildhauer, mit einem neuen Turm schließlich, der höher und prächtiger sein würde als gemeinhin bei Pfarrkirchen üblich. Ein Gottesgeschenk und ein Wahrzeichen des Aufstiegs ihrer geliebten Stadt sollte der neue Kirchenbau werden, hatte Graf Konrad von Freiburg gesagt, als er vor zwei Monaten mitsamt seinem Kirchenschaffner und einer Handvoll Ratsherren den Werkmeister des Straßburger Münsters aufgesucht und um die Empfehlung eines erfahrenen Mannes gebeten hatte, der ihre Liebfrauenkirche fertigstellen sollte. Stolz und erschrocken zugleich war Gerhard gewesen, als Meister Ulrich von Basel ohne zu zögern ihn benannt hatte. Er solle sich von Graf Konrad und dem Kirchenschaffner den momentanen Bauzustand erläutern lassen und sich sogleich an einen Entwurf für den Neubau machen. Keine drei Tage später war sein Riss fertig gewesen, sehr zur Zufriedenheit des Grafen: Das bereits angefangene Langhaus wollte er um vier gleichartige Joche erweitern und einen neuen Turm mit viel Maßwerk und Bildschmuck errichten, der sich, auf einem starken, quadratischen Unterbau mit prächtiger Eingangshalle ruhend, nach oben verjüngte und mit einem achteckigen Turmhelm aus grünen Ziegeln bedacht werden sollte. Mit Handschlag hatte Graf Konrad ihn daraufhin zum neuen Werkmeister von Unser Lieben Frauen Bau verpflichtet.

Die letzten Tage und Nächte indessen hatte ihm der Gedanke an seine neue Lebensaufgabe reichlich Bauchgrimmen und auch schlechte Laune beschert. Auch wenn es stets sein Lebenstraum gewesen war, Baumeister zu werden, fragte er sich plötzlich ein ums andere Mal: Würde er dem gewachsen sein? Hatte er denn mit Mitte dreißig überhaupt ausreichend Erfahrung, um ganz auf eigene Verantwortung zu entwerfen und zu bauen? Zumal es weitaus schwieriger war, Vorhandenes miteinzubinden als von Grund auf neu zu beginnen …

Doch als er jetzt vor Augen hatte, was er bislang nur der Beschreibung nach gekannt hatte, wusste er: Es war zu schaffen. Zusammen mit seiner jungen, aber nicht unerfahrenen Mannschaft, die aus vier Straßburger Bildhauern, seinem treuen Parlier Marx, sechs gewanderten Steinmetzen aus Basel sowie Köln und nicht zuletzt seinem aufgeweckten Lehrknaben Friedhelm bestand.

«Was meint ihr, Leute?», wandte er sich an seine Männer. «Wollt ihr also die nächsten Monate und Jahre an meiner Seite bleiben? Wollen wir aus dieser Liebfrauenkirche ein prächtiges Gotteshaus mit einem ebenso prächtigen, weithin sichtbaren

Turm erschaffen? Dem Herrgott und der Himmelskönigin zur Ehre, den Freiburgern zur Freude?»

Ein einstimmiges «Ja, Meister!» tönte ihm entgegen.

«Gut. Dann wollen wir uns das Bauwerk endlich aus der Nähe betrachten. Beginnen wir drüben beim Chor.»

Er wollte schon seine Rösser antreiben, als Marx rief: «Warte, Meister. Ich glaube, wir werden auf der anderen Seite erwartet.»

Da erst bemerkte Gerhard, keine hundert Schritte von ihnen entfernt, die kleine Menschenansammlung vor dem schmiedeeisernen Friedhofstor, das sich nahe dem alten Turm befand. Ein kleiner, rundlicher Mann im geistlichen Gewand winkte ihnen zu, und Gerhard erkannte in ihm den freundlichen Kirchenschaffner wieder – wie hieß er doch gleich? Pater Benedikt? Pater Beatus?

«Das ist ja nicht gerade ein berauschender Empfang», maulte Alfred, sein bester Bildhauer. «Wo man uns doch unbedingt und schnellstmöglich hier haben wollte.»

«Stimmt.» Marx zog die schwarzen Augenbrauen zusammen, was sein Gesicht noch finsterer wirken ließ. Fremde fürchteten sich oft vor ihm, dabei war er ein durch und durch gutmütiger Kerl. «Schließlich hat uns der Bote für heute Mittag angekündigt.»

«Hört auf zu nörgeln», wies Gerhard sie zurecht, «und kommt!»

Etwas umständlich kletterte er vom Wagen, streckte den Rücken durch und überreichte dem Lehrknaben die Zügel. Dann half er Odilia vom Kutschbock, rückte sein Barett auf dem dichten, halblangen Haar zurecht, und alle zusammen schritten sie hinüber zum Friedhofstor. Prompt begann die Schar der vornehm gekleideten Herren zu klatschen, und drei

Fanfarenstöße erklangen. Gerhard musste lächeln. Immerhin ein Versuch, sie würdig zu empfangen. Den Grafen indessen konnte er nicht entdecken.

Schon kam ihnen der Kirchenschaffner entgegengeeilt. Mit einem herzlichen Lächeln im rosigen Gesicht schüttelte er Gerhard die Hand.

«Seid willkommen, Meister Gerhard. Wir alle freuen uns sehr, dass wir gerade Euch für die Fertigstellung unseres Gotteshauses gewinnen konnten.»

Er führte ihn zu einem hageren Mann im Reisekleid eines Pfarrers, der etwas abseits der Ratsherren stand und ihn mit undurchdringlicher Miene ansah.

«Das hier ist Gottfried von Freiburg, Pfarrrektor von Unser Lieben Frauen und damit Herr über unsere Kirchengemeinde.»

Gerhard verbeugte sich vor dem schon etwas älteren Priester und sagte höflich: «Es ist mir eine Ehre, für Eure Pfarrkirche tätig zu werden.»

«Willkommen in unserer Stadt, Baumeister», hob der mit leicht schnarrender Stimme zu sprechen an, ohne seine Miene zu verziehen. «Willkommen im Namen des Grafen Konrad, des Schultheißen, der Kirchengemeinde, des Alten wie des Neuen Rates. Hattet Ihr eine gute Reise?»

«Ja, wir hatten eine durchaus angenehme Reise.» Gerhard schlug in die ausgestreckte Hand ein. Gottfrieds Händedruck war kurz und schlaff. «Auf eine gute Zusammenarbeit, ehrwürdiger Pfarrrektor.»

Schon sah er sich umringt von gut zwanzig Herren, die neugierig und ein wenig betreten zugleich dreinsahen. Weil weit und breit weder der Graf als Stadt- und Bauherr noch dessen Vertreter, der Schultheiß, anwesend waren? Nun, vielleicht würde man ihn und seine Männer ja später noch auf die Burg führen. Ohnehin legte er wenig Wert auf solcherlei Förmlichkeiten.

Einigen der Ratsherren war er bereits in Straßburg begegnet. Vor allem an jenen großen, schlanken Mann mit der hohen Stirn, der langen Nase und den buschigen dunklen Augenbrauen erinnerte er sich gut. Sogar seinen Namen und sein Gewerbe hatte er parat: Ulrich der Tucher, genannt Wohlleb, war ein Handelsmann in Sachen Tuchen und Wein. Bei jenem Besuch vor zwei Monaten hatte der ihn zum Kirchenbau wahre Löcher in den Bauch gefragt, und man hatte ihm angemerkt, dass ihm die hiesige Pfarrkirche eine Herzensangelegenheit war. Als sich jetzt ihre Blicke trafen, nickte Wohlleb ihm freundlich zu.

«Wir freuen uns sehr, Ihr werten Herren», fuhr Gerhard fort, «bei Euch in Freiburg zu sein. Das hier ist mein Weib Odilia und das hier», er winkte den Altgesellen heran, «mein Parlier Marx. An ihn könnt Ihr Herren Euch jederzeit wenden, wenn ich einmal nicht zugegen bin.»

Mit einem flüchtigen Lächeln murmelte der Parlier einen Gruß in die Runde, während sich die anderen Steinmetze im Hintergrund hielten. Gerhard wusste: Der ungezwungene Umgang mit hohen Herren war ihre Sache nicht, doch wehe, es kam ihnen einer quer auf dem Bauhof. Dann konnte ihr ganzer Standesstolz aufflammen, und nicht einmal von einem Schultheißen ließen sie sich dann in ihre Arbeit dreinreden.

Ein Ratsherr nach dem anderen trat nun vor ihn hin, reichte ihm die Hand und stellte sich vor. Wahrscheinlich, dachte sich Gerhard, werde ich Wochen brauchen, um mir all diese Namen und Gesichter merken zu können. Dabei war das von ungeheurer Wichtigkeit, unterstützten doch hier wie in Straßburg viele Bürger mit ihren Spenden den Kirchenbau. Und wer weiß, vielleicht würden sie in naher Zukunft sogar,

wie es in vielen Städten geschah, die Bauherrschaft übernehmen.

Der Freiburger Pfarrrektor erhob wieder die Stimme.

«Dass es nun, Anno Domini 1270, nach über zehn Jahren
Unterbrechung, endlich weitergeht mit dem Kirchenbau, ist
ein großer Augenblick für unsere Pfarrgemeinde. Ihr, Meister
Gerhard, seid uns vom Straßburger Baumeister wärmstens
empfohlen worden, und auch Euer Riss zum Neubau hat Graf
Konrad rundum überzeugt. So hoffen wir nun», es erschien tatsächlich noch ein Anflug von einem Lächeln auf seinen Lippen,
«dass unsere Liebfrauenkirche unter Eurer Führung vollendet
wird. Leider muss sich unser ehrwürdiger Stadtherr, Konrad
Graf von Freiburg, für heute entschuldigen lassen. Er weilt derzeit bei seinem Bruder Heinrich von Fürstenberg. Als Bauherr
unserer Pfarrkirche wird er Euch in Bälde seine Aufwartung
machen. Entschuldigen lassen sich auch der Schultheiß und die
Herren vom Alten Rat der Vierundzwanzig. Bedauerlicherwei-
se ist ihnen in ihrem Amt als Schöffen und Gerichtsherren für
heute Nachmittag etwas dazwischengekommen.»

Gerhard konnte nicht umhin, mit leicht spöttischem Unterton zu bemerken: «In Gestalt eines gewissen Säu-Jecklin ... Ich
hab davon reden hören.»

«Eine dumme Sache, ja.» Der Rektor knetete seine langen,
dürren Finger. «Unser junger Stadthirte ist gestern auf frischer
Tat bei einem Hühnerdiebstahl ertappt worden. Um ein Exempel zu statuieren, duldete diese Angelegenheit keinen Aufschub.»

«Aber wie dem auch sei», ergriff der Schaffner das Wort,
«sollt Ihr schon bald zumindest die Herren vom Alten Rat
kennenlernen. Ohnehin werdet Ihr und Eure Männer nun erschöpft und hungrig sein von der Reise. Daher habe ich mir

erlaubt, vor meinem Haus eine große Tafel richten zu lassen.»
Er deutete auf eine Gruppe von Gebäuden am Ende des breiten
Kiesweges, der sich die Friedhofsmauer entlang bis zum Chor
von Liebfrauen zog. «Dort wollen wir alle gemeinsam einen
Willkommenstrunk und einen verspäteten Mittagsimbiss einnehmen. Danach können Eure Leute das Fuhrwerk abladen
und die Werkstätten begutachten.»

«Wo kommen wir unter, ehrwürdiger Pater Benedikt?»,
meldete sich erstmals Odilia zu Wort, die sich ohne Scheu
mitten unter die Männer gemischt hatte. Gerhard fiel ein Stein
vom Herzen, dass wenigstens sein Weib sich in Straßburg den
Namen des freundlichen Schaffners gemerkt hatte.

«Für Euch und auch für den Parlier ist eine Wohnung bei
mir im Schaffnerhaus vorgesehen. Für Eure Werkleute gibt
es in der Haupthütte einen abgetrennten Schlafraum. Wie inzwischen üblich, sorgt das Kirchenwerk, dem ich als Verwalter
vorstehe, für tägliche Verköstigung und zinsfreies Wohnen.
Auch für eure Rösser ist gesorgt, sie werden im Pferdestall des
benachbarten Pfarrhauses untergebracht. So lasst uns jetzt also
hinübergehen.»

Gerhard deutete eine Verbeugung an. «Habt vielen Dank für
Eure Vorbereitungen. Aber wenn Ihr erlaubt, würde ich zuvor
noch gern mit meinem Parlier Marx und meinem Bildhauermeister Alfred den Kirchenbau besichtigen.»

Er bemerkte, wie Odilia neben ihm mit den Augen rollte,
was so viel hieß wie: Dafür ist noch alle Zeit der Welt, und die
Männer brauchen jetzt Erholung nach anderthalb Tagen Fußmarsch.

Auch Gottfried von Freiburg trat ein wenig verdrießlich von
einem Bein aufs andere.

«Nun, wir dachten eher daran, dass der Schaffner Euch

morgen früh durch die Kirche führt. Was mich betrifft, bleibt mir für eine ausführliche Besichtigung heute ohnehin nicht die Zeit, da ich bereits morgen bei Sonnenaufgang nach Villingen zurückmuss.»

«Machen wir es doch so», schlug Pater Benedikt vor, als er Gerhards enttäuschtes Gesicht sah. «Der Herr Pfarrrektor und die Ratsherren begleiten Eure Leute hinüber zur Hütte, und ich nehme mit Euch den Weg über den Friedhof. So seht Ihr den Bau wenigstens schon einmal von außen und könnt Eure ersten Fragen stellen.»

«Ein guter Vorschlag», gab Gerhard erfreut zurück.

Handelsmann Ulrich Wohlleb trat neben ihn. «Ich komme mit Euch.»

«Ich auch, wenn's recht ist.»

Der ein wenig krumm gewachsene Kaufherr mit der Stirnglatze und dem herablassenden Blick hieß Jodokus der Loderer, wie sich Gerhard seltsamerweise sogleich erinnerte. Ihm entging nicht Wohllebs erstaunter Blick, als der Mann sich zu ihnen gesellte.

«Nun, dann will ich mich jetzt von Euch verabschieden.» Der Pfarrrektor nickte Gerhard zu. «Wie gesagt, ich habe es leider ein wenig eilig, da ich mich noch um mein Reisegepäck kümmern muss.»

Sprach's und setzte sich zusammen mit den übrigen Ratsherren in Bewegung, gefolgt von Odilia und den Steinmetzen.

«Zurück nach Villingen?», fragte Gerhard erstaunt in die kleine Runde. «Lebt der Kirchrektor denn nicht in Freiburg, wo er doch hier seine Pfründe hat?»

Pater Benedikt zuckte die Achseln. «Nein, denn er ist auch Pfarrer in Villingen und nur hin und wieder in Freiburg. Dass er heute zu Eurer Begrüßung hier war, ist ein großes Glück.»

«Ihr müsst wissen, Meister Gerhard», warf Wohlleb ein, «dass Gottfried von Freiburg der jüngere Bruder unseres Grafen Konrad ist, und bei der Erbteilung nach dem Tod des Vaters gingen er wie auch sein Bruder Gebhard leer aus. Deshalb ist er seiner Heimatstadt nicht sonderlich grün.»

Für seine letzten Worte erntete er einen warnenden Blick von Loderer.

Dessen ungeachtet fuhr er fort: «Dass er als erster Sohn eines Freiburger Grafen die Priesterweihe abgelegt hat, ist wiederum von Vorteil für uns Freiburger: Als Geistlichem ist ihm nicht nur am Kirchenzehnt aus seiner Gemeinde gelegen, sondern tatsächlich auch an der Kirche selbst.»

«Ich verstehe», sagte Gerhard und folgte zusammen mit Marx und Alfred den Herren durch das geöffnete Tor auf den Gottesacker. Die Unstimmigkeiten innerhalb der gräflichen Familie gingen ihn nichts an, und ein häufig abwesender Kirchenherr war Gerhard allemal lieber als einer, der sich in alles einmischte. Dafür war ihm etwas anderes umso wichtiger. Schon bei seiner Anwerbung in Straßburg war zwar von einer längeren Bauunterbrechung die Rede gewesen, da der damalige Werkmeister aus Altersgründen aufgegeben habe, doch dass diese so lange gedauert hatte, verblüffte ihn nun doch.

«Warum wurde an der Kirche über zehn Jahre lang nicht weitergebaut? Gab es vielleicht Streitigkeiten zwischen Stadtherrn und Bürgern hierüber?»

«Wie bei Euch in Straßburg zwischen dem Bischof und der Bürgerschaft?», fragte Pater Benedikt zurück. «Ich habe davon gehört – eine sehr unerquickliche Sache für die dortige Bauhütte. Aber keine Sorge, Meister Gerhard, die lange Bauunterbrechung bei uns hatte einen handfesten Grund. Es geht um die Sicherheit unserer Stadt. Wie Euch bestimmt aufgefallen ist, wird derzeit die nördliche Vorstadt befestigt, seit einigen Jahren schon, was nicht nur erhebliche Kosten verursacht, sondern bislang unsere sämtlichen Maurer und Steinmetze beansprucht hat. Inzwischen sind die Arbeiten aber bis auf ein letztes Mauerstück abgeschlossen, und genau hierfür wollten wir die Steine der alten Restkirche verwenden. Allerdings unter Eurer Aufsicht, da Ihr, wie Ihr uns bereits in Straßburg wissen ließet, einen Teil der größeren Steine für das neue Fundament verwenden wollt.»

«Ehrlich gesagt, hatte ich gehofft, dass man bis zu unserer Ankunft mit den Abbrucharbeiten weitgehend fertig wäre. Dass die Steine fürs Fundament also schon bereitliegen würden.»

«Macht Euch bitte keine Sorgen. In einer Woche ist das alte Gemäuer dem Erdboden gleichgemacht. Der Graf hat uns nämlich eine ausreichende Mannschaft samt starkem Gerät für diese Arbeit zugesichert, sobald Ihr da seid. Ihr müsst wissen, wir haben fürwahr großes Glück mit unserem Stadtherrn. Graf Konrad ist ein gerechter Herrscher, sehr wohlwollend gegenüber uns Bürgern, und er fördert den Kirchenbau nach Kräften. Er hat übrigens auch die drei schönen Häuser dort drüben beim Chor erbaut, eines für den Pfarrrektor, eines für Unser Lieben Frauen Werk, von uns kurz Kirchenfabrik oder Fabrica genannt, wo sich die Räume für Euch und meine Wenigkeit befinden, und eines für die beiden Pfarrpriester. Darin gibt es sogar eine Schule. Ihr werdet sehen: Der Graf als Stadtherr und die Bürgerschaft arbeiten bei uns Hand in Hand beim Neubau unserer Liebfrauenkirche, wir wetteifern sozusagen miteinander in der Bauausführung und Spendenbereitschaft.»

Sie waren vor dem südlichen Seitenschiff der abbruchreifen Altkirche zum Stehen gekommen. Das Mauerwerk aus glattem, hellem Stein war immerhin in gutem Zustand, wie Gerhard erleichtert feststellte. Nur: Wo sollten die Steine und auch die benötigten Hölzer gelagert werden? Das Gotteshaus war rundum vom Friedhof mit seinen Gräberfeldern umgeben, der Kiesweg südlich des Friedhofs war zwar großzügig angelegt, musste aber auch breit genug bleiben für die Ochsenkarren und Pferdefuhrwerke, und weiter östlich, zwischen Friedhofsmauer und Haupthütte, war gerade einmal genug Raum für die Arbeit der Steinmetze, soweit er das von hier aus erkennen konnte.

«Ich sehe weit und breit keine freie Fläche für Werksteine und Gerüstholz. Gibt es denn auf der Nordseite mehr Platz?»

Für einen Moment herrschte betretenes Schweigen unter den Männern. Kaufherr Loderer, der bislang nur mit reichlich dünkelhafter Miene zugehört hatte, schürzte die Lippen und sah zu Boden, Wohlleb zwirbelte seinen akkurat geschnittenen, pechschwarzen Kinnbart, und der Kirchenschaffner runzelte die Stirn.

«Da ist, mein lieber Baumeister», er wirkte ehrlich verlegen, «in der Tat etwas fehlgeschlagen. Oder hat sich, besser gesagt, unangenehm verzögert. Seht Ihr die Häuser vor dem Friedhofstor?»

Gerhard wandte sich halb um. Dort, wo die Freiburger Abordnung sie erwartet hatte, standen rechts wie links etliche schmale, einfache Häuser mit halbverfallenen Werkstätten und Stallungen. Jetzt erst bemerkte er, dass die Läden und Türen zerbrochen waren, die Fensteröffnungen allesamt schwarz und leer.

Er tauschte einen Blick mit Alfred und Marx aus.

«Dort also soll der Lagerplatz sein?», fragte er ungläubig. Allmählich spürte er Unwillen aufsteigen. In Straßburg hatte man ihm versprochen, dass sie gleich nach ihrer Ankunft mit der Arbeit würden loslegen können, und jetzt war rein gar nichts für ihn und seine Leute vorbereitet. Und ehrlich gesagt, ein klein wenig feierlicher hätte der Empfang schon auch sein können, wenigstens seinen Männern zuliebe. Eine Kirche wurde schließlich nicht jeden Tag neu erbaut.

«Richtig! Das wird der Lagerplatz.» Der Schaffner strahlte schon wieder. «Die Häuser stehen für den Abriss bereit, schon morgen kann damit begonnen werden. Als Nächstes ist die Häuserzeile dahinter an der Reihe, da ja das neue Kirchenschiff um einiges länger werden wird und nach dem Abriss des Turmes dort auch der hölzerne Glockenstuhl seinen Platz finden muss. Jedenfalls so lange, bis Ihr den neuen Turm errichtet habt. Und jetzt kommt», fuhr er unbeirrt fort, «und schaut Euch die herrlichen Ostjoche an, die Euer Vorgänger geschaffen hat.»

Mit einem unterdrückten Seufzer folgte Gerhard ihm die wenigen Schritte hinüber zum Neubau, dessen Buntsandstein in warmem Rot schimmerte.

Insgesamt hatte sein Vorgänger Seiten- und Hochschiff einfacher und ein wenig grober ausgeführt, als er es aus Straßburg kannte, vor allem was das Maßwerk der Fenster betraf. Sein geübtes Auge entdeckte auch sogleich den missratenen Dreipass neben dem Treppentürmchen am Querhaus. Aber am Bildschmuck und am äußeren Strebewerk, das seiner Erfahrung nach zu niedrig angesetzt war, ließ sich durchaus einiges verbessern.

Alles hier sah nach jahre- oder besser jahrzehntelanger Arbeit aus. Doch dafür waren sie ja schließlich gekommen.

Kapitel 2

Am selben Abend,
im Wirtshaus zum Roten Bären

Ulrich Wohlleb war enttäuscht. Gerade einmal fünf Mann vom Neuen Rat, der seit über zwanzig Jahren die Freiburger Bürgerschaft vertrat, begleiteten ihn ins Wirtshaus zum Roten Bären, wo sich der Alte Rat der Vierundzwanzig, zu dem auch der Schultheiß gehörte, zu versammeln pflegte oder sich hin und wieder zum gemeinsamen Abendessen traf.

Nur fünf Mann von dreiundzwanzig seiner Ratscollegen! Dabei hatte die Empörung unter ihnen über den missratenen Empfang der Straßburger Steinmetzbrüder heute Mittag noch hohe Wellen geschlagen. Seit letzter Woche war der Tag ihrer Ankunft bekannt gewesen, und sie alle hatten sich fest darauf verlassen, dass auch die vornehmen Geschlechter, die als Rats- und Gerichtsherren auf Lebenszeit dem alten, noch aus Stadtgründungszeiten stammenden Magistrat angehörten, vor Ort sein würden. Und zwar mitsamt dem Schultheißen als Stellvertreter des Grafen. Aber nein, einmal mehr hatten diese Herrschaften versucht, ihnen als rechtmäßiger Vertretung der neuen Bürgerschaft ans Bein zu pinkeln, indem sie in aller Eile einen Gerichtstag anberaumt hatten.

Als ein kläglicher Haufen von zwanzig Ratsbürgern und zwei Geistlichen hatte man den neuen Werkmeister, den die Stadt so dringend brauchte, nun willkommen heißen müssen.

Immerhin hatte sich Pfarrrektor Gottfried von Freiburg herabgelassen, erst einen Tag später nach Villingen zurückzukehren, und im letzten Augenblick hatten sie den Stadtboten als Fanfarenbläser gewinnen können, was wahrscheinlich noch das Gelungenste war bei diesem Empfang. Allein der saure Wein, den der Schultheiß zum Willkomm hatte liefern lassen – Meister Gerhard und seine Leute mussten ja denken, die Freiburger hätten keinen Funken Ahnung von gutem Wein. Oder wären zu geizig, einen edleren Tropfen aufzutischen.

Bernhard Rindkauf schlug ihm auf die Schulter. «Was schaust du so griesgrämig? Zum Ende hin war es doch noch ein äußerst gemütliches Beisammensein mit den Steinmetzen.»

«Stimmt. So gemütlich, dass die Hälfte unserer Ratsfreunde nach dem Willkomm betrunken war und schleunigst nach Hause musste, anstatt uns hierher zu begleiten. Das ist doch Feigheit vor dem Feind!» Er schnaubte. «Wir vom Neuen Rat sollten endlich aufstehen gegen diese ach so ehrwürdigen Freiburger Rittersprösslinge, die im Alten Rat auf Lebenszeit ihren Hintern platt sitzen und ihre Privilegien pflegen wie zarte Pflänzchen, anstatt sich um das Bürgerwohl zu kümmern.»

«Na und? Wir marschieren jetzt da hinein zu den feinen Herrschaften und geben uns als gewählte Abordnung des Neuen Rats aus. Und dann waschen wir denen gründlich den Kopf.»

«Ulrich hat schon recht», mischte sich Ludwig Ederlin ein, der seine Erlöse aus dem Silberbergbau neuerdings im Kauf von Badstuben anlegte. «Es ist eine Schande, dass aus unseren Reihen einer nach dem andern eingeknickt ist. Schließlich waren wir uns heute Mittag noch alle einig gewesen, dass der Alte Rat uns schlichtweg eins auswischen wollte, indem er den Gerichtstag ausgerechnet für heute Mittag festgesetzt hatte.»

Goldschmied Diethelm nickte. Mit ihm war zu Johanni erstmals ein Handwerker in den Neuen Rat gewählt worden, und er war ein äußerst besonnener Kopf.

«Es geht ja nicht nur darum», sagte er bedächtig, «dass der Schultheiß wie der Alte Rat uns zugesichert haben, diesem uns so wärmstens empfohlenen Baumeister einen gebührenden Empfang zu bereiten, um dann stattdessen klammheimlich einen ach so dringlichen Gerichtstag einzuschieben und uns wie Trottel dastehen zu lassen. Nein, auch das Freiburger Volk hat sich seit Tagen auf die Ankunft der Steinmetze gefreut, wie ich aus meiner Nachbarschaft weiß. Und kaum, dass die Malefizglocke geläutet hatte, waren die Gassen natürlich wie leergefegt. Wegen eines lumpigen Hühnerdiebs. Das riecht mir doch sehr nach Absicht.»

«Mehr noch: Das ist beschämend», pflichtete ihm der alte Cunrat Ätscher bei. «Erst recht, wo es heutigentags alles andere als ein Kinderspiel ist, einen fähigen Baumeister zu verpflichten. Das man uns eins auswischen wollte, ist nur das eine. Zum Zweiten zeigt uns das, wie wenig diesen feinen Herren die Kirchenerneuerung bedeutet.»

«Recht hast du», bekräftigte Rindkauf. «Keiner von denen würde doch auch nur einen Silberpfennig für Liebfrauen herausrücken.»

Nur Jodokus Loderer schwieg, wie er schon den ganzen Weg von der Bauhütte hierher geschwiegen hatte. Genau wie bei ihrem Rundgang über den Friedhof heute Nachmittag. Ulrich Wohlleb wurde den Eindruck nicht los, dass der Loderer seit längerem schon jeden seiner Schritte mit Argusaugen überwachte, sowohl was sein Tun als Ratsherr wie auch als Handelsmann betraf. Dabei war Letzteres geradezu lächerlich. Schon vor vielen Jahren hatten sie sich gütlich darauf geeinigt, ihre

Geschäfte voneinander zu trennen: Wo der Loderer, auf eigenen Wunsch im Übrigen, mit Salz und feinen englischen Tuchen handelte, vertrieb er selbst einfache Grau- und Weißtuche sowie für die jeweiligen Rückfrachten Elsässer und Breisgauer Wein. Loderer hatte sich beim Abstecken ihrer Felder wohl für besonders schlau gehalten, dabei musste er bald einsehen, dass er für seine Ware zwar einen höheren Gewinn erzielen konnte, sie aber in schlechten Jahren der hohen Preise wegen mitunter gar nicht losbekam. Und zum Hoflieferanten des Grafen war er leider noch immer nicht aufgestiegen, ebenso wenig, wie er den heißersehnten Rittertitel verliehen bekommen hätte. Welcher ihm wiederum den Weg in den Alten Rat ebnen könnte, sofern einer der Greise dort das Zeitliche segnen würde.

Nach Wohllebs Dafürhalten war Jodokus Loderer ein Blender und voller Geltungsdrang. In der Vorstadt unterhielt er teure Rösser wie ein Edelmann, behängte sein Weib mit Goldschmuck und richtete ein Festbankett nach dem anderen aus. Warum er seinen angeblichen Reichtum ausgerechnet ihm, Ulrich Wohlleb, immer wieder unter die Nase reiben musste, blieb ihm ein Rätsel. Er würde das genau beobachten und wachsam sein. Er selbst hütete sich, seine geschäftlichen Erfolge offenzulegen und mit seinem Besitz zu protzen. Sein Großvater, Johans der Tucher, hatte das erste kleine Familienvermögen einst hart erarbeitet, bis er am Ende den Beinamen Wohlleb erhielt. Und von seinem Vater, Johans dem Jüngeren, hatte er gelernt, sich niemals an den Reichen und Edelfreien zu messen, sondern Schritt für Schritt den eigenen Weg zu gehen. Mochte Loderer auch über *seine* Handelsware die Nase rümpfen: Tuche für den gemeinen Mann gingen immer, und Wein gesoffen wurde erst recht in schlechten Zeiten. Und jeden größeren Gewinn hatte er in die Silbergruben am Gewann

Schauinsland gesteckt, was sich inzwischen mehr als bezahlt machte.

Sie waren vor dem rot getünchten Wirtshaus angekommen, und Wohlleb blickte von einem zum andern. Da keiner Anstalten machte, die Tür zu öffnen, fasste er nach der Klinke.

«Na gut, da es mein Einfall war hierherzukommen, gehe ich voraus. Was ist eigentlich mit dir, Jodokus? Hat es dir die Sprache verschlagen?»

Loderer kniff die Augen zusammen. «Passt es dir etwa nicht, dass ich mitgekommen bin? Dann kann ich ja ebenso gut verschwinden.»

«Jetzt sei nicht kindisch, Loderer.» Der alte Cunrat schob ihn durch die geöffnete Tür hinein. «Es ist gut, dass du dabei bist.»

Der Rote Bär war keine gemeine Schankstube, in der Gesellen und Taglöhner nach dem Garaus-Läuten ihren Feierabend genossen, sondern die beste Schildwirtschaft der Stadt. Billiger Tresterwein kam hier nicht auf den Tisch, die warmen Speisen waren durchweg gut und reichhaltig. Dank seiner Lage nahe dem Obertor und den großen Stallungen im Hinterhof war der Rote Bär beliebt bei Reisenden wie auch den vornehmen Geschlechtern der Stadt. Zumal Hanmann, der hünenhafte, breitschultrige Wirt, Straßengesindel erst gar nicht über die Schwelle ließ, ebenso wenig wie Schlupfhuren oder Bettler.

Schon kam er ihnen durch die gut beleuchtete Gaststube entgegengeeilt.

«Einen schönen guten Abend, Ihr Herren. Einen kleinen Tisch beim Ausschank hätte ich noch frei.»

«Danke, Hanmann.» Wohlleb nickte freundlich. «Dann bringt uns bitte einen großen Krug von Eurem Hauswein. Gegessen haben wir bereits.»

Loderer schob sich an ihm vorbei. «Habt Ihr noch von dem guten roten Burgunder aus der letzten Lieferung?»

«Ja, das Fass ist noch halb voll. Der kostet aber das Doppelte.»

«Dann bringt uns hiervon», beschied Loderer mit selbstgefälligem Lächeln. «Der Krug geht selbstverständlich auf mein Kerbholz.»

«Nun denn», murmelte Wohlleb, «ein Dank dem großzügigen Spender.»

Er wandte sich an den Wirt. «Sind die Herren vom Alten Rat noch in der Kellerstube versammelt?»

«Ja, die sind eben mit dem Essen fertig geworden.»

«Dann wollen wir ihnen einen kurzen Besuch abstatten. Stellt uns den Wein nur schon auf den Tisch. Und ein wenig helles Brot dazu.»

«Sehr gerne.»

Im Gänsemarsch stapften sie die steile Treppe hinunter zur Gewölbestube, Wohlleb voraus. Der Gasthof zum Roten Bären, den es schon zu Zeiten der Zähringer Herzöge gab, war gleich dreifach unterkellert, und bereits Hanmanns Vorväter hatten den obersten Keller als Wirtsstube eingerichtet.

Dort saßen sie nun also an der Tafel unter der hohen Gewölbedecke beisammen, die Reichsten und Mächtigsten der Freiburger Bürger. Männer, die sich Ritter und Herren nannten, ein eigenes Siegel führten und überall im Breisgau standesgemäße Lehen mit Herrschaftsrechten besaßen. Ihr Vermögen bezogen sie nicht aus Handel oder Handwerk, sondern aus ländlicher Grundrente, Geldgeschäften und dem Eisenerz- und Silberbergbau. Und alle pflegten sie einen engen Umgang mit der Grafenfamilie.

Die meisten von ihnen kannte Wohlleb mehr oder minder

gut: Da waren die Snewlins, die Brüder Kotz, der alte Fasser, dessen Vater das Kloster Adelhausen gestiftet hatte, Ritter Johannes Reinbot, der aufbrausende Ritter Konrad Kolman, die beiden Greise Rudolf Küchlin und Rudolf Turner. Ferner saßen da die aus dem Umland zugezogenen Ritter und Edelfreie, die man indessen in der Stadt nur selten zu Gesicht bekam, wie die Herren von Falkenstein, Offnadingen, Krozingen, Munzingen, Endingen und Tusslingen. Allein von den Snewlins hatten vier Männer einen Ratssitz auf Lebenszeit inne: die beiden Brüder Johann und Konrad, deren Vetter Konrad Snewlin im Hof sowie dessen ältester Sohn Dietrich, der erst kürzlich für seinen verstorbenen Oheim Hermann nachgerückt war. Diese uralte Freiburger Sippe spann ihr Netz immer weiter und verleibte sich zwischen Ortenau und Basel einen Fronhof nach dem anderen ein.

Wohlleb läutete das Glöckchen am Treppenabsatz, mit dem man den Wirt oder das Schankmädchen herbeirufen konnte, und sofort wandten sich ihnen sämtliche Gesichter zu.

«Sieh da!», rief Dietrich von Tusslingen, Ratsherr und zugleich gräflicher Schultheiß. Wohlbeleibt, im pelzverbrämten Umhang und mit schwerer Silberkette vor der Brust thronte er am Kopfende der Tafel. «Die Herren von den Nachgehenden Vierundzwanzigern. Tagt Ihr jetzt nicht mehr im Wirtshaus Zur Krone, sondern hier bei uns? Und wart Ihr nicht schon mal mehr?»

Allein die Bezeichnung *nachgehend* drückte deutlich seine Geringschätzung aus. So hatte man sie vor über zwanzig Jahren genannt, nachdem die Bürger dem Grafen einen jährlich gewählten Ausschuss abgerungen hatten, der die Herrschaft des alten Magistrats kontrollieren sollte. Inzwischen war der Neue Rat, wie sie sich selbst längst nannten, dem Alten Rat fast gleichberechtigt zur Seite gestellt, nur mit ihnen gemeinsam durften wichtige Beschlüsse, die die Belange der Bürgerschaft betrafen, gefasst werden. Leider wurde der Schultheiß, als Gerichtsherr und höchster Amtsträger der Stadt, noch immer vom Grafen vorgeschlagen und von diesen ergrauten Herrschaften bestätigt, doch eines Tages, das wusste Wohlleb genau, würde ein von ihnen gewählter Bürgermeister das Sagen haben, und kein Ratsherr auf Lebenszeit würde mehr die Bürgerschaft vertreten.

Wohlleb verzog die Lippen zu einem spöttischen Lächeln. «Bislang dachte ich immer, dass der Rote Bär dem Hanmann gehört und nicht dem Alten Rat.»

«Warum so unlustig heute, werter Ulrich Wohlleb?» Dietrich von Tusslingen strich sich über das schüttere, mit Öl nach hinten gekämmte Lockenhaar. «Setzt Euch zu uns und trinkt mit uns.»

Der alte Cunrat Ätscher trat neben ihn. «Was wir Euch zu sagen haben, dauert keinen Becher Wein, Schultheiß. Welcher Teufel hat Euch geritten, ausgerechnet heute über einen läppischen Hühnerdiebstahl Gericht zu halten?»

«Ganz einfach: Der Kerl wurde gestern Abend auf frischer Tat ertappt, und da es nicht sein erster Diebstahl dieser Art war, musste ein Exempel statuiert werden.»

Ludwig Ederlin reckte den Hals. «Das Ganze hätte auch bis morgen Zeit gehabt, wo der Säu-Jecklin sogleich gestanden hatte und sicher im Turm festsaß. Obendrein haltet Ihr Eure Rechtstage gemeinhin zu Marktzeiten ab und nicht am Nachmittag. Indem Ihr uns beim Empfang der Steinmetzbrüder habt im Regen stehen lassen, wolltet Ihr uns vom Neuen Rat doch nur herabwürdigen!»

«Ach herrje.» Dietrich Snewlin hatte sich schwankend erhoben. «Nehmt Ihr das etwa wieder mal persönlich? Wie empfindlich Ihr doch allesamt seid.»

Wohlleb überhörte dessen Bemerkung, zumal der junge Snewlin seiner undeutlichen Aussprache nach schon reichlich dem Wein zugesprochen hatte.

«Kann es sein», wandte er sich stattdessen an den Schultheißen, «dass Euch der Kirchenbau von Herzen gleichgültig ist? Die Häuser vor dem Kirchturm hätten längst abgerissen werden sollen, um einen Lagerplatz zu schaffen, und die Hütten für die Steinmetze sind in einem erbarmungswürdigen Zustand.»

«Im Grunde», pflichtete Goldschmied Diethelm ihm bei, «könnten die Straßburger geradewegs in ihre Heimat zurückkehren, weil nichts vorbereitet ist.»

Dietrich von Tusslingen zuckte die Schultern. «Der Abriss ist Sache der gräflichen Burgmannen, so war es vereinbart. Ihr wisst selbst, dass von den hiesigen Maurern derzeit alle Mann an der Stadtbefestigung arbeiten. Und der Herr Graf ist nun mal außer Landes.»

Wohlleb schüttelte missbilligend den Kopf. «Aber Ihr als Schultheiß und rechte Hand des Grafen hättet darauf dringen können, dass der Abriss geschieht, noch bevor der Graf zu seinem Bruder reist. Wie stehen wir jetzt da vor dem Baumeister?»

Erschrocken zuckte er zusammen, als Ritter Konrad Kolman die Faust auf die Tischplatte krachen ließ. «Kreuzdonnerwetter! Müssen wir uns jetzt von diesen Emporkömmlingen Vorhaltungen machen lassen? Das schlägt doch dem Fass den Boden aus!»

Kolmans Gesicht hatte eine puterrote Färbung angenommen.

«Ganz ruhig, Ritter Konrad.» Loderer war mit drei Schritten bei ihm und tätschelte ihm die Schulter. «Niemand von uns will Euch Vorhaltungen machen.»

Was für ein elender Speichellecker, dachte sich Wohlleb.

Derweil hatte sich der Schultheiß erhoben.

«Uns ist der Kirchenbau keineswegs einerlei. Ganz im Gegenteil: Dieser Viehhirte hat heute nämlich nicht nur seine verdienten zehn Rutenstreiche bekommen, sondern wird ab morgen früh für die Fabrica im Schellenwerk knechten. Und als Zeichen meines guten Willens werde ich morgen die Maurer vom Festungsbau abziehen, damit der Abriss beginnen kann. Und jetzt, mit Verlaub, lasst uns in Ruhe unseren wohlverdienten Feierabend genießen. Alles Weitere können wir auch morgen in der Ratskanzlei besprechen.»

Kapitel 3

Ende September 1270,
zwei Wochen nach Ankunft der Steinmetze

Odilia griff nach dem Reisigbesen und fegte schwungvoll die lichte, mit zwei Fenstern versehene Stube ihrer Wohnung aus. Endlich ging es voran! Sie freute sich darüber allein schon deshalb, weil ihr Mann seit einigen Tagen wieder zu seiner alten Tatkraft zurückgefunden hatte. War er doch in der ersten Woche morgens voller Missmut erwacht und abends ebenso übellaunig zu Bett gegangen. Bis ihr irgendwann einmal beim Abendessen der Kragen geplatzt war.

«Dafür, dass du kein freundliches Wort mehr an mich oder deine Leute richtest, hab ich in Straßburg fürwahr nicht meine Schneiderwerkstatt aufgegeben und meine Lehrtochter fortgeschickt. Es ist ja kaum noch auszuhalten mit dir.»

«Ist das denn ein Wunder?», hatte er zurückgeblafft. «Die besten Steinmetze und Bildhauer hab ich von Straßburg hergebracht, und was machen wir tagein, tagaus? Wir schuften als Mauerreißer und schleppen Steine und Schutt, nicht anders als die hiesigen Taglöhner und gräflichen Knechte oder dieser arme Teufel von Jecklin. Und die Werkstätten, in denen meine Männer arbeiten und nächtigen, sind grad mal bessere Schweinekoben. Weißt du, was mir auch missfällt? Dass du dich im Schaffnerhaus als Küchenmagd verdingst. Als Frau des Baumeisters!»

«Ach! Dann hattest du also gedacht, dass ich hier in Freiburg die Hände in den Schoß lege? Am Morgen mal ein Stündchen über den Markt schlendern, um irgendwann am Nachmittag die Wohnung auszukehren und das bisschen Abendessen für uns zwei zu kochen? Dass ich also den halben Tag über die Zeit totschlage? Du weißt genau, dass ich das nicht kann, und du weißt auch, dass mir die hiesigen Schneider nicht erlauben, mein Handwerk auszuüben. Nicht als Zugereiste und erst recht nicht als Weib.»

«Dann mach's halt wie andere Ehefrauen auch, schaff dir meinetwegen Federvieh und ein Mastschwein an und bleib bei der Haushaltung.»

«Was in aller Welt soll ich denn haushalten, lieber Mann, wo du den ganzen Tag auf der Hütte arbeitest und dort sogar zu Morgen und zu Mittag isst? Oder ist es meine Schuld, dass wir mit keiner Kinderschar gesegnet sind? Nein, das ist Gottes Wille, das hast du mir selbst immer wieder gesagt.»

Damit hatte sie ihn zum Schweigen und ihr unerquickliches Gezänk zu Ende gebracht.

Für sie beide war es ein schwerer Schlag gewesen, als sie schon bald nach ihrer Hochzeit eine Totgeburt erlitten hatte und dabei selbst ums Haar verblutet wäre. Die heilkundige Nachbarin, die ihr damals zur Seite stand, hatte ihr prophezeit, dass sie nie wieder Kinder gebären würde. Ein Jahr später war ihr Vater, bei dem sie das Schneiderhandwerk gelernt hatte, in Frieden entschlafen. Gerhard und sie waren von der Wohnung der Straßburger Münsterbauhütte in ihr Elternhaus umgezogen, wo sie die väterliche Werkstatt übernommen hatte. Noch lange Zeit hatten sie auf Kinder gehofft, doch mittlerweile war sie Anfang dreißig und nie wieder guter Hoffnung gewesen. Sie hatten sich beide dreingefunden. Gerhard, der bald schon vom Bildhauermeister zum Gesellensprecher und Vertreter des Werkmeisters aufgestiegen war, ging ganz in der Baukunst auf, und sie selbst hatte mit ihrer Schneiderei, die ihr viel Anerkennung und einen recht guten Verdienst einbrachte, alle Hände voll zu tun gehabt.

Ja, manchmal vermisste sie ihre kleine Werkstatt schon sehr. Aber ein Weib musste eben zurückstecken hinter den Absichten des Mannes, daran gab es nichts zu rütteln. Dass Gerhard sie jetzt aber als Magd schmähte, wo sie sich auf der Bauhütte lediglich nützlich machen wollte, fand sie zutiefst ungerecht. War sie es nicht gewesen, die die vor sich hin darbende Versorgung der Werkleute erst auf Trab gebracht hatte?

Zwar gab es im Schaffnerhaus eine geräumige Küche, gleich hinter der riesigen Eingangshalle, in der bei Schlechtwetter die Steinmetze ihre Mahlzeiten einnehmen durften, doch war seit zehn Jahren dort nicht mehr für so viele Menschen gekocht worden. Die langjährige Köchin namens Mechthild und deren Magd Kathi, welche die Arbeit nicht gerade erfunden hatte, hatten sich zuletzt lediglich um Pater Benedikt und dessen Gäste kümmern müssen. Und ab und an um Handwerksleute, die an der Kirche oder den anderen Gebäuden der Pfarrei etwas auszubessern hatten. Dementsprechend schlecht ausgestattet war die Küche auch. Doch dank Pater Benedikts wohlwollender Unterstützung hatte Odilia neue Töpfe, Schüsseln und Kochgerätschaften anschaffen dürfen und darauf gedrungen, dass die Werkleute und Taglöhner mit drei warmen Mahlzeiten am Tag und morgens wie mittags mit frischem Brot versorgt wurden.

So war die Arbeit im Schaffnerhaus zu ihrer neuen Aufgabe geworden. Jeden Morgen, wenn Gerhard und seine Leute draußen an der langgestreckten Tafel ihren warmen Milchbrei oder ihre Morgensuppe einnahmen, besprach sie in der Küche mit Mechthild die Einkäufe und Speisen für die nächsten Tage. Hernach ging es auf den Markt oder zur Metzig, anschließend bereiteten sie für die Steinmetze das Mittagessen vor, die reichhaltigste Mahlzeit des Tages, und zwar für vierzehn hungrige Mannsbilder. Um die städtischen Handwerker mussten sie sich nicht kümmern, da die bei sich zu Hause aßen. Dafür saß der junge Hühnerdieb Jecklin mit am Tisch, hatte Odilia doch durchgesetzt, dass er zur Mittagspause nicht in den Turm zurückmusste, wo ihm mit Sicherheit nur Wasser und Brot vorgesetzt wurde, sondern die Mahlzeiten gemeinsam mit den Männern einnehmen durfte. So war der anfangs so schmächtige Junge, der für seine vierzehn Jahre auch viel zu klein geraten war, inzwischen sichtlich zu Kräften gekommen, und seine blutigen Striemen am Rücken waren fast verheilt.

Eine Entlohnung für ihr Tun lehnte sie ab, denn sie sah es als einen Ehrendienst an, für Unser Lieben Frauen Werk zu arbeiten. Obendrein war sie auf diese Weise viel in Gerhards Nähe, und die Nachmittage blieben ihr immer noch für die eigene Haushaltung und für Näh- und Flickarbeiten. Sie fühlte sich wohl in dieser kleinen Welt rund um die Pfarrkirche. Mit der etwa zehn Jahre älteren Mechthild war auch gut auszukommen, ebenso mit dem Kirchenschaffner Pater Benedikt und dessen Hausmagd Margaretha. Ihre Wohnung im obersten Stockwerk des Schaffnerhauses, die man über eine überdachte Außentreppe im Hof erreichte, war mit Betten, Bänken und Truhen gut ausgestattet und besaß sogar einen Aborterker zum Hof hin. Sie bot mit der Stube, der Küche und den beiden kleinen Schlafkammern mehr als genug Platz für zwei Menschen. Eine weitere Kammer, gleich beim Treppenaufgang, stand leer. Sie hätte dem Parlier zugestanden, doch Marx zog es vor, mit den Gesellen im Schlafraum der Werkstatt zu nächtigen.

Auch Freiburg gefiel ihr gut. Die hübsch gelegene Handels- und Handwerkerstadt war viel beschaulicher als das ungleich größere Straßburg mit seinen lauten, überfüllten Gassen und den ewigen Stechmücken im Sommer und Herbst. Hier hingegen wehte abends ein kühler Wind frische Luft aus den Schwarzwaldtälern herbei und vertrieb bis zum Morgen den Gestank der Dreckhaufen auf der Gasse, der Abortgruben in den Hinterhöfen und der gegerbten Tierhäute in der Vorstadt.

Kurzum: Sie begann sich allmählich zu Hause zu fühlen, und das Heimweh nach ihren Freundinnen und Nachbarn in Straßburg wurde Tag für Tag schwächer. Jeden Morgen machte sie sich voller Tatendrang an ihre neuen Aufgaben. Dass Gerhard hingegen von Tag zu Tag griesgrämiger geworden war, war ihr in ihrem Eifer zunächst gar nicht aufgefallen. Inzwischen konnte sie seine Enttäuschung aber verstehen. So hatte er sich den Beginn seiner Verpflichtung als Kirchenbaumeister ganz gewiss nicht vorgestellt.

Aber das hatte nun, dem Himmel sei Dank, ein Ende.

Inzwischen waren die Häuser und Scheunen für den Lagerplatz endlich vollständig abgerissen. Dort stapelten sich jetzt, nach Größe und Beschaffenheit sortiert, immer mehr Steine und Hölzer aus dem zügig vorangehenden Abbruch der Ursprungskirche. Auch was die Arbeitslauben und die große Werkstatt betraf, hatte sich Entscheidendes getan: Das ganze verstaubte Gerümpel, das dort seit Jahren vor sich hin gemodert hatte, war verschwunden, die löchrigen Strohdächer hatten die Männer wieder regendicht gemacht und hier und da die Außenwände mit neuen Brettern verschalt. An der Giebelseite der Haupthütte, einem großen Raum, der bis unters Dach reichte, hatte Gerhard ein Fenster sägen lassen und den Rahmen mit einer Schweinsblase bespannt. So hatte er bei seiner Arbeit an den Schablonen oder den Vorzeichnungen für die Bildhauer und Laubwerkmacher auch bei Schlechtwetter noch Licht, falls doch einmal die breiten Türflügel geschlossen werden mussten. Seit gestern befand sich außen am Chor von Liebfrauen auch noch eine überdachte Schmiede, da die Werkzeuge der Steinmetze beständig geschärft und ausgebessert werden mussten. Zwar war noch kein Stein vom Neubau gesetzt, doch seit einigen Tagen wurde nach Gerhards Vorgaben eifrig an den ersten Werksteinen gearbeitet. Und heute Mittag hatten sie endlich das Fundament des neuen Kirchturms abstecken können, der, wie sie sich von Gerhard hatte erklären lassen, ein gutes Stück westlich des alten Turms entstehen sollte, dort, wo sich noch bis vor kurzem das Haupttor zum Friedhof befand.

Odilia lehnte den Besen an die Wand und baute mit geübten Griffen die Tafel auf, mittels zweier Holzböcke und einer blankpolierten Holzplatte. Zum Umtrunk nach dem Abendessen erwarteten sie nämlich hohen Besuch, und den konnten sie schließlich nicht in ihrer kleinen Küche bewirten. Pfarrrektor, Kirchenschaffner sowie die beiden Leutpriester Pfarrer Egenolf und Pfarrer Rochus wollten mit ihrem Mann ein ganz und gar außerordentliches Vorhaben besprechen: In der Portalhalle des neuen Turms, durch den die Kirchgänger dereinst ihr neues Gotteshaus betreten würden, sollte die ganze Heils- und Schöpfungsgeschichte der Christenheit dargestellt werden, als ein offenes Buch fürs Volk, mit zahllosen, vielfarbigen Figuren.

Als Gerhard heute Morgen hiervon erfahren hatte, hatten seine Wangen vor Freude geglüht: «Damit werden meine Bildhauer ihre Kunstfertigkeit unter Beweis stellen können. Sie werden etwas Einzigartiges schaffen, von dem man noch in ferner Zukunft sprechen wird.»

Sie wusste, dass die Bildhauerei eigentlich *seine* große Leidenschaft war, doch schon als Parlier und erst recht jetzt als Baumeister kam er leider viel zu selten dazu. Dafür aber hatte er, wie er immer betonte, das große Ganze im Blick, war Schöpfer eines Gesamtwerkes.

«Vielleicht nimmst du ja», hatte sie ihn deshalb ermutigt, «diese Portalhalle zum Anlass, um endlich wieder einmal eine eigene Figur zu erschaffen.»

«Du hast recht, meine Liebe. Das werde ich tun!»

So sehr sich Odilia für ihren Mann mitfreute – sie selbst brannte zunächst einmal darauf, endlich den Grafen von Freiburg kennenzulernen. Denn auch das hatte sie heute erfahren: Morgen Vormittag wollte Graf Konrad erstmals die Baustelle besichtigen, und sie würde es sich nicht nehmen lassen, mit dabei zu sein.

Leibhaftig gesehen hatte sie den Stadtherrn noch nie, nicht einmal von fern, doch erfahren hatte sie schon so einiges über die Grafenfamilie droben auf dem Burgschloss – das meiste von Mechthild und aus dem Tratsch der Leute am Brunnen oder auf dem Markt. Wie die Fürsten, hieß es, würde man auf der Burg residieren, von silbernen Tellern speisen und aus goldgeränderten Kelchen trinken, dazu würden jeden Abend Lautenschläger aufspielen oder berühmte Dichter ihre Lieder vortragen. Die Wände der Zimmer seien mit kostbaren Teppichen bespannt und die Betten und Daunendecken mit Seide bezogen. Mit seinen Einkünften aus dem Silberbergbau, Zöllen und dem Fernhandel sei der Graf unermesslich reich geworden, aber das schien ihm niemand zu neiden. Gerecht und wohlwollend sei er, hörte Odilia immer wieder, er ließe den Bürgern viele Freiheiten und fördere großzügig den Kirchenbau, für den die Zähringer Herzöge einst den Grundstein gelegt hatten. Mechthild schwärmte gar regelrecht von ihm: Obwohl Graf Konrad mit Mitte vierzig schon im fortgeschrittenen Alter war, sei er ein wahrhaft gutaussehendes Mannsbild, groß und aufrecht, mit gepflegtem, noch vollem Langhaar und edlen Gesichtszügen. Vermählt war er mit Sophia, einer Gräfin von Zollern, die nach Mechthilds Worten zwar schön im Angesicht, aber kalt im Herzen sei. Fünf Kinder hatte sie dem Grafen geboren, zwei Mädchen und drei Knaben. Über Letztere hatte Odilia erst neulich im Waschhaus so einiges erfahren: Der Erstgeborene, der achtzehnjährige Egino, war wohl ein rechter Haudrauf, ungezügelt im Wesen und hitzköpfig, der etwas jüngere Konrad dickleibig und träge. Der Heinrich hingegen sei gut geraten und wisse sich auch gegenüber dem gemeinen Mann zu benehmen. Nur leider, hatte eines der Weiber geseufzt, hielten sich die gräflichen Familienmitglieder möglichst fern von ihren Untertanen, grad so, als hätten sie hier in der Stadt die Krätze. Deshalb habe man ja auch diesen Geheimgang von der Burg zum Chor der Pfarrkirche gegraben, um die heiligen Messen an Hochfesten unbehelligt von den Maulaffen auf der Gasse besuchen zu können.

Dies war das einzige Mal gewesen, dass Odilia eher missbilligende Worte über die Grafenfamilie gehört hatte. Nun, sie würde sich ihr eigenes Urteil bilden. Jedenfalls war sie schon mehr als gespannt auf den morgigen Tag.

Zum nächsten Morgen hin hatte das Wetter umgeschlagen. Der milde Spätsommer der letzten Wochen schien endgültig vorbei zu sein, der feuchte Wind ließ einen fast schon frösteln, und hin und wieder setzte Nieselregen ein.

«Ausgerechnet heute, wo sich der Graf angesagt hat»,

schnaubte Mechthild, während sie in der Küche die Reste des Milchbreis aus den Schüsseln schrubbte. «Ich verwette meine Sonntagshaube, dass er gar nicht erst kommt.»

«Lass besser Kathi den Abwasch machen», schlug Odilia vor und tauchte einen Wischlappen in das Spülwasser, das in einem Fass am Herd bereitstand. «Ich bin mir nämlich sicher, dass er kommt, und dann sollten wir in der Eingangshalle alles bereit haben.»

Des schlechten Wetters wegen hatten sie heute die lange Tafel in der Diele des Schaffnerhauses aufgebaut, und auf Tisch und Bänken hatte das Morgenessen der Werkleute deutliche Spuren hinterlassen. So machten sich Odilia und Mechthild daran, alles blitzblank zu putzen und auszukehren, dann füllten sie den Würzwein, den der Schaffner schon am Vorabend hatte liefern lassen, in den großen Kessel auf dem Herd, damit er sich auf kleiner Flamme langsam erwärmte. Einen gesonderten Korb mit feinem, frisch gebackenem Herrenbrot hatte der Bäcker soeben vorbeigebracht, dazu gab es Räucherwurst und Hartkäse.

«Damit könnte man ja eine ganze Wachmannschaft verpflegen», brummelte Mechthild, als sie sah, wie Odilia das Essen auf dem Tisch verteilte.

«Nun, wir wissen nicht, ob er allein kommt oder irgendwelche Dienstmannen mitbringt. Der Schultheiß, Pater Benedikt und mein Mann werden auf jeden Fall beim Umtrunk mit dabei sein.»

«Bestimmt bringt der Graf seinen Erstgeborenen mit, den Egino.» Kathi lehnte in der Tür zur Küche. «Der ist ja so ein schmucker Bursche.»

Odilia musste lachen. «Du hoffst wohl, dass er dir ein Lächeln schenkt.»

«Von wegen!» Mechthild warf der jungen Magd einen strengen Blick zu. «Du bleibst in der Küche, wenn die Herren hier sind, genau wie ich. Nur wenn wir gerufen werden, dürfen wir zur Tafel. Bist du eigentlich mit dem Abwasch fertig?»

«Fast.»

«Na dann – ab mit dir!» Mechthild schob das Mädchen in die Küche zurück.

Als Letztes verteilten sie die edlen Zinnbecher, die der Schaffner ihnen aus seiner Haushaltung ausgeliehen hatten.

«Was ist eigentlich in dem Körbchen drin, das du mitgebracht hast?» Mechthild deutete auf den Absatz der Wendeltreppe, die hinauf in die Schaffnerwohnung führte.

«Ach herrje – das hätte ich beinah vergessen.» Odilia schlug sich gegen die Stirn und holte das Körbchen. «Das habe ich gestern Abend noch vorbereitet.»

Sie zog das feuchte Leinentuch aus dem Korb und schlug es vorsichtig auseinander. Zum Vorschein kam eine Girlande aus Gräsern und Wiesenblumen.

«Wie schön! Ein Tischschmuck!»

«Was höre ich da?» Die untersetzte Gestalt Pater Benedikts erschien in diesem Moment auf den Stufen der Wendeltreppe. Er trug noch seinen Hausmantel, und die nackten Füße steckten in Filzpantoffeln. «Ein Tischschmuck?»

Nachdem er näher getreten war, strahlte er über sein rundes, gutmütiges Gesicht. «Sehr hübsch ist das. Habt vielen Dank, Baumeisterin.»

«Ich dachte, ein wenig Blumenschmuck kann nicht schaden. Aber so nennt mich doch nicht immer Baumeisterin, lieber Pater. Sagt einfach Odilia zu mir.»

«Ich werde mir Mühe geben.» Er zwinkerte ihr zu. «Sind die Männer alle bei der Arbeit?»

«Ja, Pater.»

«Das ist gut, wo der Graf die Männer ja bei ihrem Handwerk erleben möchte. Und hier in der Diele steht auch alles zum Besten, sehr schön. Ich denke, Graf Konrad wird bald hier sein.»

«Falls ihn das Wetter nicht abschreckt, Pater Benedikt», wandte die Köchin ein.

«Da kennst du unseren Stadtherren aber schlecht. Selbst wenn es Hunde und Katzen regnen täte, würde ihn das nicht schrecken. Nun, ich gehe wieder hinauf und richte mich für den Umtrunk.»

Damit verschwand er etwas schweratmig nach oben.

«Ich bin schon ganz aufgeregt», flüsterte Mechthild, nachdem sie in die Küche zurückgekehrt waren. «Wenn ich einer von den Steinmetzen wäre, könnt ich jetzt gar nicht mehr arbeiten.»

Odilia lächelte. Die Werkleute hatten beim Morgenessen nicht gerade den Eindruck von Aufregung gemacht. Das Selbstbewusstsein, das ihnen die Zugehörigkeit zu einer freien Steinmetzbruderschaft verlieh, stand jener Unterwürfigkeit im Wege, die die Menschen sonst angesichts von hohen Herren wie Grafen oder Bischöfe an den Tag legten.

«Haben wir alles da für das Mittagessen heute?», fragte sie die Köchin, «oder muss ich noch auf den Markt?»

«Lauch, Zwiebeln, Rote Rüben, Pastinaken – alles da. Das Wasser für den gesottenen Ochsenschwanz müsste gleich heiß sein.»

«Dann lass uns jetzt das Gemüse schneiden. Gerhard hat mir versprochen, dass ich bei dem Rundgang über die Baustelle mit dabei sein darf.»

Was nicht so ganz der Wahrheit entsprach. Vielmehr hatte

Odilia ihm sein Einverständnis heute früh regelrecht abringen müssen.

«Du hast es gut», murrte Mechthild. «Ich muss mit Kathi hier im Haus bleiben.»

«Dafür kommt der Graf ja hierher. Hast du übrigens deshalb deine Sonntagshaube auf?»

Mechthilds gestärkte, blendend weiße Leinenhaube kannte Odilia bei ihr nämlich nur vom Kirchgang.

Die Köchin grinste. «Dafür hast du dein Haar frisch gewaschen.»

Da mussten sie beide lachen.

In diesem Augenblick läutete draußen die Hüttenglocke.

«Er kommt!», rief Kathi fast erschrocken aus. «Der Graf kommt!»

Odilia band sich ihren fleckigen Arbeitsschurz ab.

«Dann will ich mir den Freiburger Stadtherrn mal näher ansehen», murmelte sie und beeilte sich hinauszukommen.

Vor der Tür stieß sie fast mit Gerhard zusammen. Wie durch ein Wunder hatte es aufgehört zu nieseln, und über der Kirche riss der Himmel ein Stück weit auf.

«Bist du bereit?», brummte er.

«Ja. Und ein klein wenig aufgeregt bin ich auch.»

Sie wussten, dass der Graf die Stadt durch das Obertor betreten und den Weg über die Vordere Wolfshöhle nehmen würde. Somit würde er zwischen dem Haus des Pfarrrektors und der Hüttenschmiede auf dem Kirchplatz eintreffen, und genau dort hatte sich eine vierköpfige Scharwache mit Hellebarden aufgestellt. Anscheinend sollte der gemeine Mann den gräflichen Rundgang nicht behindern.

Von den Steinmetzen und Taglöhnern war hier keiner zu sehen – sie waren allesamt am anderen Ende des Kirchenbaus zugange. Nur die vier Bildhauer arbeiteten in der nahen Hauptwerkstatt. Aus dem offenen Tor waren die hellen Schläge auf den Stein weithin zu hören.

«Ein Weib auf einer Baustelle, wo gibt's denn so was», fing Gerhard neben ihr nun doch wieder an zu mäkeln.

«Du vergisst, dass in Straßburg sogar eine Steinmetzin für dich gearbeitet hatte.»

«Das ist etwas anderes.»

Sie wollte ihm schon widersprechen, ließ es dann aber bleiben angesichts des bedeutsamen Augenblicks, der ihnen bevorstand.

Sie gesellten sich zu den Scharwächtern, als auch schon freudige Rufe und Hufgetrappel zu vernehmen waren. Unwillkürlich reckte Odilia den Hals. Vier Reiter näherten sich, gesäumt von zahllosen Zuschauern, die immer wieder in Beifallsrufe ausbrachen: «Heil unserem Stadtherrn! Es lebe Graf Konrad, es lebe der junge Herr!»

Kathi hatte also recht behalten: Egino, Graf Konrads Sohn und Nachfolger, war mitgekommen. Vorweg, auf einem schweren, dunklen Schlachtross, ritt ein Leibwächter in Kettenhemd und Kettenhaube, gut bewaffnet mit Streitaxt, Schwert und einer Lanze, an der das gräfliche Banner angebracht war. Auch der junge Graf trug ein Schwert am Gürtel, während der Stadtherr selbst unbewehrt war.

Beide, Vater und Sohn, saßen auf edlen, schneeweißen Schimmeln mit goldverbrämtem Zaumzeug und rot-goldenen Schabracken unterm Sattel. Den Hals hoch aufgewölbt, tänzelten die Rösser schnaubend und dicht nebeneinander dahin, ihre Reiter schienen mit den Tieren verwachsen. Ab und an versetzte Egino seinem Pferd einen leichten Schlag mit der Lederpeitsche, was sein Pferd noch mehr zum Tänzeln brachte und die allzu neugierigen Gaffer zurückweichen ließ. Hinter den beiden ritt Schultheiß Dietrich von Tusslingen und gab eine eher klägliche Figur ab: Schief und reichlich verkrampft hing der dicke Mensch im Sattel.

Zwei Dinge erstaunten Odilia. Zum einen, dass Graf Konrad nicht mit großem Gefolge ausgezogen war, zum andern die Schlichtheit seines Äußeren. Er trug einen hellen, ärmellosen Mantel, der locker und faltenreich herabfiel und mit einer silbernen Brosche am Hals zusammengehalten wurde, die engen Ärmel des Obergewands schimmerten in mattem Rot. Des Sattels wegen reichte der Mantel nur bis über das Knie, darunter wurden einfache Lederstiefel, wenngleich mit silbernen Sporen, sichtbar. Sein braunes, welliges Haar war kinnlang geschnitten und von einem dunkelroten Samtbarett bedeckt. Wenn sie da an den Bischof von Straßburg dachte, der das Haus stets rausgeputzt wie ein Pfau verließ, in farbenprächtigen Gewändern, über und über mit Schmuck behängt …

Der Grafensohn fiel gegenüber seinem Vater schon um einiges mehr auf. Er war gekleidet wie ein fahrender Ritter, in Kettenhemd mit einem seidig glänzenden, scharlachroten Waffenrock darüber, auf Brust und Rücken trug er das gräfliche Wappen. Wie sein Vater hatte er helle Handschuhe an und weiche, kniehohe Lederstiefel mit Sporen. Die von Egino indessen waren flammend rot eingefärbt. Auf dem blonden, mit einem Stich ins Rötliche gehenden Haar, das ihm in langen Locken bis auf die Schulter fiel, trug er einen künstlichen Blumenkranz.

Die vier kamen rasch näher, und schon begannen die Scharwächter hinter ihnen, das Volk zurückzutreiben. Inzwischen konnte Odilia die Gesichter genauer erkennen. Graf Konrad strahlte Ruhe aus, wobei seine Wangen ein wenig eingefallen

schienen, als würden ihn Sorgen umtreiben. Doch um seine
vollen Lippen spielte ein Lächeln, das nichts Hochmütiges
hatte.

Umso dünkelhafter wirkte Eginos Miene auf Odilia. Die
Unterlippe abschätzig vorgeschoben und den Kopf hoch erhoben, wechselte sein Blick unter halb gesenkten Lidern unstet
nach allen Seiten. Er sah seinem Vater ausgesprochen ähnlich,
hatte dabei aber für seine achtzehn Jahre noch etwas sehr Un-
reifes, ja Kindliches, wie sie fand.

Der Leibwächter ließ sein Pferd zur Seite treten, und die
beiden Grafen kamen vor ihnen zum Stehen. Odilia beugte das
Knie, ihr Ehegefährte nahm sein Barett ab, verneigte sich kurz
und wartete ab, bis Graf Konrad das Wort an ihn richtete.

«Es ist mir eine Freude, Meister Gerhard von Straßburg»,
hob der mit wohlklingender Stimme an, «dich hier in meiner
Stadt begrüßen zu können.»

«Die Freude ist ganz meinerseits, Herr. Es ist mir eine große
Ehre, in Eurer Herrschaft Freiburg die Pfarrkirche zu erneu-
ern.» Er deutete auf Odilia. «Darf ich Euch meine eheliche
Wirtin Odilia vorstellen? Wenn Ihr erlaubt, begleitet sie uns.»

«Nur zu.» Graf Konrad nickte ihr freundlich zu. «Ums Haar
hätte ich auch Gräfin Sophia mitgebracht, wenn ihr nicht ganz
plötzlich unpässlich zumute gewesen wäre.»

Er wies auf die beiden Ostjoche des Langhauses, die noch
von Gerhards Vorgänger erbaut worden waren und die eine
Backsteinmauer gegen die Baustelle abschirmte, damit die
Priester ungestört ihre täglichen Gottesdienste abhalten konnten. Links davon war das alte, erheblich schmalere und kürzere
Zähringerkirchlein bereits bis auf ein paar niedrige Mauerreste
verschwunden. Vom Kirchturm stand nur noch die Eingangshalle, die wohl seit alters her dem Grafen- und Marktgericht

gedient hatte, der Glockenstuhl mitsamt der Angelusglocke war bereits abgebaut und auf den Kirchplatz versetzt worden.

«So wirst du also in dieser wunderbaren französischen Bauweise weiterarbeiten?», fragte der Graf.

«O ja, Herr. In noch klareren, kühneren Linien werden wir weiterbauen, und zusammen mit dem hohen, sich nach oben verjüngenden Turm wird diese Kirche zu einem Schmuckstück Eurer Stadt werden, das verspreche ich Euch. Erinnert Ihr Euch an den Entwurf, den ich Euch in Straßburg gezeigt hatte? Leider sind darauf die Einzelheiten der Maßwerkfenster, Strebewerke und Schmuckelemente kaum zu erkennen. Deshalb habe ich hierzu einige weitere Risse gezeichnet, die einen guten Eindruck vermitteln von der Leichtigkeit und Schönheit dieser Bauweise.»

Gerhard hatte sich in Fahrt geredet, und Odilia fürchtete schon, dass er den Grafen damit langweilen würde. Doch der hörte aufmerksam zu.

«Wenn Ihr möchtet, Herr», fuhr Gerhardt mit glänzenden Augen fort, «zeige ich Euch nachher die Risse. Sie hängen in der Werkstatt aus. Wenn Ihr mir nun folgen möget zum Westteil der Kirche? Wir sind gerade dabei, die Fundamente auszuheben.»

«Sehr gern.»

Behände wie ein junger Mann glitt der Graf aus dem Sattel, und der Schultheiß, der außer einem Gruß noch kein Wort mit Gerhard gewechselt hatte, folgte seinem Beispiel. Beide reichten sie einem der Scharwächter die Zügel.

«Willst du nicht auch absitzen?», fragte Graf Konrad seinen Sohn.

Der schüttelte den Kopf: «Von hier oben habe ich einen weitaus besseren Überblick.»

«Wie du meinst.» Er wandte sich wieder an Gerhard und
deutete auf die weit geöffnete Werkstatttür. «Woran arbeiten
die vier Steinmetze dort drüben?»

«Das sind meine Bildhauer. Sie schneiden bereits die ersten
Schmucksteine für das äußere Portal des Turms. Sobald wir hier
in Fahrt kommen, bräuchte ich allerdings weitere Bildhauer.»

«So wünsche ich mir das, Baumeister.» Der Graf lächelte.
«Du bekommst, was du benötigst. Besprich das nur alles mit
dem Schaffner. Warst du schon in unserem neuen Steinbruch
bei Tennenbach?»

«O ja, gleich am zweiten Tag. Einen sehr guten Buntsandstein habt Ihr dort – nicht zu hart für die Bildhauerei, zugleich
aber stark genug für den Mauerbau.»

Gemächlichen Schrittes umrundeten sie während ihres Ge-
sprächs die Baustelle, wo neben Gerhards Leuten inzwischen
ein gutes Dutzend städtischer Handwerker und Taglöhner ihre
Arbeit verrichteten, ohne sich in diesem Moment von dem hohen Besuch stören zu lassen. Was Odilia jedes Mal aufs Neue
verblüffte, war, dass in diesem geräuschvollen Durcheinander
jede Hand zu wissen schien, was sie zu tun hatte. Hier wurde
Sand von einem Ochsenkarren geschüttet, dort ein Gerüst
gezimmert, in einer der offenen Lauben schlugen zwei Steinmetze in ihren mit rotem Staub bepuderten Tuniken Blöcke
zurecht, und überall eilten Lastenträger hin und her.

Derweil erklärte Gerhard dem Grafen den neuen, erheblich
größeren Grundriss, der mit Pfosten und Seilen markiert war.
Nicht wenige Gräberfelder hatten der Kirchenerweiterung
weichen müssen, die Gebeine befanden sich jetzt in der Friedhofskapelle auf der anderen Seite von Unser Lieben Frauen.

Odilia liebte es, Menschen zu beobachten. So auch jetzt. Graf
Konrad war ganz Ohr, während er dicht neben Gerhard her-

schritt, der Schultheiß starrte schläfrig zu Boden, und der junge Egino folgte ihnen und lenkte sein Ross unstet mal hierhin, mal dorthin, wobei er den Arbeitern nicht selten in die Quere kam. Gerhard runzelte hierüber nicht mal die Stirn, aber Odilia wusste genau, was er dachte: Was für ein verwöhntes Herrensöhnchen! Sie selbst hielt ihn eher für ein Muttersöhnchen.

Auf der Südseite des Langhauses war das Fundament bereits auf acht Fuß Tiefe ausgehoben, die nur roh behauenen Abbruchsteine lagen daneben bereit. Wenn man es recht bedachte, war man in diesen ersten zwei Wochen doch recht weit gekommen, und Gerhards anfänglicher Missmut war längst in begeisterten Arbeitseifer umgeschlagen, von dem sich seine Männer wie immer hatten anstecken lassen. Seit heute Morgen nun setzten die Werkleute von Osten her die Grundmauer, und der Graf trat neugierig an eines der Holzgestelle mit den Seilwinden über dem Graben. Unter Aufsicht des Parliers Marx wurde gerade ein Werkstein passgenau ins Mörtelbett abgelassen. Die Maurer, Mörtelmischer und Steinmetze hielten nur kurz inne, um sich dem Graf gegenüber zu verneigen, dann setzten sie ihre Arbeit mit größter Aufmerksamkeit fort.

«Um die Standfestigkeit des Ganzen schon während des Bauens zu sichern», erklärte Gerhard, «werden wir die Seitenschiffe und den Turmunterbau gleichzeitig aufmauern. Was indessen bedeutet, dass wir bald schon die Eingangshalle des alten Turms abreißen müssen. Spätestens, wenn wir neue Steine fürs Fundament brauchen. Wo also werdet Ihr dann Gericht halten?»

«Keine Sorge, Baumeister. Das ist bereits alles mit meinem Bruder, dem Pfarrrektor, und mit Pater Benedikt besprochen. Wir können ebenso gut im Chor Gericht halten, und ihr Bauleute tut, was ihr tun müsst.» Er begann zu strahlen. «Für mich

ist es einfach eine Freude! Endlich wird hier wieder fleißig gearbeitet, nachdem unsereins jahrelang nach einem freien Baumeister von gutem Ruf gesucht hat. Du weißt ja selbst, Meister
Gerhard: Überall lässt man derzeit die Kirchen auf französische
Weise erneuern. Und das tun wir nun auch. Nur noch schöner
und noch höher.»

Sie gelangten an den Bauplatz für den neuen Turm, wo das
Fundament noch tiefer ausgehoben wurde für das große Gewicht, das es in Zukunft würde tragen müssen. Die Gräben
waren bereits so tief, dass man die darin arbeitenden Taglöhner
von weitem gar nicht sehen konnte, sondern nur die vollen
Eimer, die einer nach dem andern an den Winden nach oben
gezogen und in die bereitstehende Maultierkarre entleert wurden. Ebendort bedrängte der Grafensohn gerade die schwer arbeitenden Männer mit seinem gefährlich nah am Abgrund tänzelnden Ross, schließlich fuchtelte er mit seiner Lederpeitsche
dem Jecklin vor der Nase herum.

«He, Malefizkerl – geht das nicht schneller?», schnauzte
Egino ihn an.

Zu Odilias Schrecken waren Jecklin die Fußgelenke wieder
mit schweren Ketten und Schellen gebunden. Gerhard hatte
sie ihm gleich am ersten Tag abgenommen, gegen die lautstarken Widerworte des Turmwächters, der den jungen Viehdieb
hergeführt hatte. «Dann nimm ihn nur geradwegs wieder mit,
Wächter», hatte Gerhard ihm beschieden. «In Ketten kann ich
den Jecklin hier schon gar nicht brauchen.»

Doch schnell beruhigte sich Odilia wieder: Vermutlich hatte
Gerhard die Ketten veranlasst, weil man vor dem Grafen und
dem Schultheißen den jungen Missetäter schließlich nicht wie
einen freien Mann arbeiten lassen konnte. Man würde ihm die
Ketten hernach gewiss wieder abnehmen.

In diesem Augenblick versetzte Egino Jecklin einen Schlag gegen den Rücken. Nicht eben hart, aber deutlich als Demütigung gemeint.

Ohne nachzudenken, sprang sie neben die Maultierkarre und stellte sich zwischen Jecklin und den Grafensohn.

«Der Junge verrichtet seine Arbeit, wie ihm geheißen wird. Warum tut Ihr das, junger Herr?»

In seinen hellen Augen blitzte Empörung auf.

«Geht's dich was an?», zischte er.

Da erst wurde Odilia sich bewusst, was sie soeben getan hatte. Zumal Gerhard sie entsetzt anstarrte.

«Verzeiht mir, edler junger Herr.» Sie spürte, wie sie rot wurde. «Es steht mir nicht zu, so mit Euch zu reden. Es ist nur, dass sich der Jecklin bislang noch nie etwas zuschulden hat kommen lassen.» Sie neigte kurz den Kopf, bevor sie reumütig zu ihm aufblickte.

Verächtlich schaute er auf sie herab. «Ein Dieb bleibt ein Dieb.»

Sie schwieg und senkte erneut den Blick. Was brachte es, sich mit dem künftigen Stadtherrn weiter herumzustreiten? Sie war ohnehin schon zu weit gegangen, dass wusste sie. Und von Gerhard würde sie später genug Vorwürfe zu hören bekommen.

«Egino, komm herüber an meine Seite», vernahm sie die Stimme des Grafen, «und lass dir das Fundament erklären!»

Gehorsam richtete Egino sein Pferd rückwärts und lenkte es hinüber zu seinem Vater, wo Gerhard soeben begonnen hatte, die Bestimmung der beiden rechtwinkligen, tiefen Schächte zu erläutern, die rechts und links vom künftigen Westportal ausgehoben waren. Odilia war dem alten Grafen dankbar, dass er sie so galant aus dieser misslichen Lage befreit hatte, denn anders konnte man seine Aufforderung an den Sohn wohl nicht verstehen.

«Danke, Meisterin», flüsterte Jecklin ihr zu, während er den nächsten schweren Eimer Erdreich in die Karre leerte. Odilia wandte sich mit einem angedeuteten Nicken schnell ab.

«Alsdann, junger Herr», wiederholte Gerhard in Eginos Richtung, «an dieser Stelle werden kräftige, abgetreppte Strebepfeiler entstehen, die den Turm sowohl an der Westseite als auch von Norden und Süden her stützen. An jeder Abstufung ist Raum für Bildwerke in Ziergehäusen, sogenannten Tabernakeln. Und soeben habe ich Eurem Herrn Vater vorgeschlagen, die unterste Reihe der vier Tabernakel mit den Bildnissen der Grafenfamilie zu besetzen. So hat Euch, als Bauherren der neuen Kirche, jeder Bürger beim Kirchgang sogleich vor Augen.»

Egino lächelte geschmeichelt, der Vorfall von eben schien vergessen. «Man könnte auch sagen: als Hüter weltlichen Rechts und weltlicher Ordnung.»

«Richtig, mein Junge», bestätigte sein Vater. «Ich schlage vor, wir beide, als Grafen von Freiburg, flankieren den Eingang, und für die seitlichen Pfeiler nehmen wir die Bildnisse von meinem lieben Bruder Heinrich, dem Grafen von Fürstenberg, sowie von deinem jüngeren Bruder Heinrich, dem künftigen Herrn von Badenweiler. Was hältst du davon?»

Seine Augen leuchteten auf. «Der Gedanke gefällt mir.»

«Nun, Baumeister», wandte sich Graf Konrad wieder Gerhard zu, «kannst du mir garantieren, dass sich dein bester Bildhauer für uns ans Werk macht? Ich werde ihn und auch dich hierfür fürstlich entlohnen.»

«Dann empfehle ich Euch Alfred.»

«Gut. Und jetzt zeige mir deine weiteren Entwürfe zur neuen Kirche. Ich brenne darauf, alle Einzelheiten zu erfahren.»

«Sehr, sehr gerne, Herr.» Gerhard strahlte. «Dazu müsstet Ihr mir in die große Werkstatt folgen. Was übrigens diese Werkstatt betrifft, so hätte ich eine große Bitte. In den Wintermonaten ruht erfahrungsgemäß die Arbeit auf dem Bau, doch über die gefrorenen Straßen können die schweren Rohlinge umso besser angeliefert werden. Meine Leute könnten also die Zeit nutzen, um Steine vorzuschneiden und am Figurenschmuck zu arbeiten. Allerdings bräuchten wir dazu eine winterfeste Werkstatt, die nicht nur aus Holz ist. Ein Herdfeuer könnte in dieser schon gefährlich werden, und die Wärme von Kohlebecken reicht nicht aus, damit die Männer an frostigen Tagen am Stein arbeiten können. Wenn es also mit Eurer Kirche zügiger vorangehen soll, müsste für meine Leute baldmöglichst eine neue Hütte gebaut werden. Und zwar als Fachwerkhaus, mit einem hohen, lichten Raum im Erdgeschoss und einem Dachboden für den Schlafsaal und meine Reißkammer, in der ich an meinen Entwürfen arbeiten kann. Vor allem aber mit einem guten Ofen, mit dem man Werkstatt wie Dachboden beheizen kann. Ihr werdet sehen, Herr: Unsere bisherige Hütte ist leider nur eine bessere Scheune.»

Während seiner langen Rede, die er, ganz wie es seine Art war, höflich, aber kein bisschen unterwürfig vorgebracht hatte, waren sie vor den offenen Toren der Werkstatt angelangt. Odilia beschloss, sich zu verabschieden, da sie Mechthild nicht länger allein lassen wollte mit der Küchenarbeit. Die Gute war gewiss schon völlig aufgeregt.

Sie verneigte sich tief vor dem Grafen und seinem Sohn, der jetzt endlich, wenn auch sichtlich widerwillig, vom Pferd gestiegen war.

«Ich will mich nun zurückziehen, Ihr Herren. Pater Benedikt erwartet Euch nachher zu einer kleinen Stärkung im

Schaffnerhaus. Und verzeiht mir bitte», fügte sie hinzu, «noch einmal mein ungebührliches Verhalten von vorhin.»

Graf Konrad winkte ab. «Es sei dir verziehen, Odilia. Ich denke, das war nur ein Missverständnis zwischen dir und meinem Sohn.»

«Danke, Herr.»

Ganz in Gedanken kehrte Odilia ins Schaffnerhaus zurück. Der Stadtherr war wirklich ein großherziger Mann und zudem, was für Gerhard so wichtig war, einer, der von dem Bauvorhaben fast so begeistert war wie er selbst. Das gute Einverständnis, das zwischen den beiden so offensichtlich herrschte, freute sie sehr.

Doch was eines Tages mit seinem Sohn und Nachfolger Egino auf die Freiburger zukommen mochte, wollte sie sich gar nicht erst ausmalen. Andererseits: Konnten sich junge Menschen nicht auch ändern?

Kapitel 4

Im Mai, Anno Domini 1271

Still und menschenleer lag die Baustelle in der Nachmittagssonne, nachdem sich die Werkleute wie jeden zweiten Samstag nach ihrem Imbiss zum Vesperläuten davongemacht hatten, um eine der Badstuben oder kleinen Schenken aufzusuchen. Gerhard liebte diese Stunden der Ruhe, wurde doch sonst von Sonnenaufgang bis Sonnenuntergang gearbeitet, und das unter erheblichem Lärm. Er lehnte sich an die warme, gelblich schimmernde Mauer des Querhauses und beobachtete Jecklin und den Lehrknaben Friedhelm, wie sie auf dem Werkplatz die letzten Reste an Steinsplittern, Mörtelbatzen und Holzspänen zusammenkehrten. Danach würden auch sie frei haben. Die beiden verstanden sich gut, und er konnte sich voll und ganz darauf verlassen, dass sie zur Nacht alle Werkzeuge und Gerätschaften in den abschließbaren Schuppen neben der Werkstatt räumten. Den Schlüssel übergab Jecklin dann ihm oder auch Odilia, jedes Mal mit einem feierlichen Ernst in dem stupsnasigen, sommersprossigen Gesicht.

Gerhard musste daran zurückdenken, wie dieser schmächtige Junge sich zum Winteranfang von ihnen verabschieden wollte. Mit dem Abriss der alten Kirchenmauern und dem Fertigstellen des Fundaments hatte er seine Strafe verbüßt und war aus dem Stadtturm entlassen worden. Alle Werkleute und Taglöhner hatten sich an jenem Tag vor dem Schaffnerhaus versammelt, um diesen wichtigen Bauabschnitt zu feiern. Pater Benedikt hatte ein Fässchen Freiburger Wein spendiert, Kirchrektor Gottfried, der den ersten Grundstein gelegt hatte, war eigens aus Villingen angereist, um ihr Werk zu begutachten, und hatte sich bei jedem seiner Männer mit Handschlag für die Arbeit bedankt. Selbst Schultheiß Dietrich von Tusslingen war auf einen Becher Wein vorbeigekommen, wohingegen Graf Konrad und sein Ältester auf einem Fehdezug außer Landes waren. Als schließlich irgendwer mit Fidel und Flöte zum Tanz aufspielte, war die Stimmung immer ausgelassener geworden. Nur Jecklin kauerte niedergeschlagen auf der Bank.

«Was ist mir dir?» Odilia, die eben von einem Tänzchen zurückgekehrt war, strich ihm durch das stets zerzauste Haar. «Freust du dich gar nicht?»

Der Junge stand auf und blickte unsicher von einem zum andern.

«Heute ist mein letzter Tag bei Euch. Ich bin eigentlich nur gekommen, um mich zu verabschieden.»

«Stimmt», grinste Alfred. «Du trägst ja gar keine Ketten und Schellen mehr. Da kannst endlich wieder als freier Mann nach Hause gehen.»

«Nach Hause», wiederholte Jecklin und biss sich auf die Lippen. Dann gab er sich einen Ruck.

«Ich möchte Euch von Herzen danken.» Er drückte Gerhard die Hand und hatte plötzlich Tränen in den Augen. «Euch auch, Frau Odilia.»

Die sah ihn prüfend an. «Was hast du nun vor?»

«Na ja, als Viehhirte will die Stadt mich nicht mehr haben.»

«Was gut zu verstehen ist», erwiderte Odilia. «Aber einen aufgeweckten Burschen wie dich wird man überall brauchen können. Am besten gehst du erst mal zu deiner Familie zurück.»

«Meine Eltern sind gestorben, vor vielen Jahren schon.»

«Oh. Das tut mir sehr leid. Und deine Geschwister?»

«Die sind …» Er stockte. «Die sind auch alle tot. Und den Verschlag an der Stadtmauer, wo ich zuletzt gewohnt hab, den hat sich jetzt ein Bettler geschnappt.»

Da erst fiel Gerhard auf, dass er den Jungen nie nach seiner Herkunft oder Familie gefragt hatte. Wie ein Kuckucksei war er ihnen ins Nest gelegt worden.

«Hör zu, Jecklin.» Er legte ihm den Arm um die Schulter. «Bis du ein neues Obdach gefunden hast, kannst du bei den Männern im Schlafsaal übernachten. Nicht wahr, Marx?»

Der Parlier nickte. «Wir haben zwar selber kaum Platz auf unserem Strohlager, aber dafür wird's dann umso wärmer, jetzt im Winter. Was meint ihr anderen dazu?»

Inzwischen hatten sich alle Steinmetzgenossen um den Jungen versammelt, und alle stimmten zu. Gerhard wusste, dass die Männer Jecklin mochten und ihn in den vergangenen Monaten mehr und mehr unter ihre Fittiche genommen hatten.

«Na siehst du.» Gerhard lächelte. «Natürlich müssen wir noch den Schaffner um Erlaubnis fragen, aber Pater Benedikt ist ein gütiger Mensch, er wird nichts dagegen haben.»

Jecklins schmales Gesicht hellte sich auf. «Könnte ich dann vielleicht im Frühjahr wieder bei Euch auf dem Bau helfen?»

«Ich will ehrlich zu dir sein, Jecklin. Für die Arbeit eines Steinmetzes bist du nicht kräftig genug und wirst es wohl auch nie sein.»

«Wahrscheinlich habt Ihr recht, Meister.»

Die Freude von eben war aus seinem Gesicht gewichen. Bekümmert ließ er sich wieder auf die Bank sinken.

Wie Gerhard fast hätte wetten können, mischte sich nun Odilia ein. «Jetzt nimm erst mal einen Schluck von dem guten

Rotwein, so einen gibt's nicht alle Tage. Vielleicht finden wir ja eine andere Lösung.»

Sie nahm Gerhard beiseite.

«Steinmetz ist gewiss nicht das richtige Handwerk für ihn. Aber der Junge ist fleißig und flink und sich für keine Drecksarbeit zu schade, auch wenn er vielleicht nicht der Hellste ist. Dazu ist er schwindelfrei in großer Höhe und kann gut mit Tieren umgehen. Wie du selbst erlebt hast, bringt er jeden noch so störrischen Ochsen oder Esel vor der Karre zum Laufen. Du könntest ihn also für alle erdenklichen Hilfsarbeiten einsetzen, sogar als Laufboten zum Grafen, was keiner von den Steinmetzen gerne macht.»

«Du meinst, ich soll ihn als Hüttenknecht einstellen? Hm ...»

Er dachte nach. Er hatte noch nie einen eigenen Hüttenknecht gehabt. Andererseits hatte er auch noch nie die Bauführung innegehabt, und einem Werkmeister standen Lehrknabe wie Knecht durchaus zu. Und ab dem Frühjahr, wenn es mit dem Aufmauern erst so richtig losginge, würden sie hier mit doppelter Mannstärke arbeiten. Da wäre ein umsichtiger Hüttenknecht schon recht nützlich.

«Oder traust du ihm nicht?», bohrte sie nach. «Ich sage dir, er ist alles andere als ein Dieb. Das junge Huhn, das er damals unterm Hemd versteckt hatte, war schon verendet. Aus Hunger hat er es mitgenommen.»

«Gut. Aber ich will nicht allein entscheiden. Die Bauhütte soll abstimmen.»

Er kehrte zu den anderen an die Festtafel zurück und bat um Ruhe.

«Wer ist dafür, dass wir Jecklin als unseren Hüttenknecht annehmen? Ich denke, er wäre genau der Richtige für diesen Dienst.»

Als er jetzt an diesen Augenblick zurückdachte, musste er unwillkürlich lächeln. Ohne eine einzige Gegenstimme war sein Vorschlag angenommen worden und hatte den strahlenden Jecklin zu einem Mitglied ihrer Gemeinschaft gemacht. Und keiner von ihnen hatte es bisher je bereut.

Noch immer lächelnd durchmaß Gerhard das künftige Langhaus, wo rein gar nichts mehr an das ursprüngliche Kirchlein erinnerte, und erreichte den Durchgang zum neuen Turm. Dort hatten die Freiburger Zimmerleute gestern eines dieser französischen Laufräder fertiggestellt, die am Bau einen unglaublichen Fortschritt darstellten: Das große, hölzerne Tretrad, das mit der Kransäule, dem Ausleger und der Seilwinde fest verbunden war, hatte innen eine Lauffläche, die breit genug war für zwei nebeneinandergehende Arbeiter. Mit dieser Neuerung war es nun möglich geworden, große und sehr schwere Werksteine in die Höhe zu ziehen anstatt sie über Rampen mühsam hinaufzuschleppen. Natürlich hatte ein solcher Lastkran, erst recht mit einem Stein am Seil, viel zu viel Gewicht, um auf den Gerüsten aufgestellt zu werden. So platzierte man ihn zunächst auf dem Boden, und sobald ein Geschoss fertig war und massive Zugbalken die Seitenwände miteinander verbanden, wurde er wieder abgebaut und auf den Balken wieder zusammengesetzt. Auf diese Weise «wuchs» und «wanderte» der Kran mit dem Baufortschritt des Gebäudes immer höher. Voller Bewunderung hatte Ulrich Wohlleb neulich das erste der drei Treträder drüben im südlichen Seitenschiff begutachtet und Gerhard dann kopfschüttelnd gefragt, ob dieses Auf- und Abbauen nicht fürchterlich umständlich sei. «Mag sein», war seine Antwort gewesen. «Aber anders wäre es kaum möglich, Kirchen und Türme von dieser Höhe zu errichten.»

Gerhard mochte den Kaufherrn, der so viel Augenmerk und

Eifer auf die Erneuerung der Pfarrkirche richtete und der die Kirchenfabrik, die mit der Durchführung des Baus betraut war, obendrein großzügig mit Zuwendungen unterstützte. Wie so viele Bürger im Übrigen, die es sich denn auch nicht nehmen ließen, die Fortschritte auf der Baustelle immer wieder voller Neugier zu besichtigen. Was jetzt, wo die Mauern ganz allmählich in die Höhe wuchsen, seine Werkleute bei der Arbeit behinderte und auch für Leib und Leben der Besucher gefährlich werden konnte. Deshalb hatte er letzte Woche schweren Herzens das Gelände mit Seilen absperren lassen. Erlaubt war nur noch, den Bildhauern bei der Arbeit über die Schulter zu sehen oder sich unter seiner oder Marxens Aufsicht über die Baustelle führen zu lassen.

Inzwischen war auch für einen Unkundigen der Aufbau der zukünftigen Pfarrkirche klar zu erkennen: der Unterbau des Turms mit seinen Stützpfeilern, mit dem vielfach eingestuften Hauptportal und dem Innenportal als Eingang ins Kirchenschiff; die südliche Seitenschiffwand mit dem künftigen Lammportal; die nördliche mit ihren Ausbuchtungen für die Kapellen. Auch wenn man sich den Kirchenbau nun in seiner ganzen Größe vorstellen konnte, war es wohl nur ihm und seinen Werkleuten bewusst, dass hier noch auf viele Jahre, vielleicht Jahrzehnte hinaus gebaut werden würde. Allein für ein einziges großes Maßwerkfenster brauchte man etliche Wochen, für eine mannshohe Skulptur sogar neun bis zwölf Monate! Ein Gutteil der Freiburger würde die fertige Pfarrkirche in ihrer ganzen Pracht gar nicht mehr erleben, er selbst womöglich auch nicht. Aber daran verbot er sich auch nur zu denken.

Ja, er konnte durchaus zufrieden sein. In diesen ersten acht Monaten war alles mehr oder weniger reibungslos vonstattengegangen. Durch den überraschend milden Winter hatten sie fast keine Ausfallzeiten gehabt. Die Grundmauern hatten sie rechtzeitig vor dem ersten Schneeeinbruch Anfang Januar fertig bekommen und gegen die Kälte mit Stroh und Mist abgedeckt, doch schon Ende Februar war das Wetter wieder so mild geworden, dass der Mörtel angerührt werden konnte und sie mit dem Aufziehen der Mauern begonnen hatten. Die wenigen eisigen Wochen dazwischen hatten sich seine Steinmetze in der unbeheizten Werkstatt trotz Handschuhen fast die Finger abgefroren, während sie die Steine für Gesimse und Portale vorschnitten. Die Bildhauer indessen, die bereits mit dem Figurenschmuck für die Vorhalle begonnen hatten, hatten sich geweigert. «Mit blau gefrorenen, zittrigen Händen können wir keine Heiligen aus dem Stein schlagen», waren Alfreds Worte gewesen, und Gerhard musste ihnen zustimmen. Daraufhin hatte Graf Konrad ihnen oben in der Burgschmiede Platz schaffen und die Steine mit Ochsengespannen hinaufkarren lassen. Über fünf oder sechs Wochen waren die Männer täglich nach dem Morgenessen den steilen Burghaldenweg hinaufmarschiert. In dieser Zeit hatte Alfred auch mehrere Zeichnungen vom Stadtherrn und dessen Sohn angefertigt, während ihm Graf Konrad mehr als einmal versichert hatte, dass für den nächsten Winter eine beheizbare Werkstatt mit einem größeren Schlafquartier für alle zur Verfügung stehen würde.

Gerhard musste grinsen, als er an diese Zeit zurückdachte. Jedes Mal, wenn die Männer nach Einbruch der Dunkelheit von der Niederburg zurückkehrten, hatten die Frauen im Schaffnerhaus sie mit Fragen gelöchert, wobei Odilia ihnen in ihrer Neugier in nichts nachstand: «Wie viele Menschen leben auf der Burg? Geht es dort wirklich so fürstlich zu? Seid Ihr der Gräfin begegnet? Ist für den jungen Grafen schon eine Braut ausersehen?» Dabei hatten die Bildhauer, von Alfred einmal abgesehen, außer Burgmannen und Gesinde niemanden zu Gesicht bekommen.

Im Frühjahr, nach der Ostermesse im alten Teil von Liebfrauen, hatte Graf Konrad sein Versprechen eingelöst und tatsächlich Gerhard aufgesucht, um mit ihm gemeinsam den Riss für die neue Bauhütte zu entwerfen. Obendrein hatte der Graf ihm erlaubt, ein halbes Dutzend weitere Steinmetze einzustellen, und da die Umfriedung der nördlichen Vorstadt dem Ende zuging, sollte ein Großteil der Freiburger Maurer und Zimmerleute nun zum Kirchenbau verpflichtet werden. Dies alles musste in großer Eile geschehen: Der Graf hatte sich von König Ottokar, dem mächtigen König von Böhmen und möglichweise bald schon Kaiser des Heiligen Römischen Reiches, für einen Heerzug gegen die Ungarn anwerben lassen. Schon drei Tage nach Ostern war Konrad mit großem Gefolge gen Osten losgezogen, von den Freiburgern am Obertor mit ihren guten Wünschen verabschiedet. Seither sah man Egino noch öfter mit schwerbewaffneten Leibwächtern durch die Stadt streunen, um sich aufzuspielen. Er war noch übellauniger als sonst, weil er, wie Gerhard vermutete, nicht auf den Kriegszug mitgedurft hatte.

«Hier ist der Schlüssel, Meister», riss Jecklin ihn aus seinen Gedanken. «Wir haben alles ordentlich verräumt.»

«Gut, mein Junge. Dann bis morgen früh.»

Jecklin lachte. «Morgen ist Sonntag, Meister.»

Da musste auch Gerhard lachen. «Am Tag des Herrn will ich dich natürlich nicht auf der Baustelle sehen.»

Plötzlich hatte er das Bedürfnis, sich bei Odilia zu bedanken dafür, dass sie ihm in der schweren Anfangszeit immer wieder den Rücken gestärkt hatte. Beim hölzernen Glockenstuhl begrüßte er noch den alten Kirchendiener, der im Wechsel mit dem Custos nach Feierabend die Wache über den Rohbau innehatte, dann eilte er hinüber ins Schaffnerhaus.

Sie stand am Herd und briet in der Pfanne Hühnerklein für das Abendessen an.

«Hm! Hühnerklein mit Blutsoße, mein Leibgericht!»

Sie drehte sich um und zwinkerte ihm zu. «Ich dachte, du magst alles, was ich koche.»

«Stimmt. Weil du nämlich eine wunderbare Köchin bist. Und ein wunderbares Weib.»

Er zog sie an sich und umarmte sie.

«Weißt du was?», flüsterte er ihr ins Ohr. «Wenn ich dich nicht hätte – ich glaube, ich hätte den Bettel damals schon nach einer Woche hingeschmissen!»

Keine drei Wochen später kehrte Graf Konrad im Leichensack nach Freiburg zurück. Er hatte für den siegreichen böhmischen Feldzug gegen Ungarn sein Leben gelassen. Unter den aufrichtigen Tränen der Bürger wurde er in Unser Lieben Frauen bestattet. Noch am selben Tag, so war es Sitte, schworen Schultheiß und Ratsherren dem jungen Grafen Egino als ihrem neuen Stadtherrn Gefolgschaft und Treue.

Kapitel 5

Neun Monate später,
an einem verregneten Märztag, Anno Domini 1272

Noch immer aufgebracht, verharrte Egino im Rundbogen der Tür. Dieser widerborstige Baumeister! Machte der doch noch immer keinerlei Anstalten, seine und die Figur seines Vaters zu erschaffen und hierfür zumindest zwei seiner Bildhauer freizustellen. «Der ausdrückliche Wunsch Eures Herrn Vaters war es», hatte der Kerl ihm unverfroren zur Antwort gegeben, «dass Alfred, mein bester Mann, zunächst den heiligen Ritter Georg schneidet, als den Schutzpatron dieser Eurer Stadt, und erst hernach Eure vier Bildnisse. Meine anderen Bildhauer sind im Übrigen vollauf mit den Figuren für die Vorhalle beschäftigt und mit der Krönung Mariens über dem Hauptportal. Aber ich mache Euch einen Vorschlag, Herr: Stellt der Fabrica mehr Geld zur Verfügung, und ich hole für Eure Bildnisse noch zwei weitere erfahrene Bildhauer nach Freiburg.» Woraufhin Egino ihn in seiner Bauhütte wortlos hatte stehen lassen. Der Bursche würde schon noch sehen, dass man so nicht mit einem Grafen umsprang.

Er holte tief Luft und betrat die Kemenate seiner Mutter. Trotz ihres fortgeschrittenen Alters war Gräfin Sophia von Zollern noch immer eine schöne Frau, und er hätte sie stundenlang betrachten mögen. Aufrecht wie eh und je, das kleine, spitze Kinn ein wenig erhoben, saß sie in ihrem Lehnstuhl dicht am warmen Kaminfeuer und schlug die Laute. Hinter ihr stand seine jüngste Schwester Heilwig und ließ sich von der Kammermagd das Haar zu schmalen Zöpfen flechten, während seine bereits zwölfjährige Schwester Adelheid auf einem Schemel hockte und sich am Stickrahmen abmühte. Alle vier sangen sie zur Laute eine französische Weise, die Mutter mit ihrer klaren, hellen Stimme am lautesten.

Jetzt strahlten ihre haselnussbraunen Augen ihn an, woraufhin er nicht anders konnte, als trotz seines Grolls auf den Baumeister zu lächeln. Er goss sich aus dem Weinkrug, der in einer Mauernische bereitstand, einen Becher voll und scheuchte die dösende Katze von der Steinbank im Fenster, bevor er auf einem der Samtkissen Platz nahm. Draußen trieb ein kühler Wind den zweiten Tag in Folge Regen übers Land, und so waren die kleinen Läden vor dem Fenster sämtlich geschlossen, was die Luft immer stickiger werden ließ. Dass seine neuen roten Beinlinge reichlich nass geworden waren auf dem Weg von der Bauhütte zur Burg, hellte seine Laune auch nicht gerade auf.

Ihn fröstelte, und er erhob sich kurzerhand wieder.

«Hast du einen Augenblick Zeit für mich, Mutter?», fragte er, kaum dass der letzte Vers des Liedes verklungen war.

«Aber ja, mein Herz.» Sie reichte der Magd ihre Laute.

«So lasst mich mit unserer Mutter allein», befahl er seinen Schwestern, die wortlos gehorchten. Dann griff er sich Adelheids dreibeinigen Schemel, stellte ihn dicht neben Mutters Lehnstuhl und streckte seine langen Beine in Richtung Feuer aus.

«Diese Kirche wird mir zur Last, Mutter! Und der Baumeister nimmt sich Frechheiten heraus, nur weil er und seine Steinmetzbrüder nicht unserer Herrschaft untertan sind. Am liebsten würde ich ihn zum Teufel jagen. Eine gewöhnliche, bescheidene Pfarrkirche täte es für die Freiburger doch auch. Und wir selbst haben inzwischen ja zwei Burgkapellen, eine davon sogar mit der kostbaren Schädelreliquie des heiligen Lambert. Was soll also dieser Protz und Prunk da unten, der uns ein Vermögen kostet? Nur um dort wie in alten Zeiten feierlich Blutgericht zu halten? Das können wir auch hier auf der Burg oder meinetwegen drunten auf dem Markt.» Er hielt inne, um seinen letzten Punkt richtig wirken zu lassen. «Viel dringlicher wäre es außerdem, nach der Neuburg als Nächstes die südliche Vorstadt zu befestigen. Für unsere Sicherheit und die aller Freiburger.»

Sie strich ihm über die Locken.

«Mein lieber Junge! Ich kann dich gut verstehen. Aber auch die Kirche ist ein bedeutender Teil unserer Grafenherrschaft. Allein aus diesem Grund hat seit den Zeiten deines Urgroßvaters stets ein Grafensohn das hohe Amt des Rektors inne. Verstehst du nicht? So, wie der fremde Reisende schon von weitem unsere wehrhafte Burg sieht, soll er auch über unsere prächtige Kirche staunen und sehen: Hier lebt ein gottgläubiges Volk, Gott zu Gefallen.»

Fast ein wenig trotzig zuckte er die Schultern. «Aber was braucht es dazu himmelwärts strebende Säulen, Türme und Maßwerkfenster?»

«Sieh es so, auch für mich, die ich nun eine trauernde Witwe bin: Die neue Pfarrkirche war immer ein Herzenswunsch deines so heldenhaft auf dem Schlachtfeld gefallenen Vaters. Willst du diesem Wunsch etwa entgegenstehen? Noch deine Kinder und Kindeskinder wird diese Kirche mit großem Stolz erfüllen. Und mich auch, wenn du das Werk deines Vaters in seinem Sinn vollendest.»

Nachdenklich spielte er an seinem mit Goldfäden bestickten Gürtel. Auch wenn er sich von keinem etwas sagen ließ – von seiner Mutter schon. Er liebte sie auf eine noch immer kindliche Weise, wofür er sich manchmal fast gar schämte. Ja, sie hatte recht: Wenn er daran dachte, dass die Freiburger bald schon beim Kirchgang als Erstes sein und seines Vaters Bildnis am Turm erblicken würden, erfüllte ihn das bereits jetzt mit einem Hochgefühl.

Er lehnte den Kopf an ihre Schulter. «Nun, vielleicht sollte ich diesem Pater Benedikt ja doch die Mittel zukommen lassen, zwei weitere Bildhauer anzuwerben. Damit es mit den Schmucksteinen endlich vorangeht.»

«Tu das, mein Junge. Deinen Oheim Gottfried wird das in seinem Amt als Pfarrrektor sehr freuen, wenn er davon hört. Er wird übrigens heute mit uns zu Abend speisen.»

Egino runzelte die Stirn. «Er kommt neuerdings auffallend oft von Villingen herunter. Ich habe den Eindruck, er will mich kontrollieren seit Vaters Tod.»

«Ich denke eher, dass es mit Unser Lieben Frauen zu tun hat. Er scheint inzwischen wie dein seliger Vater einen Narren am Kirchenneubau gefressen zu haben. Von Pater Benedikt weiß ich, dass er jede Woche die Rechnungsbücher studiert, um zu prüfen, ob aus seinen Pfründen sowie aus der gräflichen Schatulle ausreichend Geld für die Bauhütte fließt.»

«Genau das meinte ich, Mutter! Er unterstellt mir, dass ich meinen Pflichten als Bauherr nicht nachkomme, und schnüffelt mir deshalb in einem fort nach. Wer ist hier eigentlich Herr über Freiburg? Er oder ich? Er soll sich in Villingen mit seinen Pfründen und seiner Kebse ein schönes Leben machen und uns in Ruhe lassen.»

«Was bist du nur immer so aufbrausend, Egino. Ein sanftes

Weib an deiner Seite täte dir gut.» Liebevoll tätschelte sie seine Wange. «Hör auf deine alte Mutter und suche dir baldmöglichst eine standesgemäße Ehewirtin. Jetzt, wo du der Graf von Freiburg bist, solltest du nicht länger mit deinem Freund und Zechkumpanen Wilhelm über die Dörfer ziehen.»

Erschrocken rückte er von ihr ab und spürte, wie er rot wurde. «Wie meinst du das?»

Sie lachte leise auf. «Du verstehst mich schon. Junger Most muss sausen und brausen, das weiß ich sehr wohl, aber ich finde, du solltest nun, als Graf von Freiburg, nicht mehr auf fremden Äckern pflügen. Das bringt am Ende nur Ärger. Mir jedenfalls würdest du eine große Freude machen, wenn ich bald schon ein kleines Enkelkind in den Armen halten würde, und zwar von einem Weib, das dir im Stand ebenbürtig ist.»

«Hast du etwa jemanden im Auge?»

«O ja, und sie wird dir gefallen, die junge Katharina von Lichtenberg. Sie ist blond, wie du es magst, und von schlanker Gestalt. Ihr Bruder ist Konrad von Lichtenberg, Domherr zu Straßburg, und ein sicherer Anwärter auf den Bischofsstuhl.»

In diesem Moment sprang die Tür auf, und Heinrich stürmte herein.

«Hier steckst du also, Bruderherz. Ich hab dich überall gesucht.»

Egino war alles andere als erfreut über diese Störung, waren doch die Augenblicke, die er allein mit seiner Mutter verbrachte, viel zu selten.

«Was willst du?», fragte er ihn beinahe unwillig.

«Du musst mir helfen.» Heinrich, der sonst die Ruhe selbst war, wirkte aufgebracht. «Ich brauch deine Dienstmannen, am besten unter deiner Führung. Und Geld für neue Waffen und

Rüstung. Wir müssen den Neuenburgern zeigen, wo der Bartel den Most holt! Hilfst du mir also?»

«Erst mal langsam mit den jungen Pferden, Bruder. Worum geht es überhaupt?»

Nach Graf Konrads Tod hatten sich Egino und Heinrich, getreu dem Vermächtnis ihres Vaters, das Erbe geteilt: Er selbst, als Erstgeborener, hatte Freiburg und den Breisgau übernommen. Seinem Bruder Heinrich wurde die Herrschaft über Badenweiler und Neuenburg am Rhein zugesprochen. Dass sich die Neuenburger noch immer als Bürger einer freien Reichsstadt sahen und zunächst einmal den Treueeid verweigert hatten, war Egino bekannt, aber er hatte gedacht, dass die Sache inzwischen bereinigt wäre.

«Soeben war ein Bote hier.» Heinrich mühte sich sichtlich um Fassung. «Neuenburg verweigert sich endgültig unserer Herrschaft und hat sich dem Schutz des Bischofs von Basel unterstellt.»

«Das ist eine Dreistigkeit sondergleichen!» Egino sprang vom Schemel auf. «Diese Strohköpfe! Das werden sie bitter bereuen.»

«Dann bist du also an meiner Seite?»

«Worauf du dich verlassen kannst», rief Egino fast freudig aus und streckte den Rücken durch.

Ihm war, als fiele die ganze Trägheit und Unlust des langen Winters plötzlich von ihm ab. Nicht nur Heinrich und seiner Mutter, sondern aller Welt würde er endlich beweisen können, was für ein Kämpfer in ihm steckte. Und dass man sich mit den Grafen von Freiburg besser nicht anlegte.

Er schlug dem Bruder so kräftig auf die Schulter, dass der zusammenzuckte.

«Noch heute schicken wir einen reitenden Boten los, auf

dass er den Neuenburgern die Fehde ansagt. Ich unterstütze dich, als ob dein Streit mein eigner wäre.»

Bei seinen letzten Worten warf er einen Seitenblick auf seine Mutter. Die nickte.

«Ich bin stolz auf euch, meine Söhne. Dennoch solltet ihr euch einen mächtigen Verbündeten suchen.» Sie machte eine Pause und überlegte. «Wie wäre es mit unserem Vetter Rudolf, dem Grafen von Habsburg? Rudolf hat große Macht hier am Oberrhein und ist ein erklärter Gegner des Basler Bischofs. Zumindest derzeit. Bei euch Mannsbildern wechseln die Bündnisse ja ständig.»

«Ein guter Gedanke, Mutter», bekräftigte Egino. «Zugleich mit dem Fehdebrief werden wir an Rudolf schreiben und ihn um Unterstützung bitten. Ich bin mir sicher, dass ...»

Er wurde unterbrochen vom Räuspern des Küchenmeisters. Dessen vierschrötige Gestalt füllte den ganzen Rundbogen der Eingangstür aus.

«Was willst du, Meister?», fragte die Gräfin ihn nicht eben freundlich.

Verlegen trat der Mann von einem Bein aufs andere. «Verzeiht vielmals die Störung, edle Herrin und edle Herren, aber die Tür stand offen.»

«So sag schon, was es Dringliches gibt.»

«Nun, ich habe hier einen Knaben, der möchte in unserer Küche anfangen.»

«Was soll das?», brauste Heinrich auf. «Was störst du uns mit einer solchen Läpperei?»

«Na, na, Bruderherz», beschwichtigte Egino. Die Vorfreude auf die bevorstehende Auseinandersetzung mit den Neuenburgern hatte ihn in Hochstimmung versetzt. «Der gute Mann tut nur seine Pflicht. Nicht wahr, Mutter?»

«Bring ihn herein», beschied sie dem Küchenmeister knapp, der sich prompt umdrehte und hinter sich blaffte: «Kommst du endlich?»

Da erschien ein hundsmageres, strohblondes Kerlchen, den Kopf zwischen den Schultern eingezogen und den Blick starr nach unten gerichtet. Der Küchenmeister schob ihn bis vor den Lehnstuhl der Gräfin.

«Das ist der jüngste Sohn vom Schwarzbäcker Cunrat unten aus der Stadt. Der Brotbeck bietet uns zwanzig Pfund Pfennige, wenn wir ihn als Hilfsknecht in der Burgküche oder Bäckerei aufnehmen.» Er stieß den Jungen grob in den Rücken. «Los, verbeug dich gefälligst vor den Herrschaften.»

Der Junge gehorchte, indem er sich mehrmals bis zum Boden verbeugte. Egino entging nicht, wie seine Hände dabei vor Aufregung zitterten.

«Können wir ihn denn gebrauchen, Meister?», fragte seine Mutter, nachdem sie den Knaben von oben bis unten gemustert hatte. «Er scheint mir doch recht jung und schwächlich zu sein.»

«Sein Vater sagt, er hätte schon fleißig in der Backstube mitgearbeitet. Und er ist fast elf.»

«Gut, dann soll er bleiben.»

Dieser Hänfling zählte höchstens acht Jahre, dachte sich Egino vergnügt. Wahrscheinlich wollte sein Vater ihn nur als unnützen Esser los sein.

«Komm einmal her zu mir», befahl er ihn zu sich. Er spürte, wie heiter er auf einmal war. «Brauchst keine Angst zu haben, weder vor uns noch vor dem Küchenmeister. Wenn du stets tust, was man dir sagt, und immer dein Bestes gibst, dann wird's dir auch gut ergehen auf der Burg. Hast du das verstanden?»

Der Knabe nickte und brachte gerade noch hörbar ein «Ja, Herr» heraus.

«Wie heißt du?»

«Hannes, Herr.»

«Alsdann, Hannes: Geh mit dem Meister mit und lass dir erst mal einen herzhaften Eintopf mit Speck reichen, damit du zu Kräften kommst. Und dann fängst du gleich mit der Arbeit an.»

«Danke, Herr.»

Er verneigte sich mehrmals vor der gräflichen Familie, dann wurde er vom Küchenmeister auch schon aus dem Zimmer geschoben.

Mit einem spöttischen Grinsen schüttelte Heinrich den Kopf.

«Was ist denn in dich gefahren? Hätte nur noch gefehlt, dass du dem Kerl über die verlausten Haare gestrichen hättest.»

Egino lachte. «Hin und wieder sollte man auch zum niedersten Gesinde freundlich sein. Das, Mutter, sind deine Worte.»

Er hauchte ihr einen Kuss auf die Stirn und nahm Heinrich beim Arm.

«Wir beide suchen jetzt umgehend den Schreiber auf. Und dann, schlage ich vor, lassen wir uns zwei Pferde satteln und reiten die Befestigung der Neuburg-Vorstadt ab. Regen hin und her. Ich will sehen, wie weit dort der Stadtgraben fortgeschritten ist und wie es um den zweiten Wachturm bei den Johannitern steht. Wir sollten uns nämlich nichts vormachen, lieber Bruder: Eine Fehde mit Neuenburg und damit auch dem Bischof von Basel könnte durchaus eine Belagerung unserer Stadt nach sich ziehen.»

Kapitel 6

Von März 1272 bis Frühjahr 1275

Odilia trat vor das Schaffnerhaus und runzelte die Stirn. Noch immer regnete es in Strömen, den zweiten Tag schon. Die Baustelle war eine einzige Landschaft aus Matsch und Pfützen, in der die Ochsenkarren trotz der ausgelegten Bretter stecken blieben und die Lastträger wegrutschten, um nicht selten der Länge nach in den Dreck zu fallen. Die städtischen Maurer und Zimmerleute hatte Gerhard heute früh wieder nach Hause geschickt, da bei diesem Wetter nicht gemauert werden konnte. Seine eigenen Leute, die in der Haupthütte oder den überdachten Lauben arbeiteten, waren zwar einigermaßen vor dem Regen geschützt, kamen aber dennoch zu jeder Mahlzeit patschnass und mit klammen Fingern ins Schaffnerhaus gerannt.

Jetzt zum Abend hin hatte der Wind auch noch gedreht, wehte eisig von Osten her das Waldgebirge herunter und mischte dicke Schneeflocken in den Regen. Und das, wo der Josefstag bereits vorbei war! Wie hieß es doch so schön: Wenn's erst einmal Josefi ist, so endet auch der Winter gewiss. Von wegen. Dieser zweite Winter in Freiburg schien überhaupt nicht enden zu wollen.

Aus dem Bau einer winterfesten Werkstatt, die Graf Konrad einst versprochen hatte, war nichts geworden, aber Odilia und Gerhard hatten von dem jungen Grafen auch nichts anderes erwartet. Bereits im November hatten sie die Mauerkronen mit Stroh und Mist abdecken und die Bildhauer ihr Werkzeug und ihre Steine hinauf auf die Niederburg schaffen müssen. Für die Steinmetze hatte Gerhard zwischen den Grundmauern des Langhauses eine auf drei Seiten geschlossene Hütte errichten lassen, mit einer Feuerstelle vor der offenen Seite, damit sie wenigstens die Werksteine vorschneiden konnten. Doch dann war kurz nach Weihnachten eine lange, bitterkalte Frostzeit angebrochen, die Stein und Bein frieren ließ. Trotz dicker Wollhandschuhe und der zahlreichen Feuerstellen überall war es den Männern unmöglich geworden weiterzuarbeiten, selbst den Bildhauern oben in der Burgschmiede. Schlimmer noch: Des Nachts gefror den Männern auf den Strohsäcken ihrer unbeheizten Schlafkammer der Atem. Da nutzten all die Schaffelle und Wolldecken nichts mehr, die Pater Benedikt ihnen verschafft hatte, und so hatte Ottilie kurzerhand alle vierzehn Mann zu sich in die Wohnung geholt, wo sie fortan nach Feierabend auf engstem Raum hausten: Je fünf schliefen auf Strohsäcken in der Stube und in der leerstehenden Kammer des Parliers, drei im Bett der kleineren Schlafkammer und Jecklin bei ihnen im Bett. Wenigstens hatte von da an keiner mehr gefroren.

«Soll das den ganzen Winter so weitergehen?», hatte indessen ihr Mann schon nach zwei Nächten geschimpft. «Obendrein hat der Kerl Albträume und weckt mich ständig auf.»

«Deshalb schläft er ja auch bei uns. Das mit den Träumen hört bald auf, weil's ihn nämlich beruhigt, wenn ich in seiner Nähe bin, da bin ich sicher. Aber wenn du das nicht willst, dann gehst du mit deinen Leuten morgen zu Graf Egino. Stell ihn doch vor die Wahl: Entweder er lässt am ersten frostfreien Tag einen Herd in die Werkstatt bauen, oder wir alle verlassen Freiburg auf Nimmerwiedersehen.»

So war es denn auch geschehen: Anfang Februar, während einer recht milden Woche, hatte die Werkstatt eine gemauerte Feuerstelle erhalten, die auch die abgetrennte Schlafkammer mit beheizte. Und Jecklin hatte seither als Wächter über das Herdfeuer eine neue Aufgabe.

«Was für ein Sauwetter!», hörte Odilia hinter sich Mechthild schimpfen. «Komm bloß wieder herein und schließ die Tür. Hab die Diele grad mal ein wenig warm gekriegt mit dem Feuer aus der Küche.»

Sie kehrte in die Eingangshalle zurück. Von draußen begann der Wind an den Fensterläden zu rütteln, und plötzlich donnerte es sogar.

Mechthild hatte ihren Arbeitsschurz bereits abgelegt und schlüpfte erst in ihren unförmigen Winterumhang, dann in die Holztrippen. Der Tisch war fertig eingedeckt für den Imbiss zur Vesper, der bei diesem Wetter für die Männer zugleich Feierabend bedeutete.

Fragend sah Odilia die Köchin an, dann tippte sie sich an die Stirn. «Richtig, du wolltest ja früher nach Hause, weil dein kleiner Neffe heute getauft wurde.»

Mechthild lachte. «Du hast es also ums Haar vergessen. Ach, ich freu mich so. Endlich gibt es mal wieder was zu feiern. Kathi hilft dir dann beim Abwasch und Aufräumen.»

«Ob die eine so große Hilfe ist? Das Mädchen hat mehr Augen für die jungen Kerle als für ihre Arbeit. Aber ich gönne dir den freien Abend von Herzen. Bis morgen früh also.»

Mechthild hatte noch nicht die Klinke heruntergedrückt, als die Tür auch schon aufsprang. Ganz außer Atem stand Friedhelm, der Lehrknabe, vor ihnen.

«Kommt rasch zur Kirche, Frau Odilia. Der Jecklin hat den Verstand verloren!»

Odilia riss ihren Mantel vom Haken und rannte dem Jungen hinterher, mitten zwischen Pfützen und aufgeweichten Sandhaufen hindurch. Obwohl erst Nachmittag war, begann es schon zu dämmern, und der scharfe Wind peitschte ihr die nassen Schneeflocken ins Gesicht.

Mit zusammengekniffenen Augen sah Odilia, dass Friedhelm auf die inzwischen mehr als mannshohen Mauern des südlichen Seitenschiffs zuhielt, genauer gesagt auf die drei Spitzbögen des Lammportals. Im mittleren, wo sich der Durchgang ins Langhaus befand, war die Bogenlaibung erst kürzlich auf das Stützgerüst aufgemauert worden. Doch zu Odilias Schrecken breitete sich genau dort jetzt nichts als ein Trümmerhaufen aus. Und darauf kauerte im Schneeregen ein erbärmlich schreiender Jecklin, die Kapuze seiner Gugel in den Nacken gerutscht, und scharrte mit bloßen Händen in den geborstenen Hölzern und Bruchsteinen.

«Sie sterben, sie sterben!», schrie er immer wieder, während Marx und Gerhard versuchten, ihn wegzuzerren, doch der Junge wehrte sich wie eine Wildkatze. Aus seinen abgeschürften Händen lief Blut.

«Heilige Mutter Gottes!», stieß Odilia hervor. «Ist da jemand verschüttet?»

Gerhard, wie alle anderen ringsum inzwischen von Kopf bis Fuß durchnässt, schüttelte den Kopf. «Nein, wir sind vollzählig. Außerdem ist der Haufen viel zu klein, um einen erwachsenen Mann zu verschütten. Nimm ihn zu dir, damit wir die Steine wegräumen können. Sonst hört der gar nicht mehr auf zu schreien.»

Sie fasst Jecklin bei den Schultern. «So beruhige dich und lass die Männer ran.»

Tatsächlich ließ er sich von ihr wegziehen. Mütterlich drückte sie den inzwischen fast Sechzehnjährigen an sich. Er zitterte am ganzen Leib.

«Da drunter ist niemand, ganz bestimmt nicht.»

«Aber hört das denn keiner?» Seine Augen waren vor Angst noch immer weit aufgerissen. «Sie weinen und flehen, weil sie sterben müssen. Bitte! So seid doch endlich still, damit ihr's hört!»

«Wenn du meinst …»

Gerhard gab den anderen einen Wink, und alle lauschten. Der Wind strich über die regennassen Mauern, Stroh raschelte, irgendwo in der Ferne klappte ein Fensterladen. Und dann, mit einem Mal, war es zu hören, das kurze, hohe Winseln. Wie von einem Tier. Oder einem Neugeborenen!

Unwillkürlich zog Odilia den jungen Hüttenknecht noch ein Stück weiter weg von dem Trümmerhaufen, der mittlerweile von den Männern fast zur Hälfte abgetragen war. Jecklins Jammern war in ein leises Schluchzen übergegangen.

«Wie kommt der Junge nur darauf, dass hier ein Mensch drunterliegen könnte», hörte sie Gerhard sagen, und ihr Herz schlug schneller. Alfred, der Bildhauer, erwiderte: «Ich glaub eher, der denkt, dass es irgendwelche Kinder getroffen hat. Hier treiben sich ja so manchmal die Gassenbuben herum.»

Als die Männer kurz darauf einen schweren Stützbalken hervorzogen, bewegte sich plötzlich etwas im Halbdunkel: Odilia fuhr zusammen, als unter lautem Quietschen ein halbes Dutzend junger Ratten davonschoss. Sofort begann Jecklin wieder zu schreien.

«Alles ist gut, Jecklin. Es hat nur ein Rattennest getroffen.»

Rundum machte sich Erleichterung auf den Gesichtern breit. Bis der Parlier zu brüllen begann: «Wer von euch Holzköpfen hat eigentlich ohne unseren Befehl den Stützbalken unter dem Lehrgerüst entfernt?»

Gerhard klopfte ihm beruhigend auf die Schulter.

«Nein, Marx, das ist von selbst zusammengebrochen. Ich denke, das Holz ist vom Regen aufgequollen und der senkrechte Stützbalken dann im Matsch verrutscht. Ein Quäntchen reicht da schon. Oder der Mörtel war zu nass und zu schwer – so etwas kann immer wieder vorkommen, das weißt du selbst. Das Wichtigste ist doch: Es ist keinem von uns etwas geschehen.» Er klatschte in die Hände. «Los, Leute, gehen wir ins Schaffnerhaus und wärmen uns auf. Den Rest machen wir morgen früh.»

Während die Männer ihr Werkzeug zusammenräumten, führte Odilia den Jungen, der wie aus einem bösen Traum erwacht schien, ins Haus, wo sie in der Küche ein warmes, munter knackendes Herdfeuer empfing.

«Warum hat der so blutige Hände?», fragte Kathi verwundert und fast ein wenig hämisch zugleich.

«Reich mir Schere und Verbandszeug aus der Kiste», wies sie die junge Magd an, ohne ihre Frage zu beantworten, «und dann füll den heißen Würzwein in die Krüge. Die Männer kommen gleich.»

Wie einem Kind zog sie Jecklin, der immer noch zitterte, die nasse Gugel über den Kopf und reinigte seine Hände über dem Wassereimer vorsichtig mit Essig. Tapfer verbiss er sich jeden Schmerzenslaut.

«Gehen wir zum Verbinden nach oben, da haben wir mehr Ruhe», schlug sie vor. In Wirklichkeit wollte sie nun endlich erfahren, was es mit Jecklins Ängsten auf sich hatte, angefangen bei seinen nächtlichen Albträumen, die sie und Gerhard so einige Male aus dem Schlaf gerissen hatten. Von ihrem Mann wusste sie auch, dass er nicht nur bei Gewitter, sondern bei jedem lauten Gepolter auf dem Bau zusammenzuckte und dass er sich weigerte, die engen, dunklen Treppentürmchen am Querhaus zu betreten. Dagegen turnte er ohne jede Angst in luftiger Höhe auf dem Turmgerüst herum wie eine Katze auf dem Dachfirst, was wiederum Odilia in Sorge versetzte: Sie durfte sich gar nicht vorstellen, was passieren würde, wenn er dort oben einmal so richtig erschrak …

In ihrer kleinen Wohnstube verband sie ihm fachmännisch beide Handflächen, bis nur noch Daumen und Finger herausschauten.

«Da hast du dir grad umsonst die Hände verschrammt. Niemandem ist ein Haar gekrümmt worden beim Einsturz des Torbogens.»

«Den Rattenkindern auch nicht?»

Sie lachte. «Das weiß ich nicht. Aber Ratten haben wir weiß Gott genug hier.»

Er begann wieder zu zittern, und sie zog ihn neben sich auf die Stubenbank.

«Was hast du vorhin gemeint, als du gesagt hast: *sie sterben?*»

Jecklins Atem ging schneller.

«Du musst es mir nicht sagen. Vielleicht aber wird dir dann leichter ums Herz.»

Er nickte.

«Meine Eltern», begann er zögerlich, «… meine Eltern waren Weingärtner drüben in Adelhausen und plötzlich bitterarm, weil ein Hagelsturm ihren Wein zerschlagen hatte. Da haben sie mich und meine beiden Brüder ins Münstertal geschickt, zu den Bergleuten. Das Silbererz in den Gruben wird ja nicht nur über Tage abgebaut, sondern auch in Stollen, und die sind tief in den Berg getrieben. Und wo die Stollen besonders eng sind, schickt man die Kinder hinein. *Rattenkinder* haben uns die Alten genannt. Zwei oder drei Jahre haben wir dort geknechtet und gewohnt. Unsere Eltern haben wir nur zu Ostern und Weihnachten gesehen. Dann, an einem heißen Sommertag, gab's den ganzen Tag über Gewitter.» Er schluckte, und seine Augen füllten sich mit Tränen. «Ich war mit meinen Brüdern tief im Stollen drin, als es fürchterlich krachte. Ich dachte, ein Donnerschlag, aber der ganze Stollen hatte gewackelt. Dann ist alles eingebrochen, erst hinter uns, dann über uns. Der Berti, der war erst neun, der hat so laut geschrien, dass ich es heute noch höre. Bis ihm ein Brocken den Schädel zertrümmert hat. Und der Hans, der Hans hat die ganze Zeit meine Hand gehalten, aber dabei war er wohl als Erster tot. Ich hab dann einen Schlag gegen die Schläfe bekommen und bin erst wieder aufgewacht, als ich im Freien lag. Den Berti und den Hans hatten sie schon in Säcke gewickelt. Die lagen neben mir, und aus Bertis Sack hat sein Fuß rausgeguckt. Zwei andere Knaben waren auch tot.»

Mittlerweile war es Odilia, der die Tränen kamen.

«Wie furchtbar!»

«Ja. Meine beiden einzigen Brüder, die lagen da einfach so in Säcke gepackt neben mir. Und ich lebte noch. Da hatte ich dann ganz fest die Augen zugemacht und mir gewünscht, dass ich auch sterbe. Aber es hat nicht geklappt. Und der Pfarrer von Adelhausen hat mir später gesagt, das wäre gut so, also, dass ich noch lebe. Weil, wenn man nämlich so plötzlich stirbt, wie der Hans und der Berti, dann könnte man nicht mehr seine Sünden bereuen und würde umso länger im Fegefeuer leiden, bevor man endlich in den Himmel kommt. Deshalb bete ich seither jeden Tag für meine Brüder, dass die Schutzengel sie trösten in ihren Qualen und ihr Leid bald ein Ende hat. Manchmal träume ich auch, dass ich selbst mit ihnen im Fegefeuer schmore.»

«Ach Jecklin, wer weiß schon, was mit unseren Seelen geschieht, zwischen dem eigenen Tod und dem Weltgericht am Jüngsten Tag? Unser Pfarrer Egenolf sagt, dass diese Zwischenzeit ein Reich der Ruhe und der Besinnung sei. Vielleicht müssen Hans und Berti ja gar nicht im Fegefeuer leiden. Findest du nicht auch, dass das sehr viel tröstlicher klingt?»

Er nickte und wischte sich über die Augen.

«Aber beten müssen wir für die Toten trotzdem», sagte er leise.

«Da hast du recht. Und ich will deine Brüder künftig auch in *meine* Gebete einschließen.» Sie strich ihm durch das zerzauste, nasse Haar. «Wie alt warst du, als ihr verschüttet wurdet?»

«Zwölf oder dreizehn. So genau weiß ich das nicht mehr.»

«Ein halbes Kind also noch. Was geschah dann mit dir?»

«Meine Eltern waren damals schon tot, nacheinander an der Roten Ruhr gestorben, und ich hatte nur noch eine ältere Schwester, die Kathi. Da hat dann der Graf Konrad, der ja auch Herr über Adelhausen ist, den Freiburger Ratsherren vorgeschlagen, mich als städtischen Viehhirten zu nehmen. Das war eine schöne Zeit, weil ich Tiere mag, und die wollen einem auch nichts Böses. Und den Rest, nun ja, denn kennt Ihr.»

Er wirkte plötzlich gefasst und viel erwachsener als noch vor dem Gespräch.

«Du hast eben gesagt», hakte sie nach, «dass du nur noch eine Schwester namens Kathi hättest – das ist aber nicht etwa ...»

«Doch. Eure Kathi. Aber ich durfte nicht sagen, dass ich ihr Bruder bin. Sie schämt sich für mich. Sie sagt, seit der Verschüttung wär ich nicht mehr recht bei Verstand.»

Ein letztes Mal zog sie ihn in die Arme.

«Lass dir so was nicht einreden. Jedenfalls hast du jetzt deinen Platz bei uns und auf der Baustelle gefunden, und deshalb gehen wir nun hinunter zu den anderen und stärken uns mit einer warmen Mahlzeit.»

Seit Einbruch der warmen Jahreszeit herrschte wieder rege Betriebsamkeit auf der Baustelle. Nach nunmehr bald zwei Jahren in Freiburg wurde Odilia die Hütte mehr und mehr zum neuen Zuhause, wuchs ihr die kleine Schar der Werkleute ans Herz.

Eines lauen Sommerabends, nachdem Gerhard und sie sich nach längerer Zeit erstmals wieder einmal geliebt hatten, kuschelte sie sich an seine Schulter.

«Weißt du, was ich manchmal denke? Jetzt haben wir beide doch noch Kinder. Dein Kind ist die neue Kirche, die du allmählich heranwachsen siehst, meine Kinder sind die Steinmetze.»

«Vor allem der Jecklin», lachte er. «Aus dem wird nie ein Mann, wenn du ihn so verhätschelst.»

«Aber er hat doch sonst niemanden auf der Welt. Von seiner selbstsüchtigen Schwester einmal abgesehen.»

Der Kathi hatte sie nach dem Vorfall am Lammportal gehörig den Kopf gewaschen. Sie solle sich was schämen, den eigenen Bruder zu verleugnen. Und ein Christenmensch habe sich gerade um den Geringsten und Schwächsten zu kümmern.

Vielleicht deshalb, vielleicht aber auch, weil nun doch keiner der Werkleute oder Taglöhner sie zur Braut wollte, wie sie es sich wohl erhofft hatte, hatte sie sich anderswo eine Anstellung als Magd gesucht. Odilia war nicht traurig darum. Zwar hatte die Fabrica für eine neue Magd kein Geld übrig, nachdem sich die Zahl der städtischen Maurer und Zimmerleute in diesem Sommer fast verdoppelte und auch Gerhard einige Steinmetze mehr unter sich hatte. Aber Mechthild und sie kamen auch ohne das Mädchen zurecht.

Mit der Zeit hatte sich eine verlässliche Hausgemeinschaft herausgebildet, zu der auch der kleine, schmerbauchige und überaus liebenswürdige Schaffner Pater Benedikt und dessen alte Magd Margaretha zählten. Man half einander aus, nahm sich Zeit für ein Schwätzchen, besuchte gemeinsam die heilige Messe. In Straßburg hatte die große Schar der Werkleute einen eigenen Kaplan im Liebfrauenmünster gehabt, hier indessen nahmen sie am Gottesdienst der Bürger unter Pfarrer Egenolf teil, wohingegen Pfarrer Rochus, zu anderer Zeit und an einem gesonderten Altar, der Seelsorger der Ritter und Vornehmen war. Hinterher stand man mit den Kirchgängern meist noch eine gute Weile vor dem Nikolausportal beisammen, und bald schon kannte sie die ein oder andere Handwerker- oder Kaufmannsfamilie recht gut. Vor allem die Familien um Ulrich Wohlleb und Diethelm, dem Goldschmied, mochte sie gut leiden, da sie so gar nichts Dünkelhaftes hatten wie manch andere aufstrebende Bürger, und sie traf sich hin und wieder mit deren Frauen.

Hier wie allerorten war ein Kirchenbaumeister ein hoch angesehener Mann, der keiner Zunft, nur seinem Bauherrn verpflichtet war, und wenn er wollte, wieder frei seiner Wege ziehen konnte. So grüßte ihn jedermann freundlich auf der Gasse, ob Schultheiß, Ratsherr oder gemeiner Mann, und schon einige Male war er im Wirtshaus Zur Krone oder gar im vornehmen Roten Bären zu Speis und Trank eingeladen worden. Was nicht zuletzt auch daran lag, dass Gerhard immer wieder um Ratschläge oder Gutachten in Sachen Hausbau gebeten wurde. Sogar auf die gräfliche Burg war er deshalb zwei- oder dreimal bestellt worden.

Da er hier nicht mehr nur, wie in Straßburg, als Parlier und somit Stellvertreter des Meisters arbeitete, sondern selbst das hohe Amt des Werkmeisters innehatte, lebten sie wahrhaftig im Wohlstand. Seinen wöchentlichen Steinmetzlohn erhielt er, wie die anderen auch, vom Schaffner, der Unser Lieben Frauen Werk verwaltete. Im Gegensatz zu seinen Männern bekam er ihn auch im Winter, wenn weniger Stunden gearbeitet wurden, in voller Höhe ausbezahlt. Immer zu Sankt Martin gab es noch einen guten Jahreslohn obendrauf, dazu fünfzig Krautköpfe für Sauerkraut, zwanzig Viertel Korn, ein Fuder Wein und sechs Fuder Brennholz, ein neues Gewand mit Pelz für ihn, eines aus warmem, gutem Wollstoff für sie. Und an hohen Feiertagen erhielten sie sogar Geschenke: neben Gebäck und anderen Leckereien zu Ostern zwei Lämmer und ausreichend Eier, zu Weihnachten Stiefel, Handschuhe, eine neue Tunika für beide und eine seidene Haube für sie.

Vom Kriegs- und Wachdienst waren sie ebenso befreit wie von den städtischen Abgaben, dennoch stand es ihnen frei, gleich einem Bürger Haus und Grund zu erwerben. Doch bislang fühlten sie sich wohl im Schaffnerhaus, sie hatten ohnehin noch nicht genug beiseitegelegt, um ein Haus zu kaufen. Und was brauchte es schließlich ein eigenes Haus, wenn man keine Kinder hatte?

Was Odilia besonders freute, war die Neugier und Anteilnahme der Freiburger am Entstehen ihrer Pfarrkirche. Die Mannsbilder wollten eher die Baulichkeiten erklärt wissen, die Frauen und Kinder den Figurenschmuck. Mit großen Augen beobachteten sie die Bildhauer bei ihrer meisterlichen Arbeit, andächtig und ohne zu stören, und da bei trockenem Wetter die Tore der Werkstatt weit geöffnet waren oder manch einer unter freiem Himmel arbeitete, hatten die Männer fast zu jeder Tageszeit eine Schar von Zuschauern. Vor allem, seitdem es mit den Figuren für die Vorhalle voranging, drängten ganze

Gruppen herbei: Franziskaner- und Predigermönche mit ihren Klosterschülern ebenso wie Magister Walther von Breisach mit seinen Lateinschülern oder Pfarrer Egenolf mit den Kindern der Pfarrschule. Dann machte sich Odilia so oft es ihr möglich war von ihrer Hausarbeit los und gesellte sich zu ihnen, um den Erklärungen zu lauschen. Viel farbenfroher als ihr eigener Mann, der kein Mensch des Wortes war, schmückten die Geistlichen die Botschaft dieser Bildnisse aus, viel geduldiger gingen sie auf die Zwischenfragen der Kinder ein. Diese Bibelstunden, wie es Odilia für sich nannte, wurden ihr zu Höhepunkten des Tages.

Eines Vormittags war sie mit dabei, wie Pfarrer Egenolf das Weihnachtsevangelium erklärte. Dieser Teil des Tympanons, das gut zwei Ellen in der Höhe und bald vier in der Breite maß, war fast vollendet, nebendran zeichnete Gerhard gerade die Bildumrisse für das nächste Feld auf einen ebenso großen Stein. Als er Odilia wahrnahm, lächelte er ihr kurz zu, um sich dann wieder in seine Arbeit zu vertiefen.

Neuerdings gab es erstaunlicherweise ein Mädchen unter den Pfarrschulkindern, die etwa achtjährige Verena von Krozingen, jüngste Tochter einer der angesehensten Familien der Stadt. Was natürlich auf dem Markt und nach jedem Kirchgang ordentlich für Klatsch und Tratsch gesorgt hatte. Hatten Verenas Eltern, nachdem der Hauslehrer sich geweigert hatte, ein Mädchen zu unterrichten, doch tatsächlich durchgesetzt, dass ihre wissensdurstige Jüngste die Pfarrschule besuchen durfte. Dabei war der Unterricht dort gemeinhin den Knaben vorbehalten, und zwar den Söhnen der Kaufleute und Handwerker, da man bei den Vornehmen eigene Schulmeister hatte. Man lernte neben christlichen Glaubenssätzen, Gebeten, Kirchenliedern und Bibelversen auch ein wenig Lesen und Schreiben sowie Rechnen mit dem Abakus, bevor es in die Lehre oder auch auf die Lateinschule ging. Odilia, die ihrem Vater immer noch dankbar war, dass er ihr Lesen und Schreiben beigebracht hatte, fand es gut und richtig, wenn auch Mädchen für zwei, drei Jahre die Schule besuchten. Schlimm genug, wenn selbst in einer wichtigen Stadt wie Freiburg viele Menschen nicht einmal ihren Namen schreiben konnten. So rechnete sie es Pfarrer Egenolf hoch an, dass er allem üblen Geschwätz zum Trotz Verena in seine Klasse aufgenommen hatte und hoffte, dass dieses Beispiel im wahrsten Wortsinn bald Schule machen würde.

Wie immer ließ der Pfarrer seine Schüler eine Weile lang das steinerne Bildnis betrachten, bevor er zur Geburt Jesu seine Fragen stellte: Wie viele Engel seht ihr? Welche Tiere? Wen soll die gekrönte Figur mit dem Altarleuchter darstellen? Was verkündet der Posaunenengel am rechten Bildrand? Warum trägt Josef einen Judenhut?

Die Kinder waren mit Feuereifer bei der Sache, genau wie Odilia, die an sich halten musste, nur in Gedanken und nicht etwa laut zu antworten. Wernher Loderer hingegen, der etwas dickliche Sohn eines Salz- und Tuchhändlers, starrte scheinbar gelangweilt Löcher in die Luft. Nach der Übung durften die Kinder ihre Fragen stellen. Als Erstes ließ Verena den Finger in die Luft schnellen.

«Warum liegt die Muttergottes in so einem vornehmen Bett, wo sie ihr Kind doch im Stall von Bethlehem geboren hat?»

Odilia musste lächeln. Genau dasselbe hatte sie sich auch als Erstes gefragt.

«So eine dumme Frage können nur Mädchen stellen», warf Wernher verächtlich ein.

Anselm, der einzige Sohn von Ulrich Wohlleb, stieß ihn in die Seite. «Wenn die Frage dumm ist, wirst sie ja wohl beantworten können.»

Dass Anselm und Wernher sich nicht leiden konnten, hatte Odilia schon mehrfach beobachtet. Die beiden waren aber auch zu verschieden: Anselm war ein aufgeweckter, höflicher Junge, während Wernher eher plump und bauernschlau wirkte. Er trug die Nase stets ein wenig höher als die anderen Kinder. Von Gerhard wusste Odilia, dass sich auch ihre Väter nicht grün waren.

Der Pfarrer nickte. «Alsdann, Wernher, gib uns die Antwort.»

«Woher soll ich wissen, wie das Bett in den Stall gekommen ist?»

«Das ist auch gar nicht von Bedeutung. Das prachtvolle Bett weist als Sinnbild darauf hin, dass wir in Maria eine himmlische Königin sehen.»

Jetzt meldete sich Anselm zu Wort. Er stand als einziger der Knaben dicht neben Verena. «Warum guckt der Josef so traurig, wo doch der Heiland geboren ist?»

«Weil er halt ein Jude ist, warum sonst?», sagte Wernher verächtlich.

«Nun, für diesmal hast du nicht ganz unrecht», beschied der Pfarrer ihm. «Im Gegensatz zu Maria begreift er nicht die wahre Bedeutung von Jesu Geburt und ahnt zugleich, dass die Zeit des Judentums zu Ende geht.»

So ging es noch eine Weile hin und her, und am Ende freute sich Odilia, dass sie wieder etwas dazugelernt hatte. Wie nach jeder Besichtigung sangen die Kinder den Werkleuten zum Dank noch ein Lied, dann schickte der Pfarrer sie hinüber in die Schulstube, er selbst habe noch etwas mit dem Baumeister zu bereden.

«Aber schnurstracks und ohne Umwege, ihr Schüler, habt ihr verstanden?»

«Jawohl, Herr Pfarrer!», kam es einstimmig aus zwanzig Kinderkehlen zurück.

«Ich werde ein Auge auf sie haben», sagte Odilia und verabschiedete sich von Pfarrer Egenolf.

Da hatte sie wohl zu viel versprochen. Wie eine Meute junger Hunde rannten die Jungen los, jagten sich unter ausgelassenem Geschrei zwischen Sandhaufen, Handkarren und Steinblöcken hin und her, bis einer der Mörtelmischer dem erstbesten eine Maulschelle verpasste. Nur Anselm und Verena unterhielten sich miteinander und gingen artig vor ihr her zum Pfarrhaus, das zwischen Schaffnerhaus und dem Haus des Kirchrektors lag. Odilia war es, als ob sie zwei Erwachsenen zuhörte.

Dass Anselm so ganz ohne Scheu mit dem nur wenig jüngeren Mädchen umging, verwunderte sie, doch dann fiel ihr ein, dass er als einziger Junge mit drei älteren Schwestern aufgewachsen war. In diesem Moment kam Wernher von der Seite angerannt und stieß Anselm grob in den Rücken.

«Anselm liebt Verena! Anselm liebt Verena!», rief er den anderen Kindern zu, die bereits vor dem Pfarrhaus warteten.

«Igitt!», antworteten die im Chor.

«Bist ja nur neidisch, weil die Verena dich nicht leiden kann», erwiderte Anselm ruhig und blieb stehen. Auch Odilia blieb mit einigen Schritten Abstand stehen und beobachtete gespannt das Gezänk der beiden Knaben.

«Pah! Ein Mädchen hat in einer Pfarrschule schon mal gar nichts zu suchen. Aber ich geh ja eh bald zu Magister Walther in die Lateinschule, dann brauch ich der ihr Affengesicht nicht länger zu sehen.»

«Selber Affengesicht», gab Verena ungerührt zurück, und Odilia musste grinsen. Mut hatte die Kleine ja. Obendrein war sie ausnehmend hübsch mit ihren blonden Zöpfen und den großen, himmelblauen Augen.

«Ob du in die Lateinschule gehst», setzte Anselm nach, «werden wir ja sehen. An Ostern warst du jedenfalls noch zu dumm für die Aufnahmeprüfung.»

«Na warte!» Wernher ballte die Fäuste und ging auf Anselm los. Aber Odilia war schneller. Sie schnappte die beiden Streithammel am Kragen und zog sie auseinander.

«Schluss jetzt! Oder soll ich euch zu Pfarrer Egenolf zurückbringen und ihm erzählen, wie ihr euch aufführt?»

«Ihr habt mir gar nichts zu sagen», maulte der kleine Loderer und entwand sich mit erstaunlicher Kraft ihrem Griff. «Ihr seid ja nicht mal eine Bürgerin von Freiburg.»

«Wer sagt das, du Neunmalkluger?»

«Meine Mutter. Und der sag ich auch, dass Ihr mich gepackt und mir weh getan habt.»

«Dann heul dich nur aus bei deiner Mutter. Du gehst jetzt mit den anderen in die Schulstube und wartest auf Pfarrer Egenolf. Verena und Anselm, ihr bleibt hier bei mir, bis der Pfarrer zurück ist.»

Wernher bedachte sie mit einem giftigen Blick, aber immerhin gehorchte er.

Kopfschüttelnd sah sie ihm nach. Womöglich würde noch heute Katharina Loderer bei ihr auftauchen und sich lauthals bei ihr beschweren. Diese herrische Frau mit der schrillen Stimme hatte nicht nur ihre Kinder unter der Knute, sondern auch ihren Ehegefährten, wie sie bei einem Festessen im Roten Bären einmal miterleben durfte. Nun, das konnte ihr gleich sein. Solcherlei Weiber machten ihr keine Angst.

Sie spürte, wie sich eine kleine Hand in ihre schob. Es war Verenas Hand.

«Danke, Frau Baumeisterin. Das war sehr lieb von Euch. Und wenn dem Wernher seine Mutter Euch was Böses will, so gebt mir nur Bescheid. Mein Vater ist ein Ritter und viel mächtiger als dem Wernher sein Vater, auch wenn der Wernher immer so sein Maul aufreißt.»

Das ebenso kindliche wie rührende Angebot des Mädchens hätte es nicht gebraucht, denn die Lodererin grüßte Odilia beim Kirchgang mit derselben falschen Freundlichkeit wie eh und je. Ihr Sprössling hatte sich also nur dick aufgeplustert. Womit er allerdings recht behalten hatte: Nach dem nächsten Osterfest wechselte er in die Lateinschule von Magister Walther von Breisach. Wofür Kaufherr Loderer ein gutes Schmiergeld hatte berappen müssen. Das wiederum wusste sie von Anna Wohlleb, Anselms Mutter, mit der sie nach und nach immer enger befreundet war, ebenso wie mit der Köchin Mechthild.

So ging in diesem Herbst ihr viertes Jahr in Freiburg zu Ende, ihre alte Heimatstadt war längst in weite Ferne gerückt. Der Neubau kam zwar langsam, aber stetig voran. Auch wenn Gerhard hin und wieder jammerte, dass man schon viel weiter sein könnte, würde ihm Graf Egino mehr Steinmetzgesellen zugestehen, war auch er letztlich zufrieden und konnte stolz auf sein Werk sein. Die Seitenschiffwände waren zum Winter hin bis auf Höhe der Fensteraussparungen aufgemauert, als starke Doppelwände, deren Hohlraum mit Bruchsteinen und Mörtel gefüllt wurde, der Turm erhob sich noch ein Stück weit höher. Dort sollte im nächsten Jahr die Portalhalle vollendet und das fertige Tympanon über dem Innenportal eingesetzt werden. Bis dahin ruhten seine sechs riesigen, zu einer Bildergeschichte gestalteten Steinfelder, nebeneinander aufgereiht, als kostbarer Schatz im alten Gotteshaus und konnten von jedermann besichtigt werden. Nachdem das letzte Feld, das Christus als Weltenrichter zeigte, vollendet war, hatte man es für einen Tag auf dem Boden ausgebreitet, und Rektor Gottfried war hierzu eigens aus Villingen angereist. Odilia würde nie vergessen, wie überwältigt sie von der Größe und Kunstfertigkeit des Tympanons gewesen war, welches die ganze Heils- und Schöpfungsgeschichte zum Leben erweckte.

«Warte ab, bis alles bemalt ist», hatte Gerhard ihr mit strahlendem Lächeln zugeflüstert. «Dann wirst du glauben, dass die Engel auf dich zugeflogen kommen und dass der Heiland gleich zu sprechen beginnt.»

Sogar der sonst nicht gerade überschwängliche Gottfried von Freiburg war voll der Lobesworte gewesen. Nach der Besichtigung hatte er in seinem Freiburger Domizil für alle Hüttenleute ein fünfgängiges Festessen ausrichten lassen und am Ende noch jedem der Werkleute höchst persönlich ein Trinkgeld in die Hand gedrückt. Sogar dem geringsten, dem Hüttenknecht Jecklin. Der hatte die Silberlinge mit unbewegter Miene entgegengenommen und später an die jüngeren Gesellen verteilt.

Ja, er war schon ein etwas seltsamer Bursche, dieser Jecklin. Dafür, dass sie ihn wie einen eigenen Sohn unter ihre Fittiche genommen hatte, musste sich Odilia so manche Sticheleien von ihrem Mann anhören. Aber die ertrug sie mit einem gutmütigen Lächeln. Das Wichtigste war, dass Jecklins Albträume bald schon nach dem Vorfall mit dem eingestürzten Türbogen und ihrem Gespräch hernach seltener geworden und irgendwann ganz verschwunden waren.

Dann, im Frühjahr des Jahres 1275, starb Pfarrrektor Gottfried von Freiburg völlig überraschend, bei einem etwas zu ausschweifenden Besuch im Badhaus, wie man munkelte. Zur Grablege hatte er seine Villinger Stadtkirche bestimmt, und so gab es in Freiburg nur eine in ihrer Kürze und Schlichtheit fast schon schäbig zu nennende Totenmesse, wie Odilia fand. Die Grafenfamilie schien ihrem so jäh verstorbenen Mitglied – Gottfried war ja immerhin der Bruder von Graf Konrad gewesen – keine Träne nachzuweinen. Im Anschluss an die Messe verkündete Graf Egino, der eben erst von einem neuerlichen Fehdezug zurückgekehrt war, seinen Bürgern und Untertanen feierlich und mit fast heiterer Miene, dass der neue Herr dieser Kirche künftig sein geliebter Bruder Konrad, Domprobst zu Straßburg, sei.

Wie alle Handwerker in der Stadt hatte Gerhard, den der Tod des Rektors mit Sorge zu erfüllen schien, seinen Leuten anlässlich des Trauertags frei gegeben. Müßig standen die Männer nach dem Gottesdienst vor dem Nikolausportal zusammen und traten von einem Bein aufs andere, als wüssten sie nicht, wohin mit sich. Waren doch auf Geheiß des Grafen auch alle Schenken und Badstuben geschlossen.

«Machen wir doch einen Spaziergang vor die Stadt», schlug Odilia ihrem Mann vor. «Das haben wir schon lange nicht mehr getan.»

«Ich weiß nicht ...»

Da kam Pater Benedikt auf sie zu. Er legte das gleiche sorgenvolle Gesicht an den Tag wie Gerhard.

«Ich würde mich freuen, wenn Ihr noch auf einen Becher Wein zu mir kommt. In Gedenken an den guten Gottfried, der die letzten Jahre ja nun doch zu einem großen Förderer unseres Neubaus geworden war.»

«Sehr gerne, Pater», erwiderte Gerhard, und Odilia nickte dazu.

«Was ist es, was Euch bedrückt?», fragte sie, während sie das kurze Stück hinüber zum Schaffnerhaus gingen.

«Nun ja», erwiderte der Pater und warf Gerhard einen fragenden Blick zu, woraufhin der auffordernd nickte. «Es ist so, dass der Graf inzwischen Unsummen nicht nur für seine Hofhaltung, sondern erst recht für seine ständigen Fehden ausgibt. Neuenburg hat er zwar vorerst bezwungen, nun aber geht es gegen den König selbst. Das ist mehr als bedenklich für unsere Stadt und damit auch für unseren Kirchenbau. Und jetzt kommt noch hinzu, dass sein Bruder Konrad, der künftig mitverantwortlich ist für Liebfrauen, als träge und selbstsüchtig gilt und nicht einmal ein Geistlicher ist. Viel Unterstützung können wir von ihm also wohl nicht erwarten.»

Kapitel 7

Im Frühsommer des Jahres 1275

Ohne sonderliche Eile bog Ulrich Wohlleb am Fischbrunnen in die Große Gass ein. Der tägliche Markt war vorbei, zwischen den verschlossenen Lauben stromerten Hunde und Katzen auf der Suche nach Essbarem herum, die letzten Krempler und Bauern beluden ihre Karren mit der unverkauften Ware und machten sich auf den Heimweg. So geruhsam ging es hier auf der Freiburger Marktstraße nur an Sonn- und Feiertagen zu. Oder wie jetzt in der Mittagszeit, wenn man gemeinhin zu Hause oder im Wirtshaus beim Essen saß.

Vor dem Gasthaus Zur Krone rief ihm Geldwechsler Liebekind ein freundliches «Seid gegrüßt, Kaufherr Wohlleb!» zu. Mit seinem spitzen Hut und der langen Barttracht war er schon von weitem zu erkennen. Gedankenverloren grüßte Wohlleb zurück.

Warum hatte der Graf ihn nicht auf die Burg bestellt, sondern an den neuen Turm? Warum ausgerechnet drei Vaterunser nach dem Mittagsläuten, wie ihm der gräfliche Bote heute Morgen mitgeteilt hatte? Ging es um den Kirchenbau? Mit Sicherheit wusste Egino, dass er, Wohlleb, zu den wichtigsten Förderern zählte.

Möglicherweise hing dieses Treffen aber auch mit der Eingabe zusammen, die der Neue Rat letzte Woche auf die Burg geschickt hatte. Es ging darin um den ewigen Streitpunkt, dass

Egino noch immer nicht die unter den Zähringerherzögen erworbenen Stadtrechte bestätigt hatte. Dabei war dies Brauch nach jedem Herrschaftswechsel, und der gute alte Graf Konrad war nun schon seit vier Jahren tot. Das heißt, bestätigt hatte Egino die Rechte der Bürger bei ihrem Treuschwur damals schon, in hochtönenden Worten, mit Brief und Siegel versehen indessen bis heute nicht. Hatte er ihn deswegen herbestellt? Um ihm, gleichsam als Überbringer, abschlägig Bescheid zu geben? Von oben herab, wie es seine Art war? Das Ärgerliche an der Sache war nämlich gewesen, dass der Neue Rat diese Forderung im Alleingang hatte erheben müssen: Die Herren des Alten Rats hatten die Eingabe schlichtweg als unnötig erachtet, da das öffentliche Wort eines Grafen Egino ebenso viel wert sei wie Brief und Siegel.

An der Ecke zur Kirchgasse blieb Wohlleb stehen und schnaubte. Diese Vasallen, diese Äffchen ihres Herrn! Begriff denn keiner von denen, dass Egino von ganz anderem Gepräge war als sein Vater?

Viel zu lange hatte die Bürgerschaft, aus Treue zu ihrem alten Stadtherrn, Egino und dessen Bruder Heinrich von Badenweiler nach Kräften unterstützt, hatte für ihre Fehde am Oberrhein brav eine Sondersteuer und sogar Kriegsdienst geleistet, der zwei tapferen Männern das Leben gekostet hatte. Schließlich war ja ein Teil des Freiburger Herrschaftsgebietes bedroht gewesen. Inzwischen aber hatte sich das Blatt gewendet, inzwischen war man in eine weitere schwere kriegerische Auseinandersetzung verwickelt, und zwar gegen keinen Geringeren als König Rudolf von Habsburg. Hatte der Habsburger, als entfernter Vetter der Freiburger Grafen, zunächst noch an deren Seite gegen die aufrührerischen Neuenburger gekämpft, so hatte er ihnen nach seiner Königswahl vor knapp zwei Jahren schroff den Rücken zugekehrt, ja mehr noch: Inzwischen verlangte der Habsburger von ihnen die Stadt am Rheinufer sowie Burg und Gut Zähringen als altes Reichsgut zurück. Was die gräflichen Brüder selbstredend verweigert hatten und stattdessen zum Kampf aufrüsteten. Etliche kleinere Scharmützel hatten sie bereits hinter sich, bislang noch im Verbund mit ritterlichen Gefolgsleuten, doch es war nur eine Frage der Zeit, bis man eine große Mannschaft unter den hiesigen Bürgern ausheben würde, die kraft ihres Eides zum Kriegsdienst verpflichtet waren.

So weit war es mit Freiburg also gekommen – im Kriegszustand mit dem König des Heiligen Römischen Reiches befand man sich, und die Bürger würden es ausbaden müssen! Viel zu wohlwollend war man anfangs Egino gegenüber gewesen, hatte dessen Worte geglaubt, er wolle ganz im Sinne seines Vaters die Stadt schützen, ihr Ansehen mehren und den Frieden wahren. Wie um seinen Worten Nachdruck zu verleihen, hatte der junge Graf sogar sein rüpelhaftes Gehabe abgelegt, gab sich bei öffentlichen Auftritten besonnen und selbstbewusst.

Umso wichtiger war es nun, dass das alte Freiburger Recht auf Unparteilichkeit gegenüber dem König gewahrt blieb. Doch solange die Mehrheit des Stadtadels querschoss, würden die Mitglieder des Neuen Rates wohl kaum auf diese alten Rechte pochen können. Dabei waren Schutz und Schirm des Königs für eine Handelsstadt allemal mehr wert, als einem hitzköpfigen jungen Stadtherrn Gefolgschaft zu schwören.

«Seht nur!», hörte er vor sich eine Magd rufen. «Das ist doch unser Graf dort vorn am neuen Turm. Ganz bestimmt!»

Vor ihm versuchte eine Handvoll Menschen, auf den Kirchplatz zu gelangen, doch ein mit Hellebarde bewehrter Wächter versperrte den Ausgang der Gasse.

«Zurück, ihr Leut. Hier gibt's nichts zu glotzen.»

«Die sollen uns durchlassen», maulte ein schäbig gekleideter Alter. «Das ist schließlich *unsere* Pfarrkirche.»

Wohlleb klopfte ihm freundlich auf die Schulter. «So nimm halt einen anderen Weg, guter Mann. Und wenn du beten willst, komm später wieder.»

Dabei spähte er, nun selbst neugierig geworden, hinüber zur Kirche. Er hatte ein Aufgebot von Reitern erwartet, stattdessen schritten vor dem künftigen Westportal drei unauffällig gewandete Herren, ohne Banner oder Wappen, langsam auf und ab. Nur ihr Schwert an der Hüfte verriet den hohen Stand. Graf Egino wollte also kein großes Aufheben machen von seinem Ausflug in die Stadt. Und der Zeitpunkt kurz nach dem Mittagsläuten war gut gewählt, denn die Werkleute waren alle bei Tisch.

«Ihr da!» Der Mann mit der Hellebarde trat auf ihn zu. «Seid Ihr Kaufherr Ulrich Wohlleb?»

«Ja, der bin ich.»

«Dann kommt. Der Stadtherr erwartet Euch schon.»

Wohlleb musste schmunzeln, als er die wenigen Schritte hinüber zum Westportal zurücklegte. Von den drei Männern, die alle einen leichten Kapuzenumhang trugen, hielt einer beständig den Kopf himmelwärts gereckt, während er den linken Strebepfeiler umrundete. Der junge Graf bewunderte also sein steinernes Ebenbild, das seit gestern zusammen mit dem seines Vaters die beiden westlichen Stützpfeiler zierte, in Höhe dreier Manneslängen.

Wenige Schritte vor Egino blieb Wohlleb stehen und räusperte sich vernehmlich. Der Graf wandte sich um.

«Ah, der Kaufherr Wohlleb. Komm nur näher heran.» Er strahlte stolz, als habe er soeben einen Kampf gewonnen. Sein rotblondes Haar trug er nur noch kinnlang wie einst sein Vater, doch die glatten, weichen Gesichtszüge hatten noch immer etwas Kindliches.

«Ist mein Abbild nicht vortrefflich geraten?» Mit ausladender Geste wies er auf die Figur, die in herrschaftlicher Gelassenheit unter dem turmartigen Baldachin thronte. Der Blick ging in die Ferne, während die Rechte mit höfischer Geziertheit in den Halsausschnitt des weiten Umhangs griff und die Linke auf dem Knie ruhte. Die Konsole, die das Bildnis trug, zeigte für den Kirchgänger unten am Portal gut sichtbar das Adlerwappen der Grafen.

«Seid gegrüßt, gnädiger Herr.» Wohlleb verbeugte sich. «Ja, fürwahr eine meisterliche Arbeit. Als ob Ihr selbst dort oben thronen würdet.»

«So soll es auch sein.» Er lächelte. «Wobei – ein wenig hoch scheint mir der Standort nun doch. Die Feinheiten meiner Geste, meines Blicks, meines Gewands sind von hier unten kaum noch zu erkennen. Siehst du zum Beispiel, dass die Brosche am Hals das Grafenwappen trägt? Oder dass mein Fuß über den Rücken eines kleinen Hundes streicht, als Zeichen meiner Treue zum Volk? Nein, das sieht man kaum aus dieser Entfernung. Sei's drum, dem Baumeister ist in solchen Dingen ohnehin nicht beizukommen. Er würde mir jetzt nur wieder einen Vortrag halten», leutselig zwinkerte er Wohlleb zu, «über geheimnisvolle Lasten und Schubkräfte am Bau.»

Verwundert fragte sich Wohlleb, ob Egino ihn nur herbestellt hatte, um mit ihm zusammen die Grafenfiguren zu bewundern. Denn jetzt führte er ihn auch noch zum rechten Strebepfeiler mit dem Bildwerk Graf Konrads. Der war als ein deutlich älterer Mann herausgearbeitet, mit gütigem Lächeln, das Richtschwert auf dem übergeschlagenen Bein.

«Mein seliger Herr Vater ist fast *noch* lebensechter geraten als ich selbst, findest du nicht auch, Wohlleb?»

Da Wohlleb wusste, dass der Graf keine Antworten erwartete, nickte er nur. Zumal Egino bereits weitersprach.

«Er würde vor Rührung weinen, wenn er diese herrlichen Kunstwerke noch mit eigenen Augen sehen dürfte. Dieser Bildhauer Alfred ist wahrhaftig gottbegnadet. Jetzt fehlen nur noch die Bildnisse von meinem Bruder Heinrich von Badenweiler und meinem Oheim Heinrich von Fürstenberg.»

Sie befanden sich mittlerweile im Winkel zum südlichen Turmpfeiler, als Egino sich nach allen Seiten umblickte. Seine beiden Leibwächter hatten sich breitbeinig einige Schritte von ihnen entfernt aufgepflanzt, ansonsten waren sie noch immer allein auf der Baustelle. Vom Schaffnerhaus drangen die Stimmen der Werkleute herüber, die wie immer bei dem schönen Wetter ihre Mahlzeit im Freien einnahmen.

Der Graf zog ihn dicht neben sich ans Mauerwerk und streifte sich die Kapuze über. Verschwörerisch begann er zu flüstern: «Hör zu, Kaufmann: Ich bräuchte eine größere Summe Geldes von dir.»

«Von mir?»

Bass erstaunt sah Wohlleb ihn an. Zwar betrieb er seit einiger Zeit auch Geldgeschäfte, vornehmlich in Sachen Pfandleihe und Rentkauf, half auch hie und da irgendwelchen Breisgauer Rittern kurzfristig aus, die ob ihrer Fehden, Lösegeldzahlungen oder Erbstreitigkeiten in einen Engpass geraten waren. Einem Mitglied der gräflichen Familie hatte er indessen noch nie Geld geliehen.

«Wie kommt Ihr gerade auf mich? Seid Ihr in dieser Hinsicht nicht eher der Snewlin-Sippe verbunden?»

Egino ließ sich Zeit mit der Antwort auf diese fast ein wenig zu forsche Frage. Vielleicht, dachte Wohlleb, waren ihm die Bedingungen der Snewlins, jenem ältesten und reichsten Geschlecht Freiburgs, ja zu teuer geworden. Die hatten nämlich kürzlich ihren Zinsgewinn erhöht, wie ihm ausgerechnet Jodokus Loderer zugesteckt hatte, der sich damit wohl wieder einmal wichtigtun wollte. Oder sie waren inzwischen schlichtweg vorsichtiger geworden mit den Grafenbrüdern und hielten sich beim Geldverleih zurück.

«Nun, auf einem Bein kann man nicht stehen, und die Zeiten sind unruhig geworden, wie du vielleicht weißt.» Egino strich sich eine Locke aus der Stirn. «Von meinem Schatzmeister habe ich erfahren, dass am Gewann Schauinsland, wo auch du deine Schürfrechte hast, die Ausbeute an Silber nach wie vor vortrefflich ist.»

Wohlleb nickte. Das Hoheitsrecht für den Bergbau im Breisgau lag natürlich bei den Grafen, aber bereits Konrad hatte damit begonnen, Schürfrechte langfristig an vermögende Stadtbürger zu verleihen. Als Regalherr hatte Graf Egino aber nach wie vor in allen Gewannen Anspruch auf den Tagesabbau der Samstage nach Sankt Gallus und wusste daher auch, welche der Erzgruben die einträglichsten waren.

«Ich biete dir», fuhr er fort, «zwei meiner letzten Felder am Gewann Schauinsland, mit dem Recht auf Weiterverleihung, und zwar gegen zehn Mark Silber.»

Wohlleb zögerte. Zehn Mark Silber, das war der halbe Jahresumsatz seines Handels! Andererseits: Wenn sich Egino nun schon bei der Bürgerschaft verschuldete, würde man nach und nach auch mehr Macht erlangen. Er sollte sich diese Gelegenheit vermutlich nicht entgehen lassen. Er überlegte blitzschnell, wie er diese Summe beschaffen könnte. Er könnte ja seine Gruben im Münstertal abstoßen, die seit letztem Jahr weniger einbrachten. Ja, das war machbar. Er nickte dem Grafen zu.

«Ich bräuchte eine Woche, um das Silber aufzutreiben.»

«Wunderbar.» Egino lächelte erfreut. «Dann schlag ein!»

«Einen Augenblick noch, Herr. Letzte Woche haben wir Männer vom Neuen Rat Euch eine Bittschrift zukommen lassen. Ihr wisst schon, die Anerkennung unserer alten Stadtrechte aus Zeiten der Zähringerherzöge.»

Das Lächeln erstarrte. «Denkt ihr Herren etwa, ich stehe nicht zu meinem Wort?»

«Ganz und gar nicht, Graf. Aber es könnte Euch ja leidvollerweise etwas zustoßen, wie Eurem seligen Herrn Vater. Und so bitte ich Euch, unsere Rechte nach altem Brauch und Herkommen schriftlich zu besiegeln.»

Ärgerlich verzog Egino die Lippen. «Du stellst also an mich, deinen Stadtherrn, Bedingungen?»

«Ein jeder Geldverleiher stellt Bedingungen. So ist das Geschäft.»

Wohlleb hielt Eginos scharfem Blick stand. Nach kurzem Zögern hielt der Graf Wohlleb die Hand hin. «Schlag ein. Noch diesen Sommer werde ich den Alten wie den Neuen Rat auf die Burg laden, und ihr bekommt eure Stadtrechte in Brief und Siegel. Du hast mein gräfliches Wort.»

Noch während sie sich die Hände schüttelten, dachte sich Wohlleb, wie viel ein gräfliches Wort von jemandem wie Egino ohne Zeugen wohl wert war. Womöglich hatte er eben einen Fehler begangen. Nur weil ihm, wie den meisten Freiburgern, die Sache mit der Eingabe so sehr am Herzen lag, war er mit dem Grafen viel zu schnell handelseinig geworden. Für zehn Mark Silber hätte er weitaus mehr verlangen können als nur zwei Felder im Bergbau.

Er sah ihm nach, wie er mit seinen Begleitern eiligst verschwand, die Kapuze trotz der Mittagswärme tief in die Stirn gezogen. Liebend gern hätte er ihn gefragt, wofür er das Geld so nötig brauchte, aber das stand ihm nun wahrhaftig nicht zu.

Schon am nächsten Tag war Ulrich Wohlleb klüger. Während der Ratssitzung erfuhr er, dass sich Graf Egino auch bei seinen Freunden Bernhard Rindkauf, Ludwig Ederlin und Cunrat Ätscher sowie bei Loderer und vier weiteren Ratscollegen ein kleines Vermögen besorgt hatte. Bei Ederlin gegen Schürfrechte, bei allen anderen gegen einen recht guten Zinsgewinn. Fast alle hatten sie, dies immerhin zu Wohllebs großer Freude, im Gegenzug das Siegel unter die Stadtrechte gefordert. Dass Egino mit einer Anleihe in dieser Höhe sein Heer aufrüsten wollte, war indessen besorgniserregend, zumal inzwischen eine unheilvolle Kunde die Stadt erreicht hatte: Eine Vorhut König Rudolfs war am gestrigen Morgen vor der Burg Zähringen erschienen und hatte den gräflichen Burgvogt aufgefordert, Burg und Dorf an den König zu übergeben. Doch Egino hatte die Zahl der Kriegsknechte, die auf den Zinnen Wache gingen, längst verdreifacht, und so wurden die Königlichen von einem wahren Pfeilhagel empfangen und zur Umkehr gezwungen. Drei von Rudolfs Männern hatten ihr Leben gelassen.

Es sah alles danach aus, als ob sich der Kampf der Grafenbrüder gegen König Rudolf zu einer Schlacht ausweiten würde. Hierfür brauchten sie natürlich Geld, viel Geld. Dabei war dies ein Kampf Davids gegen Goliath, und so befürchteten alle Ratsmitglieder, dass Goliaths Rache nicht lange auf sich warten lassen würde. Die Zeche hätten am Ende die Freiburger zu zahlen, wobei es umso bedrohlicher war, dass die Burg Zähringen nur eine gute Wegstunde von der Stadt entfernt lag ...

Nach der mittäglichen Ratssitzung in der Krone kehrte Wohlleb nicht in die Salzgasse zurück, wo er sein Handelshaus hatte, sondern bog geradewegs in die Kirchgasse ein. Er wollte dem Baumeister, dem er sich mittlerweile freundschaftlich verbunden fühlte, diese Neuigkeiten überbringen, zumal sie auch für Unser Lieben Frauen Werk bedeutsam waren.

Er fand ihn inmitten des Langhauses, wo er mit dem Parlier und zwei Helfern beim Ausmessen war. Hierzu schoben sie lange Eisenruten auf dem sandigen Boden hin und her. Wohlleb blieb stehen und sah sich um. Jetzt erst bemerkte er, dass die Wände der Seitenschiffe, sowohl auf der Nord- wie auf der Südseite, eingerüstet waren. War das gestern schon so gewesen? Einfache Leitern reichten da nicht mehr aus, um auf die Mauerkrone zu gelangen, so hoch waren sie inzwischen aufgezogen. An den meisten Stellen reichten sie bereits bis zur halben Höhe der künftigen Maßwerkfenster. Wie riesig diese Kirche werden würde!

«Wohlleb! Seid gegrüßt!», rief ihm der Baumeister zu, während er eine Eisenrute im rechten Winkel an die des Parliers anlegte. Dann richtete er sich auf. «Kommt nur näher.»

Das tat Wohlleb nur allzu gern. Der Bau dieser Kirche fesselte ihn jedes Mal aufs Neue.

«Was messt Ihr da aus?», fragte er neugierig.

«Die Abstände der Bündelpfeiler für die Bogengänge des Mittelschiffs. Die müssen natürlich exakt gleich sein, sowohl in der Längsrichtung wie in der Querrichtung.»

«Weil sonst die Rundbögen ungleich werden?»

«Richtig!» Seine Augen strahlten. «Morgen wollen wir anfangen, die Fundamente für die Säulen auszuheben.»

«Habt Ihr denn einen Augenblick Zeit für mich, Meister Gerhard? Ich will Euch auch nicht lange stören.»

«Aber mein lieber Kaufherr! Ihr seid mir immer willkommen, und das wisst Ihr auch. Wollen wir nicht auf einen Becher Wein in meine Wohnung?»

«Danke, aber ich habe wirklich nur eine Frage.» Wohlleb warf einen Seitenblick auf die Werkleute, und der Baumeister verstand.

«Gehen wir hinaus zur Friedhofskapelle.»

Zwischen den Grabreihen auf der Nordseite der Kirche waren sie unter sich.

«Wie steht es derzeit mit der Fabrica?», begann Wohlleb. «Hat der Schaffner Euren Leuten letzten Samstag den vollen Wochenlohn ausbezahlt?»

«Aber ja.» Erstaunt blickte Meister Gerhard ihn an.

«Und auch sonst wird an nichts gespart? An Werkzeug, Ausrüstung oder an der Verköstigung etwa?»

«Nicht, dass ich wüsste. Aber warum fragt Ihr?»

«Nun, Graf Egino treibt überall Geld für seine Fehde gegen König Rudolf ein. Es könnte sein, dass er schon bald die Mittel für den Kirchenbau einschränkt.»

«Das glaube ich nicht.» Der Baumeister schüttelte nachdrücklich den Kopf. «Gut, ich habe immer mal wieder Mühe gehabt, meine Mannschaft aufzustocken, wenn es denn nötig war. Aber letztlich wurde mir jedes Mal zugestanden, was ich mir mittels Pater Benedikt erbeten hatte. Ihr wisst ja, dass sich der Schaffner sehr für den Baufortschritt einsetzt.»

«Unser guter Pater Benedikt ganz gewiss. Aber leider kann er auch in Zukunft nur verteilen, was der Graf und der Kirchrektor zugestehen, und da habe ich meine Sorge, was die neuesten Entwicklungen angeht.» Wohlleb seufzte. «Hätten wir Bürger endlich die Bauherrschaft und dürften obendrein unseren Pfarrherrn selbst wählen, wie es unter den Zähringern einst üblich war, dann könnten wir auch über die Gelder bestimmen. Anstelle eines Stadtherrn, der nur noch Krieg im Kopf hat, und eines Pfarrherrn, der seit seiner Pfründenübernahme kein einziges Mal in Freiburg war.»

Der Baumeister runzelte die Stirn. «Ihr meint also, wir müssen uns nun wirklich Sorgen machen?»

«Ich fürchte, ja. Leider spaltet Eginos kriegswütiges Auftreten die Bürgerschaft. Genauer gesagt steht der Stadtadel im Alten Rat ziemlich stramm hinter ihm, während sich der gemeine Mann um Ruhe und Frieden sorgt genau wie wir.»

«Somit könnte der Kirchenbau bald ins Stocken geraten», fügte der Baumeister nachdenklich hinzu. «Zumal der neue Pfarrrektor Eginos Bruder ist und nicht einmal die Priesterweihe hat, obwohl er sich Domprobst nennen darf. Wenigstens ist unser Schaffner ein Mann des echten Glaubens und weiß um die Bedeutung dieser Kirche.»

«Aber ihr wisst ja: Dummerweise ist Pater Benedikt nicht uns Bürgern, sondern dem Grafen und dessen Bruder rechenschaftspflichtig. Ich will Euch nicht unnötig beunruhigen, Meister Gerhard, aber mir ist zu Ohren gekommen, was Rektor Konrad im fernen Straßburg über seine Freiburger Pfarrkirche denkt: der geplante prächtige Neubau mit seinem hohen Turm sei ein Zeichen der Vermessenheit, die den Bürgern einer einfachen Handelsstadt nicht zustehe. Ich denke, es ist meine Pflicht, Euch das zu sagen.» Er sah Gerhard bekümmert an. «Aber nun muss ich weiter und will Euch auch nicht länger von der Arbeit abhalten.»

Bedrückt kehrten sie auf die Baustelle zurück.

«Wir wollen den Teufel nicht an die Wand malen», sagte Wohlleb abschließend. «Aber falls es in nächster Zeit zu Engpässen beim Lohn kommen sollte, so seid Ihr darauf vorbereitet. Und bitte gebt mir dann Bescheid. Ich kann Euch jederzeit aushelfen, meine Silberminen werfen genug ab.»

«Ich danke Euch, aber ...»

«Nein, Meister!», rief plötzlich eine Stimme genau über ihnen. Auf dem Gerüst der Seitenschiffwand stand dieser seltsame rothaarige Hüttenknecht, der einstmals als Hühnerdieb ins Schellenwerk verbannt worden war. «Nehmt das Geld nicht. Das ist Blutgeld!»

«Was soll der Unsinn, Jecklin», wies der Baumeister ihn zurecht. «Und was belauschst du uns überhaupt? Bring gefälligst den Gerüstbauern das Seil, und dann holst du das geschärfte Werkzeug vom Schmied.»

«Hab ich schon, Meister. Aber Ihr dürft nicht ...»

«Still jetzt!», unterbrach Gerhard ihn barsch und wandte sich wieder Wohlleb zu. «Ihr müsst den Jungen entschuldigen. Er meint es nicht so.»

Dabei wusste Wohlleb genau, was dieser Jecklin meinte, und musste ihm im Stillen zustimmen. Immer wieder kam es im Bergbau zu schweren oder gar tödlichen Unfällen, sowohl in den unzureichend gesicherten Stollen, als auch bei der Verhüttung. Diesen Blutzoll hatten die Arbeiter zu entrichten und nicht etwa die Betreiber der Minen, da hatte der Kerl recht.

Er sah dem Jungen nach, der geschmeidig wie eine Katze die Mauerkrone entlanglief, und nahm sich vor, baldmöglichst auf *seiner* Hütte nach dem Rechten zu sehen. Dann schüttelte er dem Baumeister die Hand und machte sich auf den Heimweg.

Die nächsten Wochen war in Freiburg von weiteren kriegerischen Entwicklungen nichts zu hören oder spüren. Im heißen Rheintal war die Kornernte bereits im Gange, bald würden die Täler hinauf zum Schwarzwald folgen. Jeden Morgen verließen

Dutzende Freiburger Taglöhner mit der Sichel über der Schulter die Stadt, um sich als Schnitter zu verdingen, die Scheune am Kornmarkt füllte sich zusehends, und zum täglichen Markt brachten die Bauern randvoll gefüllte Karren mit Obst und Gemüse.

Der Sommer ging also zu Ende, die Ernten waren vielversprechend. Ulrich Wohlleb und seine Ratsgefährten indessen verloren allmählich die Geduld: Ihre Stadtrechte waren noch immer nicht besiegelt, dabei war es über zwei Monate her, dass sie Egino ihren Tauschhandel angeboten hatten.

«Wer kommt mit?», fragte Wohlleb und blickte nach ihrer Mittwochssitzung in die Runde. Alle Anwesenden – vier Ratsherren lagen mit Sommerkatarrh darnieder – hoben die Hand. Alle, außer Jodokus Loderer.

«Mein Weib ist leider schwer krank», murmelte er und verließ fluchtartig das Wirtshaus.

Rindkauf lachte höhnisch auf. «Hätte mich auch gewundert. Los geht's, Männer. Für diesmal lassen wir uns von Egino nicht abwimmeln. Und wenn wir vor dem Wachhaus nächtigen müssen.»

Die Nachmittagshitze lastete wie eine Glocke über der Stadt. Schon nach wenigen Schritten lief den Männern der Schweiß von der Stirn. Die Gassen lagen still und verlassen, ihre Bewohner hatten sich in die Häuser oder schattigen Hinterhöfe zurückgezogen, unter der riesigen Linde vor dem Obertor döste ein Rudel Hunde. Am Brunnen von Oberlinden erfrischten sie sich und tranken ein letztes Mal, da der Aufstieg zur Burg steil und ohne Schatten war.

Hier beim östlichen Stadttor schob sich der Burgberg von den Höhen des Schwarzwaldes wie ein spitzes Dreieck zwischen Rhein- und Dreisamtal. Zur Bergseite war die Höhenburg durch einen tiefen Halsgraben geschützt, zum Tal hin durch einen mehrfachen Mauerring, der sich bis hinunter ins Dreisamtal zog, wo er dann am Obertor in die Stadtbefestigung überging. Eine unmittelbare Verbindung zwischen Stadt und Burgschloss gab es, sofern man nicht an jenen geheimnisvollen unterirdischen Gang glaubte, nur an einer Stelle, mit einer schmalen, stets verschlossenen Pforte am Runden Turm, durch die gerade mal ein einzelnes Schlachtross passte. Nur die Grafenfamilie und der Burgkaplan verfügten über den Schlüssel, im Kriegsfall wurde die Pforte Tag und Nacht von zwei Wärtern auf dem Runden Turm bewacht.

Der gemeine Mann musste also erst durch das stark befestigte Obertor hinaus, wo es gleich nach dem äußeren Zwinger linker Hand einen karrenbreiten Durchlass durch die untere Burgmauer gab. Das zweiflügelige Tor stand, genau wie das Stadttor, gemeinhin tagsüber offen, die Zugbrücke über den Graben war heruntergelassen, und an Sonn- oder Festtagen gingen die Freiburger gerne auf dem Weg spazieren, der die Stadt am Fuße des Burgbergs umrundete. Auf halber Strecke gab es dort ein Wachhaus, wo man sich, sofern man auf die Burg wollte, anmelden musste, bevor es steil hinauf ging zwischen Weingärten und Viehweiden hindurch. Da weder Bäume noch hohe Sträucher den Blick verstellten, konnten die Wächter der mit mächtigen Mauern umgebenen Niederburg schon von weitem sehen, wer sich der gräflichen Residenz näherte.

Wohlleben und seine Ratscollegen kamen indessen nur bis vor das Obertor. Gerade als sie die Zugbrücke vor dem äußeren Zwinger überquert hatten – der Stadtgraben führte seit einiger Zeit wieder Wasser, um Feinden einen Angriff zu erschweren –, fiel im Durchlass der Burgmauer mit lautem Krachen das Eisengitter herunter, und die Zugbrücke wurde hochgekurbelt.

«Was soll das jetzt?», rief Cunrat Ätscher verdutzt.

Wie zur Antwort meldeten von der Burg herab Hornstöße höchste Gefahr, kein Ave Maria später läutete von den beiden höchsten Stadttürmen die Sturmglocke, und das Feindgeschrei der Mauerwächter setzte ein.

Erschrocken sahen sich die Männer an. Die ersten Bewohner der Oberen Au und der Würi, deren Hofstätten völlig ungeschützt am Ufer der Dreisam lagen, kamen angerannt, die Frauen mit ihrem Bündel an Habseligkeiten auf dem Rücken und plärrenden Kindern an der Hand, die wehrfähigen Männer im hastig übergestreiften Kettenhemd und mit Spießen bewehrt. Das Vieh hatten sie zurücklassen müssen, denn nur Reit- und Lasttiere durften jetzt noch in die Stadt.

Auch vom Obertor ertönte inzwischen das Horn.

«Herbei, ihr Leut, herbei!», rief der Wächter zwischendurch immer wieder von den Zinnen herab. «Die Tore werden in Bälde geschlossen!»

Wohlleb holte tief Luft. «Es wird ernst», murmelte er. «Rasch, gehen wir zurück.»

Sie drängten sich inmitten der größer werdenden Menge durch das Vortor, wobei der Strom schon im Zwinger ins Stocken geriet und von hinten nachgeschoben wurde. «Alle Gerber und Müller zum Mauerdienst zu mir!», brüllte jemand. «Alle Bauern zur Verstärkung der Burg zu mir!», ein anderer. Ein Riese von Mann trat Wohlleb schmerzhaft auf den Fuß, jemand schlug ihm den Ellbogen in die Rippen. Seine Ratscollegen hatte er bis auf den dicken Ederlin aus den Augen verloren.

Drinnen in der Stadt ging es erst recht drunter und drüber. Wo kurz zuvor noch träge Ruhe geherrscht hatte, schwärmten jetzt gerüstete und bewehrte Männer in alle Richtungen aus, Weiber schrien nach ihren Kindern, kleine Mädchen und

Jungen angstvoll nach ihren Müttern, oder sie rannten kopflos zwischen kläffenden Kötern durch die Gassen. Dabei sollte eigentlich ein jeder wissen, was zu tun war, dachte Wohlleb. Frauen und Kinder hatten sich schnellstens in die Häuser zurückzuziehen, sofern es keine andere Order gab, zünftige Männer mussten sich, je nach Handwerk, mit ihrer Waffe an einem bestimmten Mauerabschnitt unter ihrer Zunftfahne einfinden, alle anderen wehrpflichtigen Bürger sowie alle Berittenen sammelten sich auf der Großen Gass. Dorthin schaffte der Zeugmeister mit seinen Helfern weitere Spieße und Armbrüste. Ebenda, in der hölzernen Gerichtslaube am Fischbrunnen, hatten sich die Ratsherren und der Schultheiß zu versammeln, um sich zu beraten. Und sobald sich die Vorstädte geleert hatten, waren die inneren Stadttore mit Fallgitter, aufgezogener Zugbrücke und mit schweren Balken zu sichern.

So bewahrt doch die Ruhe, hätte Wohlleb am liebsten in den Lärm rundum gerufen, während er sich durch die Salzgasse in Richtung Fischbrunnen kämpfte. Dabei, das musste er zugeben, war ihm selbst reichlich bange. Hoffentlich waren seine Frau und die Kinder schon zu Hause. Er konnte sich nicht erinnern, wann es zuletzt ein Feindgeschrei gegeben hatte. Sich einmal jährlich in der Zunftstube die Sturm- und Mauerordnung vorlesen zu lassen oder im Ernstfall sofort das Richtige zu tun, das waren eben doch zwei Paar Stiefel.

Gerade noch rechtzeitig wich er einem scheuenden Pferd aus und drückte sich in eine Toreinfahrt. Nach kurzem Durchatmen bemerkte er erst jetzt, dass er schon vor seinem eigenen Anwesen stand. Er rüttelte an dem zweiflügeligen Tor, das in den Hof und zum Warenlager im Keller führte – es war fest verschlossen. Gut gemacht, Junge, dachte er. In seiner Abwesenheit war es nämlich Anselms Aufgabe, auf das

Hoftor zu achten und es in unsicheren Stunden wie diesen zu verriegeln.

Er beschloss, sich rasch zu vergewissern, ob seine Familie tatsächlich wohlbehalten zu Hause war, bevor er sich zu den Ratscollegen begab. Er nestelte nach dem richtigen Schlüssel am Bund. Dabei merkte er, dass seine Hände leicht zitterten. Und schon im nächsten Moment fiel ihm siedend heiß ein, dass seine Frau an diesem Nachmittag nach ihrer siechen Mutter in der Gerbervorstadt hatte sehen wollen.

Endlich sprang die Tür auf, und er rief in die leere Eingangshalle hinein: «Anna, bist du da?»

«Nein, Vater.» Seine Jüngste kam die Wendeltreppe herunter, mit vor Aufregung roten Wangen. «Sie ist noch bei der Großmutter. Ich hab solche Angst, Vater. Was ist da draußen los? Warum läutet die Sturmglocke die ganze Zeit?»

«Ich weiß es noch nicht, aber ich werde es gleich vom Schultheiß erfahren. Vorher gehe ich deine Mutter und die Großmutter suchen. Bestimmt sind sie schon auf dem Weg hierher. Es sind nämlich alle Dörfler und Vorstadtbewohner aufgerufen, Schutz in der Innenstadt zu suchen. Ruf den Anselm herunter, er soll mich begleiten.»

«Der ist auch nicht da. Der wollte zur Oberen Marktlaube, wo sich die Jungleute sammeln. Für den Fall, dass man Verstärkung braucht.»

Wohlleb stieß hörbar die Luft aus. «Kreuzdonnerwetter! Will der Kerl mit seinen dreizehn Jahren den Helden spielen? Hör zu: Du und deine Schwester, ihr verlasst auf keinen Fall das Haus und öffnet niemandem die Tür. Verstanden?»

Er machte auf dem Absatz kehrt und marschierte los, so rasch es ging. Die Innenstadt war immer noch voller Menschen, aber das Geschrei hatte nachgelassen, das rücksichtslose

Drängeln ebenso. Vor ihm lag der Fischbrunnen, an dem sich Salzgasse und Große Gass mitten in der Stadt kreuzten. Von der Gerichtslaube dort war vor lauter Menschen nur noch das Dach zu sehen. Obwohl Wohlleb vermutete, dass sich längst alle Ratsherren versammelt hatten, bog er nach links in Richtung Martinstor ab. Seine Familie war erst einmal wichtiger.

Bald schon war ihm, als müsste er mit voller Kraft gegen den Strom schwimmen. Menschen über Menschen aus der dichtbevölkerten südlichen Vorstadt schoben sich ihm entgegen, und er reckte vergeblich den Kopf, ob er Anna und ihre Mutter irgendwo entdeckte. Seine zierliche Frau vermochte die Alte, die nicht mehr recht zu gehen vermochte, unmöglich ohne Hilfe in die Stadt bringen. Aber wer half schon gern, wenn man zuerst sich selbst, seine Liebsten und seinen wichtigsten Besitz in Sicherheit bringen wollte? Gefährlich war die Lage dieser Leute allemal: Das Handwerkerviertel zwischen Martinstor und dem Tor Zur Langen Brück war lediglich mit hölzernen Palisaden und einem läppischen Graben gesichert, ebenso wie die Gartenvorstadt im Westen. Sollte tatsächlich ein feindlicher Angriff bevorstehen, dann würden diese Viertel als Erstes niedergemacht werden.

Er kämpfte sich weiter auf das Martinstor zu. Vor den Fleischbänken der Oberen Laube drängten sich Dutzende junger Männer, mit Knüppeln, Äxten und sogar Armbrüsten bewaffnet. In der Mehrzahl erkannte er Rittersöhne, Anselm konnte er auf den ersten Blick nicht ausmachen. Dafür den Sohn des Schultheißen, der als Großmaul bekannt war. Der stand auf dem Dach der Laube und brüllte jetzt mit erhobener Faust: «Von meinem Vater weiß ich, dass die Königlichen im Anmarsch sind. Wenn sie die Stadt stürmen, schließen wir uns dem Bürgerheer an. Seid ihr dabei?»

«Ja!», schallte es ihm entgegen, während Wohlleb sich näher herandrängte und gleichzeitig nach Anna und seinem Sohn Ausschau hielt.

«Falls sie uns aber aushungern wollen», fuhr der selbsternannte Retter Freiburgs fort, und seine Zuhörer wurden mucksmäuschenstill, «dann hört schon jetzt gut zu: Dann werden wir am dritten Tag einen Ausfall wagen, und zwar des Nachts über das Klötzlinstörlein. Der Wärter dort ist mein Freund. Von dort kommen wir am Stadtbach entlang unbemerkt bis zur Dreisambrücke, von wo wir dem Feind in den Rücken fallen.»

«Jawohl! Nieder mit den Königlichen!»

«Und denkt immer dran: Es geht nicht nur um uns, sondern auch um unseren geliebten Stadtherrn Graf Egino.»

«Pah!», ließ sich jetzt eine noch sehr junge Stimme vernehmen. «Der Graf hat uns das alles erst eingebrockt!»

Wohlleb verharrte wie vom Donner gerührt. Das war doch Anselm!

«Hast ja bloß Angst, du Muttersöhnchen», höhnte jemand. «Dann geh doch zu deiner herzallerliebsten Verena und versteck dich unter ihrem Rock. Aber so einen Schlappschwanz wie dich will die eh nicht unter ihrem Rock haben …»

Gelächter folgte, dann hörte Wohlleb einen Schmerzensschrei, Holz splitterte, wieder ein Schrei. Schon war er mitten unter den Halbstarken, stieß jeden, der ihm im Weg stand, grob zur Seite, bis er vor sich am Boden zwei Jungen verbissen miteinander raufen sah. Es waren sein Sohn und Wernher Loderer! Verzweifelt versuchte Anselm, sich aus der Umklammerung des älteren und sehr viel schwergewichtigeren Wernher zu lösen, der über ihm kauerte und an der Schläfe blutete. Wohlleb wusste: Sein Sohn war zwar nicht der Kräftigste, dafür aber schnell und wendig. In diesem Augenblick senkte Anselm den Kopf zur Brust, ließ ihn zurückschnellen und schlug seinem Gegner mit dem Hinterkopf auch noch die Nase blutig.

«Schluss jetzt!» Wohlleb riss den jungen Loderer, dem vor Schmerz die Tränen in die Augen geschossen waren, in die Höhe. «Ihr zwei solltet euch was schämen, an solch einem Tag aufeinander loszugehen.»

«Euer Sohn hat angefangen», schniefte Wernher. «Der ist wie eine Furie auf mich los.»

«Nachdem du ihm die Ehre verletzt hast – ich hab's mitangehört.»

Derweil hatte sich Anselm grinsend aufgerappelt. Wohlleb holte aus und verpasste ihm eine Maulschelle.

«Niemand hat dir erlaubt, deine Schwestern allein zu lassen und dich diesem Mob hier anzuschließen. Außerdem: Ein Wohlleb weiß sich zu beherrschen. Hast du verstanden?»

«Ja, Vater.»

«Und jetzt komm. Wir müssen deine Mutter und deine Großmutter finden. Die Tore schließen gleich.»

Anselm wurde bleich. «Sind die denn immer noch in der Vorstadt?»

«Zu Hause sind sie nicht, das ist alles, was ich weiß, mein Sohn.»

Der Menschenstrom ließ allmählich nach, schon schleppten die Torwächter die Balken heran, um die Türflügel von innen zu verrammeln. Draußen in der Vorstadt fragten Wohlleb und Anselm nach links und nach rechts, ob jemand Anna oder deren Mutter gesehen hatte, doch jeder, der sie kannte, schüttelte den Kopf. Zwischen Frauen mit Handkarren und schwer bepackten Maultieren drängten sie sich durchs Vortor und sahen die letzten Vorstädter im Laufschritt auf sich zueilen. Der

Türmer blies das Zeichen, dass die Tore zur Innenstadt jetzt schließen würden.

«Sie sind bestimmt schon daheim», murmelte Anselm, doch seine angstvolle Miene verriet, dass er selbst nicht daran glaubte. Da humpelte eilig eine Alte mit schwerem Gepäck auf dem Rücken an ihnen vorbei, die Wohlleb zu kennen glaubte.

«Warte, gute Frau! Hast du die Wohllebin gesehen und deren Mutter Kathrin?»

Sie nickte, ohne anzuhalten. «Geht nur vor bis zum Spitalbad. Sie waren nicht weit hinter mir, müssten also gleich hier sein.»

Da sah er sie auch schon um die Ecke biegen, Anna und eine fremde Magd. Sie trugen die alte Kathrin auf einer Bahre. Er und Anselm rannten los.

«Dem Herrgott sei Dank!», rief er, mit Tränen der Erleichterung in den Augen, während sie den beiden Frauen die Trage abnahmen.

«Die Mutter ist vor Schreck gestürzt», berichtete Anna sichtlich erschöpft, «und es war nirgendwo mehr eine Bahre oder Karre aufzutreiben. Da hat mir diese junge Magd geholfen, eine Trage herzurichten.»

«Ich weiß gar nicht, wie ich dir danken kann, mein Kind», stieß Wohlleb hervor und setzte sich mit der Trage in Bewegung. «Wenn du niemanden hast in der Stadt, biete ich dir hiermit den Schutz unseres Hauses an. Und jetzt lauft, wir müssen zurück in die Stadt. Und sagt den Wärtern, dass sie auf die Letzten warten sollen.»

In diesem Augenblick übertönte ein ohrenbetäubendes Krachen das Horn des Türmers.

«Lauft!», schrie Wohlleb und warf einen Blick über die Schulter zurück: Am nahen Tor zur Langen Brück schienen die

Holzpalisaden zu beben. Schon brüllte der einzige Wärter dort zwischen den Zinnen herunter. «Torschluss! Sofort Torschluss! Die Vorstadt wird gestürmt!»

«Los, Anselm, im Gleichschritt marsch!»

Sie rannten los. Mit schreckgeweiteten Augen klammerte sich die weißhaarige Kathrin an den beiden Holzlatten fest. Wohlleb kam das kurze Wegstück zum Martinstor unendlich weit vor, unendlich viel Zeit schien zu vergehen, bis sie endlich gemeinsam mit einem letzten Dutzend verängstigter Menschen das Tor erreichten. Hinter ihnen fiel das eiserne Gatter herunter, die Zugbrücke über dem Stadtgraben wurde unter lautem Rasseln hochgeklappt.

Sie hatten es geschafft!

Durch und durch nass geschwitzt, beugte sich Wohlleb zu der zitternden Alten herunter. «Wir sind in Sicherheit, Kathrin. Alles wird gut.»

An der Oberen Laube hatte sich das Jungvolk zerstreut, dafür warteten Anna und die Magd auf sie.

«Wie geht es dir, Mutter?»

Anna streichelte ihr die Hand, und Kathrin lächelte. «Das Bein schmerzt schon weniger, dafür hab ich großen Durst.»

«Gleich sind wir daheim, Mutter.» Sie warf ihrem Mann einen liebevollen Blick zu. «Geh du nur zu deinen Ratsherren, Ulrich. Das letzte Stück schaffen wir drei auch ohne dich.»

Die Sturmglocke war inzwischen verstummt, dafür ertönten nun überall die Befehle an die einzelnen Wachmannschaften, und die Ersten begannen, ein wenig voreilig, wie Wohlleb fand, ihre Haustüren und Werkstätten mit Brettern zu vernageln. Er selbst hatte plötzlich keine Eile mehr. Die Bürger waren vorerst in Sicherheit, nun hieß es zunächst einmal abwarten.

«Lass nur, Frau. Wir gehen alle zusammen.»

Der Schultheiß und seine Collegen würden ihm gehörig den Kopf waschen, wenn er so spät kam. Aber das war ihm gleich. Was er wissen musste, hatte er erfahren: Die Truppen König Rudolfs waren vor der Stadt aufmarschiert, und ob nun Egino zu Verhandlungen bereit war oder, falls nicht, Stadt und Burg belagert oder gar erstürmt werden würden, das wusste der Herrgott allein.

Er schnaubte verbittert, während Anna die Tür aufsperrte. Statt Brief und Siegel, die auf den Sommer hin versprochen waren, hatte Egino ihnen nun einen Krieg beschert und brachte seine Untertanen in Teufels Küche.

Nachdem Wohlleb mit Anselms Hilfe die Großmutter hinauf in eine der Schlafkammern getragen hatte, nahm er seinen Sohn zur Seite.

«Dieses Mädchen, von der der junge Loderer vorhin gesprochen hatte – ist das Verena von Krozingen?»

«Ja, Vater.»

Innerlich musste er lächeln. Jetzt verstand er auch, warum Anselm immer so vor dem Haus herumtrödelte. Die von Krozingen hatten ihr Stadthaus schräg gegenüber, nur einen Steinwurf entfernt. Sie waren, bis auf den dünkelhaften alten Krozinger, der auch im Stadtrat saß, redliche Leute und verlässliche Nachbarn. Ihre Jüngste musste nun auch schon an die zwölf Jahre alt sein. Wohlleb war nicht entgangen, wie fraulich Verena in kürzester Zeit geworden war, auch wenn sie im Wesen immer noch etwas Unerschrockenes, fast gar Jungenhaftes hatte.

«Ist sie wirklich dein Herzliebchen?»

Anselm wurde puterrot. «Wo denkst du hin? Wir sind halt Freunde, seit der Pfarrschule schon. Aber jetzt lernt sie ja daheim die Haushaltung, und wir sehen uns kaum noch. Aber weißt du was? Der Wernher selber hat ein Aug auf die Verena geworfen, erst recht, weil ihre Familie zu den Vornehmen gehört. Dabei findet sie ihn einfach nur schrecklich, hat sie mir mal gesagt.»

Wohlleb lachte laut auf. «Da muss ich ihr recht geben.»

Dann wurde er ernst.

«Was ich dir noch sagen wollte, mein Junge: Ich bin stolz auf dich! Damit meine ich nicht diese dumme Rauferei von vorhin, sondern dass du keiner von denen bist, die ohne Sinn und Verstand mit den Wölfen heulen.»

Kapitel 8

Acht Tage später,
Ende August des Jahres 1275

Immer wieder spähte Odilia aus ihrem Küchenfenster hinauf zur Burg, ob Graf Egino endlich zur Vernunft gekommen war und die weiße Friedensfahne aufgezogen hatte. Vergebens.

Seitdem kein Nachschub mehr vom Steinbruch hereinkam, konnte an der Kirche nicht weitergebaut werden, und auch der Alltag in der Stadt kam mehr und mehr zum Erliegen. Mit diesem Mittwoch war nun schon die zweite Woche der Belagerung angebrochen, und selbst Odilia, die sonst ein unerschütterliches Gottvertrauen besaß, wurde es allmählich bange ums Herz. Dabei hatte sich nach dem ersten großen Schrecken der Herrgott scheinbar auf ihre Seite geschlagen, indem er gleich zum Abend hin ein böses Unwetter geschickt hatte. Heftige Sturmböen hatten die Zelte der Fußtruppen weggerissen und Blitz, Donner und Hagel die im Freien angebundenen Pferde davonstieben lassen. Der bis in die Morgenstunden anhaltende Sturzregen hatte die Vorstädte in eine Sumpflandschaft verwandelt. Ein Angriff gegen die Stadt war unter diesen Bedingungen nicht möglich, und wie die Mehrheit der Stadtbewohner hatte Odilia schon gehofft, das königliche Heer würde bald wieder abziehen. Doch das Unwetter hatte den verängstigten Freiburgern nur einen Aufschub verschafft.

Schon am zweiten Tag waren nachmittags weitere Kampftruppen angerückt, zu Fuß, auf Schlachtrössern, aber auch mit schweren, bis oben hin bepackten Fuhrwerken. In diesem Tross war König Rudolf höchstselbst erschienen und hatte sein Zelt mitten in der Gartenvorstadt errichtet, in nächster Nähe zu den Klarissen. Ein kluger Schachzug, denn würde man sein Zelt vom Prediger- oder Lehener Torturm aus mit Brandpfeilen beschießen wollen, könnte auch das Kloster in Flammen aufgehen. Ansonsten waren die Nonnen in ihren Klöstern wohl sicher: Kein königlicher Ritter würde je einer Braut Christ Leid antun.

Als Odilia zum ersten Mal seit der Belagerung gemeinsam mit Gerhard einen der alten Chortürme bestieg, als bislang höchstem Punkt von Liebfrauen, war sie von dem Anblick hinter der Stadtbefestigung erschüttert gewesen. Freiburg war, vom Burgberg abgesehen, vollkommen umzingelt! Die Palisaden waren von Rammböcken niedergerissen, auf den Dächern der niedrigen Vorstadthäuser hatte man das Banner mit dem roten Löwen gepflanzt, überall schwelten Lagerfeuer. Tausende Ritter und Kriegsknechte mussten es sein, die dort auf die Befehle des Königs harrten. Von Ulrich Wohlleb, der sie nach den Ratsversammlungen täglich aufsuchte und berichtete, wussten sie, dass man inzwischen sämtliche Häuser, Scheunen und Stallungen aufgebrochen hatte, um sich an Vieh und Vorräten gütlich zu tun.

«Werden sie die Vorstädte niederbrennen?», hatte sie Gerhard gefragt, doch der hatte den Kopf geschüttelt.

«Um sich selbst auszuräuchern? Nein. Außerdem können sie die Häuser bestens als Deckung nutzen.»

«Das stimmt. Aber weißt du, was ich mich trotzdem frage?»
Sie hatte auf die beiden schwach besetzten Flanken des Burg-

bergs gezeigt. «Warum belagern die Königlichen überhaupt eine gut befestigte Stadt und nicht vielmehr die untere Burgmauer? Die wäre doch gewiss viel einfacher zu überwinden.»

«Richtig. Aber zum einen wäre das weitaus gefährlicher, weil sie von oben beschossen werden könnten. Und zum andern hat der König mit der Stadt ein gutes Faustpfand. Wenn es ihm gelingt, sie zu stürmen, dann müssten etliche Unschuldige, darunter Frauen und Kinder, sterben. Das wird nicht einmal ein hitzköpfiger Herrscher wie Egino wollen.»

Diese Unterhaltung war vier Tage her, und noch hatte Egino nicht eingelenkt. Lieber Herrgott, betete sie jetzt im Stillen, mach du, dass der Graf ein Einsehen hat und dem König gibt, was er verlangt.

Sie trat vom Küchenfenster weg und nahm den Topf mit den sauren Bohnen für das Abendessen vom Feuer. Die Freiburger litten darunter, eingesperrt zu sein, und das auf engstem Raum. Inzwischen hatte man vorsichtshalber, bis auf eine stark bewaffnete Wachmannschaft, auch die befestigte Neuburgvorstadt räumen lassen, sodass auf jedes Haus der Kernstadt die doppelte Anzahl von Bewohnern kam. In ihre Wohnung hatte man fünf ledige Mägde einquartiert, und beim Kirchenschaffner eine Gerberfamilie. Doch daran störte sich Odilia nicht. Hauptsache, es hatte ein jeder ein Dach über dem Kopf, und jetzt im Spätsommer mit seinen durchweg trockenen, warmen Tagen konnte man viel Zeit draußen verbringen.

Was sie weitaus schlimmer fand: Viele Menschen konnten nicht mehr ihrem Handwerk nachgehen und ihr täglich Brot verdienen. Schweine und Federvieh streunten inzwischen frei durch die Stadt, um sich von Abfällen zu ernähren. In den Gassen begann es zunehmend nach Exkrementen zu stinken, und wer aus der Vorstadt stammte, hatte einen Großteil seines

Besitzes verloren. Es hieß, dass in der westlichen Vorstadt, wo auch viele Stadtbürger ihre Gärten hatten, alle Baum- und Feldfrüchte geplündert und die Weinstöcke herausgerissen seien.

Wirkliche Not aber hatten sie bis jetzt noch nicht, keiner litt an Hunger oder Durst. Aus den zahlreichen Laufbrunnen der Stadt floss nach wie vor das kostbare Quellwasser vom Brunnberg heran. Frisches Obst und Gemüse kam zwar seit einer Woche nicht mehr in die Stadt, dafür war die gräfliche Kornscheuer noch immer ausreichend gefüllt. Aber weil sowohl die Grafenmühle als auch die beiden städtischen Mühlen auf besetztem Gebiet lagen, mussten die Frauen das Korn nun zu Hause zu mahlen. Da sie die ganze Steinmetzbruderschaft zu versorgen hatten, waren Odilia und Mechthild hiermit zu einem Gutteil des Tages beschäftigt. Wie Odilia, musste jeder sehr umsichtig mit den eigenen Vorräten haushalten. Wer noch Überschüsse hatte, verkaufte sie an Freunde oder Nachbarn, meistens zu gerechten Preisen. Aber wie lange konnte das noch gutgehen? Zwei Tage? Drei Tage? Nein, sie wollte die Hoffnung nicht aufgeben. Irgendwann musste der Herrgott all die Gebete erhören, die die Freiburger mittlerweile jeden Abend bei einem gemeinsamen Bittgottesdienst flehentlich vorbrachten. Nie zuvor hatte Odilia den alten Teil von Liebfrauen, der mit einer Backsteinmauer von der Baustelle abgetrennt war, so voller Menschen erlebt wie in diesen Tagen.

Mit schweren Schritten betrat Gerhard die Küche und ließ sich auf die Bank sinken. Er sah schlecht aus, hatte Schatten unter den Augen, was ein Zeichen dafür war, dass er sich große Sorgen machte.

«Die Steinmetze werden langsam unleidig. Ständig liegen sie sich wegen Kleinkram in den Haaren. Wenn das so weitergeht, schlagen sie sich noch aus Langeweile die Köpfe ein.»

Odilia stellte den Topf mit den Bohnen und zwei kläglichen Speckstreifen darin auf den Tisch.

«Nun ja, was sollen sie auch den ganzen Tag herumsitzen und würfeln oder Löcher in die Luft starren. Und der ewige Getreidebrei morgens und mittags hängt ihnen wahrscheinlich auch zum Hals heraus.» Sie seufzte. «Wenigstens haben deine Bildhauer noch gut zu tun mit ihren Heiligenfiguren. Könnten die Steinmetze ihnen nicht zuarbeiten?»

Gerhard schüttelte den Kopf. «Der ein oder andere haut schon das Laubwerk, aber die Werksteine hierfür sind auch fast verbraucht. Und an die Figuren kann ich sie nun wirklich nicht lassen, dazu braucht es eine besondere Begabung. Na ja, immerhin erhalten sie weiterhin ihren Wochenlohn von der Fabrica.»

Aber Gerhard schien noch etwas anderes zu beschäftigen. Er biss sich auf die Lippen und schloss für einen Moment die Augen.

«Hast du Ulrich Wohlleb getroffen?», fragte Odilia bang. «Gibt es schlechte Nachrichten?»

Er holte tief Luft. «Das kann man wohl sagen. Der gräfliche Bote hat dem König ein Schreiben überbracht, dass die Grafenbrüder ihren Anspruch auf die Stadt Villingen aufgeben würden. Auf Burg und Gut Zähringen wie auch auf die Rheinstadt Neuenburg würden sie jedoch niemals verzichten, da sie rechtmäßig zu ihrer Herrschaft gehörten. König Rudolfs Antwort war kurz und bündig: So rüste man sich nun zum Angriff. Und als Warnschuss sozusagen haben sie aus dem Schutz von Ederlins Badstube heraus eine Salve Brandpfeile über die Mauer geschossen und damit neben der Kanzlei die Dächer zweier Häuser in Brand gesetzt. Zum Glück waren genügend Leute in der Nähe, um zu löschen.»

Entgeistert sah sie ihn an. «Dann liefert der Graf die Stadt jetzt also seinem Feind einfach so aus!»

«Kampflos wohl nicht. Morgen früh soll das Bürgerheer in Bereitschaft gestellt werden, mitsamt den Ratsherren. Für alle Fälle.»

«Dann wird es also mitten in der Stadt zum Kampf kommen», sagte Odilia tonlos. Bislang waren die Männer der Steinmetzbruderschaft nicht zum Kriegsdienst gezwungen gewesen, wenn der Graf je einen Ausfall gegen die Besatzer befehlen würde. Für den Fall der Verteidigung indessen hatten auch sie Armbrüste und Spieße in der Werkstatt gelagert und würden kämpfen müssen.

«So rasch ist ein Angriff nicht vorbereitet», versuchte Gerhard sie zu beruhigen. «Vielleicht können Wohlleb und seine Freunde ja den Schultheißen und die übrigen Ratsherren davon überzeugen, sich gegen des Grafen Willen kampflos zu unterwerfen. Aber große Hoffnung hat er wohl nicht.»

Weder konnten sich die Ratsherren auf eine friedliche Übergabe der Stadt einigen, noch kam es in den nächsten Tagen zu einem Angriff seitens der Königlichen. Dafür hörte man von früh bis spät das gleichmäßige Schlagen von Äxten.

«So viel Feuerholz können die doch gar nicht verbrauchen», knurrte Mechthild, während sie und Odilia draußen den Mittagstisch richteten. Inzwischen mussten sie zwei Tafeln aufbauen, versorgten sie beide doch jetzt das ganze Haus mitsamt den Gästen und dem Schaffner, und auch des Abends kochte niemand mehr für sich allein, um Holz und Vorräte zu sparen. Die gingen nämlich selbst bei Odilia allmählich zur Neige.

Sie zögerte, doch dann beschloss sie der Freundin zu sagen, was sie heute über Ulrich Wohlleb erfahren hatte. Er und Gerhard begaben sich mittlerweile jeden Morgen als Erstes auf den Chorturm.

«Die schlagen kein Feuerholz», sagte sie leise, mit Blick auf die Werkleute, die nebenan müßig vor der Bauhütte im Sand hockten. Drinnen kehrte Jecklin nun schon zum zweiten Mal heute die Werkstatt aus, unter dem schattenspendenden Strohdach schräg gegenüber arbeiteten Alfred und die anderen Bildhauer an ihren Figuren für die Portalhalle. Schüler oder neugierige Erwachsene waren schon lange keine mehr gekommen, um ihnen dabei zuzuschauen. Ihren Mann, der derzeit an der letzten der vier Grafenfiguren arbeitete, konnte sie nicht entdecken. Wahrscheinlich war er mit dem Parlier zu Vermessungen im neuen Turm.

Mechthild stupste sie in die Seite. «Jetzt sag schon. Was meinst du damit?»

«Sie bauen wohl riesige Wurfmaschinen, mit denen man Geschosse gegen Mauern und Türme schleudern kann. Vielleicht sogar einen Belagerungsturm. Der steht auf vier Rädern, hat zuoberst eine Zugbrücke und ist so hoch, dass er bis über die Zinnen reicht. Man muss ihn nur mit genügend Männern besetzen und an die Mauer heranrollen.»

Mechthilds Augen waren schreckgeweitet. Dann schüttelte sie den Kopf.

«So einen Turm kann man gar nicht bis an die Stadtmauer rollen. Weil da nämlich noch der Graben ist.»

«Vielleicht kann man den ja zuschütten. Was weiß ich.»

Odilia fühlte sich auf einmal völlig mutlos. «Komm, holen wir frisches Wasser, der Eimer ist fast leer.»

Eigentlich ging sie gar nicht mehr gerne zum Brunnen, ebenso ungern wie zum Einkauf. Die Turmwächter, die die Belagerung nach allen Seiten überblickten, verbreiteten nämlich fast stündlich neue Nachrichten, die eifrig weitergegeben wurden. Und wie es solcherlei Kunden an sich hatten, wurden sie bei jedem Weitersagen noch furchterregender: Mal hieß es, die Nikolauskirche in der Neuburgvorstadt würde brennen, dann, dass die Belagerer aus drei Richtungen Gänge unter dem Befestigungsring graben würden, um eines Nachts unbemerkt in die Stadt einzudringen, dann wiederum, dass die Grafenfamilie heimlich auf den Schwarzwald entflohen sei.

Am Brunnen bei Liebfrauen, der hauptsächlich den Belangen der Bauhütte diente, standen zwei Mägde aus der nahen Kirchgasse und hielten ihren Holzeimer unter die Laufrinne.

«Gott zum Gruße, Baumeisterin», sagte die ältere. «Habt Ihr schon gehört? Das Weib von Zimmermann Wölflin haben sie ins Spital gebracht und dort eingesperrt. Die Arme war nicht mehr bei Sinnen und hat sich an ihrer Hauswand den Kopf blutig geschlagen.»

«Das ist nun schon die Vierte oder Fünfte, die aus Angst den Verstand verloren hat», fügte die andere Magd hinzu.

«Ach herrje», entfuhr es Mechthild.

Beide kannten sie Wölflins Weib flüchtig. Das war gewiss kein dummer Tratsch, dachte sich Odilia, litten doch vor allem die jüngeren Frauen unter den Entbehrungen und vor allem der Angst, es könnten bald schon kriegswütige Mannsbilder einfallen und sich der Mädchen bedienen.

«Es wird bald ein Ende haben, ganz bestimmt», murmelte sie.

«Hoffentlich kein blutiges», meinte die ältere der Mägde, dann marschierten sie mit ihrem schweren Eimer in der Mitte davon.

Mechthild sog hörbar die Luft ein. «Können solche Wurfgeschosse eigentlich bis zur Bauhütte fliegen?»

«Niemals!», gab Odilia zur Antwort. Dabei wusste sie es selbst nicht.

Nachdem auch sie ihren Eimer bis oben hin gefüllt hatten und sich auf den Rückweg machten, kam ihnen Jecklin entgegen.

«Wartet, Meisterin, ich trag's für Euch.» Er fasste nach dem Henkel in ihrer Rechten.

Jeder mit seinen Gedanken beschäftigt, betraten sie wenig später die Küche des Schaffnerhauses.

«Danke fürs Tragen, Jecklin», sagte Odilia. «Du kannst jetzt die Hüttenglocke läuten, das Mittagessen ist fertig.»

Er nickte. «Es wäre gut, wenn wir nachher noch ein paar Eimer und Tröge mit Wasser abfüllen würden.»

Verständnislos sah Odilia ihn an. «Warum das denn? Der große Eimer reicht bis morgen Mittag.»

«Morgen gibt's vielleicht kein Wasser mehr.»

«Wie kommst du bloß darauf?»

«Ich hab's geträumt.»

«Wie?» Mechthild stemmte die Arme in die Seiten. «Und du glaubst im Ernst, dass alles, was du träumst, wahr wird? Geh jetzt und mach, was die Meisterin gesagt hat.»

Sie sahen dem schlaksigen Kerl nach, wie er widerwillig hinausging.

«Manchmal frage ich mich wirklich, ob er ganz richtig im Kopf ist», murmelte Mechthild.

«Doch, das ist er», erwiderte Odilia. Sie dachte daran, wie nah er dem Tod gewesen war und wie eng er noch immer mit seinen toten Brüdern verbunden war. *Seine* Träume sagten ihm womöglich die Wahrheit.

Die Hüttenglocke begann zu läuten, und nach und nach trafen die Hausbewohner und die Werkleute vor dem Schaffnerhaus ein. Nur Gerhard und die Magd des Schaffners fehlten.

«Hast du meinen Mann gesehen?», fragte sie den Parlier.

«Ja, wir waren zusammen am Turm. Er wollte nur eben rasch zum Obertor.»

«Zum Obertor? Was hat er dort zu suchen?»

«Nun ja», Marx kratzte sich den Bart, «heut früh, droben auf dem Chorturm, da haben der Gerhard und sein Freund Wohlleb eine große Schar Königlicher mit Ochsenkarren zwischen Grafenmühle und Dreisam entdeckt. Wohlleb hat es natürlich sogleich dem Schultheißen gemeldet, und jetzt wollte dein Mann vom Turmwächter wissen, ob es Neuigkeiten gibt.»

Bei Tisch war es totenstill geworden.

«Was wollen die Besatzer an der Dreisam?», fragte Pater Benedikt verdutzt.

Marx zuckte die Schultern. «Vielleicht haben die einen Müller aufgetrieben, der ihnen in der Grafenmühle das Mehl mahlt.»

Bildhauer Alfred schüttelte den Kopf. «Dafür ziehen die doch nicht in großer Schar zur Mühle.»

In diesem Augenblick kam von der Vorderen Wolfshöhle her die Magd angerannt.

«Die Bächlein auf den Gassen sind versiegt», stieß sie hervor. «Was hat das zu bedeuten?»

Odilia wusste inzwischen, dass vom Mühlengraben, der neben der Dreisam herführte, nicht nur die Wassergräben der Befestigung gespeist wurden, sondern auch der Stadtbach und die zahlreichen Rinnsale, die sich mittig durch fast alle Gassen zogen und dem Wegschwemmen von Schmutz dienten wie auch als Löschwasser und Viehtränke. Auch nördlich und südlich der Pfarrkirche gab es diese Bächlein, und schon war Jecklin aufgesprungen, um nachzusehen.

«Hier ist auch kein Wasser mehr», rief er ihnen aufgeregt zu, als Gerhard um die Ecke bog.

Alle bestürmten den Meister mit ihren Fragen, bis er beide Arme hob.

«So seid doch endlich still, wenn ihr wissen wollt, was geschehen ist.» Er wandte sich an Pater Benedikt. «Die Belagerer haben hinter der Grafenmühle den Abzweig des Mühlbachs mit Steinen und Erde zugeschüttet. Inzwischen sind die Gräben vor der Stadtmauer fast leergelaufen.»

«Allmächtiger!» Der Schaffner bekreuzigte sich, und Odilias Herz begann schneller zu schlagen.

«Ich hab's gewusst», platzte Jecklin heraus. «Jetzt haben wir kein Trinkwasser mehr.»

«Nein, Junge.» Gerhard schüttelte den Kopf. «Unser Brunnenwasser kommt aus den Quellen am Brunnberg und nicht aus dem Mühlbach. Da hätten wir ein schön dreckiges Trinkwasser», versuchte er zu scherzen.

«Aber wie kommt es dann vom Brunnberg hierher?», fragte Odilia.

«Unter der Erde liegen hölzerne Deichelleitungen», erklärte Pater Benedikt, der sich wieder gefasst hatte. «Die führen von der Brunnenstube durchs Dreisamtal bis in die Stadt. Nur der Schultheiß und der Brunnenmeister kennen die genaue Lage der Leitungen, obendrein ist sie auf einem Pergament verzeichnet, das sicher verwahrt im südlichen Chorturm liegt.»

Odilia atmete auf. Dann bemerkte sie, dass Mechthild neben ihr wachsbleich geworden war.

«Was ist mir dir?»

«Diese Belagerungstürme, von denen du mir erzählt hast …
Jetzt, wo der Graben trockengelegt ist, kann man die auch bis
an die Mauer bringen!»

Schon am frühen Nachmittag ging es wie ein Lauffeuer durch
die Stadt: Am Klarissenkloster wie auch beim Spitalbad in der
Gerberau entstanden tatsächlich zwei rollbare, aus rohem Holz
gezimmerte Türme und waren bis zum Abend bereits auf halbe
Höhe angewachsen. Zugleich schafften Ochsenkarren Geröll
und Bruchsteine aus niedergerissenen Häusern heran, die
an zwei Stellen allmählich den Graben füllten. Als es dunkel
wurde, begannen die Königlichen ihren ersten Erfolg lautstark
zu feiern und soffen und lärmten bis tief in die Nacht. Wahrscheinlich konnten sie es kaum erwarten, bald schon nach Her-
zenslust dreinzuschlagen.

In dieser Nacht schlief Odilia unruhig und wachte immer
wieder auf. Noch vor dem ersten Morgengrauen erhob sie sich
schließlich. Der Platz neben ihr im Bett war leer.

Sie fand Gerhard in der Küche, wo er mit Pater Benedikt
und dessen Hausgast, dem Gerbermeister, am Tisch saß, während Mechthild das Herdfeuer anschürte. So hatten also auch
die anderen schlecht geschlafen.

«Wie lange wird es wohl dauern, bis die Türme fertig sind?»,
fragte sie.

Gerhard zuckte die Schultern. «Noch ein, zwei Tage vielleicht.»

«Wird uns der Graf dann Verstärkung schicken?»

Der Gerbermeister neben Pater Benedikt lachte bitter. Er
war, wie viele hiesige Handwerker, ein entschiedener Gegner
von Graf Egino und hätte sich lieber heute als morgen dem
Schutz des Königs unterstellt.

«Das glaube ich kaum», schnaubte er. «Wo Egino befürchten muss, dass als Nächstes seine Burg dran ist.»

Der Schaffner, der noch im Morgenrock war, erhob sich. «Machen wir uns an unser Tagwerk und beten wir zum Allmächtigen, dass der Graf endlich zur Vernunft kommt. Ich jedenfalls gehe mich jetzt erst einmal ankleiden. Bis später.»

Beim Morgenessen dann gab es keine anderen Gespräche mehr als über den bevorstehenden Sturm auf die Stadt und die Hartherzigkeit des Grafen. Bis Gerhard mit der Faust auf die Tischplatte schlug: «Schluss jetzt! Ich will davon nichts mehr hören!»

Odilia war fast froh drum, dass der Rest der Mahlzeit in Schweigen verlief. War ihr doch, als würden die Männer einen Angriff geradezu herbeibeschwören mit ihrem Gerede. Dabei trieb sie selbst noch eine ganz andere Sorge um.

Nach dem Dankgebet erhob sie sich als Erste und rief in die Runde: «Ich möchte, dass wir alle Eimer, Bottiche und Wannen zusammentragen, die wir finden können, und am Brunnen auffüllen. Und zwar jetzt sofort. Jecklin, geh nach nebenan und sag das auch den Mägden vom Pfarrhaus und vom Rektorhaus.»

Gerhard runzelte die Stirn. «Was soll das denn jetzt? Bloß weil die Belagerer es geschafft haben, dem Mühlbach das Wasser abzugraben, vermögen sie es nicht, die Leitungen unter der Erde auszumachen. Dazu müssten sie ja rundum alles aufgraben.»

«Müssen sie nicht. Sie brauchen bloß talaufwärts ausschwärmen und die Brunnenstube ausfindig machen. Oder aber, was schneller ginge, die beiden Dreisambrücken genauer untersuchen. Hast du selbst mir nicht gesagt, dass die Quellen auf der anderen Seite des Flusses liegen?»

«Euer Weib hat recht, Baumeister.» Auch der Schaffner sprang jetzt von der Bank auf. «Unter der Brücke beim Obertor führen zwei Leitungen in die Stadt. Man sieht sie nicht, weil sie in dem doppelten Unterboden verlaufen und von Ufer zu Ufer ins Erdreich versenkt sind. Also los, Freunde!» Er klatschte in die Hände. «Worauf warten wir noch?»

Die Männer holten alle sauberen Tragbehälter aus der Bauhütte, die Frauen aus dem Schaffnerhaus, und keine drei Vaterunser später waren die ersten Eimer befüllt und ins Schaffnerhaus verfrachtet. Da begann erst vom Martinstor, dann vom Christoffelstor her die Feuerglocke zu läuten.

Odilia unterdrückte einen Aufschrei: «Sie greifen an!»

Der Gerbermeister, der vor ihr am Brunnen stand, drehte sich um. «Nein, Baumeisterin, das ist die Feuerglocke. Gleich läuft der Feuermeister mit seinem Knecht durch die betroffenen Gassen und ruft die Quartierbewohner zur Brandstelle, wo sie sich mit ihren Eimern in die Löschkette einreihen müssen. Aus dem Stadtbach am Obertor wird hierzu mehr Wasser in die Bächlein geleitet. – Herr im Himmel ...»

Er unterbrach sich, und Odilia wusste augenblicklich, was er dachte: Im Stadtbach war gar kein Wasser mehr!

Das übliche Feurio-Geschrei blieb jedoch aus, stattdessen kam im Laufschritt ein Scharwächter um die Ecke.

«Alle Mann an die Brunnen und Wasser abfüllen, die Belagerer machen sich an der Gedeckten Brück zu schaffen!»

Kurz stutzte er, als er die Werkleute mit ihren Gefäßen am Kirchbrunnen sah, dann rannte er unter lauten Rufen weiter.

Sie schafften es noch, drei große Holzeimer volllaufen zu lassen, da strömten auch schon die ersten Anwohner herbei.

«Lasst die Leute ihr Wasser abfüllen», beschied Gerhard. «Wir haben genug. Bringen wir die Eimer ins Haus.»

Am Brunnen kam es derweil zum Tumult, denn auch andere wollten sich ihr Trinkwasser sichern. Jeder drängte sich vor, unter Flüchen und Einsatz der Ellbogen, während das kostbare Nass ungenutzt in den Trog floss und damit unter der Erde zum nächsten Brunnen. Bis Pater Benedikt einen donnerndes «Halt!» ausstieß.

«Du warst zuerst.» Er schob ein altes, zahnloses Weib an die Wasserrinne, «dann du, hernach du …»

So brachte er die verzweifelten Menschen in Reih und Glied. Ein jeder durfte nur einen großen oder zwei kleine Eimer abfüllen, dann musste er wieder gehen.

Gebannt starrte Odilia auf die Rinne, aus der sich in einem steten Strahl das Wasser in die Gefäße ergoss. Gerade als ein halbwüchsiger Knabe seinen kleinen Ledereimer darunterhielt, wurde der Stahl dünner und versiegte rasch.

Der Junge begann zu weinen, und Pater Benedikt legte ihm den Arm um sie Schulter. «Komm mit! Ich geb dir von unserm Wasser ab.»

Die anderen, zumeist Frauen, brachen in lautes Wehklagen aus. Eine junge Magd versuchte, einer anderen den Eimer zu entreißen, wobei ein Großteil des Wassers herausschwappte. Odilia wollte sich abwenden, aber sie fühlte sich wie gelähmt. Jecklins Traum hatte sich bewahrheitet. Jetzt brauchte es gar keinen Sturm auf die Stadt mehr, denn ohne Trinkwasser waren sie ohnehin verloren.

Noch vor dem Mittagsläuten wurden alle Freiburger, ob Mann oder Weib, Bürger oder Hintersasse, vom Stadttrommler auf die Große Gass gerufen. Da machten sich auch die Bauhüttenleute auf den Weg.

Odilia rümpfte die Nase. Obwohl der Spätsommer längst

nicht mehr so heiß und drückend war wie noch vor wenigen Wochen, stank es gewaltig von der südlichen Vorstadt her. Der frische Bergwind war die letzten Abende ausgeblieben, gerade so, als würden die königlichen Truppen auch ihm den Zugang zur Stadt verwehren. Und so stank es nach dem schlammigen Grund des leergelaufenen Stadtbachs, nach toten Fischen, nach den faulenden Häuten der Gerber. Bald würde noch der Gestank nach dem täglichen Dreck auf den Gassen hinzukommen, der sich in den Rinnen der ausgetrockneten Bächlein bereits ansammelte.

Sie kämpfte sich mit Gerhard und Pater Benedikt noch ein Stück näher durch das Gedränge vor der nach allen Seiten offenen Gerichtslaube. Dort hatten sich sämtliche Ratsherren versammelt, auf einem etwas erhöhten Podest stand ein wohlbeleibter, stattlicher Mann im pelzverbrämten Umhang: Schultheiß Dietrich von Tusslingen.

Die Schläge des Trommlers wurden lauter, bis das Stadtvolk rundum verstummte.

«Liebe Freiburger», begann der Schultheiß mit donnernder Stimme, «unsere Lage ist sehr ernst, indessen nicht aussichtslos.»

Schon wurde er von einem aufgebrachten Bürger unterbrochen. «Was sind das für Aussichten? Wir werden elendig verhungern und verdursten und im eigenen Dreck ersticken!»

«Genau!», pflichtete ein anderer bei. «Was scheren uns die Stadt Neuenburg und die alte Zähringerburg? Graf Egino soll sie endlich dem König übergeben.»

«Ruhe!», brüllte Dietrich von Tusslingen. «Wer stört, wird in den Turm gebracht. Ich sage es euch nochmals: Die Lage ist nicht aussichtslos. Die ehrwürdigen Herren vom Alten wie vom Neuen Rat sind übereingekommen, auf allen Toren die Friedensfahne zu hissen. Das wird die Truppen von König Rudolf, der schließlich auch *unser* König ist, ganz gewiss davon abhalten, die Stadt zu erstürmen. Dennoch müssen wir jetzt Maßnahmen ergreifen, da das Korn knapp wird und wir von frischem Trinkwasser abgeschnitten sind. Zum einen: Ein jeder teile sich das Wasser sorgsam ein. Geht es zur Neige, wende er sich an die Kanzlei, damit ihm Zugang zu den Notvorräten gewährt werde. Sobald es einmal regnet, sind sämtliche Gefäße im Freien aufzustellen, der Ablauf der Brunnentröge ist von unseren Stadtknechten bereits verstopft worden.»

Unwillkürlich warf Odilia einen Blick zum Himmel, der wolkenlos und in reinstem Blau über der Stadt erstrahlte.

«Zum Zweiten: Korn zu kaufen oder zu verkaufen, ist ab jetzt bei Turmstrafe verboten. Stattdessen wird es jeden Morgen vor dem Kornspeicher zugeteilt, jede Familie erhält so viel, wie sie Köpfe zählt. Zum Dritten: Wer noch eine Milchkuh oder Ziege im Stall stehen hat, der übergebe sie heute Mittag dem Marktmeister an der Oberen Laube. Die Milch wird dann an Kinder unter drei Jahren ausgegeben.»

Bis jetzt klingt das alles recht vernünftig, dachte sich Odilia. Doch dann horchte sie auf:

«Als Viehfutter ist unser Korn zu kostbar geworden, Heu, Stroh und Grasschnitt haben wir nicht mehr. Deshalb zum Vierten: Das noch verbliebene Federvieh wird geschlachtet, die Schweine ebenfalls.»

Unruhe breitete sich aus, und der Schultheiß hob die Arme.

«Ruhe! Ich weiß, wie schwer euch das fällt, wo ihr sie bis Martini hattet mästen wollen. Aber zum einen haben eure Familien dann mehr als genug zu essen, zum andern dürft ihr das Fleisch auch an eure Nachbarn verkaufen oder zum Tausch anbieten. Zum Fünften: Alle Reittiere werden heute Nacht unter starker Bewachung durchs Klötzlinstörlein zur Dreisam hinausgetrieben, weil wir sie nicht weiter durchfüttern können. Desgleichen die Ochsen.»

Odilia stieß hörbar die Luft aus, während Gerhard neben ihr entsetzt den Kopf schüttelte. Ihre beiden Rösser im Pfarrstall waren gesunde, kräftige Arbeitstiere und gutes Geld wert. Und ohne Ochsen konnten sie auch keine Werksteine vom Schlierberg holen. Aber wahrscheinlich hatte der Kirchenbau hiermit sowieso ein Ende gefunden. Es würde sich zeigen, ob er nur zeitweilig gestoppt war oder endgültig.

«Was?», brüllte hinter ihr prompt Friedrich, der Fuhrmann, der neuerdings für die Bauhütte Steine fuhr. «Wie soll ich dann noch mein Brot verdienen?»

«Brot gibt's bald eh keins mehr», rief ihm ein anderer zu, und der Nächste: «Lieber schlachte ich mein teures Ross, als es den Königlichen zu schenken. Aber wir werden eh alle verrecken.»

Schon waren zwei Büttel zur Stelle, um die Störenfriede abzuführen, doch die Umstehenden hielten sie nach Kräften zurück. Ganz sicherlich wäre es zu einem Handgemenge gekommen, wäre in diesem Augenblick nicht Ulrich Wohlleb neben den Schultheißen getreten.

«So seid doch endlich still!», überschrie er den Radau. «Vielleicht gibt es ja eine andere Lösung.»

Er wartete ab, bis halbwegs Ruhe einkehrte, und fuhr fort: «Vielleicht ist Graf Egino einverstanden, wenn wir die Tiere zum Grasen auf seinen Burgberg treiben. Ein Bächlein als Viehtränke gibt es dort auch. Ich bin mir sicher, dass er ein Einsehen haben wird, wo wir schon genug Opfer gebracht haben. Wir Ratsherren werden sogleich eine Bittschrift verfassen und von den Burgwächtern abholen lassen.»

Entschlossen hob Pater Benedikt die Hand. «Das wäre fürwahr eine gute Lösung, denn auch die Fabrica kann ihre Ochsen und Pferde nicht entbehren. Nur fürchte ich, dass unser Stadtherr gar nicht weiß, wie schlecht es uns jetzt schon ergeht.»

«Da muss ich Euch widersprechen, Pater», rief ihm der Schultheiß zu. «Graf Egino war heute in der Stadt, um sich kundig zu machen. Nur hat ihn keiner erkannt, da er in der Kutte der Barfüßer unterwegs war. Er weiß also sehr wohl um die Nöte der Freiburger. So bringt denn die Tiere zur Nacht an die Pforte beim Runden Turm, ich denke, er wird einverstanden sein.»

In Odilias Ohren klang das mit der Mönchsverkleidung allzu sehr nach einer Notlüge, um die Leute zu beschwichtigen. Aber vielleicht war sie die Einzige, die so dachte, denn wirklich hielten sich jetzt alle im Zaum.

«So komme ich denn nun zum Ende unserer Verlautbarung», fuhr der Schultheiß fort. «Dass König Rudolf unsere Stadt trotz weißer Fahnen angreift, erscheint uns unwahrscheinlich. Und wenn ein jeder unsere Verordnungen befolgt, halten wir die Belagerung auch durch, bis sich der König und die gräflichen Brüder geeinigt haben. Inzwischen tauschen sich deren Boten nämlich mehrmals täglich aus. Wer aber gegen die eben erläuterten Anweisungen verstößt, der wird strengstens bestraft. Und nun geht jeder wehrhafte Bürger wieder auf seinen Posten und ihr anderen nach Hause.»

Die Menge zerstreute sich nur zögernd, und was die große Mehrheit über den selbstsüchtigen Grafen dachte, war deutlich herauszuhören.

Gerhard griff nach Odilias Hand.

«Weißt du, was ich denke? Wenn wir hier mit heiler Haut davonkommen, dann kehren wir nach Straßburg zurück.»

Zwar machte König Rudolf keine Anstalten, die Stadt zu erstürmen, und Pferde, Esel und Ochsen durften hinaus auf den Burgberg, dennoch wurden die nächsten drei Tage zum Albtraum.

Bis zum nächsten Mittagsläuten waren sämtliche Schweine geschlachtet. Ihre schrillen Todesschreie hatten Stunden über Stunden durch die Gassen geschallt. Stadtknechte gingen um und überprüften, ob jemand heimlich sein Vieh durchfütterte. Wo sie noch ein Huhn oder eine Gans entdeckten, schnitten sie dem Federvieh an Ort und Stelle die Kehle durch und nahmen es mit.

Währenddessen war von den Feinden vor den Toren der Stadt der erste Belagerungsturm fertiggestellt worden, stand aber vorerst, wenngleich als ständige Bedrohung, in einiger Entfernung vom Stadtgraben. Dann aber beschossen die Königlichen, als eindrückliche Warnung, von dort mit gut gezielten Brandpfeilen die hölzerne Gerichtslaube. Da es kein Löschwasser gab, ließen die Freiburger sie zu Asche niederbrennen. Fortan saß einem jeden die Angst im Nacken, die ganze Stadt könne in Flammen aufgehen, mitsamt den eingeschlossenen Männern, Frauen und Kindern.

Diese Angst, aber auch der Unmut der Menschen schlug zunehmend in Streitlust um. Nachbarn bestahlen sich gegenseitig, immer wieder kam es zu blutigen Raufhändeln, junge Männer brachen nachts die Keller der Schenken und Gasthäuser auf, um Bier- und Weinfässer beiseitezuschaffen. Da das Brennholz zur Neige ging, stellten die Bäcker einer nach dem andern das Brotbacken ein. Kinder heulten vor Hunger und Durst, die Mütter lamentierten, weil sie nicht mehr wussten, was sie außer halbrohem Fleisch auf den Tisch bringen sollten. Immer mehr Menschen wurden krank. Um den heimischen

Herd zu befeuern, wurden in der Dunkelheit anderer Leute Schuppen und Scheunen zerschlagen, und die Nachtwächter mussten es hilflos geschehen lassen, wollten sie nicht einen Prügel über den Schädel gezogen bekommen. Auf der Bauhütte mit dem noch vorhandenen Holzvorrat verstärkten sie die Wache auf fünf Mann jede Nacht.

Kurzum: Drinnen in der Stadt war das Leben aus den Fugen geraten. Draußen hingegen schien alles ruhig zu bleiben, dachte sich Odilia und fragte sich sogleich besorgt: War das womöglich nur die Ruhe vor dem Sturm?

Im Schaffnerhaus herrschte die schiere Verzweiflung, als Pater Benedikt ihnen am vierzehnten Tag der Belagerung mitteilte, im Keller seien nur noch Vorräte für gerade mal einen Tag, das Brennholz im Hof habe irgendein Erzlump geklaut und das letzte Fass mit Trinkwasser sei faulig geworden und voller Fliegen. Da befahl Gerhard, eine der kleinen Schutzlauben abzureißen und das zu Scheiten geschlagene Holz ins Haus zu schaffen, um das Wasser abzukochen.

Was würde noch alles geschehen?, fragte sich Odilia, die sich, wie die anderen Frauen auch, kaum noch aus dem Haus wagte.

Doch dann geschah, was die meisten Freiburger schon nicht mehr für möglich gehalten hatten: Am nächsten Morgen wurde auf der Niederburg die weiße Fahne gehisst, und ganz Freiburg brach in Jubelschreie aus. König Rudolf zog mit seinen schwerbewaffneten Rittern durch das Martinstor in die Stadt ein, wobei etliche Männer und Frauen vor ihm auf die Knie fielen und ihm für seine Gnade dankten.

Im Chor von Liebfrauen wurde er von Graf Egino und dessen Bruder Heinrich erwartet, beide waren sie unbewaffnet und im schlichten Büßerhemd. Vor Gott und allen Freiburger

Bürgern mussten sie schwören, für immer auf Neuenburg sowie auf Burg und Gut Zähringen zu verzichten und es als Reichsgut des Königs anzuerkennen.

Odilia und Gerhard verspürten wenig Lust, sich in die überfüllte Kirche zu drängen, denn durch das weit geöffnete Nikolausportal hörten sie die Worte auch so.

«Selbst wenn wir von blutigen Kämpfen verschont geblieben sind», sagte sie leise, «so ist doch so viel Schaden angerichtet. Und wofür? Für nichts und wieder nichts. Hoffen wir, dass Graf Egino daraus gelernt hat.»

Gerhard hob die Brauen. «Das allerdings bezweifle ich.»

«Dann willst du also wirklich nach Straßburg zurück?»

«Hatte ich das gesagt?» Er lächelte plötzlich, zum ersten Mal seit langer Zeit. «Nein, Odilia. Diese Kirche muss weiter gebaut werden. Und zwar von uns.»

Kapitel 9

Drei Jahre danach,
im Spätsommer des Jahres 1278

Der scharfe Klang der Schalmeien verkündete den Hauptgang des heutigen Festmahls, und der junge Knecht Hannes, mit seinen beiden schweren Weinkrügen im Arm, trat rasch zur Seite, um Platz zu machen.

Gemessenen Schrittes marschierten die beiden Aufwarter durch den Rundbogen in den Großen Burgsaal, der auch heute wieder mit frischem Strohhäcksel und Schnittblumen eingestreut war. Sofort brandete ungläubiges Raunen auf, und auch Hannes blieb vor Staunen der Mund offen stehen. Was die beiden Männer auf ihren Schultern hereintrugen, war eine wahre Meisterleistung der Pastetenbäckerei. Es stellte ein getreues Abbild der Oberburg dar, und auf dem Bergfried thronte als Wappenvogel der Grafen ein vergoldeter Adler! Schon so einige Kunstwerke dieser Art hatte Hannes von der Küche in den Palas wandern sehen, aber das hier war eindeutig das schönste und eindrucksvollste. So brachen die Gäste denn auch in begeisterten Beifall aus, während die riesige Pastete herumgezeigt wurde.

Hannes besann sich darauf, dass er zum Arbeiten hier war, und brachte die Krüge an die Tafel der Freiburger Vornehmen. Sein Gesicht strahlte vor Stolz darüber, dass er heute mit auftragen durfte. Waren doch am Vorabend zwei der Schankknechte die Eingangstreppe am Palas heruntergestürzt, sturzbetrunken, weil sie immer wieder vom Wein genippt hatten. Daher trug er nun statt seines geflickten Kittels eine hübsche, dunkelrote Tunika zu grünen Beinkleidern und richtigen Schuhen. Da er es zur Nacht dem Gewandmeister zurückzugeben hatte, musste er sich vorsehen, das schöne Gewand nicht zu beschmutzen. Für jeden Flecken, hatte der Gewandmeister ihm gedroht, würde es eine Maulschelle setzen. Doch das tat seiner Freude keinen Abbruch.

«Was grinst du so blöde?», fragte ihn Dietrich Snewlin, der häufig auf der Burg zu Gast war. Sofort wurde Hannes ernst und senkte den Blick.

Innerlich aber lächelte er weiter. Er war glücklich. Nicht nur darüber, dass er diese prunkvolle Hochzeit zwischen Graf Egino und Katharina von Lichtenberg miterleben durfte, sondern weil für ihn ab morgen ein neues Leben beginnen würde.

Seit gut sechs Jahren diente er nun schon als Hilfsknecht auf der Burg, sechs lange Jahre, in denen er so manche Tracht Prügel zu spüren bekommen hatte. Wenn es stimmte, was der Küchenmeister ihm heute früh gesagt hatte, dann war er jetzt vierzehn. «Damit bist du alt genug, etwas zu lernen. Du bist geschickt, hast endlich ein paar Muskeln angesetzt, und der Burgbäcker braucht dringend einen neuen Lehrknaben.»

Hannes hatte sich gefreut wie ein kleines Kind. Jetzt würde er sich nicht länger von jedem, dem es gefiel, schinden und herumscheuchen lassen müssen, sondern würde Bäcker werden wie sein Vater. Das hatte er sich schon als kleiner Junge gewünscht, übte man doch ein angesehenes Handwerk aus, hatte es im Winter immer schön warm, und im Herbst wurden nach dem Backen im Ofen Äpfel, Birnen und Pflaumen getrocknet. Hier auf der Burg würde er noch mehr lernen, würde eines Tages feines Herrenbrot und Semmeln, Kuchen und Feingebäck backen, und nicht nur tagein, tagaus Schwarzbrot, wie es sein Vater tat.

Sein Vater … Sofort legte sich ein Schatten auf seine Freude. Niemals würde er jenen Tag vergessen, an dem er erstmals nach etlichen Wochen seine Familie drunten in der Stadt hatte besuchen dürfen. Wie alle Hilfs- und Kleinknechte arbeitete er sieben Tage die Woche, hatte nur an Ostern und an Weihnachten frei, wo er dann auch seine zehn Pfennige Lohn aufs halbe Jahr erhielt. So war er denn damals gleich nach der Ostermesse in der Burgkapelle mit großem Herzklopfen in sein Elternhaus zurückgekehrt, wo seine Eltern und Brüder schon beim Festessen saßen. «Was willst du denn hier?», hatte sein ältester Bruder Georg gefragt, und sein Vater hatte gebrummt: «Nimm dir Kraut und heiße Zwetschgen – vom Lammbraten ist nicht genug da.» Nur seine Mutter hatte ihn zur Begrüßung umarmt und ihm die Hälfte ihrer Bratenscheibe abgeschnitten. Bei seinem nächsten Besuch an Weihnachten war ihr Platz leer gewesen: Niemand hatte ihn benachrichtigt, dass sie in jenem Herbst nach kurzer, schwerer Krankheit verstorben war. Seither hatte er sein Elternhaus nie wieder besucht.

«He, Kerl!» Dietrich von Tusslingen, den der Graf seit vielen Jahren immer wieder zum Schultheißen von Freiburg ernannte, winkte ihn heran. «Mir kannst auch noch was einschenken.»

Er klopfte neben sich auf die Bank.

«So trink einen Schluck mit mir! Ihr armen Knechte habt ja so gar nichts von dieser prächtigen Hochzeit.»

«Verzeiht, Herr, aber ich darf mich nicht setzen.»

«Dies ist ein Befehl!», donnerte er, und Hannes merkte, dass der Schultheiß betrunken war wie fast alle am Tisch.

Dankbar ließ er sich die Bank sinken und goss sich den Becher halbvoll. Der schwere Rotwein schmeckte wunderbar und verscheuchte die düsteren Gedanken an seine Familie.

Fast verschämt streckte er die Beine unter dem Tisch aus, wo ein Jagdhund an einem Kalbsknochen nagte. Seit dem ersten Morgengrauen war er bei der Arbeit, zuerst in der Burgküche, dann ab dem späten Vormittag als Schankknecht. Bestimmt hundertmal war er die Treppen zum Weinkeller hinauf- und hinuntergeeilt mit den schweren Krügen und spürte jetzt, wie ihm Arme und Beine schmerzten.

Während die herrliche Pastete auf einem Tischchen zerteilt wurde – das mitanzusehen, tat Hannes im Herzen weh –, trug ein Sänger mit seiner Laute schöne Verse vor, und ein Gaukler machte dazu höchst alberne Faxen. Immer wieder brach Katharina von Lichtenberg hierüber in schrilles Kichern aus.

Die frischgebackene Ehegemahlin thronte auf ihrem Lehnstuhl in einem prachtvollen, mit Gold- und Silberfäden durchwirkten Brokatgewand an der Herrschertafel, und Hannes fragte sich, ob sie nicht fürchterlich schwitzte unter dem schweren Stoff. Die Ehrenplätze zu ihrer Rechten hatten ihre Brüder inne, und zwar der Straßburger Bischof Konrad von Lichtenberg und Friedrich von Lichtenberg, Domprobst zu Straßburg. Die beiden in geistlichem Gewand waren schon in fortgeschrittenem Alter und bis zu Katharinas Heiratsabrede ihr Vormund gewesen, da die Eltern bereits tot waren, wie Hannes durch den Gesindetratsch erfahren hatte. Links von Graf Egino, der an diesem dritten Tag der Feierlichkeiten und Ritterturniere sichtlich erschöpft wirkte, saßen dessen Mutter, die Grafenbrüder Heinrich von Badenweiler und Kirchrektor Konrad sowie die Schwestern Heilwig und Adelheid, zwei hübsche, aber hochnäsige Jungfern. Heilwig, die jüngste der Geschwister, hatte Hannes einmal im Hof der Oberburg eine Ohrfeige verpasst, nur weil er sich nicht schnell genug verbeugt hatte. Dabei hatte er in beiden Händen Heißwasser für die Waschküche getragen und die Eimer erst abstellen müssen.

Die Herrschertafel, bedeckt von einem Tuch aus strahlend weißem Linnen mit Goldborte, befand sich an der Stirnseite des Großen Saals. Sie stand erhöht durch ein Holzpodest und war gleichsam bekrönt von einem roten Baldachin. Gewiss konnte man von dort den ganzen Saal überschauen mit seiner riesigen Gästeschar, und niemand verstellte den Blick auf die Darbietungen der Spielleute und Spaßmacher.

So viele hohe Herrschaften aus nah und fern waren zu der dreitägigen Hochzeitsfeier erschienen, die heute zu Ende gehen würde. Von Burgküche und Backstube aus hatte man einen guten Blick auf den Hof zwischen Palas und Obertor, und Hannes hatte während seiner täglichen Arbeit beobachten können, wie bereits Monate zuvor die reitenden Boten mit ihren Einladungen, Zusagen oder Absagen ein und aus gingen. Vor einer Woche dann waren die ersten Geladenen, die von weit her kamen, mit ihrem kleinen Gefolge eingetroffen, und alle mussten sie verköstigt und beherbergt werden. Tagelang hatten vollbeladene Ochsengespanne die Vorräte auf die Burg geschleppt, für die Burgküche hatte man eigens einen zweiten Herd gebaut, Tag und Nacht wurde im Voraus Brot gebacken. Da das Burggesinde hierfür nicht ausreichte, hatte man eine ganze Heerschar Freiburger Tagelöhner angeworben. Mit der Unmenge an Vorräten, Bier- und Weinfässern hätte man die ganze Stadt über Wochen hinweg ernähren können! Immerhin hatte Graf Egino, um auch die Freiburger Untertanen zu erfreuen, in der Marktgasse mehrere Garküchen und Wurstbratereien aufstellen lassen, und aus einem Brunnen, hieß es, seien am Vermählungstag sogar aus zwei Röhren roter und weißer Wein geflossen!

Der Lautenschläger war mit seinem Gesangsvortrag zum Ende gekommen, und alle klatschten Beifall. An vier schier endlosen Tafeln aßen, tranken und feierten die hohen Herren und Frauen nun schon seit Stunden: am Tisch des Kastellans die geladenen Herrscher vom Oberrhein wie vom Schwarzwald, am Tisch des Schatzmeisters und Zeugmeisters die hiesigen und auswärtigen Ritter mit ihren Frauen, am Tisch des Freiburger Schultheißen die auserkorenen Stadtbürger – diese indessen ohne ihre Ehegefährtinnen –, am Tisch des alten Burgkaplans schließlich, der der Grafenfamilie zugleich als Schreiber und Hauslehrer diente, die Geistlichen. An einem kleineren Tisch beim Aufgang zur Empore der Schalmeienbläser hatten unter dem Vorsitz des Stallmeisters sogar einige Auserwählte aus dem Kreis der Burgwächter, der Handwerker und des Gesindes Platz nehmen dürfen.

Zufrieden und stolz zugleich blickte Altgräfin Sophia von Zollern in die Runde und tätschelte dabei ihrem Sohn, der in seinem schreiend bunten Gewand und den eingedrehten Locken ein wenig albern aussah, die Hand. Unter dem Gesinde hatte hinter vorgehaltener Hand die Runde gemacht, dass sich Graf Egino lange Zeit gegen diese Hochzeit gewehrt habe, die zwischen seiner Mutter und Bischof Konrad von Straßburg seit Jahren ausgemacht war. Und das, obwohl die Braut von hohem, uraltem elsässischem Adel war. Vielleicht, weil Egino damit sein Lotterleben aufgeben musste, vielleicht aber auch, weil Katharina mit ihren Mitte zwanzig nicht mehr die Jüngste und auch nicht gerade ausnehmend hübsch war, wie Hannes fand: Sie war dürr wie ein Brett, hatte eine etwas hängende Unterlippe über dem spitzen Kinn, und ihre Schlupflider ließen sie müde und träge wirken. Als der Graf dann schließlich im Vorjahr eingewilligt hatte, war Katharinas Vater gestorben, und man musste erst noch das Trauerjahr verstreichen lassen. So hatte Egino nur noch die Ernte abgewartet, die zur Freude aller zum dritten Mal in Folge reichlich ausgefallen war, und die Lichtenbergerin endlich zur Frau genommen.

Ein schmerzhafter Schlag ins Genick ließ Hannes auffahren. «Hast du den Verstand verloren?», fuhr ihn der Kastellan an. Im nächsten Moment riss er ihm den Becher aus der Hand und schüttete ihm den restlichen Wein mitten ins Gesicht. «Hinfort mit dir und an die Arbeit!»

Hilfesuchend blickte Hannes zum Schultheißen. Der grinste nur breit über sein feistes Gesicht, alle anderen brachen in schadenfrohes Gelächter aus, als er sich übers Gesicht wischte. Da erst bemerkte er die hässlichen Flecken auf seiner hübschen Tunika: Einen ganzen Satz von Ohrfeigen würde er hierfür vom Gewandmeister ernten!

Hannes biss sich auf die Lippen und spürte, wie sein Blut in den Ohren zu rauschen begann vor Wut über diese Erniedrigung. Ohne ein Wort der Rechtfertigung nahm er die leeren Weinkrüge und verließ mit hängenden Schultern den Saal.

Keine vier Wochen nach der prunkvollen gräflichen Hochzeit wurde Hannes Zeuge eines weiteren beeindruckenden Schauspiels, auf das er sich zunächst keinen Reim machen konnte. Er war gerade dabei, Mehlsäcke vom Fuhrwerk der Grafenmühle abzuladen, als mehrmals das Horn der Wächter erklang, woraufhin sich der Hof der Oberburg in rascher Folge mit Rittern auf ihren edlen Schlachtrössern füllte. Die Reiter waren vollauf zum Kampf gerüstet, mit Schwert und Schild, in Kettenhaube und Brustpanzern über den Kettenhemden, und einige hielten ein Banner in der Faust. Hannes erkannte die Wappen der Snewlins, Kolmans, Küchlins, Falkensteiner und anderer vornehmer Geschlechter aus Freiburg. Auch Schultheiß Dietrich von Tusslingen war mit dabei. Bald drängten sich über drei Dutzend Reiter vor dem Palas, auf schnaubenden, ungeduldig tänzelnden Rössern.

Nicht nur Hannes hatte bei der Arbeit innegehalten. Eine Magd am Ziehbrunnen stellte ihren Eimer ab und glotzte ebenso neugierig wie der Fuhrmann des Mehlwagens, kurz darauf strömten aus Waschhaus und Burgküche erst die Weiber, dann die Männer nach draußen. Schließlich erschien auch Burgbeck Herrmann, ein Riese mit stechendem Blick und einer tiefen Narbe auf der rechten Wange, und stieß ihn grob in die Seite: «Weiterarbeiten, aber flugs!» Um sich dann in die vorderste Reihe der Gaffer zu drängen.

Unbeeindruckt vom Befehl seines neuen Dienstherrn kletterte Hannes auf die Radspeichen des Fuhrwerks, von wo er den Burghof gut überblicken konnte. Die Ritter hatten sich inzwischen vor dem Treppenaufgang zum Palas im Halbkreis aufgestellt, plauderten und lachten miteinander, als würde es zu einem Festbankett gehen, und eben führte Eginos neuer Knappe das gesattelte und rot-gold eingedeckte Pferd des Grafen heran.

Hannes fragte sich, ob eine neue Fehde drohte. Zuletzt hatten sich hier so viele Reiter und Kriegsknechte versammelt, als man im Kampf mit König Rudolf lag. Das lag einige Jahre zurück, und damals hatten die königlichen Belagerer der Stadt großen Schaden zugefügt. Er erinnerte sich noch gut, wie er vom Dachfirst des Gesindehauses die ersten Brandpfeile hatte fliegen sehen, und da seine Mutter bereits tot war, hatte er sich gewünscht, sie würden die väterliche Bäckerei treffen und in Flammen aufgehen lassen. Mehr noch: Er hatte sich ausgemalt, wie sein Vater und seine beiden älteren Brüder in der Feuersbrunst umkommen würden.

Augenblicklich hörten die Männer zu schwatzen auf, als ein Mann im Kettenhemd unter dem rot-goldenen Waffenrock den mit Zinnen umkränzten Söller betrat. An diesem gut fünf Mann hohen Gebäudeteil befand sich auf halber Höhe die Tür zum Palas, zu der eine einfache Holztreppe hinaufführte. Hatte sich Hannes anfangs gewundert, wie schlicht der Eingang zu diesem prächtigen Burgschloss war, so wusste er längst, warum: Sollten Angreifer bis in die Oberburg vordringen, konnte man von oben mit wenigen Axthieben die Treppe abschlagen, und kein Feind erreichte mehr die Tür.

Der schlanke, hochgewachsene Mann trat zwischen die Zinnen, und Hannes erkannte trotz des Helms Graf Egino.

«Liebe Freunde und Waffenbrüder», hob er mit seiner kräftigen Stimme zu sprechen an. «Ich danke euch von Herzen, dass ihr an meiner Seite seid, wenn wir heute endlich ein Zeichen setzen, nachdem wir geduldig auf den rechten Moment gewartet haben. Ein Graf von Freiburg lässt sich nicht ungestraft sein Hab und Gut wegnehmen. Ganz umsonst hat König Rudolf in den letzten Jahren die Burg Zähringen mit viel Aufwand erneuern und seine Burghut einsitzen lassen. Darunter befindet sich nämlich ein uns treu ergebener Maulwurf, der heute dafür sorgen wird, dass die Turmwächter uns nicht melden und die Tore unbewacht bleiben. Wir werden uns also, wie besprochen, in einer kleinen Vorhut nähern, die Wachen außer Gefecht setzen und dann mit vereinten Kräften die Burg schleifen. Alles, was wir hierzu benötigen, liegt in den Fuhrwerken unten an der Landstraße bereit. Denn was wir ganz und gar nicht brauchen können, ist eine uns feindlich gesinnte königliche Burg, gerade mal eine Wegstunde von Freiburg entfernt.»

Mit einem siegesgewissen Lächeln blickte er auf seine Ritter herab und ballte die Faust.

«Nieder mit der Zähringerburg!», rief der Schultheiß. «Es lebe unser Graf Egino!»

Die anderen Krieger fielen in seinen Schlachtruf ein, wiederholten ihn mehrfach, bis Graf Egino beide Arme hob.

«Zur gleichen Zeit wird heute mein geliebter Bruder Heinrich von Badenweiler die ebenfalls königlich besetzte Koliburg bei Endingen niedermachen. Rufen wir auch ihm dreifach zu: Nieder mit den Königlichen!»

Die Mauern des Palas hallten wider von dem einsetzenden Kriegsgebrüll, und Hannes dachte sich, dass er auch gern einmal zum Kampf hinaus in die Welt ziehen würde, und sei es nur als Pferdeknecht.

Da brachte ihn ein Hieb in die Kniekehlen zum Straucheln. Unsanft fiel er zu Boden und schlug sich dabei die Stirn am Wagenrad blutig.

«Hatte ich nicht gesagt: weiterarbeiten?», blaffte der Burgbeck ihn an. «Das hast du jetzt davon. Und dein Abendessen heut ist gestrichen.»

Allmählich verstand Hannes, warum dem Burgbäcker Herrmann bislang alle Lehrknaben weggelaufen waren. Schon der Küchenmeister war streng und oftmals ungerecht zu ihm gewesen, doch Herrmann war zudem noch jähzornig. Ein Scheusal, unberechenbar in seinen Launen. Eine einzige kräftige Ohrfeige von ihm, und man ging zu Boden, wo es hernach auch noch Fußtritte setzen konnte. Hannes hatte aber bald herausgefunden, dass man nur flehentlich rufen musste: «Habt Erbarmen, lieber, guter Meister», und schon war er zufrieden und ließ von einem ab.

Hannes jedenfalls würde sich nicht vertreiben lassen, das hatte er sich nach der ersten Woche geschworen. Wohin hätte er auch gehen sollen? Eine Familie gab es für ihn nicht mehr. Außerdem: Er war jung und gesund, der Burgbeck schon ziemlich alt und von etlichen Zipperlein geplagt. Hannes hatte sich vorgenommen, ihn zu überleben, um dann, eines schönen Tages, dessen Amt zu übernehmen. Damit würde er es seinem Vater und seinen Brüdern dann zeigen!

Zunächst indessen hatte er von früh bis spät nichts anderes zu tun, als Mehlsäcke und Wassereimer zu schleppen, dem Altknecht beim Kneten des zähen Roggensauerteigs zu helfen oder das Mehl im Beutelzeug zu sieben, damit es zu Weißmehl wurde. Schwere körperliche Arbeit war Hannes gewohnt, hier kam indessen noch die Eintönigkeit hinzu, und so war er schon froh, wenn er zwischendurch ausfegen oder die Gerätschaften putzen durfte. Dabei brannte er darauf, seinen eigenen Teig herzustellen und zu verbacken. Und zwar nicht nur zu Brotlaiben und kleinen Semmeln, sondern auch zu hübschen Knoten, Kränzen und Zöpfen. Die des Burgbecks gelangen nämlich nicht immer einwandfrei und wurden dann ans Gesinde abgegeben.

Ein einziges weiteres Ereignis durchbrach das Einerlei des Alltags in seinem ersten Lehrjahr: Nachdem Eginos Gefolgsleute die Burgen bei Zähringen und Endingen im Herbst erfolgreich geschleift hatten, suchte im zweiten Monat des neuen Jahres, gleich nach dem Tauwetter, Albrecht von Habsburg die Burg auf. Nur mit einer kleinen Leibwache und ohne Banner war der Königssohn angerückt, daher läuteten weder in der Stadt noch auf der Burg die Sturmglocken. Ungehindert ließ man ihn am Wachhaus passieren, ungehindert ritt er den Burgberg hinauf bis vor die mächtige Toranlage der Niederburg.

Dort hatte man indessen vorsichtshalber die Zugbrücke hochgeklappt und das Gitter heruntergelassen.

Das war zur Mittagsstunde, und Gesinde wie Handwerker
nahmen gerade den Imbiss ein. Die Gesindeküche lag nahe
beim Untertor, und so waren die Rufe des jungen Albrecht gut
zu hören.

«Hier spricht Albrecht von Habsburg, der Sohn des Königs,
und verlangt Genugtuung für die Zerstörung unseres Reichs-
gutes!»

Alle hatten sie zu kauen aufgehört und lauschten. Zunächst
einmal antwortete niemand, stattdessen waren Hufgetrappel
und vom Wehrgang her eilige Schritte zu hören. Hannes und
einige Knechte wollten schon aufstehen und hinausgehen, als
der alte Hufschmied, der Sprecher des Gesindes war, sie zu-
rückpfiff.

«Keiner verlässt die Küche. Der Graf lässt ihn womöglich
herein, und dann könnte es zum Kampf kommen.»

Doch es geschah anders.

«Verschwindet, Albrecht von Habsburg», war Eginos Stimme zu vernehmen, «oder Ihr bekommt von meinen Torwäch-
tern einen Pfeil in Euren königlichen Arsch verpasst.»

«Nun denn, Graf Egino – Ihr habt es nicht anders gewollt.»

Vor dem Tor setzte das Hufgetrappel mehrerer Pferde ein,
das sich rasch entfernte. Die Mägde am Tisch atmeten auf. Der
Jungknecht des Pastetenbäckers, ein großspuriger Kerl von
Mitte zwanzig, spuckte aus.

«Was für ein Feigling», knurrte er, wobei sich Hannes fragte, wen er damit meinte. «Wie gerne hätt ich mal einen echten
Kampf Mann gegen Mann erlebt.»

Zum Abend dann setzte doch noch das Sturmläuten ein,
aber es galt nicht der Burg, sondern der Stadt, wie es sich rasch

herumsprach. Ein großer Trupp Königlicher halte die Stadt belagert, das zweite Mal nun schon binnen vier Jahren. Und Albrecht habe bereits eine Bresche geschlagen in die neue Mauer der südlichen Vorstadt. Für einen kurzen Moment verspürte Hannes Mitleid mit den armen Freiburgern. Dann sagte er sich verdrießlich, dass für ihn, Hannes, den verstoßenen Sohn des Freiburger Brotbecks, auch noch nie jemand Mitleid empfunden hatte. Ein jeder musste für sich selbst schauen, wie er zurechtkam.

Noch in derselben Nacht schlug das Wetter um. Als sich Hannes im Morgengrauen als einer der Ersten auf den Weg zur Arbeit machte, lag die Burg tief verschneit vor ihm. Nur die Stiefel der Nachtwache hatten auf der jungfräulich weißen Schneedecke ihre Abdrücke hinterlassen.

Da flog ein Schneeball dicht an seinem Ohr vorbei. Jauchzend und kreischend lieferte sich das Gesinde eine Schneeballschlacht. Selbst der alte Hufschmied beteiligte sich an dem ausgelassenen Spiel.

«He Hannes, so bleib doch noch und mach mit», rief er ihm nach.

Hannes schüttelte den Kopf, auch wenn ihn das Angebot freute. Der Alte gehörte zu den wenigen auf der Burg, die hin und wieder ein freundliches Wort an ihn richteten.

«Ach was, unser Speichellecker muss doch zur Arbeit», hörte er hinter sich den Gesindekoch höhnen.

Ein harter Schneeball traf ihn im Rücken, und er beeilte sich wegzukommen, soweit das in dem tiefen Schnee überhaupt möglich war. Sollten die doch ihren kindischen Spaß haben – er brauchte das nicht.

Das Backhaus befand sich dicht beim Palas auf der Oberburg, zwischen Brunnen, Burgküche und Waschhaus. Es war als spitzgiebeliges, eingeschossiges Fachwerkhäuschen erbaut, und der angebaute Lehmofen wölbte sich wie ein dicker Schmerbauch an der Giebelseite heraus. Befüllt und befeuert wurde er von innen, von der Backstube aus. Im Sommer lief einem zwar der Schweiß herunter, weshalb sie alle drei nur mit einem Lendenschurz bekleidet arbeiteten, dafür war es im Winter wohlig warm. Auch jetzt prasselte schon ein kleines Feuer in der Ofenkammer, das Meister Herrmann, wie immer der Erste morgens, mittels eines Blasrohrs weiter anfachte, während ihm der Knecht passende Holzscheite reichte.

«Guten Morgen, Meister, guten Morgen, Altknecht», begrüßte Hannes die beiden, wohl wissend, dass er keine Antwort erhalten würde.

Aber das machte nichts. An Tagen wie diesen war er einfach nur froh, dass er das Bäckerhandwerk erlernen durfte. Er machte sich in der rasch wärmer werdenden Backstube an die Arbeit, während es draußen Stunde um Stunde kälter wurde. Zur Nacht schließlich, als er sich in der Gesindehütte auf seinem Strohsack vollständig angezogen in die Wolldecke einwickelte, konnte er gar nicht aufhören zu zittern, und der Atem gefror ihm an der Nase.

Am nächsten Tag traten unten im Tal die Belagerer des eisigen Wetters wegen den Rückzug an. Dieser Kelch war an den Freiburgern noch einmal vorübergegangen. Vielleicht hatte es aber auch nur eine eindrückliche Warnung sein sollen.

Nach ziemlich genau einem Jahr Lehrzeit nahm der Burgbeck Hannes nach dem Mittagsimbiss beiseite und überreichte ihm mit feierlicher Miene die Backschürze, zum Zeichen dafür, dass seine Lehrzeit vorüber sei. Hannes war bass erstaunt, dauerte es doch gemeinhin zwei Jahre, bis aus einem Lehrknaben ein Jungknecht wurde.

«Ich weiß, ich hab dich nie gelobt», brummte der Bäcker, «aber ich hab sehr wohl beobachtet, wie emsig du auch noch bei der geringsten Arbeit bist und wie aufmerksam du alles, was wir tun, beobachtest. So sollst du also ab heute für die Schwarzwecken verantwortlich sein.»

«Danke, Meister.» Verlegen über dieses denn doch so deutliche Lob starrte er auf den blütenweißen Leinenstoff, den er da in seinen riesigen, kräftigen Händen hielt. Fast hätte er es sich denken können, als er am Vortag erstmals ganz ohne Aufsicht einen Teig aus ungesiebtem Roggenmehl und Sauerteig hatte mischen sollen. Und der wunderbar aufgegangen war, wie er jetzt, als er das Tüchlein auf dem Teigbatzen anhob, erleichtert sehen konnte.

«Ich will mein Bestes geben», sagte er mit fester Stimme.

«Weniger dulde ich auch nicht. Und jetzt binde dir endlich den Schurz um und mach die Teiglinge fertig. Bis in zwei Stunden müssen sechzig Roggenwecken fürs Gesinde gebacken sein.»

Es war der erste Samstag nach Einbringen der Kornernte, weshalb man sich heute früh in der Burgkapelle zu einem Dankgottesdienst versammelt hatte und es am Nachmittag im Hof der Niederburg ein kleines Fest für alle Bediensteten geben würde.

Mit Feuereifer machte sich Hannes daran, den Teig noch einmal gründlich durchzukneten und dabei eine Handvoll Kräuter beizumengen. Ja, der Meister hatte schon recht. So vieles hatte er allein durchs Zugucken herausgefunden. Zum Beispiel, wie wichtig das richtige Mischungsverhältnis für jede Sorte Teig war oder wie lange man ihn kneten und gehen lassen musste. Allein, den Ofen zur richtigen Hitze zu bringen, war eine Kunst für sich, und hierfür musste man sich mit dem Feuerholz auskennen.

Er faltete und streckte den Teig ein letztes Mal, dann legte er ihn auf ein bestäubtes Brett, schnitt ihn in gleichgroße Stücke und formte Rundlinge, die er auf der Oberseite mit Wasser befeuchtete und in Kreuzform einschnitt. Inzwischen hatte der Altknecht seine Vierpfünderbrote aus dem Ofen gezogen.

Meister Herrmann sah Hannes über die Schulter. «Bist du fertig?»

«Ja, Meister.»

Mit zusammengekniffenen Augen prüfte der Burgbeck jeden einzelnen der Teiglinge, und als nichts daran auszusetzen hatte, sagte er: «Ich übergebe dir hiermit die alleinige Verantwortung für das Gelingen dieser Wecken. Aber wehe dir, es verbrennt einer davon!»

Dann setzte er zu weitschweifigen Erklärungen über den Backvorgang an, doch Hannes kam ihm in seinem Eifer bei jedem angefangenen Satz zuvor.

Es dauerte nicht lange, bis Herrmann ausholte und ihm eine deftige Maulschelle versetzte.

«Hörst du wohl auf, mich zu unterbrechen!»

Hannes rieb sich die brennende Wange. «Verzeiht, Meister.»

Dabei hatte er Mühe, ein freudiges Grinsen zu unterdrücken. Er trat zum Ofen, streckte die ausgebreitete Hand in die Kammer und schloss für einen Moment die Augen. Seinem Gefühl nach war die Resthitze für die Wecken zu gering. Sicherheitshalber warf er ein paar Roggenähren auf den heißen Boden, doch sie wurden nicht richtig braun. Er würde also nachfeuern müssen. Hatte der Altknecht mit Absicht das Holzbrett vor dem Ofenmaul nicht wieder zurückgestellt?

Normalerweise reichte die Resthitze für kleine Brötchen oder Kuchenteig aus.

«Erinnerst dich noch», zischte ihm der Altknecht zu, «wie er dir den Rücken grün und blau geschlagen hat, weil du mal über Nacht die Mehlkiste offen gelassen hattest und die Mäuse reingeschissen hatten? Wenn das mit den Wecken danebengeht, dann Gnade dir Gott.»

«Es wird nicht danebengehen», erwiderte Hannes ruhig und schichtete dünn gespaltene Fichtenscheite für ein kleineres Feuer auf. «Und ja, ich erinnere mich: Damals hattest du mich verhöhnt, weil ich die Nacht über im Sitzen schlafen musste.»

Das Feuer würde recht bald zur Glut herunterbrennen. In der Zwischenzeit konnte er vom nahen Brunnen frisches Wasser holen, denn der große Eimer fürs Brauch- und Löschwasser musste stets randvoll sein. Er stellte den Sack mit der ausgesiebten Kleie für den Schweinehirten vor die Tür, nahm die beiden Schöpfeimer in die Hand und ging ohne Eile hinüber zum Brunnen.

Dort hängte er den ersten Eimer an den Haken und ließ ihn zwischen dem Schutzgitter herab. Es hieß, dass dort unten Brunnengeister hausten, und wer zu lange hinabschaute, den würden sie in die Tiefe zerren. Aber er hatte keine Angst vor Gespenstern.

Während er den Eimer wieder heraufzog, hörte er plötzlich wütende Männerstimmen, zwischendurch das flehentliche Weinen eines Kindes. Er stellte den Eimer ab und drehte sich um: Zwei Knechte schleppten ein mageres, nicht gerade ärmlich gekleidetes Kind durch das offene Tor der Oberburg, gefolgt von einem Mannsbild im vornehmen Reisekleid. Es hatte zu weinen aufgehört, dafür wehrte es sich nun mit Händen und Füßen, bis es von einem der Knechte zwei-, dreimal hart geschlagen wurde. Der Fremde blieb stehen und brüllte: «Verflucht seist du, Maria, wenn du uns Schande machst!» Dann wandte er sich um und eilte davon.

Jetzt, wo das Kind nur wenige Schritte von ihm entfernt war, erkannte Hannes, dass es ein Mädchen von etwa zehn Jahren war. Das pechschwarze lange Haar hing ihr in wirren Locken um das Gesicht. Er wusste nicht, warum, aber auf einmal hob er die Hand, rief «Maria!» und winkte ihr zu. Sie wandte ihm das blasse, tränennasse Gesicht zu, die dunklen Augen weit aufgerissen, dann wurde sie mehr oder minder gewaltsam die Treppe zur Palastür hinaufgezerrt.

Wie unendlich leid sie ihm tat. Am liebsten wäre er ihr nachgelaufen und hätte ihr gesagt, dass man sich irgendwann an das Leben hier gewöhnte, auch wenn es einige Jahre brauchte. Selbst dann, wenn man keine Freunde hatte wie er.

Gedankenverloren kehrte er ins Backhaus zurück. Auf dieselbe erbärmliche Weise war er damals von seinem Vater hier heraufgebracht und den Burgknechten übergeben worden.

Er holte tief Luft und schüttelte die quälende Erinnerung von sich ab. Die Ofenkammer hatte nun die richtige Hitze, und so schob er die Glut ganz nach hinten, wischte den Ofenboden mit einem nassen Lappen am Stiel gut aus und begann, mit der Brotschaufel die Wecken einzuschießen, bis sie alle in gleichem Abstand ihren Platz gefunden hatten. Damit nicht zu viel Hitze verlorenging, verstellte er das Ofenmaul mit dem dickwandigen Holzbrett, das er zuvor ins Wasser getaucht hatte. Ein Funkenflug könnte es sonst in Brand setzen.

Anschließend reinigte er Brett und Trog von Teigresten. Dabei behielt er die Sanduhr neben dem Ofen fest im Blick, musste doch das Backgut regelmäßig umgesetzt werden. Er zwang sich, nicht mehr an das weinende Kind zu denken, und es gelang ihm.

Keine Viertelstunde später sagte ihm seine Nase, dass die Wecken fertig waren, und er zog ein Brot aus der Mitte heraus. Als er mit dem Fingerknöchel gegen die Kruste klopfte, klang es hohl, wie es sein sollte, und die Oberseite war kreuzförmig aufgesprungen.

Rasch holte er die übrigen Wecken, allesamt mehr oder minder gleich gebräunt, und schichtete sie zum Auskühlen in die grob geflochtenen Siebe, die er bereitgestellt hatte. Es roch köstlich. Doch das Glücksgefühl, das sich Hannes für seine ersten selbstgebackenen Wecken erhofft hatte, blieb aus, so sehr war er noch von dem Gedanken an seine Ankunft auf der Burg vor sieben Jahren erfasst.

«Lass sehen.»

Der Burgbeck griff nach dem erstbesten Wecken und brach ihn auf, wobei sich der Duft noch verstärkte. Nachdem der Dampf verflogen war, kostete er erst ein Stück Kruste, dann von der Krume.

«Nicht schlecht fürs erste Mal», murmelte er und reichte das Brot an den Altknecht weiter, der nun säuerlich lächelte «Und jetzt holst uns neues Feuerholz, aber nur von den dicken Scheiten.»

Hannes nickte und ging hinaus. Unwillkürlich fiel sein Blick auf den Palas. Er wusste, dass er soeben ein großes Lob geerntet hatte, was ihn nun doch mit Stolz erfüllte. Mehr noch aber trieb ihn die Frage um, wer das Kind war und wohin es gebracht worden war. Ob es wohl nachher auch zum Erntedankfest erscheinen würde? Und wie hatte der Mann es gerufen? Maria?

Maria kam nicht zum Fest. Indessen war Hannes drei Stunden später trotzdem ein bisschen klüger, da er nicht der Einzige war, den das fremde Mädchen an diesem Nachmittag beschäftigte. Maria stand regelrecht im Mittelpunkt des Gesindetratsches.

Die einen sagten, dass sie auf der Falkensteiner Steige von Kaufleuten aufgelesen worden sei und kein Wort spreche, andere, man habe sie von der Baar heruntergebracht, wo ihre Familie sie verstoßen habe; wieder andere behaupteten, sie komme von der Burg Fürstenberg und sei der Bankert einer ledigen Kammermagd. Ihr Vater sei niemand Geringeres als der jüngste Sohn des Grafen Heinrich von Fürstenberg.

Hannes wusste nicht, was er glauben sollte, und so fragte er am Ende den Hufschmied nach Maria.

Der zuckte die Schultern.

«Je älter der Tag, desto unsinniger das Geschwätz. Ich weiß nur eines sicher: Graf Egino hat das Mädchen der Frau Gräfin zum ersten Hochzeitstag geschenkt, und zwar als Ankleidemagd.»

Kapitel 10

Vom Frühsommer des Jahres 1280
bis Herbst desselben Jahres

Mit einigen Schritten Abstand hielt Gerhard vor dem vollendeten Erdgeschoss des Turmes inne und ließ das spitzbogige, mehr als haushohe Portal mit seinen nach innen strebenden, schlanken Säulen auf sich wirken. Man kam sich klein vor wie eine Maus und wurde doch gleichsam hineingezogen in die Vorhalle. Allein die Gestaltung dieses Außenportals, mit der Marienkrönung im Ziergiebel, war eine Meisterleistung seiner Steinmetze. Betrat man aber erst die Vorhalle, war ein jeder schier überwältigt. Wie der Bug eines Schiffes schob sich die hoch eingewölbte Portalhalle hinein in den Kirchenraum, doch zuvor hielt man unweigerlich inne, um all diese Bilderbotschaften im Tympanon über dem zweiflügeligen Eingangstor zu studieren. Die ganze Heilsgeschichte aus den Evangelien wurde dort höchst anschaulich erzählt, und in den vier Bogenreihen, die das Tympanon umrahmten, fanden sich alle wichtigen Gestalten des Alten Testaments. Es fehlten nur noch die gut zwei Dutzend Figuren über den Zierarkaden der Seitenwände, die eines Tages, irgendwann, den Betrachter als Sinnbilder des Lebens zum Nachdenken anregen sollten. Aber bereits jetzt fanden sich zu den Stunden, wo auf der Baustelle nicht gearbeitet wurde, Scharen von Bewunderern ein.

Ohne es zu merken, war Gerhard eingetreten in die kühle

Vorhalle und ließ den Bildschmuck auf sich wirken. Genau wie dem Turm, der gleichsam in den Himmel wies, kam dem Eingang einer Kirche größte Bedeutung zu. Stellte er doch die Pforte zum Seelenheil dar, sollte den Gläubigen einstimmen auf den feierlichen Dienst an Gott. Innerlich dankte er seinen Männern fast gar gerührt für die Erschaffung dieser ausdrucksstarken Bildnisse, an denen er, vom Entwerfen einmal abgesehen, keinen Anteil hatte. Seit diesem Frühjahr erstrahlten die Reliefs und Figuren obendrein in leuchtenden Farben und reichlich Blattgold. Doch bald schon würde er selbst an einer größeren Skulptur arbeiten, endlich wieder einmal nach vielen Jahren, und zwar an der Himmelskönigin mit dem Heiland auf dem Arm. Sie war für den Mittelpfeiler dieses Innenportals gedacht, noch schwebte dort der Baldachin leer über dem Sockel.

Da entfuhr ihm ein kleiner Seufzer. Die Portalhalle mit all ihrem Bildschmuck könnte längst ganz und gar vollendet und das Gewölbe, bislang nur weiß getüncht, nach seinen Entwürfen bemalt sein. Eigentlich hätte der gesamte Kirchenbau nach der Winterpause so richtig in Fahrt kommen sollen. Von den acht Maßwerkfenstern der neuen Seitenschiffe waren bis auf zwei alle eingesetzt, die Längsbögen des Mittelschiffs waren inzwischen so weit gediehen, dass man aufmauern könnte, um anschließend die Seitenschiffe einzuwölben, und hier über der Portalhalle sollte längst die Turmkapelle entstehen, dem Erzengel Michael als Schutzpatron gegen das Böse geweiht. Hätte er denn hierzu nur die Maurer gehabt! Doch seitdem Graf Egino mit dem König im Streit lag, ging alles nur noch schleppend voran.

Bereits nach jener schrecklichen Belagerung vor fünf Jahren hatte Gerhard die Zahl seiner Leute auf die alte Straßburger Mannschaft beschränken müssen, also auf vier Bildhauer und acht Steinmetze, wenn man Jecklin und den Lehrknaben einmal außen vor ließ. Und zwar auf Geheiß des Grafen, der nicht mehr willens war, mehr als die ursprünglich angeheuerten Werkleute zu bezahlen. Bei Eginos kriegerischem Gebaren – dem Herrgott sei Dank waren die Freiburger bei der zweiten Belagerung durch den Königssohn mehr als glimpflich davongekommen – war es natürlich dringlicher, die Vorstädte ausreichend zu befestigen. Und hierzu hatte Graf Egino inzwischen sämtliche städtischen Zimmerer und Maurer vom Kirchenbau abgezogen. Gerhards Steinmetze mussten daher auch als Setzer arbeiten, was einer Vergeudung ihrer eigentlichen Fähigkeiten gleichkam, und die dringend benötigten Stütz- und Baugerüste wurden von Heinrich Rutschi, dem einzigen ihnen gebliebenen Zimmermann, in quälender Langsamkeit hergestellt. Noch dazu arbeitete der Mann reichlich schludrig.

Kurzum: Der Bau ging nur noch halb so schnell voran, und allmählich verlor Gerhard, trotz aller Freude an den einzelnen Elementen, die Geduld. So hatte er sich das nicht gedacht, als er vor nunmehr fast zehn Jahren nach Freiburg gezogen war.

Dass Egino so mit seinen Mitteln knausert, hast du nicht verdient, hielt er stumme Zwiesprache mit der Kirche, während seine Hand, wie um das Mauerwerk zu trösten, über die Zierarkaden der Vorhalle strich. Nun, den Grafenbrüdern war ja mit ihren Bildnissen genug gehuldigt, mehr Kirchenschmuck braucht es für Egino wohl nicht. Auch wenn der stets beteuerte, wie wichtig ihm ein schönes Gotteshaus für seine Untertanen sei. Aber so dachte wohl eher die Grafenmutter, die von dem Gedanken, in ihrer Stadt dereinst mit der schönsten Pfarrkirche am Oberrhein aufwarten zu können, hellauf begeistert war. Doch bis dahin würde es noch ein langer, holpriger Weg sein. Gerhard war sich inzwischen sicher, dass man es nur ihr zu verdanken hatte, wenn der Neubau von Liebfrauen kein zweites Mal unterbrochen wurde. Sophia von Zollern lag sozusagen im Wettstreit mit Konrad von Lichtenberg und dessen Bischofskirche in Straßburg.

Immerhin stand seit der Einwölbung der Portalhalle einem Weiterbau am Turm nichts mehr im Wege. Nachdem alle Lehrgerüste entfernt waren und gestern dann die Marienkrönung versetzt worden war, unter dem Beifall zahlloser Zuschauer, hatte Gerhard eigentlich mit einem großen Fest seitens der Fabrica gerechnet. So war das anderswo üblich nach wichtigen Bauabschnitten. Hier hingegen: Nichts! Um seine Leute nicht zu enttäuschen, hatte Gerhard heute drei Stunden früher als sonst den Feierabend eingeläutet und aus eigener Schatulle Wein, frisches Brot und einen großen Laib Käse spendiert.

Unter Pater Benedikt wäre das niemals so weit gekommen, dachte er sich jetzt, er war das Herz und die Seele von Unser Lieben Frauen Werk gewesen. Seit dem Tod des alten Grafen Konrad hatte der Schaffner alles getan, um bei Bürgern, Stadtadel und sogar der Grafenfamilie immer wieder Spenden einzutreiben. Vergangenen Winter dann war der gute Mann viel zu früh verstorben, nachdem er schon die Jahre zuvor immer mehr an Gewicht verloren hatte und immer kurzatmiger geworden war. Aber er hatte sich nie etwas anmerken lassen. Am Ende hatte er Blut gehustet und war auf der Treppe zu seiner Wohnung völlig entkräftet zusammengebrochen. Als seine Magd ihn dort fand, war er schon tot gewesen.

Gerhard wischte sich über die Augen. Ja, der Pater war ein wunderbarer Mensch gewesen, nicht nur als Schaffner, auch als Freund und Nachbar.

Wie er jetzt zur Bauhütte hinüberlauschte, hörte er die Männer lauthals singen, irgendwer kratzte auf einer Fidel, und auch eine Sackpfeife war herauszuhören. Wenigstens ließen sich seine Steinmetzbrüder nicht die Stimmung verdrießen.

Er fuhr zusammen, als sich ihm eine Hand auf die Schulter legte. Es war Odilia.

«Wo bleibst du bloß? Die anderen wollen mit dir feiern. Und was ziehst du für ein grämliches Gesicht, an solch einem schönen Tag?»

«Tu ich das?»

Sie stemmte die Arme in die allmählich rundlicher werdenden Hüften. «Und ob. Du solltest dich mal sehen. Als ob dir ein Hund ans Bein gepinkelt hätte.» Sie knuffte ihn in die Seite. «Ja, ich weiß, du wärst gerne sehr viel weiter mit der Kirche. Aber solange es uns an nichts fehlt und unsere Männer pünktlich den Wochenlohn ausbezahlt bekommen, sollten wir doch nicht jammern, oder?»

«Hast ja recht, Odilia.» Wider Willen musste er lächeln. «Es gibt keinen Grund, sich zu grämen. Wir sind beide gesund, ich habe eine Mannschaft, die treu hinter mir steht, und das beste Weib der Welt an meiner Seite.»

Da sie allein waren, gab er ihr einen raschen Kuss auf den Mund.

«Na, na, Herr Baumeister!», drohte sie ihm mit dem Zeigefinger. «Gehen wir lieber zurück zu den anderen, sonst schicken die noch einen Suchtrupp aus.»

Sie hakte sich bei ihm unter und führte ihn nach draußen in den sonnigen Spätnachmittag. Das Gelächter von der Bauhütte hörte sich wirklich nach fröhlicher Runde an.

«Übrigens», fuhr sie fort. «ist es nicht nur Eginos Kriegstreiberei, die so viel Geld verschlingt. Auf dem Markt und am Brunnen ist es längst Stadtgespräch, wie die alte und die junge Gräfin bei Hofe das Geld verprassen. Allein ihre Liebe zu prachtvollen Gewändern und zu Gold und Geschmeide, dazu die vielen Festbankette und Jagdgesellschaften ...»

Sie unterbrach sich verdutzt, und auch Gerhard traute seinen Augen nicht.

Vor dem südlichen Seitenschiff spazierte ihnen niemand Geringeres entgegen als die Grafenmutter Sophia und deren Schwiegertochter Katharina. Begleitet wurden sie von zwei Leibwächtern, dem hinkenden Burgkaplan, einem hübsch zurechtgemachten, aber sehr mageren Mädchen und von Pater Benedikts Nachfolger, dem neuen Kirchenschaffner Ritter Johannes von Keppenbach. Das dunkelhaarige Mädchen trug die Schleppen der Gräfinnen, die beide in himmelblaue, unter dem Busen eng geschnürte Gewänder mit Hängeärmel gehüllt waren, und wie immer hatten sich in gebührendem Abstand etliche Schaulustige gesammelt.

«Wenn man den Teufel nennt, kommt er gerennt», murmelte Odilia und setzte ein etwas künstliches Lächeln auf, während sich Gerhard erschrocken fragte, ob er da womöglich wieder einmal eine wichtige Verabredung verschusselt hatte. Doch Gräfin Sophia hob zum Gruß die Hand, und noch während er sich vor den beiden Frauen tief verbeugte, hörte er sie sagen: «Verzeih unseren Überfall, lieber Baumeister, aber hättest du ein wenig von deiner kostbaren Zeit für uns übrig?»

«Ihr seid mir jederzeit willkommen, Ihr lieben Herrinnen.»

Die alte Gräfin lächelte geziert und schaute sich um.

«Ja, wird denn hier gar nicht gearbeitet an einem gewöhnlichen Mittwoch?»

Gerhard wollte schon zu einer Erklärung ansetzen, als die Gräfin abwinkte. «Das war ein Scherz, mein lieber Baumeister. Habt ihr Bauleute doch heute allen Grund zu feiern, wo ihr die

Portalhalle fertiggestellt habt. Und aus diesem Grund haben Wir eben gerade ein Fässchen mit unserem besten Burghaldenwein in die Bauhütte bringen lassen.»

«Habt von Herzen Dank, liebe Gräfin.» Er verneigte sich erneut.

«Nun, im Gegenzug bitten Wir dich, uns in die Portalhalle zu führen, wo dort nun der Bildschmuck in frischer Farbe prangt.»

«Sehr gerne, Ihr Frauen. Wenn auch leider der Schmuck an den Seitenwänden noch fehlt.»

So hat dieser Tag doch noch eine schöne Überraschung mit sich gebracht, dachte Gerhard.

«Wenn Ihr erlaubt», Odilia beugte das Knie, «würde ich jetzt gern in die Bauhütte zurückgehen.»

«Nur zu.» Gräfin Sophia nickte von oben herab und ging energischen Schrittes voran in Richtung Turm.

Hatte Gerhard gedacht, er solle den beiden Frauen die Bilderfolge des Tympanons erklären, so übernahm dies der Burgkaplan. Hierzu hatte er einen langen Zeigestock mitgebracht. Gerhard selbst kam kaum zu Wort, aber das störte ihn nicht: Der Kaplan machte seine Sache gut und sachkundig und vergaß auch nicht, immer wieder lobend auf die Kunstfertigkeit der Bildhauerarbeit hinzuweisen.

Nach fast jeder Erklärung brach die Grafenmutter in Entzückungsrufe aus, während ihre Schwiegertochter gelangweilt an ihren bestickten Handschuhen zupfte und der Schaffner, ein hochgewachsener, knochiger Mensch mit langen, strähnigen Haaren und einem Spitzbart unter den eingefallenen Wangen, schläfrig an der Wand lehnte. Das dunkelhaarige Mädchen jedoch hörte völlig gebannt zu, seine Augen wurden dabei größer und größer. Als der Kaplan auf den Verräter Judas wies, der mit aufgeplatztem Bauch und herausquellendem Gedärm an einem Baum im Strick hing, entfuhr dem Kind ein spitzer Schreckensschrei, wofür sie von Gräfin Katharina prompt einen missbilligenden Blick erntete.

Gerhard musste lächeln. Kinder und junge Weiber waren stets am meisten beeindruckt von all diesen lebensnahen Darstellungen. Gräfin Katharina jedoch wirkte wie taubstumm und blind zugleich, die Bildgeschichten schienen sie kein bisschen zu berühren. Eine einzige Frage nur stellte sie Gerhard, und die verriet ihm, dass sie sich über den Neubau dieser Kirche noch keinerlei Gedanken gemacht hatte.

«Wohin führt die Tür?» Dabei wies sie auf die beiden verriegelten Türflügel des Innenportals.

«Aber meine Liebe!», antwortete an Gerhards Stelle die Grafenmutter, in einem Tonfall, in dem sie auch «Du Dummerchen!» hätte sagen können. «Dahinter wird doch das neue Kirchschiff erbaut, das wir vorhin von außen gesehen haben.»

«Ach so», erwiderte Gräfin Katharina nur und biss sich auf die Lippen. Sie wirkte seit ihrer ersten Niederkunft zum Jahreswechsel noch dünner und verhärmter. Unwillkürlich dachte Gerhard daran, mit welchem Prunk und Pomp tagelang die Taufe des Stammhalters Konrad gefeiert worden war – hierfür, wie auch schon für die Hochzeit damals, war die gräfliche Schatztruhe also noch ausreichend gefüllt.

Am Ende ihrer Besichtigung lud Gerhard seine vornehmen Gäste aus reiner Höflichkeit auf einen Becher Wein in die Bauhütte ein, doch wie zu erwarten war, lehnten sie bis auf den Schaffner dankend ab. Da wagte er einen Vorstoß:

«Liebe, wohlgeborene Gräfinnen. Hier über den Wandarkaden», er wies nach rechts und links, «sollen dereinst sinnbildliche Figuren und wichtige Heilige ihren Platz finden. Indes habe ich nicht genug Bildhauer. Darf ich Euch also bitten, bei Graf Egino, als Bauherr dieser Kirche, ein gutes Wort für mich einzulegen? Zwei weitere Bildhauer für die nächsten zwei Jahre, und die Portalhalle wäre in all ihrem Figurenschmuck vollendet.»

Katharina sah die Grafenmutter fragend an, diese nickte schließlich.

«Wir werden deine Bitte an Graf Egino weitergeben. Sobald der Graf aus Basel zurückgekehrt ist.»

Nahe der Bauhütte verabschiedete man sich auf freundlichste Weise voneinander. Nachdem die Gräfinnen mit ihren Begleitern davongeschritten waren, sagte der Kirchenschaffner mit eisiger Miene:

«Wäre das wirklich nötig gewesen?»

«Was meint Ihr damit?», fragte Gerhard zurück.

«Ihr wisst es ganz genau. Die Gräfinnen so zu bedrängen.»

«Bedrängen?»

Gerhard verschränkte die Arme und atmete tief durch. Von diesem Johannes von Keppenbach war er nie sonderlich angetan gewesen, jetzt aber musste er einen rechten Zorn in sich niederkämpfen. Der Ritter entstammte einer Adelsfamilie im Hochberger Land, hatte nur die niederen Weihen und kannte sich in der Heiligen Schrift und damit auch mit kirchlichem Bildschmuck schlechter aus als ein Messdiener aus der Lateinschule. Für das Amt des Kirchenschaffners ein wahrhaft ungeeigneter Mann. Aber er war nun einmal ein Günstling von Graf Egino.

«Das war lediglich eine Herzensbitte», sagte Gerhard, nun wieder völlig ruhig. «Eigentlich wäre es an Euch, als Schaffner von Liebfrauen, uns Bauleuten die nötigen Mittel an die Hand zu geben und sie nötigenfalls beim Grafen einzufordern. Aber

186

die Fortschritte im Kirchenbau scheinen *Euch* nicht gerade am Herzen zu liegen. Der Grafenmutter hingegen sehr wohl. Wenn ich sie also um Unterstützung bitte, ist das meine Sache. Und nun, lieber Schaffner, lasst uns in Frieden einen Becher gräflichen Wein miteinander trinken.»

Johannes von Keppenbach wollte etwas erwidern, ließ es dann aber. Mit grämlicher Miene folgte er Gerhard zu der langen Tafel vor dem Schaffnerhaus, wo sie mit freudigen Rufen empfangen wurden. Zumindest Gerhard.

«Setz dich her zu mir, Meister!» Der sonst so finster dreinblickende Parlier strahlte ihn mit geröteten Wangen an und rückte auf der Bank zur Seite. «Hab dir eigens ein Krüglein vom guten gräflichen Wein abgefüllt. Der ist wirklich kein Vergleich mit dem Sauerampfer, den du uns spendiert hast.»

Gerhard lachte gutmütig und nahm zwischen ihm und seinem Weib Platz. Ihm gegenüber ließ sich der Keppenbacher nieder, und Gerhard schenkte ihm und sich die Becher voll. Mechthild brachte derweil einen Korb mit frischem Brot an den Tisch.

«Auf die Gesundheit und auf unsere Liebfrauenkirche!», rief er in die Runde.

«Auf Gesundheit, Liebfrauen», schallte es reichlich undeutlich zurück. Nun ja, die Männer waren schon seit geraumer Zeit am Trinken, da war keiner mehr nüchtern geblieben. Und Jecklin, der so gar nichts vertrug, döste vornübergesunken mit dem Kopf auf der Tischplatte. Ansonsten waren seine Leute trinkfeste Gesellen, die zum Glück niemals ausfällig wurden oder Raufhändel anzettelten. Nicht nur darin konnte er sich auf sie verlassen.

Odilia stieß ihn in die Seite. «Jetzt lächelst du endlich wieder. Wie schön!»

In diesem Augenblick erhob sich der Keppenbacher.

«Gut, dass wir nun alle beisammensitzen. Ich habe euch nämlich etwas Wichtiges zu sagen.» Er räusperte sich. «Ich möchte, dass fortan in meiner Eingangshalle nicht mehr gespeist wird. Sie soll künftig den Besprechungen mit den Ratsherren dienen wie auch hin und wieder dem Empfang der gräflichen Familie.»

«Wie? Was sagt Ihr da?», fragte Gerhard.

«Ihr habt schon richtig gehört», entgegnete er herablassend.

Verblüfft schüttelte Gerhard den Kopf. Mit Pater Benedikt und dessen Magd hatten sie im Laufe der Zeit wie in einer großen Familie zusammengelebt, hatten sich sogar Brennholz- und Essensvorräte geteilt. Dass dem nicht mehr so sein würde mit diesem dünkelhaften neuen Schaffner, war Gerhard von Anfang an klar gewesen. Das aber ging nun zu weit.

Noch bevor er etwas sagen konnte, ergriff Marx das Wort. Auch er hatte sich jetzt erhoben und beugte sich dem Ritter entgegen. Er war zwar etwas kleiner als der Schaffner, dafür in den Schultern doppelt so breit.

«Als Parlier dieser Männer frage ich Euch: Seit wann ist das *Eure* Halle?» Seine tiefschwarzen Brauen zogen sich drohend zusammen. «Das ganze Haus gehört der Fabrica, und zu der gehört, solange wir hier leben und arbeiten, auch die Bauhütte.»

Odilia, die einmal mehr ihren Mund nicht halten konnte, stand ebenfalls auf. «Als Nächstes müssen wir dann wohl die Werkleute in unserer winzigen Küche oben unterm Dach bekochen? Oder sollen wir uns alsbald eine neue Wohnstatt suchen?»

Mit einem Mal hatten sich, bis auf Jecklin und Gerhard, alle von ihren Bänken erhoben. Schulter an Schulter umringte

nun ein Dutzend gestandener und durchweg kräftiger Mannsbilder den dürren Schaffner, dessen Blick unsicher zu flackern
begann.

Da stand auch Gerhard auf. «Ich denke, das ist kein guter
Gedanke, Ritter Johannes von Keppenbach. Seit Jahren ist es
unser angestammtes Recht, bei Schlechtwetter in der Diele zu
essen und bei gutem Wetter hier draußen.»

Der Schaffner hob beschwichtigend die Hände.

«Ich mache euch einen Vorschlag zur Güte. Die große Küche
dient weiterhin eurer Versorgung, außer bei besagten Versamm-
lungen. Aber auch dann werden wir eine befriedigende Lösung
finden. Und Ihr, lieber Baumeister, bleibt natürlich weiterhin
hier wohnen. Zudem habe ich dem Zimmermann Rutschi den
Auftrag gegeben, vor eure Werkstatt ein ausreichend großes
Vordach zu setzen, mit einer Schutzwand zur Wetterseite hin.
Dort könnt ihr dann bei gutem wie bei schlechtem Wetter eure
Mahlzeiten einnehmen.»

Alfred, den sonst nichts so leicht aus der Ruhe brachte,
schlug mit der Faust auf den Tisch. «Das ist der unsinnigste
Vorschlag, den ich je gehört habe! Weil wir dann nämlich kein
Licht mehr haben in der Werkstatt.»

«Nun gut – dann wird die Laube eben zwischen Werkstatt
und Schaffnerhaus errichtet. Vor eurem Werkzeugschuppen.
Setzen wir uns also wieder und genießen den Wein, den Gräfin
Sophia uns so großzügig geschenkt hat.»

«Wisst Ihr was, Schaffner? Ich pfeife auf den gräflichen
Wein.» Alfred nahm seinen Becher und schüttete ihn hinter
sich auf den Boden. «Da trink ich lieber den Sauerampfer von
unserem Baumeister.»

Die Stimmung drohte zu kippen. Karlmann, der älteste der
Steinmetze, höhnte: «Dann sollen doch die vornehmen Herren

bei Sturm und Regen in einer Laube speisen. Ich jedenfalls lass mir nicht den Zutritt zum Schaffnerhaus verbieten.»

Bei seinen letzten Worten schüttete auch er den Wein zu Boden, und alle anderen taten es ihm unter lautstarken Rufen der Empörung nach. Selbst Odilia war von dem Aufruhr mitgerissen, wie Gerhard zu seinem Schrecken sah.

«Ruhe, ihr Leute!» Gerhard klatschte in die Hände. «So lasst uns doch vernünftig miteinander reden.»

Doch der Schaffner beachtete ihn nicht. Sein hageres Gesicht war mittlerweile flammend rot angelaufen.

«Damit ihr es nur wisst», schrie er in den Tumult hinein. «Das mit der Halle ist bereits beschlossene Sache. Und zwar nicht von mir beschlossen, sondern von dem Mann, bei dem ihr in Lohn und Brot steht: von Graf Egino, dem Bauherrn dieser Kirche.»

Er ließ seinen Becher so heftig auf die Tischplatte krachen, dass er zersprang. Im nächsten Augenblick war er im Haus verschwunden.

Erschrocken hob Jecklin den Kopf von der Tischplatte: «Hab ich etwas verpasst?»

Karlmann klopfte ihm auf die Schulter. «Nichts Wichtiges, Kleiner. Schlaf weiter.»

«Außer, dass wir uns heute einen Feind gemacht haben», murmelte Gerhard bekümmert. Dem Gedeihen des Kirchenbaus würde das jedenfalls kaum förderlich sein. Und trotzdem konnte er nicht umhin, ganz tief in seinem Innern ein klein wenig stolz auf seine Männer zu sein – und auf seine Frau.

Die enge Nachbarschaft mit dem Keppenbacher wurde Gerhard und Odilia Woche für Woche unangenehmer. Zwar grüßte man sich bei jeder Begegnung aufs höflichste, doch konnte das die Feindseligkeit, die dahinter auf beiden Seiten lauerte, kaum verbergen. Zwar war Gerhard als Werkmeister dem Schaffner gegenüber verantwortlich für alles, was auf der Baustelle geschah, doch untertan war er ihm keineswegs. Im besten Falle war es ein Verhältnis auf Augenhöhe. Man tauschte sich, im Beisein der Freiburger Geistlichen und wenn möglich des Pfarrrektors, über die Wahl der biblischen Bildmotive aus, man beriet sich über die Materialbeschaffung, den Bedarf an städtischen Gewerken oder die Verwendung der Bürgerspenden. So war das bei Pater Benedikt gewesen. Mit dem Keppenbacher indessen musste Gerhard auf der Hut sein. Als Günstling des Grafen war er imstande, Ränke gegen ihn und die Bauhütte zu schmieden, und nicht zuletzt erhielten sie den Wochenlohn aus seiner Hand. Zwar konnte Gerhard im schlimmsten Fall von seinem Recht Gebrauch machen, jederzeit den Abschied einreichen zu dürfen, doch das konnte er seinen Leuten nicht antun. Und sich selbst auch nicht. Der Bau dieser Kirche war ihm längst viel zu sehr ans Herz gewachsen, und jeden Morgen, wenn er aus dem Haus trat, sah er sie im Geiste vollendet vor sich stehen.

Zum Glück blieb ihnen die Freundschaft zur Schaffnermagd Margaretha erhalten, und die arme Alte kam so einige Male zu ihnen herauf, um bei Odilia ihr Herz auszuschütten über die Kümmernisse mit ihrem neuen Dienstherrn.

Schon eine Woche nach ihrer etwas missglückten Feier war am Schuppen ein Vordach errichtet, sogar mit Regenabfluss und einem Windschutz gegen Abend hin, aber schon beim ersten starken Sommerregen wurden diejenigen, die am Kopfende der Tafel saßen, gehörig nass, und das Wasser lief einem in Rinnsalen zwischen den Füßen hindurch. Es blieb ihnen nichts anderes übrig, als Schüsseln, Krüge und Becher hinauf in Gerhards Stube zu tragen, um dort, triefnass geworden, auf dem Boden zu essen. Zwar besserten sie hierauf das Vordach mit Rutschis Hilfe nach, indem sie auch an der anderen Längsseite eine Holzwand einzogen, doch ein jeder malte sich jetzt schon aus, wie ungemütlich es wohl an kalten und stürmischen Herbsttagen sein mochte, hier die Mahlzeiten einzunehmen.

Als Nächstes wurde die Haustür, die den Steinmetzen tagsüber jahrelang offen gestanden hatte, von innen verriegelt. Die große Küche war fortan nur noch vom Hof her erreichbar, wo sich auch die Außentreppe in die Baumeisterwohnung befand. Für die Verbindungstür zwischen Küche und Eingangshalle besaß nur noch der Schaffner die Schlüssel, Odilia und die Köchin Mechthild mussten ihre Schlüssel, ebenso wie den zur Haustür, abgeben.

Währenddessen herrschte bei Ritter von Keppenbach ein lustiges Kommen und Gehen. Die Eingangshalle war weitaus öfter von Rittern und Knappen als von Ratsherren oder gar gräflichen Besuchern bevölkert. Es wurde ausgiebig gezecht und gesungen und wohl auch so manch anderes getrieben. Bald schon beschwerte sich nämlich die alte Margaretha bitterlich bei Odilia, dass sie sich zur Nacht kaum noch aus ihrer Kammer traue, da sich oftmals freie Weiber unter die Männer mischten. Wenn ihr dann zu später Stunde befohlen war, in der Küche einen Imbiss zu richten und aufzutragen, wüsste sie gar nicht wo hinschauen, da in der Diele ein solches Sodom und Gomorrha herrsche, dass es einem die Schamröte ins Gesicht trieb.

Das rücksichtslose abendliche wie manchmal auch nächtliche Treiben war bis hinauf in ihre Wohnung zu hören, mitunter so laut, dass sie nicht einschlafen konnten.

«Jetzt geh ich runter und beschwere mich», drohte Odilia

mehr als einmal. «Wir müssen schließlich beide zum Morgengrauen auf den Beinen sein.»

«Du bleibst hier! Glaubst du etwa, dass die dir oder mir die Haustür öffnen würden? Da machst du dich nur zum Gespött bei diesen Saufbolden und Hurenweibern. Ich rede morgen früh noch mal mit dem Keppenbacher, dass er seine Gäste zu mehr Rücksicht anhält.»

Für Gerhards Beschwerden hatte der Schaffner jedoch nur ein hochmütiges Lächeln übrig.

«Ihr übertreibt maßlos. Und wenn es Euch nicht passt, so sucht Euch eben ein anderes Domizil», beschied er ihm beim letzten Mal. «Dass Ihr hier zinsfrei wohnen dürft, ist ein Entgegenkommen der gräflichen Fabrica. Mehr aber auch nicht.»

Der erste Gewittersturm im Hochsommer schließlich zerschlug den Vorbau zu Trümmern, der Erdboden davor wurde zur Sumpflandschaft. Da holten sie die Böcke und Tischplatten aus dem Schuppen und bauten die Tafel kurzerhand in der Portalhalle auf. Von nun an speisten sie, trotz der Einsprüche des Schaffners, unter dem jüngst mit Engeln und Sternen bemalten Gewölbe inmitten ihrer Werke.

All diese Beeinträchtigungen hätten Gerhard und seine Männer ja noch hingenommen. Aber während Ritter Johannes von Keppenbach mit seinen Spießgesellen in Saus und Braus lebte, drehte er für die Bauhütte jeden Pfennig dreimal um.

Gestrichen wurde als Erstes der Badpfennig, auf den jeder Geselle bis hin zum Hüttenknecht alle zwei Samstage Anspruch hatte – jetzt im Sommer könne man schließlich auch in der Dreisam baden, waren Keppenbachers Worte. Dann gab es plötzlich keine Trinkgelder mehr für den Taglöhner, der den ganzen Tag im Tretrad gelaufen war, oder für denjenigen, der eine besonders schwierige Arbeit in luftiger Höhe zu verrichten hatte. Das Fässchen Wein nach erfolgreichem Setzen eines Schlusssteins fiel ebenfalls weg. Als schließlich weder an Mariä Himmelfahrt, dem Fest zu Ehren der Kirchenpatronin, noch an Erntedank die üblichen kleinen Geschenke wie etwa frisches Obst oder ein paar neue Handschuhe verteilt wurden, war es Gerhard leid, und er suchte den Schaffner auf. Es war Mittagszeit, und Gerhard hatte sich zuvor bei Margaretha vergewissert, dass der Ritter keine Gäste hatte.

Es verwunderte ihn nicht, dass Johannes von Keppenbach nicht mit seiner Magd in der Küche speiste, sondern sich wie ein Graf die Tafel in der Stube hatte aufbauen lassen. Dort saß er in Hausrock und Pantoffeln ganz allein vor einer Platte mit Bratwürsten in Zwiebelgemüse und einem Krug Wein.

«Was gibt's, Baumeister?» Unwillig sah der Schaffner auf und pulte sich mit dem Messer ein Stück Wurstpelle aus den Zähnen. Dann deutete er mit der Messerspitze auf den Stuhl ihm gegenüber.

Gerhard schüttelte den Kopf. «Was ich Euch zu sagen habe, dauert nicht lange. Es gibt da einige Unstimmigkeiten, die ich erklärt haben will.»

«Und die wären?»

«Seit genau zehn Jahren arbeiten wir nun hier in Freiburg. Nicht nur, dass uns beim Weiterbau der Kirche seit längerem Steine in den Weg gelegt werden, indem uns die nötigen Gewerke wie Zimmerer, Maurer oder Mörtelmischer abgezogen werden. Nein, obendrein sind angestammte Bräuche wie der Badpfennig oder die kleinen Gaben zwischendurch ohne Erklärung ausgesetzt.»

Während seines Vortrags hatte der Schaffner ungerührt weitergekaut. Jetzt wischte er sich die Finger am Tischtuch ab und lehnte sich zurück.

«Muss ich Euch wirklich nahebringen, wie wichtig die Befestigung unserer Vorstädte ist? Ich denke, nein. Und was diese sogenannten Bräuche betrifft, die Ihr erwähnt: Stehen die irgendwo in Buchstaben gegossen in einem Vertrag?»

Gerhard ließ sich nicht verunsichern.

«Nein, das tun sie nicht. Aber es sind Gewohnheitsrechte seit alten Zeiten, seitdem die wandernden Steinmetzbruderschaften Kirchen erbauen. Ganz gleich wo. Was mich indessen noch viel bedenklicher stimmt: Unsere Versorgung lässt nach, und das, wo meine Männer körperlich harte Arbeit leisten. Das Brot ist alt statt frisch gebacken, der Wein sauer und gestreckt, und Fleisch bekommen wir neuerdings nur noch samstags und an den Sonn- und Festtagen auf den Tisch. Dafür tagtäglich Bohnen und Kraut, Kraut und Bohnen.»

«Aber Ihr müsst ja wohl keinen Hunger leiden, oder?»

«Das nicht. Aber an einem gewöhnlichen Montag wie heute», konnte sich Gerhard nicht verkneifen zu sagen, «würden sich meine Leute ungemein über vier fette Bratwürste freuen.»

«Ich will Euch etwas sagen, mein lieber Baumeister: Bringt dies alles dem Grafen selbst vor. Aber er wird Euch nur antworten, dass wir in unruhigen und schwierigen Zeiten leben. Hinzu kommt: Wir hatten heuer eine eher kümmerliche Obsternte und eine miserable Kornernte – und schon sind die Preise gestiegen. Ich kann nur verteilen, was ich aus der gräflichen Kassa und aus dem Kirchenzehnt zugeteilt bekomme, und das ist derselbe Betrag wie zu jedem Halbjahr. Leider bin ich nicht Jesus und der wundersamen Brotvermehrung fähig.» Er lachte über seinen eigenen dümmlichen Scherz. «Im Übrigen solltet Ihr mal bei der Bürgerschaft anklopfen – die Ratsherren führen doch so gern das Wort im Mund, dass Liebfrauen *ihre* Pfarrkirche sei.»

«Das werde ich mit Sicherheit tun, Schaffner. Und da Ihr zuvor das Wort *Vertrag* erwähnt hattet: Zwischen mir und dem Grafen besteht zwar ein Vertrag auf Lebenszeit, aber wisst Ihr auch, dass ich ihn meinerseits jederzeit kündigen darf?»

«Ihr wollt mir und dem Grafen drohen?»

«Nennt es, wie Ihr wollt. Wir Steinmetze sind eine stolze Bruderschaft. Alles lassen wir nicht mit uns machen.»

Gerhards Gespräch mit dem Pfarrrektor und Grafenbruder Konrad von Freiburg, der nur wenige Tage später aus Konstanz eintraf, wo er neuerdings das Amt des Domprobstes innehatte, war ebenso unerquicklich. Von Pater Benedikt wusste Gerhard, dass ein geringer Anteil des Freiburger Kirchenzehnts an die Fabrica ging, und so fing er den Rektor vor dessen Haustür ab, schilderte ihm kurz die Lage des Kirchenbaus, ohne dabei dem Schaffner oder gar dem Grafen zu nahe zu treten, und bat ihn am Ende um eine höhere Unterstützung. Die Antwort kam ohne Umschweife:

«Wo denkt Ihr hin? Aus dem Zehnt müssen schon die beiden Leutpriester bezahlt werden, dazu Küster, Messner, Kirchendiener, und alle fordern sie mehr Geld. Selbst die liturgischen Gerätschaften und Gewänder sind teurer geworden. Nein, Euren Anteil kann ich beim besten Willen nicht erhöhen.»

«Aber entscheidet Ihr nicht auch über die Opfer- und Strafgelder in Eurer Gemeinde? Die wenigstens könnte man doch dem Kirchenbau zufließen lassen.»

«Ja glaubt Ihr denn, dass ich mir damit einen schönen Tag mache?» Der feiste Rektor, der, wie es Gerhard schien, in den letzten Wochen noch dicker geworden war, schnaubte. «Seit meinem Vorgänger gehen diese Gelder ohne Abzug an Unser Lieben Frauen Werk.»

Und damit an Johannes von Keppenbach, dachte Gerhard. Hätte man Einblick in dessen Rechnungsbücher, so würde man ganz sicher etliche Unregelmäßigkeiten feststellen können. Doch Rechenschaft hatte der Schaffner nur gegenüber dem Grafen zu leisten.

«Ich gebe Euch einen Rat, Baumeister», fuhr der Rektor sichtlich ungeduldig fort. «Stellt möglichst zügig das Langhaus fertig, ohne unnötigen Firlefanz, setzt eine schlichte Kapelle auf die Portalhalle und endlich den Glockenstuhl drauf, der da so verloren am Kirchplatz steht. Dann nur noch ein einfaches Spitzdach darüber und gut ist's. Die Portalhalle, die zugegebenermaßen wunderschön geworden ist, ist doch Schmuck genug für unsere Kirche, findet Ihr nicht? Und jetzt muss ich weiter. Pfarrer Egenolf und Pfarrer Rochus erwarten mich.»

Damit ließ der Rektor ihn stehen.

Es war zum Aus-der-Haut-Fahren. Gerhard war nun nicht klüger als vorher, und erreicht hatte er auch nichts. Sämtliche Fäden liefen bei Graf Egino zusammen, von dessen Wohlwollen allein hing der Kirchenbau ab. Derweil hatte drüben in Straßburg Erwin von Steinbach die Bauleitung der herrlichen Westfassade des Liebfrauenmünsters übernommen, die landein, landab hoch gelobt wurde, und zwar, wie ihnen ein Wandergeselle unlängst berichtet hatte, unter der Bauherrschaft der Straßburger Bürger. Hier indessen musste er sich von einem Pfarrrektor sagen lassen, sein Bildschmuck sei Firlefanz!

Wie gerne hätte er seinen guten alten Freund Erwin besucht, aber Gerhard fürchtete, dass er dann alles aufgeben und mit Odilia nach Straßburg zurückkehren würde. Als erfahrenen Bildhauermeister würde Erwin ihn gewiss sofort einstellen. Damit aber wäre er sich wie ein Verräter vorgekommen – nicht so sehr an seinen Leuten hier, die auch anderswo eine Arbeit finden konnten, als vielmehr an dieser Kirche – wie auch, je länger er darüber nachdachte, an all den Bürgern, die an ihre Fertigstellung glaubten. Die allermeisten Freiburger sahen Liebfrauen als *ihre* Kirche an, unterstützten den Bau großherzig je nach ihren Mitteln, selbst damals nach jener zerstörerischen Belagerung, und freuten sich über jeden neuen Bauabschnitt von Herzen. Das rührte Gerhard immer wieder aufs Neue.

Vergebens versuchte Odilia, ihn in diesen Tagen aufzumuntern.

«Wir schaffen das schon. Und es werden auch wieder bessere Tage kommen. Es ist ja nicht so, dass Graf Egino diese Kirche nicht will, wo doch seine Mutter so begeistert ist.»

Wieder einmal fragte sich Gerhard, wo Odilia ihre Tatkraft und Zuversicht hernahm. Bereits im Sommer hatte sie zusammen mit Wohllebs Weib Anna etwas ausgeheckt, das jetzt im Herbst im wahrsten Wortsinn die ersten Früchte trug: Sie hatten ein größeres Feldstück in der Predigervorstadt, das den Wohllebs gehörte, zum Garten umgegraben und bepflanzt. Das heißt, nicht die beiden allein, sondern mit tatkräftiger Unterstützung von Wohllebs Hausmagd, dessen Sohn Anselm und der ältesten Tochter Margret. Sogar die junge Verena von Krozingen war sich als Tochter eines Vornehmen nicht zu schade, im Garten zu arbeiten. «Ich glaube, Verena und Anselm haben sich ineinander verliebt», hatte Odilia ihm irgendwann voller Freude zugesteckt.

Sämtliche Erträge des Gartens waren für die Versorgung der Steinmetze bestimmt, ohne dass der Schaffner hiervon wusste. Obendrein hatte Ulrich Wohlleb ihnen eine Schar Hühner geschenkt, die nun im Hof herumgackerten und bislang noch fleißig Eier legten, sowie ein Mastschwein, das zu Martini geschlachtet werden sollte. In Absprache mit Kirchrektor Konrad durften sie es im Stall des Pfarrhauses halten, und es setzte allmählich ordentlich Fleisch und Speck an.

Mit Odilia an seiner Seite und mit der selbstlosen Unterstützung von Wohllebs Familie und dessen Ratsfreunden hatte er eigentlich keinen Grund, allzu schwarz zu sehen für die Bauhütte, dachte sich Gerhard an diesem Samstag vor Sankt Martin. Er wanderte wieder einmal allein durch die Baustelle und genoss die Ruhe, nachdem seine Leute in Richtung Ederlins Badstube verschwunden waren. Dort gewährte ihnen Ratsherr Ederlin freien Zutritt, seitdem der Badpfennig gestrichen war – auch dies ein Zeichen der Wertschätzung.

Als er jetzt unter den Grafenfiguren den Turm umrundete, über dessen Portalhalle das Kapellengeschoss trotz alledem Stein um Stein in die Höhe wuchs, fiel ihm plötzlich auf, dass der gräfliche Bote noch gar nicht erschienen war. Wie seine Steinmetzbrüder auch, bekam er seinen Wochenlohn jeden Samstag nach der Mittagspause vom Schaffner persönlich überreicht. Was heute, wenn auch mit etwas Verspätung, geschehen war. Den zu seinem Wochenlohn zusätzlichen Jahreslohn indessen erhielt Gerhard unmittelbar vom Grafen, überbracht durch einen reitenden Boten am Samstag vor Martini.

Nun, der würde schon noch kommen. Er räumte einen Hammer in den Schuppen, den jemand im Mittelschiff vergessen hatte, und kehrte nach Hause zurück, um sich mit Odilia zu Kuchen und heißem Gewürzwein zusammenzusetzen. Zur Feier des Tages, dass heute sein Jahreslohn ausbezahlt würde.

Zu seiner Überraschung saß Marx bei ihnen in der kleinen Küche, der Mandelkuchen stand unangetastet auf dem Tisch bereit. Sein schwarzbärtiges Gesicht blickte mehr als finster.

«Nanu, bist du gar nicht im Badhaus?», fragte Gerhard.

Der Parlier schüttelte den Kopf. «Nein, mir ist heute nicht danach.»

«Jetzt sag schon, was los ist», drängte ihn Odilia, die am Herd stand und den Würzwein umrührte. «Das ist deine Pflicht als Parlier.»

«Nun ja, eigentlich hab ich mit den Brüdern ausgemacht, dass wir schweigen. Weil dich das nur noch mehr aufbringen könnte.»

«So red schon, Marx!»

«Alsdann: Unser Wochenlohn war heute erstmals geringer als sonst.»

Gerhard blieb der Mund offen stehen. Er jedenfalls hatte die vereinbarte Summe erhalten. «Wie viel fehlt?», fragte er schließlich.

«Jedem fehlen zehn Pfennige auf die Woche. Also nur siebzig statt achtzig Pfennige. Ich selbst habe zwar die volle Summe erhalten, dafür nur die Hälfte meiner Zulage als Parlier.»

Gerhard stieß hörbar die Luft aus. «Wir müssen zum Schaffner. Jetzt gleich.»

«Da war ich eben gerade. Seine Worte waren, dass er nach Anweisung des Grafen gehandelt hätte. Da der Graf augenblicklich hoch verschuldet wäre, könnte er nicht tiefer in die Tasche greifen. Du kannst ihn gern nochmals zur Rede stellen, bloß nützt das nichts.»

«Das ist eine Unverschämtheit!» Gerhard spürte, wie sich seine Brust zusammenzog.

Da hörte er von draußen Hufgetrappel und gleich darauf eine Männerstimme: «Ist wer zu Hause? Der gräfliche Bote ist da.»

Mit einem unguten Gefühl eilte Gerhard die Außentreppe hinunter, wo der Reiter vor dem Hoftor abgestiegen war und auf ihn wartete.

«Hier ist Euer Jahreslohn, Baumeister.»

Er überreichte ihm den Beutel und hielt ihm Kohlestift und Pergamentrolle entgegen, damit er den Erhalt des Geldes gegenzeichnen konnte.

Gerhard las die klare Handschrift des Schatzmeisters: «Erhalten zu Martini anno 1280: Neun Pfund Freiburger Pfennige auf das Jahr.»

«Das unterschreibe ich nicht. Mir stehen zehn Pfund zu.»

«Gut, dann nehme ich das Geld wieder mit. Anweisung des Schatzmeisters und des Grafen.»

Da sie das Geld nötig brauchten, setzte er mit zusammengepressten Lippen seinen Namen darunter.

Innerlich bebte er vor Zorn, während er dem Boten hinterherblickte. Das kam einem Diebstahl gleich, und er würde es nicht auf sich beruhen lassen! Seine ganze Hoffnung zielte nun auf Ulrich Wohlleb und dessen Ratsgenossen.

Kapitel 11

Vom November 1280
bis zum Herbst des Jahres 1281

Nachdem man gut gespeist und der Kronenwirt noch mehrere Krüge Wein an den Tisch gebracht hatte, eröffnete Cunrat Ätscher als Ratsältester die Mittwochssitzung.

«Was also steht heute auf der Tagesordnung, liebe Freunde und Ratscollegen?»

Eberhard Feinbeck hob die Hand. Er war Zunftmeister der Bäcker und nach Heinrich dem Paradiesmüller, Hauri dem Metzger und dem jedes Jahr aufs Neue gewählten Goldschmied Diethelm nunmehr der vierte Handwerker im Rat der neuen Vierundzwanzig. Was Ulrich Wohlleb mehr als begrüßte: Machten doch das Gedeihen einer Stadt nicht nur der Handel, sondern ebenso sehr das Handwerk aus.

Der Feinbeck räusperte sich. «Ihr alle wisst, dass die Preise für Korn und Mehl gestiegen sind nach der lausigen Ernte heuer. Unserer Zunft ist der Beschluss nicht leichtgefallen, und wir haben ihn mit Bedacht gefällt, aber wollen wir Bäcker weiterhin unseren Lebensunterhalt bestreiten, müssen wir die Größe der Wecken wie der kleinen und großen Brote um den zehnten Teil verringern. Wer ist dafür?»

Die meisten Hände gingen sofort nach oben, nach kurzem Zögern stimmten auch die restlichen Männer dafür.

Der alte Cunrat nickte. «Einstimmig angenommen. So werden wir beim Alten Rat beantragen, dass die Richtmaße am Strebepfeiler des Turms neu eingeschlagen werden, wie es nach schlechten Ernten Brauch ist. Was gibt es weiterhin?»

Jetzt meldete sich Wohlleb zu Wort. Er hatte sich vorgenommen, frank und frei seine Meinung zu sagen.

«Baumeister Gerhard bittet uns um Unterstützung. Den meisten hier wird bekannt sein, dass die Versorgung der Steinmetzbrüder inzwischen zu wünschen übriglässt. Seit dieser Woche aber wird den braven Werkleuten nicht mal mehr ihr voller, wohlverdienter Lohn ausbezahlt. Und warum? Weil Graf Egino ohne Sinn und Verstand sein Vermögen verschleudert für Fehden, die keiner von uns Freiburgern will, und für seine Prunkgelage auf dem Burgschloss, an dem kein Freiburger teilhat.»

«Wohlgemerkt außer den Alten Herren und dem Schultheißen», kam prompt ein Zwischenruf, gefolgt von einem «Schmarotzer sind das!». Nicht wenige klopften zustimmend auf die Tischplatte.

Bernhard Rindkauf sprang auf. «Nicht nur das schreit zum Himmel! Dem Grafen ist nicht mehr zu trauen. Was wird ihm als Nächstes einfallen, um seinen Schuldenberg zu begleichen? Etwa unsere Stadt an den Bischof von Basel zu verpfänden? Bei dem steht er nämlich derzeit besonders bös in der Kreide.»

Da schoss auch Jodokus Loderer in die Höhe: «Was für ein unsinniges Geschwätz! Ich verbitte es mir, so niederträchtig von unserem Stadtherrn und dem Alten Rat zu reden.»

«Ruhe!», rief Ätscher die beiden zur Ordnung. «Bis jetzt hat immer noch Ulrich Wohlleb das Wort.»

«Jedenfalls müssen wir Bürger jetzt», fuhr Wohlleb ungerührt fort, «mit allen Mitteln um unsere Pfarrkirche kämpfen, wollen wir nicht bis zum Sankt Nimmerleins-Tag auf die Fertigstellung warten. Mein Vater Johans der Tucher hatte dereinst als junger Mensch den Baubeginn der neuen Kirche miterlebt, und wir alle hier sollten ihre Vollendung feiern dürfen. Dazu müssen wir Bürger, wie bereits in Straßburg geschehen, die Bauherrschaft erlangen und mittels eines vom Magistrat gewählten Pflegers die Kontrolle über Spendengelder und Einkünfte aus dem Kirchenzehnt innehaben. Natürlich müssen wir hierfür als Erstes den Alten Rat auf unsere Seite bekommen.»

Die meisten klatschten Beifall, als sich der besonnene Goldschmied Diethelm zu Wort meldete.

«Das mit der Bauherrschaft wird nicht von heut auf morgen zu erreichen sein. Wenn wir nicht wollen, dass die Steinmetzbrüder unserer Stadt alsbald den Rücken kehren, müssen wir sie jetzt schon verstärkt unterstützen. Und zwar nicht nur wir, die wir als Handwerksmeister oder Kaufherren ein gewisses Vermögen erlangt haben, sondern *jeder* Freiburger. Sprich: Auch Kleinvieh macht Mist, jeder Pfennig zählt. Ich bin mir sicher, dass die Verbundenheit mit unserer Kirche noch steigt, wenn auch Knechte und Mägde ihr Scherflein beitragen, als ein Werk der Barmherzigkeit. Dann erst recht wird sich der Alte Rat nicht länger sperren können gegen die Forderung der Bauherrschaft.»

Wohlleb nickte heftig. «Genau in diese Richtung habe ich auch schon gedacht, lieber Diethelm, und war deshalb heute früh bei unseren beiden Leutpriestern. Erinnerst du dich noch an die schöne silberne Monstranz, die du letztes Jahr gefertigt und der Kirche gespendet hast? Wir dürfen sie künftig an allen Sonn- und Festtagen als ‹Große Bitt› nutzen, mit einem Kreuzessplitter aus dem Reliquienschatz. Jedem, der nach dem Gottesdienst zu einer Gabe bereit ist, wird die Reliquie zur Verehrung dargeboten. Und zwar von uns Zunftmeistern, Rats- und Gerichtsherren.»

Ein wahrer Beifallssturm erhob sich. Nur Loderer und seine beiden Nebensitzer verzogen abfällig das Gesicht. Loderer hob sogleich die Hand, was Wohlleb nicht anders erwartet hatte.

«Ein wahrlich schöner Einfall – die Herren gehen beim Volk betteln!», höhnte er. «Aber ich will euch was sagen: Eine solch prächtige und überaus kostspielige Pfarrkirche ist Sache der Herrschaft und nicht der Bürger! Oder sollen über den Kirchenschmuck künftig die Hausarmen, Hintersassen und Taglöhner bestimmen? Ich jedenfalls werde mich nicht als Bittsteller zum Gespött machen.»

«Dann lass es eben bleiben», rief Ederlin. «Du redest ja nur deshalb dem Grafen nach dem Maul, damit er dich endlich zum Ritter macht. Das allein treibt dich um.»

Da begann Loderer, breit zu grinsen. «Ich hab's beileibe nicht nötig, mich einzuschmeicheln. Bereits zur Weihnachtsmesse auf der Burg wird Egino mich in den Ritterstand erheben. Darauf habe ich sein Wort. Und dann werdet ihr ...»

«Schreiten wir zur Abstimmung», unterbrach ihn Cunrat Ätscher barsch.

Bis auf die zu erwartenden drei Gegenstimmen wurde der Vorschlag mit der Großen Bitt von den restlichen einundzwanzig Männern begeistert angenommen und sollte schon zur nächsten Messe in die Tat umgesetzt werden. Damit war die Sitzung beendet, und Wohlleb beeilte sich, dem Baumeister diese gute Nachricht, die ihn hoffentlich wieder Mut schöpfen ließ, zu überbringen.

Draußen auf der Marktgasse holte ihn Loderer ein.

«Das hättest du nicht gedacht, Wohlleb, was? Ritter Jodo-

205

kus der Loderer … Im Übrigen werde ich als nächsten Schritt den Wernher als Teilhaber meines Handels einsetzen.»

Wohlleb blieb stehen und tat überrascht. «Ach. Dann vermag der Junge jetzt endlich, eins und eins zusammenzurechnen?»

«Spöttel du nur. Du bist ja nur neidisch, dass unsere Familie in den erblichen Ritterstand erhoben wird. Aber was ich dir eigentlich sagen wollte: Ich soll deinem Jungen einen schönen Gruß von Wernher ausrichten: Er wird nächstes Jahr die kleine Verena von Krozingen ehelichen. Eine standesgemäße Ehe unter Vornehmen, ganz, wie es sein soll.»

Das verblüffte Wohlleb nun doch. Kühl entgegnete er: «Gar nichts werde ich meinem Sohn ausrichten. Ansonsten beglückwünsche ich dich zu deinem Aufstieg. Dann wirst du dich ja wohl zu Johanni in den Alten Rat wählen lassen, sofern dort ein Sitz frei wird. Nun, ich denke, das ist kein großer Verlust für uns Ratscollegen.»

Die Sammlungen mit der Großen Bitt nach jedem Gottesdienst wurden zu einem Erfolg. Jeder wollte das Seine zum Kirchenbau beitragen, und es sah ganz danach aus, als würden nun auch einige der Herren vom Alten Rat umdenken. Zumindest zeigte man sich dort von seiner großzügigsten Seite, in diesen Tagen vor der Geburt des Heilands. Ulrich Wohlleb und Cunrat Ätscher war die Verwaltung der Zuwendungen übertragen worden, da man dem neuen Schaffner nicht traute. Jeden Samstagnachmittag trafen sie sich mit dem Baumeister, um über die Verwendung der Gelder zu sprechen. Natürlich reichte die Spendenbereitschaft der Freiburger bei weitem nicht aus, um auch nur einen Teil der ausstehenden Löhne und Sachkosten abzudecken, doch immerhin blieben Gerhard und seine Männer vor Ort.

«Ihr glaubt gar nicht, wie sehr mich die Unterstützung der Freiburger rührt», beteuerte der Baumeister ein ums andere Mal. «Ihr gebt uns neue Hoffnung, dass unsere bisherige Arbeit nicht umsonst war.»

Als schließlich zum neuen Jahr der Winter einbrach und der Bau ruhte, machten sich die Steinmetze ans Vorfertigen der Werksteine und die Bildhauer an die noch fehlenden Figuren der Portalhalle. Gerhard selbst fand endlich die Zeit, mit der Madonna für das Innenportal zu beginnen.

Derweil war Loderer wahrhaftig von Graf Egino zum Ritter ernannt worden, was ihn bei den alteingesessenen Vornehmen indessen nicht gerade beliebter machte. Dass Wernher Loderer sich mit der jungen Verena vermählen wollte, hatte Wohlleb seinem Sohn wohlweislich verschwiegen. Zu eng war in der Kindheit die Freundschaft zwischen Anselm und dem Mädchen gewesen, zu groß die Feindseligkeit gegenüber Wernher. Ohnehin kam Anselm derzeit nur noch zu Weihnachten, zu Ostern und für eine Woche im Erntemonat nach Hause, da er als Kaufmannsgehilfe in Straßburg lernte. Im Gegensatz zu Loderer, dessen Sohn seit jeher mit ihm unter einem Dach lebte und arbeitete, hielt es Wohlleb nämlich für mehr als beschränkt, einen angehenden Kaufmann nicht in die Welt hinauszuschicken.

Dieser Winter zog sich ungewöhnlich lange hin. Immer wieder fegten eisige Winde über die schneebedeckten Wege und Landstraßen und verwandelten sie in Eisbahnen. Für den Handel wie auch für den Reisenden wurde es zu einer großen Beschwernis, von Ort zu Ort zu kommen, ganz gleich, ob zu Fuß, zu Ross oder auf dem Wagen. Nur wer unbedingt musste, machte sich bei dieser klirrenden Kälte auf den Weg ins nächste Dorf oder in die nächste Stadt.

Da Ostern in diesem Jahr sehr früh lag, sorgten sich Wohlleb und sein Weib Anna schon, ob Anselm in der Karwoche nach Hause kommen würde. Als dann ein letzter Wintersturm erst Tauwetter, dann tagelang Sturzregen brachte, versank die Welt in Schlamm und Morast.

«Der Junge wird doch so vernünftig sein, und in Straßburg bleiben», bangte Anna.

Doch Anselm hatte sich, anstatt ein Pferd zu mieten, kurzerhand zu Fuß auf den Weg gemacht und traf am Karsamstag, einem milden und erstmals sonnigen Tag, schlammbespritzt zu Hause ein. Er strahlte zwar vor Wiedersehensfreude, brachte aber zugleich eine beunruhigende Nachricht mit.

«Ich fürchte, da braut sich was zusammen», sagte er, kaum dass er sein Reisebündel in der Diele abgestellt hatte. «Nur einen halben Tagesmarsch von hier, am Eingang zum Elztal, sammelt sich unter königlicher Flagge eine große Schar gerüsteter Reiter. Und als ich bei einem Bauern nachgefragt hatte, erfuhr ich, dass der König höchstselbst im Lager anwesend war.»

Erschrocken sah Anna, die ihrem Sohn schon den Mantel abnehmen wollte, ihn an.

«Ihr beide müsst sofort zum Schultheißen und ihm Meldung machen.»

Wohlleb runzelte die Stirn. Was hatte das zu bedeuten? Ging es etwa immer noch um die von Egino zerstörten Burgen? Wollte König Rudolf vollenden, was sein Sohn Albrecht mit seinem Belagerungsversuch vor zwei Jahren nicht geschafft hatte?

«Das muss nicht Freiburg gelten», wiegelte er ab. «Oder glaubt ihr, Egino sei der Einzige, der in Fehde mit dem Habsburger liegt? Aber gut, gehen wir zum Schultheißen. Nicht dass es hinterher heißt, wir hätten ihn nicht gewarnt.»

Ganz plötzlich war er da, der hölzerne Belagerungsturm. Wie ein riesiges Ungeheuer wälzte er sich im Morgengrauen durch die menschenleere Gartenvorstadt auf die Stadtmauer zu, genau zwischen Lehener- und Predigertor. Dort hatten die Königlichen in der mondlosen Nacht zuvor den Graben mit Geröll zugeschüttet und Bretter aufgelegt, ohne sich von den Pfeilen der Mauerwächter, die zumeist ziellos durch die pechschwarze Nacht irrten, vertreiben zu lassen.

Die Sturmglocke zum ersten Hahnenschrei hatte sämtliche Bewohner aus dem Schlaf gerissen, sofern denn an diesem dritten Tag der Belagerung überhaupt jemand geschlafen hatte. Auch Wohlleb und Anselm waren augenblicklich bereit, um sich mit Kettenhemd, Sturmhaube und Armbrust zu rüsten. Sie stürzten hinaus und drängten sich durch die Menschenmassen zum Fischbrunnen.

«Gott schütze dich, mein Junge», rief Wohlleb Anselm hinterher, der wie alle Jungmänner zur Verteidigung der inzwischen befestigten Neuburgvorstadt aufgerufen war und deshalb weiter in Richtung Christoffelstor eilte. Aber Anselm hörte ihn gar nicht mehr.

Trotz der Bedrohung durch das tausend Mann starke königliche Heer, das die Stadt umzingelte, herrschte in den Gassen eine fast unheimliche Ruhe an diesem Dienstag nach Ostern. Wieder einmal waren Haustüren und Werkstätten mit Brettern vernagelt, wieder einmal hatten Schultheiß und Ausrufer verkündet, was jeder zu tun hatte. Doch in einem unterschied sich diese nun schon dritte Belagerung binnen weniger Jahre: In seltener Einmütigkeit hatten Alter und Neuer Rat am Vortag beschlossen, die Stadt im Falle einer Erstürmung kampflos zu übergeben. Und das sogar gegen den Willen des Schultheißen. Deshalb hatten die einzelnen Wachmannschaften auch nicht in den Wehrgängen und hinter den Toren Aufstellung genommen, sondern vor den Häusern, in denen die Alten, Weiber und Kinder Schutz gesucht hatten. Nur diese seien im Notfall mit Waffengewalt zu verteidigen, ansonsten habe man aus den Fenstern weiße Tücher zu hängen. Im Grunde bedeutete das nichts anderes als einen Verrat am Grafen, doch der hatte sich einmal mehr oben in seiner Trutzburg verschanzt und bediente sich der Stadt als Schutzschild. Keiner der Ratsherren war mehr bereit, dies hinzunehmen.

Auch vor der Gerichtslaube war ein weithin sichtbares weißes Banner aufgepflanzt. Wohlleb reihte sich mit klopfendem Herzen im Kreis seiner Ratscollegen ein, als auch schon vom Predigerturm das Horn blies: «Feind hat Mauer erstürmt! Wir öffnen die Tore!»

Würde ihr Plan aufgehen? Oder würde sich König Rudolf nun doch rächen wollen an den Freiburger Rittern, die Egino dabei geholfen hatten, Burg Zähringen zu zerstören? Wohlleb sah sich um: Angespannt wartete jeder darauf, was folgen würde. Wenn die Snewlins, Kolmans und wie sie alle hießen es jetzt mit der Angst zu tun bekamen, so war es ihnen jedenfalls nicht anzumerken. Als sich sein Blick mit dem seines Nachbarn Hartmut von Krozingen traf, der im letzten Sommer für seinen verstorbenen Vater in den Alten Rat nachgerückt war, nickte der ihm beruhigend zu.

Vom Lehener Tor drang das Rasseln der Ketten herüber, abgelöst von lauten Rufen und herrischen Befehlen. Plötzlich ging alles ganz schnell. Ein großer Trupp Lanzenreiter preschte durch die Sattelgasse, die vom Tor zum Fischbrunnen führte, in vollem Galopp heran. An der Spitze erkannte Wohlleb Albrecht von Habsburg, den Sohn des Königs.

Auf ein Zeichen des Schultheißen hin legten sie Schwerter

und Armbrüste auf den Boden und rückten enger zusammen, da die offene, hölzerne Gerichtslaube so gut wie keinen Schutz bot. Der Schlamm spritzte in alle Richtungen, als die Reiter ihre Tiere zum Stehen brachten.

«Heraus aus der Laube, ihr Stadträte», rief Albrecht mit donnernder Stimme von seinem tänzelnden Schimmel herab, «und im engen Kreis vor mir angetreten.»

Neben ihm sprangen zwei Kriegsknechte vom Pferd, jeder von ihnen mit einem zusammengerollten Strick in der Hand. Dicht gedrängt verließen die Ratsherren die Gerichtslaube, kein Vaterunser später waren ihnen die Hände vor den Bauch gebunden.

Nun wurde es Wohlleb doch bange. Warum ließ man diese Stadt nicht endlich in Ruhe? War das alles nicht Friedensangebot genug?

«Wollen die etwa ein Exempel an uns statuieren?», flüsterte Ederlin neben ihm, nicht minder erschrocken.

Stumm zuckte Wohlleb die Schultern. Seine größte Sorge galt seiner Familie.

Als sie indessen wie eine Herde Schafe die Große Gass hinaufgetrieben wurden, bemerkte er zu seiner Erleichterung, dass die Besatzer keinerlei Anstalten machten, die Häuser zu plündern oder in Brand zu setzen noch irgendwem ein Leid anzutun. Frauen und Kinder waren auf der Gasse keine zu sehen, den vor den Haustüren Wache haltenden Männern wurden, ohne dass sie sich wehrten, die Waffen abgenommen. Der eine oder andere winkte ihnen mit Tränen in den Augen zu.

Man brachte sie zur Liebfrauenkirche. Vor dem Pfarrhaus hatten sich die Werkleute, die beiden Leutpriester, der Schaffner und andere, die nicht zum Wach- und Wehrdienst eingeteilt waren, versammelt.

«Seht nur, sie sind gefesselt!», hörte Wohlleb Odilia rufen, die sich am Arm ihres Mannes festklammerte. Die beiden Mägde neben ihr begannen zu beten.

Albrecht ritt mitten hinein in die Gruppe, und jeder wich ängstlich zurück.

«Wo steckt Konrad von Freiburg, der Rektor dieser Kirche?»

Pfarrer Egenolf trat einen Schritt vor. «In Konstanz, Herr. Wie meistens.»

«Dann öffnet *Ihr* uns das Kirchenportal», herrschte Albrecht ihn an.

«Nur, wenn wir Priester mit hineindürfen.»

Der Königssohn grinste breit. «*Das* Vergnügen will ich Euch nicht verwehren. Und Ihr», er deutete auf den Schaffner, «seid Ihr nicht der Ritter Johannes von Keppenbach?»

Der Ritter hob das Kinn und strich sich den Spitzbart glatt. «Ganz richtig, Herr. Vor allem aber Schaffner dieser Kirchenbauhütte.»

«Und beim Schleifen unserer schönen Zähringerburg wart Ihr in vorderster Linie dabei. Auch richtig?»

Der Keppenbacher erbleichte, wodurch seine Wangen noch eingefallener wirkten. «Ich bitte Euch flehentlich, Herr, uns diesen Frevel zu verzeihen. Aber wir Freiburger dachten ...»

«Was heißt da *wir Freiburger*?», brauste Wohlleb auf. «Einzig und allein Ihr Ritter seid Egino gefolgt. Wir anderen Bürger wollen nichts als Frieden mit unserem König!»

«Ruhe, alle beide! Knecht, leg dem Ritter Fesseln an.»

Durch das alte Nikolausportal zogen sie in die Kirche ein. Mit Blick auf den Schutzheiligen der Kaufleute, der mit Mitra und Bischofsstab über der Tür thronte, betete Wohlleb flehentlich, dass ihnen nichts geschehen möge. Schon hallte die Kuppel der Vierung vom Hufgetrappel der Reiterschar wider.

Wohlleb und seine Mitgefangenen mussten sich entlang der Trennwand zur Baustelle auf den Boden setzen, was mit den gebundenen Händen reichlich unbequem war, während ihre Bewacher vor dem Nord- und Südportal Aufstellung nahmen. Albrecht selbst ritt vor dem Johannes-Baptist-Altar, an dem gemeinhin die Messe fürs Volk abgehalten wurde, stetig auf und ab. Der eintönige Klang der Hufschläge ließ Wohlleb ganz benommen werden.

«Was geschieht nun mit uns?», hörte er den alten Cunrat Ätscher irgendwann mit lauter Stimme fragen.

Albrecht zügelte sein Pferd. «Das hängt von eurem Stadtherrn ab.»

«Und wo ist Euer Vater, König Rudolf?»

Albrecht gab keine Antwort, da sich knarrend ein Flügel des Nikolausportals öffnete und ein Bote eintrat. Albrecht beugte sich zu ihm hinunter, leise hörte man die Männer miteinander flüstern.

«Der König ist auf der Burg und verhandelt mit dem Grafen», wandte Albrecht sich wieder an die Gefangenen. «Warten wir also ab.»

Doch die Zeit, nur unterbrochen vom Stundenschlag der Kirchenglocke, dehnte sich zur Ewigkeit, ohne dass etwas Neues bekanntgegeben wurde. Zwischendurch brachte jemand ein Packpferd mit Proviant herein, es gab Brot und Wasser für die Gefangenen, Käse, Wurst und Wein für die anderen. Wer seine Notdurft verrichten musste, wurde unter starker Bewachung hinaus auf die Nordseite geführt, wo inzwischen rund um die Andreas-Kapelle der Friedhof neu angelegt worden war. Irgendwann begannen die Leutpriester, mit einzelnen Gefangenen zu beten.

Allmählich schliefen Wohlleb die Beine ein, seine Handgelenke schmerzten vom Druck des Stricks, durch den dünnen Stoff seiner Beinkleider spürte er die Kälte des Steinbodens. Zwischendurch nickte er immer wieder einmal ein und sank gegen die Schulter des Goldschmieds neben ihm.

Ihre Bewacher waren längst vom Pferd gestiegen und hatten es sich, bis auf je zwei Wächter an den Kirchenportalen, auf den Stufen zum Chor bequem gemacht. Dort vertrieben sie sich die Zeit mit Würfeln und Kartenspiel, während Albrecht mit dem Rücken am Täufer-Altar lehnte und döste.

Wohlleb betrachtete ihn: Der Sohn des Königs mochte nicht viel älter sein als Anselm. Das hellbraune Haar fiel ihm in dichten Locken bis auf die Schultern, die lange, gebogene Nase und das schmale Gesicht verliehen ihm etwas Raubvogel-haftes. Dass mit ihm nicht zu spaßen war, hatte sich gezeigt, als Johannes von Keppenbach ihm zuvor das trockene Brot vor die Füße geschleudert hatte, mit einem wütenden «Bin ich ein Knecht, oder was?». Seither musste der Schaffner aufrecht und mit dem Gesicht zur Wand stehen bleiben, die Hände jetzt wie ein Dieb auf den Rücken gebunden.

Alle schraken auf, als der Schultheiß lautstark rief: «Warum wollt Ihr uns noch länger demütigen, Albrecht von Habsburg? Wir haben Euch die Stadt friedlich übergeben, also bindet uns los.»

«Du hast gar nichts zu fordern, Dietrich von Tusslingen. Merk dir das. Und jetzt halt den Mund wie alle anderen.»

Nur um überhaupt etwas zu tun, bat Wohlleb, nach drau-ßen zu dürfen, um Wasser zu lassen. Dort blieb er erst einmal stehen, streckte sich und holte tief Luft. Zu seinem Erstaunen dämmerte es bereits. Und es war still rundum, unheilvoll still. Als ob die Stadt den Atem anhalten würde. Mit Mühe und Not schlug er an der Friedhofsmauer, wo es beißend nach Urin stank, ein paar Tropfen ab, dann drängten ihn die beiden Lanzenträger auch schon zurück in die Kirche. Noch bevor die Tür hinter ihnen zufiel, hörte er in der Ferne Trommelschläge.

Lauter und lauter wurden sie, nahmen einen bedrohlichen Klang an, während Albrechts Männer in Windeseile ihre Waffen umgürteten, die Pferde bestiegen und Haltung annahmen. Und so einige Ratsherren zu zittern begannen.

Albrecht blieb gelassen.

«Auf die Beine, Ratsherren. Und du, Keppenbacher, dreh dich wieder um, damit du deinen König von Angesicht zu Angesicht siehst.»

Dann stieg auch er in den Sattel und wendete seinen Schimmel zum Nikolausportal, hinter dem die Trommeln jetzt verstummt waren. Beide Torflügel schwangen auf, und ein Herold im Tappert mit rot-goldenem Löwenwappen wurde sichtbar. Dreimal stieß er seinen Stab auf den Boden:

«Erweist Rudolf von Habsburg, dem gekrönten König des Heiligen Römischen Reiches, die Ehre. Soeben wurde ihm die Stadt Freiburg von Graf Egino kampflos übergeben.»

Damit zog der neue Stadtherr, hoch zu Ross und im hermelinbesetzten, scharlachroten Umhang, mit seinem Gefolge in die Kirche ein.

Was so mancher der Ritter wohl als Letztes erwartet hatte: Allesamt verließen sie die Kirche als freie Männer. Nachdem jeder Einzelne von ihnen unter dem Triumphkreuz Christi seine Unterschrift auf das Pergament mit dem Sühnebrief gesetzt und vor Gott geschworen hatte, niemals mehr wider den König zu handeln, wurden ihnen die Fesseln abgenommen. Hinter dem König und seinem Tross marschierten sie hinaus in die Abenddämmerung, wo zahllose Menschen Spalier standen.

Die meisten geleiteten den Habsburger zum Stadttor zurück, wer blieb, das waren die Freunde, Nachbarn und Familien der Ratsherren.

Nicht nur Ulrich und Anna Wohlleb lagen sich überglücklich in den Armen. Fast allen standen Tränen in den Augen über den glimpflichen Ausgang dieser Erstürmung ihrer Stadt.

«Ich hatte solche Angst um dich», flüsterte Anna ihrem Mann wieder und wieder ins Ohr, bis sie ihn endlich losließ und er seine Töchter und seinen Sohn umarmen durfte.

«Ist denn zu Hause alles in Ordnung?», fragte er Anselm.

«Aber ja. Sie haben keinem ein Haar gekrümmt. Und du? Hat man euch etwas angetan?»

«Nein, mein Junge. Albrecht hat sich wahrhaft ritterlich verhalten. Aber es gibt Schöneres, als stundenlang auf dem kalten Kirchenboden zu kauern und nicht zu wissen, was aus einem wird.»

Der Baumeister drängte durch die Menschenmenge auf Wohlleb zu und schloss ihn voller Herzlichkeit in die Arme.

«Ach, Ulrich, was bin ich froh, dass alles vorbei ist. Ihr als Geisel – das war ein schrecklicher Gedanke.»

In diesem Augenblick schlug ihm Rindkauf auf die Schultern.

«Los, Wohlleb, komm mit uns auf einen Schluck in die Krone. Nach dem Schrecken brauchen wir erst mal ein Krüglein Wein. Ihr seid auch eingeladen, Baumeister.»

«Ich weiß nicht …» Wohlleb sah zu Anna.

«Geh du nur. Derweil kann ich das Mittagessen aufwärmen. Gegessen hat davon ohnehin noch keiner was, vor lauter Aufregung.»

Er spürte mit einem Mal, wie ihm der Kopf schmerzte. Nein, er wollte noch ein wenig allein sein. Laut sagte er: «Ich will mir lieber die steif gewordenen Beine vertreten und danach bei euch in der warmen Küche sitzen.»

«Wie du möchtest. Dann gehe ich jetzt mit den Mädchen das Essen richten. Hier, nimm die Handlampe, es wird bald dunkel.»

Wohlleb nickte. «Wo ist eigentlich Anselm? Eben war er doch noch hier.»

«Wahrscheinlich ist er mit seinen Freunden in die Schenke gezogen. Du glaubst gar nicht, wie sehr ihn deine Gefangenschaft mitgenommen hat. Aber er hat mir versprochen, frühzeitig zu Hause zu sein. Er will ja morgen zurück nach Straßburg.»

Sie verabschiedeten sich voneinander, und Wohlleb verließ das Gedränge zwischen Liebfrauen und Bauhütte. Schon nachdem er den Chor umrundet hatte, war er ganz für sich. Auf der Friedhofseite der Kirche raschelten die Blätter der Büsche im Wind, im letzten Tageslicht schoben sich die halbfertigen Mauern schwarz gegen den fahlen Abendhimmel. Die Ruhe tat seinen schmerzenden Schläfen gut.

Wahrscheinlich würden sie alle erst morgen richtig begreifen, was ihnen da als Sühne auferlegt worden war. Nicht nur, dass die Bürgerschaft bis zum Herbst die geschleifte Zähringerburg wieder aufbauen musste – zusätzlich hatten sie achthundert Mark Silber aus der Stadtkasse für eine neue Reichsburg am Oberrhein aufzubringen, als Ersatz für die zerstörte Koliburg. Dazu noch dreihundert Mark an das Kloster Adelhausen, in das sich der König mit seinem Stab diesmal einquartiert hatte und das dabei leider beschädigt worden sei. Noch vor dem ersten Sonnenstrahl, hatte der König ihnen in der Kirche zugesichert, würde sein Heer vor Freiburgs Mauern abziehen, und mit Begleichung der Buße seien die Bürger von der königlichen Herrschaft wieder entbunden.

Nun, ihm persönlich wäre es lieber gewesen, sie müssten nicht für die Narreteien ihres Grafen aufkommen und dürften stattdessen in der Herrschaft der Habsburger verbleiben. Einer Handelsstadt wie Freiburg würde es als freier Reichsstadt allemal besser ergehen.

Er blieb stehen und atmete tief durch. In Gedanken überschlug er die Gesamtkosten und kam auf die unglaubliche Summe von rund zweitausend Mark Silber. Das Stadtsäckel wäre damit ausgeplündert. Gut, die Silberminen, an denen viele von ihnen Anteile hatten, warfen noch immer Gewinne ab, bloß für den Kirchenbau war damit kaum noch Geld übrig.

Er zuckte zusammen, als hinter dem neuen Friedhofstor Zweige knackten, und rührte sich nicht. Wollte ihm jemand auflauern in der einbrechenden Dunkelheit? Bestimmt nur ein streunendes Tier, beruhigte er sich und wollte schon seinen Weg fortsetzen, als er ein Flüstern hörte.

«Willst du morgen wirklich schon fort?»

Das war eindeutig eine junge Frauenstimme. Wahrscheinlich verbarg sich hinter dem Haselstrauch am Tor ein Liebespaar. Wohlleb musste unwillkürlich lächeln.

«Ich muss, mein Schatz. Ich sollte längst in Straßburg sein, das weißt du doch. Aber im Sommer bin ich eine ganze Woche da.»

«Und dann redest du mit meinem Vater?»

«Ganz sicher. Versprochen.»

Was folgte, klang nach einem zarten Kuss.

Allmächtiger! Das waren Anselm und Verena!

Wohlleb war kurz davor, sie zur Rede zu stellen, besann sich dann aber anders. Lautlos wie eine Katze trat er den Rückzug an und eilte in anderer Richtung davon.

Die beiden waren also ein Paar, und sie ahnten offenbar

nichts von der geplanten Hochzeit mit Wernher Loderer.
Nun, er wollte sie ihrer Hoffnung nicht gleich berauben. Bevor sich Anselm und Verena aber ins Gerede brachten oder noch Schlimmeres geschah, musste er als Vater die Sache in die Hand nehmen und das in seiner Macht Stehende versuchen. Und zwar schnellstmöglich.

Hartmut von Krozingen war in Wohllebs Alter, und obwohl sich die beiden als Nachbarn seit Kindertagen kannten, hatte Wohlleb das Stadthaus der Krozinger erst ein- oder zweimal im Leben betreten. Was allein dem alten Heinrich von Krozingen geschuldet war. Dieser herrische Mensch hatte die Wohllebs stets spüren lassen, dass sie nicht zu den alteingesessenen Vornehmen gehörten. Doch inzwischen ruhte er friedlich unter der Erde, und die beiden Familien kamen wunderbar miteinander aus. Zu gut vielleicht, fuhr es Wohlleb durch den Kopf, während er von der Magd die steinerne Wendeltreppe nach oben geführt wurde.

Noch im Nachtgewand und in Pantoffeln saß der Hausherr in der warmen Küche am Frühstückstisch. Von der Magd abgesehen, war er allein und sah reichlich mitgenommen aus.

«Verzeiht, lieber Nachbar, wenn ich Euch so früh störe.»

«Früh? Ihr scherzt, Wohlleb. Ich habe nämlich verschlafen. Setzt Euch her und trinkt einen Becher warmer Milch mit mir. Das ist gut gegen Schädelweh.»

Er grinste spitzbübisch.

«Wie schade», fuhr er fort, «dass Ihr gestern gleich nach Hause seid. Haben wir es gestern doch tatsächlich geschafft, Eure Ratscollegen aus der Krone zu uns in den Roten Bären zu entführen. Und dort haben wir alle zusammen, Alter wie Neuer Rat, friedlich und einträchtig gezecht. Stellt Euch das einmal vor. Nun ja, was so eine gemeinsame Gefangenschaft nicht alles bewirkt.»

Wohlleb setzte sich zu ihm, auch wenn er bereits mit Anselm gefrühstückt hatte. Selbstredend ohne dem Jungen zu erzählen, dass er ihn und Verena am Friedhof belauscht hatte.

Er nahm einen Schluck von der Milch, die viel zu stark mit Honig gesüßt war.

«Zum Feiern gab es gestern wohl kaum einen Grund, wenn man es recht bedenkt», sagte er zögerlich.

«Ach, wisst Ihr – darum ging es auch gar nicht. Der große Katzenjammer kommt ja erst heute. Aber die meisten von uns, und ich nehme mich da nicht aus, hatten schon eine höllische Angst gehabt, wie wir da gefesselt in der Kirche hockten. Und am Ende wohl auch eine höllische Wut auf unseren Grafen. Das allein schmiedet zusammen. Was Euch sicher freut: Für heute Nachmittag haben wir eine Ratsversammlung angesetzt, erstmalig gemeinsam. Schließlich müssen wir das hohe Sühnegeld auch gemeinsam aufbringen.»

«Das ist wirklich einmal eine gute Nachricht in diesen düsteren Zeiten», bestätigte Wohlleb und sah sich um. «Ist eure Familie nicht da?»

«Die Frauen sind längst mit der Köchin auf dem Markt. Wie gesagt, ich war nicht wach zu kriegen heute früh.» Er kniff die von der durchzechten Nacht noch immer rot angelaufenen Augen zusammen. «Kann es sein, dass Ihr mir etwas unter vier Augen sagen wollt?»

Wohlleb nickte mit Blick auf die Magd, die sich am Herdfeuer zu schaffen machte.

Hartmut von Krozingen schickte sie hinaus, mit dem Auftrag, am Brunnen Wasser zu holen, und Wohlleb räusperte sich.

«Ich will nicht lange drum herumreden, aber ich glaube, Eure Verena und mein Anselm sind ein heimliches Paar», begann er und berichtete von den Tändeleien, die er am Vorabend belauscht hatte.

«Zum Glück ist der Junge jetzt wieder auf dem Weg nach Straßburg, und ich werde ihn selbstverständlich zur Rede stellen, wenn er im Sommer heimkommt. Aber ich denke, vorher sollten wir Väter uns besprochen haben.»

«Da bin ich ganz Eurer Meinung, Wohlleb, und ich danke Euch für Eure Offenheit.» Der Krozinger rieb sich die Schläfen. «Ich bin einfach viel zu selten zu Hause. Mein Weib hat nämlich etwas Ähnliches angedeutet, aber ich habe nicht weiter darauf geachtet. Verena ist für mich noch immer mein kleines Mädchen. Tatsächlich aber ist sie mit ihren achtzehn Jahren längst eine junge Frau. Das vergesse ich gerne.»

Er seufzte vernehmlich.

«Verzeiht, wenn ich das hier anspreche», setzte Wohlleb nach, «denn es geht mich schlichtweg nichts an, aber obendrein habt Ihr sie ja bereits dem jungen Loderer versprochen.»

«Dem Loderer?» Er runzelte die Stirn. «Ach herrje, da ist noch überhaupt nichts fest ausgemacht. Seit Monaten schon belästigt der Alte mich damit, wie gut sein Wernher und Verena zusammenpassen würden. Und seitdem die Loderers in den erblichen Ritterstand erhoben worden sind, lässt er mir gar keine Ruhe mehr. Als ob ich meine Jüngste so leicht gehen lassen würde. Dabei hatte ich dem guten Mann nur gesagt, dass sich unsere Kinder gerne näher kennenlernen dürfen, bei einem Abendessen etwa in gemeinsamer Runde.»

«Mir hat er zugesteckt, dass es noch in diesem Jahr zur Hochzeit kommen würde.»

«Das sieht ihm gleich, diesem Maulhelden! Aber ich kann

Euch jetzt schon sagen, dass es nicht einmal zu einem gemeinsamen Essen kommen wird. Ich habe Verena nämlich davon erzählt, und sie hat sich geweigert, sich mit Wernher Loderer auch nur an einen Tisch zu setzen. Dumm und widerlich sei der. Nun ja, Ihr wisst ja vielleicht von Verenas dickköpfigem Wesen. Und bislang hat sie ihren Willen immer durchgesetzt, genau wie ihre Mutter.»

«Hat sie denn in Eurem Beisein den Anselm schon einmal erwähnt?»

«Immer wieder einmal, bloß habe ich das nie ernst genommen. Aber wie gesagt, mein Weib hat bereits Andeutungen gemacht. Wisst Ihr, Wohlleb, für uns war Anselm immer Verenas Freund und Beschützer aus Kindertagen. Wenn sich da inzwischen etwas geändert haben sollte, dann ... dann ...»

«Dann macht Euch das Sorgen», vollendete Wohlleb den Satz.

«Nun ja, meine beiden älteren Kinder sind ja längst aus dem Haus, aber jetzt schon auch noch unsere Jüngste hergeben? Ich weiß, eines Tages muss ich sie loslassen, aber ...»

Er brach ab.

Wohlleb nickte. «Sagt es nur frei heraus, lieber Nachbar. Ihr wollt sie nicht unter ihrem Stand verheiraten, und somit ist Anselm der Falsche. Aber ich verstehe Euch. Auch ich wollte für meine Töchter nur das Beste.»

Erstaunt sah er ihn an. «Unter Stand? O nein, da habt Ihr mich falsch verstanden ... Ihr seid ein rechtschaffener und erfolgreicher Kaufmann, und ich nehme an, dass Anselm als einziger Sohn in Eure Fußstapfen tritt. Lernt er nicht deshalb bei diesem Fernhandelskaufmann in Straßburg?»

«Ja, gewiss. Und er stellt sich vielversprechend an.»

Hartmut von Krozingen strahlte plötzlich über sein kantiges, rotwangiges Gesicht. «Das wollte ich hören. Ich denke ohnehin, dass die Zukunft unserer Städte nicht dem Adel, sondern dem Handel gehört! Was mir weitaus mehr bedeutet als eine vornehme Herkunft, ist, dass Verena einen guten Mann bekommt. Einen, der es ehrlich meint und der treu für sie und die künftigen Kinder sorgt. Nur ist es dafür noch zu früh. Deshalb mache ich Euch einen Vorschlag: Schickt Euren Jungen im Sommer für weitere drei Jahre weit weg, am besten in die großen Handelsstädte Köln oder Nürnberg. Drei Jahre, in denen sich die beiden nicht sehen und aus Anselm ein ordentlicher Kaufmann wird. Wenn sie sich dann immer noch zur Ehe wollen, richte ich als Brautvater in kürzester Zeit die Hochzeit aus. Ihr könnt Euch sicher sein, Wohlleb, dass ich meine Tochter bis zu diesem Tage hüten werde wie meinen Augapfel. Seid Ihr also einverstanden?»

«Mehr als das! Heute noch werde ich eine Nachricht nach Straßburg schicken.»

Fast gleichzeitig waren sie beide aufgesprungen und lagen sich schon im nächsten Augenblick in den Armen.

«Was ist denn das für eine Verbrüderung?», fragte die Krozingerin verwundert, die soeben mit Verena die Küche betrat.

«Wir haben etwas zu feiern, Weib. Verena, hol einen Krug Burgunderwein aus der Kammer. Wir wollen auf dein Verlöbnis anstoßen.»

Die himmelbauen Augen des Mädchens wurden noch größer. «Was redest du da, Vater?»

Hartmut von Krozingen zwinkerte ihr zu. «Ja, willst du denn den Anselm gar nicht heiraten?»

Statt einer Antwort fiel Verena ihm um den Hals.

Wohlleb ging das Herz auf vor Freude. Die lange Wartezeit würde zwar noch eine bittere Arzenei sein, die die beiden jungen Leute schlucken mussten, aber dass sie danach miteinander glücklich werden würden, dessen war er sich sicher. Sicher war allerdings auch, dass er und Anselm sich die Loderers nun endgültig zum Feind gemacht hatten.

Nachdem Cunrat Ätscher das gräfliche Schreiben verlesen hatte, brach im Hinterzimmer der Krone ein lautstarker Tumult aus, und der vom Herbstregen durchnässte Bote, der die Hiobsnachricht überbracht hatte, machte sich eiligst aus dem Staub.

Auch Wohlleb war außer sich. Ein halbes Jahr, nachdem König Rudolf sie gezwungen hatte, den Sühnebrief zu unterzeichnen und damit für das von Graf Egino verschuldete Abenteuer aufzukommen, besaß jener doch tatsächlich die Unverfrorenheit, die Stadtsteuer zu verdoppeln! Zweihundert statt einhundert Mark Silber jährlich hatte die Bürgerschaft dem Grafen künftig zu entrichten, erstmals an Sankt Martin im nächsten Jahr. Bürger wie Hintersassen mussten je nach Vermögen zu dieser Steuer beitragen, und vor allem die Ärmeren würde es hart treffen.

«Er presst uns immer mehr aus!», rief jemand, und der Nächste: «Wir sollten ihn zur Hölle jagen!» – «Genau!»

«Und wie wollt ihr das machen?», versuchte Wohlleb sie zu übertönen. «Etwa einen bewaffneten Aufstand proben?»

«Warum nicht?», rief Feinbeck Eberhard, der ihm gegenübersaß. «Die Zünfte wären längst bereit dazu.»

«Das braucht's doch gar nicht», warf Ederlin ein. «Gebt acht: Jeder von uns, der dazu in der Lage ist, sollte sich ihm als Gläubiger anbieten: Bares Silber gegen Güter und Rechte. Auf diese Weise verpfändet und verkauft er uns die Grafschaft Zug um Zug, bis er eines Tages ohne Land und Rechte dasteht, als ein Graf ohne Herrschaft! Damit ist er am Ende, und wir unterstellen uns den Habsburgern.»

Lautstarker Beifall brandete auf, und Wohlleb schüttelte den Kopf. Was für ein gefährlicher Gedanke.

«Den Habsburgern? Dass ich nicht lache!», versuchte er, sich Gehör zu verschaffen. «Niemand anderes als die Snewlins hätten dann die Herrschaft inne, denn sie sind die reichsten unter uns. Will das etwa jemand?»

«Wohlleb hat recht», bekräftigte Rindkauf. «Wer sich jetzt noch dem Grafen als Gläubiger anbietet, mästet nur die eigene Sau und führt unsere Stadt ins Verderben.»

«Ruhe!» Cunrat Ätscher schlug dreimal mit der Faust auf den Tisch. Als sich die Aufregung etwas legte, fuhr er fort: «Wir sind uns wohl alle einig, dass wir mit dem Sühnebrief genug bluten mussten. Von meinem guten Freund Johannes Reinbot weiß ich, dass auch der Alte Rat die Nase allmählich voll hat von Eginos Schelmenstreichen. Dort wird man nicht minder erbost sein über diese Nachricht. Ganz verweigern können wir die Erhöhung der Stadtsteuer nicht, da die Sache sonst vor das Hofgericht käme, aber wir können Forderungen daran knüpfen. Dazu müssen wir dem Grafen mit *einer* Stimme entgegentreten, und das geht nur, wenn Alter und Neuer Rat endlich zusammenstehen, anstatt sich ständig die Befugnisse streitig zu machen.» Er blickte in die Runde. «Sind wir uns so weit einig?»

Alle nickten, und Wohlleb dachte sich einmal mehr, dass der alte Cunrat einen wunderbaren Bürgermeister abgeben würde – wenn sie denn das Recht hätten, einen zu wählen.

«Nie war die Gelegenheit günstiger», fuhr Ätscher fort, «mehr Eigenständigkeit im Stadtregiment zu fordern. Lasst uns also in aller Ruhe unsere wichtigsten Forderungen in gesetzte Worte fassen und sie hernach dem Alten Rat vortragen.»

Wohlleb bat um das Wort.

«Unbestritten ist, dass der Graf in höchster Geldnot ist, und der erste Schritt muss sein, dass kein Freiburger Bürger, ob Kaufmann oder Ritter, ihn mehr beleiht. Und zwar ausnahmslos keiner. Das ist der einzige Ausweg. Wenn wir uns darüber mit dem Alten Rat einig werden, dann haben wir auch gute Aussichten, zumindest einen Teil unserer Ansprüche durchzusetzen.»

Er erntete zustimmendes Gemurmel, und Cunrat Ätscher griff zu Feder und Tinte.

«So nehmen wir diesen Punkt gleich als Erstes auf.»

In rascher Folge einigten sie sich auf folgende fünf Forderungen: Wahl eines Bürgermeisters durch den Neuen Rat, Bestätigung ihrer alten Stadtrechte mit Brief und Siegel, Kirchenbauherrschaft durch die Bürger sowie, als Wichtigstes, dass der Graf ihnen auf zehn Jahre das Recht am Ungeld übertrug, das beim Verkauf von Wein und Korn eingezogen wurde. Damit würde sich der Stadtsäckel allmählich wieder füllen. Als letzten Punkt nahmen sie, um den Gerichtsherren des Alten Rats entgegenzukommen, auch noch deren ureigene Forderung nach Eigengerichtsbarkeit auf, das Recht also, ein Blutgericht ohne Vorsitz des Grafen abhalten zu dürfen.

Als Wohlleb an diesem Nachmittag durch den kalten Herbstregen nach Hause eilte, war er mehr als zufrieden. Ohne Zank und Gerangel war man sich mit dem Alten Rat einig geworden und hatte sogleich eine Eingabe auf die Burg geschickt: Man erkläre sich mit der erhöhten Jahressteuer einverstanden, sofern die zehn enthaltenen Anliegen geprüft und berücksichtigt würden. Was tatsächlich hiervon erfüllt würde, stand natürlich in den Sternen, aber zugleich hatten sie dem Grafen deutlich gemacht, dass er sich möglicherweise anderswo Geldgeber suchen müsse.

Ach, wären sie doch endlich ein einziger Rat der Achtundvierzig, dachte er, als er vor seiner Haustür stand und nach dem Schlüssel kramte. Keiner der Ratsherren würde mehr auf Lebenszeit gewählt, sondern jeder nur noch zu Johanni auf ein Jahr. Dabei fiel ihm Jodokus Loderer ein, der noch immer darauf wartete, in den Alten Rat nachzurücken. Einer gewissen Schadenfreude konnte er sich nicht erwehren – allein wie der Loderer außer sich geraten war, als er von dem Verlöbnis zwischen Anselm und Verena erfahren hatte! Monatelang hatte er Wohlleb deshalb nicht mehr gegrüßt auf der Gasse, bis er vor zwei Wochen überraschend die Vermählung seines Jungen mit einer der Snewlin-Jungfern bekanntgegeben hatte. Seither war er wieder obenauf.

Wohlleb lächelte. Nun ja, jedem das Seine. Er selbst hatte nur noch zwei Herzenswünsche, um auf ein erfülltes Leben zurückblicken zu können: Die Hochzeit seines Sohnes wollte er erleben und an der Seite seiner lieben Anna eines Tages in Frieden sterben. Und einen dritten fügte er hinzu: den Erfolg der zwei Räte gegen den Grafen, der allzu sehr sein Wohl über das aller Freiburger Bürger stellte.

Kapitel 12

Drei Jahre später,
im September, Anno Domini 1284

Mit einem zufriedenen Lächeln ließ sich Odilia neben Mechthild auf der Bank nieder, streckte die Beine lang aus und hielt das Gesicht in die milde Vormittagssonne. Beide genossen sie noch ein wenig die Ruhe rundum, bevor sie das Mittagessen richten wollten.

Die Männer hatten sich allesamt hinten am Turm versammelt, an dem demnächst über der Portalhalle die Michaelskapelle eingewölbt werden sollte. Deren Mauern mit ihren riesigen Fensteröffnungen nach drei Seiten und die Stützpfeiler des Turms, bislang noch ohne Bildschmuck, waren bereits hochgezogen, zwei Seilwinden und ein Tretrad seit gestern in schwindelerregender Höhe errichtet. Heute nun sollten die Lehrgerüste für die Gewölbebögen aufgezogen und eingebaut werden, und hierzu brauchte man jede Hand.

Nachdem die Freiburger vor gut zwei Jahren den letzten Teil des Sühnegelds an König Rudolf beglichen hatten, war der Bau zum Glück wieder in die Gänge gekommen. Wenngleich nach wie vor mit Gerhards kleiner Mannschaft und nach wie vor mit der Geschwindigkeit einer Schnecke.

«Was wir hier tun, ist Stückwerk, elendes Stückwerk», jammerte Gerhard auch jetzt noch manchmal. «Mal hier eine Säule, dort ein Strebepfeiler, mal hier eine Fiale, dort ein Wasserspeier – zum Verzweifeln. Warum mache ich das eigentlich alles noch, wenn ich die Einweihung der neuen Kirche doch nicht mehr erleben werde.»

Odilia ahnte, wie sehr es ihm zu schaffen machte, dass er nicht bauen konnte, wie er wollte. Die tieferen Grundlagen der Baukunst mit all ihren Geheimnissen um Maß und Form blieben ihr zwar verborgen, aber eines hatte sie verstanden: Man konnte eine Kirche Joch um Joch erbauen, vom östlichen Chor über das Langhaus bis hin zum westlichen Turm, oder aber Schicht um Schicht, vom Fundament aus an allen Bauteilen zugleich nach oben. Letzteres ging am schnellsten voran, es brauchte aber mehr Leute und alle Gewerke zugleich. Und über die hatte Gerhard, bis auf eine viel zu kurze Zeit am Anfang, nie verfügt. So manches Mal war er kurz davor aufzugeben, letztendlich aber siegte seine Leidenschaft für das Bauen und die Bildhauerei. Und immerhin nahm selbst das riesige Kirchenschiff allmählich Gestalt an: Im Mittelschiff war man dabei, die Längsbögen hochzumauern, die Seitenschiffwände waren endlich bis hin zum Unterbau des Turms vollendet, mitsamt den Maßwerkfenstern und den äußeren Pfeilern für die Strebebögen zum künftigen Hochschiff.

Sie selbst fand sich mit Dingen, die nicht zu ändern waren, viel leichter ab als Gerhard und hatte es sich im Laufe ihres Lebens angewöhnt, das Beste aus allem zu machen. «Du musst auch die kleinen Verbesserungen schätzen», sagte sie ihm oft.

Das beste Beispiel war doch, dass sie seit dem Frühjahr ihre Mahlzeiten wieder hier vor dem Schaffnerhaus oder bei Regen drinnen in der Diele einnehmen durften. Was sie dem neuen Schultheißen, Ritter Johannes Reinbot, verdankten, der ein begeisterter Unterstützer der neuen Liebfrauenkirche war. Als eine seiner ersten Amtshandlungen hatte er ihnen die

Eingangshalle des Schaffnerhauses zurückerobert. Es ginge schließlich nicht an, so seine Worte, dass das Haus der Fabrica irgendwelchen Ritterbanketten diente, während sich die fleißigen Werkleute für ihr Essen ein trockenes Eckchen auf der Baustelle suchen und dazu Tafel und Essgeschirr über den ganzen Kirchplatz schleppen müssten. Die Stube der Schaffnerwohnung sei groß genug für Gäste und Feierlichkeiten im Rahmen des Üblichen.

Die Köchin stupste sie an. «Warum lachst du?»

«Ach, ich musste nur daran denken, was für ein Gesicht der Schaffner damals gemacht hat, als er unsere ganze Meute erstmals wieder vor der Nase hatte.»

Auch Mechthild begann zu kichern. «Vor Wut hatte der sich ja fast seine Barthaare ausgerissen. Und seither ist er noch unausstehlicher geworden. Ich bin froh, dass ich nicht mit dem in einem Haus wohnen muss wie ihr, sondern abends nach Hause zu meiner Schwester darf.»

Odilia zuckte die Schultern. «Ich gehe ihm halt aus dem Weg. Übrigens glaube ich, dass er aus einem ganz anderen Grund so übellaunig ist: Der Schultheiß Reinbot hatte beim Grafen und dem Pfarrrektor nämlich durchgesetzt, dass er einmal im Monat Einblick in die Rechnungsbücher der Fabrica erhält. Ist dir nicht aufgefallen, dass die Gelage der feinen Herrschaften im Schaffnerhaus viel seltener geworden sind?»

«Na ja, ich dachte, das liegt an seiner neuen Magd. Ganz Freiburg weiß ja, dass die ihn auch nachts im Bett bedient. Da braucht er schließlich keine Huren mehr im Haus. Aber es stimmt schon, wir haben plötzlich wieder mehr Geld im Beutel, wenn wir auf dem Markt einkaufen gehen.»

Odilia nickte. So einiges hatte sich in den letzten zwei Jahren ein Stück weit zum Guten gewendet. Seit Rudolfs Erstürmung der Stadt schien Ruhe eingekehrt zwischen dem Grafen und dem König, dem sich Egino sogar als Bundesgenosse angedient hatte, und nach zwei reichen Ernten in Folge ging es auch den einfachen Leuten sichtlich besser. So gaben die Kirchgänger wieder gerne ihren Obolus, wenn die Bitt umging und der Spruch ertönte: «Steuert bei zu Unser Frauen Bau, dass euch Gott vergelte und Unsre Liebe Frau!». Zwar wurde Gerhard und seinen Männern nie wieder der volle Lohn bezahlt, dafür erhielten sie, als Spende der Reichen und Vornehmen, nach jeder fertigen Skulptur, nach jedem Schlussstein eines Bogens, nach jedem eingesetzten Maßwerkfenster eine Handvoll Pfennige obendrauf. Und seit dieser Woche hatten sie, eigens zum Aufmauern des neuen Turmgewölbes, einen weiteren Maurermeister mit zwei Knechten zugewiesen bekommen.

«Trotzdem», hörte sie Mechthild sagen. «Früher hatten wir es viel schöner, mit Pater Benedikt und der alten Margaretha. Der Herr sei ihrer Seelen gnädig. Ach herrje, da kommt ja der alte Griesgram.»

In Riesenschritten sahen sie die dürre Gestalt des Schaffners den Platz vor dem Nikolausportal überqueren und waren sofort auf den Beinen.

«Womit unsere schöne Erholungspause ein Ende hat», murmelte Odilia. «Machen wir uns also ans Kochen.»

Kaum standen sie am Herd, wo das Kraut bereits gut durchgezogen war und nur noch die Würste in der Pfanne gebraten werden mussten, als Johannes von Keppenbach auch schon durch die Diele eilte und in der offenen Tür stehen blieb.

«Da wart ihr mir aber flugs in der Küche», höhnte er. «Oder meint ihr, ich hätte euch nicht vor dem Haus faulenzen sehen?»

«Wir haben die Speisenfolgen für morgen besprochen»,

entgegnete Odilia gleichmütig. «Und das lässt sich ebenso gut im Sonnenschein wie in einer verrauchten Küche erledigen.»

«Warum dann nicht beim Putzen oder beim Abwasch?» Sein Tonfall wurde schärfer. «Ja, glaubt ihr etwa, ihr werdet fürs Nichtstun bezahlt?»

«Ihr vergesst eines, werter Schaffner.» Sie füllte einen Korb mit Trinkbechern für draußen. «Ich werde von der Fabrica überhaupt nicht bezahlt. Seit etlichen Jahren mache ich das hier ohne Lohn, und wenn Ihr Euch künftig nicht im Tonfall mäßigt, auch der Köchin gegenüber, dann werfe ich den Bettel eben hin.»

Sie nahm den vollen Korb und stellte sich vor ihm auf.

«Wenn Ihr nun bitte zur Seite treten würdet?»

Mit hochrotem Kopf drehte der Schaffner sich um und stapfte die Wendeltreppe zu seiner Wohnung hinauf.

Vor der Haustür wäre Odilia fast mit Ulrich Wohlleb zusammengestoßen.

«Gott zum Gruße, liebe Baumeisterin. Ihr seht so aufgebracht aus.»

«Wirklich?» Sie musste lachen. «Dabei dachte ich, ich sei die Ruhe selbst.»

«Habt Ihr Ärger?» Er kniff die Augen zusammen. «Etwa mit dem Schaffner?»

«Eine kleine Unstimmigkeit nur, nichts Ernstes. Wenn Ihr meinen Mann sucht, der ist drüben am Turm.»

«Ich weiß.» Ritterlich nahm er ihr den schweren Korb ab und trug ihn zu Tisch. «Ihm habe ich schon Bescheid gesagt. Ich möchte Euch für morgen zum Abendessen einladen, und Anna würde sich freuen, wenn Ihr mitkämt.»

«Sehr gerne. Gibt es denn einen besonderen Anlass?»

«Und ob. Am Sonntag nach der Frühmesse werde ich auf

große Handelsreise gehen. Auf meine letzte vielleicht, denn auch mich plagen allmählich die Zipperlein des Alters.»

Er zwinkerte ihr mit einem Strahlen im Gesicht zu und sah plötzlich trotz seiner ergrauten Haare um etliches jünger aus.

«Wohin geht es denn? Nach Frankfurt?»

«Viel weiter – nach Venedig!»

Sie hatte von dieser wichtigen Handelsstadt gehört, wusste aber nur, dass sie nicht mehr in den deutschen Landen lag, sondern weit weg an einem fernen Meer. Und dass man auf dem Weg dorthin durch ein riesiges, himmelhohes Gebirge musste.

«Habt Ihr denn keine Angst vor einer solchen Reise?»

«Man reist ja nicht allein, sondern in einer sogenannten Handelskarawane. Und es ist nicht meine erste größere Reise. Etwas zustoßen kann einem im Übrigen auch schon auf dem Weg nach Straßburg oder Basel.»

«Wie lange werdet Ihr dann fort sein?»

«Nun, vier, fünf Wochen ist man schon unterwegs. Die Wintermonate werden wir in Venedig bleiben, wo es ein deutsches Handelshaus gibt, und im Frühjahr, wenn der Schnee auf den Alpenpässen schmilzt, zurückkehren. – Liebe Baumeisterin, ich habe noch eine Bitte. Da der Meister gerade mitten bei der Arbeit ist: Würdet *Ihr* mir vor meinem Abschied noch einmal die gekrönte Madonna mit dem Kind zeigen, an der Euer Mann gerade arbeitet?»

Diese fast mannshohe Muttergottes, die bald schon ihren Platz unter der Heilsgeschichte der Portalhalle ihren Platz finden würde, war wirklich das Schönste, was Gerhard je geschaffen hatte. Damit er überhaupt die Zeit hierfür fand, hatte Ulrich Wohlleb der Fabrica eigens den Jahreslohn für den zusätzlichen Maurermeister gestiftet.

«Aber sehr gerne. Ich gebe nur eben der Köchin Bescheid.»

Während sie Wohlleb hinüber zur Werkstatt begleitete, dachte sie an die arme Anna. Ein halbes Jahr musste die sich nun um ihren Mann sorgen. Was bin ich froh, dachte sie, dass ich mit einem Baumeister verheiratet bin, den ich jeden Tag um mich habe.

Neben Wohllebs bereits verheirateten Töchtern und zwei Ratscollegen waren zu Odilias Freude auch die Eheleute von Krozingen mitsamt Verena eingeladen. Odilia hatte das Mädchen, genau wie den jungen Anselm, über all die Jahre ins Herz geschlossen und oft bei sich gedacht: So wie die beiden hätte ich mir die eigenen Kinder gewünscht! Noch heute stand ihr manchmal das Bild vor Augen, wie Anselm und Verena einstmals Hand in Hand die Pfarrschule verließen oder lachend und voller Übermut über den Kirchplatz tobten. Inzwischen war aus dem blond bezopften Mädchen eine anmutige junge Frau geworden, die ihr eigenwilliges, unerschrockenes Wesen indessen nie ganz verloren hatte. Und genau das gefiel Odilia an ihr. Mit großer Freude hatte sie beobachtet, wie Anselm eines Tages das Mädchen schüchtern zu umwerben begonnen hatte. Vor gut vier Jahren war das gewesen, als sie alle gemeinsam Wohllebs Feldstück draußen in der Vorstadt, das inzwischen der Fabrica gestiftet war, in einen Garten verwandelt hatten. Längst war es zum Stadtgespräch geworden, dass Verena und Anselm einander versprochen waren und dass die Familie des Kaufherrn und Ritters Jodokus Loderer hierüber vor Ärger und Neid geschäumt hatte.

Nach wie vor half Verena gerne im Garten mit, obwohl sie viel Zeit in der Klosterschule der Dominikanerinnen von Adelhausen verbrachte. Dort war sie vor einiger Zeit auf eine Schrift der Hildegard von Bingen gestoßen, was in ihr erst recht die Leidenschaft für Gartenbau und Pflanzenkunde angefacht hatte. Sie war schon ein außergewöhnliches Mädchen! Umso mehr freute es Odilia, dass Verena in ihr eine Ratgeberin und Vertraute sah. Oftmals, wenn sie über ihren Beetreihen gebeugt Unkraut jäteten oder junge Pflänzchen mit Erde anhäufelten, suchte die junge Frau das Gespräch mit ihr.

«Stimmt es, Gevatterin, dass die meisten Eheleute sich gar nicht lieben?», hatte sie einmal gefragt, und Odilia hatte über die Antwort nicht lange nachdenken müssen. «So genau weiß ich das nicht. Aber ich weiß, dass man sich gernhaben und wertschätzen muss, um zufrieden gemeinsam alt zu werden. Zwar ist das nicht mehr die Liebe im Sinne von Herzflattern, großer Sehnsucht und Begehren wie bei euch jungen Menschen, doch wenn der Herrgott es gut mit einem meint, dann bleibt hiervon ein kleines Stücklein erhalten.»

«Ist das bei dir und dem Baumeister so?»

«Ja, Verena. Mit uns hat es der Herrgott wahrlich gut gemeint.»

Ein andermal hatte das Mädchen darüber geklagt, dass drei Jahre eine viel zu lange Zeit der Trennung seien. «Was, wenn Anselm nun im fernen Augsburg ein anderes Mädel kennenlernt?»

«Ach, Verena – er hat sich schon in den ersten zwei Jahren in Nürnberg kein anderes Mädchen gesucht, da wäre es doch dumm, wenn er das jetzt im letzten Jahr tun würde. Ihr habt es doch fast geschafft, diesen Herbst schon ist er wieder bei dir. Und dann wird bald Hochzeit gefeiert.»

Während des reichhaltigen Abendessens, das Anna liebevoll auf verschiedenen Platten angerichtet hatte, wurde natürlich über kaum etwas anderes gesprochen als über die Reise nach Venedig. Niemand bei Tisch war je so weit in die Welt hinausgekommen, und so wurde Ulrich Wohlleb, den seine Handelsreisen immerhin schon bis ans Baltische Meer im Norden, nach Prag im Osten und nach Genua im Süden geführt hatten, mit Fragen gelöchert. Odilia selbst hörte nur mit halbem Ohr zu, da sie schon am Vortag in der Werkstatt alles erfahren hatte, was sie hatte wissen wollen.

«Jetzt lasst den armen Ulrich doch auch mal einen Happen essen zwischendurch», begann Anna schließlich zu schimpfen, halb im Ernst, halb im Scherz.

Da erst bemerkte Odilia, dass Verena den ganzen Abend fast stumm dabeigesessen hatte und reichlich bedrückt aussah. Wie Schuppen fiel es ihr von den Augen: Zu Michaelis, wenn das Kaufmannsjahr vorüberging, hatte Anselm in Augsburg seinen Abschied nehmen wollen. Und das war bereits in zwei Wochen. Wohllebs Reise bedeutete also nichts anderes, als dass sich die jungen Leute mit ihrer Hochzeit abermals gedulden mussten, nämlich bis zu dessen Rückkehr im Frühjahr.

«Lieber Kaufherr», hörte sie ihren Mann fragen, «Ihr sprecht immer von *wir* – meint Ihr damit die Reisegruppe, der Ihr Euch anschließend wollt, oder meint Ihr gar jemanden Bestimmtes?»

Wohlleb räusperte sich. «So lasst doch endlich die förmliche Anrede, wo wir längst gute Freunde sind: Nenn mich einfach Ulrich und sag Du zu mir, wie die anderen am Tisch auch!»

«Sehr gerne!»

Sie hoben ihre Becher und stießen miteinander an.

«Alsdann», ließ Gerhard nicht locker, «kennen wir deine Begleiter?»

«Nun ja», Wohlleb lächelte ein wenig verlegen, «ich habe mich dem Loderer angeschlossen. Das heißt, eigentlich war es sein Einfall. Beide wollen wir unseren Handel mit Gewürzen aus der Levante erweitern, Gewürze sind nämlich das Gold der Zukunft. Dazu müssen wir Verbindungen nach Venedig knüpfen, was ja, wie ich vorhin erwähnt habe, ein bedeutender Umschlagsplatz hierfür ist. Und je mehr wir sind, desto günstiger und sicherer wird diese weite Reise. Außerdem leistet sich der Loderer inzwischen zwei bewaffnete Leibwächter.»

«Loderer also?», fragte der Krozinger verdutzt. «Dein Erzgegner Loderer reist mit dir? Das wusste ich nicht.»

«Vielleicht soll es ein Friedensangebot an unsere Familie sein. Und der junge Loderer hält zum Glück zu Hause die Stellung. Zwei Loderers wären selbst mir zu viel.»

«Da wird Anselm wohl nicht gerade begeistert sein», fuhr der Krozinger fort. «Du hast ihn doch hoffentlich vorgewarnt, lieber Ulrich, dass Loderer mitkommt.»

Verena, die Odilia gegenübersaß, war blass geworden.

«Anselm? Was hat das mit Anselm zu tun?», fragte sie ihren Vater lauernd.

Jetzt war es an Ulrich Wohlleb, verdutzt dreinzuschauen. «Ja, hat dir dein Vater denn gar nicht gesagt, dass dein Bräutigam mitkommt nach Venedig? Wir treffen uns mit ihm in Innsbruck, als Abschluss seiner Ausbildung wird er uns im Auftrag seines Handelsherrn nach Venedig begleiten. Und gleich nach unserer Rückkehr richten dein Vater und ich dann die Hochzeit aus.»

Verena hatte Tränen in den Augen, und der Krozinger rieb sich das Kinn.

«Ich dachte», wandte er sich an seine Frau, «*du* hättest mit ihr gesprochen.»

Innerlich schlug Odilia die Hände über dem Kopf zusammen. So etwas konnte doch nur Mannsbildern passieren. Da wartete das arme Mädchen seit drei Jahren auf ihren Liebsten und musste hier nun bei Spanferkel und Mandeltörtchen erfahren, dass der erst einmal für ein weiteres halbes Jahr in der Welt unterwegs war.

Verena stand auf und reichte Anna Wohlleb die Hand. «Habt Dank für das gute Essen, aber ich bin müde und möchte nach Hause.»

«Es tut mir leid, Verena.» Anna zog sie an sich. «Aber glaub mir, die Zeit vergeht schnell. Und wenn dir das Warten einmal zu lang wird, komm einfach bei mir vorbei. Dann trösten wir uns gegenseitig, dass unsere Männer so weit fort sind.»

Auch die beiden Ratsherren hatten sich erhoben. «Dann wollen wir mal. Wir müssen früh raus morgen. Dich, Ulrich, sehen wir ja spätestens übermorgen bei der Frühmesse noch einmal.»

Odilia und Gerhard verließen als Letzte das Haus. Ulrich Wohlleb wirkte ein wenig angetrunken, als er Gerhard unbeholfen auf die Schulter klopfte.

«Ich wette mit dir, mein lieber Freund: Bald haben wir in Jodokus Loderer einen weiteren Förderer für unsere Liebfrauenkirche. Auf der Reise ist genug Zeit, um ihn von der Bedeutung dieser Kirche zu überzeugen.»

Gerhard drückte ihm die Hand. «Es hat sich ja schon so vieles verbessert. Und hierfür danke ich dir und all deinen Freunden von ganzem Herzen!»

«Nun ja, große Sprünge als Baumeister kannst du zwar noch immer nicht machen, aber seitdem uns das Ungeld auf Korn und Wein genehmigt worden ist, habt ihr wenigstens regelmäßig Anteil an diesen doch recht guten Einnahmen. Und wo uns König Rudolf sogar die alten Stadtrechte bestätigt hat, gegen Eginos Willen wohlbemerkt, ist der nächste Schritt, die Bauherrschaft, auch nicht mehr weit. Habe ich dir übrigens schon gesagt, wie sehr mich die Schönheit deiner Himmelskönigin berührt? Odilia hat sie mir gestern noch einmal gezeigt, und ich kann es kaum erwarten, sie nach meiner Rückkehr am Portal zu sehen.»

Er wandte seinen leicht glasigen Blick Odilia zu.

«Was hat dieser Rotschopf eigentlich immer mit seinem Blutgeld? Als er gestern in die Werkstatt kam, hat er nun schon zum zweiten Mal in meinem Beisein davon geredet. Und wie aufgebracht er war!»

«Ach, das hat nichts zu bedeuten. Jecklin ist ein guter Kerl, nur hat er manchmal etwas wirre Gedanken. Als Kind ist er in einem Bergwerksstollen verschüttet worden, dabei kamen seine beiden Brüder ums Leben. Ein schreckliches Erlebnis! Und seitdem er irgendwo aufgeschnappt hat, dass ein Teil der Bürgerspenden aus den Silbergruben stammt, glaubt er, dass ein Fluch darauf liegt und der Kirche Unglück bringen würde.»

Den Winter über hatten die Bildhauer in der gut beheizten Werkstatt die letzten Figuren für die Portalhalle geschaffen. Seit gestern war auch Gerhards Himmelskönigin mit dem Heiland auf dem Arm in den Mittelpfeiler eingesetzt, umrankt von feinem Blattwerk, das dem schlafenden Jesse zu ihren Füßen entsprang. Aus diesem Anlass hatte Schultheiß Reinbot der Bauhütte einen Hammel am Spieß und ein Bierfass gestiftet und Gerhard seinen Männern frei gegeben.

«Endlich wird wieder einmal eine Feier für euch ausgerichtet», freute sich Odilia, während sie rundum Bier einschenkte.

«Das wurde aber auch Zeit», knurrte Marx, der Parlier, und nahm einen kräftigen Schluck. «Ich war schon kurz davor, bei Meister Erwin in Straßburg anzuheuern.»

«Als ob der Erwin dich alten Esel noch nehmen würde», feixte Alfred. «Ganz grau bist schon geworden.»

«Ha! Dann schau dich doch mal selber an. Dazu faltig wie ein verschrumpelter Apfel.»

Alle am Tisch lachten. Alfred hob seinen Becher. «Auf uns alte Esel, die wir uns nicht aus dieser Stadt vertreiben lassen.»

Odilia durchströmte ein Glücksgefühl. Ja, die Männer waren sichtlich älter geworden, was nichts anderes hieß, als dass sie ihrem Meister so lange schon die Treue hielten. Rasch rechnete sie zurück: War es wirklich schon bald fünfzehn Jahre her, dass sie mit Sack und Pack nach Freiburg gezogen waren? Eine fast durchweg junge Truppe waren sie damals gewesen, unter einem noch recht jungen Baumeister, und aus dem Lehrknaben Friedhelm war längst ein tüchtiger Steinmetz geworden. Nur ein Einziger von damals fehlte heute am Tisch, nämlich der alte Karlmann. Den hatten sie vorletzten Winter nach einem bösen Katarrh zu Grabe tragen müssen.

Sie hielt Ausschau nach Gerhard. Drüben am Turm führte Pfarrer Egenolf die nächste Gruppe Neugieriger durch die vollendete Portalhalle, und wahrscheinlich wurde Gerhard hierbei wieder mit Fragen bestürmt. Dabei ging es bereits gegen Mittag. Nun gut, zum Hüttenläuten würden er und der Pfarrer sich wohl hoffentlich loseisen können.

Von der offenen Feuerstelle am Pfarrhaus zog schon ein köstlicher Bratenduft herüber, doch Mechthild hatte bestimmt, dass der Hammel noch eine gute Weile gedreht werden müsse. Was im Augenblick Jecklins Aufgabe war. Dessen Blick war Richtung Turm gewandt, wo er mit zusammengekniffenen Augen den Menschenauflauf beobachtete.

Odilia wurde nicht mehr schlau aus dem Hüttenknecht. Mit seinen bald dreißig Jahren war er im Mannesalter, er kannte jeden Sockel, jedes Gesims, ja jeden Stein am Bau, ließ sich niemals zu Streit oder Raufhändel hinreißen, und es war stets Ver-

240

lass auf ihn. Doch manchmal benahm er sich noch immer wie ein Kind. Seit diesem Winter litt er wieder unter Albträumen, wie sie von Marx wusste. Ihr war auch nicht entgangen, dass er sich jeden Morgen bekreuzigte, bevor er die Kirche betrat. Die anderen hatten sich darüber gehörig lustig gemacht, vor allem aber über sein Gerede vom angeblichen Blutgeld. Bis ihm Gerhard einmal gründlich den Kopf gewaschen hatte: Jeder hier wäre heilfroh über die großzügigen Spenden der Vornehmen, und überhaupt sei das, was er da von sich gebe, nichts als ein dummer Aberglaube. Wenn er noch einmal solcherlei Reden führen würde, müsse er sein Bündel packen und gehen. Daraufhin hatte Jecklin ihm versprochen, es bleiben zu lassen, wirkte aber an manchen Tagen kreuzunglücklich. Ganz offensichtlich hing seine Unruhe mit jenem schrecklichen Erlebnis in den Silbergruben zusammen, das ihn in seinen nächtlichen Träumen wohl wieder heimsuchte. Mehrmals hatte Odilia ihn schon beiseitegenommen und gefragt, was er denn für einen Kummer habe, aber er hatte immer nur den Kopf geschüttelt und fast trotzig geschwiegen.

Zusammen mit Pfarrer Egenolf kehrte Gerhard an die Tafel zurück, und Odilia beeilte sich, ihnen Bier einzuschenken.

«Herrlich, wie das hier duftet!», rief Gerhard strahlend. «Und einen Durst habe ich!»

Der Pfarrer erhob seinen Becher in die Runde. «Liebe Steinmetzbrüder, lieber Baumeister, ihr glaubt gar nicht, wie begeistert die Menschen von euren Werken sind! Und damit meine ich nicht nur den reichen Bilderschmuck, nein, auch das, was inzwischen vom neuen Turm zu sehen ist, beeindruckt jedermann. Der ist ja jetzt schon höher als jedes Haus in Freiburg, und der Figurenschmuck an den Außenwänden meisterhaft! Zum Wohle also, auf euer aller Können und Wissen!»

Gerhard trank sein Bier in einem Zug leer.

«Wo stecken eigentlich Pfarrer Rochus und unser hochverehrter Schaffner?», fragte er Odilia. «Wollen die beiden gar nicht mit uns feiern? Und unser Gönner ist auch noch nicht da.»

Sie lächelte. «Schultheiß Reinbot ist schon drinnen beim Schaffner. Sie kommen alle, sobald wir zum Essen läuten.»

«Ach, wie wäre das schön, wenn unser Freund Ulrich wieder da wäre. *Er* müsste heute eigentlich mit uns feiern, wo wir ihm so viel zu verdanken haben.»

«Da habt Ihr recht, Baumeister», pflichtete der Pfarrer ihm bei. «Warum ist er eigentlich noch nicht zurück aus Venedig? Der Winter ging doch heuer so früh zu Ende.»

Gerhard zuckte die Schultern. «Wer weiß schon, wie das Wetter in Italien ist oder wie viel Schnee noch im Alpengebirge liegt. Seiner Familie hat er jedenfalls versprochen, spätestens zu Georgi wieder in Freiburg zu sein.»

Indessen waren die Reisenden auch am Georgstag, der zu Ehren des Freiburger Schutzheiligen mit einem großen Fest begangen wurde, noch nicht zurück. Nach dem Gottesdienst und dem Pferdesegen vor dem neuen Turm feierten die Menschen ausgelassen in der Großen Gass, wo zwischen geöffneten Krambuden, Wurstbratereien und Schanktheken zahllose Tische und Bänke aufgestellt waren. Sogar einen Tanzboden hatte man vor dem Spital errichtet und mit Blumengirlanden geschmückt.

Odilia liebte es zu tanzen, doch schon nach dem dritten Reigen hielt Gerhard inne und schnappte nach Luft.

«Du wirst doch nicht etwa alt?», neckte ihn Odilia.

«Eher zu dick», grummelte er. «Und daran sind nur deine Kochkünste schuld.»

«Dann lass uns lieber eine Pause einlegen. Bist ja schon puterrot im Gesicht.»

Sie schob sich mit Gerhard an dem jungen Loderer vorbei, der ein reichlich freizügig gewandetes Fräulein im Arm hielt und sie keines Blickes würdigte, geschweige denn grüßte. Er jedenfalls schien seinen Vater nicht allzu sehr zu vermissen.

Sie wollten an den Tisch der Bauhütte zurückkehren, doch dort saßen nur noch Pfarrer Rochus und der Schaffner vor ihrem Weinkrug und schwiegen sich an. Die anderen standen alle am Bierausschank oder sprangen auf der Tanzdiele umher.

Mitten in der Menschenmenge blieb Odilia stehen, um abermals nach Anna Wohlleb Ausschau zu halten – wiederum vergebens. Nach dem Gottesdienst am Morgen hatte die Wohllebin ihr versprechen müssen mitzufeiern. «Du kannst doch jetzt nicht Tag und Nacht auf die Rückkehr der Männer warten», hatte Odilia ihr gesagt. «Du musst dich ein bisschen ablenken.»

Aber sie hatte sich bislang nicht blicken lassen, ebenso wenig wie Verena. «Begleitest du mich zu Anna?», fragte sie ihren Mann. «So langsam mache ich mir auch Sorgen. Warum sind Anselm und sein Vater noch nicht zurück?»

«Ja, lass uns gehen. Allemal besser, als wie die wildgewordenen Hühner im Kreis zu hüpfen.»

In dem hübschen Steinhaus in der Salzgasse stand das Hoftor offen, und Wohllebs Hausmagd, die dort gerade Brennholz aufschichtete, führte sie hinauf in die Küche. Stumm saßen Anna, ihre älteste Tochter Margret und Verena vor dem weit geöffneten Fenster und schienen zu lauschen. Das fröhliche Stimmengewirr und die Musik aus der Großen Gass waren bis hierher zu hören.

Genau wie Anna hatte Verena tiefe Schatten unter den Augen, beide sahen sie völlig übermüdet aus. Als Margret ihnen zu trinken anbot, lehnte Odilia dankend ab.

«Habt ihr inzwischen Nachricht von den Reisenden?», fragte sie stattdessen.

«Nein», gab Anna leise zur Antwort.

«Dann kommt doch mit uns feiern. Draußen ist so ein schöner Frühlingstag.»

«Das ist lieb gemeint, aber mir ist einfach nicht nach Späßen und vielen Menschen. Außerdem habe ich den Turmwächter drüben am Obertor gebeten, dreimal kurz ins Horn zu stoßen, wenn er sie kommen sieht. Das würden wir am Markt gar nicht hören.»

Ein wenig ratlos sah Odilia zu ihrem Mann. Sollte sie bei den Frauen bleiben oder mit Gerhard zum Fest zurückkehren?

In diesem Moment waren deutlich drei Hornstöße zu hören. Wie von einer Biene gestochen, sprangen die Frauen auf.

«Sie kommen! Allmächtiger, sie kommen!», riefen sie gleichzeitig.

Keine drei Atemzüge später waren sie ausgehfertig, und alle zusammen verließen sie das Haus.

«Seht ihr? Pünktlich zum Georgifest!», meinte Gerhard und wollte sich schon verabschieden. Aber Anna bat sie mitzukommen. «Ulrich und Anselm würden sich freuen.»

Eilig durchquerten sie das nahe Obertor, und da sahen sie den kleinen Tross auch schon herannahen. Odilia hatte für ihr Alter noch immer einen erstaunlich scharfen Blick, und schon gleich hatte sie den Eindruck, dass dort vorne auf der Landstraße nach Schwaben etwas nicht stimmte. Verena neben ihr begann, noch schneller zu gehen und zu rufen: «Anselm! Anselm», dann rannte sie los.

Odilia hingegen blieb stehen und kniff die Augen zusammen. Dem Zug vorneweg marschierte tatsächlich Anselm, aber er ging langsam und gebeugt wie ein alter Mann. Er führte ein Maultier mit einer zweirädrigen Karre am Zügel, an dem auch die Packpferde mit der Handelsware angebunden waren. Flankiert war die Karre von Loderers berittenen Leibwächtern. Schließlich erkannte sie in dem etwas buckligen Mann, der mit gesenktem Kopf hinterhertrottete, den Kaufherrn Loderer.

Wo aber war Ulrich Wohlleb?

Auch Gerhard war stehen geblieben. Beide beobachteten sie wortlos, wie Anna und ihre Tochter ebenfalls losrannten, hörten ihre entsetzten Aufschreie, als die Maultierkarre, die mit einem dunklen Bündel beladen war, vor ihnen zum Halten kam, sahen Margret auf die Karre klettern und die Arme gen Himmel recken, während Anna neben dem Wagenrad zusammenbrach und von Anselm aufgefangen wurde.

«Ich glaube, unser Freund Ulrich Wohlleb ist tot», flüsterte Odilia benommen und bekreuzigte sich.

Noch am selben Abend fand die Totenmesse statt, das Georgifest wurde hierfür vorzeitig abgebrochen. Der alte Teil der Liebfrauenkirche vermochte die Zahl der Trauernden kaum zu fassen, jeder wollte von dem aufgebahrten, mit einem Leintuch verhüllten Leichnam des Kaufherrn noch einmal Abschied nehmen. Die armen Hinterbliebenen standen dicht bei ihm, Anselm Hand in Hand mit Verena, und weinten stumm. Genau wie Odilia, die es immer noch nicht fassen konnte. Wie in einem Mühlrad kreiste in ihrem Kopf immer derselbe Gedanke: dass Ulrich nun nicht mehr die Hochzeit seines einzigen Sohnes erleben durfte und Anselm ohne den Segen seines Vaters heiraten würde.

Nach der Messe blieb Odilia die ganze Nacht an Annas

Seite, um mit ihr und etlichen Freunden, Nachbarn und den Frauen aus der Kaufmannszunft die Totenwache zu halten. Immerhin würde die Zunft erst einmal für Anna sorgen, bis alle Rechtsangelegenheiten erledigt waren und Anselm mit seinen erst dreiundzwanzig Jahren das väterliche Handelshaus übernehmen konnte.

In diesen Tagen bot Gerhard, wo immer es nötig war, seine Hilfe an, gab sich Anna gegenüber stark wie ein Fels in der Brandung, um dann des Abends vor seiner Marienskulptur in der Portalhalle zu beten, nicht selten in Tränen aufgelöst. Er hatte einen seiner engsten Freunde verloren. Erst Tage später, als Odilia mit ihm an Ulrichs Grab für dessen Seelenheil betete und dabei Verena begegneten, erfuhren sie von ihr, wie Ulrich zu Tode gekommen war. Anselm hatte hierzu nämlich anfangs hartnäckig geschwiegen, auch seiner Familie gegenüber.

Die Reise nach Venedig war, was den Handel betraf, wohl überaus erfolgreich gewesen, und von kleineren Missgeschicken abgesehen, waren sie auf der Hin- wie auf der Rückreise gut und sicher vorangekommen. Zumeist hatten sie sich einer größeren Karawane anschließen können, nur auf dem letzten Stück, von Konstanz nach Freiburg, waren sie unter sich gewesen. Das heißt, Ulrich hätte gerne noch ein paar Tage zugewartet, bis eine Gruppe Straßburger Kaufleute über den Schwarzwald zog, doch Jodokus Loderer hatte es eilig gehabt: Er wollte unbedingt an Georgi zurück sein, um das Verlöbnis zwischen Wernher und Kunigund Snewlin beim Stadtfest gebührend zu feiern. Unbehelligt kamen sie bis zur Falkensteiner Steige, einem engen und steilen Tal nicht mehr weit von Freiburg, wo sie in einer Reiseherberge zu Mittag aßen, als vom Rheintal her dichter Nebel aufstieg. Sowohl Ulrich als auch Anselm hatten darauf gedrängt zu warten, bis sich der Nebel auflöste, zumal das Tal mit seinen felsigen Schluchten berüchtigt war für häufige Überfälle durch Wegelagerer. «Wenn ihr warten wollt, dann wartet, wir jedenfalls ziehen jetzt weiter, meine beiden Leibwächter und ich», hatte Loderer ihnen beschieden, und so waren sie ihm zähneknirschend gefolgt, um für dieses letzte, gefährliche Wegstück nicht auf den Schutz von Loderers Männern verzichten zu müssen. Gleichsam als Spähtrupp waren seine Wächter immer wieder vorausgeritten, sie selbst waren mit ihren schwerbepackten Saumtieren am Strick zu Fuß unterwegs. Und plötzlich, mitten in der Höllsteigschlucht, blieben die Reiter im Nebel verschwunden. Was dann folgte, hatte sich in Anselms Erinnerungen nur noch als Bruchstücke erhalten: Von einem Felsabsatz sprangen vier vermummte Gestalten herab und stürzten sich auf sie. Anselm traf ein schmerzhafter Schlag gegen die Schulter, aus dem Augenwinkel sah er, wie sein Vater sich verzweifelt dagegen wehrte, dass ihm seine Widersacher Rock- und Mantelsaum aufschlitzten. Dort nämlich hatten sie das Silber und Gold aus ihren Erlösen eingenäht.

«Zu Hilfe, zu Hilfe!» hatte Anselm gebrüllt. Loderer lag schräg hinter ihm reglos am Wegrand, irgendwo wieherte ein Pferd, sein Vater ging schreiend zu Boden, Blut spritzte auf, bis ein harter Schlag gegen den Schädel Anselm die Besinnung raubte.

«Der Rest ist schnell erzählt», schloss Verena sichtlich aufgewühlt ihren Bericht. «Loderers Leibwächter hatten die Angreifer angeblich vertrieben, Loderer selbst war auf wundersame Weise bis auf ein paar Schrammen unverletzt geblieben, der Vater aber an seinen Messerstichen verblutet. Seinen Leichnam hatten sie auf einem der Pferde bis zur nächsten Reiseherberge gebracht, wo sie sich die Maultierkarre ausgeliehen hatten, um ihn würdevoll nach Hause heimzuführen. Für Anselm gibt es nur *einen* Schuldigen am Tod seines Vaters, nämlich Jodokus Loderer, der sie beim Überfall so schmählich im Stich gelassen und überhaupt erst den Vater zu dieser Reise überredet hatte.»

Ulrich Wohllebs plötzlicher Tod blieb nicht das einzige Unglück in diesem schreckensreichen Jahr anno 1285. Die dreißigtägige Trauerzeit mit ihren Gedächtnisfeiern und täglichen Grabbesuchen ging zu Ende, und Anselm trat das Erbe seines Vaters an. Mit der Hochzeit wollten er und Verena noch warten bis zum nächsten Frühling, wenn das Trauerjahr zu Ende sein würde. Die beiden waren aber jetzt schon von früh bis spät zusammen, im Hause der Wohllebs, und trennten sich nur für die Nacht. In ihrer Gesellschaft gewann Anna allmählich an Lebenskraft zurück und wagte sich wieder unter die Leute, nur lächeln sah man sie nie. Als die lauen Sommerabende anbrachen, kam sie gerne bei Odilia vorbei, und sie gingen am Dreisamufer oder am unteren Burghaldenweg spazieren, um hernach vor Ulrichs Himmelskönigin, wie Anna die Madonna am Portal nannte, für dessen Seelenheil zu beten.

So auch an diesem Sonntag auf Johanni. Zwei Tage zuvor war bei den jährlichen Ratswahlen Jodokus Loderer auf Lebenszeit in den Alten Rat gewählt worden, und daher hatte er am Abend beim Tanz um das Johannisfeuer, das draußen am Schießrain entzündet wurde, großspurig freies Bier für alle spendiert. Der Fabrica indessen hatte er gerade mal einen Kerzenleuchter für den Hochaltar gestiftet. Seit einigen Jahren war es nämlich Brauch, dass jeder Ratsneuling etwas zum Kirchenneubau beitrug, ein Brauch, den Ulrich Wohlleb und seine engsten Freunde einst eingeführt hatten. Und so war auch vorgestern zur Freude der Bauhütte einiges an Unterstützung und Gaben zusammengekommen. Fast schien es, als würde Wohllebs guter Geist noch nachleben, was die Förderung des Kirchenbaus betraf.

«Hast du eigentlich mitbekommen», fragte Anna Odilia, als sie den Kirchhof in Richtung Turm überquerten, «dass Anselm beim Johannisfest ums Haar einen Raufhandel mit dem jungen Loderer angefangen hat?»

«Das hat jeder mitbekommen. Wie es angefangen hat, weiß keiner, aber es ging wohl wieder einmal um Nichtigkeiten. Zum Glück gab's unter all den Trunkenbolden noch genug Besonnene, die die beiden Streithähne auseinandergebracht haben.»

Anna seufzte. «Anselm hasst die Loderers. Aber das bringt mir meinen Ulrich auch nicht zurück.»

Sie betraten die Portalhalle. Die Strahlen der Abendsonne zauberten ein warmes Licht in den Raum und brachten die bunten Figuren im Tympanon zum Leuchten. So auch das feingeschnittene, zart lächelnde Gesicht der Madonna am Mittelpfeiler.

Plötzlich erstarrte Odilia: Die linke Hand, die das aufrecht sitzende Jesuskind trug, glänzte blutrot!

«Siehst du das?», flüsterte sie zu Tode erschrocken. «Dort an der Hand … das Blut …»

Auch Anna war blass geworden.

«Vielleicht ist das ja Taubenblut», erwiderte sie. «Von einer jungen Taube, die von einer Krähe gerissen wurde …»

Odilia sah sich unwillkürlich um. Nirgends waren Federn zu entdecken.

«Wartest du hier? Ich hole etwas zum Saubermachen. Und lass möglichst niemanden herein.»

Kurz darauf war sie mit einem halb feuchten, halb trockenen

Lappen und einer kleinen Trittleiter zurück. Das Blut musste noch recht frisch sein, denn es ließ sich gut entfernen.

Odilias Herz klopfte noch immer, als sie sich zum Gebet niederknieten. Anna musste ihr versprechen, niemandem davon zu erzählen. Sie hatte nämlich einen schrecklichen Verdacht.

Am Sonntag darauf war das Blut erneut da, sogar an beiden Händen. Nur leider entdeckten es für diesmal eine Schar Sonntagsspaziergänger, und noch am selben Abend ging es wie ein Lauffeuer durch die Gassen: Ein Blutwunder sei geschehen, in der Portalhalle des neuen Turms! Der Madonna am Pfeiler bluteten die Hände!

Auch unter den Werkleuten, die sich in der Halle versammelt hatten, herrschte große Aufregung. Wirkte in ihrer Kirche tatsächlich ein Wunder Gottes? Alfred, der Bildhauer, sprach aus, was gewiss viele dachten: «Wenn das die Runde macht, wird aus Unserer Lieben Frau noch eine Wallfahrtskirche. Dann brauchen wir uns um den Weiterbau keine Sorgen mehr machen.»

«So ein Unsinn!», schnauzte Gerhard. «Bis jetzt war noch keine meiner Skulpturen von einem Wunder beseelt. Und jetzt wisch endlich einer das Blut ab.»

Da erst nahm Odilia ihren Mann beiseite und offenbarte ihm, was bereits die Woche zuvor geschehen war.

«Warum sagst du mir das erst jetzt?», fragte er aufgebracht.

«Weil Anna und ich geglaubt haben, es würde von einem verletzten Vogel stammen. Wir müssen Jecklin zur Rede stellen!»

«Jecklin?»

«Begreifst du nicht? Sein Gerede vom Blutgeld …»

«Das ist doch schon ewig her. Und seither hält er ja den Mund.»

Sie schüttelte den Klopf. «Zu Johanni haben viele reiche Ratsherren gespendet. Vielleicht wollte er jetzt erneut ein Zeichen setzen. Hast du eben gerade seinen Blick gesehen? Völlig verängstigt war er.»

«Jetzt, wo du es sagst ... Wo steckt er überhaupt?»

Sie fanden ihn auf dem nächtlichen Friedhof, wo er bäuchlings und mit ausgestreckten Armen vor dem Ewigen Licht auf dem Boden lag.

«Steh auf», befahl ihm Gerhard streng.

Er gehorchte, und Gerhard führte ihn zurück in die Portalhalle, wo die anderen warteten. Die Hände der Madonna glänzten feucht im Kerzenlicht, das Blut war verschwunden.

«Warst du das?», fragte ihn Gerhard, doch Jecklin schwieg und starrte zu Boden.

Da trat Odilia zu ihm. Sie nahm sein Gesicht in beide Hände, fast zärtlich, und zwang ihn, ihr in die Augen zu sehen.

«Du weißt, du bist für mich wie ein Sohn, Jecklin. Deshalb bitte ich dich, lüg mich nicht an. Hast du Tierblut genommen? Schweineblut gar?»

Unruhig trat er von einem Bein aufs andere.

«Niemals würde ich die Muttergottes damit verunreinigen», platzte er heraus und streckte ihr dabei seinen linken Unterarm entgegen. Sie schob den Ärmel seiner Tunika zurück und sah die scharfen Einschnitte. Zwei davon waren schon mit einer schmalen Schorfkruste überzogen.

«Das darfst du nicht tun!», sagte sie eindringlich. «Nur um hier einen Wallfahrtsort zu schaffen, darfst du nicht betrügen. Das ist eine schlimme Sünde.»

«Aber ich will doch gar keine Wallfahrt! Versteht ihr denn

nicht? Die halbe Kirche wird mit Blutgeld erbaut, wird bezahlt mit dem Tod vieler Bergleute und vor allem Kinder! Mit dem Tod meiner Brüder! Ich aber will es mit meinem Blut wiedergutmachen.»

Dem Parlier blieb der Mund offen stehen.

«Hast du den Verstand verloren?» Er packte ihn bei den Schultern und schüttelte ihn. «Hältst du dich für den Heiland oder was?»

«Begreifst du nicht?», schrie Jecklin ihn an. «Jemand muss den Fluch von der Kirche nehmen, und das kann nur ich!»

Gerhard schob den Parlier zur Seite. «Lass gut sein, Marx. Da wir eine Bruderschaft sind, schlage ich vor, wir entscheiden gemeinsam, was weiter geschieht. Jecklin, was du getan hast, ist ein Frevel. Du bittest hernach die Muttergottes auf Knien um Verzeihung, dass du sie beschmutzt hast. Denn genau das hast du getan. Erlösen kannst du mit deinem Blut nämlich nichts und niemanden, genauso wenig, wie ich das könnte oder irgendwer hier. Hast du das verstanden?»

«Ja, Meister.» Diesmal sah Jecklin nicht zu Boden.

«Dann stimmen wir ab. Sollen wir den Vorfall dem Pfarrrektor melden oder sollen wir ihn ungeschehen machen, wenn Jecklin uns verspricht, nie wieder etwas Derartiges zu tun?»

Niemand wollte den Hüttenknecht ausliefern.

In der Stadt verbreiteten sie am nächsten Tag, dass das sogenannte Blutwunder nichts anderes als ein Dummejungenstreich von ein paar Gassenbuben gewesen sei.

Hatte Odilia gedacht, durch den Beschluss der Steinmetzbrüder würde Jecklin zur Vernunft kommen, sah sie sich schon bald schmerzlich getäuscht. Kirchrektor Konrad von Freiburg, dem der Schaffner von dem vorgeblichen Blutwunder sogleich Bericht erstattet hatte, kam den Samstag darauf eigens von Konstanz angereist, um sich selbst ein Bild zu machen, und ausgerechnet an jenem Abend, zur halben Nacht, hatte sich Jecklin erneut in die Portalhalle geschlichen. Die Werkleute waren allesamt ausgeflogen, um in der Badstube oder Schenke den Feierabend zu genießen, Odilia und Gerhard bei den Wohllebs eingeladen. Als sie heimkehrten, wurden sie an der Außentreppe zu ihrer Wohnung vom Schaffner abgefangen.

«Euren Hüttenknecht könnt Ihr demnächst am Galgen baumeln sehen. Der Rektor und ich haben ihn auf frischer Tat ertappt, wie er der Madonna mit seinem eigen Blut Tränen auf Gesicht und Brust geschmiert hat! Blutige Tränen, stellt Euch das einmal vor!»

Odilia stockte der Herzschlag. «Wo ist er?»

«Wir haben ihn auf die Burg geschafft.»

«Warum auf die Burg?», fragte Gerhard totenbleich. «Jecklin ist Mitglied unserer Steinmetzbruderschaft und daher von uns zu richten.»

«Da täuscht Ihr Euch aber, Baumeister. Bei einem solchen Frevel wie Kirchenschändung und Gotteslästerung hat Eure Bruderschaft gar nichts mehr zu vermelden. Das ist jetzt Sache des Rektors, als Herr dieser Pfarrei, und des Grafen, als oberster Richter dieser Stadt.»

«Können wir zu ihm?», brachte Odilia hervor. Ihr war so übel, dass sie fürchtete, sich übergeben zu müssen.

«Wo denkt Ihr hin? Dass ich Euch mitten in der Nacht zur Burg hinaufgeleite?»

Damit ließ der Keppenbacher sie stehen und verschwand im Haus.

Gleich am nächsten Morgen passten Gerhard und Odilia den Kirchrektor auf dem Weg zur Sonntagsmesse ab und baten um Gnade für den Hüttenknecht. Konrad von Freiburg winkte ab, kaum dass sie ihr Gesuch ausgesprochen hatten.

«Jecklin ist ein tiefgläubiger Mensch», beharrte Gerhard. «Nichts läge ihm ferner, als Gott zu lästern. So lasst uns wenigstens vor Gericht erklären, was seinen verwirrten Verstand zu dieser Tat angetrieben hat.»

«Vor dem Grafengericht sind keine Fürsprecher zugelassen. Und soweit ich weiß, seid Ihr nicht einmal Bürger dieser Stadt.»

«Nun, wenn Ihr auf Kirchenschändung beharrt, dann muss er doch nach Konstanz gebracht werden, vor das bischöfliche Kirchengericht.»

«Ihr irrt. Und nun haltet mich nicht länger auf, die Glocken läuten schon.»

Die nächsten drei Tage blieb Jecklin im Burgverlies eingesperrt, ohne dass ihn jemand aus der Bruderschaft besuchen durfte. Nicht einmal Pfarrer Egenolf ließ man zu ihm, da Jecklin angeblich geistlichen Beistand verweigerte. Auf die Gnadenbitte der Steinmetzbruderschaft, ihrem Hüttenknecht die Buße einer Wallfahrt aufzuerlegen, erhielten sie nicht einmal eine Antwort, und selbst der Schultheiß konnte nichts für sie tun. In diesen Nächten tat Odilia kaum ein Auge zu, denn sie sah sich in der Schuld: Sie hätte sich weitaus mehr kümmern müssen um Jecklins Nöte, um diese Kinderseele im Leib eines erwachsenen Mannes.

Am Vormittag des vierten Tages hielt Graf Egino Gericht im Chor der Liebfrauenkirche, gemeinsam mit dem Schultheißen und sechs Schöffen aus den Reihen des Alten Rats. Das Volk war nicht zugelassen und musste draußen vor dem Nikolausportal darauf warten, dass der Stab über dem Missetäter gebrochen würde. Die Älteren unter ihnen erinnerten sich

254

noch daran, wie dieser Rotschopf einst als Hühnerdieb ausgepeitscht worden war.

Auch Gerhard und seine Leute hatten sich vor dem Portal versammelt, während Odilia zu Hause im Bett lag. Seit jenem Abend, als Jecklin bei seinem Frevel ertappt worden war, hatte sie nichts mehr bei sich behalten können, war zunehmend schwach und zittrig geworden und wurde jetzt auch noch von Fieber geplagt. Mechthild saß an ihrem Bettrand und hielt ihre Hand.

«Man wird ihn hängen», flüsterte Odilia, «und ich kann mich nicht einmal von ihm verabschieden.»

«Nein, Odilia, noch ist Hoffnung. Nicht nur eure Bruderschaft, auch viele Bürger haben den Grafen um Gnade ersucht.»

Beide zuckten sie zusammen, als in diesem Moment die Malefizglocke ertönte. Da das offene Fenster der Schlafkammer zum Hof hinausging, hörten sie zwar das Raunen der Menschenmenge, was der Schultheiß gleich darauf als Urteil verlas, war indessen nicht zu verstehen.

Erschöpft schloss Odilia die Augen. Sie fror und war schweißgebadet zugleich. Gerhard kam und kam nicht nach Hause. Zwischendurch wischte Mechthild ihr den Schweiß von der Stirn oder gab ihr lauwarme Hühnerbrühe zu trinken, die sie mühsam in kleinen Schlucken hinabzwang.

Endlich erschien Gerhards untersetzte Gestalt an ihrem Bett.

«Ist er tot?», fragte sie kaum hörbar.

Er ließ sich auf dem Bettrand nieder, und sie erkannte, dass er geweint hatte.

«Ich weiß es nicht», erwiderte er, und erneut liefen ihm die Tränen übers Gesicht.

«Wo … wo ist er jetzt?»

«Im Kerker vom Heiliggeistspital. Der Scharfrichter verarztet ihn dort. Man hat ihm ... man hat ihm auf dem Markt die Augen ausgestochen.»

Odilia wollte schreien, doch es kam nur ein trockenes Krächzen. Ein ums andere Mal sah sie, ob sie wollte oder nicht, den Dolch des Henkers vor Jecklins jungenhaftem Gesicht verharren, um dann kraftvoll in dessen Augenhöhlen zu stoßen. Ihr Magen hob und senkte sich, dann würgte sie auch schon in schmerzhaften Krämpfen bittere Galle hervor, bis ihr schwarz vor Augen wurde.

Als sie wieder zu sich kam, lag Gerhard angekleidet neben ihr im Bett und starrte gegen die Decke. Draußen dämmerte es bereits. Als er merkte, dass sie sich regte, drehte er sich zu ihr um.

«Geht es dir besser?»

«Ja, ein wenig. Ist es also wahr, dass Jecklin geblendet wurde? Habe ich das nicht geträumt?»

Er nickte müde. «Es ist wahr. Ich war soeben im Spital und habe mich erkundigt. Er hat es überlebt. Sobald die Augenhöhlen einigermaßen verheilt sind, muss er die Stadt auf immer verlassen.»

Odilia biss sich auf die Lippen. Innerlich schüttelte es sie vor Grauen. Für den armen Jecklin wäre es allemal besser gewesen, man hätte ihn gehenkt.

Kapitel 13

Vom Herbst des Jahres 1288
bis zum Sommer des Jahres 1289

Eine warme Oktobersonne schien durch die offenen Fenster der gräflichen Kemenate, wo ein Diener soeben mitten im Raum einen kleinen Tisch aufgestellt hatte. Zum heutigen Mittagessen hatte Egino seine engsten Freunde eingeladen, hatte ausgiebig mit ihnen und seiner Familie im großen Saal gespeist, und nun wollte er sie, zum Nachtisch sozusagen, überraschen.

Er entrollte die mit feinem Pinselstrich gemalte Landkarte und steckte sie vorsichtig mit Nägelchen an den Ecken und Seiten fest, während seine Gefährten drüben am Fenster auf der steinernen Bank saßen und warteten, was da kommen würde.

Fast zärtlich strich er das Pergament glatt. Die obere Hälfte der Karte zeigte die Umgebung von Mömpelgard, mit dem Burgschloss im Mittelpunkt, die untere die Pfalzgrafschaft von Burgund. Grüne Tannen und hellbraune Bergspitzen kennzeichneten die Wälder und Gebirge, dazwischen schlängelten sich mehr oder weniger dicke blaue Linien für Flüsse und Bäche. Die wichtigsten Burgen und Klöster waren ebenso eingefügt wie sämtliche Ortschaften, allesamt als winzige Zeichnungen und mit ihren Namen beschriftet. Er konnte sich an der Karte nicht sattsehen, die ein Bote am Abend zuvor aus Basel überbracht hatte – ein wahres Meisterwerk aus der bischöflichen Mal- und Schreibwerkstatt, das seinen hohen Preis wert war. Er wollte sich nämlich mit seinen Mannen nicht wieder in den sumpfigen Flusstälern verirren wie beim letzten Mal, als die königliche Streitmacht zunächst auseinandergesprengt worden war.

«So rück schon heraus mit der Sprache», rief Wilhelm, Eginos treuester Gefährte seit Jugendzeiten, von der Fensterbank herüber. «Was ist das für ein Pergament? Eine Urkunde?»

«Wahrscheinlich hat unser Freund sich zeichnen lassen.» Gregor von Falkenstein schenkte sich und den anderen aus der Karaffe Wein nach. «Für eine weitere Skulptur in Liebfrauen, der eitle Geck.»

Großmütig überhörte Egino die kecke Bemerkung seines alten Kampfgenossen.

«Ich bin gleich so weit.» Er heftete das letzte Nägelchen an. «So Freunde, jetzt lasst das Saufen und kommt her. Und wehe, einer von euch Tölpeln schüttet mir Rotwein über die Karte.»

Neugierig umringten die drei Männer den Tisch. Der Dritte im Bunde war Cunrad Reinbot, der Sohn des Schultheißen und ein rechter Haudrauf. Wie eigentlich alle hier im Raum. Seitdem Reinbot als junger Mann aus dem Orden der Freiburger Deutschherren entflohen war und dabei den Komtur gemeuchelt hatte, lebte er mehr oder weniger hier oben auf der Burg, obwohl ihm längst keine Verfolgung mehr drohte.

Der Falkensteiner lugte Egino über die Schulter. «Wo soll's denn diesmal hingehen. Etwa wieder nach Mömpelgard, wie vor sechs Jahren?»

Egino grinste. «Seit wann kannst du lesen? Ja, du hast es fast erraten. Zunächst geht es gegen Rainald von Mömpelgard, der unserem lieben Fürstbischof von Basel mal wieder Ländereien streitig macht. König Rudolf hat dem Bischof seine Unterstützung zugesagt, da er ohnehin einen Feldzug gegen die Pfalzgrafschaft Burgund im Auge hat. Sobald wir in Mömpelgard reinen Tisch gemacht haben, geht es also schnurstracks weiter nach Bisanz.»

Triumphierend sah er in die Runde.

«Die Zeit der Langeweile ist vorbei, liebe Freunde. Wir ziehen in eine neue Schlacht an der Seite des Königs. Darauf lasst uns jetzt trinken!»

Er trat an die Fensterbank und schenkte sich ebenfalls Wein ein.

«Wie lange haben wir Zeit, uns zu präparieren?», fragte Reinbot und angelte sich ein Stück Brot aus dem Korb neben der Karaffe.

«Zu Lichtmess finden wir uns auf der Königsburg von Ensisheim ein und stoßen dort auf Rudolfs Heer. Das sind noch knapp vier Monate. Drei Dutzend gut ausgerüstete Ritter sollten wir bis dahin allerdings schon aufbringen. Ich weiß, dass uns das einen schönen Sack Silber kostet, aber wir wollen uns vor Rudolf schließlich nicht zum Gespött machen.»

Wilhelm hob seinen Kelch. «Auf König Rudolf und unseren Malefizkerl Egino!»

«Auf meine treuen Gefährten!», gab er zurück.

Es stimmte ihn glücklich, dass sich die Männer von seiner Vorfreude anstecken ließen. Seitdem sein kluger Vetter Heinrich von Fürstenberg die Versöhnung mit dem König eingefädelt hatte, bewies Egino diesem immer wieder seine Verbundenheit. Und was gab es Schöneres, als hierfür mit guten Freunden in den Kampf zu ziehen.

In bester Stimmung hatten sie bereits den zweiten Krug Wein geleert, als Eginos Leibdiener eintrat.

«Verzeiht die Störung, lieber Herr, aber ich soll Euch ein Gesuch unseres neuen Burgbecks überbringen.»

«Wie? Wir haben einen neuen Burgbeck?», grinste Egino, schon reichlich angetrunken. «Der hat sich mir noch gar nicht vorgestellt.»

«Nein, nein, der Hannes ist schon seit seiner Kindheit auf der Burg. Und seit dem Tod vom Burgbeck Herrmann ist er der neue Meister in der Backstube.»

«Dachte ich mir's.» Wilhelm biss in einen Kanten Brot und sprach mit vollem Mund weiter. «Euer Brot ist zehnmal besser geworden. Das kann sogar ich mit meinem fauligen Stummelgebiss kauen. Ein guter Mann, dieser Hannes. Er gehört zum Oberburgbeck befördert!»

Alle lachten.

«Was ersucht er denn, dieser Hannes?», fragte Egino. «Will er vielleicht einen neuen Backofen?»

«Nein, Herr. Er ersucht Euer Wohlgeboren um eine Heiratserlaubnis. Er möchte die Maria ehelichen.»

«Maria? Was für eine Maria?» Ganz dumpf verband Egino mit diesem Namen die Gestalt eines Kindes, ohne dessen Gesicht vor Augen zu haben.

«Nun, die Ankleidemagd Eurer gnädigen Gemahlin.»

«Ankleidemagd!» Er machte eine abwehrende Handbewegung und verschüttete dabei von seinem Rotwein. «Geh damit zur Gräfin. Ich habe wahrhaftig Wichtigeres zu tun in diesen Tagen.»

Nach seinem Mittagsschläfchen suchte Egino denn doch Katharina in ihrer Kemenate auf. Auch wenn sich die Burgherrin um alle Belange der Haushaltung kümmerte, so war die Bewilligung einer Heirat noch immer allein seine Sache.

Er fand seine Frau mit geschlossenen Augen im Lehnstuhl ruhend. Ihre beiden Töchter waren wohl mit der Kinderfrau unterwegs. Neben Katharina stillte die Amme, die breitbeinig wie ein Fuhrmann auf einem Schemel hockte, mit ihren herrlich prallen Brüsten seinen Viertgeborenen Gebhard, der eigentlich längst dem Säuglingsalter entwachsen war, während der neunjährige Konrad auf einem Steckenpferd kreuz und quer durch die Kemenate tobte. Prompt fegte er mit dem Stab einen irdenen Krug von der Truhe, der in tausend Stücke zersprang.

«Konrad!», brüllte Egino, und Katharina fuhr aus ihrem Lehnstuhl auf.

«Das tut mir leid, Vater.» Schuldbewusst sah der Knabe zu Boden, um im nächsten Moment zu grinsen anzufangen.

Egino versetzte ihm eine leichte Maulschelle, war aber innerlich stolz auf seinen Ältesten. Dieses Ungestüme würde ihn dereinst zu einem wagemutigen Ritter und unbeugsamen Herrscher machen, dessen war er sich gewiss. Nur leider hatte er vorerst reichlich Ärger mit ihm. Die Knechte und Diener beschwerten sich ständig über sein freches Mundwerk, und Markgraf Heinrich von Hachberg, zu dem er ihn als Siebenjährigen geschickt hatte, damit man ihn zum Pagen erziehe, hatte ihn diesen Sommer zurückgeschickt: Allzu wild und rüpelhaft sei der Knabe. Höchste Zeit, dass Konrad Reiten, Ringen und das Waffenhandwerk lernte, und zwar nicht hier, sondern bei Walter von Geroldseck, der als rechter Teufelskerl bekannt war.

Er beugte sich zu der schläfrig blinzelnden Katharina herunter und drückte ihr einen Kuss auf die Stirn.

«Pfui! Du stinkst nach Wein!», fuhr sie ihn an, und augenblicklich wich er zurück. Wie garstig dieses Weib sein konnte. Manchmal fürchtete er sich fast vor ihrem harschen Wesen.

Er straffte die Schultern. «Wo ist deine Ankleidemagd Marie?»

«Sie heißt Maria und ist nebenan in der Kleiderkammer, um Schuhe zu putzen. Was willst du von ihr?»

«Der Burgbeck bittet mich um Bewilligung, sie heiraten zu dürfen.»

«Das wundert mich nicht. Dieser Hannes macht ihr schon lange den Hof.»

Er zwinkerte ihr zu. «Was du nicht alles weißt», versuchte er zu scherzen, während er den zweiten Lehnstuhl heranzog, doch sie ging nicht darauf ein. Wie vertrocknet sie schon wirkte mit ihren gut fünfunddreißig Jahren. Wie eine welke Blume.

«Ich habe nichts gegen eine Heirat einzuwenden, mein lieber Egino», sagte sie in einem Tonfall, als hätte *sie* zu entscheiden. «Unter einer Bedingung: Maria muss weiterhin in meinen Diensten bleiben. Sie ist zuverlässig, still und fügsam.»

Egino nickte. «Konrad, mein Junge, hol den Burgbeck her und bring auf dem Rückweg diese Maria mit.»

Der Knabe galoppierte auf seinem Stecken hinaus.

«Ist sie schon lange bei dir?», wandte er sich wieder an Katharina und setzte sich neben sie.

Sie zog erstaunt ihre mit Kohlestift aufgemalten Brauen in die Höhe. «Erinnerst du dich etwa nicht? Du hast sie mir zum einjährigen Hochzeitstag übergeben. Sie ist das Bankert von einem der Herren von Geroldseck und an die achtzehn oder neunzehn Jahre alt.»

«Richtig.» Er schlug sich gegen die Stirn. Dabei erinnerte er sich keinen Deut daran.

Schweigend saßen sie nebeneinander im Lehnstuhl und hatten sich nichts zu sagen. Die Amme war mit dem Stillen fertig, legte den eingeschlafenen Gebhard zurück in die Wiege und verließ mit einem kurzen Gruß den Raum, als auch schon Konrad hereingestürmt kam.

«Befehl ausgeführt», brüllte er so laut, dass die junge Magd hinter ihm erschrocken zusammenzuckte.

«Tretet näher, Hannes und Maria», befahl Katharina.

Der Burgbeck, ein eher unscheinbarer, breitschultriger Kerl von Mitte zwanzig, verneigte sich kurz mit selbstbewusstem Blick, die Magd hingegen wirkte reichlich eingeschüchtert, als sie jetzt tief das Knie beugte.

Egino konnte nicht anders, als sie anzustarren. Vielleicht war er ja immer noch ein wenig betrunken, doch selten zuvor hatte er ein so makellos schönes junges Weib gesehen. Hochgewachsen und schlank wie ein Reh war sie, mit pechschwarzen Locken, dunklen Augen und einer samtigen, walnussfarben schimmernden Haut. Die Nase war schmal und leicht gebogen, der Mund mit den vollen Lippen wirkte empfindsam und sinnlich zugleich. Wahrscheinlich hatte sich jener Geroldsecker für sein Vergnügen eine Fahrende aus den welschen Landen genommen, wie sie immer wieder auf den Jahrmärkten anzutreffen waren. Warum nur war ihm dieses junge Ding nie zuvor aufgefallen?

Er spürte, wie sich etwas regte zwischen seinen Lenden. Rasch schlug er die Beine übereinander, umfasste sie mit den Armen und beugte sich vor, um die beiden anzusprechen.

«Ihr wollt also heiraten?»

«Ja, Herr», erwiderten beide gleichzeitig.

«Die Gräfin und ich können eure Dienste nicht entbehren. Erwartet also nicht, dass wir euch aus der Burg entlassen.»

Da trat Hannes einen kleinen Schritt vor. Freimütig blickte er ihn aus seinen hellgrauen Augen an. «Wir bleiben gern in Euren Diensten, Herr. Wenn Ihr uns nur erlauben würdet zu heiraten.»

Egino kniff die Augen zusammen. «Warst du nicht das magere Bürschlein, das uns einstmals ein Freiburger Bäcker angeschleppt hat?»

«Ja, Herr.»

«Sieh an. Ein gestandenes Mannsbild ist aus dir geworden. Wie machst du es eigentlich, dass dein Brot solch eine weiche Kruste hat?»

Egino spürte förmlich, wie der Bäcker ungeduldig wurde.

«Das kommt, wenn man Weidenholz zum Feuern nutzt statt Buche oder Fichte.»

«Du nimmst auch andere Gewürze als dein Vorgänger, nicht wahr?», fuhr Egino fort. Es machte ihm Spaß, ihn zappeln zu lassen wie einen Fisch im Netz.

«Ja, Herr. Neben den üblichen Gartenkräutern tue ich auch Anis, Kümmel und Koriander ins Brot. Wenn ich nun also meine Bitte um Heirat wiederholen dürfte?»

Egino lehnte sich zurück und lächelte. «Du weißt, dass ich als dein Herr das Recht auf eine Heiratsabgabe habe. Hast du denn in deinem Spartopf ein Pfund Pfennige bereit?»

Er erbleichte. «Nein, Herr. Natürlich nicht.»

«Dann will ich dir noch ein wenig Zeit geben anzusparen. Sprechen wir uns wieder, wenn ich von meinem Feldzug aus dem Burgund zurück bin. Und zuvor», scherzhaft drohte er ihm mit dem Finger, «rührst du mir deine schöne Braut nicht an.»

Fast sechs Monate blieb Egino fort. Der erste Gang nach seiner Rückkehr galt der kranken Mutter. Seitdem ihn in ihrem Heerlager am Dub die Nachricht vom plötzlichen Siechtum der alten Gräfin erreicht hatte, hatte er alle Freude am Kampf verloren und darauf gebrannt heimzukehren. Doch erst im Frühsommer hatte König Rudolf sein Ziel erreicht und die Huldigung Ottos von Burgund und dessen Loslösung von Frankreich erzwungen. Noch einmal drei Wochen hatte es gebraucht, bis sie für den Basler Bischof Peter Reich von Reichenstein dessen grenznahe Gebiete zurückerobert hatten.

«Schläfst du, liebe Mutter?», fragte er, als er vor dem zugezogenen Vorhang ihres Himmelbetts stand.

«Nein, mein Junge», kam ihre Antwort mit schwacher Stimme. «Setz dich nur her zu mir und erzähle. Wart ihr erfolgreich?»

Er zog den rotsamtenen Vorhang zur Seite und erschrak, wie er sie da auf dem weißen Linnen liegen sah: Ihr kleines Gesicht war noch spitzer geworden, das weiße Haar ganz licht, und unter den glanzlosen Augen lagen dunkle Schatten. Wo war ihre Schönheit geblieben?

Er schluckte und setzte sich auf die Bettkante.

«Ja, Mutter. Wir sind siegreich heimgekehrt.»

In weit ausholenden Sätzen berichtete er von ihren Feldzügen und Belagerungen, bis es plötzlich fast weinerlich aus ihm herausbrach: «Nur ich selbst habe nichts gewonnen. Kein einziges Lehen habe ich erhalten, nicht einmal die neuerliche Herrschaft über Villingen und Neuenburg.»

«Die Ehre, mein Junge, du vergisst die Ehre», tröstete sie und streichelte seine Hand. «Du stehst bei Rudolf in hohem Ansehen, und das weißt du auch.»

«Was bringt mir die Ehre, wenn ich jetzt erneut mit einem Berg von Schulden dastehe!»

«Du wirst schon Wege finden. Und jetzt lass mich wieder

ein wenig schlafen. Warst du überhaupt schon bei Katharina?»

Er schüttelte den Kopf. An sie hatte er die ganzen Monate höchstens flüchtig und ohne Freude gedacht.

«Schlaf gut, Mutter. Bis morgen.»

Er küsste sie auf die Stirn, zog den Vorhang zu und ging hinüber in seine eigene Kemenate. Dort schenkte er sich Wein ein und trat ans offene Fenster. Obwohl die Sonne schon tief stand, war die Luft noch immer sehr warm. Zu Füßen des Burgbergs lag die Stadt friedlich und still in der sonntäglichen Abendsonne, und er fühlte sich mit einem Mal unendlich einsam. Auf das Wiedersehen mit seiner Frau brannte er weiß Gott nicht. Da ertönte Hufgetrappel. Vier Reiter kehrten mit ihren Hunden und Greifvögeln von der Falkenjagd zurück, einer davon war Katharina. Sie ließ sich vom Pferd helfen und reichte dem Falkner ihren Lederhandschuh. Selbst von hier oben erkannte Egino den herrischen, hochmütigen Ausdruck auf ihrem Gesicht. Wahrscheinlich hatte sie ihn ebenso wenig vermisst wie umgekehrt.

Schon im nächsten Augenblick schlug sein Herz schneller: Anmutig wie eine Edelfrau kam Katharinas Magd Maria die Außentreppe des Palas herunter. Wie blühend sie wirkte neben Katharina, noch blühender und schöner, als er sie in Erinnerung hatte! Er konnte ihre zarte Haut, ihr festes Fleisch, ihre kleinen, runden Brüste wahrhaftig unter seinen Fingern spüren. Wenn er ihr doch einmal nur allein begegnen könnte ... Aber er wusste, sie nächtigte gemeinsam mit der Kammermagd im Vorzimmer der Frauenkemenaten. Er musste sie zu sich bestellen, unter einem Vorwand, der ihre Verheiratung betraf. Er würde ihr Wein reichen und süßes Gebäck, sie bitten, neben ihm auf dem Bettkasten Platz zu nehmen, was sie als gehorsames Mädchen auch tun würde. Wie nebenbei würde er unter Plaudereien eng an sie heranrücken und über ihre nackten, schlanken Arme streichen, um dann das Mieder ihres Sommerkleides aufzuschnüren. Spätestens jetzt würde sie sich wehren, aber umso besser! Das spornte nur noch mehr an, wenn er sie dann mit seinen starken Armen und Schenkeln rücklings aufs Bett zwingen und ihr die Rocksäume hochschieben würde, bis sich ihr Schoß nackt und schutzlos darbot. Ihre Schreie würde er mit einem Kuss ersticken und …

«Graf Egino!»

Er zuckte zusammen und drehte den Kopf zur Tür, in der eine dickliche Gestalt mit einem Buch im Arm stand. Wie hinter einem Schleier erkannte er erst auf den zweiten Blick seinen Schatzmeister. Hastig strich er seine Tunika zurecht und wandte sich um.

«Bist du noch bei Trost, mich so zu erschrecken?», schnauzte er und beeilte sich, Fassung zu gewinnen. Hatte er etwa gestöhnt? Und wenn schon, was ging das diesen alten Fettsack an.

«Verzeiht, aber habt Ihr mich nicht klopfen hören?»

Egino hatte vollkommen vergessen, dass er gleich nach seiner Ankunft nach dem Schatzmeister hatte schicken lassen, auf dass der ihm mitteile, wie es um das gräfliche Vermögen stand.

«Alsdann berichte!» Er begann, im Raum auf und ab zu schreiten. «Aber bitte keine Hiobsbotschaft, sonst lass ich dich aufhängen.»

Der Mann erbleichte. «Leider habe ich keine andere Botschaft. Ihr braucht dringlichst Geld, die gräfliche Truhe ist sozusagen leer.»

«Das glaube ich nicht. Das darf doch nicht wahr sein.»

«Dann seht bitte her.»

Er eilte mit seinem großen Buch zur Fensterbank und schlug es dort auf.

«Hier seht Ihr den Abschluss der letzten sechs Monate.»

«Will ich das sehen?», schrie Egino ihn an. «Nein, das will ich nicht. Sag mir lieber, was zu tun ist.»

«Die Stadt muss Euch aushelfen, mit mindestens tausendvierhundert Mark Silber.»

Egino blieb der Mund offen stehen. «Sag das noch einmal.»

«Mit mindestens …»

«Schweig, du Hund. Ich habe verstanden. Die Bürgerschaft wird einen Teufel tun, uns schon wieder eine solch hohe Summe zu zahlen.»

«Sie ist Euch zu Treue verpflichtet, Herr. Im Gegenzug wird man natürlich auch etwas verlangen. Ich schlage vor, Ihr bietet dem Rat die Bauherrschaft von Liebfrauen an. Selbst die Mehrheit der alten Geschlechter drängt inzwischen darauf, und Ihr seid diesen Klotz am Bein endlich los.»

«Niemals! Solange ich am Leben bin, ist dies *meine* Kirche, das habe ich meiner lieben Mutter und meinem seligen Herrn Vater geschworen.»

«Nun, dann gibt es noch die andere Lösung, die Euch aber teurer kommt: Ihr gewährt der Stadt für weitere zehn Jahre das Recht auf Ungeld auf Korn und auf Wein.»

In dieser Nacht fand Egino keinen Schlaf. Er saß in der Falle. Der Großteil seiner Güter und Rechte war in den Händen irgendwelcher Snewlins oder Malterers oder Herren von Krozingen, Stühlingen und Munzingen, die damit reicher und reicher wurden. Nicht einmal die Ausbildung von Konrad zum Knappen würde er sich mehr leisten können.

Als er im Morgengrauen endlich eingenickt war, wurde er auch schon von Katharinas aufgeregter Stimme geweckt.

«Rasch, steh auf! Deine Mutter ist verstorben.»

Verständnislos starrte er sie an. Dann heulte er auf wie ein geprügelter Hund und klammerte sich schluchzend an sie.

Kapitel 14

Vom Herbst des Jahres 1289
bis März, Anno Domini 1291

Der volle Mond schob sich strahlend hell über den Burgberg, als Gerhard und Odilia, beide nur im losen Hemd,
über den verlassenen Kirchhof rannten, als sei der Leibhaftige
hinter ihnen her. Der alte Kirchendiener, der die Nachtwache
hielt, hatte sie aus dem Schlaf gerissen: «Kommt schnell, da ist
jemand auf dem Turm und läuft im Tretrad!»

Schon von weitem erblickte Gerhard die schlaksige Gestalt,
die nun den Mauerkranz betrat. Vor Schreck blieb ihm das
Herz stehen: Nur einer vermochte sich so gewandt und tritt-
sicher in großer Höhe zu bewegen, und zwar Jecklin. Aber
jetzt er war blind, seine leeren, wunden Augenhöhlen hinter
einer Binde verborgen.

«Bleib stehen!», brüllte Gerhard und wollte schneller laufen,
aber seine Beine waren plötzlich schwer wie Blei. Zu seiner Erleichterung trat Jecklin ein paar Schritte zurück auf die Plattform, indessen nur, um Anlauf zu nehmen, mit ausgebreiteten
Armen loszustürmen und über den Mauerrand hinweg pfeil-
schnell wie eine Schwalbe in die Luft zu schießen. Gerhard
schrie auf – und erwachte schweißgebadet.

Er hatte lange nicht mehr von jener Nacht geträumt, hatte
schon gehofft, diesen Schrecken für immer überwunden zu
haben. Aber dem war wohl nicht so. Über vier Jahre war es nun

her, dass sich Jecklin, nachdem der Henker ihn im Spitalkerker wieder ins Leben zurückgebracht hatte, die Erfüllung eines letzten Wunsches erflehte: Vor seinem Stadtverweis wolle er einmal noch zum Abschied bei seinen Steinmetzbrüdern übernachten. Es wurde ihm bewilligt, und so hatten sie alle zusammen einen letzten tränenreichen Abend miteinander verbracht. In jener Vollmondnacht dann hatten Odilia und er mitansehen müssen, wie Jecklin sich zu Tode stürzte. Für einen winzigen Augenblick hatte es tatsächlich ausgesehen, als könne er fliegen wie ein Vogel, doch dann war auch schon der dumpfe Aufprall auf der Nordseite des halbfertigen Turms zu hören gewesen, wo sie den zerschmetterten Leichnam fanden.

Er drehte sich zu Odilia, die unruhig im Schlaf zuckte, und tastete nach ihrer Hand. Vielleicht träumte auch sie gerade von dem Entsetzlichen, dessen sie Zeuge geworden waren. Sie hatte den Tod ihres Schützlings noch viel weniger verwunden als er, war seit jener Nacht sichtlich gealtert, ihr Haar fast mit einem Schlag ergraut. Vor allem aber hatte sie ein großes Stück ihrer Heiterkeit und Zuversicht verloren.

Vergebens versuchte Gerhard, wieder einzuschlafen, und so kleidete er sich schließlich leise an, schlüpfte in Stiefel und Winterumhang, setzte sich das Barett auf das schüttere Haar und tappte durch die nächtliche Kälte nach unten. In der Küche der Fabrica tat er, was sonst die beiden Frauen erledigten, er fachte das Herdfeuer an, setzte einen Topf Wasser für den Hafermus auf und deckte den Tisch in der Diele. Noch immer fröstelte ihn in seinem zerschlissenen Mantel, neue, warme Gewänder hatten sie zuletzt vor Jahren erhalten, und Geschenke zu Weihnachten oder Ostern gab es längst nicht mehr.

Das war es aber nicht, was ihn immer matter und mutloser werden ließ. Er war mit seinen Mitte fünfzig einfach zu alt inzwischen, um gegen die täglichen Widrigkeiten anzukämpfen, seine Kraft ging zu Ende. Die Freiburger, ob sie nun vermögend waren oder nicht, taten ihr Bestes, um ihn und seine Männer zu halten, nur konnten auch sie nicht verhindern, dass es mit dem Kirchenneubau Jahr für Jahr schleppender voranging. Zwar standen nun die Mauern von Mittelschiff und Seitenschiffen, doch um das Langhaus einzuwölben, musste man, als Schutzschild gewissermaßen, zuerst den Dachstuhl errichten und ihn eindecken. Die städtischen Gewerke der Zimmerleute und Dachdecker indessen hatte Graf Egino auf seine Burg befohlen, um den Palas zu erneuern, und noch immer wurde an der Umfriedung der südlichen Vorstadt gebaut. So kam es, dass sie für ihre Baustelle allenfalls Wanderhandwerker oder Taglöhner an die Hand bekamen, und der Pfusch etwa beim Mörtelmischen oder Gerüstbau wurde häufiger. Was war nicht alles passiert die letzten zwei Jahre: Lose Mauersteine fielen herab, Fensterbögen stürzten ein, Arbeitsgerüste und Leitern brachen. Nie zuvor hatte es so viele blutige Verletzungen und ernsthafte Unfälle gegeben – so hatte sich Marx diesen Sommer nach einem Sturz den Arm gebrochen und war wochenlang ausgefallen.

Sie konnten froh sein, wenn sie den Winter über das Maßwerk für die drei großen Kapellenfenster am Turm fertig bekamen, um sie im Frühjahr einzusetzen. Die Herrscher- und Heiligenfiguren für die nächste Geschosshöhe der Strebepfeiler hatten dann eben zu warten. Seit kurzem nämlich floss seitens des Grafen gar kein Geld mehr an die Fabrica: Die Grafenmutter war im Sommer verstorben, und das weitere Schicksal von Liebfrauen schien Egino jetzt einerlei. Für die Bauhütte blieb, neben den Bürgerspenden, nur noch der Anteil am Kirchenzehnt, und das reichte gerade einmal für den halben Lohn eines jeden. Alle Samstage blieben seither frei und unbezahlt, ebenso die zahlreichen Heiligentage, an denen sie sonst bis zum Mittagsläuten gearbeitet hatten. Immerhin hatte Gerhard dadurch nun genug Zeit, um seiner alten Leidenschaft, der Bildhauerei, zu frönen: In Absprache mit den Freiburger Priestern arbeitete er mittlerweile an einer neuen, lebensgroßen Marienfigur für den Chor: Die Madonna im Sternenkleid sollte *sein* Geschenk an Liebfrauen sein, und sie würde ihren Platz finden zwischen den beiden schönen Leuchterengeln, die Alfred geschaffen hatte. In Ergänzung zu der erhabenen Himmelskönigin am Eingangsportal würde sie den Menschen zugewandt sein.

Gerhard legte Holz für das Herdfeuer nach und stieß dabei, ohne es zu merken, einen tiefen Seufzer aus. Versonnen beobachtete er die Flammen, wie sie sich ein Holzstück nach dem anderen eroberten.

«Wie schön! Du hast schon eingefeuert», hörte er hinter sich Mechthild sagen. «Na, dann will ich mich mal an die Arbeit machen, damit ihr nachher was zu beißen habt.»

Ihre muntere Stimme versetzte ihm einen Stich. So fröhlich war Odilia früher auch immer des Morgens gewesen.

Nur mühsam kam er aus der Hocke hoch und begrüßte die Köchin.

«Vertrittst du heute deine Frau?», fragte sie ein wenig verwundert. «Sie ist doch nicht etwa krank?»

Noch ehe er antworten konnte, schwang die Küchentür zum Hof auf, und Odilia trat ein.

«Entschuldige, Mechthild, dass ich so spät bin», murmelte sie. «Ich hab schlecht geschlafen heute Nacht.»

Aus müden Augen sah sie Gerhard an.

«Du hast um dich geschlagen und immer wieder aufgeschrien. Du hast schlecht geträumt, nicht wahr?»

«Ja, aber ich weiß nicht mehr, was», flunkerte er. «Dann werde ich mal die Hüttenglocke läuten, damit wir noch ein bisschen was gearbeitet bekommen vor dem Morgenessen.»

Als ob das noch Sinn machte, vor dem Frühstück zwei Stunden zu arbeiten, dachte er bei sich. Dann trat er vor das Haus und wollte eben am Glockenseil ziehen, als er bemerkte, dass sich seine Männer bereits vor der Haupthütte versammelt hatten.

Er ging die wenigen Schritte hinüber und blickte in betretene Gesichter.

«Was gibt's?»

Marx als Parlier trat vor. «Paul und Friedrich haben dir etwas zu sagen, Meister.»

Paul war ein fähiger Laubwerkmacher, sein einstiger Lehrknabe Friedrich hatte sich zu einem guten Steinmetz gemausert. Die beiden waren die Jüngsten der Truppe.

«Alsdann, sprecht», sagte er und ahnte, was da kommen würde.

Paul ergriff das Wort: «Wie du weißt, Meister, haben wir beide drüben in der Ortenau Weib und Kinder. Der halbe Lohn reicht uns nicht aus, und daher bitten wir dich um den Abschied. Wir wollen bei der Stiftskirche in Niederhaslach anfragen, wo nach dem großen Brand dringend Steinmetze gesucht werden.»

«So will ich euch nicht halten», erwiderte er nach kurzem Überlegen, und seine Stimme klang plötzlich heiser. «Ich verstehe jeden von euch, der unter diesen widrigen Umständen nicht mehr bleiben will. Wer also noch möchte um Abschied bitten?»

Alle schwiegen sie.

«Du vielleicht, Alfred? Du bist ein Meister in der Bildhauerei, und Erwin von Steinbach würde dich in Straßburg mit offenen Armen aufnehmen.»

Nachdrücklich schüttelte Alfred den Kopf. «Nein, ich bleibe bei dir, solange du hier Baumeister bist! Und Marx und die anderen wollen auch bleiben, das haben wir bereits besprochen. Irgendwie werden wir uns über Wasser halten können, mit kleineren Bauaufträgen in der Stadt oder auch an den Burgen der Ortsadligen. Es wird schon gehen, Meister.»

Nun stiegen ihm doch noch die Tränen in die Augen, und zwar vor Rührung. Wenn die Männer zu ihm standen, würde er auch zu ihnen stehen und sein Möglichstes geben.

Den Winter über hatten sie die Maßwerkteile für die riesigen Fenster der Turmkapelle fertig bekommen, und heute, an einem windigen und kühlen Märztag, überprüften Marx und Gerhard auf dem Sandboden im Mittelschiff deren Passgenauigkeit. Jedes Mal aufs Neue war das eine aufregende Angelegenheit, da kein Hölzchen zwischen den einzelnen Teilen Platz finden durfte, und so hatten sich alle Männer im Kreis versammelt. Am Ende lagen drei formvollendete Fenster zu ihren Füßen, und sie klatschten sich gegenseitig Beifall.

«Gute Arbeit, Männer. Dafür lade ich euch heute Abend in den Storchen ein», versprach Gerhard. «Jetzt nur noch den Glockenstuhl auf den Turm und die Fenster eingesetzt, dann können wir endlich damit beginnen, hier im Mittelschiff den Lichtgaden aufzumauern. Da wir leider nur eine kleine Mannschaft sind, werden wir das in diesem Jahr wohl nicht mehr schaffen, aber auch eine Schnecke erreicht schließlich ihr Ziel.»

Alle lachten.

«Was ist mit den Steinen für die Heiligenfiguren am Turm?», fragte Alfred. «Die sollten doch längst hier sein.»

«Du hast recht. Auch für das Glockengeschoss haben wir kaum noch Werksteine, es hätte längst Nachschub geliefert werden müssen. Marx», wandte er sich an den Parlier, «ihr beginnt schon mal damit, das Westfenster aufzuziehen. Alfred und ich gehen jetzt zum Grubenwerk, nach dem Rechten sehen.»

Der Steinbruch beim Kloster Tennenbach befand sich einen halben Tagesmarsch entfernt. Kaum näherten sie sich gegen Mittag dem Gelände, stürzten ihnen zwei kräftige, wütend kläffende Hunde entgegen. Als sie Gerhard erkannten, wedelten sie freundlich mit dem Schwanz und trollten sich wieder.

Gerhard musste husten, als der Wind eine rotbraune Wolke aufwirbelte. Alles rundum, die Holzhütten, Büsche und Bäume, war mit dem rotbraunen Staub des Buntsandsteins überzogen. Hatte er erwartet, dass die Steinbrecher derzeit aus irgendeinem Grund nicht arbeiten würden, sah er sich getäuscht: Bald zwei Dutzend Männer waren vor und auf den Gerüsten der Abbruchkante zugange. Zur Zufahrtsstraße hin stapelten sich Berge von Rohsteinen, schwere Holzkarren mit hohen Rädern wurden beladen.

Verblüfft blieb Gerhard stehen.

«Verstehst du das?», fragte er Alfred.

Der schüttelte nur den Kopf.

Sie fanden den Grubenmeister in der Schmiedehütte, wo er die geschärften Werkzeuge begutachtete. Überrascht sah er auf, als Gerhard und Alfred die Hütte betraten.

«Könnt Ihr mir erklären, was das zu bedeuten hat?», fragte ihn Gerhard aufgebracht. «Ihr brecht hier Steine in Massen, und bei uns kommt nichts an!»

Der Grubenmeister runzelte die Stirn. »Hat Euch denn niemand Bescheid gegeben? Seit letzten Montag liefern wir nach Breisach.»

Gerhard verschlug es für einen Augenblick die Sprache. «Aber der Stein hier ist ausschließlich für den Neubau von Liebfrauen bestimmt», brachte er schließlich heraus. «Wer hat das angewiesen? Etwa Graf Egino?»

Bestürzt sah der Grubenmeister ihn an. «Aber lieber Meister Gerhard! Ich dachte, Ihr wüsstet längst, dass der Graf den Steinbruch verpfändet hat! So leid es mir tut, aber ab jetzt arbeiten wir für Ritter Dietrich Snewlin im Hof.»

Kapitel 15

Von Martini bis Weihnachten,
Anno Domini 1291

An Sankt Martin des Jahres 1291 erhielt Gerhard erstmals wieder zu seinem noch immer eher kärglichen Wochenlohn einen Jahreslohn obenauf. Es war der neue Bürgermeister höchstselbst, der den Beutel mit Silber kurz vor dem Mittagsläuten vorbeibrachte. Gottfried von Schlettstadt war ein überaus freundlicher Mensch, wie Odilia fand, und er versprach ihnen zugleich, dass sie in den nächsten Tagen ausreichend Brennholz, Korn und Wein für den Winter bekämen, dazu fünfzig Krautköpfe zum Einmachen und sechs Ellen an warmem, gutem Wollstoff.

Der kleine, zierliche Mann mit dem Spitzbart und dem kurzgeschnittenen Haar unter dem Barett war der erste Freiburger Bürgermeister überhaupt. Graf Egino hatte ihn im Sommer feierlich ins Amt berufen, vorgeschlagen aber hatten ihn die Herren vom Neuen Rat, und so war es nicht erstaunlich, dass Gottfried von Schlettstadt keinem Rittergeschlecht entstammte, sondern einer alten elsässischen Kaufmannsfamilie.

«Siehst du», sagte Gerhard zu Odilia, nachdem sich der Bürgermeister von ihnen verabschiedet hatte, «es geht wieder ein klein wenig aufwärts.»

Sie nickte, wenn auch wenig überzeugt. Wie oft hatten sie das schon geglaubt, und dann war es doch anders gekommen.

Die zweite gute Nachricht an diesem Tag freute sie umso mehr. Während des Abendessens schaute Anselm in der Fabrica vorbei, und Odilia nötigte ihn, sich wenigstens auf einen Becher Wein zu ihnen zu setzen. Er war wirklich ein würdiger Nachfolger seines Vaters. Nicht nur, dass er überaus erfolgreich dessen Geschäfte weiterführte, er setzte sich auch voller Eifer für die Belange der Bauhütte ein. Unter den Bürgern genoss er hohes Ansehen, saß trotz seines jungen Alters seit zwei Jahren im Magistrat, und brauchte man einen Vermittler, sei es zwischen Altem und Neuen Rat, sei es zwischen den Bürgern und dem Grafen, so holte man ihn gerne hinzu. Alles, was er anpackte, schien ihm zu gelingen, und doch lag manchmal ein Schatten von Traurigkeit in seinen Gesichtszügen: Verena, mit der er seit gut fünf Jahren verheiratet war, wurde und wurde nicht schwanger.

Heute indessen strahlte er.

«Es geht aufwärts!», rief er in die Runde der Steinmetzbrüder, nachdem er sich gesetzt hatte. «Nicht nur, dass Freiburg jetzt endlich einen Bürgermeister hat, der obendrein ein überzeugter Befürworter des Kirchenbaus ist – bald werden wir Bürger über alle Belange in Verwaltung, Marktordnung und Handel selbst bestimmen können. Und spätestens dann werden wir aus unseren Reihen einen Kirchenpfleger bestimmen, der die alleinige Aufsicht über die Fabrica innehat.»

«Hört, hört», brummte Marx argwöhnisch, während die anderen dem Gast begeistert zutranken.

Auch Odilia zog Anselms überschwängliche Worte eher in Zweifel. Das alles hatte sie schon so oft gehört, seitdem vor anderthalb Jahren, als keine Steine mehr angeliefert wurden, der Bau zum Stillstand gekommen war. Da hatte Gerhard endgültig alles hinwerfen wollen. Fast der gesamte Rat war damals bei ihnen aufmarschiert, um ihn zu beschwören zu bleiben. Man werde einen anderen Steinbruch finden und zu pachten versuchen, und bis dahin möge er doch mit seinen Leuten den Glockenstuhl auf den Turm versetzen. Man habe hierfür, ihm zur Unterstützung, bereits einen Waldkircher Zimmermannsmeister verpflichtet. Denn dass die Glocke noch immer vom Boden des Kirchplatzes aus läute, sei Unser Lieben Frauen schließlich nicht würdig. Tatsächlich fand sich eines Tages ein Sandsteinbruch nahe dem Dorf Heimbach, gut viereinhalb Wegstunden nördlich der Stadt und damit gerade noch in erreichbarer Nähe für die Ochsenfuhrwerke. Doch seitdem die Männer im Langhaus mit dem Lichtgaden begonnen hatten, stockte der Nachschub immer wieder, obendrein war der Stein für die Bildhauerei fast zu hart.

«Eigentlich, liebe Odilia, lieber Gerhard», hörte Odilia Anselm sagen, und seine Stimme klang noch beschwingter, «wollte ich euch heute Abend aber etwas ganz anderes mitteilen, von dem ich sehr hoffe, dass es euch freuen wird.»

Er hob seinen Becher.

«Auf mein geliebtes Weib Verena und unser erstes Kind, das sie unter dem Herzen trägt. Die Hebamme, die heute …»

Der Rest seines Satzes ging in lautem Jubel unter. Sofort schossen Odilia vor Freude die Tränen in die Augen. Sie sprang auf und umarmte Anselm quer über den Tisch hinweg.

«Das müssen wir feiern», rief Alfred. «Da hol ich doch sofort meine Fidel aus der Werkstatt.»

Als sie an diesem Abend zu Bett gingen, küsste Gerhard sie zärtlich auf die Wange.

«Weißt du, Odilia, was mich an Anselms Nachricht am meisten gefreut hat? Wie du gestrahlt hast! Zum ersten Mal seit langem habe ich dich wieder so glücklich gesehen.»

In dieser Nacht erwachte Odilia noch vor dem Morgengrauen von einem leisen Knall, gefolgt von einem seltsamen Knistern. Schlaftrunken richtete sie sich auf, als ihr auch schon Brandgeruch in die Nase stieg. Und zwar nicht der eines gewöhnlichen kleinen Herdfeuers.

«Gerhard, wach auf!» Sie schüttelte ihn. «Es brennt!»

Ungeachtet der Novemberkälte stürzte sie barfuß und nur im Hemd hinaus auf die Treppe: Nebenan stand das Strohdach der Haupthütte lichterloh in Flammen, schon erklangen draußen die Schreie «Feurio! Feurio!».

Auch Gerhard war blitzschnell auf den Beinen. Sie eilten hinunter in den Hof, rissen die Tür zur Küche auf, griffen sich jeder zwei Wassereimer und rannten durch die Diele wieder hinaus. Vor der offenen Haustür stand Johannes von Keppenbach im übergeworfenen Mantel und starrte ungläubig auf die brennende Werkstatt.

«Was glotzt Ihr da?», herrschte Gerhard den Schaffner an. «Helft lieber dem Feuermeister, Ledereimer und Feuerhaken aus der Kanzlei herbeizuschaffen.»

Im Schein der Flammen sah Odilia, dass die Steinmetze, die nach wie vor ihren Schlafraum in der Werkstatthütte hatten, bereits alle nach draußen geflüchtet waren, dem Himmel sei Dank! Sie waren dabei, aus dem Schuppen sämtliche Gefäße herauszuzerren, um damit eine Kette zum Brunnen und zum nahen Bächlein zu bilden. Vom Christoffelsturm läutete die Feuerglocke, schon rannten zwei Nachtwächter herbei und die ersten Anwohner. Auch Mechthild und die Magd des Schaffners waren nun mit dabei.

«Alle Weiber in die hintere Reihe», schrie Gerhard, um das Prasseln und Knacken zu übertönen. «Auch du, Odilia.»

Sie gehorchte und stellte sich in die Nähe des Brunnens, wo

ihr schon gleich darauf der erste gefüllte Eimer gereicht wurde. Angsterfüllt starrte sie auf die in den Nachthimmel lodernden Flammen. Würden sie womöglich über den Schuppen auf die Häuser der Fabrica übergreifen?

Mittlerweile hatte sich eine zweite Reihe neben ihnen gebildet. Ein Eimer nach dem anderen wanderte durch Odilias Hände, aber die Männer vorne schienen dem Feuer nicht Herr zu werden. Sie schrak zusammen, als unter Krachen ein Dachbalken brach und ein Funkenmeer in den Himmel schleuderte.

Wenig später stürzte der nächste Balken ein, und die Holzhütte brannte wie Zunder nieder. Mittlerweile hatten die Knechte des Feuermeisters Wasserfässer herangerollt, doch auch sie konnten nicht verhindern, dass die Hütte einstürzte: Die Werkstatt war verloren!

Als beißende Rauchwolken aufstiegen, hielt es Odilia nicht länger auf ihrem Posten aus und lief nach vorne. Mit tränenden Augen hielt sie Ausschau nach ihrem Mann und entdeckte ihn mit rußgeschwärztem Gesicht neben dem Feuermeister. Auch der Schuppen war eingestürzt und schwelte noch vor sich hin.

«Da ist nichts mehr zu retten», sagte der Feuermeister zu Gerhard gewandt. «Aber wenigstes ist das Feuer nicht übergesprungen.»

Doch Gerhard hörte nicht zu. Sein Blick irrte suchend umher.

«Wo ist Marx?», rief er Alfred zu, der in vorderster Reihe einen Eimer Wasser gegen einen immer noch brennenden Balken schleuderte.

«Vorher war er noch hier», rief er zurück. «Er hat was von unserem Trinkgeldkästlein gefaselt, das im Werkzeugschuppen liegt. Aber ich hab ihm gesagt, er soll sich einen Teufel drum scheren.»

Lange Zeit später, als man die Brandstelle wieder gefahrlos betreten konnte, fanden sie den Parlier in dem halb niedergebrannten Schuppen, mit versengter Haut und von einem Balken erschlagen. Zwischen seinen zu schwarzen Krallen verformten Händen lag ein Häuflein Silber.

Der Weihnachtsabend war kalt und sternenklar. Leise knirschte der Schnee unter ihren Stiefeln, als sich Odilia und Gerhard auf den Heimweg in die Krutenau machten, einem Viertel der einfachen Handwerker, der Gärtner, Fischer und Schifferknechte, wo sie wieder Odilias Elternhaus bezogen hatten. Nach der heiligen Messe und der anschließenden Feier in der Straßburger Bauhütte hatte Erwin von Steinbach sie zusammen mit einigen Steinmetzbrüdern zu sich nach Hause eingeladen. Es war noch sehr nett geworden, aber da Gerhard in letzter Zeit immer so rasch müde wurde, waren sie als Erste aufgebrochen.

Es ist schon seltsam, dachte Odilia, während sie auf der Magdalenenbrücke die Ill überquerten, wie fremd mir Straßburg über all die Jahre geworden ist. Doch sie wollte nicht jammern, auch wenn sie so viele liebe Menschen, allen voran die Wohllebs, möglicherweise nie wiedersehen würde.

Vier Wochen war es her, dass Gerhard nach dem schrecklichen Tod von Marx bei Graf Egino seinen Abschied eingereicht hatte. «Sollen die Freiburger doch mit einem elenden Stumpf als Turm und einem Langhaus ohne Dach leben», waren seine entmutigten Worte gewesen. «Ich will damit nichts mehr zu schaffen haben.» Zuvor schon hatten Alfred und zwei weitere Bildhauer ihr Bündel gepackt, um nach Köln zu ziehen, während Gerhard sich bei Meister Erwin angekündigt und prompt eine Antwort erhalten hatte: Er und seine Männer seien auf der Straßburger Hütte willkommen, für den

Bau der Portalwand mit den zwiefachen Türmen brauche man dringend erfahrene Leute. Dass Erwin ihm keine Werkmeisterstelle anbieten konnte, war Gerhard gleich. Für mehr als Hilfsarbeiten hatte er ohnehin keine Kraft mehr.

So hatte er denn mit seinen verbliebenen fünf Männern die Baustelle noch winterfest gemacht sowie den neuen Glockenstuhl auf dem Turm mit Brettern grob verschalt und überdacht, bevor sie sich unter Tränen von ihren Freunden verabschiedet und auf den Weg gemacht hatten.

«Bereust du, dass wir von Freiburg weggegangen sind?» Odilia hakte sich bei ihm unter.

Er überlegte so lange, dass sie schon glaubte, er habe ihre Frage überhört.

«Nein», gab er schließlich zur Antwort. «Es hat schon alles seine Richtigkeit. Das Einzige, was mich schmerzt, ist, dass ich mein Lebenswerk nicht habe vollenden können.»

«Ein anderer Baumeister wird es tun, Gerhard, nach deinen Plänen, die du in Freiburg zurückgelassen hast.»

Er zuckte die Schultern. «Mag sein. Für mich hat es halt nicht sollen sein. Aber ich versuche, nicht mehr daran zu denken.»

«Ach Gerhard, es gibt keinen Grund, verbittert zu sein. Allein dass du zwei der schönsten Marienfiguren geschaffen hast, mit der Himmelskönigin und der Madonna im Sternenkleid. Jedermann bleibt bewundernd vor ihnen stehen und betrachtet sie andächtig. Und das auf Generationen hinaus.»

Sie waren fast bei der Pforte zum Kloster der Reuerinnen angelangt, wo sich schräg gegenüber Odilias Häuschen befand, als ein leises Wimmern sie aufhorchen ließ.

Odilia blieb stehen. «Was ist das?»

Eben waren sie noch einem Nachtwächter begegnet, ansonsten war auf der stillen Gasse weit und breit niemand zu sehen.

«Wahrscheinlich ein Katzenjunges. Jetzt komm schon, mir ist kalt.»

Er wollte die Gasse überqueren, aber sie nahm ihm die Laterne aus der Hand.

«Warte. Ich will nachsehen.»

Langsam, immer wieder lauschend, wanderte sie die Klostermauer entlang. Das Wimmern wurde stärker und ging in ein Weinen über. Am Pfeiler der Klosterpforte entdeckte sie das Körbchen, und ihr Herzschlag setzte aus: Ein Säugling lag darin, eingewickelt in ein Wolltuch, aus dem nur zwei zusammengekniffene Augen und ein rotes Näschen herausschauten.

«Gütige Muttergottes», murmelte sie erschrocken und setzte die Laterne ab. Behutsam nahm sie das Kleine aus dem Korb, legte es sich unter ihrem Mantel an den Busen und begann fassungslos, die Glocke zu schlagen.

«Was tust du da?», fragte Gerhard, der ihr gefolgt war.

«Jemand hat sein Kind ausgesetzt. Es wird erfrieren, wenn keiner hilft.»

Indessen läutete sie vergebens. Niemand kam zur Pforte.

«Vielleicht sind die Nonnen alle beim Gebet», sagte Gerhard.

«Dann nehmen wir es mit nach Hause.»

«Das meinst du nicht im Ernst.»

Er begann, mit beiden Fäusten gegen das Tor zu hämmern. «Sofort aufmachen», rief er dabei aus Leibeskräften. «Ein Notfall! Zu Hilfe!»

Das Kind an Odilias Brust war still geworden. Lebte es überhaupt noch? Da endlich öffnete sich die Luke im Tor, und ein unfreundliches, noch recht junges Frauengesicht erschien.

«Habt Ihr den Verstand verloren, mitten zur Nacht so herumzubrüllen?», raunzte die Nonne.

«Jetzt folgt schon Eurer Christenpflicht und öffnet!»,
schnauzte Gerhard zurück. «Jemand hat vor Eurer Pforte ein
Kind ausgesetzt.»

«Wenn das Balg zu Euch gehört, dann nehmt es nur gleich
wieder mit.»

Odilia legte ihre Hand in die Luke, bevor diese sich wieder
schließen konnte, und sagte so ruhig, wie es ihr möglich war:
«Sehe ich aus, als könnte ich noch Kinder gebären? Es lag hier
in diesem Korb. Wollt Ihr es etwa am Tag von Christi Geburt
sterben lassen?»

Wie um ihre Worte zu unterstreichen, begann der Säugling
wieder zu schreien. Er lebte!

«Holt sofort die Priorin Hildegard her», setzte Odilia nach.
«Ich bin gut mit ihr bekannt.»

Knarrend öffnete sich ein Türflügel. Die Nonne in ihrer weißen Tracht streckte die Arme aus.

«So gebt schon her, in Gottes Namen.»

Ihre grimmigen Züge wurden weich, als sie das winzige Gesicht erblickte. Fast zärtlich legte sie sich das kleine Wesen in
den Arm und schlug kurz das Wolltuch auseinander. «Es ist ein
Junge, und er scheint unverletzt zu sein. Kommt morgen wieder», wandte sie sich an Gerhard, «damit wir alles ordnungsgemäß aufschreiben können.»

«Worauf Ihr Euch verlassen könnt», erwiderte Odilia an
dessen Stelle.

Dann schlug das Tor vor ihrer Nase wieder zu. Fast hätte
Odilia zu weinen begonnen – vor Erleichterung, aber auch
vor Traurigkeit darüber, dass sie den kleinen Jungen hatte hergeben müssen.

Durchdringend sah Gerhard sie an. «Hättest du das Kind
wirklich mit zu uns nehmen wollen?»

«Ja.» Zugleich schüttelte sie den Kopf. «Aber ich weiß auch, dass wir beide viel zu alt sind.»

Innerlich dankte sie dem Herrgott, dass ihr Weg sie nach Straßburg zurückgeführt hatte. Sonst wäre das Kind an diesem Weihnachtsabend vielleicht jämmerlich erfroren.

BUCH 2

Himmelwärts

DIE JAHRE 1299 BIS 1314

Kapitel 16

Freiburg im Breisgau,
Ende Juni, Anno Domini 1299

Ein Gefühl tiefer Freude durchdrang den Kaufherrn Anselm Wohlleb, als er an diesem warmen Sonntagnachmittag ohne Eile in Richtung Kirchplatz schlenderte und sein Blick immer wieder über die hübschen Bürgerhäuser glitt. Ja, sie alle konnten wahrhaftig stolz sein auf ihre Handels- und Handwerkerstadt, die mehr und mehr aufblühte und gedieh. Der wöchentliche Krämermarkt zog Händler von nah und fern an, die Silber- und Eisenerzminen an den nahen Schwarzwaldhängen schienen niemals zu versiegen, und auch der Fleiß der Handwerker trug zum Wohlstand bei. Der Stadt sah man diesen Wohlstand an: Hohe Steinhäuser, etliche davon als herrschaftliche Anwesen errichtet, säumten die Große Gass, Oberlinden und die Salzgasse, die inzwischen alle drei mit Kies befestigt waren und somit die Leute nicht mehr bei jedem Sturzregen im Morast versanken. Auch war der mächtige Mauerring um die nördliche und südliche Vorstadt weitgehend vollendet. Zahlreiche Ordensgemeinschaften hatten sich nach und nach hier angesiedelt, berühmte Klöster, wie das der Zisterzienser zu Tennenbach, hatten ihre Stadthäuser erbaut, und so manche Bürger und Bürgerinnen stifteten wohltätige Bruder- und Schwesternschaften. Sowohl die Neuburgvorstadt als auch die südliche Fischer- und Gerbervorstadt waren inzwischen dicht an dicht bebaut, und im Westen verdrängten kleine Höfe mit Scheunen und Stallungen allmählich die Gärten und Brachen. So viele Menschen zog es in die aufblühende Stadt am Fuße des Schwarzwalds, und schon dachten die Zünfte daran, dies seitens des Handwerks zu beschränken. Unter den Kaufleuten zog man Ähnliches in Erwägung.

Kein Wunder, dass die Bürger immer selbstbewusster wurden, dachte sich Anselm, als er den schattigen Friedhof betrat. Hartnäckig hatten sie sich von Graf Egino nach und nach wichtige Rechte abgerungen. Zwar besetzten die Alten Vierundzwanziger, diese einstigen Vasallen der Grafen, weiterhin das Gericht, doch seit dem Jahre 1293 bestimmte der Neue Rat mit seinen acht Zunftmeistern, acht Vornehmen und acht Kaufleuten über alle wichtigen Belange der Stadt wie Maße und Gewichte, städtisches Kaufhaus oder Marktordnung gleichberechtigt mit. Dass seither auch bei Gericht zwei zünftige Handwerker als Schöffen dienten und dass dem Obristzunftmeister mit seinen achtzehn Zunftmeistern die Verteidigung der Stadt oblag, zeigte die wachsende Macht des Handwerks. Das mochte zwar nicht allen Vornehmen und Kaufherren gefallen, doch Anselm besaß solcherlei Standesdünkel nicht. Das Wichtigste war doch, dass Alter und Neuer Rat nun gemeinsam tagten und damit gemeinsam im Sinne *aller* Bürger an einem Strang zogen. Und dies bald schon in einem beheizbaren, zweigeschossigen Ratsgebäude, welches man auf einer freien Hofstätte hinter der Kanzlei zu bauen begonnen hatte. Auch dieses Symbol für ihre wachsende Bedeutung erfüllte die Bürger und Bürgerinnen mit Stolz.

Unwillkürlich fiel Anselms Blick auf die halbfertige Liebfrauenkirche. Das Gotteshaus stellte leider einen wahren Schandfleck in ihrer schönen Stadt dar! Seit bald acht Jahren, seitdem der gute alte Meister Gerhard mit seinem Weib und seinen Leuten die Stadt verlassen hatte, trennte eine allmählich bröckelnde Backsteinmauer den Ostteil der Kirche, in dem nach wie vor der Gottesdienst abgehalten wurde, von einer Bauruine, deren Mauern ohne Dach Wind und Wetter schutzlos ausgeliefert waren. Mit einem halbfertigen Turm, der von einem hölzernen Glockenstuhl bekrönt war.

Kopfschüttelnd hielt er vor dem Grab seines Vaters inne. Wäre ihnen diese verschwendungssüchtige, kriegswütige Grafenfamilie nicht als ewige Last auferlegt, hätte man längst den Rang einer Stadt wie Ulm oder Augsburg erlangt. Und Liebfrauen wäre zu einer bedeutenden Kirche fertiggestellt. Doch solange sie als Bürger nicht die Bauherrschaft innehatten, würde sich an dem erbärmlichen Zustand ihrer Pfarrkirche leider nichts ändern. Zumal sich unter den Baumeistern landauf, landab herumgesprochen hatte, dass der Freiburger Stadtherr keinen Pfennig mehr dafür herausrückte und sich gleichzeitig beharrlich weigerte, die Hoheit über Unser Lieben Frauen Werk voll und ganz seinen Bürgern zu übergeben. Noch immer gab es mit dem Keppenbacher einen dem Grafen treu ergebenen Schaffner. Diesem Mann auch nur die geringsten Mittel zum Kirchenbau zu überantworten, dazu war unter den begüterten Freiburgern keiner mehr willens. In diesen Tagen schon gar nicht, wo der nächste vom Grafen entfesselte Sturm über sie hereinzubrechen drohte.

Anselm bekreuzigte sich und kniete vor dem Grabstein nieder, auf dem die Inschriften seiner Eltern und Großeltern eingemeißelt waren.

«Du glaubst es nicht», begann er stille Zwiesprache mit seinem vor bald fünfzehn Jahren verstorbenen Vater zu halten, der immer regen Anteil an den Geschicken der Stadt genommen

hatte. «Es ist, als ob wir uns in einem dieser Laufräder der Bau-
stelle bewegen würden: Haben wir den einen Zwist mit dem
Stadtherrn halbwegs überstanden, steht bereits der nächste an.
Wir treten auf der Stelle, es ändert sich nichts. Nach einem Jahr
Schlachtgetümmel an der Seite Albrechts von Habsburg steckt
Egino in schlimmeren Geldnöten denn je. Nicht nur durch die
Kriegsrüstung, sondern weil der Gegner etliche seiner Güter
im Breisgau zerstört hat. Stell dir vor: Eintausendfünfhundert
Mark Silber fordert unser eigener Graf nun von uns, von seiner
Stadt, als Tribut! Morgen früh wird sich der Gesamtrat der
Achtundvierzig versammeln. Einige wollen sich der Zahlung
ganz und gar verweigern, andere ihrerseits Forderungen daran
knüpfen, und zwar keine geringen, wie man hört. Ich wünsch-
te, du könntest mich beraten, mit all deinen Erfahrungen.»

Gedankenversunken strich er über die Inschrift *Ulrich der
Tucher, genannt Wohlleb.* Fast jeden Sonntag kam er hierher, um
dem Vater über die neuesten Ereignisse zu berichten.

Die Freiburger, sinnierte er weiter, hatten damals schlichtweg auf das falsche Pferd gesetzt, als König Rudolf vor acht
Jahren gestorben war, ohne die angestrebte Kaiserwürde zu erlangen und seinen Sohn Albrecht zum König erheben zu können. Statt Albrecht hatten die Kurfürsten den schwachen und
glücklosen Grafen Adolf von Nassau als neuen König gewählt,
dem auch der Freiburger Magistrat prompt die Treue geschworen hatte. Was leider folgte, das waren Jahre der Auseinandersetzung zwischen dem Nassauer und Albrecht von Habsburg,
der sich mit der entgangenen Krone nicht abfinden mochte.
Als schließlich sogar einige hohe Fürsten im Reich die Recht-
mäßigkeit der Königswahl selbst anzuzweifeln begannen, sah
Albrecht die Gelegenheit gekommen, die Unruhe und die Ge-
schwächtheit des Gegners auszunutzen, und suchte den offe-

nen Kampf mit dem Nassauer – zunächst hier am Oberrhein, dann in der Gegend der Reichsstadt Worms. Und wer ihm bei diesen Schlachten mit seiner Waghalsigkeit zur Seite stand, war niemand anderes als Graf Egino mit seinem erst neunzehnjährigen Sohn Konrad. Selbstredend hatte Egino versucht, in seiner Stadt eine starke Kriegsmannschaft auszuheben, doch nach einem fast einstimmigen Ratsbeschluss hatten die Freiburger ihm und seinem Kriegsherrn Albrecht den Zutritt zur Stadt mit der Verlautbarung verweigert, er solle sich doch seine Gefolgsleute aus dem Breisgauer Adel holen. Sie als Stadtbürger würden niemals gegen den rechtmäßigen König des Heiligen Römischen Reiches in die Schlacht ziehen. Ohnehin hätten sie dem Grafen laut neuem Stadtrecht nur dann Treue und Gefolgschaft geschworen, wenn ihr Herr unrechtmäßig und gewaltsam angegriffen würde. Und das sei hier mitnichten der Fall. Wutschnaubend waren die Heerführer daraufhin von dannen gezogen.

Nur leider hatte sich vergangenen Sommer das Fähnchen im Wind gedreht: In der entscheidenden, auf beiden Seiten verlustreichen Schlacht zu Göllheim – der Nassauer war von den Kürfürsten mittlerweile als König abgesetzt, der Habsburger zum Gegenkönig erklärt worden – wurde Adolf von Nassau erschlagen. Das kam einem Gottesurteil gleich. So ging die Krone wieder auf die Habsburger über. Für Freiburg hieß das, dass man jetzt, wo der Krieg vorbei war, nicht nur den Grafen gegen sich hatte, sondern auch den neuen König Albrecht von Habsburg, da man damals beiden die Gefolgschaft verweigert hatte. Und beide bestanden nun unerbittlich auf die Begleichung der hohen Kriegssteuer von tausendfünfhundert Mark Silber.

«Hier steckst du also», riss ihn die Stimme seiner Mutter Anna aus den Gedanken. Trotz ihrer fast siebzig Jahre war sie noch immer eine rüstige Person mit aufrechtem Gang und regem Geist. An der Hand hielt sie Anselms Ältesten, den siebenjährigen Burkhard.

«Du hast mich gesucht?», fragte er sie.

«Ja. Einer deiner Ratscollegen wartet zu Hause auf dich. Er wollte sich vor eurer Ratssitzung morgen noch einmal mit dir besprechen.»

Anselm verzog das Gesicht. «Nicht mal am Sonntag ist man vor denen sicher», sagte er halb im Ernst, halb im Spaß. Eigentlich hatte er mit Verena und den Kindern noch ein wenig aus der Stadt hinausgewollt.

Seine Mutter lächelte. «Hättest dich halt nicht wieder zur Wahl stellen sollen. Das hast du jetzt davon.»

Tatsächlich hatte er drei Jahre lang mit dem Neuen Rat ausgesetzt. Diese Zeit hatte er gebraucht, um seinen Handel mit Tuchen und Wein neu zu ordnen und nach Westen zu verlagern, ins Elsass und ins Burgund. Und das im Grunde nur, um seinem Erzrivalen Wernher Loderer nicht weiter in die Quere zu kommen, der seinerseits Tuche ins schwäbische Augsburg und Ravensburg vertrieb, um sich dort dann mit Gewürzen aus Venedig zu versorgen. Doch angesichts der neuerlichen Feldzüge Eginos und dessen halbwüchsigen Sohnes Konrad hatten seine Freunde und Nachbarn ihn mehr und mehr gedrängt, sich wieder zur Wahl zu stellen, beliebt und angesehen, wie er unter den Bürgern nun einmal sei.Und so war er vergangene Woche zu Johanni prompt erneut gewählt worden.

«Wer ist es denn? Etwa Bäcker Nussbaum, diese Schwatzbase, oder der Krämer Wissilberli, der wieder mal von Verenas Sonntagskuchen naschen will?»

Seine Mutter schüttelte den Kopf. «Nein, dein Freund Jakob der Müller.»

«Der hingegen soll mir willkommen sein.»

Der Zunftmeister und Besitzer der Paradiesmühle am unteren Stadtbach, der nur wenig älter war als Anselm, wurde seit einigen Jahren wie einstmals sein Vater Heinrich regelmäßig in den Rat gewählt. Trotzdem fühlte er sich immer noch ein wenig unsicher in diesem Kreis und fragte gern um Anselms Meinung.

Nach einem gemeinsamen Gebet am Grab machten Mutter und Sohn sich auf den Heimweg und trafen dabei in der Schustergasse ausgerechnet auf Wernher Loderer. Anselm verdrehte die Augen. Der dreiste Mistkerl pflegte Verena nach wie vor bei jeder Gelegenheit mit Blicken zu verschlingen oder machte ihr gegenüber anzügliche Bemerkungen, die schon an Ehrverletzung grenzten.

Trotz der Wärme trug er einen schweren Brokatmantel und eine pelzverbrämte Kappe, um seinen Reichtum zur Schau zu stellen. Er war gerade dabei, die Tür zum Kaufhaus abzusperren, wo er, genau wie Anselm, einen Teil seiner zum Verkauf stehenden Ware lagerte. Dabei hatte er ihnen seinen breiten Rücken zugewandt, und Anselm wollte mit seiner Mutter am Arm schon grußlos an ihm vorbeieilen, als jener sich umdrehte und mit scheinheiliger Freude ausrief: «Ah, die Familie Wohlleb! Auch zu einem Sonntagsspaziergang unterwegs?»

«Nein, wir kommen vom Grab meines Vaters», entgegnete Anselm eisig.

Wernher senkte in falschem Mitgefühl den Blick und schlug das Kreuzzeichen. «Der Herr sei seiner Seele gnädig.»

Allein dieser Satz ließ in Anselm den nie vergangenen Zorn wieder aufwallen. Den Tod seines Vaters hatte er dem alten Jodokus Loderer noch immer nicht verziehen. Im Nachhinein sah er nämlich den Überfall in der Felsenschlucht mit anderen

Augen: Die Räuber hatten es augenscheinlich damals allein auf Ulrich Wohlleb abgesehen, nur dessen Gold und Silber waren geraubt. Die Packtiere mit den Gewürzen und edlen Tuchen beider Kaufleute hatten sie wundersamerweise nicht angerührt. Inzwischen schloss Anselm nicht aus, dass die Angreifer und Loderers Leibwächter gemeinsame Sache gemacht hatten, waren Letztere doch zuvor im Nebel verschwunden. Und zwar angestiftet vom alten Loderer selbst. Aber das würde er nie beweisen können. Den Tod des Vaters hatte Jodokus Loderer gewiss nicht gewollt, doch einen lästigen Handelskonkurrenten war er damit allemal losgeworden. Und so hatte sich der Alte bis zu seinem plötzlichen Dahinscheiden letzten Sommer eines sich stetig vermehrenden Reichtums erfreuen dürfen.

«Komm, gehen wir weiter.» Anselm nahm seine Mutter beim Arm und ließ Wernher stehen.

«So warte doch», rief der ihm hinterher. «Meinen Glückwunsch zur Wahl in den Neuen Rat! Und richte deiner lieben Verena die besten Grüße von mir aus.»

«Das werde ich ganz sicher *nicht* tun», fauchte Anselm und wollte seinen Schritt beschleunigen. Doch seine Mutter hielt ihn zurück.

«Jetzt renn doch nicht so, mein Junge», tadelte sie ihn. «Ich bin ein altes Weib und kein Füllen. Und überhaupt gebe ich dir einen guten Rat: Schließ deinen Frieden mit den Loderers. Auch wenn es, weiß Gott, nicht leicht war, habe ich das auch hinbekommen, und seitdem geht es meiner Seele besser.»

Anselm fand Jakob den Müller in der Wohnstube vor, wo er mit Klärchen vor dem offenen Fenster am Boden kauerte und Kreiseldrehen spielte. Die blond bezopfte Sechsjährige juchzte vor Begeisterung, als sich jetzt alle sieben Kreisel gleichzeitig drehten – eine Sache, die Anselm noch nie zuwege gebracht hatte.

Grinsend blieb er im Türrahmen stehen und beobachtete die beiden, wobei man nicht zu sagen vermochte, wer von ihnen begeisterter von diesem Spiel war. Anselm mochte Jakob, diesen großen, bulligen Kerl, der zwar kaum Lesen und Schreiben beherrschte, aber das Herz am rechten Fleck hatte. Und es war jederzeit Verlass auf ihn. Er und Thomann der Medicus waren seine engsten Freunde, und deshalb sah Anselm den unangekündigten Sonntagsbesuch auch nicht als Störung, sondern freute sich darüber.

Er wartete, bis die bunten Kreisel aufhörten, einander zu umtanzen, dann klatschte er Beifall.

«Gut gemacht! Damit könnt ihr auf dem Jahrmarkt auftreten.»

Seine Tochter strahlte. «Der Jakob kann das viel besser als du!»

«Ich weiß», lachte Anselm, während der Paradiesmüller schwerfällig auf die Beine kam und sich die Schweißperlen von der Glatze wischte. Der Ärmste war schon in jungen Jahren ganz und gar kahl geworden, doch schien es ihn nicht weiter zu stören. Ohnehin hatte er eine der liebenswürdigsten und hübschesten Frauen Freiburgs, von Verena einmal abgesehen, zum Weib.

«Ich hoffe, ich komm dir nicht ungelegen», begann er. «Sonst sag's nur frei heraus.»

«Aber nein.» Anselm schlug ihm freundschaftlich auf die Schulter. «Komm, setzen wir uns auf die Bank am Fenster.»

Da die Hausmagd sonntagnachmittags frei hatte, war es Verena, die einen Krug Rotwein mit zwei Bechern und einem

Brotkorb hereinbrachte. Sie stellte alles auf dem Tischchen am Fenster ab und schenkte ihnen ein.

«Magst du noch ein Stück Käse dazu?», fragte sie Jakob.

«Danke, Verena, aber wir haben grad erst zu Mittag gegessen.»

«Dann lass ich euch mal allein.»

Die beiden Männer stießen miteinander an.

«Auf unsere Familien und unsere Freundschaft», sagte Anselm.

Jakob nickte ernst. «Und auf die Sitzung morgen. Auf dass wir uns im gesamten Rat einig werden.»

Er nahm einen tiefen Schluck. Dann verzog er ärgerlich das Gesicht.

«Tausendfünfhundert Mark Silber aus der Stadtkasse! Das schlägt doch dem Fass den Boden aus.» Seine Stimme wurde ungehalten. «Der Teufel soll diese Kriegstreiber holen!»

Noch blieb Anselm die Ruhe selbst, doch das würde sich morgen rasch ändern können. «Die Frage ist doch: Was ist sinnvoller? Sollten wir uns der Zahlung erstmals in der Geschichte dieser Stadt ganz und gar verweigern, oder aber unsererseits Forderungen daran knüpfen, wenn wir uns bereit erklären zu zahlen? Eher Letzteres, würde ich denken: Unser letzter großer Heerestribut damals zum Burgundfeldzug liegt fast zehn Jahre zurück. Was bedeutet, dass unser damals mit der Zahlung verknüpftes Recht aufs Ungeld demnächst ausläuft. Wir sollten also eine Verlängerung auf weitere zehn Jahre verlangen, wenn wir schon für die gräflichen Fehden und Heeresdienste geradestehen sollen. Wir könnten sogar einen Schritt weitergehen: Nicht nur die Steuer auf Wein und Korn sollte uns zugutekommen, sondern auch die auf Bier. Dazu einen gerechten Anteil an den Handels- und Marktzöllen. Mit

diesen Einnahmen wäre es ein Leichtes, endlich unsere Pfarrkirche fertigzustellen. Und wir sollten dazu die alleinige Bauherrschaft fordern.»

Jakob verdrehte die Augen. «Das klingt alles gut und schön,
aber die Leute auf der Gasse werden trotzdem sagen, dass wir
den Grafen in die Ärsche kriechen, wenn wir grundsätzlich auf
deren Forderung eingehen. Schließlich muss jeder von ihnen,
ob gut betucht oder arm wie eine Kirchenmaus, sein Scherflein
zu dieser Kriegssteuer beitragen. Ich sage dir: Die Freiburger
haben die Nase endgültig voll, diesen Malefizkerlen ihr sauer
verdientes Geld in den Rachen zu werfen. Du hast doch selbst
erlebt, was letzte Woche beim Schwörtag los war!»

Ja, Anselm erinnerte sich nur allzu gut. Nach dem jährlichen
Gehorsamseid, den jeder Bürger, jeder Hintersasse öffentlich
und unter freiem Himmel zu schwören hatte, ging man gemeinhin nicht an die Arbeit zurück, sondern gleich zur Festwiese
draußen am Schießrain, wo der Stadtknecht das Johannisfeuer
entzündete. So auch Anselm mit seiner Familie. Diesmal indessen war die Feierstimmung nach den ersten Krügen Bier umge-
kippt. Eine Gruppe Handwerksknechte hatte mit brennenden
Fackeln in der Faust den Tanzboden gestürmt und ihre Wut auf
die Grafen hinausgebrüllt: «Für diese Herren wollen wir nicht
mehr bluten! Wir wollen uns nicht länger auspressen lassen! Ihr
Ratsherren, verweigert den Tribut!» Immer mehr Männer wie
auch Weiber hatten sich den Aufrührern angeschlossen, sogar
einige Ratsherren. Immer lauter wurde das Getöse, bis dann die
ersten Bierkrüge durch die Luft flogen und an der Stadtmauer
zerschellten. Da hatte sich Verena mit Anna und den Kindern
eiligst aus dem Staub gemacht, während Anselm mit Hilfe
einiger Ratsgefährten vergeblich versuchte, die Aufrührer zu
beschwichtigen. Am Ende war die Tanzdiele in Flammen auf-

gegangen, und die Scharwache hatte gut drei Dutzend Männer gewaltsam in den Gefängnisturm verfrachten müssen.

Mit diesem Tumult hatte das Freiburger Volk eindeutig kundgetan, was es von seinem Stadtherren hielt, und Anselm beschlich das ungute Gefühl, dass die anstehende Verhandlung zwischen Stadt und Grafenhaus für diesmal nicht friedlich ausgehen würde.

Kapitel 17

Acht Tage später,
Anfang Juli, Anno Domini 1299

Geben wir diesen Großkopferten also, was ihnen gebührt»,
brüllte Metzgermeister Hug Mezziger, ein bauernschlauer, gewitzter Kerl mit der Kraft eines Bären, der als Obristzunftmeister das Bürgerheer befehligte.

«Jawohl!», toste es hundertfach zurück. «Nieder mit der Grafenburg!»

Auf dem Platz von Oberlinden, wo die aus schweren Eichenholzbalken errichtete Wurfschleuder stand, war kein Durchkommen mehr, und Mezzigers Leute hatten Mühe, die Neugierigen auf Abstand von diesem Ungetüm zu halten. Alle starrten sie nun auf den mächtigen hölzernen Arm, an dessen nach unten gespanntem Ende ein schwerer Steinbrocken eingehängt wurde. Endlich würden sie es dem Grafen und seinem Sohn Konrad heimzahlen!

Hannes betete, dass die Schleuder auch ihren Dienst tun würde. Er selbst stand mit Zunftmeister Bertolt Nussbaum und den anderen Bäckern, die zur Bewachung des Obertors abgestellt waren, zwar in einiger Entfernung, dafür würde er die Flugbahn gut im Blick haben. Fast so gut wie die Ratsherren, die sich drüben in den beiden Fensterreihen des Roten Bären drängten.

Auf keine einzige der Forderungen war Graf Egino eingegangen, hatte seinen Stadtbürgern weder die Verlängerung des Ungelds, noch die Handels- und Marktzölle, die Herrschaft über die Fabrica oder das Münzregal zugestehen wollen. Ohne Wenn und Aber verlangte er die Zahlung der hohen Kriegssteuer, da man ihm bei seinen Feldzügen die einst geschworene Treue und Gefolgschaft verweigert habe. Ansonsten, hatte er gedroht, sehe er sich gezwungen, die Stadt zu verpfänden. Doch in seltener Einmütigkeit hatte der Gesamtrat die Zahlung verweigert. So waren vor drei Tagen die gräflichen Kriegsmannen, darunter auch Schultheiß Dietrich von Tusslingen, im strömenden Regen vor den äußeren Stadttoren aufmarschiert, Egino selbst und sein Sohn Konrad mit den engsten Getreuen draußen vor dem Obertor. Lautstark hatten die beiden Einlass verlangt, doch die Fallgitter waren längst heruntergelassen und die Zugbrücken aufgezogen. In Windeseile waren die Tore von innen verbarrikadiert und die zünftigen Wachmannschaften aufgestellt. Man lag nun also im Krieg mit dem Grafen, dem man keck den Zutritt zu seiner eigenen Stadt verwehrt hatte. Der neue Bürgermeister, Ritter Johann Snewlin von Blumenberg, hatte dem Mezziger sogleich feierlich den alleinigen Befehl über das Bürgerheer übertragen. Jeder wehrfähige Freiburger ging fortan in Waffen, Helm und Kettenhemd, Hannes selbst trug seine Armbrust Tag und Nacht bei sich. Und zwar voller Stolz. Sein sonst so großmäuliger Bruder Georg, der die Bäckerei des Vaters ererbt hatte, begegnete ihm seither mit fast schon ängstlicher Ehrfurcht, galt Hannes doch in der Schießgesellschaft als einer der besten Langbogen- und Armbrustschützen.

Vergeblich hatten die Grafen in den vergangenen drei Tagen versucht, die Stadt zu erstürmen. Ihre Truppenstärke war nämlich eher kläglich zu nennen, da ihnen offensichtlich die Mittel zum Anheuern von ausreichend Gefolgsleuten fehlten. Selbstredend hatten die Angreifer als Erstes die Trinkwasserleitung unter der Dreisambrücke gekappt, aber der Herrgott stand auf der Seite der Freiburger und schickte einen Regenschauer nach dem anderen übers Land, die die aufgestellten Fässer, Eimer und Brunnentröge immer wieder aufs Neue füllten. Auch von den Pfeilen, die die gräflichen Bogenschützen hin und wieder über die Mauern schickten, ließ man sich nicht beirren: Frauen, Kinder und Alte hatten sich in den Häusern verschanzt, und am Fischbrunnen im Herzen der Stadt, wo kein Pfeil hingelangte, war unter Leitung der Zimmerleute in nur zwei Tagen diese riesige Schleuder entstanden. Heute Morgen nun hatten sie sie auf den Platz von Oberlinden geschafft, jenen Ort, der der Niederburg am nächsten lag, auf die die Maschine nun ausgerichtet war, und obendrein waren Berge von Steinen aus der Vorstadt herangekarrt worden.

Als Hug Mezziger in diesem Augenblick neben dem mächtigen Gerät den Arm in die Luft reckte, wurde es totenstill rund um Oberlinden. Auch Hannes hielt den Atem an.

«Zum Abschuss – freigeben!»

Einer der Zimmermannsknechte durchschnitt das Seil, das die lange Seite des Balkens am Boden hielt, der Wurfarm schnellte nach oben, der Stein löste sich aus der Schlinge und schoss in einem wunderbar hohen Bogen über die Stadtmauer. Am Burgberg schlug er mit einem gewaltigen Krachen geradewegs in das auf halber Höhe befindliche Wachhaus ein. Hannes sah eine Staubwolke in die schwüle Sommerluft aufsteigen.

«Getroffen!», brüllten die Männer und fielen sich in die Arme. Auch Hannes wurde von irgendwelchen Umstehenden umarmt. Als sich ihm sein Bruder näherte, drehte Hannes ihm brüsk den Rücken zu. Allzu oft hatte Georg ihn spüren lassen, wie sehr er ihm seinen Aufstieg als zünftiger und vor allem erfolgreicher Bäcker neidete.

Schon zogen die Knechte mittels einer Winde den Arm wieder nach unten und hängten das nächste Geschoss ein. Erneut traf es das Wachhaus, das nach Hannes' Einschätzung nun zu nichts mehr zu gebrauchen war. Dann gab Hug Mezziger den Befehl, kleinere Geschosse zu verwenden, und Hannes verstand sofort, warum: Diese flogen weiter, denn jetzt galt es, das Burgtor und die Niederburg selbst zu beschädigen. Für den dritten Schritt schließlich hatte der Apotheker sogenannte Feuertöpfe hergestellt, Tongefäße, die Öle, Salz, Harz, Pech und Schwefel enthielten und vor dem Abschuss angezündet wurden. Diese Mischung war kaum zu löschen.

Hannes spürte, wie ihn ein nie gekanntes Hochgefühl ergriff. Bei jedem Treffer gegen die Festungsmauern jubelte sein Herz, und er brannte darauf, dass es endlich zum offenen Kampf kommen würde. Dann nämlich wollte er in vorderster Reihe dabei sein.

Wie sehr er Graf Egino hasste! Zehn Jahre war es mittlerweile her, dass Hannes ihn erstmals untertänigst gebeten hatte, Maria ehelichen zu dürfen. Hatte sich danach binnen eines Jahres tatsächlich die hohe Summe von einem halben Pfund Pfennigen vom Munde abgespart, doch Egino hatte hierüber nur gelacht und auf das ganze Pfund bestanden. Zähneknirschend hatte Hannes weitergespart, doch in dieser Zeit war Maria immer seltsamer geworden. In den wenigen freien Stunden, die sie zusammen verbrachten, hatte sie abweisend gewirkt: Er durfte nicht mehr ihre Hand halten oder ihr Gesicht berühren, und eines Tages schließlich wollte sie sich gar nicht mehr mit ihm treffen. Das schmerzte mehr noch als jener Moment seiner

Kindheit, da er von den Eltern verstoßen worden war. Ein Riss war durch sein Herz gegangen, trotzdem hatte er es mannhaft geschafft, sich damit abzufinden, dass Maria ihn nicht mehr zur Ehe wollte. Dann würde er eben ohne sie alt werden. Vor fünf Jahren indessen hatte sich das Blatt gewendet.

Es war die Zeit der ersten Herbststürme gewesen, als Egino ihn zu sich in die Kemenate bestellte. Breitbeinig saß er in seinem Lehnstuhl am Feuer und begrüßte ihn mit seinem falschen Lächeln. Verunsichert machte Hannes eine tiefe Verbeugung und trat näher. Er konnte sich beim besten Willen nicht vorstellen, was der Graf von ihm wollte.

«Nun, Burgbeck, wie sieht's aus? Bist du noch immer willens, die Maria zu ehelichen?»

Hannes starrte ihn an und wusste nicht, was er erwidern sollte.

«Ich denke, sie will nicht mehr», brachte er schließlich heraus.

«Da liegst du falsch, Kerl. Keinen andern als dich will sie zum Mann. Gut, ich gebe zu, ich habe euch beide ziemlich lange schmoren lassen, aber sieh es als eine Prüfung an, die du nun bestanden hast. Nächsten Sonntag würde der Burgkaplan euch seinen Segen geben. Ich selbst gebe ihn euch hiermit jetzt schon.»

Hannes schluckte. Mit allem hatte er gerechnet, nur damit nicht.

«Ich will die Maria erst noch fragen, Herr.»

«Wie du meinst.» Egino wandte sich an seinen Leibdiener. «Hol Maria aus der Frauenkemenate her.»

Hannes' Herz klopfte bis zum Halse, als Maria kurz darauf den Raum betrat. Er hatte sie schon lange nicht mehr von so nahe gesehen. Blass war sie, trotz der vergangenen Sommermonate, und fraulicher war sie geworden, was ihr indessen gut stand. Doch unter ihren Augen lagen dunkle Schatten, und ihre pechschwarzen Locken hatten jeglichen Glanz verloren.

Als sich jetzt ihre Blicke trafen, presste sie die Lippen zusammen und sah zu Boden.

«Komm näher», bat Egino sie mit ungewohnt sanfter Stimme, und sie gehorchte. Doch ihr Blick war weiterhin zu Boden gerichtet.

Hannes wagte nicht, sie zu berühren, als er sie jetzt ansprach.

«Der Graf erlaubt uns die Heirat», begann er zögernd. «Würdest du mich denn immer noch zum Mann haben wollen?»

Sie schwieg. Ihr Schweigen tat ihm weh.

«Seht Ihr?», wandte er sich wieder an den Grafen. «Es ist zu spät.»

Da hob sie den Kopf. «Ja, Hannes, ich will.»

Noch wenige Jahre zuvor wäre er in diesem Augenblick der glücklichste Mann der Welt gewesen, aber jetzt war ihm, als würde eine dunkle Gewitterwolke auf ihnen lasten.

Sie hatte sehr leise gesprochen, und so wiederholte er: «Dann willst du mich also heiraten, Maria?»

«Ja.» Ihre Augen füllten sich mit Tränen.

«Wunderbar!» Egino erhob sich. «So nehmt euch bei der Hand.»

Marias Hände fühlten sich eiskalt an.

«In meiner Anwesenheit als Zeuge und als euer Herr», fuhr Egino fort, «erkläre ich euch hiermit zu Mann und Frau. Am Sonntag werdet ihr euch dann vor dem Allmächtigen das Jawort geben, und der Burgkaplan wird euch darüber ein Schriftstück ausstellen.»

Ihre Hände entzogen sich Hannes wieder.

«Dann … dann hole ich jetzt die Heiratsabgabe», stotterte er. «Ein Pfund Pfennige, wie Ihr verlangt habt, Herr.»

Egino winkte ab. «Das wirst du für Wichtigeres brauchen. Ich entlasse euch nämlich nach der Hochzeit aus meinen und der Gräfin Diensten. Unten in der Stadt, in der Vorderen Wolfshöhle, gibt es ein Wohnhaus mit einer aufgegebenen Backstube. Das habe ich für dich gekauft. Du darfst zins- und pachtfrei darin wohnen und dir ein gutes Leben als Bäckermeister aufbauen. Mit Maria an deiner Seite.»

Hannes glaubte, sich verhört zu haben.

«Eine Backstube in der Stadt? Für mich?»

«Ja, hast du denn Stroh in den Ohren?», kam es barsch zurück. «Los, zurück an eure Arbeit.»

Als sie draußen auf dem Gang standen, brach Maria in Tränen aus.

«Was ist mit dir?», fragte er erschrocken. «Magst du mich denn gar nicht mehr nach all der Zeit?»

«Das ist es nicht, Hannes. Es ist nur – die Gräfin will mich aus den Augen haben.»

Ihre schmale Hand strich zitternd über ihren Bauch, der sich, wenn man nur lange genug hinschaute, unterhalb des Mieders ein ganz klein wenig rundete. Er hatte begriffen.

«Du erwartest ein Kind …», sagte er tonlos. Dann packte er sie grob beim Arm. «Von wem? Sag's mir, los!»

«Du tust mir weh!»

«Das ist mir gleich. Sag mir sofort, wer dieser Hundsfott ist, der dich geschwängert hat.»

Sie schüttelte verzweifelt den Kopf. «Ich darf's nicht sagen, ich hab's vor Gott geschworen. Aber glaub mir bitte eines: Es war ganz und gar gegen meinen Willen. Bitte, Hannes!»

Sie klammerte sich an ihn, und er schob sie von sich weg.

Ja, jetzt hatte er endgültig verstanden. Die Gräfin wollte keinen Bastard ihres Mannes in der Frauenkemenate aufwachsen sehen! Von daher wehte also der Wind mit Eginos plötzlicher Großzügigkeit.

Voller Wut stürzte er zurück in die Kemenate, wo der Graf am halb geöffneten Fenster stand und an einem Weinkelch nippte.

«Ihr habt mir die Maria verkauft wie ein Stück Vieh!», schrie Hannes ihn an. «Nachdem Ihr sie zur Hure gemacht und geschwängert habt!»

Da begann Egino schallend zu lachen. «Was für ein drolliger Einfall, Burgbeck. Da bekommt dein Herzliebchen also einen dicken Bauch, weil sie nicht länger auf dich warten wollte und sämtlichen Mannsbildern auf der Burg schöne Augen gemacht hat, und dann willst du das mir, deinem Herrn und Gönner, anhängen?» Sein Lachen erstarb, und seine Augen begannen böse zu funkeln. «Wenn du diesen Gedanken noch einmal aussprichst, lass ich dich im Burgverlies in Ketten legen, und du wirst deine Braut nie mehr wiedersehen. Überlege dir also gut, ob du lieber unverschämte Lügen in die Welt setzen oder mein überaus großmütiges Angebot annehmen willst. Und jetzt verschwinde, bevor ich es mir doch noch anders überlege.»

Der Beschuss der Burgmauern hatte Erfolg. Nachdem binnen eines Tages etliche Löcher ins Mauerwerk geschlagen waren und das Holz des unteren Burgtors zu bersten drohte, hatte Egino seine Mannen ringsum eiligst abgezogen, um die Burg mit allen verfügbaren Kräften von oben zu verteidigen. Allerdings war mit diesem Erfolg die Gefahr einer Erstürmung der Stadt noch nicht gebannt, das wusste jeder in Freiburg. Da die Grafen sich Hilfe von auswärts holen würden, verblieb das

Bürgerheer in höchster Wachsamkeit und Kampfbereitschaft. Vorsichtshalber schickte der Magistrat laufschnelle Späher in die umliegenden Dörfer, damit eine neuerliche Belagerung oder gar ein Angriff auf die Stadt rechtzeitig erkannt und gemeldet würden. Auf einen Einsatz der Feuertöpfe verzichteten die Ratsherren vorerst noch, sehr zu Hannes' Enttäuschung. Er hätte das Burgschloss liebend gern in Flammen aufgehen sehen. Aber er ahnte: Was jetzt vorherrschte, war bloß die Ruhe vor dem Sturm.

In diesen Tagen ging Hannes nur zum Mittagessen nach Hause oder für eine Handvoll Schlaf und gab seinem Weib Maria höchst einsilbig Auskunft über den Stand der Dinge. Er hatte ihr nämlich verschwiegen, dass er sich aus freien Stücken für den höchst gefährlichen Wachdienst an der Dreisambrücke gemeldet hatte. Die Deichelleitungen für das Trinkwasser hatte der Brunnenmeister dort gleich nach dem Abzug von Eginos Truppen wieder herrichten lassen, und nun musste die Brücke selbstredend Tag und Nacht bewacht werden. Zum einen aus sicherer Warte vom nahen Pulverturm her, aber auch vor Ort am Flussufer, völlig ohne Deckung im Freien und außerhalb der schützenden Stadtmauern. Diese Wachmannschaft vor Ort bestand aus einem Dutzend gut bewaffneter Freiwilliger, die meisten aus der Zunft der Fischer, Rebleute und Gerber, allesamt vierschrötige, wortkarge Kerle, die nicht eben zu den Wohlhabendsten zählten. Vielleicht hatte sich Hannes ja gerade deshalb für diesen Dienst gemeldet. Weil ihm die Gesellschaft einfacher Leute, Knechte und Taglöhner die liebste war und er sich in der reichen Bäckerzunft nach wie vor fehl am Platz fühlte. Überhaupt sah er sich als ein Außenseiter, seitdem er wieder in der Stadt lebte. Zwar wusste niemand, dass Thea, die ältere seiner beiden Töchter, ihm als Kuckucksei untergeschoben worden war, aber er spürte, wie man ihm vor allem in der Bäckerzunft seinen Aufstieg neidete. Zunftmeister Nussbaum und seine Spießgesellen hatten alles unternommen, um Hannes den Zutritt zur Zunft zu verwehren und die Wiedereröffnung der alten Backstube zu verhindern. Vor allem sein Bruder Georg hatte sich hierbei auf gehässigste Weise hervorgetan. Aber ihre Mühe war vergebens gewesen. Nach altem Brauch und Herkommen war das Backen nämlich ein dem Stadtherrn unterworfenes Banngewerbe, und so hatte kurzerhand Egino selbst ihm die Gerechtsame für die Backstube erteilt. Und da sich Hannes seit dem Tod des alten Burgbecks Meister nennen durfte, konnte ihm die Zunft den Zutritt nicht weiter verwehren. Doch statt dem Grafen für das zugesprochene Recht dankbar zu sein, empfand Hannes es als eine zusätzliche Demütigung, und sein Zorn wuchs nur noch mehr an. Was würde er drum geben, diesem Menschen im Kampfe gegenüberzutreten zu dürfen!

Wider Erwarten hielten Egino und Konrad sich in diesen Tagen zurück. Hin und wieder wagten die Gräflichen zwar Angriffe auf das Obertor und jenen Teil der Stadtmauer, der unmittelbar an den Burgberg grenzte, versuchten, die Wehrmauer mittels Leitern zu erobern, oder schickten Brandpfeile in die Innenstadt. Doch auf den Zinnen wachte die stark bewaffnete Mannschaft der Metzger und bescherte den Angreifern so einige Verluste. Und wo denn doch einmal ein Schuppen oder Holzbalken durch die Pfeile in Brand geriet, waren sofort die Feuerknechte mit ihren ledernen Patschen zur Stelle, um die Flammen schon im Keim zu ersticken.

Nach etwa einer Woche, als vonseiten der Burg schließlich gar nichts mehr zu hören war, machte sich Langeweile unter den Männern des Bürgerheers breit. Sie lungerten im Schatten der Mauern herum, würfelten oder spielten Karten und begannen, trotz strengen Verbotes, heimlich Starkbier zu trinken. Die Sommerhitze war seit kurzem wieder einmal schier unerträglich geworden, die Stimmung wurde gereizter, erste Raufhändel entfachten sich aus nichtigen Anlässen.

Dann aber, am Tag nach Sankt Jakob, ertönte zum späten Vormittag Feindgeschrei vom äußeren Peterstor, und der Überdruss war im Nu vergessen: Einer der Späher aus den Dörfern hatte vermeldet, dass sich ein starker Trupp vom Rheintal her nähere. Für diesen Fall hatte Obristzunftmeister Mezziger in Absprache mit Bürgermeister und Stadtrat natürlich längst Vorsorge getroffen: Am Fischbrunnen sammelten sich sogleich die Metzger, Bäcker, Schmiede, Gerber, Küfer und Krämer sowie alle Vornehmen und Ratsherren, die über ein Pferd verfügten, um sich den Angreifern auf freiem Feld entgegenzuwerfen. Alle übrigen Zünfte verteilten sich zur Verteidigung auf die innere Stadtmauer. Zugleich wurde die Wache an der Dreisambrücke aufgehoben und in die Stadt zurückbeordert, wo sich die Männer in ihre jeweiligen Zünfte einzugliedern hatten. So auch Hannes.

«Du bleibst mit deiner Armbrust an meiner Seite, Bruderherz», befahl ihm Georg in seinem gewohnt herrischen Ton, um sogleich mit sanfterer Stimme ein «Bitte!» hinzuzufügen.

Hannes antwortete ihm erst gar nicht.

In einem Verband von mehreren hundert Männern, denen der Kampfgeist ins Gesicht geschrieben stand, durchquerten sie die westliche Vorstadt und das Peterstor. Dort erst brandete die Kunde durch die Reihen, dass kein Geringerer als Konrad von Lichtenberg, der Bischof von Straßburg, seinem Schwager zu Hilfe eilte. Und zwar mit einem bedrohlich starken Truppenaufgebot.

«Pah! Denen werden wir gehörig den Marsch blasen, nicht wahr, Männer?», rief Bertolt Nussbaum seinen Zunftgenossen zu, und Hannes grinste. Der schwerfällige Bäckermeister war nicht gerade für seinen Wagemut bekannt.

Sie mussten nicht lange marschieren. Schon kurz vor dem Dörfchen Betzenhausen sahen sie die Staubwolke auf sich zukommen. Ungeduldig spähte Hannes immer wieder hinüber zum Burgberg, ob Egino endlich mit seinen Leuten auftauchte. Er konnte es kaum erwarten.

«Die Metzgerzunft voraus!», brüllte der Obristzunftmeister. «Die Bäcker an die rechte Flanke, die Schmiede an die linke. Alle anderen stoßen von hinten durch die Lücken vor.»

Rechts und links der Landstraße breiteten sich flache Kornfelder aus, in die die Freiburger nun unter Kriegsgeschrei in breiter Front ausschwärmten, während sie ihre Spieße, Langbögen und Armbrüste kampfbereit in den Händen hielten. Als Bäcker tat es Hannes im Herzen weh, wie sie nun das Getreide so kurz vor der Ernte niedertrampelten, doch er sah ein, dass das nicht zu verhindern war. Im Schatten einer Vorratsscheune hielt er kurz inne, um die Lage zu prüfen: Der Bischof, in voller Kriegsrüstung und mit dem Wappen aus rot-weißen Schrägbalken auf dem Waffenrock, ritt in vorderer Reihe auf einem kräftigen Apfelschimmel und war beschirmt von einem guten Dutzend Reiter. Dahinter folgte eine weitere Hundertschaft Berittener sowie zahlreiches Fußvolk. In etwa waren sie gleichstark aufgestellt, das gegnerische und ihr eigenes Heer. Nur besaßen die Bischöflichen mehr Pferde, was ihnen zum Verderb gereichen könnte.

«Alle Mann halt!», brüllte in diesem Augenblick Hug Mezziger. «Wir warten, bis die Bischofsmeute aus dem Dorf heraus ist.»

Da näherte sich auf Hannes' Seite ein weiterer Trupp Berittener, und Hannes erkannte alsbald Graf Egino mit seinem Sohn Konrad. Da die Freiburger Vornehmen und Kaufleute nicht dem Befehl Mezzigers unterstanden, preschten sie auf ihren Pferden sogleich den gräflichen Widersachern entgegen.

Kein Ave Maria später gab auch der Obristzunftmeister den Befehl zum Angriff, und das Bürgerheer stürmte los. Hannes dachte keinen Augenblick länger nach: Während sich seine Kampfgenossen mit dem Wagemut der Verzweiflung in die Schlacht gegen den Bischof stürzten, rannte er, so schnell er konnte, direkt dem Grafen entgegen. Sein Herz schlug bis zum Halse. Endlich war die Zeit gekommen, Rache zu nehmen! Rache für die abgrundtiefe Schmach, die Egino ihm angetan hatte und an die ihn Thea, die kein halbes Jahr nach ihrem Abschied von der Burg zur Welt gekommen war, zeitlebens erinnern würde.

Schon hörte er den hellen Klang von sich kreuzenden Schwertern, rannte bis auf Schussweite auf die vor ihm Kämpfenden zu und kniete im Schatten eines Haselbusches nieder. Jetzt, in diesem Augenblick, war er die Ruhe selbst. Seine Hände zitterten kein bisschen, während er die Bogensehne spannte und die Armbrust zielgenau ausrichtete. Er musste nur noch warten, bis dieser Drecкskerl, der sich inzwischen einen Zweikampf am Boden lieferte, frei stand. Dann würde sich ihm sein Bolzen ins Herz bohren.

Kaum hatte er den Gedanken zu Ende gebracht, schrak er gewaltig zusammen, als ihm jemand von oben den Schaft seiner Waffe Richtung Boden schlug.

«Habt Ihr den Verstand verloren, Bäcker? Hat jemand was von hinterrücks meucheln gesagt?», wies ihn der Mann von seinem tänzelnden Pferd herunter zurecht und deutete mit seinem Schwert zur Landstraße. «Geht zurück zu Euren Zunftgenossen und kämpft offen und ehrlich, Mann gegen Mann!»

Hannes erkannte den Kaufherrn Anselm Wohlleb, den er sonntags immer mit feinem Gebäck belieferte.

«Der Graf hat's nicht anders verdient», stieß er wütend hervor.

Im selben Moment sprengten zwei gräfliche Recken herbei und fegten Wohlleb mit ihren Lanzen aus dem Sattel. Dessen Schwert flog in hohem Bogen ins Gebüsch, der Kaufmann ging mit einem Aufschrei zu Boden, die beiden Angreifer sprangen hinterher und schlugen gemeinsam auf ihn ein. Doch Hannes war nicht nur ein Meister der Schießkunst, sondern auch im Faustkampf. Schon hatte er dem Kleineren der beiden mit angewinkelten Armen den Kopf nach hinten gerissen und den Mann zu Boden geschleudert, wo er ihn mit kräftigen Schlägen bearbeitete. Aus dem Augenwinkel sah er, dass Wohlleb frei gekommen war und seinerseits heftig, wenn auch ohne Bedacht, um sich schlug. Da zog dessen Widersacher seine Streitaxt aus dem Gürtel. Hannes versetzte seinem Gegner noch schnell einen letzten donnernden Faustschlag gegen die Schläfe, dann kam er Wohlleb zu Hilfe. Mit einem gezielten Tritt in die Kniekehlen brachte er den Hünen mit der Axt zu Fall, entriss ihm das Beil und prügelte auf ihn ein, in plötzlich so rasender Wut, dass er gar nicht mehr aufzuhören wusste.

«Lasst gut sein», hörte er den Kaufmann sagen. «Die beiden rühren sich nicht mehr.»

Da erst merkte Hannes, dass Eginos Vasallen mit blutverschmierten Gesichtern bereits reglos auf der Erde lagen.

Wohlleb hielt sich mit einem unterdrückten Stöhnen die linke Schulter. «Habt Dank, dass Ihr mir geholfen habt, nachdem ich Euch so angeraunzt habe. Ihr seid der Feinbeck Hannes, nicht wahr?»

«Spart Euch Euren Dank. Ihr habt mir die beste Gelegenheit meines Lebens verpatzt», konnte Hannes nicht an sich halten. Er klang schroffer, als er es beabsichtigt hatte.

Erstaunt sah Wohlleb ihn an. «Warum wolltet Ihr Egino unbedingt töten?»

«Das lasst nur meine Sache sein», erwiderte Hannes schon weniger barsch und starrte auf das Kampfgetümmel, das sich ihnen immer mehr näherte. Inzwischen hatte sich die Truppe der beiden Grafen mit der des Bischofs vereint, und es sah, wie Hannes mit einem Blick feststellte, nicht allzu gut aus für die Freiburger. Er selbst dachte jedoch nur daran, dass die Gelegenheit noch nicht vorüber war.

«Ich muss meiner Pflicht nachkommen», sagte er, bückte sich nach der Armbrust, hängte sie sich über die Schulter und nahm die erbeutete Streitaxt an sich. «Ihr bleibt mit Eurer verletzten Schulter besser hier. Und nehmt Euer Schwert an Euch, es liegt drüben im Gebüsch.»

Dann stapfte er los, das Beil fest in der Faust. Die Schlacht auf den Feldern war zu einem wilden Durcheinander geworden. Unter Kriegsgeschrei lieferten sich hier Reiter ihre Lanzengefechte, dort schlugen sich Fußtruppen die Schädel ein, etliche Schwerverletzte krümmten sich auf den plattgedrückten Ähren, manche mochten auch schon tot sein. Ruhelos suchten Hannes' Augen nach der verhassten Gestalt Eginos, damit er ihm nun im Kampf gegenübertreten konnte. Und zwar Mann gegen Mann, wie es der ritterliche Brauch vorschrieb. Würde er dabei sterben, dann sollte es so sein.

Als er sah, wie der Grafensohn dem von Reitern bedrängten Bischof zu Hilfe kam, rannte er los und verlor dabei prompt Egino aus den Augen. Da übertönte plötzlich ein gellender Schrei den Lärm rundum. Er kam aus dem weit aufgerissenen Mund des Bischofs, dem mitten in der Brust ein Langspieß steckte. Alle hielten erstarrt inne, auch Hannes stockte der Atem. Das Ross bäumte sich auf, kippte mitsamt seinem getroffenen Reiter hintenüber, und der Lichtenberger kam auf dem Rücken zum Liegen, den Waffenrock blutrot eingefärbt. Mit Triumphgeheul riss einer der Metzgerknechte den Spieß wieder aus dem Leib des Bischofs, während der junge Graf Konrad mit seinem Schwert ausholte und dem Mann die Brust spaltete.

Da wusste Hannes, dass die Schlacht zu Ende war.

Der Obristzunftmeister rief zum Rückzug, und in sicherer Entfernung warteten sie dicht zusammengedrängt, bis der schwerverletzte Bischof auf ein Pferd geladen wurde und ihre Gegner samt den Grafen abgezogen waren. Dann erst bargen sie ihre teils schwerverletzten Gefährten und die dreizehn Toten, die sie zu beklagen hatten. Insgeheim war Hannes enttäuscht, dass sein Bruder Georg nicht eine einzige Schramme abbekommen hatte. Auch wenn er dem Kerl nicht gerade den Tod an den Hals wünschte – einen blutigen Denkzettel für seinen Hochmut gönnte er ihm schon.

Auf dem Rückweg hielt er sich abseits der anderen. Er hatte keine Eile, in die Stadt zu kommen, und schon gar keine Lust, mit den anderen bis zur Trunkenheit zu feiern. Allein wie großspurig Georg ihm den Arm um die Schultern gelegt und ihn auf einen Krug Bier eingeladen hatte. Nein, darauf wollte er gerne verzichten. Obendrein spürte er noch immer den Zorn auf den Kaufmann Wohlleb in sich, wusste aber zugleich, dass er ihm dankbar sein müsste. Hätte er doch sein Leben mit dem Meuchelmord an Egino verwirkt, und das wäre die Rache an diesem Erzschelm vielleicht doch nicht wert gewesen.

Zurück in der Stadt, ging er geradewegs nach Hause. In den Schenken und Wirtsstuben, an denen er vorbeikam, war man bereits munter am Zechen und feierte den Sieg über die Gegner. Als er in die Vordere Wolfshöhle einbog, stand Maria vor der Haustür, die beiden Mädchen rechts und links an der Hand.

Unwillkürlich blieb er stehen, während sein Blick an der zierlichen Gestalt der vierjährigen Thea haften blieb. Seine Brust krampfte sich zusammen. Er konnte einfach nicht vergessen, dass sie aus dem Fleisch und Blut seines größten Feindes war. Er hatte versucht zu vergessen, es immer wieder ehrlich versucht. Hatte versucht, seine große Liebe zu Maria zu retten und Thea als sein eigenes Kind anzunehmen. Doch es gelang ihm nicht. Nur die kleine Marga, die anderthalb Jahre nach ihrer Schwester auf die Welt gekommen war, schaffte es, die ihm zugefügte Schmach hin und wieder vergessen zu lassen. In solchen Momenten fand er sogar ein gutes Wort für Thea. Ansonsten mühte er sich, Maria ein treusorgender Ehemann zu sein, auch wenn die Liebe zu ihr verschüttet war. Zu groß waren die Zweifel, ob Maria nicht doch eine Mitschuld an ihrem Schicksal trug. Zweifel, die in ihm nagten wie ein langsam wirkendes Gift, das allmählich seine Seele zerfraß. Dabei wusste er, dass sein Weib nicht weniger litt als er, wofür sie ihm manchmal sogar leidtat. Doch er konnte nicht aus seiner Haut heraus, so sehr er es sich gewünscht hätte.

In diesem Augenblick riss sich die kleine Marga los und stürmte mit ihren stämmigen Kinderbeinchen auf ihn zu. Dieser Anblick berührte ihn zutiefst.

Lächelnd breitete er die Arme aus und ging in die Hocke, um Marga aufzufangen. Er drückte sie an sich.

«Hattest du etwa Angst um mich?»

Die Kleine nickte ernst. Da kam auch schon Maria mit Thea auf ihn zu.

«Ich bin so froh, dass du heil zurück bist», sagte sie. Ihre geröteten Augen verrieten, dass sie geweint hatte. «Die Nachbarn sagen, dass es Tote gab.»

Er nickte. «Leider. Den Andres aus der Zunft hat es auch erwischt. Kein Grund also, jetzt lauthals zu feiern, wie die anderen es tun.»

Er setzte Marga auf dem Boden ab, und schon schmiegte sich Thea an ihn. Ihr an sich kastanienbraunes Haar schimmerte jetzt in der Sonne kupferrot. Genau wie das ihres verfluchten leiblichen Vaters.

Sogleich verschloss sich sein Herz wieder, und er schob sie ein Stück weit von sich weg. «Geht wieder ins Haus zurück, alle beide. Jetzt bin ich ja wieder da.»

Wortlos wandte sich Thea um und gehorchte.

«Warum bist du so hart mit ihr?», flüsterte Maria daraufhin. «Die Kleine kann doch nichts dafür.»

Wie ertappt starrte er sein Weib an. Seit langem hatten sie über das, was damals auf der Burg geschehen war, nicht mehr gesprochen. Zwischendurch hatte es für ihn sogar Momente der Hoffnung gegeben, die ihn glauben machten, eine ganz normale Familie zu sein. Doch wie von einem Fluch gepeinigt, fragte er sich auch jetzt wieder, seit wann sich dieser Erzschurke Egino Marias bedient hatte und wie oft und ob nicht sogar weitere Männer mit im Spiel gewesen waren. Denn Eginos höhnische Bemerkung damals, dass Maria sämtlichen Mannsbildern auf der Burg schöne Augen gemacht habe, konnte er schlichtweg nicht vergessen. Hatte sie als junges Mädchen nicht tatsächlich aller Blicke auf sich gezogen, mit ihren pechschwarzen Locken und den dunklen, unergründlichen Augen?

Da er schwieg, fuhr sie, noch immer im Flüsterton, fort: «Und auch ich kann nichts dafür. Es ist mit Gewalt geschehen. Bitte, Hannes, so glaub mir das endlich!»

«Hör auf, ich will das nicht hören.» Er wandte den Blick ab.

«Übrigens wollte ich Egino heute töten, aber Kaufmann Wohlleb hat's verhindert.»

Sie wirkte nicht sonderlich erstaunt. «Hätte das denn etwas geändert?»

Er dachte nach, dann schüttelte er den Kopf. «Nein, ich glaube nicht. Und jetzt lass gut sein. Ich sorge für dich und die Kinder und will euch ein guter Familienvater sein. Mehr vermag ich nicht.»

Sieben Tage später erreichte die Freiburger die Nachricht, dass der Straßburger Bischof Konrad von Lichtenberg, Schwager des Grafen Egino und Ratgeber König Albrechts, infolge der schweren Verwundung verstorben war und nun im Straßburger Münster ruhte. Den tollkühnen Metzgerknecht weiter für seine Tat zu feiern, wagte niemand mehr. Jeder wusste, dass der Bischofstod nicht folgenlos bleiben würde.

Kapitel 18

Straßburg, im Herbst, Anno Domini 1299

Josef liebte den Arbeitsplatz seines Vaters. Der arbeitete nicht wie andere Handwerker in einer stickigen, halbdunklen Werkstatt oder Stube, sondern unter freiem Himmel. Und zwar auf der Baustelle des Liebfrauenmünsters zu Straßburg, das derzeit in schier unglaublicher Pracht und Größe Stein für Stein in die Höhe wuchs. Sein Vater war nämlich Hartmann der Holtzer, Meister der Zimmerleute im Straßburger Frauenwerk. Eine Werkstatt hatten sie zu Hause zwar auch, aber dort arbeiteten der Vater und sein Altgeselle meist nur in den kalten Wintermonaten oder wenn sie etwas für die Bauhütte vorfertigten. Ansonsten waren sie meist vor Ort bei der Kirche.

Josef freute sich jedes Mal aufs Neue, wenn ihn der Vater frühmorgens bei der Hand nahm und sagte: «Dann machen wir uns mal wieder an die Arbeit für Unser Lieben Frauen.» Das war immer an jenen Vormittagen der Fall, wenn die Mutter zum Markt wollte oder andere wichtige Dinge zu erledigen hatte. Ältere Geschwister, die auf ihn hätten aufpassen können, hatte er nämlich keine, weil er das einzige Kind war. Seine Großmutter war schon alt und sich, und für eine Magd oder Köchin, von denen der Ritter Schaube aus der Nachbarschaft gleich zwei hatte, waren sie nicht reich und vornehm genug, wie ihm die Mutter einmal augenzwinkernd gesagt hatte. Ihn allein zu Hause oder auf der Gasse lassen, wollten die Eltern nicht, und so nahm der Vater ihn eben manchmal mit zum Kirchplatz.

Auf die Bauhütte gehen genoss Josef noch viel mehr, als mit den Freunden draußen zu spielen. Sowohl im Kirchenschiff, wo gerade das Deckengewölbe verputzt und gestrichen wurde, als auch vor dem Gebäude selbst wimmelte es nur so von lärmenden Handwerkern und Arbeitern, von Pferden- und Ochsenkarren, von streunenden Hunden auf der Suche nach Essensresten, von lachenden Kindern, Halbwüchsigen und neugierigen Erwachsenen, die es hier ebenfalls viel aufregender fanden als zu Hause. Ständig holperten neue Karren mit riesigen Steinen, Sandhaufen oder Holzstämmen für die Westfassade heran, unter schattigen Dächern schlugen Laubhauer das hübsche Blattwerk für die Säulen oder all die zierlichen Baldachine und Türmchen, auf schwankenden Gerüsten in schwindelerregender Höhe bewegten sich Maurer und Lastträger leichtfüßig wie Katzen. Da hier eine neue Kirche entstand, fanden sich natürlich auch viele Mönche und Geistliche ein, die die Heiligenfiguren und Engel begutachteten, die Stund um Stund Gestalt annahmen. Es gab so viel zu sehen auf der Bauhütte, und dass der Lärm zu manchen Zeiten fast ohrenbetäubend war, störte Josef nicht, im Gegenteil, für ihn war hier alles lebendig und voller Überraschungen.

Während sein Vater auf dem Zimmerplatz vor dem künftigen Hauptportal die Arbeit der Zimmerleute beaufsichtigte oder selbst mit Hand anlegte, stromerte er kreuz und quer über die Baustelle. Anfangs hatte er stets in Nähe der Zimmerleute bleiben müssen, doch nachdem er dem Vater mehrfach versprochen hatte, allem Mauerwerk, an dem gebaut wurde, fernzubleiben und nur ja beim Abladen der Karren und Fuhrwerke achtzugeben, durfte er gehen, wohin ihn seine Neugier trieb. Schließlich war er ja kein Kleinkind mehr, und fast alle Werkleute, wie man die Männer des Frauenwerks nannte, kannten ihn.

Sein Vater wusste ohnehin, wo er ihn finden würde, wenn es Zeit wurde, zum Mittagessen heimzukehren, nämlich am Lieblingsplatz seines Sohnes. In der Hauptwerkstatt wurden die großen Figuren aus dem warmen, roten und gelben Sandstein herausgeschlagen, und Josef konnte den Männern dabei stundenlang zuschauen. Am liebsten mochte er die Engel, am aufregendsten indessen fand er die Wasserspeier. Da gab es wilde Tiere, lustige Narren, absonderliche Fabel- und Mischwesen, wie sie an den Rändern der Erdscheibe lebten. Durch deren aufgerissene Mäuler floss von den Dächern das Regenwasser ab, und Josef hatte seinen Vater einmal gefragt, warum man hierzu nicht auch Heilige oder Engel nahm. Da hatte sein Vater laut gelacht: «Aber einen Heiligen kann man doch nicht Wasser spucken lassen! Wie würde das denn aussehen?»

Solange Josef zurückdenken konnte, war er bei jeder Kirche, bei jedem Kloster – und davon gab es in Straßburg viele – stehen geblieben und hatte den Kopf in den Nacken gelegt, um all die Propheten, Heiligen, Apostel, Könige und Fabelwesen zu bewundern. Wer immer mit ihm unterwegs war, den fragte er Löcher in den Bauch: um wen es sich bei dem Abbild handelte und was es damit auf sich hatte, warum die Figur solch ein trauriges Gesicht besaß oder auch drohend die Hand hob. «Du wirst gewiss einmal ein Priester oder Mönch», hatte die Mutter ihn oft geneckt, aber darum ging es ihm gar nicht. Er wollte selbst einmal solche Bildnisse schaffen. Als kleines Kind war er oft in der Vorstadt bei der Großmutter gewesen, als die noch munter und gesund war. Gleich hinter deren windschiefem Häuschen gab es eine kleine Lehmkuhle, dort hatte er am liebsten gespielt. Unzählige Tiere und Menschen hatte er aus dem weichen Lehm geformt und in einem Erdloch aufgehoben. Doch im Sommer hatten seine Figuren von der Wärme trotzdem hässliche Risse bekommen oder sich an Regentagen zu kleinen, schwammigen Monstern verformt. Das hatte ihn immer wütend und traurig zugleich gemacht. In Stein aber, das wusste er jetzt, überdauerte das Erschaffene sogar ein Menschenleben!

Er ahnte nicht, dass sein Vater etwas ganz anderes mit ihm vorhatte – jedenfalls nicht bis zu jenem trüben und kühlen Herbsttag, an dem es Josef wieder einmal in die Bildhauerwerkstatt gezogen hatte. Dort arbeitete der stets freundliche Petermann gerade an einem Leuchterengel für den Altar. Neben ihm stand das lebensgroße Bildnis eines Mannes. Die Umrisse waren bereits herausgehauen, auf dem Kopf trug die Gestalt eine seltsame Mütze, und die ersten Züge des Gesichts begannen sich abzuzeichnen. Es zeigte ein trauriges Lächeln, wie Josef fand.

«Wer ist das?», fragte er neugierig.

«Unser armer Bischof Konrad. Meister Erwin selbst arbeitet daran.»

«Warum ist der Bischof arm?»

«Weil er tot ist. Viel zu früh dahingemeuchelt von einem Freiburger Metzger. Und die Figur hier ist für sein Grabmal in der Johanneskapelle.»

«Aha.»

Von Freiburg hatte er noch nie gehört. Er war bislang nur einmal mit dem Vater in Zabern gewesen, um dort in den Vogesen Bäume für den Holzeinschlag auszusuchen. Dass der Straßburger Bischof im Sommer gestorben war und jetzt dessen Bruder das neue Kirchenoberhaupt war, das wusste er indessen.

«Und warum haben die Freiburger ihn gemeuchelt?», fragte er mit gerunzelter Stirn.

«Weil es dort einen Krieg gegeben hat.»

Er dachte kurz nach. «Ein Bischof kommt doch schnurstracks in den Himmel, wenn er tot ist. Dann ist er also gar nicht arm.»

Petermann lachte. «Da hast du auch wieder recht.»

Eine schwere Hand legte sich ihm auf die Schulter.

«Hier steckst du also schon wieder.»

Sein Vater stand hinter ihm, und sein Missfallen war ihm deutlich anzusehen.

«Ist denn schon Mittag?», fragte Josef verdutzt.

«Nein. Aber ich will dir was zeigen. Komm jetzt.»

Sie überquerten den südlichen Vorplatz. Da es sachte nieselte, zogen sie sich die Kapuzen ihrer Gugel über den Kopf.

»Du bist jetzt fast acht Jahre alt», fuhr der Vater fort, während Josef Mühe hatte, mit ihm Schritt zu halten. «Zeit also, dass du anfängst, etwas zu lernen über das Zimmermannshandwerk. Was ich dir jetzt gleich zeigen will, ist zum einen sehr wichtig, zum anderen auch schon für einen Knaben zu begreifen.»

Bei diesen Worten kamen sie auch schon auf dem Zimmerplatz an, wo vor einer Plattform mit Seilzug ein mannshohes, hölzernes Bogengestell aufgebaut war. Das nannte sich Lehrgerüst, wie Josef längst wusste, und diente beim Aufmauern von Fensterbögen und Gewölben als Halt. In diesem Fall waren es genau genommen zwei gleichgeartete Bogengestelle, die gegeneinander geneigt waren und somit am höchsten Punkt in der Mitte eine leichte Spitze bildeten.

Ein ganzer Pulk von Werkleuten umstand das Gerüst, das auf einem kräftigen, waagrechten Balken ruhte.

«Was siehst du, mein Junge?», fragte der Vater.

«Ein Lehrgerüst für ein Gewölbe.»

«Fast richtig. Es ist für die Bogenlaibung eines Spitzbogenfensters gedacht.»

Jetzt erst fiel Josef auf, dass das gesamte Lehrgerüst auf zwei dicken, höchstens ein Schuh hohen Rundhölzern stand, also gleichsam ein Stück über dem Boden schwebte. Rechts und links davon war bereits je ein großer Werkstein gesetzt, als Ansatz für den zu mauernden Bogen. Nebendran lagen, ordentlich gestapelt, keilförmige Mauersteine bereit.

«Warum steht das Gerüst nicht richtig auf dem Boden, sondern auf diesen Pfosten?», fragte er.

Sichtlich erfreut über Josefs Neugier, lächelte der Vater.

«Eben das wollen wir dir jetzt zeigen. Los geht's, Männer!»

Die beiden Jungknechte neben ihm hörten auf, ihre Balken zu beilen, und traten neugierig näher, als die Maurer nun, von unten her und beiden Seiten zugleich, die keilförmigen Steine auf das Holzgerüst setzten. Indessen ganz ohne Mörtel.

So ging das Stein für Stein über die Rundung hinweg, und Josefs Blick schweifte nach einigen Minuten ein wenig gelangweilt ab, hinüber zur neuen Westwand, wo die drei Portale allmählich Gestalt annahmen. Der oberste Baumeister des Liebfrauenmünsters, Erwin von Steinbach, kletterte gerade in seinem schönen pelzverbrämten Mantel mit einem Winkelmaß unter dem Arm von einem Gerüst herunter. Da spürte Josef einen derben Klaps gegen seinen Hinterkopf.

«Schaust du wohl hierher!», schnauzte der Vater böse.

«Entschuldigung», murmelte er und rieb sich die schmerzende Stelle.

Tatsächlich war die Bogenlaibung schon so weit gediehen, dass Maurermeister Heinzmann, der jetzt vor dem Bogen auf einem Podest mit Seilzug stand, den breiteren und schwereren Schlussstein am Seil heraufhievte.

«Jetzt kommt der große Augenblick», rief er den Männern zu und dirigierte den Stein vorsichtig wie ein rohes Ei in die Lücke am Spitzbogen. Selbst Josef erkannte, dass sämtliche Steine so haargenau ineinanderpassten, dass nirgends ein Spalt zu sehen war.

Der Maurermeister stieg wieder vom Podest und nahm einen schweren Vorschlaghammer vom Boden auf. Der Vater tat es ihm gleich, rief «Alle Mann zurücktreten!», um sich mit Heinzmann rechts und links des Lehrgerüstes aufzustellen. Beide holten sie aus, schlugen im selben Moment die kurzen Pfosten weg, das Lehrgerüst sackte nach unten – und der steinerne Bogen hielt stand. Ganz ohne Mörtel.

Alle klatschten Beifall, auch Baumeister Erwin, der sich unbemerkt unter die Werkleute gemischt hatte.

«Das war sozusagen die Probe aufs Exempel», wandte sich der Vater an Josef. «Damit hat sich das Gerüst für alle derartigen Fensterbögen als tauglich erwiesen. Natürlich nur, sofern die Steine richtig zugehauen sind. Wir können es nun als Schablone benutzen. Hast du das verstanden, Junge?»

«Ja, Vater. Kann man dann also auch Bögen *ohne* Mörtel bauen.»

«Nein, das geht nicht. Du vergisst, dass auf den Bogen später ein gewaltig schweres Mauerwerk drückt. Hier ging es jetzt allein um die Passgenauigkeit. Stimmt die nicht, kann ein Gewölbe oder ein Mauerwerk auch trotz Mörtel einbrechen.»

Josef musste zugeben, dass dieses Schauspiel beeindruckend

gewesen war. Trotzdem war es nicht zu vergleichen mit der ganz allmählichen Herausbildung einer Muttergottesfigur oder eines verstorbenen Bischofs aus einem ehemals unförmigen Rohling aus Stein.

Erwin von Steinbach trat zu ihnen heran. Der Baumeister war ein stattlicher, sehr groß gewachsener Mann mit wachen blauen Augen und trotz seines fortgeschrittenen Alters noch immer dichten Locken unter dem Samtbarett. Anerkennend klopfte er dem Vater auf die Schulter.

«Gut gemacht, Hartmann Holtzer. Wie immer Maßarbeit.»

Dann strich er Josef über die Wange.

«Bist wohl schon der Lehrknabe deines Vaters?»

«Nein, Herr», erwiderte Josef ernst. «Dazu bin ich noch zu klein. Außerdem möchte ich erst Steinmetz und dann Bildhauer werden.»

«Hört, hört!» Erwin von Steinbach zwinkerte ihm zu.

«Und wenn ich dann älter bin, möchte ich so große und schöne Figuren schaffen wie Euren Bischof Konrad.»

Meister Erwin lachte. «Danke für dein Lob. Melde dich also bei mir, wenn du groß genug bist.»

Damit schritt er davon, und Josef fragte sich, ob der berühmte Baumeister das wohl ernst gemeint hatte.

«Darf ich jetzt wieder zurück in die Werkstatt?», fragte er den Vater.

«Nein. Künftig bleibst du in meiner Nähe, wenn du mich zur Bauhütte begleitest. Deine Ausflüge zu den Bildhauern haben hiermit ein Ende.»

«Warum denn?»

«Weil du mein Lehrknabe wirst, wenn du zwölf bist. Und eines Tages, wenn du ausgelernt hast, wirst du in meine Fußstapfen treten. Verstanden?»

«Aber ich will Bildhauer werden. Meister Erwin hat doch selbst gesagt, dass ich …»

Eine kräftige Maulschelle ließ ihn verstummen. Seinem strengen Vater rutschte schnell einmal die Hand aus, aber diesmal war der Schlag härter gewesen als sonst.

«Diese Flausen, die dir Meister Erwin in den Kopf gesetzt hat, werde ich dir schon wieder austreiben. Hast du mich verstanden?»

«Ja, Vater», nickte Josef mit Tränen in den Augen.

Da der Winter in diesem Jahr spät kam, konnte noch bis in die Adventszeit an der Straßburger Pfarr- und Bischofskirche weitergebaut werden. Selbstredend gehorchte Josef seinem Vater und blieb stets an seiner Seite, wenn er ihn zum Zimmerplatz begleitete, was nahezu jeden Tag der Fall war. Eines Morgens nahm ihn jedoch seine Mutter mit in die Apotheke, um dort einen Trank gegen Großmutters Gichtanfälle zu holen.

«Ich habe da eine ganz neue Rezeptur, liebe Holtzerin», hörte er den Apotheker sagen. «Etwas, das nicht nur die Schmerzen lindert, sondern auch die Füße abschwellen lässt. Es dauert allerdings seine Zeit, bis ich den Sud zubereitet habe. Wollt Ihr so lange warten?»

«Gerne.»

Die Apotheke befand sich in einer Seitengasse zum Münster, und so sah Josef plötzlich die Gelegenheit gekommen.

«Darf ich so lange zum Vater? Du kannst mich ja dort abholen.»

Seine Mutter nickte. «Geh nur, mein Junge.»

Das ließ er sich nicht zweimal sagen. Schnurstracks rannte er zur Bauhütte. Ganz kurz nur wollte er Petermann bei der Arbeit zusehen und auch erfahren, wie weit Meister Erwin mit dem Bischofsgrab gekommen war, um dann gleich den Vater aufzusuchen.

Im wie immer weit geöffneten Werkstatttor blieb er stehen und schaute hinein. Ein jüngerer Geselle arbeitete unter Petermanns Aufsicht an einem hübschen Ranken-Fries, ein anderer an der Spitze eines Baldachins. Die Bischofsfigur lag inzwischen in der Waagerechten. Sie hatte zwei Arme bekommen, die linke Hand hielt ein Buch oder Kästchen fest, der Kopf mit der Bischofsmütze war fertig und ruhte auf weich aussehenden Kissen. Das Gesicht wirkte viel sanfter und freundlicher, als es Josef, der dem Bischof Konrad zwei- oder dreimal begegnet war, in Erinnerung hatte. In kurzen, sicheren Schlägen trieb Erwin von Steinbach jetzt mit dem Klöpfel das Spitzeisen in den Stein, um am Kragen des Bischofgewands ein feines Muster herauszuarbeiten.

Nach einer Weile blickte er auf.

«Du weißt, dass du nicht hier sein darfst. So leid es mir tut, ich muss dich wegschicken, sonst ...»

Der Baumeister stockte und sah an ihm vorbei. Da wusste Josef, dass sein Vater hinter ihm stehen musste. Er wollte davonlaufen, aber schon wurde er am Kragen seiner Gugel gepackt. In der Hand hielt der Vater eine dünne, zwei Ellen lange Holzlatte, die er zum Abmessen brauchte.

«Mitkommen», fauchte er und zerrte ihn ein Stück weit hinter die Werkstatt, wo Rohsteine aller Größen lagerten. Dort sollte sich Josef vornüber über einen hohen Steinblock beugen.

«Was hatte ich dir befohlen?»

«Dass ich nicht mehr zu den Steinmetzen gehe. Aber eigentlich ...», presste Josef hervor.

Der erste Schlag auf den Hosenboden ließ ihn aufschreien.

«Hast du mir also gehorcht?»

Bevor Josef antworten konnte, kam der zweite Schlag, dann der dritte.

«Bitte, Vater, hör auf!», stieß Josef unter Tränen hervor. Vergebens.

Diese erste richtige Tracht Prügel seines Lebens tat so verdammt weh! Wäre nicht Meister Erwin dazwischengegangen, hätte der Vater Josef womöglich halbtot geschlagen. Wie aus weiter Ferne hörte er dessen tiefe Stimme: «Schluss jetzt, Holtzer. Ich denke, das reicht.»

Der Vater packte Josef beim Arm und zog ihn in die Höhe.

«Ab nach Hause mit dir.» Seine Augen blitzten zornig. «Ins Frauenwerk wirst du die nächsten Jahre keinen Schritt mehr tun.»

Josef konnte sich kaum auf den Beinen halten, so sehr schmerzte sein Hinterteil, aber er biss die Zähne zusammen. Hinter einem Tränenschleier sah er die mitleidsvollen Gesichter des Baumeisters und der Bildhauer, die im offenen Tor standen und ihnen nachstarrten, während der Vater ihn davonschleifte. Josef hätte im Boden versinken mögen, so sehr schämte er sich plötzlich.

Die Antoniergasse lag nicht allzu weit entfernt vom Kirchplatz, aber der Heimweg dauerte unendlich lange. Sein Vater sprach kein Wort mehr. Zu Hause wurde er in den Schuppen im Hof gesperrt, wo er zwischen gackernden Hühnern ins Stroh sank und sich leise schluchzend zusammenkrümmte. Wie hatte sein Vater nur so grausam sein können, ihn vor aller Augen zu verdreschen! Nur weil er einen Blick in die Werkstatt geworfen hatte ... Nein, er würde niemals sein Lehrknabe werden, eher würde er den Eltern davonlaufen. Das schwor er sich

in diesen Minuten, in denen der Schmerz einfach nicht nach-
lassen wollte.

Irgendwann wurde der Riegel der Schuppentür zurück-
geschoben, und seine Mutter trat ein, mit kreidebleichem Gesicht. Sie kniete sich zu ihm nieder und schloss ihn tröstend in
die Arme.

«Mein armer Junge! Komm, nimm einen Schluck von Großmutters Wundertrank, dann bring ich dich ins Haus.»

Mühevoll humpelte er an ihrem Arm die Holzstiege nach
oben in die Dachkammer, wo er neben dem Elternbett seine
eigene schmale Bettstatt hatte.

«Tut es noch sehr weh?», fragte sie ihn, nachdem sie ihm
Gugel und Schuhe ausgezogen hatte und er sich vorsichtig
bäuchlings auf seinem Lager ausgestreckt hatte.

Er schüttelte den Kopf, obwohl das gelogen war. Zugleich
nahm er sich vor, von jetzt an nicht mehr zu weinen oder zu
klagen.

«Ist der Vater auch da?», fragte er bange.

«Nein, der kommt erst zum Mittagessen. Aber er hat mir
alles erzählt.» Liebevoll strich sie ihm über das semmelblon-
de, kurze Haar. «Dein Vater mag hart zu dir gewesen sein, zu
hart vielleicht. Aber du warst schlichtweg ungehorsam. Damit
genug davon. Hör zu, Josef: Da du jetzt in das Alter kommst,
in dem du mithelfen kannst, solltest du mir und ihm zur Hand
gehen. Und nicht von etwas träumen, was sich nicht erfüllen
lässt. Du bist unser einziges Kind, unser einziger Sohn, und du
wirst dich an den Gedanken gewöhnen müssen, dass du dereinst deines Vaters Nachfolge übernimmst. Wenn er nachher
heimkommt, entschuldigst du dich bei ihm.»

Er nickte. Er wollte in diesem Moment nur noch eines: dass
die Schmerzen nachließen.

«Und jetzt lass sehen.» Vorsichtig schob die Mutter seine Tunika nach oben und die Beinkleider nach unten. Das schmerzte schier unerträglich.

«Gütiger Himmel», entfuhr es ihr erschrocken. «Da muss ich den Bader holen. Du bist ja blau und rot geschlagen!»

Als wenig später Meister Sickelin aus der nahen Badstube erschien und ihm den wunden Hintern mit einem Essigschwamm abtupfte, um anschließend eine Heilsalbe aufzutragen, biss er sich den Handrücken blutig, um nicht aufzuschreien.

«Da musst ja ordentlich was angestellt haben, dass du solche Prügel geerntet hast», sagte er am Ende. «In drei Tagen kommst du rüber zu mir und nimmst ein warmes Kräuterbad. Das wird schon wieder.»

Trotz der Heilsalben konnte Josef noch tagelang nicht sitzen und musste sein Essen im Stehen einnehmen. Schlafen konnte er zunächst nur auf dem Bauch, irgendwann dann auch auf der Seite. Beim Vater hatte er sich nur der Mutter zuliebe entschuldigt. Denn eines wusste er genau: Er würde niemals Zimmermann werden.

Was ihn in diesen Tagen am meisten mit Stolz erfüllte, war, dass er kein einziges Mal mehr geweint hatte. Das musste auch den Vater beeindruckt haben. Am Tag vor dem Weihnachtsfest, das zugleich sein Geburtstag war, wie ihm die Mutter jedes Jahr aufs Neue voller Freude sagte, legte ihm der Vater die Hand auf die Schulter.

«Bist ein tapferer Junge, Josef. Das wollte ich dir doch einmal gesagt haben. Heute nun habe ich dich in der Domschule angemeldet. Ab Ostern sollst du Lesen, Schreiben und Rechnen lernen und die Heilsgeschichte aus unserer Bibel. Schlau genug bist du nämlich. Freut dich das?»

Er nickte heftig. «Ja, Vater.»

Das war die Wahrheit. Er wollte alles lernen, was ein Bildhauer über Gott, Christus und sämtliche Heiligen und Propheten wissen musste.

Kapitel 19

Freiburg, Mitte Januar, Anno Domini 1300

Es konnte schon einmal vorkommen, dass die heilige Messe an Hochfesten vom obersten Hirten der Freiburger Gläubigen abgehalten wurde, dem Fürstbischof von Konstanz also. Dann waren zumeist auch die Grafen zu Gast in der Pfarrkirche, und allen Freiburgern war bei Strafe verboten, ihre Ziegen und Hunde mit in den Gottesdienst zu schleifen. An diesem Sonntag nach Hilarius indessen hatte sich lange vor der Messfeier eine schier unglaubliche Kunde in der Stadt verbreitet: Kein Geringerer als Friedrich von Lichtenberg, der neue Bischof zu Straßburg und Bruder des im Sommer getöteten Lichtenbergers, würde heute vor dem Altar stehen! Ob es eine gute oder schlechte Nachricht war, wusste niemand zu sagen. Immerhin hatte dieser schon versöhnliche Signale ausgesendet.

Es war ein klarer, bitterkalter Wintertag, der einem den Atem gefrieren ließ. Dennoch war das Kirchenschiff voller Menschen, die sich vor dem hölzernen Lettner zur Empore des Chorraums drängten. Dahinter hatte sich eine ganze Schar Priester, Kapläne und Chorknaben vor dem Hochaltar versammelt, auch Pfarrrektor Konrad von Freiburg war eigens aus Konstanz angereist. Gleich oberhalb der Stufen zum Chor thronten die beiden Grafen Egino und Konrad auf hohen Lehnstühlen. Ihre eiserne Miene verriet, dass die Freiburger den

Treuebruch und den Tod des Bischofs über die von ganz oben verhängte Reichsacht hinaus noch büßen sollten.

Anselm Wohlleb stand mit Schultheiß, Bürgermeister und den anderen Ratsherren in vorderster Reihe. Vergebens suchte sein Blick die Seite, auf der die Frauen ihren Platz hatten, nach seiner Mutter, Verena und den Kindern ab, doch die Menschenmenge war zu groß. Würde heute also das große Strafgericht über die Freiburger hereinbrechen?

Der Gottesdienst, den der Bischof wie üblich mit dem Rücken zum Volk abhielt und der seiner lateinischen Sprache wegen von den meisten Kirchgängern wohl ebenso wenig verstanden wurde wie die Lesung aus der Heiligen Schrift, ging allmählich dem Ende zu. Jedem hier war klar, dass die Predigt ans Volk, die der Bischof gleich von der Empore herunter halten würde, für diesmal grundverschieden ausfallen würde. Schwatzten die Kirchgänger sonst munter miteinander oder schlossen sogar Geschäfte ab, lauschten sie heute dem Singsang der Messe mit einer augenscheinlichen Andacht, die jeden Priester erfreuen würde. Unter der schweigsamen Aufmerksamkeit war aber deutlich die Anspannung zu spüren.

«Wir werden wohl ordentlich zu Kreuze kriechen müssen», flüsterte ihm Medicus Thomann zu, der neben ihm stand.

Anselm nickte. Dasselbe fürchtete er auch.

Nach einem halben Jahr unheilvoller Stille, in dem man von ihren beiden Stadtherren nichts gesehen noch gehört hatte, war für heute der gesamte Rat höchst amtlich in die Sonntagsmesse beordert worden. «Die frevelhafte Tötung meines Schwagers, des Bischofs von Straßburg, muss nun endlich gesühnt werden», waren Eginos Worte gewesen, die der Schultheiß ihnen überbracht hatte. Von weiteren Angriffen oder Belagerungen hatten er und sein Sohn Konrad, der inzwischen mitregierte, zwar abgesehen, doch die Stadt befand sich seit Sommer im Zustand der Fried- und Rechtlosigkeit, da König Albrecht zur Strafe die Reichsacht über sie verhängt hatte. Dann aber hatte sich im frühen Herbst doch noch ein kleines Wunder ereignet: Ausgerechnet Friedrich von Lichtenberg, der Bruder und Nachfolger des Getöteten, der hier und jetzt vor ihnen stand, hatte sich für einen Waffenstillstand zwischen Bürger und Grafen eingesetzt und Egino gedrängt, endlich eine Vereinbarung zu Sühne und Frieden zu treffen. Heute nun also war es so weit, und Anselm war mehr als gespannt, wie weit die Grafen in ihren Forderungen gehen würden. Zumal König Albrecht ihnen zugesichert hatte, die Stadt bei einer Einigung wieder in ihre alten Rechte, Freiheiten und Gnaden einzusetzen.

Alle hielten sie den Atem an, als der Straßburger Bischof nun an die hölzerne Chorschranke trat und beide Arme erhob. Er war von eher unscheinbarer Gestalt, aber seine Stimme war gewaltig.

«So hört, ihr Freiburger», donnerte es durch das Kirchenschiff. «Ihr habt blutig gefrevelt gegen meinen geistlichen und leiblichen Bruder Konrad von Lichtenberg. Im zweiten Buch Moses steht geschrieben: Entsteht ein dauernder Schaden, so sollst du geben Leben um Leben, Auge um Auge, Zahn um Zahn, Hand um Hand, Fuß um Fuß, Brandmal um Brandmal, Beule um Beule, Wunde um Wunde. Dies ist geschehen, denn auch ihr hattet eure Toten zu beklagen. Und so erinnert euch nun wieder daran, dass unser Vater im Himmel nicht nur ein strafender Gott ist, sondern auch ein verzeihender Gott, sofern die Reue im Herzen der Menschen echt ist. Und ja, ihr habt hier in Liebfrauen einen Altar gestiftet für die erschlagenen Leut' aus dem Streit, und ja, ihr habt ein Sühnekreuz an der Landstraße nach Betzenhausen für meinen geliebten Bruder errich-

tet. Gott wird euch verzeihen, wie ich euch bereits verziehen
habe. So lasst uns denn diesen unseligen Streit hiermit beenden
und zeigt euch auch reumütig euren Stadtherren gegenüber.»
Er ließ die Arme wieder sinken. «Ihr Ratsherren, höret hernach, was euer Stadtherr Graf Egino von Freiburg von euch als
Sühne erwartet und sperrt euch nicht länger, um des Friedens
willen! Und nun lasst uns zusammen das Credo sprechen und
die Fürbitten für unsere Toten.»

Das war die kürzeste Predigt, die Anselm seit langem gehört hatte, aber sie hatte ihre Wirkung nicht verfehlt. So einige
der Kirchgänger hinter ihm waren zu Tränen gerührt von der
Großherzigkeit dieses Mannes. Dabei, dachte sich Anselm
nicht zum ersten Mal, hätte sich Konrad von Lichtenberg
damals als Bischof besser um das Seelenheil seiner Schäfchen
kümmern sollen, anstatt wieder einmal in eine blutige Fehde
zu ziehen. *Seinem* Tod waren am Ende fünfzehn gefallene
Freiburger gegenübergestanden. Und Anselms linke Schulter
schmerzte noch immer nach all den Monaten – wäre er ein
Schneider, so könnte er nicht mehr arbeiten. Noch oft dachte
er daran zurück, wie dieser toll gewordene Bäckermeister ihn
herausgehauen hatte. Eine Dankesgabe hatte der seltsame Kerl
indessen nicht annehmen wollen, und so sah sich Anselm noch
immer in dessen Schuld.

Nach der heiligen Kommunion, die zunächst die Geistlichen,
dann die Laien empfingen, wurden die Kirchgänger mit dem
Segen entlassen. Doch kaum einer ging hinaus, wollte man
doch hören, was die Grafen zu verkünden hatten.

Indessen erhob sich Egino nur, um mit regloser Miene
seinen Schultheißen heranzuwinken und ihm ein zusammengerolltes Blatt zu übergeben. Danach setzte er sich wieder und
schlug fast gelangweilt die Beine übereinander, während die

anwesenden Freiburger Bürgerinnen und Bürger erwartungs- und vielfach sorgenvoll auf ihn blickten.

Schultheiß Dietrich von Tusslingen, wie schon sein Vater Hugo ein ergebener Gefolgsmann der Grafen, sah nur mit höhnischem Lächeln in die Runde, und es wurde mucksmäuschenstill.

«Wir, Euer Herr Graf Egino sowie sein Sohn, Graf Konrad von Freiburg», begann er, die Worte seiner Herren vorzutragen, «verlangen nicht mehr und nicht weniger, als dass binnen zweier Wochen der Bürgermeister und die Alten wie die Neuen Vierundzwanziger einen Sühnebrief aufsetzen, in dem sie Abbitte leisten und schwören, niemals wieder einen Streit zu entfesseln gegen ihre Herren, jetzt und immerdar. Des Weiteren, dass sie sich niemals mehr an Leib und Gut der vorgenannten Herren vergehen noch an deren Gesinde oder Gefolgsleuten. Des Weiteren, dass sie niemals mehr Schaden gegen die Feste Freiburg tun, weder mit Angriffen noch Belagerungen. Des Weiteren, dass sie sich nicht gemein machen mit Gegnern der vorgenannten Herren. Sollten sie ihren Schwur brechen, so sollen sie als meineidig, recht- und ehrlos all ihrer Rechte an Eigentum und Erbe in der Stadt ledig sein. Zur Sühne all der begangenen Misshelligkeiten geloben sie, den vorgenannten Herren für die nächsten siebzehn Jahre jährlich dreihundert Mark Silber statt wie bislang zweihundert an Schatzung zu übergeben. Und zwar erstmals und demnächst zu Unser Lieben Frauen Lichtmess, hernach allweg zu Weihnachten.»

Ein hörbares Raunen der Missbilligung ging durch die Reihen der Ratsherren, woraufhin Dietrich von Tusslingen mit der Faust gegen den Lettner schlug, um fortzufahren.

«Um den Bürgern ihrer Stadt hierbei zu helfen, haben die vorgenannten Herren in ihrer Großmut beschlossen, ihnen während dieser siebzehn Jahre das Recht auf das Weinungeld zu überlassen sowie auf ein weiteres Ungeld ihrer Wahl. So mögen sich Bürgermeister und Ratsherren also befleißigen, alsbald diesen Sühnebrief in wohlgesetzten Worten zu verfassen und ihren Herren, dem Grafen Egino und seinem Sohn Konrad, sowie ausgewählten Zeugen zum Prüfen und Besiegeln vorzulegen.»

Anselm pfiff leise durch die Zähne. Dreihundert Mark Silber als neue Bürgersteuer, die bis in gut zwei Wochen aufzubringen war! Das war in der Tat ein Schlag mit der Keule. Andererseits hätte Egino ihre missliche Lage weitaus mehr ausnutzen und nach wie vor auf eine viel höhere einmalige Kriegssteuer bestehen können.

Der Tumult rundum wurde lauter. Sichtlich erschrocken, blickten die Menschen einander an oder machten lauthals ihrer Empörung Luft, doch niemand wagte es, sich offen gegen die Grafen zu auszusprechen. Kein Ave Maria später waren die Oberen auch schon mit dem Bischof in der Sakristei verschwunden.

Anselm verabschiedete sich von seinen Ratsfreunden, von denen die meisten noch auf einen Umtrunk in die Krone wollten. Er selbst wollte erst einmal in Ruhe nachdenken, bevor er endgültig Stellung bezog, was die Forderungen betraf, und machte sich auf die Suche nach Verena und seiner Mutter. Er fand sie draußen vor dem Nikolausportal, mit Klärchen und Burkhard an der Hand. Die Kinder hatten schon ganz rot gefrorene Nasen.

«Gehen wir schnell heim ins Warme», drängte er und setzte sich Klärchen auf die Schultern.

Verena hakte sich bei ihm unter.

«Ein hoher Preis, den wir da um des lieben Friedens willen

zahlen müssen, findest du nicht?», sagte sie. «Glaubst du also, dass sich Neuer und Alter Rat in der Sache einig werden?»

«Wir müssen. Und im letzten halben Jahr haben wir im Gesamtrat schließlich so vieles einmütig und gemeinsam durchgestanden. Zum Glück sitzen ja inzwischen einige vernünftige Männer im Alten Rat.» Er blinzelte ihr zu. «Wie beispielsweise dein Vater.»

Genau zwei Wochen später brachten Schultheiß und Bürgermeister jenen Sühnebrief auf die Burg, wo er von den Grafen für gut befunden und unter Zeugenschaft von fünfzehn Vornehmen aus Freiburg und dem Breisgau besiegelt wurde. Nachdem die Stadt pünktlich zu Lichtmess ihre Steuerschuld beglichen hatte, entließ König Albrecht sie aus der Reichsacht und sicherte ihr obendrein zu, dass künftig kein Freiburger Bürger mehr von den Grafen willkürlich vor irgendein fernes Fremdgericht gezwungen werden, sondern nur noch vom hiesigen Schultheißengericht gerichtet werden dürfe.

Die hohe Summe von dreihundert Mark Silber aufzubringen, war für jeden steuerfähigen Bürger ein harter Brocken gewesen, aber im Gegenzug verfügte man jetzt über die wichtige Einnahmequelle der Verbrauchssteuer auf Wein und Getreide. Mehr noch: Egino hatte ihnen, gegen den Widerstand seines Sohnes, als Zeichen des guten Willens neue Rechte zugestanden. Von jetzt an war es nicht mehr Sache der Stadtherren, den Bürgermeister und die achtzehn Zunftmeister zu ernennen, sondern des Magistrats beziehungsweise der Handwerkszünfte. Allein die Auswahl des Schulheißen behielten Egino und Konrad sich noch vor. Und was gänzlich überraschend kam: Die Bauherrschaft über Liebfrauen wurden dem Rat und damit den Bürgern der Stadt übertragen!

Dies alles verbuchten die Ratsherren als einen Erfolg, als einen weiteren wichtigen Schritt zu mehr bürgerlicher Eigenmächtigkeit. So blieben denn die meisten nach ihrer ersten gemeinsamen Sitzung seit Lichtmess noch im Roten Bären sitzen, um zu feiern. Anselm selbst war unschlüssig, ob er bleiben sollte. Er hatte nach wie vor seine Vorbehalte gegen den Alten Rat, es gab darunter so einige, denen er nicht recht traute. Zu eng waren deren Geschäfte mit dem Grafenhaus verquickt, zu eng die freundschaftlichen Bande. Und nicht wenige hatten sogar im Gefecht vor Betzenhausen an der Seite der Grafen gekämpft.

Fast war er froh, als sein Schwiegervater ihn beiseitenahm, während die anderen beim Schankmädchen lautstark ihre Bestellungen aufgaben. Genau wie Anselms Mutter war Hartmut von Krozingen trotz seines hohen Alters noch erstaunlich rüstig, körperlich wie geistig, und seine Worte im Alten Rat hatten nach wie vor Gewicht.

«Diese Saufgelage nach den Sitzungen sind nichts mehr für mich tattrigen Greis», sagte er mit verschmitztem Lächeln zu Anselm. «Würdest du mich ein Stück nach Hause begleiten?»

«Gerne. Das nimmt mir die Entscheidung ab, zu bleiben oder heimzugehen.»

Sie zogen ihre Pelzmäntel vom Haken beim Treppenaufgang und verabschiedeten sich. Draußen hatte es wieder einmal geschneit in diesem kalten Winter, doch auf frischem Schnee lief es sich wenigstens besser als auf Eis. Vorsichtshalber bot Anselm seinem Schwiegervater für das kurze Stück zu dessen Anwesen den Arm an.

Doch der lehnte dankend ab und setzte zögernd zu reden an.

«Ich habe dich nicht um Begleitung gebeten, damit ich heil nach Hause komme bei diesem Wetter. Vielmehr wollte ich etwas mit dir besprechen.»

«Worum geht es?», fragte Anselm überrascht.

«Um die Kirchenfabrik, die seit Jahren im Winterschlaf darniederliegt. Hör, Anselm, das sollten wir ausführlicher besprechen: Hast du nicht Lust, gleich zum Abendessen herüberzukommen? Zusammen mit Verena? Das würde uns sehr freuen.»

Anselm nickte. «Abgemacht. Dann soll meine Mutter mit den Kindern zu Abend essen und sie zu Bett bringen. Das ist den Kleinen eh am liebsten.»

Keine halbe Stunde später führte die Hausmagd sie in die von der Küche her wohlig beheizte Stube, wo Verenas Eltern bereits an der eingedeckten Tafel warteten. Kunigunde von Krozingen hatte schlohweißes Haar und war erblindet, aber genau wie Hartmut geistig noch sehr rege.

«Ich freu mich, euch zu sehen», scherzte sie wie bei jedem Besuch und streckte dabei tastend ihre Hände aus, um ihrer Tochter über die Wangen zu streichen oder Anselm die Hand zu drücken.

Währenddessen füllte der Hausherr rundum Wein in die hübschen Zinnbecher.

«Ich hoffe, es stört euch nicht, wenn wir nur ein wenig Geflügel und Wildbret auftischen. Wir alten Leute sollten abends nicht mehr so schwer essen, hat uns der gute Medicus Thomann geraten.»

Verena lachte. «Ach Vater, das sagst du jedes Mal. Und dann bringt die Köchin doch mindestens drei Gänge an Fleisch und Gemüse herein.»

«Die Gute freut sich eben, wenn wir mal wieder Gäste haben. Und nun setzt euch und stoßt mit uns an.»

Anselm vermochte seine Neugier gerade einmal bis nach der Vorsuppe zurückhalten.

«Lieber Schwiegervater», begann er, nachdem er seinen Löffel abgewischt und ins Löffelbrett zurückgesteckt hatte. «Du sagtest, es ginge um die Kirchenfabrik.»

«Richtig, mein Junge.» Er zeigte sein immer noch jungenhaftes Lächeln. «Ich dachte schon, du hast ganz vergessen, warum du hier bist. Alsdann: Heute bei der Sitzung ging es ein wenig unter, dass wir Bürger, ganz wie in Straßburg, jetzt die Bauherrschaft für Liebfrauen innehaben. Ich fürchte aber, dass die hohe Stadtsteuer, die wir in kürzester Zeit aufbringen mussten, daran schuld ist, dass keinem von uns der Sinn danach steht, an unserer Pfarrkirche weiterzubauen.»

«Das fürchte ich allerdings auch. Es liegt ja nicht daran, dass wir nicht wollen. Unser Stadtsäckel ist einfach ausgeplündert.»

«Was soll das heißen?», fuhr Verena dazwischen. «Wollt ihr im Ernst unsere Pfarrkirche ohne Turm und Dachstuhl lassen?»

«Verena hat recht», bekräftigte Kunigunde von Krozingen. «Das wäre eine Beleidigung des Allmächtigen.»

«So beruhigt euch doch.» Anselm hob beschwichtigend die Arme. «Ihr wisst, dass ich der Letzte wäre, der den Kirchenneubau aufgeben würde. Ich meine nur, dass wir Geduld brauchen. Was wir aber jetzt schon tun sollten, gleich bei unserer nächsten Ratssitzung, das ist, die durch und durch verfaulte Kirchenfabrik wieder vom Kopf auf die Füße zu stellen. Sie muss neu begründet werden, mit neuen Statuten und einem neuen Schaffner, der uns Ratsherren Rechenschaft schuldig ist. Der Keppenbacher hat sich nicht nur als unfähig erwiesen, sondern ist als gräflicher Günstling nicht länger tragbar.»

Verena nickte heftig. Ihre Wangen waren gerötet – vom Wein oder auch vor Eifer.

«Wir könnten gleich als Erstes die ‹Große Bitt› neu zum Leben erwecken», schlug sie vor. «Jetzt erst recht sollte es für jeden Zünftigen, Kaufmann, Ritter oder Amtsträger eine Ehre sein, für Liebfrauen zu sammeln. Und da es nun für die eigene Sache ist, wird auch jeder Freiburger sein Scherflein beitragen wollen.»

«Das ist ein guter Einfall», pflichtete Anselm seiner Frau bei. «Außerdem wird sich bis zur nächsten fälligen Bürgersteuer an Weihnachten die Stadtkasse über das Ungeld wieder füllen, da bin ich mir sicher. Und wir sollten nicht außer Acht lassen, dass viele von uns Ratsherren – ich will mich da nicht ausnehmen – noch immer wahre Reichtümer ansammeln, mit Handel, den Silberminen und mit unseren sonstigen Geldgeschäften. Ein Teil des Pfarrzehnts aus dem Bergbau fließt ohnehin ohne Umweg dem Kirchenbau zu. Außerdem verfügt die Fabrica über eigene Güter, Weinberge und Waldstücke, und die Einkünfte daraus stehen nun nicht mehr dem Grafenhaus oder Pfarrrektor zu, sondern der Stadt. Insofern sollte uns nichts daran hindern, für nächstes Jahr wieder einen Baumeister unter Vertrag zu nehmen.»

Hartmut von Krozingen schenkte allen nach und erhob seinen Becher: «Auf unsere neue Pfarrkirche! Und ich sage euch: Lasst uns nicht bis nächstes Jahr warten. Es gibt da nämlich noch einen anderen Weg, um zügig an erste Zuwendungen zu kommen. Und zwar in ausreichender Größenordnung.»

Er machte eine bedeutsame Pause und nahm einen tiefen Schluck. Dann erhob er sich, klappte den Deckel einer mächtigen geschnitzten Truhe auf und zog eine Schiefertafel hervor. Ohne sich wieder zu setzen, las er eine Reihe von Namen wohlbekannter Freiburger Bürger vor:

«Konrad Snewlin zu Oberlinden mit Söhnen … Meigernis, der Ältere … Hug Trösche … Tegenin, der Ältere … beide Kolmanbrüder … alle Morser … Rudolf von Waltershofen …

Hesse Münzmeister ... Johannes von Keppenbach ... alle Spörlin ... Egenolf Küchlin.»

Erwartungsvoll blickte er in die Runde. Da begann Anselm zu begreifen: All diese Männer waren Lehnsleute Eginos, die im großen Streit bis aufs Blut gegen die eigene Bürgergemeinde gekämpft hatten. Einige hatte er mit eigenen Augen heranstürmen sehen an jenem Tag. Die meisten von ihnen, ein gutes Dutzend bestimmt, saßen derzeit im Alten Rat. Sie waren der Stadt durch ihren jährlichen Treueeid verbunden. Diesen Eid hatten sie jedoch mit ihrem Angriff gegen die Bürger, die doch nur ihre Stadt verteidigen wollten, schmählich gebrochen.

«Ich selbst war zwar», fuhr sein Schwiegervater fort, «wegen meiner Zipperlein nicht dabei bei dem Kampf vor Betzenhausen, was ich bis heute bedaure, aber durch dich, Anselm, und durch deine Gefährten habe ich sämtliche Namen dieser Vasallen erfahren und zusammengetragen. Glaubt mir, meine Liste ist vollständig und abgesichert. Und ich denke, nun ist sie Gold wert.»

Verständnislos sah Verena ihren Vater an. «Wie das?»

«Folgendermaßen: Unser Stadtrecht besagt, dass wir unserem Herrn nur zur Hilfe verpflichtet sind, wenn ihm Unrecht und Gewalt angetan wird. Nun lag der Fall aber umgekehrt: Egino und Konrad als unsere Herren hatten *uns* angegriffen und Schaden zugefügt. Und die oben genannten Männer haben es mit ihnen getan. Damit haben sie sich gegen die eigenen Mitbürger vergangen und laut unserem Stadtrecht die Bürgerrechte verwirkt. Zumindest das Recht, im Rat sitzen zu können. Es sei denn ...»

«Es sei denn», vollendete Verena seinen Satz, «... sie tun Buße! Und die Buße fließt in die neue Fabrica.»

Die alte Kunigunde tastete nach der Hand ihres Mannes.

«Du warst schon immer ein Schlitzohr, Hartmut. Was dachtest du – wie hoch soll das Sühnegeld sein, damit sie ihre Ratsfähigkeit behalten?»

«Um die Freiburger auf Erden und den Herrgott im Himmel zu versöhnen, sollten es pro Mann schon zwei Mark Silber sein. Mehr ist natürlich auch willkommen.»

Zweifelnd schüttelte Anselm den Kopf. «Wie soll das gehen? Hierüber müssen Neuer und Alter Rat gemeinsam entscheiden, und die Mehrzahl der Betroffenen ist Mitglied von Letzterem. Da werden sie sich wohl kaum selbst die Schlinge am Hals zuziehen wollen.»

«Du hast recht, es könnte tatsächlich sogar zu einem handfesten Tumult kommen. Aber ich habe das Stadtrecht noch einmal genau geprüft. In einem solchen Fall des Treuebruchs braucht es keine Einstimmigkeit, weder zum Aberkennen der Bürgerrechte, zumindest auf eine bestimmte Zeit, noch zum Ausschluss aus dem Rat. Es genügt also die Mehrheit. Daher auch meine Bitte an dich: Ich selbst werde mir schon im Vorfeld der Abstimmung Gehör unter den Alten Herren verschaffen, unseren Bürgermeister habe ich schon auf meiner Seite. Du aber solltest deinerseits deine Collegen vom Neuen Rat überzeugen. Am Montag versammelt ihr euch doch in der Krone. Mach ihnen klar, dass es hier keineswegs nur um die Strafgelder für den Kirchenbau geht, sondern um die Einigkeit unserer Bürgergemeinde. Wir müssen endlich alle an einem Strang ziehen, wenn diese Stadt weiterhin erblühen soll. Und das geht nur, wenn wir die Unruhestifter und Judasse loswerden.»

Ihr Vorhaben ging auf. Der Neue Rat war sogleich Feuer und Flamme, sowohl für die Neugründung der Fabrica als auch für die Strafmaßnahmen gegen die abtrünnigen Freiburger

Ritter und Vornehmen. Diese wurden immerhin dahin gehend abgemildert, dass nur der Ratsausschluss auf Lebenszeit, nicht aber der Entzug des Bürgerrechts drohte. Als Bürgermeister Snewlin von Blumenberg in dieser Angelegenheit eine Sondersitzung des Gesamtrats einberief, erstmals im Saal der neu erbauten Ratsstube, zettelten die Betroffenen wie erwartet einen Aufstand an. Als es sogar zu Handgreiflichkeiten kam, mussten zwei bewaffnete Scharwächter eingreifen und die beiden Kolmanbrüder in den Turm abführen. Sie wurden sogleich ihrer Ratszugehörigkeit enthoben. Über die anderen sechzehn, von denen neun zum Alten Rat gehörten, kam es zur Abstimmung. Tatsächlich fand sich eine ansehnliche Mehrheit für Hartmut von Krozingens Vorhaben der Schuldzahlung, darunter befand sich zu Anselms Erstaunen sogar Wernher Loderer, der für seinen Vater in den Alten Rat nachgerückt war – nun ja, so erstaunlich war es vielleicht nicht, denn genau wie der Alte hängte auch er sein Fähnchen stets dorthin, wo gerade der stärkere Wind wehte. Dietrich von Tusslingen war indessen seine Erleichterung darüber anzusehen, dass er sich als gräflicher Schultheiß der Abstimmung enthalten durfte, war er doch mit etlichen der Verfemten versippt und verschwägert. Jenen Beschuldigten ließ man eine Frist von sieben Tagen, um sich zwischen Ausschluss oder Bußzahlung zu entscheiden, und bis auf Johannes von Keppenbach, Vater und Sohn Morser, die Brüder Kolmann sowie Egenolf Küchlin beglichen sie ihre Sühne mit zwei Mark Silber oder mehr.

Bereits Anfang März war eine neue Satzung für die Fabrica aufgestellt, und Andres von Endingen rückte als neuer Schaffner an die Stelle Keppenbachers. Die drei Leutpriester von Liebfrauen hatten sich für den noch recht jungen und sehr gebildeten Mönch verwendet, der Kindheit und Jugend im

Kloster Tennenbach verbracht hatte, dann aber zu den hiesigen Augustiner-Eremiten gewechselt war. Diese lebten zwar mehr oder weniger nach der Regel des heiligen Augustinus, nicht aber in strenger Klausur. Seit einigen Jahren schon führte Andres von Endingen bei den Augustinern die Rechnungsbücher und erklärte sich bereit, dies auch für die Fabrica zu tun. Vorläufig war er dem Bürgermeister und einem vierköpfigen Ausschuss von Ratsherren rechenschaftspflichtig, aber es stand die Überlegung im Raum, ob man nicht irgendwann das Amt eines Kirchenpflegers schaffen sollte, der die oberste Aufsicht über die Fabrica innehatte und deren Vermögen verwaltete.

Anselm, der diesem Ausschuss angehörte, war nicht sonderlich begeistert von diesem immer ein wenig freudlos wirkenden neuen Schaffner, der durch salbungsvolle Worte und seine Bibelkenntnisse zu glänzen versuchte. Wobei Letzteres natürlich für einen Kirchenbau von großem Vorteil war. Ausschlaggebend für die Wahl des Endingers war gewesen, dass er sich bereiterklärt hatte, für dieses Jahr auf die Pfründe für sein Amt zu verzichten, sofern er freie Kost und Unterkunft im Schaffnerhaus erhalte. «Die Ehre, dem Allmächtigen und unser aller Himmelskönigin zu dienen, soll mir des Lohnes genug sein», waren seine Worte beim feierlichen Amtsantritt in der Ratsstube gewesen, und er hatte hierfür begeisterten Beifall geerntet.

An jenem Nachmittag stand Anselm noch lange mit seinen Ratsgefährten Jakob der Müller, Medicus Thomann, Silberkrämer Wissilberli und Schlossermeister Löchelin beisammen, auf dem sonnenbeschienenen Platz zwischen Rathaus und Kanzlei. Es stimmte ihn glücklich und hoffnungsfroh, dass das Feuer für ihren Kirchenbau wieder neu entfacht war. Die Mittel für Material und Löhne einer kleinen Mannschaft an Steinmetzen war fürs Erste gesichert, und die städtischen Maurer und Zimmerleute hatten sich bereiterklärt, die abgebrannte Werkstatt der Bauhütte um Gotteslohn neu zu errichten. Und zwar als starken, zweigeschossigen Fachwerkbau.

«Wir sollten uns den alten Meister Gerhard aus Straßburg zurückholen», schlug der Medicus vor, als die Freunde sich schließlich verabschiedeten. «Vielleicht will er es unter unserer Fahne noch einmal wagen.»

Anselm schüttelte den Kopf.

«Das wird nicht gehen. Er war schon recht gebrechlich, als ich ihn auf einer meiner Handelsreisen das letzte Mal besucht hatte. Inzwischen arbeitet er dem Erwin von Steinbach nur noch als Handlanger zu. Aber er könnte uns sicherlich jemanden empfehlen.»

Der Paradiesmüller schlug ihm auf die Schulter. «Dann solltest du dich mit deinem Ausschuss und dem Bürgermeister baldmöglichst auf den Weg machen. Und ich würde euch gern begleiten, wenn du nichts dagegen hast. Da käme ich endlich mal wieder raus aus der Stadt.»

«Hast recht, Jakob. Lasst uns Nägel mit Köpfen machen. Machen wir uns auf den Weg, sobald es das Wetter erlaubt.»

Kapitel 20

Straßburg, Mitte März
desselben Jahres 1300

Zu Mittag des dritten Tages erreichten sie bei recht mildem Frühlingswetter die große Handels- und Bischofsstadt Straßburg. Das stete Marschieren hatte Verena mehr angestrengt, als sie gedacht hätte. Die Beine waren ihr schwer wie Blei geworden, und in den beiden letzten Nächten, zunächst in einem Fährhaus am Rhein, dann in einer Reiseherberge im elsässischen Städtchen Erstein, hatte sie kaum ein Auge zugetan. Die Schlafsäle, in denen sie alle zusammen auf Strohsäcken übernachtet hatten, waren überfüllt und stickig gewesen, und das lautstarke Schnarchen der Männer hatte Verena im Wechsel mit Floh- und Wanzenbissen immer wieder aus dem ohnehin nur leichten Schlaf gerissen. Und wenn sie dann wach war, beschäftigte sie der sorgenvolle Gedanke an ihre beiden Kinder, die sie erstmals für mehrere Tage in der Obhut ihrer Schwiegermutter Anna und der Hausmagd gelassen hatte.

Dennoch bereute sie nicht, dass sie Anselm in der ihr eigenen Dickköpfigkeit überredet hatte, sie auf die Reise mitzunehmen. Wann kam ein Weib schon einmal heraus aus der Heimat, um fremde Orte und Landschaften erleben zu dürfen? Allein die Überfahrt über den breiten Rheinstrom, der nach der ersten Schneeschmelze starkes Wasser führte, war ein rechtes Abenteuer gewesen, und als sie gestern das Gebiet der

Herren von Geroldseck durchquerten, die als Strauchritter und Wegelagerer berüchtigt waren, hatte sie sich einen halben Tag lang nicht einen einzigen Schritt aus der Mitte der Männer entfernen dürfen. Angst hatte sie indessen so gut wie nie empfunden, vertraute sie doch auf den Herrgott und die beiden berittenen und bewaffneten Stadtknechte, die ihren kleinen Tross begleiteten.

Dieser bestand aus Bürgermeister Snewlin von Blumenberg, aus Schaffner Andres von Endingen, aus Pfarrer Raimund, dem Vorsteher der mittlerweile drei Freiburger Leutpriester und Vertreter des Pfarrrektors, sowie dem neu gebildeten Kirchenausschuss. Je zwei Männer aus dem Neuen und dem Alten Rat gehörten diesem an: zum einen neben Anselm der reiche und sehr gottesfürchtige Gewürzhändler Konrad der Malterer, zum anderen der Lateinschulmeister und weitbekannte Dichter Magister Walther von Breisach und Ritter Borchard von Stühlingen. Die beiden Letzteren entstammten sehr vornehmen Geschlechtern. Der Ritter hatte es sich denn als Einziger der Männer auch nicht nehmen lassen, hoch zu Ross zu reisen. Nicht zuletzt war da noch Anselms Freund Jakob der Müller in ihrem Tross. Verena mochte den glatzköpfigen, bärenstarken Kerl, der das sonnige Gemüt eines Kindes hatte. Dass Jakob unterwegs zu ihrem persönlichen Leibwächter auserkoren worden war, hatte sie auf der Landstraße ebenso beruhigt wie der Umstand, dass bis auf Pfarrer Raimund alle Männer mit Schwertern bewaffnet waren. Denn der große Faustkämpfer war Anselm nicht gerade, trotz seines Wagemuts, den er in ihrer gemeinsamen Kindheit oft bewiesen hatte.

«War dir die Reise auch wirklich nicht zu anstrengend?», fragte er sie, als sie nun durch eine Toranlage beiderseits des Flüsschens Ill die innere Stadt betraten. Dabei strahlten seine haselnussbraunen Augen. Verena wusste, mit wie viel Freude und Stolz es ihn erfüllte, dass seine Begleiter und er heute den berühmten Erwin von Steinbach aufsuchen würden, und zwar in ihrer Eigenschaft als Bauherren der Freiburger Pfarrkirche.

Sie lachte. «Sehe ich etwa erschöpft aus?»

«Ein bisschen schon.» Er nahm sein schiefsitzendes Barett ab, um sich das dunkle, halblange Haar aus der Stirn zu streifen, dann setzte er den Hut wieder ordentlich und gerade auf, wie es sich für einen Kaufherren ziemte. Er wirkte jünger als die inzwischen achtunddreißig Jahre, die er zählte, was vielleicht an seinem schmalen, bartlosen Gesicht und der jungenhaft schlanken, hochgewachsenen Gestalt lag. Warm durchfuhr es sie: Ja, sie liebte ihn noch immer von Herzen.

Ritter Borchard von Stühlingen, der vor ihnen sein Pferd am Zügel führte, blieb stehen und wandte sich um.

«Ich denke, Wohlleb, wir bringen zuerst die Packpferde mit unseren Sachen unter und erfrischen uns ein wenig. Könnt Ihr uns ein angemessenes Gasthaus empfehlen? Eine weitere Nacht in einem stinkenden Schlafsaal», er verzog sein breites, pockennarbiges Gesicht, «ertrage ich nicht.»

Anselm nickte. «Das Gasthaus zum Goldenen Schaf, gleich beim Kaufhaus am Hafen, bietet Kammern mit Betten für jeweils vier Mann. Das Essen ist gut und reichlich, den Wein bezieht der Wirt aus der Grafschaft Campanie.»

«Na dann – nichts wie hin», rief Snewlin von Blumenberg fröhlich. Der stets ein wenig mürrisch dreinschauende Schaffner Andres von Endingen hingegen sagte wie immer nichts. Er war auch der Einzige gewesen, der etwas gegen Verenas Begleitung einzuwenden gehabt hatte, weil sie ein Weib war.

Doch das berührte sie herzlich wenig. Sie war mächtig beeindruckt von dieser riesigen Stadt, die von Wasserläufen,

Brücken und den starken Mauern und Türmen der Befestigung geprägt war. Maultier- und Ochsenkarren zwängten sich durch das Gedränge auf den Gassen, hier pries eine Bäuerin lautstark ihr frischen Eier, dort ein Karrenbeck seine Fladenbrote an. Die elsässische Sprache war gut zu verstehen, sie unterschied sich nur wenig von der Mundart in Freiburg. Doch gab es auf den Gassen auch sehr viele Fremde aus welschen oder nordischen Ländern, wie Verena zu erkennen glaubte, teils trugen sie seltsame, oft schreiend bunte Gewänder. In Freiburg wäre ihr Tross von neugierigen Blicken verfolgt worden. Hier indessen schien man an solcherlei Anblicke gewöhnt zu sein, denn niemand drehte auch nur den Kopf nach ihnen um.

Allmählich wurde Verena hungrig, denn überall an den Straßenecken fanden sich Wurstbratereien und Garküchen, deren verführerischen Düfte ihr in die Nase stiegen und den Geruch nach Tierkot und Küchenabfällen überdeckten.

Das Goldene Schaf gegenüber dem umtriebigen Hafen erwies sich als ein sauberes, großzügig ausgebautes Anwesen. Der Wirt erkannte Anselm und begrüßte ihn aufs freundlichste, was Verena wieder einmal ein wenig schmerzhaft daran erinnerte, wie oft ihr Mann doch auf Reisen war. Sie mieteten sich drei Kammern – Jakob würde bei ihr und Anselm nächtigen –, dann genossen sie ein verspätetes, reichhaltiges Mittagessen.

Eine gute Stunde später waren sie auf den Weg zum Münster, das genau wie die Freiburger Pfarrkirche Unser Lieben Frauen geweiht war. Verena klopfte das Herz vor Vorfreude. Im Gegensatz zu Anselm hatte sie Odilia und Gerhard nicht wiedergesehen, seitdem die Bauleute nach dem furchtbaren Werkstattbrand Freiburg verlassen hatten. Damals war sie guter Hoffnung mit ihrem Ältesten gewesen. Beim Abschied von

Odilia hatte sie bitterlich geweint. Bald acht Jahre war das nun her, und sie konnte dem Herrgott danken, dass die beiden noch am Leben waren.

Der Werkhof, der die Kirche mit seinen Lauben und Hütten bis zur Bischofsburg hin umgab, war um einiges größer als jener damals in Freiburg. So viele Handwerker, Arbeiter und Taglöhner waren hier zugange, solche Massen an Steinen und Hölzern lagerten hier, wie sie es in ihrer Heimatstadt nie erlebt hatte. In gebührendem Abstand zu den Werkleuten blieben ihre Reisegefährten stehen und sahen sich suchend um. Schließlich trat Anselm auf eine Gruppe von Zimmerleuten zu, die gerade eine Leiter zusammenbauten. Einer von ihnen wies mit ausgestrecktem Arm zu einem Fachwerkbau mit geöffneten Toren.

«Meister Erwin ist dort drüben in der Werkstatt», berichtete Anselm, als er wieder bei ihrer Gruppe angekommen war. «Hoffen wir, dass er ein wenig Zeit für uns hat.»

Der Freiburger Magistrat hatte selbstredend einige Tage vor ihrer Abreise aus Freiburg einen reitenden Boten nach Straßburg vorausgeschickt, mit einem Schreiben, welches ihr Anliegen schilderte und ihren Besuch für die nächsten Tage ankündigte.

«Und Meister Gerhard?», fragte Verena. «Was ist mit ihm?»

Anselm zuckte die Schultern. «Der Zimmermann kannte ihn gar nicht, und ein anderer meinte, er habe ihn schon lange nicht mehr auf der Bauhütte gesehen.»

Verena erschrak. Das klang gar nicht gut.

«Gehen wir also», beschied Magister Walther und setzte sich in seinem eiligen Tippelschritt in Bewegung.

Erwin von Steinbach begutachtete gerade zwei auf dem Boden liegende Maßwerkteile, als Anselm gegen den offenen Torflügel pochte. Er zeigte sich hocherfreut über ihren Besuch.

Von Anselms letzter Handelsreise kannten die beiden sich flüchtig.

«Ah, der Kaufherr Wohlleb und die Freiburger Abordnung, wie schön! Ich hoffe, Ihr hattet eine gute Reise.»

«Danke, lieber Meister Erwin. Ja, das hatten wir.»

Anselm und er schüttelten sich die Hände, dann stellten sich auch alle anderen vor. Dass Verena als Frau den weiten Weg auf sich genommen hatte, schien den Baumeister nicht weiter zu verwundern.

«Ihr wollt gewiss Odilia und Gerhard besuchen», sagte er und lächelte. Trotz seines fortgeschrittenen Alters war er ein stattlicher, aufrechter Mann mit wachen blauen Augen und dichtem Lockenhaar unter dem flachen Filzhut.

Verena nickte. «Geht es den beiden denn gut?»

«Nun ja, Odilia ist wohlauf, von ihren schmerzenden Gelenken abgesehen. Den guten Gerhard hat das Alter indessen schon arg gezeichnet.»

«Dann arbeitet Meister Gerhard gar nicht mehr für Euch?», fragte sie bang.

«Nein, das vermag er nicht mehr. Aber ich frage ihn immer noch gerne und oft um Rat.»

Schaffner Andres von Endingen, dem anzusehen war, wie ihm das Geschwätz mit einem Weib zu viel wurde, ging dazwischen.

«Wir hoffen, dass wir nicht ungelegen kommen am heutigen Nachmittag. Hättet Ihr denn ein, zwei Stunden Zeit für uns, lieber Baumeister? Ihr wisst ja sicherlich von unserem Anliegen.»

«Aber ja. Ich habe das Schreiben vor vier Tagen erhalten. Deshalb habe ich mir auch schon so meine Gedanken gemacht, zusammen mit dem guten, alten Gerhard. Aber setzen wir uns doch, um das alles zu besprechen. Drüben in der Laube beim Pfarrhaus haben wir Tisch und Bänke stehen.»

Sie traten vor die Werkstatt, wo Meister Erwin einen einfach gekleideten Jungen herbeiwinkte.

«Henslin, sag Werkmeister Heinrich Bescheid, dass er zur Werkstatt kommen soll. – Heinrich der Leiterer», wandte er sich wieder an die anderen, «ist einer der beiden Werkmeister, die mir zuarbeiten. Wie ihr seht, ist unser Straßburger Frauenwerk, wie wir die Bauhütte hier nennen, zu einer beachtlichen Größe angewachsen.»

Der Bürgermeister nickte anerkennend. «Davon können wir Freiburger nur träumen ...»

«Nun ja, der Erfolg beim Kirchenbau steht und fällt mit der Bauherrschaft, und was das betrifft, sieht es ja nun sehr hoffnungsfroh aus für Euch. Wir hatten hier vor etlichen Jahren ähnliche Schwierigkeiten, zwischen Bürgerschaft und Bischof. Nun aber geht es in großen Schritten voran, und wir haben mit keinen größeren Problemen mehr zu kämpfen. Wie Ihr seht, ist das Langhaus so gut wie vollendet, und wir arbeiten nun an der neuen Westfassade, die drei Eingangsportale erhält und eines Tages dann zwei Türme, wie es für eine Bischofskirche üblich ist. Sie werden indessen von einer Höhe sein, wie man sie nirgendwo sonst im Abendland findet.»

Verena war beeindruckt. «Die höchsten Kirchtürme der Welt erbaut Ihr also?»

«Deshalb hat die Portalseite unseres Münsters auch diese enorme Breite. Dafür aber, habe ich mir sagen lassen, habt Ihr in Freiburg eine ganz einzigartige Portalvorhalle unter Eurem Turm.»

«Das kann ich als Geistlicher und Seelsorger nur bestätigen», sagte Pfarrer Raimund in seiner bedächtigen Art. «Ein Kirchturm sollte den Blick und den Geist der Gläubigen zwar himmelwärts leiten, doch muss der Mensch auch nicht übertreiben in seinem Schaffen. Trotz meiner Bewunderung für Euer Vorhaben muss ich zugeben, dass mir eine meisterhaft dargestellte Heils- und Weltgeschichte, die den Betrachter am Boden hält, weitaus lieber ist als ein Turm, der ihn schwindlig werden lässt.»

Der Baumeister nickte gutmütig. «Vielleicht habt Ihr recht, ehrwürdiger Herr Pfarrer. Aber eigentlich wollte ich Euch mit meinem kleinen Vortrag nur sagen, dass zwei Werkmeister hier inzwischen gar nicht mehr nötig sind, und so würde sich Heinrich der Leiterer bereit erklären, zu Euch nach Freiburg zu kommen. Ich kann euch diesen Mann nur wärmstens empfehlen. Er weiß natürlich um den Zustand Eurer Kirche, und einige Bedingungen müssten vorab geklärt werden. Aber das besprechen wir besser gleich bei Tisch mit ihm selbst bei einer kleinen Erfrischung aus dem Schaffnerhaus. Vorher wollen Meister Heinrich und ich Euch gerne durch die Bauhütte und das neue Langhaus führen. Da könnt Ihr dann schon Eure ersten Fragen zum Kirchenbau stellen.»

«Wird Meister Gerhard auch herkommen?», fragte Verena.

«Ich denke schon, wenn er sich heute kräftig genug fühlt für den Spaziergang von der Vorstadt hierher. Ah, da kommt ja auch schon mein Hüttendiener. Was ist, Henslin, wo steckt der Werkmeister Heinrich?»

«Er ist gleich da», erwiderte der Junge und musterte die Fremden neugierig. «Es gab Schwierigkeiten mit dem Versetzen vom Tretrad am Nordportal.»

«Dann lauf in der Zeit noch rasch in die Krutenau und sag dem alten Meister Gerhard Bescheid, dass die Freiburger angekommen sind.»

«Warte, Henslin.» Verena hielt ihn am Arm zurück. «Nimm

mich mit. Ich will derweil Odilia besuchen. Und Euch Männern», fuhr sie mit einem frechen Blick in Richtung des Schaffners fort, «falle ich dann auch nicht immer mit meinen naseweisen Fragen ins Wort.»

Anselm nickte in gespieltem Ernst. «Eine sehr vernünftige Entscheidung, Frau. Wenn Ihr erlaubt, Erwin von Steinbach, gehe *ich* den Gerhard holen, ich weiß ja, wo er wohnt. Und eine Führung hattet Ihr mit mir freundlicherweise schon beim letzten Mal gemacht.»

«Ganz, wie Ihr wollt, Kaufherr.»

In diesem Augenblick erschien Werkmeister Heinrich der Leiterer. Der breitschultrige, nicht allzu große Mann war barhäuptig und trug einen schlichten, knielangen Rock, der vorne geknöpft war, mit einer ärmellosen Heuke darüber. Verena überraschte, wie jung er aussah, und schätzte ihn auf einige Jahre jünger als sie selbst. Mit seinen dunklen Augen und dem dunklen, welligen Haar mochte er welsche Vorfahren haben wie viele hier am Oberrhein. Sein breites, bartloses Gesicht wirkte gutmütig und offen, sein Blick neugierig. Verena gefiel er auf Anhieb.

«Mein Weib Elisabeth wird sich freuen, Euch kennenzulernen», sagte er ihr, nachdem er die Männer reihum begrüßt und dann auch ihr die Hand gereicht hatte.

«So sagt ihr, dass auch ich mich sehr freue, Meister.»

Dann folgte sie Anselm, der den Münsterplatz in anderer Richtung verließ, wie sie gekommen waren.

«Was für eine prächtige und riesige Kirche», staunte sie, nachdem sie, immer irgendwelchen Karren oder Lastenträgern ausweichend, den Chor am anderen Ende des Langhauses erreicht hatten.

«Nun, sehr viel kleiner in den Maßen wird unsere Freiburger

Kirche nicht werden, vom Doppelturm der Straßburger einmal abgesehen. Und jetzt, wo wir die Bauherren sind, wird es auch kein Stocken mehr geben.»

«Hoffen wir's. Aber mit diesem Meister Heinrich habe ich schon ein sehr gutes Gefühl. Ich bin mir sicher, er wäre der Richtige für euch.»

Anselm lachte auf. «Ihr Frauen immer mit euren Gefühlen!»

Sie waren wieder an dem Flüsschen Ill angelangt, nun aber an einer anderen Brücke. Anselm kannte sich wirklich gut aus, denn er lief zielstrebig die wesentlich stilleren Vorstadtgässchen entlang, mal nach links, mal nach rechts abbiegend, bis er vor einem Kloster haltmachte. Zwei Nonnen in der weißen Tracht der Reuerinnen, weshalb sie auch Weißfrauen genannt wurden, wie Verena wusste, verschwanden gerade in der Pforte. Laut hörbar wurden von innen zwei Riegel vorgeschoben.

«Die beiden wohnen doch wohl nicht im Frauenkloster», versuchte Verena zu scherzen, doch in Wirklichkeit war ihr plötzlich bange zumute. So viele Jahre hatte sie diese lieben Menschen, mit denen sie in ihrer Kindheit und Jugend viel verbunden hatte, nicht mehr gesehen, und jetzt waren sie im Greisenalter. Vielleicht erkannten sie Verena gar nicht mehr, verloren doch so manche Alte ihr Gedächtnis.

«Dort drüben ist es.» Anselm deutete auf ein einfaches, aber schmuckes Fachwerkhäuschen schräg gegenüber, dessen Gebälk in frischer, dunkelroter Farbe glänzte. Da die Läden der beiden Fenster im oberen Geschoss halb geöffnet waren, sollte wohl jemand zu Hause sein.

Dennoch mussten sie mehrmals kräftig klopfen, bis sie hinter der Haustür schlurfende Schritte hörten.

«Wer da?», rief eine zwar ältere, indessen recht munter klingende Frauenstimme, die sie so gut kannte.

Augenblicklich begann Verena zu strahlen. «Die Wohllebs aus Freiburg.»

Als im nächsten Moment die Tür aufsprang, lagen sich die Frauen auch schon in den Armen.

«Ich fasse es nicht, ich fasse es nicht», rief Odilia ein ums andere Mal. «Dass du mit Anselm mitgekommen bist, den ganzen weiten Weg nach Straßburg! Rasch, kommt herein. Ich mache uns in der Küche einen kleinen Imbiss.»

Anselm räusperte sich. «Eigentlich wollte ich Gerhard abholen. Du hast sicher davon erfahren, dass wir Bürger endlich die Bauherrschaft haben, und nun wollen wir, das heißt die Freiburger Abordnung, Meister Erwin und dieser Heinrich, das weitere Vorgehen besprechen und vielleicht mit Heinrich einen neuen Werkmeister gewinnen. Gerhard hätten wir gerne dabei, weil er die Freiburger Verhältnisse am besten kennt. Aber nur, wenn er sich heute bei Kräften fühlt. Ein, zwei Stunden wird es nämlich schon dauern.»

Odilias sichtlich faltig gewordenes Gesicht leuchtete vor Freude. Sie war in diesen Jahren zwar noch kleiner und zierlicher geworden, trotzdem wirkte sie immer noch kraftvoll und voller Lebensmut.

«Ihr habt Glück – Gerhard hat heute seinen guten Tag. Er will ganz bestimmt mitkommen. Und ja, Erwin hat ihm sogleich das Schreiben von eurem Magistrat gezeigt. Gerhard hat sich darüber gefreut wie ein kleines Kind.»

Von oben hörten sie eine brüchige Stimme rufen: «Was schwatzt du denn da die ganze Zeit? Komm endlich rauf und sag mir, wer gekommen ist!»

«Seht ihr?» Sie lachte. «Er ist immer noch der alte Brummbär.»

Verena stiegen vor Erleichterung und Rührung Tränen in

die Augen. Als sie kurz darauf die winzige Wohnstube betraten, erschrak sie aber doch. Ein ganz und gar gebrechlicher, weißhaariger Mann saß da im Lehnstuhl am Fenster, mit einer Wolldecke über den Beinen. Die großen, einst so starken Steinmetzhände, die auf der Decke ruhten, zitterten wie altes Laub im Wind, und sein eingefallenes Gesicht, in dem die bleiche Haut über den Knochen spannte, erinnerte an einen Totenschädel.

Jetzt aber blitzten seine Augen vor Freude.

«Wie schön», rief er. «Dass ich den Anselm dieser Tage wiedersehe, hab ich mir ja gedacht. Aber gleich euch beide? Kommt her und lasst euch umarmen!»

Als sich Verena zu ihm herunterbeugte, hatte sie das Gefühl, ein zerbrechliches Vogeljunges in den Armen zu halten. Auch Anselm musterte ihn versteckt voller Sorge, wie Verena bemerkte.

«Geht's dir denn einigermaßen gut?», fragte er ihn, doch der Alte antwortete nicht.

«Ihr müsst sehr laut reden, er ist inzwischen fast taub», sagte Odilia. «Deshalb kann er ja auch nicht mehr auf der Bauhütte arbeiten, das wäre viel zu gefährlich. Und wie es um seine Hände steht, seht ihr ja selbst.»

«Was mein Weib da gerade geschnattert hat, hab ich zwar nicht verstanden, aber manchmal ist's mir auch recht, wenn ich nicht alles versteh. Dafür hab ich immer noch Adleraugen.» Er unterdrückte ein Husten. «Dann wollt ihr Freiburger es also wirklich wieder wagen mit eurer Kirche?»

Anselm nickte. «Diesmal wird's gelingen.»

«So möge der Herrgott euch dabei helfen. Ich nehme an ...»

«Jetzt schrei doch nicht so, Gerhard», unterbrach ihn Odilia kopfschüttelnd. «Unsere Gäste sind *nicht* taub.»

«Ich nehme an», fuhr er unbeirrt und nur wenig leiser fort, «du bist nicht allein nach Straßburg gekommen, sondern mit einer ganzen Abordnung hoher Herren.»

Anselm lachte. «Richtig. Aber hohe Herren würde ich uns nicht nennen. Wir haben jetzt einen Kirchenausschuss, um die Fabrica neu aufzustellen. Außer mir sind das noch drei Ratsherren. Der neue Schaffner Andres von Endingen und der Erste Leutpriester Pfarrer Raimund sind ebenfalls mitgekommen, dazu unser derzeitiger Bürgermeister Johann Snewlin von Blumenberg und mein Freund Jakob der Paradiesmüller.»

«Hat dieser Snewlin dein Vertrauen?»

«Er ist ein guter Mann. Wie inzwischen fast alle aus der Snewlin-Sippe ist er ein treuer Verbündeter der Stadt.»

«Trotzdem solltet ihr baldmöglichst einen amtlichen Münsterpfleger bestellen, der die Entscheidungen trifft. Dann braucht es auch euren Ausschuss nicht mehr, wo alles nur zerredet wird. Lass dir von Erwin schildern, wie das hier in Straßburg läuft.» Plötzlich lächelte er. «Dreißig Jahre ist es her, dass ihr Freiburger schon einmal hier wart, damals noch mit dem alten Grafen Konrad. Dein seliger Vater war auch mit dabei, nur wenig älter als du jetzt. Überhaupt war er dir sehr, sehr ähnlich.»

Er hustete erneut, diesmal heftig. Dann fuhr er fort:

«Und nehmt mir nur ja den jungen Heinrich als Baumeister. Er ist der Beste, nach Erwin von Steinbach. Der Heinrich kennt eure Pfarrkirche aus meinen Erzählungen so gut, als hätte er sie selbst gebaut. Ich hab ihm geraten, und das rate ich auch dir: Lasst vorerst nur eine kleine Mannschaft kommen, die in der Mehrzahl aus Bildhauern besteht. Es fehlt vor allem am äußeren Bildschmuck. Mit dem Turm könnt ihr erst weitermachen, wenn das Langhaus überdacht und eingewölbt ist.»

«Lieber Gerhard», unterbrach Anselm vorsichtig seinen Redefluss, der ihn sichtlich anstrengte, «eigentlich solltest du das alles in unserer Besprechung vortragen. Wir hätten dich nämlich gerne dabei.»

«Na, dann – worauf warten wir noch? Reich mir meinen Gehstock.»

Ganz ohne Hilfe stemmte sich Gerhard aus dem Lehnstuhl hoch.

«Und wo nehmt ihr die Steine her?» Seine Wangen waren vor Eifer gerötet. «Das eine Grubenwerk war damals vom Grafen verscherbelt worden, und das andere lieferte nur, wann es ihm passte.»

Anselm grinste und folgte ihm zur Stubentür hinaus.

«Den Steinbruch bei Heimbach», hörte Verena ihn voller Stolz sagen, «habe ich dem Kloster Tennenbach abgekauft und der Fabrica gestiftet.»

Danach war nur noch das Klackern des Stocks auf der Holztreppe zu vernehmen. Unwillkürlich stellte sich Verena ans offene Stubenfenster und beobachtete, wie die beiden Männer die Gasse überquerten – der Alte mit seinem Stock überraschend flink, obwohl er zwischendurch haltmachen musste, um zu husten.

«Ist ihm der Weg zum Münster wirklich nicht zu viel?», fragte Verena.

Odilia winkte ab. «Selbst wenn – Gerhard lässt sich nicht einsperren. Beim Marschieren hat er weit weniger Schmerzen als ich. Nein, ihn plagt etwas anderes. Er bekommt schlecht Luft und wird mehrmals am Tag hundemüde. Und dann das Zittern der Hände, das immer schlimmer wird. Das Ärgste ist ihm aber, dass er nicht mehr gebraucht wird. Dass Erwin und die anderen ihn heute unbedingt mit dabeihaben wollen, ist für ihn das Größte. Hast du seine strahlenden Augen gesehen? Im schlimmsten Fall wird man ihn hinterher mit der Handkarre heimbringen, das habe ich auch schon erlebt. Aber das ist es wert. Komm, gehen wir nach nebenan in die Küche. Ich stell uns ein wenig Käse und Brot auf den Tisch, dazu machen wir einen Gewürzwein heiß.»

Kaum hatte Verena auf der Küchenbank Platz genommen und ihre Beine unter dem Tisch ausgestreckt, spürte sie wieder die Erschöpfung von der weiten Reise.

«Ach, ist das schön, bei dir zu sein», seufzte sie wohlig, als sie von dem heißen Wein nippte.

Odilia strich ihr über die Hand. «Bleibt über Nacht bei uns, du und Anselm. Das wäre mir ein großes Glück.»

«Aber wir wollen euch keine Umstände machen.»

«Das tut ihr auch nicht. Die Schlafkammer im Dach ist frei. Gerhard schläft wegen seinem Husten schon lange in der Stube und ich neuerdings unten, in der ehemaligen Schneiderwerkstatt. Mit meinen steifen Knien schaffe ich die steile Stiege ins Dach einfach nicht mehr. Bitte bleibt!»

Verena drückte ihre Hand. «Gerne. Dann soll Anselm nachher unsere Sachen aus dem Gasthaus holen.»

Sie sah sich um. Das schmale Häuschen mit der kleinen Stube im Obergeschoss und der noch kleineren Küche daneben war zwar bescheiden, aber keineswegs armselig. Die Kochgerätschaften waren allesamt blank geputzt, auf einem Bord standen hübsch glasierte Becher und Schüsseln. Durch das Küchenfester, das zum Hof hinausging, hörte sie eine Schar Hühner gackern.

«Das also ist dein Elternhaus», sagte sie. «Habe ich es recht in Erinnerung, dass du hier einst als Schneiderin gearbeitet hast?»

«Ja, sogar als Meisterin mit eigener Lehrtochter. In Freiburg war das allerdings nicht erlaubt gewesen – leider.»

«Und wie ist euer Auskommen jetzt? Reicht es zum Leben?»

«Ach, wir alten Leute brauchen nicht viel. Ein bisschen was bekommt Gerhard aus der Kasse der Bruderschaft, und hin und wieder steckt Erwin von Steinbach ihm großzügig etwas zu, für seine Dienste als Berater, wie Erwin es nennt. Ich selbst flicke die Wäsche der Werkleute.» Sie hielt inne und betrachtete ihre abgearbeiteten Hände. «Bloß manchmal schmerzen die Gelenke schon sehr. Dann heißt es, Zähne zusammenbeißen. Weißt du, Verena, man wird viel gelassener und genügsamer im Alter. Ich mache mir nichts vor: Jeden Tag kann der Herrgott meinen Gerhard zu sich nehmen. Aber er hat keine Angst vor dem Tod, er sagt immer, er hätte ein gutes Leben gehabt an meiner Seite.»

«Aber dann ... dann wärst du ja ganz allein», brach es aus Verena hervor. Sie musste an ihrer beider Gespräche von damals denken, daran, wie sehnlichst sich Odilia immer Kinder gewünscht hatte, die ihnen jedoch verwehrt geblieben waren.

«So schlimm steht's nun auch wieder nicht. Die Steinmetzbrüder werden schon für mich sorgen, und die Weißfrauen drüben im Kloster auch.»

Da kam Verena ein Gedanke, der sie mit einer gewissen Hoffnung erfüllte. «Wenn es denn je so weit wäre, könntest du doch zu uns ziehen. Platz genug haben wir. Du warst mir in Freiburg immer eine mütterliche Freundin, die ich jederzeit um Rat fragen konnte. So könnte ich dir ein bisschen was zurückgeben.»

«Ach Kindchen, das ist lieb von dir. Aber hier ist nun mal mein Zuhause. Und da ist noch etwas ...» Sie lächelte versonnen. «Als wir damals nach Straßburg zurückgekehrt sind, haben wir am Weihnachtsabend einen Säugling gefunden, hier in unserer Gasse, an der Pforte zum Kloster. Die Reuerinnen haben ihn aufgenommen und auf den Namen Josef getauft. Da ich die Priorin, Mutter Hildegard, noch aus alten Zeiten gut kenne, durfte ich jederzeit nach dem Kleinen sehen und ihn ab und an mit zu mir nehmen. Du kannst dir denken, wir liebend gerne ich ihn an Kindes statt angenommen hätte, aber auch die Priorin war der Ansicht, dass ich damals schon zu alt sei. Womit sie nun ja leider recht hatte. Aber, und dafür werde ich dem Allmächtigen ewig dankbar sein, ich durfte ihn aufwachsen sehen, durfte miterleben, wie dieses aufgeweckte, blonde Kerlchen erst sitzen, krabbeln und laufen lernte, dann die ersten Worte sprach. Mir war natürlich klar, dass Josef nicht ewig bleiben konnte, schließlich nehmen die Klosterfrauen nur Mädchen auf. Zum Ende seiner Kindheit wäre er zu den Waisen ins Spital gebracht worden oder ins Kloster der Predigermönche.»

Ihre Augen schimmerten feucht, als sie innehielt.

«Was ist aus ihm geworden?», fragte Verena gespannt.

«Nun ja, zu Anfang seines dritten Lebensjahres fanden sich Zieheltern für ihn. Ich war todtraurig, als ich hiervon erfuhr, zumal die Priorin mir nicht verraten wollte, wohin Josef gebracht worden war. Die neuen Eltern wollten dem Jungen wie leibliche Eltern sein. Er sollte nicht wissen und niemals erfahren, dass er ein Findelkind war, den eine lieblose Mutter einfach an einem kalten Wintertag vor dem Kloster abgelegt hatte.»

«Vielleicht war diese Mutter ja in großer Not gewesen», murmelte Verena.

«Wie dem auch sei … Mutter Hildegard hatte mir schließlich immerhin verraten, dass der Junge in Straßburg lebte und in sehr guten Händen war. Aber ich musste auf Gott und die heilige Maria Magdalena schwören, dass ich mich dem Jungen nicht nähern würde, sollte ich ihm begegnen. Geschweige denn, das Geheimnis um seine Herkunft preisgeben.»

Verena starrte sie an. «Das hast du geschworen? Wo der kleine Junge bei dir aus und ein gegangen ist wie bei seiner Muhme?»

«Aber die Priorin hat doch recht. Es ging schließlich nicht um meine selbstsüchtigen Wünsche, sondern allein um das Wohl des Kindes. Stell dir nur vor, *dir* hätte jemand als Kind plötzlich ins Gesicht gesagt, dass du nur ein Findelkind wärest ... Und wie zur Belohnung hab ich ihn wiedergefunden. Niemand anderes nämlich als der Zimmermannsmeister des Frauenwerks hatte ihn zu sich genommen. Von Gerhard, der in jener Zeit noch täglich auf der Bauhütte gearbeitet hat, weiß ich, dass Hartmann der Holtzer ein zwar strenger, aber guter Mann ist. Und sein Weib, das genau wie ich keine Kinder gebären konnte, soll eine liebevolle Mutter sein.»

«Und dann? Hast du den Kleinen wiedergesehen?»

Odilia nickte traurig. «Gerhard, der eigentlich nicht wollte, dass ich Josef wiedersah, hat sich einmal verplappert: der Holtzer nehme den Jungen an Markttagen manchmal mit sich zur Arbeit. Da bin ich dann auch einige Male hinüber zum Münster und hab den Josef aus der Ferne beobachtet.» Sie seufzte tief. «Ein wunderbarer Junge.»

«Hattest du denn keine Angst, dass er dich erkennt?»

«Nein. Es waren ja schon einige Jahre vergangen, und Kleinkinder vergessen schnell. Ich hab's dann aber sein lassen, weil es mir jedes Mal das Herz zerrissen hat. Dennoch möchte ich weiterhin wissen, was aus ihm wird. Auch wenn es nur aus der Ferne ist. Derzeit besucht er die Knabenschule der Domherren, er ist ja jetzt schon acht oder neun Jahre alt. Aber jetzt reden wir endlich einmal von dir. Wie geht es den Kindern? Es ist ja schon eine Weile her, dass Anselm bei uns in Straßburg war.»

«Der Burkhard ist jetzt fast acht und geht auch in die Pfarrschule. Wie einst Anselm und ich, weißt du noch?»

«Und ob. Ihr wart schon damals ein Herz und eine Seele. Und dass du, als ein Mädchen, die Pfarrschule besucht hast, darüber hat sich ganz Freiburg das Maul zerrissen.»

Verena musste lachen. «Ich wollte halt unbedingt lesen und schreiben lernen. Und Klärchen soll auch bald damit anfangen.»

So plauderten sie über alte wie neue Zeiten, bereiteten nebenher einen Linseneintopf fürs Abendessen vor und merkten nicht, wie die Zeit verging. Verena war, als hätten Anselm und Gerhard das Haus gerade erst verlassen, als sie auch schon wieder heimkehrten, im fahlen Licht des einbrechenden Abends. Der alte Steinmetz war sichtlich erschöpft, aber guter Dinge, und Anselm hielt ihrer beider Reisebündel in der Hand.

«Gerhard hat uns eingeladen, hier zu übernachten», erklärte er.

«Was du nicht sagst», erwiderte Verena und grinste. «Die Betten in der Dachkammer sind längst gerichtet.»

Während des Abendessens in der warm eingeheizten Küche berichtete Anselm voller Begeisterung von ihrer Besprechung mit den Baumeistern.

«Stell dir vor, Verena: Es ist beschlossen. Schon zu Pfingsten kommt Heinrich mit seiner jungen Frau zu uns nach Freiburg. Da er über Gerhard die Vorgeschichte unserer Fabrica kennt, stellt er natürlich seine Bedingungen. Etwa eine eigene Schmiede bei der Kirche, eine leibliche Versorgung durch die Fabrica oder eine Werkstatt, die beheizbar und wetterfest sein sollte, mit Schlafsaal und Reißkammer darüber. Das konnten wir ihm zusichern.» Plötzlich lachte Anselm auf. «Da hast du gestaunt, Gerhard, als du hörtest, dass die schon im Bau ist, nicht wahr? Über Lohn und Brot waren wir uns ebenfalls schnell einig, alles wie bei euch beiden damals, mit dem wichtigen Unterschied, dass die Fabrica jetzt mit ihrem Grund und Boden dafür bürgt, dass die Vereinbarungen auch in schlechten Zeiten eingehalten werden. Bloß über die Forderung nach einem eigenen Kaplan für die Steinmetze wie hier in Straßburg hat unser Schaffner Andres von Endingen gehörig das Gesicht verzogen: Eine solche Kaplaneipfründe sei nun wahrhaft eine unnütze Ausgabe. Aber am Ende konnten wir uns einig werden, wie in allem anderen auch.»

«Ihr glaubt gar nicht, wie sehr ich mich für euch freue», strahlte Odilia. «Auch für dich, Gerhard. So bekommt deine Arbeit nun doch wieder einen Sinn!»

Der Alte nickte, unterdrückte dabei aber nur mühsam ein Gähnen. «Das ist wahr. Und dafür danke ich Gott! Aber das Beste kommt noch. So sag es, Anselm.»

Der nickte eifrig. «Es geht um den Turm. Der starke, quadratische Unterbau, wie Gerhard ihn noch nach dem alten Entwurf errichtet hat, ist wie geschaffen für etwas Neues. Das war die Idee von Gerhard, Erwin und Heinrich. Der Turm wird sich weit, weit höher in den Himmel recken, als ursprünglich gedacht. Dabei verwandelt sich der Unterbau scheinbar wie von selbst in ein Achteck, und das in aller Zierlichkeit und Leichtigkeit. Dieses Achteck wiederum geht über in einen Turmhelm, wie ihn die Welt noch nicht gesehen hat, einen durchbrochenen Helm aus nichts als himmelwärts strebenden Rippen und Maßwerk, von Licht und Luft durchwirkt. Und das auf die unglaubliche Länge von achtzig Ellen! Der Riss, den Meister Heinrich uns nach Freiburg bringen wird, stammt von keinem anderen als dem gottbegnadeten Baumeister Erwin von Steinbach.»

Anselm musste erst einmal Luft holen, und so fragte Verena völlig überrascht dazwischen: «Dann hat sich Meister Erwin diesen Turm einfach mal eben für die Freiburger Pfarrkirche ausgedacht?»

«Aber nein. Einen ganz ähnlichen Riss hatte er einst für den Turm der Theobalduskirche zu Thann gezeichnet, der aber so nie gebaut wurde. Als nun vor einigen Tagen unser schriftliches Anliegen hier eintraf, hat er sich doch tatsächlich mit Gerhard und Heinrich über viele Stunden zusammengesetzt und den Entwurf auf unsere Freiburger Verhältnisse zugeschnitten. Er schenkt uns seine Idee, stell dir das vor, Verena. Einfach weil es ihm ein Herzenswunsch ist, dass sein Turm doch noch Wirklichkeit wird, dem Herrgott zur Ehre. – Lieber Gerhard, ich danke dir hiermit nochmals von Herzen, dass du daran mitgewirkt hast. Ich weiß, wie viel Kraft dich die letzten Tage gekostet haben. Und du warst es auch, der Erwin davon überzeugen konnte, dass wir Bürger aus Freiburg es ernst meinen mit unserer Pfarrkirche.»

Gerhard lächelte verschmitzt. «Zuerst wollte Erwin keinen Finger dafür krummmachen, aber jetzt freut er sich selbst am meisten, wenn sein Turm in Freiburg entsteht. Ich gebe zu, mir ist der Entwurf zu verzwickt, aber der junge Heinrich hat ihn durch und durch verstanden. Glaub mir, Anselm: Ihr werdet den schönsten Turm der Christenheit erhalten. Aber das birgt auch die Gefahr der Hoffärtigkeit, wie die Bemerkung eures neuen Schaffners gezeigt hat.»

«Was hat der Andres von Endingen denn gesagt?», fragte Verena neugierig.

Anselm verzog das Gesicht. «Dass dieser Turm unsere Stadt

im ganzen deutschen Reich berühmt machen würde. Als ob es darauf ankäme! So hat ihm denn Pfarrer Raimund auch richtig geantwortet: *Wir wollen unsere Pfarrkirche nicht zu unserem Stolz erneuern, sondern als Tor zum Heil für alle Gläubigen, als Vorwegnahme des himmlischen Jerusalem. Das müsstet Ihr als Geistlicher eigentlich am besten wissen.* Woraufhin der Endinger erst mal lange Zeit gar nichts mehr gesagt hat.»

Gerhard erhob sich. Seine Augen waren vor Müdigkeit gerötet. «Ihr müsst allerdings damit rechnen, dass solch ein Turm nicht in zehn Jahren fertig ist. Und nun seid mir nicht bös, wenn ich nach nebenan gehe und mich schlafen lege.»

Viel länger blieben Verena und Anselm auch nicht in der Küche sitzen, waren die letzten Tage doch recht anstrengend gewesen. Verena half Odilia noch beim Aufräumen, dann stieg sie hinauf in die Dachkammer, schlüpfte zu Anselm unter die Decke und löschte die Tranlampe. Sie war trotz der Müdigkeit innerlich hellwach, weil ihr vorhin ein Einfall gekommen war, von dem sie – sie wusste noch nicht, wie sie es anstellen sollte – Anselm überzeugen wollte. So begann sie einfach zu reden.

«Das Wiedersehen mit Odilia war wunderschön. Hoffentlich meint es der Herrgott noch recht lange gut mit den beiden Alten.» Sie kuschelte sich in seine Armbeuge. «Ich hätte dich längst einmal nach Straßburg begleiten sollen.»

«Na ja, beim letzten Mal, als ich hier war, waren unsere Kinder halt noch zu klein. Das ist nun mal das Los von euch Müttern.»

«Darum schätze ich mich auch glücklich, Anselm. Odilia hat mir übrigens eine rührende Geschichte von einem Findelkind erzählt. Das nun Zieheltern hat und zur Pfarrschule darf. So wie ich früher. Obwohl ich ja ein Mädchen war.»

Sie schloss die Augen und zögerte.

«Ich habe nachgedacht: Wenn wir daheim sind, werde ich Klärchen Lesen und Schreiben beibringen.»

«Das überrascht mich nicht», kam es schläfrig zurück.

«Aber nicht nur ihr. Ich will bei uns zu Hause eine Mädchenschule aufmachen. Nur Knaben dürfen normalerweise in die Schule, und nicht jede Familie hat die Mittel, ihre Töchter zu den Nonnen zu schicken. Das ist mir vorhin klargeworden, als ich mit Odilia sprach.»

«Wie bitte?» Anselm richtete sich auf.

«Natürlich tue ich das nur, wenn du einverstanden bist. Ich glaube nämlich, dass sich Mädchen viel leichter mit dem Lesen- und Schreibenlernen tun als die Knaben. Jedenfalls hab ich diese Erfahrung in der Pfarrschule gemacht. Und es würde mir so viel Freude bereiten.»

«Du kannst es wohl nicht lassen. Weißt du, was sich dein Vater damals an Schmähungen hatte anhören müssen? Ein Mädchen, das lernt. Und jetzt sogar eine ganze Mädchenschule … in unserem Haus! Abgesehen davon wäre eine gute deutsche Schreibschule für die Söhne der Handwerker und Kaufleute viel nötiger.»

«Nun, das mag so sein, aber das wiederum wäre die Sache von euch Männern. So setzt es halt im Magistrat durch. – Ich will etwas für die Mädchen tun. Bitte, Anselm!»

«Ich werde darüber nachdenken. Aber nicht mehr heute, Verena. Das will gut überlegt sein. Lass uns nun schlafen.»

Kapitel 21

Freiburg, Pfingstsonntag im Mai
desselben Jahres 1300

Zum Glück hat der alte Gerhard mich vorgewarnt, dachte Heinrich, während er an der Südseite der Freiburger Liebfrauenkirche entlangschritt. Der Anblick dieser Kirche mit ihrem halben Turm, dem hölzernen Glockenstuhl darauf und einem Langhaus ohne Dachstuhl war doch reichlich ernüchternd. Doch was ihn diesen Auftrag trotzdem mit Freuden hatte annehmen lassen, war Meister Erwins Entwurf für einen wahrhaft einzigartigen Kirchturm und die Aussicht, seinen Anteil zur Verwirklichung dieses Bauwerks beizutragen.

Mit dem scharfen Blick eines Raubvogels auf der Jagd umrundete Heinrich nun den Unterbau des Turms und versuchte, jeden Mangel auszumachen, sich jede Einzelheit einzuprägen. Bereits jetzt höher als ein Stadttor, war das Bauwerk massig, ohne plump zu wirken, und seine Steine schimmerten im Abendlicht in warmen Gelb- und Rottönen. Die überwiegend glatten Mauerflächen waren durch waagerechte Gesimse harmonisch gegliedert, die nach oben abgetreppten Stützpfeiler trugen kunstvoll gearbeitete Figurengehäuse, wobei deren oberste Reihe noch leer stand. Die Turmkapelle unterhalb des hölzernen Glockenstuhls war bereits auf drei Seiten mit schönen Maßwerkfenstern versehen, zum noch unvollendeten Mit-

375

telschiff hin öffnete sie sich in einem großen Spitzbogen. Den wichtigsten Blickfang indessen bildete das riesige, offene Eingangsportal mit seiner Marienkrönung im Ziergiebel, vor dem Heinrich jetzt voller Bewunderung innehielt. Zumal dieses Portal in eine Vorhalle führte, wie Heinrich sie in einem solch reichen Bilderschmuck noch nirgendwo sonst gesehen hatte.

«Der Gerhard hat gute Vorarbeit an dir geleistet», murmelte er halblaut vor sich hin. «In deinen Grundfesten bist du stark genug, um diesen wagemutigen Entwurf von Meister Erwin zu tragen. Auch wenn's eine große Herausforderung ist, aber wir werden aus dir, dem Allmächtigen zur Ehre, ein Meisterwerk schaffen. Dafür lege ich meine Hand ins Feuer.»

Er schloss die Augen und sah Erwins Riss vor sich. Sah einen Turm aus drei Teilen – Unterbau, Mittelgeschoss und Helm –, die im Rechten Maß zueinander standen. Am Fuße des jetzt noch frei stehenden Glockenstuhls hatte Erwin eine zwölfeckige Sterngalerie vorgesehen, mittels der sich das ursprüngliche Viereck in ein Achteck verwandeln sollte, das schließlich in die Maßwerkpyramide des Helms überging. So kraftvoll und zierlich zugleich, wie Erwin den Turm entworfen hatte, würde er bestehen bis zum Jüngsten Gericht, würde sich Stürmen und Erdbeben widersetzen trotz seiner unglaublichen Höhe von zweihundertzehn Ellen – einer Höhe, die nicht allzu viel unter der der künftigen Straßburger Türme lag. Doch es steckte noch mehr dahinter. Die Vier des festen Grundes stand für alles Irdische, für die vier Elemente, die vier Himmelsrichtungen, die vier Jahreszeiten. Die Zwölf in der Sterngalerie, die sich ergab, wenn man die irdische Vier mit der göttlichen Drei der Dreifaltigkeit malnahm, verdeutlichte den Übergang vom Irdischen zum Göttlichen, wie die zwölf Apostel, die zwölf Stämme Israels, die zwölf Tore des himmlischen Jerusalems.

Und die Acht schließlich war Sinnbild für das Vollkommene, Überirdische: Am achten Tag war Jesus auferstanden, acht Tage nach Ostern den Jüngern erschienen, der achte Tag stand für das Jüngste Gericht, mit dem die Ewigkeit begann. Somit strebte der Turm dem himmlischen Heil entgegen.

Da dieser Riss für Heinrich einen unschätzbaren Wert hatte, würde er ihn gleich morgen für den Gebrauch auf der Baustelle sorgfältig auf einen Pergamentbogen übertragen und die Urfassung anschließend im Kirchenarchiv verwahren. Das hatte er mit dem Bürgermeister, der in allem überaus entgegenkommend war, bereits ausgemacht. Der Riss war Heinrich wie ein Vermächtnis, das ihm anvertraut war. Als er jetzt an die Abschiedsworte seines Freundes und Lehrmeisters zurückdachte, durchfuhr ihn ein inniges Gefühl, durchmischt mit der leisen Wehmut, vielleicht nie wieder nach Straßburg zurückzukehren. «Du würdest mich sehr glücklich machen», hatte Erwin von Steinbach ihm gesagt, «wenn dieser mein Turm in Freiburg Wirklichkeit wird.»

Der Abendwind trug fröhliche Stimmen herüber. Drüben vor der Werkstatt saßen seine Leute mit den Freiburger Ratsherren und Amtsträgern beisammen und ließen es sich nach der heutigen Reise gutgehen. Genau zum Vesperläuten waren sie mit ihren Maultierkarren eingetroffen, seine kleine Mannschaft aus drei Steinmetzen, vier Bildhauern und dem Hüttenknecht Kunzi zum einen, seinem Weib Elisabeth mit dem vierjährigen Henni zum anderen. Von den Bürgern waren sie aufs wärmste empfangen worden an diesem sonnigen Pfingstsonntag. Stadttrommler hatten sie vom Tor abgeholt und unter dem Jubel der Menschen in den Gassen hergebracht. Vor der neu erbauten Werkstatt hatte man etliche Tische und Bänke aufgebaut und rundum alles mit Blumengirlanden geschmückt.

Zum Willkomm wurde ihnen von den Pfarrkindern und Chorknaben ein Ständchen gesungen, zur Stärkung gab es Eintopf aus Bohnen und Speck, dazu Spanferkel frisch vom Spieß und erfrischend kühles Bier. Das fröhliche Gelächter und die Fidelmusik, die herüberschallten, verrieten ihm, dass das Fest noch lange nicht zu Ende sein würde.

Leutpriester und Bürgermeister hatten ihm gleich nach dem Essen eine Führung über die Baustelle angeboten, doch er hatte vorgezogen, zunächst einmal allein loszuziehen, um sich zu sammeln und die Eindrücke unvoreingenommen auf sich wirken zu lassen. Das konnte er am besten in aller Ruhe.

Lautlos wie aus dem Nichts tauchte neben ihm ein Schatten auf. Es war Wolfhart, der Steinmetz. Heinrich hatte ihn erst kurz vor der Abreise zu seinem Parlier gemacht, obwohl er mit seinen Anfang zwanzig eigentlich zu jung dafür war, ihn zu vertreten. Aber er war ein guter Steinmetz und zuverlässiger Arbeiter, der, das war selten, stets den Überblick behielt. Und er kam als ehemaliger Hauer im Steinbruch von ganz unten, hatte es als Kind einer armen Taglöhnerfamilie schwer im Leben gehabt. So einer konnte sich durchbeißen, war hart im Nehmen – und so einem, hatte Heinrich sich überlegt, würden seine Männer gewiss Vertrauen entgegenbringen.

Schweigsam wie immer stand der dunkelblonde, vollbärtige Mann mit dem stechenden Blick aus den leicht hervorstehenden Augen nun neben ihm und musterte den Bau. Heinrich wusste, Wolfhart machte sich ebenfalls seine Gedanken und übersah nichts mit seinem Adlerblick. Vielleicht mochte er keine Hand fürs Feine, Kunstvolle haben, für das Große und Ganze aber gab es kaum einen Besseren. Wenn er denn nur umgänglicher und geselliger wäre. Die letzten Tage hatte Heinrich nämlich beobachtet, dass Wolfharts Standesgenossen ihm eher misstrauten. Hätte er doch lieber Petermann zum Parlier machen sollen? Innerlich schüttelte er den Kopf: Nein, Petermann war ein begnadeter Bildhauer. Er brauchte ihn voll und ganz für die Skulpturen und Wasserspeier, die noch überall am Langhaus fehlten.

«Was hältst du von der Kirche?», fragte er Wolfhart, um das Schweigen zu durchbrechen.

Der ließ sich Zeit mit der Antwort.

«Der Gerhard hat gute Arbeit geleistet», erwiderte er schließlich bedächtig. «Die Rippen und Bögen, die Bündelpfeiler und Maßwerkfenster – alles, wie es sein sollte. Nur leider ist vieles verlottert, und damit meine ich nicht nur die knietiefen Schlammlöcher am Boden, drinnen im Kirchenschiff, oder die morschen Gerüste. Ich begreife nicht, wie man eine solche Kirche jahrelang ganz ohne Dach Wind und Wetter aussetzen konnte. Bis wir am Turm weiterbauen können, wird geraume Zeit vergehen.»

Heinrich nickte. «Das sehe ich auch so. Was schlägst du also vor? Sag's nur frei heraus.»

Diesmal zögerte der Parlier nicht mit der Antwort. «Wir müssen zuerst die bröckelnden Mauerkronen ausbessern. Vor allem im Mittelschiff, wo die obere Fensterreihe begonnen wurde, sieht's schlimm aus. Zum Aufmauern des Lichtgadens sollten die Zimmerleute vorher eine gute Holzbalkendecke über den Arkaden einziehen, nicht nur als Arbeitsboden für die Maurer, sondern vor allem als Wetterschutz. Während dann der Lichtgaden entsteht, könnten die Zimmerer den Dachstuhl auf die Seitenschiffe setzen und unsere Leute das Maßwerk für die Fenster schlagen. Da sollten wir beide uns dann schon um eine hiesige Ziegelei kümmern. Ach ja: Beim ersten Joch, das noch von Gerhards Vorgänger stammt, müssen wir wohl den

Strebebogen zum Seitenschiffpfeiler wieder abreißen. Mir scheint, der ist über die Jahre baufällig geworden.»

Heinrich nickte. «Gut. Und weiter?»

«Ich schätze, nächsten Sommer sind wir so weit, die Seitenschiffe einzuwölben. Die Zimmerer können anfangen, den Dachstuhl des Mittelschiffs zu setzen, um den Holzeinschlag sollten wir uns aber heuer schon kümmern. Danach geht's ans Einwölben des Hochschiffs. Und dann erst ist der Turm an der Reihe. Dass die Bildhauer unter uns jetzt schon alle Hände voll zu tun haben mit Laubwerk, Baldachinen und Fialen, brauch ich nicht eigens zu erwähnen. Aber da wir hier so eine schöne Werkstatt bekommen haben, schlage ich vor, wenn mir das zusteht, dass Petermann und du die Zeit nutzt und euch bald schon an die Großfiguren macht, schließlich hat sich der Ausschuss die Säulenapostel fürs Kirchenschiff besonders dringlich gewünscht.»

Heinrich lächelte zufrieden. Wolfhart war doch die richtige Wahl als Parlier gewesen.

«Gut durchdacht, Wolfhart. Genau so würde auch ich vorgehen. Ich denke, auf diese Weise werden wir bald schon das gesamte Mittelschiff für den Gottesdienst freigeben können. Der Schaffner hat uns übrigens zugesagt, dass bereits morgen früh ein gutes Dutzend Zimmerer und Maurer kommen. Die bleiben die nächsten Jahre in Diensten des Kirchenwerks, so lange als nötig eben. Und jetzt komm, gehen wir zurück zu den anderen.»

Er legte dem Parlier den Arm um die Schulter. Er wusste, größere Menschansammlungen waren Wolfharts Sache nicht, und vor der Bauhütte saßen trotz des einbrechenden Abends noch immer gut drei Dutzend beisammen, darunter auch der Bürgermeister, der Schultheiß und dieser Kaufmann Wohlleb,

den Heinrich sehr angenehm fand. Vom alten Gerhard wusste
er, dass sich schon dessen Vater sehr für die Belange der Kirchenfabrik eingesetzt hatte.

Die neuen Bauherren hatten sich wirklich alle Mühe gemacht, nicht nur mit diesem schönen Willkommensfest. Allein
die nagelneue Haupthütte, ein einfacher, aber zweckmäßiger
Fachwerkbau, war ein großes Entgegenkommen. Sie diente als
geräumige Werkstatt, die nach einer Seite fast über die gesamte Länge geöffnet werden konnte, und gleichzeitig mit seinen
Schlafkammern unter dem Dach als Gesellenhaus. Dazu war
ein Reißboden mit eigenem Fenster auf der Giebelseite eingerichtet worden. In dem Anbau zum Schaffnerhaus hin gab
es einen Werkzeugschuppen und sogar eine eigene Küche mit
Magdkammer. Gisela, ein dralles Weib unbestimmten Alters,
würde sich fortan um die Werkleute kümmern. Heute, an
ihrem ersten Arbeitstag, hatte sie natürlich alle Hände voll zu
tun, wobei sie während der Mahlzeit am Nachmittag Unterstützung von etlichen Freiburger Bürgerinnen gehabt hatte.
Jetzt indessen, wo doch schon einige nach Hause gegangen
waren, kümmerte sie sich allein um das Wohl der Gäste. Dabei
ließ sie sich in ihrer forschen und zupackenden Art nicht aus
der Ruhe bringen.

«Einen Becher Bier für Euch und Euren Parlier?», fragte sie
Heinrich, nachdem er sich mit Wolfhart am Tisch der Rats-
herren niedergelassen hatte. Seine Männer hatten sich unter die
Freiburger Handwerker und Knechte gemischt.

«Gerne, Gisela», lächelte er und warf einen Seitenblick
auf Wolfhart, der zwischen Bürgermeister und Schultheiß
saß, sich zwischen diesen hohen Herren aber sichtlich unwohl fühlte. Schultheiß Dietrich von Tusslingen war ein vier-
schrötiger Kerl, der sich übertrieben leutselig gab. So schlug

er beispielsweise Wolfhart immerfort auf die Schulter. Vom Bürgermeister hatte Heinrich über ihn erfahren, dass seine Familie zum reichsten Stadtadel gehörte und dass schon sein gleichnamiger Vater viele Jahre gräflicher Schultheiß gewesen war.

Jetzt hob Dietrich von Tusslingen seinen Becher.

«Auf den Weiterbau unserer schönen Pfarrkirche! Auf euch Steinmetzbrüder!»

Die anderen am Tisch taten es ihm nach, und sie stießen miteinander an.

«Ich soll Euch übrigens, lieber Baumeister Heinrich», fuhr der Schultheiß fort, «beste Grüße von Graf Egino ausrichten. Er freut sich ungemein, dass es nun endlich vorangeht. Er wird die Fabrica auch weiterhin unterstützen, soweit es seine Mittel erlauben.»

Das Wörtchen «weiterhin» ließ Heinrich fast auflachen, wusste er doch, dass nicht zuletzt die Freiburger Grafen schuld waren am erbärmlichen Zustand dieser Kirche. So verzog auch Anselm Wohlleb, der ihm gegenübersaß, bei diesem Satz das Gesicht.

«Euer Wort in Gottes Ohr, Schultheiß», erwiderte der über den Tisch hinweg. «Die Zukunft wird es zeigen.»

Dann wandte er sich Heinrich zu. «Und, was meint Ihr? Werdet Ihr es schaffen?»

«Sicher. Vorausgesetzt, Euer Kirchenausschuss hält Wort, und wir bekommen ausreichend städtische Handwerker, die uns zuarbeiten. Trotzdem wird es noch Jahre brauchen.»

Der Kaufmann nickte. «Das ist uns allen bewusst, aber Ihr seht ja, wie sehr hier alle willens sind, den Kirchenbau voranzubringen.» Er deutete auf die spielende Kinderschar vor den Tischen. «Einen niedlichen Jungen habt Ihr da. Er sieht Euch ähnlich, mit seinen dunklen Locken und den dunklen Augen. Wie heißt er denn?»

«Heinrich, wie ich. Aber wir alle nennen ihn Henni. Habt Ihr auch Kinder?»

«Ja, zwei. Den achtjährigen Burkhard, der dort hinten mit den Mädchen Reifen schlägt, und das sechsjährige Klärchen, das Mädchen mit den blonden Zöpfen neben ihm.» Anselm lachte leise. «Jetzt wundert Euch bloß nicht, warum unser Sohn in seinem Alter noch mit Mädchen spielt, aber er muss auf Klärchen aufpassen. Na ja, ich war als Kind auch am liebsten mit Mädchen zusammen. Wie alt ist Euer Henni?»

«Erst vier.»

«Oh, dafür ist er aber schon ziemlich groß und kräftig.»

Jetzt lachte Heinrich. «Er hält sich leider auch selbst für ziemlich groß.»

In diesem Moment begann Henni, der ein wunderschön bemaltes Steckenpferdchen zwischen den Beinen hielt, nach einem Kind zu schlagen, das prompt zu weinen begann. Ein Junge ging dazwischen, und schon sah es nach einer Rauferei aus, als Henni zu Heinrich herübersah, der ihm mit dem Finger drohte. Unwillig verzog der Junge sein hübsches Gesicht und überließ das Steckenpferd den anderen zum Spielen.

«Leider ist er ziemlich verwöhnt», sagte Heinrich leise. «Das Steckenpferd hat er von seiner Mutter bekommen, als Trost für den Umzug hierher. Er hatte nämlich einen regelrechten Wutanfall, als er hörte, dass wir Straßburg verlassen. Von mir hätte es dafür eine Maulschelle gegeben und kein Spielzeug. Aber Elisabeth – nun ja ... »

Unwillkürlich blickte er zum Nebentisch, wo mit dem Rücken zu ihm seine Frau saß, zusammen mit Verena Wohlleb und einigen anderen Bürgerinnen. Ihr gegenüber nahm gerade ein bärtiger Mann mit auffallend buschigen Brauen Platz, der ihm bislang noch nicht aufgefallen war. Er mochte Ende dreißig sein, wirkte in seiner bulligen, gedrungenen Gestalt wie ein Mann, der körperlich hart arbeitete, war aber mit seinem teuren, pelzbesetzten Umhang und der Samtkappe auf dem halblangen Haar gewandet wie ein Kaufmann oder Stadtadliger. Er begann, sich angeregt mit Elisabeth zu unterhalten, die im nächsten Augenblick den Kopf in den Nacken warf und ihr wunderbar ansteckendes Lachen lachte. Heinrich spürte, wie ihm das missfiel, noch mehr aber missfiel ihm das selbstgefällige Lächeln, mit dem der Fremde Elisabeth dabei beobachtete.

Als sich jetzt ihrer beider Blicke trafen, erhob sich der Mann wieder und schlenderte zu ihnen herüber.

«Darf ich mich vorstellen? Mein Name ist Wernher Loderer, meines Zeichens Ritter und Handelsmann in Sachen Tuchen und Gewürzen. Herzlich willkommen in unserer schönen Stadt, werter Meister Heinrich, die dank Euch bald schon eine wunderschöne Kirche haben wird.»

Der Kaufherr reichte ihm die Hand, und Heinrich drückte so fest zu, dass der andere zusammenzuckte, ohne sein übertrieben freundliches Lächeln aufzugeben.

«Ich habe mir erlaubt», fuhr er fort, «ein wenig mit Eurer Frau Elisabeth zu plaudern. Sie ist ein wirklich bemerkenswerter Mensch.» Seine bleigrauen Augen blitzten auf. «So offen und heiter und dabei kein bisschen erschöpft von der weiten Reise hierher. Und das noch mit einem kleinen Kind dabei. Glaubt mir, ich weiß, wie quengelig diese Bälger sein können, haben wir doch selbst zwei Knaben großgezogen. Mein liebes Weib, die Kunigund Snewlin, würde sich übrigens sehr freuen, wenn Ihr zum nächsten Sonntagsessen unsere Gäste wäret. Ich selbst natürlich auch.»

«Wollt Ihr mir Eure Kunigund nicht vorstellen?»

Loderer schüttelte den Kopf. «Sie ist heute leider unpässlich und zu Hause geblieben. Mit unserem Jüngsten, dem Rudolf. So können wir also mit Euch am nächsten Sonntag rechnen?»

«Das kann ich Euch jetzt leider noch nicht zusagen, wo wir gerade erst angekommen sind», gab Heinrich ausweichend zur Antwort. Obwohl er ihn gerade zum ersten Mal sah, wirkte dieser Loderer auf ihn wie ein aufgeblasener Schwätzer, und er fragte sich, was Elisabeth mit ihm zu reden gehabt hatte. Zumal der Mann deutlich angetrunken wirkte.

«Nun, so gebt uns einfach Bescheid.» Er wandte sich Anselm Wohlleb zu. «Was macht dein Kirchenausschuss, lieber Anselm? Habt ihr schon ausgeheckt, wer dereinst Kirchenpfleger sein wird?»

Wohlleb warf ihm einen nicht gerade freundlichen Blick zu. «Es ist nicht *mein* Ausschuss, und aushecken tun wir schon gar nichts. Wart einfach ab bis zur nächsten Ratssitzung, da erstatten wir, wie jedes Mal, Bericht. Im Übrigen könntest auch *du* dem Ausschuss angehören, aber du hast dich ja nicht mal zur Wahl gestellt.»

«Ach weißt du, die Geschäfte laufen derzeit so gut, dass ich ständig unterwegs bin. Da wäre ich der Fabrica keine große Hilfe. He, Magd, bring mir einen Becher Bier! Aber diesmal nicht halb leer, wie beim letzten Mal.»

Loderer machte tatsächlich Anstalten, sich neben Heinrich auf die Bank zu zwängen, als Wohlleb aufstand.

«Lieber Baumeister, wollt Ihr nicht eben mit mir kommen? Drüben am Schaffnerhaus sehe ich unseren neuen Kirchenbäcker, den Ihr noch nicht kennt.»

«Gerne.»

Nachdem sie sich einige Schritte entfernt hatten, fragte

Heinrich neugierig: «Ihr und dieser Wernher Loderer seid nicht gerade die besten Freunde, nicht wahr?»

«Ins Schwarze getroffen. Vielleicht mögt Ihr ja gut mit ihm auskommen, umso besser, denn er hat einigen Einfluss hier in der Stadt. Trotzdem gebe ich Euch einen Rat: Habt ein Auge auf Eure Elisabeth.»

«Wie meint Ihr das?»

«Nun, er kann recht plump werden gegenüber Frauen.»

Ehe Heinrich hierzu weiter nachfragen konnte, waren sie vor dem Schaffnerhaus angekommen. Dort stand, im Gespräch mit Schaffner Andres von Endingen, ein gedrungener, kräftiger Mann, der einen knielangen Leinenschurz trug und auf dem Rücken einen leeren Weidenkorb. Seine Miene verriet deutlichen Missmut. Er war in Begleitung eines kleinen Mädchens, das mit beiden Händen einen Henkelkorb festhielt, der halb so groß war wie das zierliche Kind.

«Gibt es ein Ärgernis?», fragte Kaufmann Wohlleb die beiden Männer ohne Umschweife.

«Eine Kleinigkeit nur», erklärte der Schaffner reichlich herablassend, wie Heinrich befand. «Für die großen Mengen an Brot, die der neue Kirchenbäcker heute geliefert hat, habe ich um einen Nachlass gebeten. Wie ich ihn von Meister Nussbaum auch ganz sicher erhalten hätte, wäre *der* denn unser Kirchenbäcker geworden.»

«Nicht gebeten habt Ihr, sondern mit harschen Worten verlangt», entgegnete der Bäcker ruhig. «Und große Mengen hin oder her: Jedes Brot verursacht denselben Aufwand.»

Wohlleb stellte sich zwischen sie. «Wie dem auch sei – die Bedingungen hatten wir vorher festgelegt, und zu denen darf Meister Hannes auch liefern.» Er wandte sich dem Schaffner zu. «Wollt Ihr Euch, als Magister Fabricae, nicht lieber noch

386

ein wenig zu unserem Fest gesellen? Bürgermeister und Schultheiß sind auch noch da.»

«Ihr habt recht, Wohlleb. An einem solch schönen Tag des Herrn sollte man sich nicht ärgern.»

Damit ließ er sie stehen und verschwand in der ihm eigenen geduckten Haltung in Richtung Bauhütte.

Heinrich fragte sich, warum Andres von Endingen überhaupt auf einem Preisnachlass bestanden hatte. Der Mann war schließlich Verwalter des Kirchenwerks und kein Kaufmann. Irgendwie misstraute er ihm, und das war kein guter Anfang für eine enge Zusammenarbeit. Als Werkmeister unterstanden Heinrich zwar alle Männer am Bau, im Steinbruch und in den Werkstätten, er selbst aber war wiederum dem Schaffner unterstellt.

Er trat auf den Bäcker zu und streckte ihm die Hand entgegen. «Ich bin Heinrich der Leiterer, Baumeister aus Straßburg, und freue mich sehr, Euch kennenzulernen. Wo Ihr doch die nächsten Jahre für unser leibliches Wohl sorgen werdet.»

«Das wird er ganz gewiss», beeilte sich Wohlleb einzuwerfen. «Er backt die knusprigsten Weißwecken und leckersten Kuchen von ganz Freiburg.»

Zu Heinrichs Erstaunen errötete der Bäcker über dieses Lob, als habe er in seinem Leben noch nicht viel Anerkennung erfahren, und schüttelte ihm mit einem scheuen Lächeln die Hand.

«Hannes der Kirchbeck, ich freu mich auch. Es ist mir eine Ehre, für die Fabrica zu arbeiten, was ich allein dem Kirchenausschuss und nicht zuletzt Kaufmann Wohlleb zu verdanken habe.»

«Doch wohl eher Eurem Können als Bäckermeister», gab Wohlleb zurück, während er dem Mädchen über die kastanienbraunen Locken strich.

«Das kann ich nur bestätigen, Meister», sagte Heinrich. «Das Herrenbrot, von dem ich vorhin gegessen habe, war vorzüglich. Ist das hier Eure Tochter?»

Meister Hannes nickte, und sein Lächeln erstarb. «Ja, die Thea. Jetzt entschuldigt mich bitte, ich muss zurück in die Backstube.»

Er eilte davon, und seine kleine Thea mit dem riesigen Korb vor der Brust rannte hinterher.

«Gab es denn Unstimmigkeiten bei der Auswahl des Bäckers?», fragte Heinrich, nicht weil er neugieriger als andere Menschen gewesen wäre, sondern weil er gern wusste, mit wem er es zu tun hatte.

Wohlleb zuckte die Achseln. «Nun ja, es gab schon so einige, die geschluckt haben, als unsere Wahl auf Meister Hannes fiel – früher wurde die Fabrica ja reihum beliefert. Vor allem sein Bruder Georg, der die väterliche Bäckerei fortführt, und Zunftmeister Nussbaum hatten darauf gehofft. Die Gerechtsame auf die Kirchenbäckerei ist schließlich eine einträgliche und sichere Sache. Obendrein ist man von der lästigen Auflage entbunden, die Teigrohlinge der Bürger zu backen oder gar den Teig in deren Häusern zuzubereiten. Was Meister Hannes angeht, beliefert der seit einiger Zeit schon unsere drei Leutpriester im Pfarrhaus, zu deren großer Zufriedenheit, und ich selbst bin dem Mann verbunden, weil er mir mal aus der Patsche geholfen hatte.»

«Der Schaffner scheint ihn jedenfalls nicht allzu sehr zu mögen.»

«Ach was, der kennt den Hannes eigentlich gar nicht. Aber Andres von Endingen lässt sich leicht vom Geschwätz anderer beeinflussen. Ihr müsst wissen, dass Hannes so etwas wie ein Reingeschmeckter ist. Sein Vater, ein Schwarzbeck, hatte ihn als Kind auf die Burg verkauft, wo der Junge schließlich zum Burgbäcker aufgestiegen ist. Dass Graf Egino ihm vor einigen Jahren eine Backstube hier in der Stadt vermacht hat, hat unter den Zunftgenossen ganz schön Neid erregt.»

Ohne es zu merken, waren sie wieder vor der Werkstatt angelangt, wo sich die Reihen der Gäste merklich gelichtet hatten.

«Wollen wir uns noch ein wenig zu unseren Frauen setzen?», fragte Wohlleb.

«Gerne. Ein Bier könnte ich noch gut vertragen.»

Bis Einbruch der Dunkelheit saßen sie noch zusammen, hin und wieder trat ein Bürger oder Ratsherr an ihren Tisch, um sich zu verabschieden. Fast jeder der Männer schaute etwas länger als nötig auf Elisabeth, aber daran war Heinrich gewöhnt, und es störte ihn auch nicht halb so sehr wie bei diesem Loderer, dessen Blick weit mehr als eine unschuldige Bewunderung ausgedrückt hatte. Elisabeth war tatsächlich ein außergewöhnliches Weib. Für eine Mutter noch sehr jung mit ihren dreiundzwanzig Jahren, genoss sie es, unter Leuten zu sein, ganz gleich, welchen Standes sie waren. Dann lachte sie gerne und viel, wobei sie ihre hübsche Stupsnase krauszog, was er so an ihr liebte. Der eigentliche Blickfang aber waren ihre tiefblauen Augen, die marmorweiße Haut und das hellrote Haar, von dem stets die eine oder andere Strähne vorwitzig aus dem Gebendeschleier herausschaute.

«Was hattest du denn zu lachen mit diesem Kerl, diesem Loderer?», flüsterte er ihr zu, nachdem sich auch Wohlleb und seine Frau auf den Heimweg gemacht hatten.

«Keine Sorge, vor dem hat mich schon die Verena Wohlleb vorgewarnt.» Sie grinste und unterdrückte dabei ein Gähnen. «Ein Prahlhans ohnegleichen. Ich hab ihn ausgelacht, aber der hat das nicht mal gemerkt. Und jetzt muss ich endlich zu Bett, ich bin todmüde. Und für Henni wird's auch höchste Zeit.»

Als sich Heinrich keine halbe Stunde später neben seinem fest schlafenden Sohn auf der Mitte des breiten Betts ausstreckte, spürte auch er seine schweren Glieder. Doch sein Geist war noch immer voller Eindrücke von diesem ihrem ersten Tag. Er freute sich auf die neuen Aufgaben, auf alle Mühen und Herausforderungen – auch wenn er sich mit diesem einzigartigen Turm erst einmal gedulden musste. In Gedanken ging er noch einmal die nächsten Arbeitsschritte durch, während sich Elisabeth den Staub der Reise aus ihrem wunderbaren Haar kämmte. Sie hatte sich schon ausgezogen, und ihr schlanker und dennoch wohlgerundeter Körper schimmerte im schwachen Schein der Lampe fast silbern.

Er musste wohl doch rechtschaffen erschöpft sein, denn zu seiner Enttäuschung regte sich nichts zwischen seinen Lenden.

Elisabeth warf ihm ein Lächeln zu, und sie verständigten sich wortlos beiderseits, dass die Liebe erst einmal warten musste. Dann löschte sie das Licht.

«Lass uns schlafen», sagte sie, als sie auf seiner freien Seite zu ihm unter die Decke schlüpfte, und gab ihm einen Kuss auf die Wange.

«Hast recht. Morgen wird's wieder ein anstrengender Tag. Auch für dich, mit all dem Neuen rundum.»

Er lauschte in die Dunkelheit der fremden Kammer in diesem fremden Schaffnerhaus. Von nebenan hörte er leise die Dielen knarzen unter den Schritten seines Parliers, irgendwo kläffte ein Hund. Neue Geräusche, an die sie sich gewöhnen würden. Zugleich merkte er, dass auch Elisabeth noch nicht in den Schlaf fand, und drehte sich zu ihr um.

«Da ist noch etwas, was ich dir sagen will, Heinrich», hörte er sie mit glücklicher Stimme sagen. «Ich bin wieder guter Hoffnung.»

Ein Schauer der Freude fuhr ihm über den Rücken. Zärtlich zog er sie an sich und küsste sie. Wenn das kein gutes Zeichen für ihren Neuanfang war!

Kapitel 22

Straßburg,
in den Jahren 1302 bis 1305

Die drei Jahre in der Knabenschule der Domherren von Liebfrauen wurden Josef zu einer schönen und wichtigen Zeit. Jeden Morgen, auch sonntags vor der Hauptmesse, marschierte er hinüber zum Bruderhof, einem großen, klosterähnlichen Gebäude gleich hinter dem Chor des Münsters. Nur an hohen Feiertagen fiel der Unterricht aus. Mit ihm besuchten etwa dreißig, vierzig Knaben im Alter von sieben bis elf Jahren die Schule. Die meisten von ihnen stammten aus Straßburger Kaufmannsfamilien oder alten, vornehmen Geschlechtern. Handwerkerkinder waren nur wenige darunter. Die Anzahl der Mitschüler wechselte ständig. Manche waren nur für ein oder zwei Schuljahre dabei, andere kamen so unregelmäßig oder benahmen sich so schlecht, dass sie trotz des Schulgelds ausgeschlossen wurden. Josef hingegen verpasste kaum einen der Vormittage. Selbst als er sich einmal beim Fangenspiel den Fuß verdreht hatte, war er mit geschwollenem Knöchel von der Antoniergasse, wo sein Elternhaus stand, bis hinüber zum Bruderhof gehumpelt.

Zusammen mit den anderen Neuen lernte er, die Gottesdienstordnung, die Bedeutung der Sakramente und die wichtigsten Gebete, die ja auf Lateinisch gesprochen wurden, zu verstehen. Dazu wurde viel gesungen, was Josef besonders liebte, weil es ihn auf wundersame, ja unerklärliche Weise an seine früheste Kindheit erinnerte. Nachmittags übte er, was er am Morgen gehört hatte, und ging den Eltern zur Hand, indem er zu Hause die Werkstatt aufräumte, Brennholz hackte oder Wasser vom Brunnen holte.

Münsterpfarrer Köbelin war zwar ein strenger Lehrmeister, doch die Rute, die an der Wand hing, benutzte er nur selten. Auf erhöhtem Podest thronte er hinter einem Katheder, gleich neben der Eingangstür zur Schulstube, während die Knaben sich auf drei langgestreckten, niedrigen Bänken verteilten. Weitaus häufiger als den Rutenschlag verhängte ihr Schulmeister die etwas mildere Strafe des Kniens: Dann musste man den ganzen Vormittag *vor* der Bank auf dem harten Steinboden knien, was mit der Zeit ziemlich schmerzhaft wurde. Aber auch wenn sie das Schreiben übten, knieten sie vor der Bank, indessen nicht allzu lange. Mussten sie etwas gemeinsam aufsagen, schlug Pfarrer Köbelin mit einem Stöckchen den Takt dazu, und wer dazwischenschwatzte, der bekam dieses auf dem Handrücken zu spüren. Auch Josef wurde davon, zumindest anfangs, nicht verschont, da er gerne einmal herausplatzte, was er wusste.

Die Lernanfänger saßen in der ersten Reihe. Wer schon etwas konnte, der wanderte nach hinten. Josef saß nicht lange vorne. Schon nach einem Jahr vermochte er die christlichen Glaubenssätze in deutscher Sprache zu lesen und alle Buchstaben des Alphabets zu schreiben.

Das Schreiben lernten sie zunächst anhand der zehn Gebote, dann mit Bibelversen, und zwar auf kleinen Holztafeln. Jeden Morgen nach dem gemeinsamen Paternoster wurden diese aufs Neue mit Wachs eingestrichen, in das man mit spitzen Griffeln die Buchstaben ritzte. Man konnte sie bei Köbelin kaufen, Jo-

sefs Tafel aber hatte der Vater selbst angefertigt und mit einem
bunt bemalten Rahmen versehen. Das Rechnen erlernten sie
sowohl mit dem Abakus als auch mit Rechenpfennigen – Josef
fand das nicht schwierig, doch es reizte ihn weitaus weniger als
Schreiben und Lesen. Am meisten begeisterte ihn indessen,
wenn Pfarrer Köbelin von Heiligen und Propheten erzählte.
Vor seinem inneren Auge sah er dann sofort deren Gestalt mitsamt einem bestimmten Gesichtsausdruck vor sich.

Das Einzige, was ihn störte, waren die täglichen, eintönigen
Wiederholungen und das abwechselnde Aufsagen des Aus-
wendiggelernten. Dabei konnte es schon mal geschehen, dass
er einnickte und von Köbelins Stöckchen im Genick unsanft
geweckt wurde. Und dass es im Winter so eisig kalt war in der
unbeheizten Stube! Dann sah man den Atem vor dem Gesicht,
und er trug alles auf dem Leib, was er an Kleidung besaß. Seine
Mutter hatte ihm alte Wollhandschuhe geschenkt, bei denen
die Finger abgeschnitten waren, damit er besser den Griffel
halten konnte. Doch obwohl er die Hände immer wieder an-
einanderrieb, waren seine Fingerspitzen bis zum Mittag oft
blau angelaufen. Da war er dann schon froh, dass der Unterricht im Winter eine gute Stunde kürzer war. Ihr Schulmeister
hatte es besser: Auf seinem Katheder stand ein dicker Kerzen-
stumpen, an dem er sich immer wieder die Hände wärmen
konnte.

Dass Josef bald schon zu den Besten gehörte, entfachte bei
den älteren Jungen Eifersucht und Neid. So manche seiner Mitschüler schmähten ihn als Speichellecker und Liebediener des
Pfaffen, aber das war ihm gleich. Ein Handwerker musste nicht
unbedingt richtig lesen, schreiben oder rechnen können, ein
Ritter erst recht nicht. Einer, der im Kirchenbau weiterkom-
men wollte, aber sehr wohl.

Einmal, zum Ende des zweiten Schuljahrs, stellte ihm der lange Jörg, ein furchtbares Großmaul, draußen vor dem Bruderhof ein Bein und stürzte sich auf ihn. Eine wüste Rangelei entstand. Doch, o Wunder, Josef wusste sich mit dem Mut der Verzweiflung so gut zu wehren, dass er dem viel größeren Jörg die Nase blutig schlug und den Kampf damit beendete. Woraufhin beide zur Strafe die nächsten zwei Tage im Unterricht knien mussten. Doch seither hatten die Mitschüler großen Respekt vor ihm. Richtige Freunde fand er unter all diesen Herrensöhnchen trotzdem keine, doch die hatte er schließlich zu Hause, in der Antoniergasse.

Im dritten Jahr ermunterte Pfarrer Köbelin ihn, die Kenntnisse in der lateinischen Sprache zu vertiefen. Dazu durfte er hin und wieder still für sich in der Bibel oder in den Heiligenlegenden lesen und seinem Lehrer am Ende des Unterrichts Fragen stellen. Das war wirklich eine Herausforderung, da er zumeist nur die Hälfte des Geschriebenen verstand und sich den Rest zusammenreimen musste. Außer Josef gab es im Übrigen nur noch zwei Mitschüler, die so weit gekommen waren: ein Kaufmannssohn und der jüngste Sohn von Ritter Schaube aus der Nachbarschaft. Dennoch überraschte es ihn nicht wenig, als der Pfarrer ihn in der Adventszeit beiseitenahm und ihm vorschlug, zum nächsten Ostern von der Knabenschule auf die Lateinschule der Domherren zu wechseln.

«Du würdest das schaffen», sagte er mit einem wohlwollenden Lächeln, «da bin ich mir sicher. Danach stehen dir viele Wege offen. Du könntest beispielsweise dem Domstift als Schreiber dienen.»

«Das freut mich, Herr Pfarrer, dass Ihr mir das zutraut», erwiderte Josef. «Aber ich möchte doch lieber ein Handwerk lernen.»

Dabei wurde ihm, je näher das Ende seiner Schulzeit rückte, immer banger, ob sein Vorhaben aufgehen würde. Dem Traum, erst Steinmetz, dann Bildhauer zu werden, hatte er nämlich keinesfalls abgeschworen. Hierzu wollte er zu Ostern Erwin von Steinbach aufsuchen, mit der Abschlussbeurteilung seines Schulmeisters in der Tasche, und ihn inständig bitten, beim Vater ein gutes Wort einzulegen. Auf dass er in Straßburg oder auch anderswo als Lehrknabe in der Bauhütte beginnen dürfe. Den Werkhof hatte er nie mehr betreten, abgesehen von den wenigen Malen, da Pfarrer Köbelin seine Schüler dorthin zu einem kleinen Ausflug mitgenommen hatte, um ihnen eine im Entstehen begriffene Skulptur zu erklären. Da hatte Josef jedes Mal Herzklopfen bekommen und sich vorgestellt, er selbst würde dort stehen und den roten Sandstein behauen. Einmal war sein Vater in der Nähe gestanden und hatte ihn mit finsterer Miene beobachtet, woraufhin Josef ihm fast trotzig zugelächelt hatte. Ein andermal waren sie Meister Erwin begegnet, der Josef sogleich erkannt und freundlich gegrüßt hatte. Ob er wohl tatsächlich den Mut finden würde, den berühmten Baumeister einfach so mir nichts, dir nichts anzusprechen?

Zu Weihnachten dann, wenige Monate vor Abschluss seiner dreijährigen Zeit als Schulknabe, geschah etwas Seltsames. Beim Festessen nach der heiligen Messe überreichte ihm der Vater ein Geschenk – das erste Geschenk seines Lebens, von der Schreibtafel einmal abgesehen.

«Von Pfarrer Köbelin hab ich erfahren», er klopfte Josef anerkennend auf die Schulter, «dass du der Beste seiner Schüler bist und dass er dich nach Ostern am liebsten in der Lateinschule sehen würde. Das hat mich sehr gefreut. Noch mehr gefreut hat mich aber, was du ihm geantwortet hast. Dass du nämlich Handwerker werden willst. Als Lob für deine gute Leistung und weil du jetzt ein großer Junge bist mit deinem zwölften Lebensjahr, möchten deine Mutter und ich dir das hier schenken.»

Er legte ein aus weichem Kalbsleder gefertigtes Beutelchen auf den Tisch, aus dem ein Löffel und ein Messergriff herauslugten.

«Fortan sollst du wie ein Erwachsener dein eigenes Besteck am Gürtel tragen.»

Josef war so gerührt, dass er kein Wort herausbrachte. Den sonst so gestrengen Vater zu umarmen wagte er nicht. So stotterte er nur ein «Danke vielmals!» und drückte ihm die schwielige Hand, bevor er seine strahlende Mutter in die Arme schloss.

Kurz darauf klopfte es unten gegen die Haustür.

Josef sprang auf. «Ich gehe nachschauen.»

Er war schon halb zur Stube hinaus, als seine Mutter hinterherrief: «Wenn's ein Bettler ist, gib etwas von dem Brot und Dörrobst, das ich unten in den Korb gelegt habe.»

Zu Weihnachten und Ostern machten oft die Stadtarmen die Runde, doch die kleine, zierliche Alte, die da im Schneegestöber vor der Tür stand, sah nicht nach einer Bettlerin aus. Sie trug einen Kapuzenmantel aus warmer Wolle und gute Lederschuhe und kam ihm merkwürdig bekannt vor.

«Gott zum Gruße, Josef, und ein frohes Fest im Namen unseres Heilands», sprach sie, und er wunderte sich, warum sie ihn aus ihrem schmalen, faltigen Gesicht so anstrahlte. «Sind deine Eltern zu Hause? Ich müsste etwas mit ihnen besprechen.»

«Ja, Gevatterin, ich gehe sie holen.»

«Darf ich hereinkommen? Das lange Stehen in der Kälte schmerzt mich sehr.»

Da erst bemerkte er den Stock in ihrer Rechten und dass sie schon reichlich krumm gewachsen war. An ihrem freien Arm führte er sie in die Eingangshalle, die als Werkstatt diente, und schob mit dem Fuß einen Schemel heran, damit sie sich setzen konnte.

Fast zärtlich strich sie ihm über die Stirn.

«Der Herr segne und behüte dich, mein Junge. Und sag deinem Vater, dass ich die Witwe von Baumeister Gerhard bin, die beiden kannten sich noch.»

Verwirrt eilte Josef nach oben. Er erinnerte sich, dass ihm die alte Frau schon einige Male beim Gottesdienst aufgefallen war, weil sie immer zu ihm herübergeschaut und dabei freundlich und ein wenig versonnen gelächelt hatte. Die Eltern schienen sie nicht zu kennen – woher also wusste sie seinen Namen?

«Unten wartet die Witwe eines gewissen Baumeisters Gerhard auf euch», verkündete er seinen Eltern. «Sie möchte etwas mit euch bereden.»

«Baumeister Gerhard?» Sein Vater runzelte die Stirn. «Was will denn seine Witwe bei uns?»

Die Mutter sah ihn fragend an. «Wann hattet ihr denn im Frauenwerk einen Baumeister namens Gerhard?»

«Er war einstmals Parlier hier in Straßburg und ist dann als Werkmeister nach Freiburg gegangen. Ich habe ihn erst nach seiner Rückkehr vor etlichen Jahren kennengelernt, als Berater und Freund von Meister Erwin, bis er dann letztes Jahr gestorben ist. Aber richtig gut kannte ich ihn nie, und sein Eheweib schon gar nicht. Fragen wir sie also, was sie will.»

Als seine Eltern die Treppe hinabstiegen, stellte sich Josef an die offene Stubentür und lauschte, obwohl sich so etwas nicht gehörte. Leider sprachen alle drei sehr leise, er verstand nur zwei-, dreimal seinen Namen und das Wort «Weihnachten». Am Ende schien sein Vater recht aufgebracht zu sein, denn er wurde lauter: «So bitte ich Euch, nicht mehr bei uns zu Hause zu erscheinen.»

Die Haustür klappte zu, und rasch setzte Josef sich wieder an die festliche Tafel, die sie zur Feier des Tages in der Stube aufgebaut hatten.

«Aber sie meint es doch wahrlich gut», hörte er die Mutter auf der Treppe sagen, und sein Vater erwiderte ein harsches «Trotzdem!».

«Was wollte die alte Frau?», fragte Josef, als sie sich wieder setzten.

«Das geht dich nichts an», entgegnete der Vater finster, während seine Mutter ihn anlächelte: «Ein kleines Almosen nur, und das haben wir ihr gegeben.»

Es war ihr anzusehen, dass sie flunkerte.

«Und woher kennt sie meinen Namen?»

Der Vater musterte ihn scharf. «Hast du etwa gelauscht, Junge?»

«Nein, aber sie hat mich zur Begrüßung Josef genannt.»

«Da musst du dich getäuscht haben. Wir kennen sie nicht, und sie kennt uns nicht.»

Wenige Wochen vor Ostern, dem Abschluss von Josefs Schulzeit, wurde nach einem langen und harten Winter die Arbeit an der Westfassade des Liebfrauenmünsters wiederaufgenommen. Da hielt Josef es nicht länger aus. Heimlich, die Kapuze seiner Gugel tief ins Gesicht gezogen, schlich er sich eines Nachmittags zur Bauhütte. Er wollte unbedingt wissen, wie weit alles gediehen war, und vor allem Meister Erwin wiedersehen. Doch als er ihn neben einer Ochsenkarre mit einer Ladung Steinen entdeckte, traute er sich nicht, ihn anzusprechen. Beim zweiten Besuch im Frauenwerk war Erwin von Steinbach nicht anwesend, und beim dritten Mal erwischte ihn sein Vater. Josef war so versunken in den Anblick einer Muttergottesfigur, an der ein älterer Bildhauer gerade arbeitete, dass er ihn nicht kommen sah.

«Was hast du hier zu schaffen?» Der Vater riss ihm die Kapuze vom Kopf. «Glaubst wohl, ich erkenne meinen eigenen Sohn nicht, bloß weil er sich die Kapuze ins Gesicht zieht?»

«Ich war in der Nähe», stotterte Josef, «und wollte nur mal wissen, wie weit ihr seid.»

«Und dafür stehst du wie ein Ölgötze vor der Werkstatttür? Ich hab dich gestern schon hier herumschleichen sehen. Na warte – ab mit dir nach Hause. Ich werde dir deine Flausen mit der Bildhauerei schon noch austreiben.»

Sein Gesicht war rot angelaufen vor Wut, als er ihn grob beim Arm packte und mit sich zog.

Sein Vater hatte dazugelernt. Nicht vor Augen der Werkleute, sondern daheim im Hinterhof verabreichte er ihm die zweite schwere Tracht Prügel seines Lebens. Diesmal über dem Block zum Holzhacken und mit einem Ledergürtel. Zwischen den Schlägen schrie Josef ihm mit all seiner Wut und Verzweiflung entgegen: «Ich will aber nicht Zimmermann werden!»

In seinem schier grenzenlosen Zorn hielt der Vater plötzlich mit zitternden Lippen inne und zischte: «Was bist du nur für ein undankbares Balg! Deine Mutter und ich rackern uns tagein, tagaus ab – und für wen? Für ein elendes Findelkind, das irgendein loses Weibsbild zur Welt gebracht und vor die Klostertür gelegt hat!»

Josef schnellte in die Höhe und starrte ihn entgeistert an. Es brauchte einen Moment, bis er begriff, was er soeben gehört hatte. Dann sah er in der Tür zum Hof seine Mutter stehen, nicht minder entsetzt. Auf schwankenden Beinen stolperte er zu ihr hinüber. Sein Vater hielt ihn nicht zurück.

«Dann bin ich also ein Bastard? Und ihr seid gar nicht meine

Eltern?», brachte er unter Schluchzen hervor und sah sie flehentlich an.

Die Mutter zog ihn an sich.

«Du bist kein Bastard, sondern unser Sohn», flüsterte sie. «Aber es stimmt. Die Reuerinnen haben dich die ersten Jahre aufgezogen, bevor du zu uns kamst.»

Er machte sich von ihr los. Der Schmerz in seinem tiefsten Innern brannte stärker als alle Schläge seines Vaters zusammen.

«Wer ist dann meine Mutter? Etwa dieses alte Weib von Weihnachten?»

«Nein, die hatte dich damals nur vor der Klosterpforte gefunden.»

«Seid ihr jetzt endlich still!», ging der Vater, der aus seiner Starre erwacht war, dazwischen. «Oder wollt ihr, dass erst die Nachbarn und dann alle Welt davon erfährt?»

Das war Josef in diesem Augenblick von Grund auf gleichgültig. Ohne seine vermeintlichen Eltern noch eines Blickes zu würdigen, schob er sich an der Mutter vorbei, humpelte durch die Werkstatt und verließ das Haus, um sich für den Rest des Tages ziellos durch die Gassen treiben zu lassen. Für ihn war eine Welt zusammengebrochen.

Der Schreck über die Erkenntnis, nur ein Findelkind zu sein, saß so tief, dass Josef nach Ostern ohne Widerworte beim Vater die Lehre begann. Tagsüber hielt er die heimische Werkstatt in Ordnung, schärfte Äxte und Beile, erledigte Botengänge oder half dem Jung-Gesellen bei kleineren Holzarbeiten. Zur Nacht grübelte er über seine Herkunft nach. An seine ersten Lebensjahre bei den Reuerinnen konnte er sich fürwahr nicht erinnern, sosehr er sich auch anstrengte. Nur manchmal, wenn er nachts aufwachte, glaubte er, die Psalmengesänge der Non-

401

nen im Ohr zu haben und das gütige Gesicht einer schon etwas älteren Frau vor Augen. Vor allem *eine* Frage trieb ihn um, auf die er wohl nie eine Antwort erhalten würde: Wer waren seine leiblichen Eltern?

Ein Lehrjahr später, im Frühjahr anno 1305, durfte er erstmals wieder mit dem Vater auf den Werkhof und lernte zunächst, mit dem Beil Baumstämme zuzurichten, und später dann, aus den Balken Bretter zu schneiden oder sie weiter zu Dachlatten aufzusägen. Das eine wie das andere bedeutete schwerste Knochenarbeit und ließ seine Schultern breiter werden und die Muskeln wachsen. Wenn er dabei aus dem Augenwinkel die Steinmetze und Maurer bei ihrer Arbeit beobachtete, zerriss es ihm schier das Herz. Doch er murrte nicht, noch beklagte er sich zum Feierabend über seine schmerzenden Arme und Schultern. Ein halbes Jahr ging das so, dann kam der Tag, der sein Leben grundlegend verändern sollte.

Es war ein warmer Spätsommertag, die Spinnweben an den Mauern und Gerüsten kündeten schon den nahen Herbst an. Die Hüttenglocke läutete zur Mittagspause, als sein Vater ihn wie jeden Tag zum Essen abholte.

«Ab heute Nachmittag arbeitest du unter dem alten Cunz beim Gerüstbau mit», verkündete er feierlich. «Ein halbes Jahr am Schnittholz sollte genug sein.»

Was wie ein Lob klingen sollte, entfachte in Josef urplötzlich einen abgrundtiefen Widerwillen. Und eine unerwartete Stärke, die er schon verloren geglaubt hatte.

Er bückte sich, legte seinem Vater das Beil vor die Füße und sagte mit ruhiger und fester Stimme: «Auch wenn du mich jetzt totschlägst – ich werde kein Zimmermann, sondern Steinmetz!»

Das sonnengebräunte Gesicht des Vaters wurde bleich.

Für einen Moment sah es aus, als würde er auf Josef losgehen wollen. Sei es, weil ein halbes Dutzend Zimmerleute sie umstanden, in erschrockenem Schweigen, sei es, weil Josef mit seinen bald vierzehn Jahren fast ebenso kräftig war wie sein Vater – jedenfalls nahm der ihn nur grob beim Arm, während er mühsam ein «Komm mit!» herauspresste.

Wortlos gingen sie nach Hause, wortlos führte ihn sein Vater dort durch die Werkstatt in den Hof.

«Wenn du Hand an mich legst, bist du nicht mehr mein Vater», sagte Josef leise. «Und danach werdet ihr mich nie mehr wiedersehen.»

Doch sein Vater schwieg weiterhin. Er schob ihn in den offen stehenden Schuppen, wie damals nach seiner ersten Tracht Prügel, scheuchte ein einzelnes Huhn hinaus und verriegelte die Tür von außen. Den Rest des Tages verbrachte Josef auf dem nach Hühnermist stinkenden Stroh im Halbdunkel und hing seinen Gedanken nach. Sobald er wieder freikäme, würde er sein Bündel packen und Straßburg verlassen. Wohin auch immer, und so sehr ihn der Abschied von seiner Mutter schmerzen würde. Er wusste, dass er das Richtige getan hatte. Er fühlte sich endlich wieder eins mit sich, stärker, hoffnungsvoller, mutiger denn je. Bei all der Unsicherheit, die ihn erwartete. Was aber den Vater betraf, beschloss er, ihn künftig nur noch Hartmann Holtzer zu nennen.

Als sein Magen ob des ausgefallenen Mittagessens allmählich immer lauter knurrte, hörte er von draußen ein Rascheln.

«Josef? Geht es dir gut?»

«Ja, Mutter.»

«Warte, ich mach den Laden vor der Fensterluke weg. Ich hab dir einen Napf Linsen mit Speck mitgebracht.»

Durch die kleine Fensteröffnung kam ein wenig Licht und frische Luft herein. Von Mutters Gesicht konnte er nur die verweinten Augen sehen.

Sie reichte ihm das Schälchen mit dem lauwarmen Linsenbrei. «Ich hab erst abwarten müssen, bis dein Vater wieder ins Frauenwerk zurück ist. Er hat mir verboten, dir Essen zu bringen.»

«Er ist nicht mein Vater.»

«Bitte, Josef, rede nicht so. Du bist unser Sohn und wirst es immer bleiben.»

Es tat gut, sie das sagen zu hören. Und er wusste selbst, dass er sie immer als seine Mutter sehen würde.

Hungrig machte er sich über das Essen her. «Warum lässt du mich nicht einfach raus?», fragte er mit vollem Mund.

«Er hat eine Kette vorgelegt und den Schlüssel mitgenommen. Ach, Junge, warum kannst du dich nicht einfach dem Wunsch deines Vaters fügen?»

«Weil ich nicht zum Zimmermann gemacht bin. Deshalb.»

Nach Einbruch der Dunkelheit kauerte Josef noch immer im Stroh. Die Mutter hatte ihm zuvor wieder Essen und Trinken gebracht. Der Vater sei nicht zum Abendessen heimgekommen, hatte sie ihm berichtet und ihm durch die Luke vorsichtshalber auch noch eine warme Decke gereicht.

Mitten in der Nacht schreckte ihn ein Poltern aus dem Dämmerschlaf. Jemand krachte gegen den Stapel Brennholz an der Schuppenwand und stieß dabei einen lauten Fluch aus. Sofort war Josef hellwach: Hartmann Holtzer war also heimgekommen.

«Lass mich sofort raus!», fauchte Josef durch die noch immer offene Luke. Im schwachen Mondlicht sah er, wie sein

Ziehvater schwankte. Er hatte zu viel getrunken, was Josef nie zuvor bei ihm erlebt hatte.

«Willsu ... willsu immer noch Steinmetz werden?», hörte er ihn lallen.

«Ja, Hartmann Holtzer. Der Bastard will immer noch Steinmetz werden. Ob es dir passt oder nicht.»

Da krachte der Laden von außen zu, die schweren Schritte entfernten sich.

Am nächsten Morgen öffnete sich in aller Frühe die Schuppentür. Mit verquollenen Augen stand sein Ziehvater vor ihm, einen Kamm und eine saubere Tunika in der Hand.

«Du stinkst nach Hühnerscheiße», murmelte er. «Wasch dich und kämm dich vorne am Trog, dann zieh dich um.»

Josef fragte sich zwar, was das zu bedeuten hatte, gehorchte jedoch wortlos.

Nachdem er sich das frische Gewand übergestreift hatte, nahm ihn der Vater beim Handgelenk, so fest, dass Josef sich nicht freimachen konnte.

«Komm mit!»

«Wo willst du hin?», fragte Josef, als er merkte, dass sie nicht zum Münster marschierten, sondern in die Spießgasse abbogen.

«Halt den Mund», kam es zurück.

Kurz darauf standen sie vor einem schönen Bürgerhaus, wo Hartmann Holtzer mit kräftigem Schlag den Türklopfer betätigte. Da erst fiel es Josef wie Schuppen von den Augen: Es war das Haus Erwin von Steinbachs!

Der Baumeister selbst öffnete ihnen, gewandet in einem langen Hausmantel. Zu Josefs Überraschung bat er sie sichtlich erfreut in die Eingangshalle, von der eine vornehme steinerne Treppe nach oben führte.

«So habt ihr beiden euch also geeinigt.»

Der Ziehvater nickte, während Josef vollends verwirrt war.

«Ja, Meister Erwin. Hiermit übergebe ich dir, wie wir es gestern Abend vereinbart haben, meinen Sohn Josef als Lehrknaben und Hüttendiener.»

«So soll es sein.» Erwin von Steinbach reichte ihm die Hand, und Hartmann Holtzer schlug ein. Dann wandte sich der Baumeister an Josef und legte ihm die Hand auf die Schulter. «Willkommen im Straßburger Frauenwerk, Josef. Du wirst jetzt mit mir das Morgenessen einnehmen, danach wollen wir Steinmetze dich drüben in Liebfrauen feierlich in unserer Bauhütte aufnehmen.»

Während all dieser Worte stand Josef da, als habe ihn der Blitz getroffen. Es konnte nicht anders sein, als dass er daheim in seinem Bett lag und träumte.

«Deine Aufnahme als Lehrknabe», hörte er den Ziehvater wie aus weiter Ferne sagen, «hat mich die hohe Bürgschaft von drei Pfund Pfennigen gekostet. Hältst du dich gut und wirst nach sechs Jahren als Geselle aufgenommen, wird mir das Geld zurückgegeben und du erhältst obendrein ein Pfund zum Lohn. Sollte aber etwas schiefgehen in deiner Lehrzeit, will ich dich in meinem Haus nie mehr sehen.»

Josef hätte sich ums Haar in den Arm gezwickt. Nein, er träumte nicht. Er gab sich einen Ruck und schaute seinem Ziehvater in die Augen.

«Ich werde dich nicht enttäuschen, *Vater*. Das schwöre ich dir bei Gott und allen Heiligen. Und Euch auch nicht, Meister Erwin.»

Ein seliges Lächeln breitete sich auf seinem Gesicht aus. Sein neues Zuhause war von nun an die Hütte der Steinmetzbruderschaft!

Kapitel 23

*Freiburg, im Spätsommer
desselben Jahres 1305*

An der Ecke zum Kirchplatz blieb der Vater stehen und drehte sich zu Thea um.

«Was rennst du mir schon wieder hinterher wie ein kleines Hündchen?», schnauzte er.

Sie sah ihn aus großen Augen an.

«Aber ich will dir doch nur tragen helfen.»

«Hör zu, Thea. Ich hab dir schon zigmal gesagt, dass ich deine Hilfe nicht brauche. Geh heim und hilf deiner Mutter im Haushalt oder pass auf deinen kleinen Bruder auf, aber lass mich in Ruhe mit deinem albernen Brotkorb in der Hand.»

Sie schluckte die Tränen herunter und sah ihm nach, wie er in großen Schritten Richtung Pfarrkirche verschwand. Es war früher Vormittag, die Zeit des Morgenimbisses der Bauhüttenleute, und die Sonne vertrieb nur ganz allmählich die Kühle der vorangegangenen Nacht.

Bedrückt kehrte sie in die Vordere Wolfshöhle zurück, wo sie einer Herde von Antoniusschweinen ausweichen musste. Grunzend schnüffelten sie mit ihrem Glöckchen um den Hals den Boden nach Essbarem ab. Wieder einmal dachte sich Thea, wie ungerecht die Welt war. Ihre eigenen zwei Mastschweine, die mit der Kleie aus der Backstube dick und rund gefüttert wurden, waren Tag und Nacht in einem dunklen Koben im

Hof eingesperrt. Sie durften niemals hinaus, so wie ihre Artgenossen von den Antonitern. Was daran lag, dass die frommen Brüder aus der nahen Salzgasse es sich zur Aufgabe gemacht hatten, jene armen Menschen zu pflegen, die den Gliederbrand hatten und an Krämpfen, grässlichen Geschwüren und abfaulenden Fingern oder Zehen litten. Schweinefleisch sei für diese Siechen besonders stärkend und hilfreich, hatte ihr die Gevatterin Agnes einmal gesagt, und deshalb dürften jene Schweine auch überall in der Stadt die Abfälle fressen, was ansonsten bei Strafe verboten war.

Trotzdem fand Thea es ungerecht, dass es zweierlei Sorten Schweine gab. Genau wie zweierlei Sorten Kinder: nämlich die, die von den Eltern geliebt, und die, die von ihnen gepiesackt wurden. Zu Letzteren gehörte Thea, zumindest, was ihren Vater betraf. Je mehr sie es ihm recht machen wollte, desto mehr war sie Luft für ihn. Oder er wurde sogar böse, wie eben gerade.

Ihrer jüngeren Schwester Marga hingegen strich er immer mal wieder übers Haar oder nahm sie sogar in den Arm. «Mein zartes, kleines Mädchen», nannte er sie dann meistens. Dabei war ihre Schwester gar nicht mehr klein, sondern fast neun, also nicht einmal zwei Jahre jünger als sie selbst. Aber zart war sie wirklich. Manchmal dachte sich Thea, dass so die Engel des Herrn aussehen mussten: Margas helle Haut war dermaßen dünn, dass die Äderchen durchschienen, ihr Haar weißblond gelockt, die hellblauen Augen saßen in tiefen Höhlen mit dunklen Schatten darunter. Dass ihr Vater Marga liebte, konnte sie ihm nicht einmal verdenken. Auch sie selbst liebte ihre jüngere Schwester über alles und hatte sie, seitdem sie denken konnte, auf der Gasse vor den anderen Kindern beschützt. Seit einiger Zeit nun besuchte Marga jeden Morgen voller Eifer die Frühmesse, ganz allein, da der Vater dann schon in der Backstube stand und die Mutter nach dem Aufwachen fast immer ihre Schwermut hatte. Obwohl Thea diese ständigen Kirchgänge für ein Kind reichlich übertrieben fand, hatte sie ihrer Schwester angeboten, sie zu begleiten. Weil sie sich nämlich um sie sorgte, wenn sie ohne Begleitung unterwegs war.

«Du brauchst mich nicht mehr zu beschützen», hatte Marga ihr mit einem scheuen Lächeln geantwortet. «Der Herrgott beschützt mich jetzt.»

Da war sich Thea vollends unnütz vorgekommen. Zwar gehörte es noch immer zu ihren Aufgaben, den kleinen Clewi zu hüten, aber der wollte das gar nicht. Ihr Bruder war eine verwöhnte kleine Rotznase, und wenn sie ihm etwas auftrug, wurde er zornig, beschimpfte sie oder warf sich zu Boden und trat nach ihr. Da fütterte sie schon lieber die Hühner und Schweine. Die freuten sich wenigstens.

Als sie nun mit ihrem leeren Körbchen in der Hand die Backstube betrat, war der Geselle gerade dabei, mit der Brotschaufel Weißwecken in den Ofen zu schieben. Unschlüssig blieb sie stehen und sah ihm dabei zu. Bertschi hatte vom Mehlstaub stets gerötete Augen, und auch als er sich jetzt zu ihr umdrehte, sah er wieder aus, als hätte er geweint.

«Na, Thea, wolltest du deinem Vater wieder Brot austragen helfen?», fragte er freundlich.

Sie zuckte die Schultern. «Er braucht mich nicht, sagt er.»

«Vielleicht bist du einfach noch zu klein dafür?»

«Das stimmt nicht. Ich bin stark genug für die Rückentrage.»

Er lachte. «Aber die Trage ist viel zu groß für dich. Du könntest gar nicht damit laufen.»

«Dann nehme ich halt die kleinere und gehe zweimal oder dreimal.»

«Und wer passt in der Zeit auf Clewi auf? Nicht, dass der wieder in die Backstube gerannt kommt und sich die Finger verbrennt, weil keiner auf ihn achtgegeben hat. Das Geschrei will ich nicht noch mal hören.»

«Ach Bertschi, der will doch eh nur bei unserer Mutter sein.»

«Da hast du auch wieder recht. Hier, nimm. Vom letzten Sonntagskuchen übrig.»

Er reichte ihr ein Stückchen Kuchenrand und begann, am großen Trog den Teig zu kneten.

Während sie an der honigsüßen Leckerei knabberte, dachte sie darüber nach, wie gerne sie den Werkleuten täglich das Brot bringen würde. Sie mochte das bunte und laute Treiben dort auf der Baustelle, wo alles Hand in Hand ging und ein jeder wusste, was er zu tun hatte. Es erinnerte sie jedes Mal an die Ameisenhaufen, die man manchmal im Wald fand und die sie stundenlang beobachten konnte, wenn die Zeit dazu da war. Unter den Werkleuten wurde bei der Arbeit viel gelacht und gesungen, während bei ihr daheim Grabesstimmung herrschte. Ja, sie mochte sogar die mitunter derben Scherze der Männer, wobei sie deren Sinn nicht immer verstand.

«Hör mal, Bertschi», brachte sie schließlich hervor. «Hast du nicht mal gesagt, ihr könntet einen Burschen brauchen, der zum Vesperläuten die Wecken zur Bauhütte bringt? Weil ihr dann doch alle Hände voll zu tun habt, um den Teig für den nächsten Morgen vorzubereiten …»

«Das stimmt. Aber für nur einmal am Tag was austragen, kriegst du hier keinen Taglöhner.»

«Dann kann *ich* das doch machen. Am Nachmittag bekommt die Bauhütte nur halb so viel Brot. Das passt auch in die kleine Trage, und zur Not kann ich noch die Henkelkörbe in die Hand nehmen.»

Bertschi grinste. «Soll ich mal deinen Vater fragen?»

«Ja, bitte!»

«Na gut. Ich will es versuchen. Aber jetzt halt mich nicht länger von der Arbeit ab.»

Sie stellte ihr Körbchen zurück ins Regal und stieg die knarrende Holztreppe hinauf. Aus der Küche hörte sie Kinderlachen, dann die Stimme ihrer Mutter.

«Fein machst du das, mein Kleiner. Aber pass auf deine Fingerchen auf.»

Ihre Schwester Marga stand am Herd und rührte den Eintopf fürs Mittagessen, Clewi saß neben der Mutter auf der Küchenbank und schnitt mit einem stumpfen Messerchen weichgekochte Stangenbohnen klein. Die Mutter gab ihm oft gekochtes Gemüse zum Kleinschneiden, um es dann wieder in den Suppentopf zu werfen. Clewi liebte diese sogenannte «Arbeit» und behauptete dabei immer wieder aufs Neue, dass er eines Tages Messerschmied werden und die schärfsten Dolche Freiburgs schmieden würde. Wobei er das Wort mit seinen gerade mal vier Jahren fehlerfrei aussprach.

Die Mutter hob den Kopf.

«Wo warst du denn, Thea? Du hättest aus dem Hof neues Brennholz holen sollen.»

Thea freute sich, dass ihre Mutter sie vermisst hatte, auch wenn es nur zum Holzholen gewesen war. An manchen Tagen fiel es ihr nicht einmal auf, wenn Thea stundenlang von zu Hause weg war.

«Ich wollte mit dem Vater zur Bauhütte, aber er hat mich wieder heimgeschickt.»

«Du hast ihm hoffentlich keine Widerworte gegeben? Du weißt, dass ihn das sehr verärgert.»

«Nein, ich habe ihm gleich gehorcht.»

Die Mutter nickte nur und wandte sich wieder ihrem Jüngsten zu.

Es war schon seltsam: Wenn der Vater zornig wurde, machte das Thea zwar traurig, aber sie verspürte keinerlei Furcht. Ihre Mutter hingegen schien manchmal Angst vor ihm zu haben. Wenn Thea etwas falsch machte und der Vater sie dann schalt oder nichtsnutzig schimpfte, verteidigte die Mutter sie nie, sondern stand schweigend und mit eingezogenen Schultern daneben. Höchstens kam es einmal vor, dass sie sie hinterher in die Arme nahm, wenn sie wieder allein waren. «Er meint es nicht so», sagte sie dann, und Thea spürte deutlich ihr Mitleid. Aber Thea wollte kein Mitleid. Sie wollte einfach nur genauso behandelt werden wie Marga oder Clewi.

Wenigstens schlug der Vater sie nicht, tröstete sich Thea immer wieder. Nicht einmal am Samstagnachmittag, wenn er sich daheim am Küchentisch betrank, um irgendwann schwankend die Stiege hinauf in die Schlafkammer zu poltern. Trotzdem ging sie ihm dann sicherheitshalber aus dem Weg. Schon von Kindheit an hatte sie das Gefühl, dass es an ihr lag, wenn er übellaunig war. Nur den Grund dafür, den konnte sie sich nicht erklären. Denn auch die Mutter wollte er in solchen Momenten nicht um sich haben. Zu der konnte er manchmal ebenso kalt sein wie ihr gegenüber. Einzig Marga vermochte ihm ein Lächeln entlocken, und hin und wieder der kleine Clewi.

Unschlüssig blieb Thea in der Küchentür stehen. Doch die Mutter schien sie vergessen zu haben.

«Soll ich dir bei irgendwas helfen?», fragte sie sie.

«Nein, nein», murmelte die Mutter nur und legte Clewi eine gekochte Pastinake zum Schneiden hin.

Bis zum Mittagessen war noch eine gute Weile Zeit, und so

beschloss Thea, die Gevatterin Agnes zu besuchen. Um diese Zeit war die stadtbekannte Alte meist zu Hause und kümmerte sich um die Wildkräuter, die sie am Morgen vor den Toren der Stadt gesammelt hatte. Agnes war nämlich eine Heilerin und kam auch zu schweren Geburten ins Haus. So hatte sie Clewi zur Welt gebracht, der quer im Mutterleib gelegen hatte, und war sogar der Gräfin Katharina bei der Geburt ihres jüngsten Kindes zu Hilfe gekommen. Obendrein brachte Agnes, solange Thea zurückdenken konnte, der Mutter an deren schwermütigen Tagen – und die gab es häufig – einen Sud aus Rosmarin und Johanniskraut.

Viele sagten der alten Agnes Zauberkräfte nach, und ganz böse Zungen behaupteten, sie sei mit dem Gottseibeiuns im Bunde, seitdem sie als junges Mädchen aus einem Kloster entflohen war. Und dass man sie längst vor die Heilige Inquisition gebracht hätte, wenn die Gräfin nicht ihre schützende Hand über sie halten würde.

Agnes' winziges Häuschen stand am Stadtbach in der südlichen Vorstadt, gleich neben der Paradiesmühle. Darin duftete es wunderbar nach den Kräuterbündeln, die überall zum Trocknen von der Decke hingen. Tagsüber war ihre Haustür nie verriegelt, jeder durfte bei ihr ein und aus gehen.

Heute bei dem schönen Wetter stand die Haustür weit offen. «Herein, wer nicht schon drinnen ist», rief sie wie immer, nachdem Thea gegen den Türrahmen geklopft hatte.

Die Alte stand an einem Tischchen vor dem einzigen Fenster des einzigen Raumes und zerstieß in einem Mörser leuchtend gelbe Blütenblätter. Ihr langes, graues Haar trug sie offen und unbedeckt, ihre zierliche, kleine Gestalt steckte in einer dunkelgrauen, knöchellangen Kutte. Agnes galt als sonderbar, weil sie seit ihrer Flucht aus dem Kloster allein lebte, sich vor nichts und niemandem fürchtete und jedermann duzte. Angeblich sogar die Gräfin Katharina.

«Thea!», rief sie jetzt. «Wie schön, dass du mich besuchst.»

Thea trat näher. Was Agnes da mit den Pflanzen tat, fesselte sie stets aufs Neue. «Was sind das für Blüten? Ringelblumen?»

«Richtig. Eine Salbe daraus hilft bei der Wundheilung und gegen Furunkel, innerlich als Sud angewandt hilft es gegen Krämpfe, Würmer und bei uns Frauen gegen Blutungsbeschwerden.» Sie lachte. «Nun, damit hast du ja noch nicht zu kämpfen. Und ich nicht mehr. Magst du mir zur Hand gehen?»

«Au ja, sehr gern.»

«Hol den Korb dort mit den Kräutern. Mach aus jeder Sorte ein Bündel und häng es an den Balken bei der Holzstiege.»

Schweigend widmeten sie sich beide ihrer Aufgabe, wobei die Alte immer wieder fremdartig klingende Worte murmelte, die sich reimten. Thea wusste, dass sie damit die Heilkräfte der Pflanzen beschwor.

Nachdem das letzte Kräuterbündel aufgehängt war, stellte Agnes einen Krug mit frischem Apfelmost und zwei Bechern auf den Tisch.

«Wissen deine Eltern, wo du bist?», fragte sie, während sie einschenkte.

Thea schüttelte den Kopf. «Hauptsache, ich bin zum Mittagsläuten wieder daheim. Vielleicht wär's ihnen aber auch einerlei, ob ich zum Essen da bin oder nicht. Manchmal glaub ich, dass ich für die beiden nur eine Last bin.»

«Nein, Thea, so darfst du nicht denken. Du weißt, dass dein Vater es sehr schwer gehabt hat. Dass er schon als Knabe hart arbeiten musste, droben auf der Burg. Er hat das Fröhlichsein verlernt, aber er ist kein schlechter Mensch. Und deine Mutter hat dich ganz bestimmt genauso lieb wie ihre anderen beiden

Kinder. Bloß hat es das Schicksal auch mit ihr nicht immer gut gemeint.»

«Kennst du denn meine Eltern so gut?»

«Nun, deinen Vater kannte ich schon als kleinen Gassenbuben, und deine Mutter ...» Sie unterdrückte einen Seufzer. «Jetzt lass gut sein und trink von dem Most. Ich hab ihn selbst gemacht.»

Der Apfelmost schmeckte wunderbar süß und noch kein bisschen vergoren.

«Na siehst du.» Agnes strich ihr über die Wange. «Jetzt guckst du schon fröhlicher drein. Und da ist noch etwas, was derzeit deine Mutter ein wenig durcheinander sein lässt. Da du es ohnehin bald erfahren wirst, kann ich es dir auch gleich sagen: Deine Mutter ist wieder guter Hoffnung.»

Thea wusste nicht, ob sie sich hierüber freuen sollte. Mit einem dritten Geschwisterchen im Haus würde sich ihre Mutter womöglich gar nicht mehr um sie kümmern.

«Wenn du ausgetrunken hast», fuhr Agnes fort, «bringe ich dich heim. Ich muss noch bei der Wohllebin vorbei, das liegt auf dem Weg.»

Ohne Eile schlenderten sie kurz darauf in die Innenstadt. Am Fischbrunnen blieb Agnes stehen.

«Hör mal, Thea, du bist doch ein aufgewecktes Kind. Würdest du denn gern Lesen und Schreiben lernen?»

Verdutzt sah Thea sie an. «Kannst du das denn?»

Sie lachte. «Wo denkst du hin? Und auf meine alten Tage werde ich das auch nie mehr lernen. Aber die Verena Wohllebin, die Frau des Kaufmanns, die führt bei sich daheim eine Mädchenschule. Soweit ich weiß, unterrichtet sie jeden Vormittag für zwei, drei Stunden. Wollen wir sie fragen, ob sie dich aufnimmt?»

«Ich weiß nicht», erwiderte Thea zweifelnd. Dabei klang das Angebot mehr als verlockend. Zusammen mit anderen Mädchen jeden Vormittag etwas Neues zu lernen, anstatt die Hausarbeit zu verrichten, mit Clewi bei der Mutter in der Küche zu hocken oder irgendwo in der Stadt die Zeit totzuschlagen.

«Was heißt, ich weiß nicht? Glaubst du etwa, du könntest das nicht? Die Weiber sind oft klüger als die Mannsbilder.»

«Nein, das ist es nicht. Aber der Vater würde es nie erlauben. Und Schulgeld kostet das gewiss auch.»

«Wir werden sehen. Fragen kostet zumindest nix.»

Als sie wenig später in der Eingangshalle des Handelshauses standen, wo Verena Wohlleb gerade ihre Schülerinnen verabschiedete, wurde Thea dann doch richtig aufgeregt.

Sie kannte die Wohllebin vom Sehen, weil sie hin und wieder Herrenwecken und Sonntagskuchen in der Backstube abholte, und mochte die stets freundliche Frau sehr gerne. Sie war ein wenig älter als die Mutter, wirkte aber viel lebendiger. In ihrem blauen Gewand mit den Spitzenborten an den Ärmeln sah sie heute sehr schön und sehr vornehm aus. An der Hand hielt sie ein kleines Mädchen, das die ersten wackligen Gehversuche machte. Es war blond wie die Wohllebin und hatte dieselben himmelblauen Augen.

Thea wartete neben der Haustür still ab, bis Agnes der Hausherrin das Körbchen mit den getrockneten Kräutern überreicht und allerlei Erklärungen dazu abgegeben hatte. Dann winkte Agnes sie heran.

«Komm her zu uns, Thea, und frag, was du die Kaufherrin fragen wolltest.»

«Gott zum Gruße, liebe Kaufherrin», begann Thea schüchtern. «Die Gevatterin Agnes hat mir erzählt, dass Ihr Mädchen Lesen und Schreiben beibringen könnt.»

Die Kauffrau lächelte. «O ja, und sogar das Rechnen mit dem Abakus. Aber ich kann es nur denjenigen beibringen, die es wirklich wollen. Und die auch jeden Vormittag, außer an den Sonn- und Heiligentagen, zum Unterricht kommen.»

Thea nickte eifrig. «Ich tät es wirklich wollen. Sehr gerne sogar.»

«Du hast Glück. Ich nehme ja nur sieben Schülerinnen auf, aber das Klärchen vom Goldschmied kommt nicht mehr. Es hat wohl die Lust verloren. Alsdann, Thea, frag deinen Vater, ob er es dir erlaubt.»

Theas Miene verfinsterte sich. «Er wird es niemals erlauben.»

«Nun ja, heimlich unterrichten kann ich dich natürlich nicht. Da muss dein Vater schon einverstanden sein. Aber warum sollte er es dir verwehren? So wie ich deinen Vater kenne, ist er ein verständiger Mann, der nichts dagegen haben wird.»

«Weil er für mich niemals einen Pfennig Schulgeld bezahlen würde», brach es aus ihr hervor.

Die Wohllebin legte ihr die Hand auf die Schulter. «Daran soll's nicht scheitern. Wer von den Vätern Schulgeld bezahlen möchte, der tut es, aber es ist freiwillig. Sag deinem Vater, dass das ganze Geld dem Bau unserer schönen Pfarrkirche zugutekommt.»

Thea musste gegen die Tränen ankämpfen. «Er wird trotzdem nein sagen, weil ich doch auf den kleinen Clewi aufpassen muss.»

«Den bringst du einfach mit. Er kann ja derweil mit Sophie, unserer Jüngsten, spielen. Oder meine Klara passt auf ihn auf, sie müsste in deinem Alter sein.»

«Ich kenne die Klara, vom Kirchgang. Aber macht sie denn nicht mit beim Unterricht?»

«Sie ist meistens dabei, aber sie kann schon lesen und schreiben. Fass dir also ein Herz und frag deinen Vater heute beim Mittagessen. Und hernach gibst du mir Bescheid.»

«Das mach ich. Vielen Dank, Kaufherrin.»

Als sie draußen auf der Salzgasse standen, hatte Thea schon wieder all ihren Mut verloren. Sie wusste plötzlich, dass ihr Vater wütend werden würde, allein schon über ihren Einfall, die Mädchenschule besuchen zu wollen.

«Ich trau mich nicht, ihn zu fragen», murmelte sie.

Agnes nahm ihre Hand. «Gut, dann werde ich das tun. Gehen wir.»

Inzwischen war der Vater zurück von der Bauhütte und schichtete in der Backstube frisches Brot zum Auskühlen in die grob geflochtenen Siebe.

«Gott zum Gruße, lieber Kirchbeck.»

«Gott zum Gruße, Agnes», erwiderte er nicht gerade freundlich. «Hat dich die Thea mal wieder von der Arbeit abgehalten?»

«Im Gegenteil, sie hat mir geholfen.»

Er wandte sich wieder den Brotlaiben zu. «Die Maria ist oben in der Küche. Es gibt gleich Mittagessen.»

«Ich komm diesmal nicht zu deiner Frau, sondern zu dir.»

«So?» Erstaunt hielt er inne.

«Du hast recht gehört. Um's kurz zu machen: Thea möchte Lesen und Schreiben lernen, und zwar in der Mädchenschule der Wohllebin.»

«Das ist der größte Blödsinn, den ich je gehört hab. Als Nächstes will sie dann wohl Ratsherrin werden! Nichts da, und jetzt lass mich weiterarbeiten.»

Da geschah etwas Seltsames: Die zierliche Agnes nahm Theas starken Vater fest beim Arm und zog ihn zu sich heran. Der ließ es wortlos geschehen, während Agnes' Augen blitzten.

«Hör zu, Hannes: Du hast keinen Grund der Welt, immer so ruppig zu dem Mädchen zu sein, und das weißt du auch. Thea, geh schon mal hinauf zu deiner Mutter.»

Thea gehorchte und beeilte sich, nach oben zu kommen. Fürchtete sie doch, dass der Vater jetzt gleich sehr wütend werden würde. Während sie vor der halboffenen Küchentür wartete, durch die das Klappern von Geschirr und Töpfen drang, waren von unten nur gedämpfte Stimmen zu hören. Thea meinte, die Verärgerung ihres Vaters deutlich zu vernehmen.

Es dauerte dann auch nicht lange, bis Agnes in ihrem wieselflinken Schritt die Treppe heraufkam. Aber was war das? Thea traute ihren Augen nicht, als sie das Gesicht der Alten strahlen sah.

«Ab morgen gehst du in die Mädchenschule. Sag der Kaufherrin, dass dein Vater drei Pfennige die Woche gibt. Und jetzt gehen wir beide zu deiner Mutter und erzählen ihr die Neuigkeit.»

Thea war überglücklich. Mit dem Eintauchen in die Geheimnisse der Buchstaben und Zahlen tat sich ihr eine ganz neue Welt auf. Wer noch gar nicht oder nicht richtig Lesen und Schreiben konnte, kam vormittags eine Stunde früher und wurde dann nach Hause geschickt, wenn die Fortgeschrittenen sich ans Üben machten.

Verena Wohllebin war eine sehr geduldige Schulmeisterin, die viel lobte und selten tadelte. Nur Unaufmerksamkeit und Schwatzen ließ sie nicht durchgehen, dann musste man sich für den Rest des Unterrichts in die Ecke ihrer großen Wohnstube stellen, mit dem Gesicht zur Wand wohlgemerkt. Mit dem Alphabet fing jeder an, das Lesen selbst lernte man dann anhand der wichtigsten Gebete, angefangen mit dem kurzen

Ave Maria. Hierzu sprachen sie das Gebet langsam und alle zusammen, bevor ihre Meisterin den Sinn der Worte auf Deutsch erklärte, um hernach ein einzelnes Wort daraus auf ihre kleine Tafel zu schreiben und in die Höhe zu halten.

Kurz vor Ostern, kein halbes Jahr nach ihrem Schulbeginn, hatte Thea es geschafft: Sie vermochte ihr erstes Wort ohne Stocken zu lesen! Und zwar Maria, den Namen ihrer Mutter und der Gottesmutter. An diesem Tag rannte sie freudig nach Hause, um Marga und ihrer kurz vor der Niederkunft stehenden Mutter von ihrem Erfolg zu verkünden. Doch als sie die Backstube betrat, lag die still und verlassen da, obwohl noch längst nicht Mittag war. Da hörte sie aus der Stube ein lautes Aufschluchzen und stürzte die Stiege hinauf. Drei Kerzen brannten am helllichten Tag, der Vater, Geselle Bertschi, die Geschwister, die Gevatterin Agnes und einige Nachbarn knieten im Zimmer am Boden, und erst auf den zweiten Blick erkannte Thea, dass in ihrer Mitte die Mutter auf einem Strohsack aufgebahrt lag. Am lautesten weinte und wehklagte ihr Vater, den Thea noch nie eine Träne hatte vergießen sehen.

Mit einem brennenden Schmerz in der Brust ließ sich Thea neben ihrer Schwester zu Boden sinken. Marga umklammerte ihre Hand.

«Der Herrgott hat sie zu sich geholt. Und das neugeborene Kindchen auch.»

Kapitel 24

Anfang Juni desselben Jahres 1306

Der Kirchenbau war die letzten Jahre sichtlich in Schwung gekommen, und Anselm Wohlleb dachte oft daran, wie sehr sich sein Vater hierüber gefreut hätte. Mit der wohligen Schläfrigkeit nach einem guten Essen hatte er sich für einen Augenblick auf seinen Lehnstuhl in der Stube zurückgezogen, genoss mit geschlossenen Augen die Sommersonne, die durch das geöffnete Fenster hereinschien, und überließ sich seinen Gedanken, die immer wieder um Liebfrauen und die Fabrica kreisten.

Nachdem zunächst die Schäden, die die Winterfröste über die Jahre angerichtet hatten, ausgebessert waren, hatten sich die Bauleute schon wenige Monate nach ihrer Ankunft darangemacht, das Mittelschiff mit seinem äußeren Strebewerk vollends hochzumauern und herrliche Maßwerkfenster einzusetzen. Die Zimmerleute hatten derweil das Dach auf die Seitenschiffe gesetzt und die Bildhauer die noch fehlenden Wasserspeier geschaffen. Inzwischen waren die Seitenschiffe fertig eingewölbt und vermittelten einen ersten Eindruck, wie wunderschön ihre Pfarrkirche werden würde. Seit zwei Jahren nun, seitdem auch der Dachstuhl des Mittelschiffs aus seinen mächtigen Eichen- und Föhrenstämmen aufgerichtet und eingedeckt war, wurde dort an der atemberaubend hohen Gewölbedecke gearbeitet, und Heinrich, dieser tatkräftige junge

421

Baumeister, hatte dem Magistrat versichert, dass man hierfür nicht länger als vier Jahre bräuchte. Dann endlich könne man den Weiterbau des Turms in Angriff nehmen, den man bislang nur bis auf halbe Höhe des Glockenstuhls aufgemauert hatte, wo sich auch der Umgang des Türmers und Glöckners befand. Den Rest des Gebälks schützte eine vorläufige Ziegelverschalung vor der Witterung.

Der alte Graf Egino schien regelrecht erleichtert zu sein, die Bauherrschaft und damit die Übernahme der Kosten nun in den Händen seiner Bürger zu wissen, und zeigte sich hin und wieder sogar als großzügiger Spender. Im Übrigen hatte sich die Fabrica, wie Anselm fand, in ihrer neuen, von den Bürgern bestimmten Form bewährt. Dass der Schaffner dem gräflichen Pfarrherrn keinen Einblick mehr in die Rechnungsbücher gewähren musste, war mehr als gut: Der alte Rektor der Pfarrei war nämlich vor fünf Jahren verstorben, und die Nachfolge hatte sein Neffe Gebhard von Freiburg, Graf Konrads um etliche Jahre jüngerer Bruder, angetreten, als halber Knabe noch. Der Bursche war ein Tölpel, ahnungslos und einfältig wie ein Kind. Zwar hatte er etliche Jahre als Mönch im Tennenbacher Hauskloster verbracht, wo man ihn noch rechtzeitig vor der Übernahme der Pfarrei in aller Eile zum Priester geweiht hatte, an Bildung und Glaubensfestigkeit indessen war nicht viel haftengeblieben. Ohnehin lag Gebhard von Freiburg weitaus mehr an den reichen Einkünften aus seiner Pfarrgemeinde als am Dienst an Gott und seinen Schäfchen. Deshalb war er für keinerlei Belange des Kirchenbaus zu interessieren und ohnehin nie anwesend, wenn er gebraucht wurde. Wahrscheinlich wäre es ihm am liebsten gewesen, wenn aus dem Kirchenzehnt gar kein Anteil mehr in den Bau geflossen wäre, so gering der auch war.

Für Anselm war die wichtigste Neuerung indessen, dass

es seit letztem Johanni, seit fast einem Jahr also, einen bürgerlichen Kirchenpfleger gab, der jährlich neu zur Wahl stand und die oberste Bauaufsicht wie auch die Kontrolle über die Gelder innehatte. Besser gesagt, einen Münsterpfleger, wurde ihre Pfarrkirche mittlerweile doch, gerade so wie die Straßburger Bischofskirche, Münster genannt. Für dieses neue Amt hatte sich der allseits beliebte Gottfried von Schlettstadt angeboten, der sich nicht nur als Bürgermeister, sondern viele Jahre lang auch als Spitalpfleger bewährt hatte. Er war mit großer Mehrheit gewählt worden, wobei er ohnehin nur einen einzigen Mitbewerber gehabt hatte, und der hieß ausgerechnet Wernher Loderer. Anselm fragte sich noch heute, was seinen alten Widersacher hierzu bewogen haben könnte. Außer zu den Gottesdiensten oder zu irgendwelchen Festlichkeiten ließ sich Loderer nämlich nie in Liebfrauen oder auf der Baustelle blicken.

Der Schlettstadter hingegen war mit Leib und Seele dabei. Er wusste bald ebenso gut wie Meister Heinrich, wie weit der Bau gediehen war, so häufig ging er in der Kirchenfabrik aus und ein und versäumte dabei nie, den Baumeister oder den Parlier aufzusuchen. Jeden Samstag, so sah es die Satzung vor, betrat er nach Werksschluss das Schaffnerhaus, und Andres von Endingen musste in seiner Anwesenheit die Einnahmen und Ausgaben der Woche eintragen und abrechnen. Zweimal im Jahr dann, kurz vor Weihnachten und kurz vor den Ratswahlen Ende Juni, legte der Schaffner vor dem gesamten Rat und dem Bürgermeister Rechenschaft ab. Im Anschluss an die Mittwochssitzung heute Nachmittag war es wieder so weit, zugleich würde eine Rückschau gehalten werden über das Erreichte, und jedermann durfte Verbesserungswünsche vortragen.

Anselm war schon sehr gespannt. Soweit er wusste, verrichtete Andres von Endingen seine Geschäfte zufriedenstellend, zu beanstanden hatte es bislang nie etwas gegeben. Als Schaffner führte er nicht nur die Rechnungsbücher – auch Magd, Köchin, Fuhrleute und Kirchendiener standen auf seiner Lohnliste –, sondern er war auch verantwortlich für die Haushaltung von Fabrica und Bauhütte sowie deren ordnungsgemäßen Zustand, für die Bereitstellung der Werkzeuge und die Beschaffung des Baumaterials. Letzteres indessen sehr zum Missfallen des Werkmeisters. Er wolle sich doch nicht wegen jedem Kieselstein oder jeder Eisenklammer mit dem Schaffner absprechen müssen, hatte Meister Heinrich sich beklagt. Und heute würde es im Rat um genau dieses Thema gehen, denn das Verhältnis zwischen Heinrich und Andres von Endingen hatte eine Zuspitzung erfahren, die ernsthafte Konsequenzen nach sich ziehen könnte, die Anselm auf jeden Fall vermeiden wollte. Als der Schaffner in diesem Frühjahr nämlich damit begonnen hatte, die Werkleute bei ihrer Arbeit zu kontrollieren, war für beide der Bogen überspannt. Andres von Endingen sagte, er müsse schließlich wissen, ob die Tätigkeiten, die er wöchentlich entlohne, auch ausgeführt würden. Empört hatte Meister Heinrich daraufhin den Münsterpfleger aufgesucht: Als Baumeister sei das immer noch seine Sache, und wenn hierfür die Satzung nicht geändert würde, könne er in Freiburg nicht länger Werkmeister bleiben. Zumindest dieser Streitpunkt musste heute aus der Welt geschafft werden.

Die Sitzung war aber noch aus einem anderen Grund für Anselm wichtig: Auch er selbst wollte im Rat eine Änderung beantragen. Für den Rechenschaftsbericht des Schaffners pflegte man mit allen Beteiligten nach der Ratsversammlung in den Roten Bären umzuziehen, wo dann ein mehrgängiges Essen aufgetragen wurde. Eine einfache Mahlzeit gemeinsam mit dem Schaffner hätte in Anselms Augen vollauf genügt, zumal diese sogenannten «Rechnungsmahlzeiten» gegen Ende stets in ein regelrechtes Gelage ausarteten. Bezahlt wurde die Zeche aus dem Vermögen der Fabrica – eine Verschwendung sondergleichen. Den ganzen Wochenlohn sämtlicher Steinmetzgesellen könnte man hiervon begleichen, und die verdienten beileibe nicht schlecht. Zum Glück war er nicht der Einzige im Rat, dem das ein Dorn im Auge war.

Als wenn diese Punkte nicht schon schwerwiegend genug waren, gab es indessen etwas, was ihn seit einigen Tagen noch weitaus mehr beschäftigte: Wieder einmal hatten die Grafen eine Fehde angefacht, diesmal gegen die Herren von Staufen, nachdem die letzte gegen die Üsenberger gerade erst geschlichtet worden war. So hatte Graf Konrad vor einigen Wochen denn auch prompt verlautbaren lassen, er erwartete von seiner Stadt als Unterstützung die vorzeitige Abgabe des jährlichen Hofstättenszinses. Bis auf seine Getreuen unter den Alten Vierundzwanzigern hatten die Ratsherren seine Forderung natürlich einmütig zurückgewiesen, doch war jedem von ihnen bewusst, dass sich über ihrer Stadt womöglich wieder dunkle Wolken zusammenbrauten. Zum Glück sammelte sich derweil um den Ratsherrn und Ritter Gerhard von Bahlingen, der allein durch seinen Besitz mehrerer Badstuben der Stadt eng verbunden war, eine Gruppe Vornehmer und Ritterbürger, die die Treulosigkeit ihrer Standesgenossen nicht länger hinnehmen wollten. Wer Bürger der Stadt bleiben wollte, so waren ihre Worte, der dürfe den Grafen bei deren ebenso kostspieligen wie tolldreisten Fehden auch nicht mehr zur Seite stehen, und Anselm konnte dem nur zustimmen.

Sophie, seine Jüngste, schreckte ihn aus den Gedanken. Auf

ihren stämmigen kurzen Beinchen kam sie in die Stube gerannt und rief: «Der Burkhard hat was kaputt gemacht, und die Klara hat ihn gehauen.»

Unwillig stemmte Anselm sich aus dem Lehnstuhl hoch. Die Zeit der Mittagsruhe war vorbei.

«Und warum holst du nicht die Mutter?»

Die Kleine schmiegte sich an sein Bein. «Ist nicht da.»

Er nahm sie auf den Arm und marschierte hinüber in die Küche. Dort standen seine beiden Älteren und starrten zu Boden, wo ein kleiner Tontopf inmitten einer goldbraunen Masse in Scherben lag.

«Wer war das?», fragte er streng.

Niemand sagte etwas.

Mit einem Stirnrunzeln musterte er Sophie, die eben noch den großen Bruder verpetzt hatte. Jetzt indessen schüttelte sie den Kopf. «Weiß nicht.»

Er konnte sich gerade noch ein Grinsen verkneifen. «Dann hat wohl unser Hauskobold den Honigtopf vom Brett geworfen? Und gehst du wohl von den Scherben weg, Sophie?»

Da Verena ganz offensichtlich nicht zu Hause war, lag es an ihm, die Kinder zu strafen. Hierzu hatte er sich schon immer gänzlich ungeeignet gefühlt.

«Burkhard, ab mit dir in den Hof! Du hilfst dem Knecht beim Entladen des Fuhrwerks, das heute Mittag gekommen ist. Und danach kehrst du das Lager aus.» Er stutzte. «Warum bist du eigentlich nicht in der Lateinschule?»

«Magister Walther ist krank.»

«Gut, dann geh jetzt. Und streite nicht immer mit Klara herum.»

«Ja, Vater.»

Er sah dem schlaksigen Burschen nach, von dem Verena

immer behauptete, er gleiche Anselm in jenem Alter wie ein Ei dem anderen. Er und seine Schwester Klara waren derzeit wie Hund und Katze, aber bald würde Ruhe einkehren im Haus. Nächstes Frühjahr nämlich wollte er Burkhard für ein paar Jahre in die Lehre zu seinem Vetter Conrad Humpis schicken, einem Handelsmann in Ravensburg. Er vermisste ihn jetzt schon, wenn er nur daran dachte.

«Und du, Klara, versuchst von dem Honig zu retten, was zu retten ist. Danach schrubbst du den Dielenboden, verstanden?»

Sie nickte und nahm einen Becher und einen Löffel vom Tisch, um die klebrige Masse aus den Scherben aufzuklauben.

«Wo steckt eigentlich eure Mutter?», fragte er sie.

«Die ist beim Hannes Kirchbeck. Wegen der Thea.»

«Welcher Thea?»

«Na, die Tochter vom Kirchbeck. Die lernt doch bei Mutter Lesen und Schreiben, aber jetzt kommt sie nicht mehr.»

«Aha», erwiderte er nur. «Ich bin dann mal unten. Und dass das nachher alles wieder blitzblank ist, hörst du?»

Während er die Treppe in die Eingangshalle hinabstieg, dachte er, dass das Verena wieder einmal gleichsah. Mit ihren Schulmädchen war sie gluckenhafter als mit ihren eigenen Kindern. Kaum erschien eine von ihnen mal einige Tage nicht zum Unterricht, suchte sie deren Eltern auf. Dabei wäre ihre Mädchenschule zu Anfang fast verboten worden. Was war das damals für eine Aufregung gewesen im Rat: ganz ohne Gerechtsame eine Winkelschule zu eröffnen, noch dazu für Mädchen! Anselms Einwand, dass das Schulgeld freiwillig sei und ganz und gar der Kirchenfabrik gespendet wurde, hatte die Gemüter kaum beruhigt, wobei sich vor allem die Zunftmeister und Kaufleute als Gegner einer Mädchenschule zeigten. Zu Anselms großer Überraschung war der alte Lateinschulmeister Walther von Breisach für ihn in die Bresche gesprungen: Gerade in den Familien von hohem Adel sei es durchaus üblich, dass die Mädchen lesen und schreiben konnten, was man von den Mannsbildern unter den Rittern und Herrschern leider nicht behaupten könne. Was schade es also, wenn auch die Bürgerstöchter neben Sticken, Kochen und Flicken diese Kunst erlernen würden. Am Ende wurde die Schule mit einer knappen Mehrheit erlaubt, solange sie auf drei Stunden am Tag und sieben Schülerinnen beschränkt blieb. Inzwischen konnte sich Verena jedoch kaum retten vor Anmeldungen und musste deshalb eine Warteliste führen.

Unten stellte er sich an den ausladenden Tisch vor dem Fenster zur Gasse und schlug das Warenbuch auf, um die Eingänge einzutragen. Eine gute Stunde mochte es noch dauern, bis die Ratsglocke zur Sitzung rufen würde, bis dahin war das Fuhrwerk hoffentlich abgeladen. Sein Kaufmannsgehilfe war nämlich krank, wie so viele derzeit, die sich einen Sommerkatarrh eingefangen hatten.

Durch die offene Tür zum Hof hörte er seinen Knecht schnauzen: «Hör auf zu träumen, Junge, und pack mit an!» Anselm seufzte leise. Burkhardt war fürwahr ein Träumer und immer in Gedanken. Manchmal bezweifelte Anselm, ob aus ihm je ein erfolgreicher Handelsmann werden würde.

Die Haustür schwang auf, und Verena trat ein, mit geröteten Wangen, als sei sie gerannt. Oder als hätte sie sich aufgeregt.

«Ich wollte dich nicht stören in deiner Mittagsruhe», sagte sie. «Ich war nur kurz weg.»

«Ich weiß. Bei Hannes dem Kirchbeck. Was ist mit seiner Tochter? Ist sie auch krank?»

«Nein.» Sie schnaubte erbost. «Er hat's ihr verboten. Dabei waren die Schulstunden das Einzige, was das arme Mädchen seit dem plötzlichen Tod ihrer Mutter ein bisschen abgelenkt hat. Sie müsse jetzt die Geschwister hüten und den Haushalt führen, waren seine Worte, da sei keine Zeit für solch einen Firlefanz. Dabei ist Thea so ein aufgewecktes Mädchen, lernt alles viel schneller als die anderen. Dieser tumbe Klotz!»

Er lächelte. «Wie ich dich kenne, hast du dem Bäcker gründlich den Kopf gewaschen.»

«Im Gegenteil. Ich hab ihm ein wenig Honig ums Maul geschmiert und gesagt, wie stolz er doch auf seine Tochter sein könne. Und dass er nicht immer so streng mit ihr sein solle. Aber ich hatte den Eindruck, dass ihm das eher missfallen hat. Ein seltsamer Mensch, dieser Kirchbeck. So verbittert. Ich mache mir manchmal richtig Sorgen um Thea. Schon vor dem Tod ihrer Mutter hat sie oft so richtig unglücklich ausgesehen.»

Anselm erhob sich und gab ihr einen Kuss auf die Stirn. «Das arme Kind! Ich hoffe, du hast ihn umstimmen können, so, wie du es mit mir immer schaffst.» Er drückte sie kurz. «Ach ja, wo du gerade von Honig ums Maul schmieren gesprochen hast: Oben in der Küche ist aus ganz unerfindlichen Gründen der Honigtopf entzweigegangen. Vielleicht gehst du mal schauen.»

Mitten in ihre Ratssitzung platzte Konrad von Tusslingen herein, der seinen älteren Bruder Dietrich vor zwei Jahren als gräflicher Schultheiß beerbt hatte. Seitdem es das Amt des Bürgermeisters gab und dieser die Führung der städtischen Verwaltung und damit den Vorsitz im Rat innehatte, sah man die Schultheißen eher selten bei den gewöhnlichen Ratssitzungen, zumal wenn sie, wie die Tusslinger, zu den Vasallen der Grafen zählten. Er musste also ein wichtiges Anliegen haben. Anselm befürchtete sofort, dass sie die wichtigen Fragen zur Fabrica, die sie heute besprechen wollten, vertagen würden.

«Hier!» Der Schultheiß warf ein zusammengerolltes Schreiben mitten auf die langgestreckte Tafel. «Die Geduld von Graf Egino und seinem Sohn Konrad mit Euch hat ein Ende. Die zweitausend Mark Silber, die die Stadt den Grafen schuldet, sind binnen zwei Wochen dem Schatzmeister zu bringen, ansonsten wird die Stadt belagert.»

Ein lautes Raunen hob an, und Anselm stöhnte innerlich auf. Seine Ahnung hatte ihn also nicht getrogen. Die Ruhe, die seit jenem demütigenden Sühnebrief vor sechs Jahren zwischen der Stadt und den Grafen herrschte, war also ernsthaft bedroht. Dann beruhigte er sich sofort mit dem Gedanken, dass sie König Albrecht als Schlichter auf ihrer Seite hatten und mit den Markgrafen von Hachberg starke Verbündete. Nicht zuletzt hatte ihr früherer Bürgermeister Snewlin von Blumenberg sich erboten, seine Festung Landeck als Wehrburg in den Dienst der Stadt zu stellen und mit einer starken Kriegsmannschaft zu besetzen, sollte es neuerlich zu einer Belagerung Freiburgs kommen.

«Die sollen es nur wagen!», rief Ritter Gerhard von Bahlingen in seinem dröhnenden Bass. «Dass wir uns zu wehren wissen, sollten den Grafen noch gut in Erinnerung sein.»

Da erhob sich Heinrich von Munzingen, ihr derzeitiger Bürgermeister und ein besonnener Mann. «Was soll das, Schultheiß? Bei der Summe, von der du sprichst, handelt es sich um den jährlichen Hofstättenzins, wie wir alle wissen, und der wird nun mal erst zu Martini fällig.»

«Graf Konrad hatte das Silber aber bereits zu Pfingsten verlangt, wie dem Rat mehrfach beschieden wurde.»

«Und was wir mit Hinweis auf Martini mehrfach abgelehnt haben», erwiderte der Munzinger ruhig. Sein funkelnder Blick indessen verriet seine Verärgerung.

Der Schultheiß hob beschwichtigend die Arme. «Ihr wisst,

liebe Ratscollegen, dass ich nicht alles gutheiße, was auf der Burg entschieden wird, aber Graf Egino und sein Sohn Konrad sind noch immer eure Stadtherren, denen ihr Gehorsam schuldet.»

«Hört, hört!», hallte es höhnisch von allen Seiten.

«Dann richtet den Grafen aus», rief Gewürzhändler Konrad der Malterer dazwischen, «dass nicht nur wir dem Grafen etwas schulden, sondern dass ihre Vasallen unter den hiesigen Bürgern erst mal ihren Anteil an der Jahressteuer begleichen sollen, den sie der Stadt noch schuldig sind. Es geht nicht an, dass wir das Geld jedes Jahr aufs Neue vorstrecken, weil die Herren sich lieber neue Rösser und Rüstungen zulegen, als ihre Steuerschuld zu begleichen. Das gilt übrigens auch für Euren Bruder Dietrich.»

Buhrufe wurden laut.

«Wo steckt der übrigens?», fuhr der Malterer fort. «Übt er sich im Kampfspiel? Wir sollten ihn aus dem Rat ausschließen, wo er sowieso nie an den Sitzungen teilnimmt.»

«Besser noch seine Dörfer brandschatzen», rief jemand in das allgemeine Beifallklopfen hinein.

«Ruhe!», brüllte Heinrich von Munzingen und schlug auf den Tisch. Nachdem sich die Aufregung gelegt hatte, wandte er sich wieder dem Schultheißen zu.

«Willst du dich nicht erst einmal setzen, Konrad von Tusslingen? Ich habe hier nämlich einen höchst wichtigen Antrag, dem alle hier ihre volle Aufmerksamkeit widmen sollten und bei dem auch du als Altvierundzwanziger und Bürger der Stadt unbedingt deine Stimme abgeben solltest.»

«Wir schätzen ja deinen Gerechtigkeitssinn, Bürgermeister», warf Ritter Gerhard von Bahlingen ein, «aber warum sollte ein Kalb über seinen Metzger bestimmen?»

Aus seiner Ecke brandete schallendes Gelächter auf, und der Schultheiß erbleichte.

«Was soll das heißen?» Konrad von Tusslingen schaute ihn empört an.

«Wenn ihr euch bitte wieder beruhigen wollt? Nun», fuhr der Bürgermeister fort, «mir liegt der Antrag vor, dass diejenigen Bürger, die an gräflichen Fehden teilnehmen, denen wir nicht zugestimmt haben, umgehend nicht nur ihre Ratsfähigkeit, sondern auch das Bürgerrecht verlieren. Sofern es zu Angriffen gegen die Stadt oder einzelne Bürger oder unsere Verbündete im Umland kommt, hat das obendrein einen Stadtverweis auf zehn Jahre zur Folge.»

Man hätte eine Nadel fallen hören können, so still war es geworden. Auch Anselm war mehr als überrascht. Deshalb also hatte der Bahlinger Ritter vor der Sitzung so geheimnisvoll getan. War er, der die Treulosigkeit seiner Standesgenossen immer offen angeprangert hatte, der Urheber des Antrags? Schon einmal war es ja um Strafmaßnahmen gegen abtrünnige Bürger gegangen, damals indessen nur um den Ausschluss aus dem Rat. Der Entzug des Bürgerrechts war eine Kriegserklärung gegen die Gefolgsleute des Grafen. Und damit ein mehr als gewagtes Spiel.

«Das ist eine Niedertracht!» Die Gesichtsfarbe des Schultheißen wechselte zu Tiefrot. «Wer von euch Hundsföttern hat das beantragt?»

«Das tut hier nichts zur Sache. Du weißt genau wie ich, dass auch über namenlose Anträge abgestimmt werden muss. Alsdann …» Der Bürgermeister räusperte sich. «Zur Abstimmung, ob sie vom Bürgerrecht ausgeschlossen werden sollen, stehen die folgenden Freiburger Stadtbürger: Der heute abwesende Altschultheiß und Ratsherr Dietrich von Tusslingen, die bereits vor sechs Jahren aus dem Rat ausgeschlossenen Bürger Johannes von Keppenbach, Vater und Sohn Heinrich Morser, die Brüder Heinrich und Wilhelm Kolman von der Wilden Schneeburg, Egenolf Küchlin sowie der auf eigenen Wunsch aus dem Rat ausgeschiedene Rudolf von Waltershofen; des Weiteren die hier anwesenden Ratsherren der Altvierundzwanziger, die da sind: Trösche von Umkirch, Burckart Turner, Dietrich von Keppenbach, Hesse Münzmeister ...»

Der Rest ging in einem Aufruhr zu Anselms Rechten unter. Stühle polterten zur Seite, wüste Schmähworte hallten durch den Saal, wobei «Erzschelm» und «Hurenbalg» noch die mildesten waren, und schon gingen Hesse Münzmeister und Dietrich von Keppenbach mit geballten Fäusten auf den Bahlinger als vermutlichen Urheber der Verschwörung los, dem flugs seine Freunde zu Hilfe kamen. Eine Rauferei wie unter Gassenbuben brach aus, bis die beiden Ratsstubenwächter hereingestürmt kamen und dem ein Ende machten. Derweil war Anselm wie angewurzelt auf seinem Lehnstuhl sitzen geblieben, ebenso wie sein Nebensitzer Gottfried von Schlettstadt.

Wutschnaubend marschierten die vier namentlich Genannten zur Tür, wobei sich Hesse Münzmeister noch einmal umdrehte: «Das wird euch teuer zu stehen kommen. Ihr vergesst, wie viel Geld von uns, die ihr uns aus der Bürgerschaft ausschließt, jährlich in die Stadtkasse fließt. Damit werdet ihr eure neue Kirche mit dem schönen Turm erst am Sankt Nimmerleins-Tag einweihen können. Wenn es überhaupt so weit kommen wird.»

«Womit der Kerl nicht unrecht hat», flüsterte der Münsterpfleger Anselm zu. «Der Fabrica wird ein gehöriger Batzen an Einkünften fehlen.»

Da erhob sich Meigernis, der Ältere. «Ich nehme an, ich stehe auch auf dieser verfluchten Liste.»

Der Bürgermeister nickte. «Ganz recht. Du und der Henslin Bitterolf.»

«Dann will ich wenigsten *gegen* diesen saudummen Antrag stimmen. Und du tust das hoffentlich auch, Bitterolf.»

Über jeden der zwölf Ritter und Edelfreien wurde nun abgestimmt, und zu Anselms Verblüffung wurde ihnen allesamt, mit mal mehr, mal weniger Gegenstimmen, das Bürgerrecht entzogen. Die einstige Geschlossenheit des Alten Rats war zerbrochen.

Meigernis und Bitterolf verließen ohne ein weiteres Wort die Ratsstube, womit nun sechs Stühle der Altvierundzwanziger leer blieben.

Unter den übrigen Ratsherren herrschte alles andere als ein Triumphgefühl, eher schon betretenes Schweigen. Dass die Gesichter fahl wirkten, lag gewiss nicht nur an den Butzenscheiben aus grünlichem Waldglas, die sich über die gesamte Längsseite des Saals zogen. Man hatte wahrhaftig zum äußersten Mittel gegriffen, um die Kriegstreiber in ihren Reihen in die Schranken zu verweisen, und ob sich dies nicht eines Tages rächte, würde sich zeigen.

Ausgerechnet Wernher Loderer brach das Schweigen.

«Wir sollten die Worte von Hesse Münzmeister ernst nehmen.» Er machte eine bedeutungsvolle Pause. «So ist die Dimension des Turms zweifelhafter als je zuvor. Wenn er wie geplant fertiggestellt wird, mag er unsere Stadt weithin berühmt machen, aber er wird uns auch über Jahre eine Unmenge Geld kosten, Geld, das wir nun weniger zur Verfügung haben werden. Es ist zwar richtig und gut, dass wir die Bauherrschaft haben, aber dafür, und das verdrängen wir immer wieder allzu schnell, bleiben auch alle Kosten an uns hängen. Und die Grafen lachen sich ins Fäustchen. Loben den Kirchenbau in höchsten Tönen, geben aber keinen Pfennig mehr. Wollen wir das wirklich? Deshalb schlage ich Folgendes vor: Nach unserer Sitzung haben wir heute Gelegenheit, den Schaffner um seine Einschätzung zu bitten. Wer, wenn nicht Andres von Endingen, wüsste besser, was da auf uns zukommt. Noch hat Meister Heinrich nicht mit dem neuen Turm begonnen, noch ist Zeit innezuhalten.»

Vor allem aus der Ecke der Handwerkerzünfte drang zustimmendes Gemurmel.

«Recht habt Ihr, Kaufherr!», rief Schlossermeister Löchelin, und Anselm verdrehte unwillkürlich die Augen.

«Ich möchte daran erinnern», warf er ein, «dass der alte Graf Egino der Fabrica erst letzte Woche wieder eine großzügige Gabe hat zukommen lassen.»

Loderer verzog spöttisch seine schmalen Lippen. «Das tut er doch nur, weil er seinem Sohn eins auswischen will. Du weißt genau wie ich, lieber Anselm, dass die beiden sich längst nicht mehr grün sind. Konrad wartet doch nur auf die Gelegenheit, seinen Vater endlich zu entmachten. Aber zurück zu unserer Kirche: Es würde völlig ausreichen, wenn man jetzt im Obergaden noch schöne bunte Glasfenster einsetzt, die gerne auch mal von den reichen Zünften gestiftet werden dürfen.» Er zwinkerte der Partei der Handwerker auf höchst alberne Weise zu. «Zugleich den Glockenstuhl hochgemauert mit hübschen Maßwerkfenstern, dann ein Ziegeldach darüber, und fertig.»

«Genau!», ließ sich Bäckermeister Nussbaum vernehmen. «Einen einfachen Helm mit schönen, bunt glasierten Dachziegeln. Grad so wie der Grüne Turm in Ravensburg. Das sieht hübsch aus und kostet nicht die Welt. Immer *noch* größer und schöner soll unsere Pfarrkirche werden – ist das nicht geradezu hochfahrend?»

Wolleb schüttelte verwundert den Kopf. Da war man jahrelang Feuer und Flamme für den Riss des Erwin von Steinbach gewesen, und plötzlich begann man querzuschießen.

Neben ihm hatte sich Gottfried von Schlettstadt erhoben. Dem Münsterpfleger war sein Ärger anzusehen. «Merkt ihr etwa jetzt erst, dass man mit der Bauherrschaft auch tiefer in die Tasche greifen muss? Ich dachte immer, wir alle wollen diese Kirche bauen, weil es *unsere* Kirche ist! Ist es nicht auch ein Gottesdienst, dem Herrn ein schönes Haus zu bauen?»

«So sehe ich das auch.» Der Paradiesmüller stemmte seinen massigen Leib in die Höhe. «Was seid ihr Handwerksleute doch manchmal für Pfennigfuchser. Ich meine, von Euch Pfeffersäcken weiß man's ja», er grinste breit in Loderers Richtung und strich sich über seinen kahlen Schädel, «aber wir zünftigen Handwerker haben uns schließlich Gottesfurcht und christliches Handeln auf unsere Fahnen geschrieben. Wollen wir also tatsächlich dem Allmächtigen gegenüber knausern? Hierüber lässt sich natürlich ewig streiten, aber ich will euch was ganz anderes zu bedenken geben. Der Kirchenbau nährt etliche Familien hier, und zwar auf viele Jahre hinaus. Damit meine ich nicht nur die Zimmerer, Maurer und Dachdecker. Nein, auch die Glaser und Glasmaler, die Drechsler, Schmiede und Schlosser, die Seiler und Hanfbauern, die Tüncher und Pflasterer, nicht zu vergessen die Fuhrleute und all die Taglöhner, die sonst vielleicht auf Almosen angewiesen wären.»

Nun ertönte von anderer Seite starker Beifall, und auch Anselm klatschte in die Hände.

«Gut gesprochen, Jakob», rief er. «Da verzeih ich dir sogar deinen Nadelstich gegen uns Kaufleute.»

Heinrich von Munzingen läutete das Glöckchen, das er als Bürgermeister vor sich auf der Tischplatte stehen hatte.

«Die Zeit ist fortgeschritten, und so lasst uns die Frage um den neuen Turm vertagen auf das nächste Mal. Der Münsterschaffner wartet sicher schon im Roten Bären auf uns. Es steht natürlich jedem von euch frei, ihn um seine Einschätzung zu bitten.»

Unter lautem Stühlerücken wurde die Sitzung aufgehoben.

«Ich hoffe, du hast's mir nicht krummgenommen.» Der Paradiesmüller nahm Anselm zur Seite. «Aber dieser Loderer geht mir gehörig gegen den Strich, genau wie diese Geizhälse unter meinen Zunftbrüdern.»

Anselm lächelte. «Schon recht, mein Freund. Mit deinen Worten hast du den Nagel auf den Kopf getroffen. Hoffen wir, dass wir Ratsherren uns, was die Münsterfabrik betrifft, bald wieder ganz und gar einig sind und unser Turm wie vorgesehen gebaut wird.»

Kapitel 25

*Drei Jahre später,
im Sommer und Herbst 1309*

«Warum, Gevatterin, betet das Teufelchen dort oben?» Ganz verwundert sah das Mädchen Verena an. «Ein Teufel kann doch nicht beten?»

«Nein, Gretchen, ein Teufel kann auch nicht beten. Dieser hier ringt erbost die Hände, weil bei der Seelenwägung am Jüngsten Tag eine der Seelen der ewigen Verdammnis entkommt.»

«Und wie heißt der schöne Engel mit den goldenen Haaren, der die Seelenwaage festhält?»

«Das ist der Erzengel Michael, der Schutzengel gegen alles Böse. Ihm ist die Turmkapelle über uns geweiht.»

Sie standen in der Portalhalle, und wie immer konnten sich die Kinder an diesem bunten Bilderreigen aus biblischen Geschichten und Gestalten nicht sattsehen. Verena hatte es sich zur Gewohnheit gemacht, alle zwei, drei Wochen mit ihrer Mädchenschule herzukommen, und selbst diejenigen, die schon öfter hier waren, entdeckten immer wieder etwas Neues.

Heute war Verena nicht so recht bei der Sache. Ihr ging die Tochter des Kirchbecks durch den Kopf, die sie schon tagelang nicht mehr gesehen hatte. Drei Jahre lang war Thea bei ihr zur Schule gegangen, wenn auch mit Unterbrechungen, die ihrem launenhaften Vater geschuldet waren, und Verena hatte das sanfte, aber keineswegs schüchterne Mädchen in dieser Zeit sehr liebgewonnen. Im letzten Sommer nun hatte Thea endgültig mit der Schule aufgehört, aber Verena hätte ihr ohnehin nichts mehr beibringen können. Seither half sie vormittags in der Backstube, und nachmittags trug sie Brote aus. Das Schöne war: So oft es Thea möglich machen konnte, kam sie auf dem Rückweg bei Verena vorbei. Da sie nun aber die ganze Woche nicht erschienen war, fragte Verena sich, ob sie ernsthaft krank war. Ihr Gefühl sagte ihr indessen, dass da etwas anderes dahintersteckte. Ja, sie würde gleich nachher in der Bäckerei vorbeischauen, bis zum Mittagessen war noch genug Zeit. Zuvor aber wollte sie Sophie bei der Frau des Baumeisters vorbeibringen. Ihre Jüngste brauchte nicht dabei zu sein, falls es mit Hannes Kirchbeck zum Streit kommen sollte.

In diesem Augenblick zupfte Sophie an ihrem Rock. «Heb mich hoch. Will auch den Teufel angucken.»

Doch kaum war sie auf dem Arm, hatte schon etwas anderes ihre Neugier geweckt: der schlafende Jesse zu Füßen der Säulenmadonna.

«Warum schläft der alte Mann?», fragte sie, während ihre kleinen Finger über das Bildnis strichen. «Und warum sitzt er zwischen lauter Blättern?»

Noch bevor Verena antworten konnte, hörte sie hinter sich eine barsche Stimme: «Wie oft hab ich Euch gesagt, dass die Kinder nichts anfassen sollen! Wenn das jeder macht, ist die Farbe bald ab.»

Hinter ihr stand der Parlier und sah sie aus seinen hervorstehenden Augen missbilligend an. Jedem anderen hätte sie etwas Spitzzüngiges erwidert, doch dieser Wolfhart tat ihr einfach nur leid in seiner verdrießlichen Art. Er war im besten Mannesalter, hatte aber weder Familie in Straßburg noch ein Mädchen in der Stadt wie die anderen Steinmetzbrüder. Nach Feierabend hockte er entweder allein vor der Bauhütte oder bei Schlechtwetter in seiner Kammer im Schaffnerhaus, wie sie von Elisabeth wusste. Es hieß, er sei ein hervorragender Arbeiter, aber als Mensch schien er sich selbst im Wege zu stehen.

«Ist schon recht», murmelte sie und setzte Sophie wieder auf dem Boden ab. «Unsere Besuche hier haben ja eh demnächst ein Ende.»

Doch der Parlier war längst wieder nach draußen verschwunden.

«Dürfen wir deshalb nicht wiederkommen, weil wir die schönen Figuren manchmal anfassen?», schlussfolgerte Gertrud, ihre älteste Schülerin.

«Aber nein. Es ist nur so, dass bald am Turm weitergebaut wird, und dann ist hier alles mit Gerüsten versperrt. Dafür besichtigen wir dann die Bildwerke im großen Kirchenschiff. Ihr werdet staunen.»

Die Einwölbung des Hochschiffs ging nämlich ihrer Vollendung entgegen, und ganz Freiburg sah voller Vorfreude dem großen Fest entgegen, dass es geben würde, wenn das Kirchenschiff in seiner ganzen Größe fertig war und die hässliche Trennwand endlich abgerissen wurde. Schon jetzt waren an den Innenpfeilern des neuen Teils zwei beeindruckende, mehr als mannshohe Apostelfiguren aufgestellt, die restlichen würden nach und nach folgen.

Die Bauherrschaft der Bürger steht wieder unter einem guten Stern, dachte Verena, als sie mit ihren Mädchen nach draußen ins warme Sonnenlicht trat. Alles ging zwar langsam, aber stetig voran, und was die gräfliche Herrschaft betraf, herrschten derzeit ruhige Zeiten. Dass die Stadt vor drei Jahren ums Haar belagert worden war, hatte ihr Anselm erst Monate später ver-

440

raten, als Graf Egino bereits eingelenkt und auf die vorzeitige Zahlung des Hofstättenzinses verzichtet hatte. Und unter den Kaufleuten, Vornehmen und Zünften herrschte nach wie vor eine große Spendenbereitschaft.

Sie brachte ihre Schülerinnen noch bis zur Großen Gass, um sicherzugehen, dass keine von ihnen auf der Baustelle unter die Räder geriet, dann verabschiedete sie sich von ihnen. «Ab nach Hause mit euch! Trödelt nicht herum und gebt acht auf die Fuhrwerke!»

«Ich hab Hunger und Durst», quengelte Sophie, kaum dass sie allein waren. Das tat sie in letzter Zeit öfter, wahrscheinlich aus Trotz, weil sie noch immer nicht in der Mädchenschule aufgenommen war. Aber Verena hielt eisern daran fest, dass sowohl Mädchen wie Knaben erst mit sieben Jahren reif für die Schule waren, weil nämlich dann erst der Lebensabschnitt der Kindheit zu Ende ging. Somit war nun einmal für Sophie noch ein ganzes Jahr Zeit.

«Gib Ruhe», erwiderte sie streng, «und warte, bis wir bei der Gevatterin Elisabeth sind. Dort kriegst du sicherlich ein Stück Brot.»

Sofort leuchtete ihr pausbäckiges Gesicht auf. «Wir gehen zu Gritli? Au ja!»

Folgsam tippelte sie nun neben ihr her, während sie zum Kirchplatz zurückkehrten, wo die Familie des Baumeisters noch immer im Schaffnerhaus lebte.

Sophie und die fünfjährige Gritli hatten seit einiger Zeit einen wahren Narren aneinander gefressen, und so traf man sich als Mütter nun öfter. Von Anfang an hatte sich Verena ein wenig um Elisabeth gekümmert, wenn auch mehr auf Anselms Wunsch hin. Obwohl sie sich inzwischen seit acht Jahren kannten, wurde Verena mit der Frau des Baumeisters nie so vertraut wie damals mit ihrer mütterlichen Freundin Odilia. Elisabeth wirkte in ihrer Art stets ein wenig oberflächlich und einfältig. Zwar umsorgte sie liebevoll ihre Kinder – fast schon zu gluckenhaft, wie Verena fand –, ansonsten aber beschäftigte sie sich den lieben langen Tag mit hübschen Stickereien oder der Pflege ihres Äußeren. Ihr hellrotes Haar glänzte immer frisch gekämmt, ihre makellose weiße Haut duftete nach Rosenöl, und nie hätte man an ihren Fingernägeln dunkle Ränder entdeckt. Aber was gab es für sie als Weib des Baumeisters auch schon groß zu tun? Hatte Odilia noch für die Fabrica gearbeitet, so hatte man nun eine Magd vor Ort, die allein den Bauhüttenleuten diente, sowie eine Köchin aus der Stadt, die die Mittagsmahlzeiten kochte und selbstredend auch für die Familie des Baumeisters. Da Elisabeth als jüngste Tochter eines reichen Straßburger Goldschmieds wohl recht verwöhnt aufgewachsen war, hatte sie den Müßiggang nicht nur schon früh kennengelernt, sie schien ihn auch zu genießen.

Andererseits hatte sie ein durch und durch freundliches Wesen. Sie lachte viel und brachte damit selbst ausgewiesene Griesgrame zum Schmunzeln. Nach ihrem zweiten Kind war sie sichtlich rundlicher geworden, mit breiten Hüften und einem großen Busen, was ihr aber gut stand. Jetzt erst recht starrten ihr die Mannsbilder nach, was der Baumeister, so war zumindest Verenas Eindruck, mit bewundernswertem Gleichmut hinnahm.

Vor dem Schaffnerhaus kam ihnen Andres von Endingen entgegen. Mit einem halblauten Gruß duckte er sich an Verena vorbei, ohne sie anzublicken. Wie so manche Geistliche und Mönche hielt er nicht viel von Frauen, das wusste sie inzwischen, und daran hatte sich in den letzten Jahren auch nichts geändert. Das weibliche Geschlecht war für ihn ein notwendiges Übel zur Vermehrung der Menschheit. Nun ja, zum Glück hatte sie mit diesem Mann nichts zu schaffen.

Sie schob das Tor zum Hinterhof auf. Vor der Außentreppe, die hinauf zur Baumeisterwohnung führte, hackte Elisabeths Ältester gerade Brennholz. Als Henni sie erblickte, richtete er sich auf und grinste breit.

«Gott zum Gruße, Gevatterin Verena.»

Sein braungebrannter nackter Oberkörper glänzte vor Schweiß und war mit Muskeln bepackt wie bei einem Achtzehnjährigen. Dagegen war ihr Burkhard fast ein Bohnenstecken. Ein kleiner Stich fuhr ihr ins Herz, als sie daran dachte, dass ihr Ältester nun schon seit über zwei Jahren im fernen Ravensburg als Kaufmannsgehilfe lernte. Im Gegensatz zu Anselm, der seinen entfernten Vetter Humpis einmal im Jahr zum Handel aufsuchte, hatte sie Burkhard seither nicht mehr gesehen und vermisste ihn schmerzlich.

«Sei gegrüßt, Henni», gab sie dem Jungen freundlich zurück. «Fleißig, fleißig.»

Wie um ihre Worte zu bestätigen, schwang er wieder die Axt in die Luft und ließ sie in das Holzscheit krachen. Dunkel und stark wie sein Vater war er, zugleich hatte er die hübschen Gesichtszüge der Mutter. Verena fand ihn ein wenig zu selbstgewiss und altklug für sein Alter, erklärte es sich aber damit, dass er als Kleinkind ein schlimmes Fieber überstanden hatte und seither von Elisabeth übermäßig behütet worden war. Obendrein piesackte er gern seine beiden jüngeren Schwestern, aber das würde wohl ein Ende haben, wenn er demnächst bei seinem Vater in die Lehre ging. Kräftig genug für das Handwerk des Steinmetzes war er, ob er indessen auch für die Arbeit Hand in Hand mit anderen taugte, bezweifelte Verena eher.

Sophie machte sich von ihrer Hand los und stürmte zur Treppe. «Gritli, Gritli! Bist du da?»

Oben klappte die Tür, doch statt Gritli kam zu Verenas Verblüffung Loderer die Stufen heruntergestapft. Er war feist geworden in den letzten Jahren und sein halblanges, welliges Haar schütter.

«Sieh da, meine liebe Freundin Verena», sagte er, als er hörbar schnaufend am unteren Treppenabsatz angelangt war. «Wie schön, dich wiederzusehen. Die Einladungen zum Abendessen in meinem Hause nimmst du ja leider nie an.»

«Ich bin nicht deine liebe Freundin», gab sie kühl zurück, «und das weißt du auch.»

Als sie sich an ihm vorbeidrücken wollte, hielt er sie am Arm fest.

«Sei bloß nicht immer so hochnäsig!»

«Lass mich los», rief sie so laut, dass Henni aufschaute, und sofort ließ er die Hand sinken.

«Wir sehen uns wieder», raunte er.

Oben in der Tür erschien Elisabeth mit ihren Mädchen.

«Das freut mich, dass ihr vorbeischaut», rief sie, aber ihr Lächeln wirkte erzwungen.

Verena eilte die Treppe hinauf und umarmte sie zur Begrüßung.

«Ist Heinrich etwa zu Hause?»

«Warum?»

«Wegen Loderer.»

«Ähm … nein.»

Täuschte sie sich oder errötete Elisabeth? «Was wollte der dann bei *dir*?»

«Ach, das ist nur wegen unserer Haussuche. Aber komm doch erst mal herein und trink einen Becher Most mit mir.»

«Später gerne. Ich muss noch etwas erledigen und wollte dich fragen, ob du kurz auf Sophie achtgeben könntest. Es dauert nicht lange.»

«Aber ja, geh nur.» Elisabeth wirkte merkwürdig befangen, aber Verena hatte andere Dinge zu tun, als sich darüber zu wundern.

Theas Elternhaus lag nicht weit vom Kirchplatz in der Vorderen Wolfshöhle. Da der Laden zur Straße hin bereits bis auf einen Lichtspalt geschlossen war, betrat sie kurzerhand ohne anzuklopfen das Haus. Aus der Backstube vor ihr drang eine schier unerträgliche Hitze. Wie hielten das die Bäckersleute im Sommer nur aus?

Durch die offene Tür zum Verkaufsraum entdeckte sie Thea, die zusammen mit ihrem jüngeren Bruder Brotlaibe in die Regale räumte. Das Mädchen – oder sollte sie inzwischen besser sagen: die junge Frau? – wirkte kerngesund.

Sie trat ein.

«Wie schön, dich zu sehen! Ich dachte schon, du wärst krank.»

Thea fuhr herum. Ihre kastanienbraune Lockenpracht hatte sie mit einem weißen Leintuch gebändigt, das schmale Gesicht war blass, und so stach der bläuliche Bluterguss auf ihrer linken Stirnseite umso mehr ins Auge. Verlegen blickte sie zu Boden.

«Was ... was ist denn mit dir geschehen?», fragte Verena entgeistert. «Bist du gestürzt?»

«So ähnlich, Gevatterin. Bin vor ein paar Tagen über den Besen gestolpert und dabei mit dem Kopf gegen das Regal hier gestoßen. Nicht wahr, Clewi?»

Der Knabe grinste schief. «Weiber halt.»

Schwer legte sich eine Hand auf Verenas Schulter.

«Was wollt Ihr hier, Kaufherrin?» Der Hausherr musterte

sie mit zusammengekniffenen Augen. Genau wie Henni trug auch er lediglich eine Art Lendenschurz, nur war seine Haut bleich wie ein Mehlwurm.

«Brot kaufen. Was tut man sonst in einer Bäckerei?»

«Ihr wisst genau, dass unser Laden nur bis zur zehnten Morgenstunde geöffnet hat. Schließlich kauft Ihr lange genug unser Brot.» Er nahm seine Hand von ihrer Schulter. «Aber sei's drum. Was braucht Ihr?»

«Ein Vierpfünder Herrenbrot, bitte.»

Er ließ sich von Clewi ein Brot reichen und gab es ihr. Es war noch warm. Dann führte er sie höflich, aber bestimmt zur Tür hinaus auf die Gasse.

«Und dann hätte ich gern noch eine Auskunft», sagte Verena mit gedämpfter Stimme. «Warum habe ich Thea seit einer Woche nicht mehr gesehen? Krank ist sie ja offensichtlich nicht.»

«Das geht Euch nichts an.»

«Ein wenig schon. Thea ist mir in all den Jahren ans Herz gewachsen, und sie selbst kommt auch sehr gerne zu uns. Ihr könnt sie nicht einfach einsperren wie einen Hund. Und obendrein ist Euch ganz offensichtlich auch die Hand ausgerutscht.»

«Als ihr Vater kann ich das alles sehr wohl. Sie bleibt auch die nächste Woche zu Hause.»

«Dann frage ich Euch frank und frei, was sie angestellt hat. Dass Thea ungehorsam gegen Euch war, kann ich mir kaum vorstellen.»

«Angestellt? Das will ich Euch sagen.» Er zog sie ein paar Schritte vom Hauseingang weg. «Sie hat dem Nachbarsburschen schöne Augen gemacht. Mehr als einmal hab ich sie dabei erwischt.»

«Thea ist vierzehn, da wird sie sich doch mal mit einem Jungen necken dürfen.»

«Necken?», stieß er hervor, und die Adern an seinem Hals schwollen an. «Wenn die so weitermacht, dann … dann macht sie sich noch zur Hure!»

Mühsam unterdrückte Verena ihren Zorn. «Ihr seid doch nicht ganz bei Trost, so etwas von Eurer eigenen Tochter zu sagen! Morgen soll Thea mich wieder besuchen kommen. Ihr vergesst nämlich, lieber Meister Hannes, dass Ihr auch deshalb Bäcker der Fabrica geworden seid, weil mein Mann sich so sehr für Euch eingesetzt hat.»

Kopfschüttelnd machte sie sich auf den Rückweg ins Schaffnerhaus. Was für ein unerquicklicher Tag. Erst die so aufdringliche wie merkwürdige Begegnung mit Loderer und jetzt dieser hartherzige Vater.

Als sie erneut den Hinterhof der Baumeisterfamilie betrat, war Henni verschwunden. Dafür hockten Sophie und Gritli auf einem Sandhaufen im Schatten und spielten einträchtig mit ihren Stoffpüppchen.

Bei einem Becher Most in der Küche fragte Verena ohne Umschweife noch einmal nach Wernher Loderer. Was der Baumeisterfrau sichtlich unangenehm war, denn sie wich Verenas Blicken aus.

«Heinrich sucht doch nach einem Haus, wo es mit den drei Kindern und dem Parlier hier so eng geworden ist. Henni zieht zwar bald zu den anderen Werkleuten in die Bauhütte, aber trotzdem. Ich hab ja ein wenig geerbt, sodass wir uns ein eigenes Haus durchaus leisten können. Nun ja, und Loderer hat ihm angeboten, bei der Suche zu helfen. Er kennt schließlich Gott und die Welt.»

«Hört sich nicht schon Anselm für euch um?»

Fahrig schob Elisabeth ihren Becher von einer Hand in die andere.

«Das ist auch lieb von ihm. Aber vier Ohren hören mehr als zwei, sagt Heinrich.»

Verena nickte. «Das ist richtig. Nur sollte er vielleicht nicht gerade zu dir kommen, wenn du allein bist.»

«Ach, weißt du, ich mache mir nichts aus dem Geschwätz der Leute. Außerdem warst du ja auch letzten Sonntag allein bei Heinrich, als ich mit meiner Kathrin beim Bader war wegen ihrem aufgeplatzten Knie. Da würde ich mir nie was bei denken, obwohl ihr beiden euch wunderbar versteht.»

Wider Willen musste Verena lachen. «Da bräuchtest du dir auch niemals Sorgen machen, ich weiß schließlich, wo ich hingehöre. Zudem hatte ich ja nicht ahnen können, dass du weg warst. Loderer hingegen weiß ganz genau, wann Heinrich auf der Baustelle ist und wann nicht. Elisabeth, mir geht es gar nicht um den Klatsch und Tratsch, sondern um Loderer. Dem Mann ist nicht zu trauen.»

Elisabeths Augen füllten sich plötzlich mit Tränen, und Verena griff nach ihrer Hand.

«Was ist mit dir?»

«Er ist ein Ekel, dieser Loderer», brach es aus ihr heraus. «Vorhin, in der Küche, da hat er mich festgehalten und zu küssen versucht. Ich weiß nicht, was geschehen wäre, wenn nicht Kathrin und Gritli hereingekommen wären.»

Verena holte tief Luft.

«Dachte ich's mir doch», murmelte sie. Laut sagte sie: «Er darf nicht mehr herkommen. Und du musst es Heinrich erzählen.»

Erschrocken sah Elisabeth sie aus ihren großen Augen an. «Das kann ich nicht. Heinrich wird mir nicht glauben. Er wird denken, ich hätte das herausgefordert, und Loderer, dieser Erzschelm, würde genau das behaupten. Der hat doch schon seit Jahren ein Auge auf mich geworfen, seit unserer Ankunft damals, und ich gehe ihm, wo es mir nur möglich ist, aus dem Weg.» Sie stockte. «Glaubst *du* mir wenigstens?»

«Ja.»

Ein Ave Maria lang saßen sie schweigend am Küchentisch. Dann gab Verena sich einen Ruck und nahm all ihren Mut zusammen. «Einmal, vor langer Zeit, noch bevor unser Burkhard auf der Welt war, da hatte mir Loderer an einem dunklen Herbstabend aufgelauert. Ich war auf dem Heimweg von der Heilerin Agnes, weil ich doch anfangs nicht schwanger wurde. Er muss mir in die Vorstadt gefolgt sein, denn kaum hatte ich Agnes' Häuschen verlassen, hatte ich Schritte hinter mir gehört.»

Sie hielt inne und spürte, wie sich in ihr etwas schmerzhaft zusammenzog. Noch nie hatte sie jemandem davon erzählt. Vergessen würde sie es indessen nie.

«Und dann?», flüsterte Elisabeth.

«Zu jener Zeit gab es um die Paradiesmühle noch viel mehr Brachen und alte Scheunen als heute. Er hat mich in einen Schuppen gezerrt, ich hab mich gewehrt wie eine Wildkatze. Da hat der Herrgott mir gerade noch rechtzeitig einen Nachtwächter in die Gasse geschickt, der lauthals die Stunde ausrief, und Loderer hat von mir abgelassen und ist auf und davon.»

«Das ... das ist ja schrecklich!»

«Nun ja, es ist ewig her, und gottlob war's nicht zum Schlimmsten gekommen. Bald darauf hatte ich gemerkt, dass ich guter Hoffnung war, und damit waren Anselm und ich die glücklichsten Menschen der Welt. Was scherte mich da noch Wernher Loderer? Seitdem ich drei Kinder habe und inzwischen die ersten grauen Haare, beachtet er mich ohnehin nicht mehr.» Sie versuchte sich an einem Lächeln. «Das Alter hat also auch sein Gutes.»

«Hast *du* es denn Anselm gesagt?»

Verena schüttelte den Kopf.

«Er und Loderer sind sich seit Kindertagen spinnefeind. Außerdem gibt Anselm dem alten Loderer die Schuld am Tod seines Vaters.» Erneut schüttelte sie den Kopf. «Wenn ich Anselm davon erzählt hätte – ich glaube, dann hätte er Wernher Loderer totgeschlagen.»

«Seht ihr denn nicht, ihr einfältigen Seelen, dass ihr euch ins Unglück stürzt?» Der Wanderprediger in der abgewetzten braunen Kutte eines Bettelmönchs reckte sein Kruzifix in alle Richtungen, als wolle er den Satan selbst abwehren. «Seht ihr denn nicht, dass ihr mit diesem Turmbau den Allmächtigen lästert wie einst die Turmbauer von Babel? Den schönsten und höchsten Turm auf Erden wollt ihr euch erbauen, doch was werdet ihr ernten?» Seine Stimme wurde schriller. «Den Zorn Gottes werdet ihr ernten, Blitz und Donner, Hagelschlag und Blutregen werden auf eure Stadt niedergehen, ja auf dieses ganze schöne Land!»

Verena, die soeben ihren Einkauf auf dem Markt beendet hatte, traute ihren Augen und Ohren nicht. Schon vor ein paar Tagen hatte dieser fremde Lotterpfaffe hier auf den Stufen des Heiliggeistspitals gepredigt, zum Ende der Marktzeit hin, und heute blieben, trotz des nasskalten Herbstwetters, weitaus mehr Menschen stehen als beim letzten Mal.

«Haltet ein, ihr anmaßenden Menschenkinder – haltet ein!», fuhr er lauthals fort und presste das Kruzifix scheinbar verzweifelt gegen die Brust. «Versündigt euch nicht, denn eine Sünde ist es, diesen Turm zu erbauen. Die Todsünde des Hochmuts, der Superbia. Kennt ihr denn nicht die Geschichte von Alexanders Greifenfahrt?» Noch mehr Neugierige blieben stehen, denn Geschichten hörte jedermann gerne. «Diesem mächtigen König aus alten Zeiten war es nicht genug, etliche Reiche auf Erden zu erobern, nein, er wollte auch noch gen Himmel fahren. Sein Himmelsschiff ließ er von Greifen ziehen, denen er auf Spießen Hasenfleisch vor die Schnäbel hielt. Immer höher zogen ihn die beiden Löwenvögel, doch als den König die Fahrt ängstigte, überließ er den Greifen die Hasen zum Fraß, und sie zerrissen die Seile und Alexander stürzte hinab in die Wüste. In eurer Kirche habe ich den Unseligen auf einem Stein gefunden. Geht ihn euch nur anschauen, euch allen zur Warnung. Denn ich, Bruder Paulus aus Kolmar, sage euch: Hochmut kommt vor dem Fall!»

Verena hatte genug. Sie stellte sich neben den hageren Mönch auf die Freitreppe und rief so laut, dass es alle hören konnten: «Das ist *unsere* Kirche, und wir erbauen sie nicht aus Hochmut, sondern der heiligen Jungfrau Maria und Gott zur Ehre. Und Ihr seid ein Fremder, den niemand gebeten hat, hier zu predigen. Verschwindet also aus unserer Stadt!»

Einige klatschten zögerlich Beifall, während der Kuttenmensch sie von oben herab ansah.

«Sei vorsichtig mit deinen Worten, Weib. Der Herrgott selbst hat mich in eure Stadt berufen. Und hier», er zog ein zusammengerolltes Schriftstück aus dem Gürtel seiner Kutte, «hier habe ich das Privileg Graf Konrads, eures Stadtherrn, dass ich in seiner Stadt predigen darf.»

Ein Raunen ging durch die Menge, die nun schon auf drei oder vier Dutzend Zuhörer angewachsen war, und auch Verena wunderte sich, dass ein hergelaufener Wandermönch sich eigens eine gräfliche Erlaubnis eingeholt hatte.

«So lasst ihn doch reden, Kaufherrin», rief jemand, und ein anderer: «Wir wollen hören, was er uns zu sagen hat.»

Enttäuscht stieg sie die Treppe wieder hinunter. Da entdeckte sie neben der Gewandlaube der Tucher Wernher Loderer, der ihr auch noch selbstgefällig lächelnd zuwinkte. Sofort brandete der Zorn in ihr auf. Dieser Lump hatte doch vor einigen Tagen tatsächlich wieder die Dreistigkeit gehabt, bei Elisabeth anzuklopfen. Zwar hatte sie noch rechtzeitig die Tür verriegeln können und ihn mit lauter Stimme fortgeschickt, doch ihrem Heinrich davon zu berichten, hatte sie noch immer nicht gewagt. Ganz aufgelöst war sie noch am selben Tag bei Verena erschienen und hatte ihr anvertraut, dass sie es allmählich mit der Angst zu tun bekäme. Jetzt, wo sie beide ein Geheimnis miteinander teilten, waren sie nun doch zu Freundinnen geworden.

Na warte, Loderer, dachte sie, während sie festen Schrittes auf ihn zuging. Deine Frechheiten haben hiermit ein Ende.

Ohne ein Wort des Grußes zog sie ihn hinter die Laube, wo sich zwischen Rückwand und Häuserfront allerlei Kisten stapelten.

«Du hast wohl keinen Erfolg mehr bei deinem Weib, dass du bei unbescholtenen Ehefrauen zudringlich werden musst?»

«Warum so erbost, Verena?» Er trat dicht an sie heran, und sie konnte seinen sauren Atem riechen. «Die Weiber mögen es, wenn man sie forsch angeht. Du doch auch, nicht wahr?»

Seine Hände fuhren unter ihren offenen Umhang und umfassten ihre Brüste.

Da holte sie aus und schlug ihm mitten ins Gesicht. Er erstarrte.

«Wenn du Elisabeth nicht ab sofort in Ruhe lässt, erzähle ich es Heinrich und Anselm. Und zwar alles! Und mich fasst du nie wieder an mit deinen Drecksfingern!»

Sie machte kehrt und eilte auf die Gasse zurück. Das Gefühl der Wut wich dem des Triumphes, während sie nach Hause zurückkehrte. Loderers fassungsloses Gesicht nach ihrer Maulschelle würde sie nie vergessen. Sie war sich sicher, dass es mit seinen Aufdringlichkeiten nun vorbei war.

Daheim half sie der Magd noch, das Mittagessen zu richten, dann rief sie Anselm und die Mädchen in die Küche. Ihr Hochgefühl hielt immer noch an.

«Heute war schon wieder dieser Hetzprediger am Markt, der die Leute gegen den neuen Turm aufwiegelt», sagte sie zu Anselm, während sie die knusprig gebratenen Hühnerkeulen verteilte. «Ihr habt doch heute wieder eure Ratssitzung. Da musst du unbedingt durchsetzen, dass der Kerl zum Stadttor hinausgejagt wird.»

«Ja, ich hab davon gehört.» Anselm biss in seinen Schlegel. «Es gab deshalb schon die ersten Beschwerden beim Bürgermeister. Angeblich hat er ja ein Privileg vom Grafensohn. Dem kommt es mit Sicherheit gelegen, wenn Unfriede in der Stadt gestiftet wird.»

Verena schnaubte. «Privileg hin oder her – Graf Konrad hat schon gar nicht zu bestimmen, wer in unserer Stadt predigen darf. Soll der Kerl doch oben auf der Burg seinen Unsinn loswerden.»

«Du hast schon recht, Verena. Ich werde die Sache auf jeden Fall im Rat vorbringen. Es kann übrigens später werden heute, und ich komme nicht zum Abendessen. Wir vom Rat haben Meister Heinrich mit seiner Frau und dem Parlier sowie den Schaffner zu einem kleinen Festessen eingeladen. Zwar wird das Kirchengewölbe wohl doch nicht bis zum Winter fertig, trotzdem wird es morgen eine feierliche Messe geben, weil es dann losgeht mit dem Turmbau. Heinrich will mit seiner halben Mannschaft schon einmal mit der Sterngalerie beginnen.»

«Sterngalerie?»

«Richtig. Am Fuße des jetzigen Glockenstuhls soll ein stern-
förmiger Umlauf entstehen, mit zwölf Ecken, aus dem dann
das Achteck des oberen Turms erwächst. Heinrich will uns das
heute Abend an einem Grundriss ganz genau erklären. – Weißt
du was? Komm doch einfach mit. Deine Freundin Elisabeth ist
schließlich auch eingeladen, und Klara soll unsere Kleine ins
Bett bringen.»

Das war zwar gut gemeint, aber Sophie hustete seit gestern
stark, auch jetzt wieder beim Essen, und sie wollte ihre Jüngste
nicht allein lassen. Außerdem bezweifelte sie, dass Elisabeth
der Einladung Folge leisten würde, saß doch Loderer ebenfalls
im Rat.

«Ich bleibe lieber bei Sophie. Und hinterher erklärst du mir
alles.»

Es war schon nächtlich still im Haus, und Verena wollte eben
zu Bett gehen, als es unten in der Diele polterte. Sie griff nach
der Handlampe und ging zur Treppe.

«Anselm, bist du das?», rief sie im Flüsterton.

«Wer sonst?», kam es brummig zurück.

Sie tappte nach unten und erkannte sofort, dass er zu viel
getrunken hatte. Im Gegensatz zu den meisten anderen Ratsherren trank Anselm bei ihren Zusammenkünften immer nur
mäßig, und war es doch einmal ein Becher zu viel, wurde er
fröhlich oder albern. Jetzt indessen schaute er ziemlich griesgrämig drein.

«Hattet ihr Ärger?», fragte sie.

«Nein, wieso.» Umständlich schälte er sich aus dem regennassen Umhang und stieß dabei gegen den Türpfosten.
«Im Gegenteil: Morgen wird der Kuttenbrunzer aus der Stadt
gejagt.»

Er ließ den Mantel auf dem Boden liegen, schlüpfte aus den Schuhen und drängte sich stumm an ihr vorbei zur Treppe.

«Was ist, Anselm?» Sie hängte den Umhang an den Haken und schob die Schuhe zur Seite. «Willst du nicht ein bisschen mehr berichten?»

«Ich bin müde.»

Sie ging ihm nach. Vor der Küche hielt sie ihn am Arm fest.

«Was bist du denn so missmutig?»

Fast grob machte er sich los. «Herr im Himmel, so lass mich doch einfach schlafen gehen.»

Auch am nächsten Morgen war er alles andere als gesprächig, sondern löffelte stumm und mit gesenktem Kopf seinen Getreidebrei in sich hinein, bevor er nach unten ins Warenlager verschwand. Besorgt fragte sich Verena, was mit ihm los war. In der Nacht zuvor hatte er sich ständig hin und her gewälzt, und als sie ihn beruhigend streicheln wollte, hatte er ihr die Hand im Schlaf weggeschlagen.

Zu Mittag kippte er den Rotwein hinunter, als wäre es Wasser.

«Warst du heute Vormittag wieder bei der Baumeisterfrau zu Besuch?», fragte er sie unvermittelt, ohne sie dabei anzublicken.

«Wieso?»

«Weil du in den letzten Wochen auffallend oft im Schaffnerhaus bist.»

Da wurde es ihr zu bunt. Sie wartete noch, bis er fertig gegessen hatte, dann sagte sie mit einem warnenden Blick auf die Kinder:

«Kommst du auf einen Augenblick mit mir in die Stube?»

Unwillig erhob er sich und trottete ihr nach. Sie schloss die Tür hinter sich und musterte ihn scharf.

«Jetzt sag mir endlich, was für eine Laus dir über die Leber gelaufen ist. Gestern bist du betrunken nach Hause gekommen, heute becherst du schon am helllichten Tag, und mit mir redest du kein Wort zu viel. Du benimmst dich reichlich seltsam.»

Sein Mund wurde schmal wie ein Strich, die dunklen Augen blitzten auf.

«Seltsam? *Ich* benehme mich seltsam? Dann kannst du mir vielleicht verraten, warum du dich ständig auf der Bauhütte herumtreibst? Nein? Das musst du auch nicht, weil ich es nämlich weiß. Loderer hat es mir gestern zugesteckt!»

Verena brauchte einen Augenblick, bis sie begriff.

«Du glaubst doch nicht etwa, dass … dass Werkmeister Heinrich und ich …»

Er schnaubte verächtlich. «Ich hätte es mir längst denken sollen. Als ob du früher sonderlich eng mit Elisabeth gewesen wärst. Aber nein, ich Tölpel bin davon ausgegangen, dass mein Weib mir treu ist. Trefft ihr euch dann auch manchmal hier, wenn ich auf dem Handel unterwegs bin? Vielleicht zum Stelldichein im Warenlager, wenn der Knecht frei hat? Burkhard ist ja zum Glück weit weg.»

«Hör auf!», schrie sie ihn an. «Loderer ist ein Hundsfott, ein elender Lügner! Er hätte dir besser erzählen sollen, dass er Elisabeth nachstellt und sie schon Angst vor ihm hat. Und dass er erst gestern Vormittag auch mich bedrängt hat und dafür eine saftige Maulschelle geerntet hat.»

Anselm blieb der Mund offen stehen. «Das … das sagst du jetzt nur so», stotterte er schließlich.

Da konnte Verena nicht anders, als auch noch die restliche Geschichte preiszugeben. In knappen Worten und vor Wut und Aufregung zitternd berichtete sie, wie Loderer ihr einst im Dunkeln aufgelauert und sie ums Haar mit Gewalt genommen hätte.

«Jetzt will er sich rächen», schloss sie, «indem er mich verleumdet. Und falls du dich entscheidest, *ihm* statt *mir* zu glauben, hat er sein Ziel erreicht, dann hat er gewonnen.»

Sie wusste, dass Anselm tagsüber keinen Wein vertrug, doch was nun geschah, hätte sie nicht erwartet. Wie besessen stürmte er aus der Stube, die Treppe hinunter und zum Haus hinaus, nur im Rock und ohne Mantel. Sie gab noch eben ihrer älteren Tochter Bescheid, sie solle auf Sophie aufpassen – so erschrocken, wie die beiden dreinblickten, hatten sie den Streit wohl mit angehört –, packte ihren Umhang und folgte ihm.

Der Regen der Nacht hatte sich in feinen Sprühregen verwandelt. Im Laufen streifte sie sich Umhang und Kapuze über – für Gebende oder Kopftuch war keine Zeit mehr gewesen, ebenso wenig wie für das Unterschnallen der Trippen. Der herbstliche Matsch auf der Gasse drang durch ihre Schuhe, ihre Strümpfe waren bald nass wie Wischlumpen. Von Anselm war nichts mehr zu sehen, aber sie wusste, wohin er unterwegs war.

Die Loderers hatten ihr Waren- und Wohnhaus am nördlichen Kirchplatz, und schon als Verena aus der Großen Gass dorthin abbog, hörte sie den Lärm. Mitten im Hinterhof, unter den Augen der Mägde und Knechte, lieferten sich Anselm und Werner einen erbitterten Zweikampf, wälzten sich auf dem nassen Boden, prügelten wütend wie Gassenbuben aufeinander ein.

«Aufhören! Aufhören!», schrie händeringend ein großes, massiges Weib, in dem Verena erst auf den zweiten Blick Loderers Ehegefährtin Kunigund Snewlin erkannte. «So hol doch jemand endlich den Büttel!»

Fassungslos hielt Verena in der Toreinfahrt inne und starrte auf die raufenden Männer, von denen bald Anselm, bald Loderer die Oberhand gewann. Stärker als ihre Sorge um Anselm war die Furcht, er könne in seinem maßlosen Hass Loderer womöglich ernsthaft verletzen, oder, Gott erbarme, sogar erschlagen.

«Verflucht seist du, Wernher Loderer», hörte sie ihn brüllen. «Auf dass deine Söhne niemals Nachkommen zeugen und dein Geschlecht von dieser Erde verschwindet!»

Da endlich stürmten zwei mit Knüppeln bewehrte Büttel an ihr vorbei und rissen die Kampfhähne auseinander. Mit geübtem Griff drehten sie ihnen die Arme auf den Rücken. Anselm blutete aus der Nase und an der Lippe, Loderer hatte eine Platzwunde an der Stirn.

«Lasst mir meinen Mann da!», kreischte die Snewlin, als die Büttel Anstalten machten, die beiden abzuführen. «Der Wohlleb ist schuld. Dieses Aas hat meinen armen Mann hinterrücks überfallen!»

«Hinterrücks?» Verena trat vor sie hin. Sie hatte Mühe, sich zu beherrschen. «Das war ein offener Kampf Mann gegen Mann, und zwar aus gutem Grund. Was rennt Euer Wernher auch jedem Weiberrock hinterher.»

Sie drehte sich um und spuckte Loderer, dessen Gesicht voller Blut war, vor die Füße. Aus dem Augenwinkel sah sie, wie Anselm ein paar Schritte weiter schief zu grinsen begann.

«Du lügst!», zeterte Loderer los. «Hab Ihr gehört, Ihr Büttel? Das ist eine Ehrverletzung!»

«Ruhe jetzt. Und Ihr Frauen geht mir aus dem Weg», schnauzte der Ältere nur und schob Anselm als Ersten zum Hof hinaus.

Verena lief ihm nach.

«Wohin bringt Ihr sie?»

«Sie verbleiben beide im Haberkasten, bis der Schultheiß sie befragt hat.»

«Ich komme mit.»

«Nichts da. Wenn Ihr Glück habt, kommt Euer Mann heute Abend gegen eine Geldbuße frei.»

Sie hatten Glück. Nach Einbruch der Dunkelheit kehrte Anselm heim, humpelnd, über und über schmutzig und mit verschwollenem Gesicht. Noch bevor er ganz zur Haustür herein war, zog er Verena in die Arme.

«Was bin ich für ein Esel, diesem Schandmaul auch nur ein einziges Wort zu glauben. Verzeihst du mir?»

«Ja, Anselm.» Sie machte sich von ihm los und musterte ihn besorgt. «Du siehst wahrlich schlimm aus. Wir ziehen jetzt dein verdrecktes Gewand aus, dann geh ich den Wundarzt holen.»

«Ich brauch keinen Wundarzt. Weißt du was, Verena? Dieser Kampf hat mir unendlich gutgetan. Ich hätte es schon viel früher tun sollen. Die zwei Pfund Pfennige Strafgeld sind mir das allemal wert. Und denk dir: Wie es aussieht, ist's bei Loderer nicht getan mit einer Geldbuße. Wegen Ehrabschneidung, da er solcherlei Lügen über dich in die Welt gesetzt hat, soll er morgen vors Schultheißengericht, um die Sache zu klären. Zwei meiner Ratscollegen haben seine verlogene Schmähung nämlich bezeugt. Mehr noch: Du und Elisabeth, ihr könnt ihn anzeigen wegen versuchter Notzucht, sofern ihr bereit seid auszusagen.»

Sie schüttelte entschieden den Kopf. «Lass gut sein, Anselm. Er hat gehörig eins übergebraten bekommen, und damit ist die Sache für mich ausgestanden.»

Kapitel 26

Straßburg,
vom Winter 1309 bis Juni 1310

«Verdammt!», entfuhr es Josef, als ihm der Meißel zum
zweiten Mal an diesem Vormittag abrutschte und zu
Boden fiel. Dabei schürfte er sich den Handrücken auf. Er
sprang von seinem dreibeinigen Schemel auf und leckte sich
das Blut ab. Prompt grinste der junge Laubhauer Eberhard, mit
dem er sich ein wenig angefreundet hatte, frech herüber. Da es
Winter war, arbeiteten sie in der Werkstatt bei geschlossenen
Türen, die Fackeln und Talgkerzen entlang der Wände gaben
ein eher spärliches Licht ab. Viel wärmer als draußen war es her-
innen auch nicht.

Es war ein kalter Winter heuer, wie überhaupt die Winter
immer länger und kälter wurden. Das sagten zumindest die
Alten in der Stadt. Zum Glück hatten sie eine kleine gemauerte
Feuerstelle in der hinteren Ecke der Werkstatt, wo sie sich hin
und wieder Hände und Füße aufwärmen konnten. Über die
beinhart gefrorenen Böden der Landstraßen karrten die Fuhrwerke immer wieder Nachschub vom Steinbruch heran, sodass
sie genügend Rohsteine zum Vorfertigen hatten und ihnen Arbeit und Lohn nicht ausgingen.

Josef setzte sich wieder an seinen Platz und betrachtete
ziemlich missmutig den Werkstein auf dem Holzbock, der Teil
einer Maßwerkbrüstung sein würde. Jedes Mal aufs Neue war

es eine Herausforderung, den harten Stein in weiche, runde Formen zu bringen. Er schien seinen eigenen Willen zu haben. Er wusste aber auch, dass die Laubwerkmacher und Bildhauer weicheres Gestein nutzten, wobei das für ihn noch in weiter Ferne lag. Er durfte schon froh sein, dass er am Maßwerk arbeitete und nicht mehr an den Mauersteinen.

Der vormals rohe Block vor ihm verwandelte sich entsprechend der Holzschablone neben seinem Schemel nach und nach in ein vollendetes Halbrund mit Hohlkehle. Hierin lag auch schon die einzige Anforderung: Die Hohlkehle musste so herausgearbeitet werden, dass im selben Abstand drei flache, kreuzförmige und sehr schlichte Blüten stehen blieben. Da er nun schon seit drei Monaten an diesen Brüstungsteilen hockte, wurde ihm die Arbeit allmählich eintönig, und die Blüten, für die er ebenfalls eine Vorlage hatte, wirkten schrecklich leblos und steif.

Er nahm Eisen und Klöpfel in die Faust und machte weiter. Auf seinem Handrücken zeichneten sich kleine rote Blutperlen ab, doch das war ihm jetzt einerlei. Er wollte mit diesem Stück heute noch fertig werden.

«Warum trägst du keine Handschuhe?» Erwin von Steinbach war neben ihn getreten und blickte ihm über die Schulter. «Dann hättest du dir nicht die Haut aufgeschrammt.»

Josef fragte sich, wie lange er schon in der Werkstatt stand.

«Mag sein, Meister», erwiderte er. «Aber sonst habe ich kein Gefühl in den Händen. Mir ist dann jedes Mal, als ob der Abstand zum Stein zu groß würde.»

Der Baumeister lächelte.

«Da hast du schon recht. Man muss den Stein gefühlvoll verwandeln. Sonst wehrt er sich gegen dich, und dein Meißel rutscht ab, oder der Einschnitt wird zu tief.»

Josef spürte, wie er errötete. Erwin von Steinbach hatte ihn also doch beobachtet. An seiner Arbeit hatte er aber offenbar nichts zu bemängeln, denn er fuhr fort:

«Trotzdem solltest du Handschuhe tragen. Nicht nur wegen deiner kleinen Verletzung da. Wenn deine Hände vor Kälte steif werden, hast du nämlich erst recht kein Gefühl mehr darin.»

Josef nickte und hob die weichen, fingerlosen Lederhandschuhe vom Boden auf, um sie sich rasch überzustreifen.

«Wenn ich mit den Teilen für die Maßwerkbrüstung fertig bin, lasst Ihr mich dann ans Laubwerkmachen?», fragte er.

Der Meister tat erstaunt. «Das, was du derzeit tust, *ist* Laubwerk.»

«Ich weiß. Ich meine aber richtiges Blattwerk, mit lebendigen, fließenden Formen. Wie das an den Fialen, Ziergiebeln und Kapitellen.»

«Ich weiß genau, was du meinst. Und ich weiß auch, dass du es kannst. An Begabung fehlt es dir nicht, aber zwei Dinge musst du noch lernen: Geduld sowie Demut vor dem Stein.»

Josef machte einen letzten Versuch. «Vielleicht ja eines der Krabbenstücke, die gerade geschlagen werden?»

Entschieden schüttelte Meister Erwin den Kopf. «Eben das meinte ich mit Geduld. Ein guter Bildhauer kann nur werden, wer zuvor ein guter Steinmetz war.» Seine Stimme wurde schärfer. «Du kannst aber gerne wieder zurück zu den Mauersteinen.»

«Entschuldigt, Meister Erwin», erwiderte Josef verlegen. «Das war vorwitzig von mir. Ihr wisst, wie dankbar ich Euch bin, dass Ihr mich damals als Lehrknaben aufgenommen habt.»

«Hüttendiener heißt das bei uns», berichtigte der Baumeister und lächelte schon wieder. «Ich mach dir einen Vorschlag,

Josef: Sobald es Frühling wird und wir wieder bei gutem Tageslicht arbeiten können, gebe ich dir eine neue Aufgabe. Du darfst für die große Fiale, an der mein Sohn Gerlach gerade arbeitet, die Spitze mit der Kreuzblume schlagen. Du wirst dir viel Zeit dafür nehmen, denn es soll dein Gesellenstück werden.»

Josef war sprachlos. Gesellenstück! Gemeinhin lernte ein Steinmetz sechs Jahre bis zur Lossprechung als Geselle, weitaus länger als in anderen Handwerken. Und man begann die Lehre auch nicht mit zwölf, sondern erst im reiferen Alter von vierzehn Jahren. Ein ganzes Jahr früher würde er also fertig sein. Und eine mit Laubwerk verzierte Fialenspitze, mit der Kreuzblume als Sinnbild der Erlösung darauf, würde seine erste wirkliche Herausforderung sein!

«Danke», stammelte er, doch Erwin von Steinbach war bereits auf dem Weg nach draußen.

«Nicht schlecht», rief ihm der Altgeselle Johann zu. «Das ist ja fast schon ein Ritterschlag. Noch dazu, wo du vorher reichlich keck zum Meister warst.»

Josef wunderte sich über sich selbst. Früher hätte er es niemals gewagt, so dreist nach einer neuen Aufgabe zu fragen. Alles, was Parlier oder Meister ihm befahlen, hatte er ohne das Gesicht zu verziehen ausgeführt. Keine Arbeit war ihm zu anstrengend oder schmutzig gewesen, so glücklich hatte es ihn gemacht, endlich mit den Steinmetzbrüdern arbeiten zu dürfen.

Über vier Jahre lag es nun zurück, dass er auf der Bauhütte angefangen hatte, wobei das erste Jahr am härtesten gewesenen war. Wochenlang hatte er zunächst nur beim Kalklöschen und Mörtelmischen geholfen oder war von den anderen Steinmetzen kreuz und quer durchs Frauenwerk geschickt worden. Erschöpft und mit vom Kalk brennenden Augen hatte er sich abends in der Gesellenstube auf seinen Strohsack fallen lassen – mit brennenden Augen vielleicht auch deshalb, weil er seine Ziehmutter so sehr vermisste. Danach hatte ihn der Parlier erst einmal auf die höchsten Gerüste geschickt, um zu prüfen, ob er schwindelfrei war – doch das hätte Josef ihm gleich sagen können, fühlte er sich doch in großer Höhe jedes Mal leicht und frei wie ein Vogel. Für den Rest seines ersten Jahres schuftete er als Träger und Windeknecht, schleppte kleinere Steine, Ziegel und Mörtel auf Schulter oder Rücken, bis ihm alles schmerzte, die großen Werksteine dann zu zweit auf einer Bahre, oder er stand oben auf schwankenden Gerüsten und schmalen Mauerkronen, um die Lasten aufzuziehen. Er fühlte sich wie ein Fronbauer, denn im Gegensatz zu den Windeknechten, die gut im Lohn standen für ihre Schwerstarbeit, bekam er dafür keinen Pfennig. Vor allem das Gehen im Laufrad, mit dem die schwersten Steine nach oben gehievt wurden, erforderte große Kraft und noch mehr Geschicklichkeit. Man durfte dabei ja nicht ins Stolpern geraten! So war Josef heilfroh, als er irgendwann beim Versetzen der Steine helfen durfte, was nicht nur Aufgabe der Maurer war, sondern auch bisweilen der Steinmetze.

Wenn die Werkleute zum Sonnenuntergang dann Feierabend hatten, musste er sich erst noch ans Aufräumen machen, zusammen mit dem alten Hüttenknecht. In diesem ersten Lehrjahr war er oft am Ende seiner Kraft gewesen und kämpfte gegen die Zweifel an, ob er wirklich den richtigen Weg eingeschlagen hatte. Seinem Vater gegenüber, dem er hin und wieder auf der Baustelle begegnete, hätte er das aber niemals zugegeben. Als er endlich an den Stein durfte, war dies zunächst im Grubenwerk in den Vogesen gewesen. Mit der Spitzhacke brach er die Steinbrocken aus der Wand, um sie danach zu Formsteinen nach den Abmessungen des Parliers zu schlagen. Einen schier endlosen Junimonat lang plagte er sich dort, bei Hitze wie bei Regengüssen, aß und schlief in den ärmlichen Holzhütten beim Steinbruch, bis der Grubenmeister ihn endlich wieder heimschickte und Meister Erwin ihn im Frauenwerk mit den Worten empfing: «Jeder Steinmetz und erst recht jeder Bildhauer muss wissen, unter welchen Mühen sein Stein zu ihm gefunden hat.» Danach bekam er erstmals in seiner Lehrzeit drei Tage am Stück frei, die er im Elternhaus verbrachte.

Und in diesen drei Tagen hatte er sich endlich mit seinem Ziehvater versöhnt. Die Mutter war überglücklich hierüber gewesen. Fortan ging er jeden Sonn- und Feiertag nach dem Gottesdienst heim, im folgenden Winter, wenn frühzeitig Feierabend war, oft sogar unter der Woche. Irgendwann in dieser Zeit hatte er sich schließlich damit abgefunden, ein Findelkind zu sein. Der Herrgott muss es so gewollt haben, sagte er sich. Im Frauenwerk wusste im Übrigen nur Meister Erwin davon, für alle anderen war er der Sohn des Hüttenzimmermanns.

Nach den Wochen in der Grube brach endlich Josefs Zeit als Steinmetz an. Unter Aufsicht des Altgesellen oder des Parliers schlug er die Rohlinge zu Mauersteinen. Er lernte, mit dem Flacheisen einen sauberen Randschlag zu erzielen und mit dem Spitzeisen die Bossen abzutragen. Anfangs war er mit Feuereifer bei der Sache gewesen, doch nachdem er, neben anderen Hilfsarbeiten, im dritten Jahr immer noch dasselbe tat, wurde er ungeduldig. Dem neuen Parlier – der alte hatte eine Meisterstelle im Elsass gefunden – entging wohl nicht sein missmutiges Gesicht, denn dieser drohte ihm mit vier Wochen Steinbruch, sollte er nicht beherzter bei der Sache sein. So riss sich Josef am Riemen und freute sich wie ein Kind, als er sich schließlich nach weiteren drei Monaten an einfachem Steinschmuck versuchen durfte.

Zu diesem Zeitpunkt suchte er erstmals die alte Frau auf, die ihn als Säugling an der Klosterpforte gefunden und an Weihnachten vor fünf Jahren bei seinen Eltern angeklopft hatte. Da die Werkleute für den Gottesdienst ihren eigenen Kaplan hatten, war Josef ihr seit Ewigkeiten nicht mehr begegnet, ja, er wusste nicht einmal, ob sie überhaupt noch lebte. Die Frage, wer ihn zur Welt gebracht hatte, ließ ihm nämlich keine Ruhe, und vielleicht vermochte diese Odilia ihm ja mehr darüber zu sagen. Die Reuerinnen jedenfalls, die er schon bald nach Beginn seiner Lehrzeit aufgesucht hatte, hüllten sich in Schweigen.

Odilias Haustür war unverschlossen an jenem Samstagnachmittag kurz nach Ostern. Da auf sein Klopfen niemand öffnete, trat er ein.

«Seid ihr das, Mutter Oberin?», rief eine muntere Stimme aus dem oberen Stockwerk.

«Nein, der Josef. Josef Holtzer.»

Er hörte schlurfende Schritte, das Klackern eines Stockes auf dem Dielenboden, dann stand die winzige, schlohweiße Alte auch schon auf dem oberen Treppenabsatz, wo sie sich am Handlauf festhielt.

«Gütiger Herr im Himmel! Du bist es wirklich!», rief sie außer sich und holte tief Luft. «Komm nur herauf, Junge. Ich kann die Treppe nicht mehr gehen.»

Kurz darauf saß er mit ihr in der kleinen, blitzsauberen Küche, wo es noch nach dem Kohl vom Mittagessen roch, und nippte an seinem Becher mit Gewürzwein.

«So eine Freude, dich wiederzusehen!», rief sie ein ums andere Mal und strahlte über das ganze Gesicht. «Und was für ein kräftiger junger Mann aus dir geworden ist! Dabei bist du noch immer so semmelblond wie damals. Ach, Junge, ich kann's immer noch nicht fassen, dass du hier bist. Weißt du, mit meinen lahmen, schmerzenden Beinen komm ich schon lang nicht mehr aus dem Haus heraus ...»

«Aber wer sorgt dann für Euch, Gevatterin?»

«Die Weißfrauen von gegenüber helfen mir im Alltag und bringen mir täglich Lebensmittel, damit ich mir meine Suppe kochen kann. Und einmal die Woche schaut Erwin von Steinbach vorbei.» Sie lachte und sah dabei plötzlich viel jünger aus. «Von ihm weiß ich auch, dass du schon immer ein Steinmetz werden wolltest und dass deine Lehrzeit bei Meister Erwin bald zu Ende geht. Und dass du eine große Begabung mitbringst.»

Verblüfft sah er sie an. «*Das* hat er gesagt?»

Sie lächelte vergnügt. «Ja. Aber wahrscheinlich dürfte ich dir das gar nicht verraten. Ach, wie würde es meinen Gerhard freuen, wenn er jetzt hier bei uns sitzen dürfte! Aber bald bin ich ja wieder mit ihm vereint und kann ihm berichten ...»

«So dürft ihr nicht reden, Gevatterin. Ihr wirkt noch so munter.»

«Glaub mir, ich habe keine Angst vor dem Tod. Mitunter ist's in meinem Alter schon eine rechte Qual mit dem Leben.»

Da kam Josef ein wunderbarer Gedanke. «Wenn Ihr keine Treppen mehr steigen könnt, dann müsst Ihr eben unten wohnen. So kommt Ihr auch mal wieder vors Haus. Zusammen mit meinem Freund Eberhard könnte ich Euch Bettstatt, Tisch und Bänke und was Ihr sonst noch so habt nach unten räumen. Ein wenig schreinern kann ich auch, ich würde Euch eine Bank zimmern, damit Ihr Euch vors Haus setzen könnt. Und eine Herdstelle braucht Ihr natürlich ebenfalls unten, damit Ihr's warm habt und kochen könnt.»

Da begann Odilia hellauf zu lachen.

«Das alles hat dein Vater auch vorgeschlagen. Bis auf die Bank vor dem Haus, was wahrlich ein schöner Einfall ist.»

«Mein Vater?»

Jetzt war er noch verblüffter als zuvor.

«Ja. Zu Ostern war er mit deiner Mutter überraschend hier, um zu sehen, wie es um mich steht. Aber ich wollte sein Angebot nicht annehmen, doch jetzt denke ich, ihr beide könntet das zusammen machen. So ein Umbau wäre schon eine wunderbare Sache.»

Sie plauderten noch über dies und jenes, und Josef fragte sich, warum er diese liebe alte Frau nicht schon früher besucht hatte. Er fühlte sich wohl bei ihr, sie war ihm auf schon fast merkwürdige Weise vertraut. Dann endlich fasste er sich ein Herz und stellte ihr die Frage, die ihm auf der Zunge brannte.

«Vor vielen Jahren habe ich erfahren, dass ich ein Findelkind bin. Wisst *Ihr* denn, wer meine leibliche Mutter war?»

«Nein, Josef. Aber diese arme Frau muss in großer Not gewesen sein. Keine Mutter gibt so einfach ihr Kind her. Denk dir einfach, dass du ein Kind Gottes bist. Gott hat mich dich finden lassen, in jener eiskalten Weihnachtsnacht, und er hat dich zu deinen Zieheltern geführt.»

Nachdenklich rieb sich Josef das Kinn. Vielleicht hatte Odilia ja recht. So wie es gekommen war, war alles gut. Dann fiel ihm noch eine Frage ein.

«Habe ich Euch als Kind gekannt?»

Ihm war, als unterdrückte sie einen Seufzer.

«Dein Schicksal lag mir natürlich sehr am Herzen. Da ich mit der damaligen Priorin recht gut befreundet war, durfte ich jederzeit nach dir sehen und dich ab und an mit zu mir nehmen. Wie gerne hätte ich dich an Kindes statt angenommen, aber für die Mutter eines Säuglings war ich schlichtweg zu alt. Dafür durfte ich dich aufwachsen sehen, durfte miterleben, wie du sitzen, krabbeln und laufen gelernt hast. Du warst noch keine drei, da hatten dich deine Zieheltern zu sich genommen. Ich war natürlich todtraurig darüber, zumal die Priorin mir nicht verraten wollte, wer sie waren. Aber über meinen Gerhard hatte ich es dann doch herausgefunden.»

Josef stiegen die Tränen in die Augen. Jetzt erst erkannte er in dem faltigen Gesicht der Alten die Züge jener Frau, die ihm früher manchmal in den Träumen erschienen war.

«Aber warum», fragte er leise, «seid Ihr niemals zu uns auf Besuch gekommen?»

Sie streckte ihre mageren Arme über die Tischplatte und umfasste seine Hände.

«Deine Zieheltern wollten dir wie leibliche Eltern sein. Du solltest nicht erfahren, dass du ein Findelkind bist. Und damit haben sie recht getan. Manche Menschen sind dumm, für sie wärest du dann auf einen Schlag ein anderer Mensch. Hinzu kommt, dass man einem angenommenen Kind im Todesfall nichts vererben darf. Was dein Vater aus gutem Grund vermeiden wollte.»

«Aber im Streit hat er es mir dann doch ins Gesicht gesagt. Das war ein furchtbarer Schreck damals.»

Sie nickte verständnisvoll. «Du solltest ihm das verzeihen. Dein Vater ist zwar ein sehr strenger, aber ein guter Mann. Und deine Mutter, die genau wie ich keine Kinder gebären konnte, eine liebevolle Frau. Nimm deine Eltern als die deinen an, sie haben es beide verdient.»

«Ihr habt recht, Gevatterin. Sie haben viel für mich getan, auch mein Vater.»

Sie ließ seine Hände los und strich ihm durchs Haar.

«Du glaubst nicht, wie schwer es mir immer fiel, das Geheimnis zu wahren. Habe ich dich doch oft beim Gottesdienst aus der Ferne gesehen oder hin und wieder im Frauenwerk. Einmal bin ich sogar in der Kirche neben dir gestanden, aber du hast mich nicht mehr erkannt. Danach bin ich dir aus dem Weg gegangen, weil's mir weh getan hat, dass ich dich nicht ansprechen durfte. Dennoch wusste ich von Meister Erwin, dass du die Knabenschule der Domherren besucht hast und dass es dein Traum war, Steinmetz und Bildhauer zu werden. Beides hat mich unsagbar gefreut. Und nun sag endlich Du zu mir, wo ich doch so etwas wie deine Muhme bin.»

Gerührt wischte sich Josef über die Augen. «Gerne. Aber da ist noch etwas. Was wolltet Ihr … Was wolltest du damals von meinen Eltern, als du an jenem Weihnachtstag bei uns in der Diele standest?»

Sie zögerte kurz. «Ich hatte ihnen eröffnet, dass ich dir in meinem Todesfall mein Häuschen schenken wollte. Wenn mich dann also der Herrgott endlich zu sich holt, wirst du es besitzen, da ich keine eigenen Kinder habe.»

«Aber davon haben mir meine Eltern nie etwas erzählt!»

«Keine Sorge, das hätten sie schon noch getan. Noch ist es ja nicht so weit.» Sie lachte leise. «Ich denke, dein Vater wollte nicht, dass du leichtfertig wirst, mit der Aussicht auf eigenen Grund und Boden. Auch wenn mein Häuschen nur bescheiden ist.»

«Das … das kann ich niemals annehmen», stotterte er.

«Doch, das kannst du. Ansonsten würde es der Stadt zufallen. Weißt du, ich bin hier aufgewachsen und wüsste es gern in guten Händen, wenn ich nicht mehr bin. Falls du selbst nicht darin wohnen wirst, dann tue etwas Sinnvolles damit.»

Da sprang er auf, ging um den Tisch herum und umarmte sie. Fast erschrocken spürte er, wie zerbrechlich sie war.

«He Junge!», schreckte ihn nun der Altgeselle Johann mit donnernder Stimme aus seinen Erinnerungen auf. «Bist du eingeschlafen oder was?»

«Ich … ich habe nur nachgedacht», erwiderte er betreten.

Mit scheinbarem Eifer machte er sich wieder an dem für ihn so reizlosen Blütenblatt zu schaffen und zwang sich, sich nicht wieder in seinen Gedanken zu verlieren. Schließlich wollte er dem Parlier keine verpfuschte Arbeit abliefern und damit womöglich sein Gesellenstück gefährden.

Wenig später wurde er schon wieder abgelenkt: Eine recht stämmige junge Frau in Stiefeln und pelzverbrämtem Umhang betrat die Werkstatt, begrüßte jeden der Bildhauer mit kräftigem Handschlag und umarmte den Altgesellen herzhaft. «Suchst du Arbeit, Sabina?», fragte der sie. «Wir könnten noch Hilfe gebrauchen über den Winter.»

Reichlich verwundert beobachtete Josef diese Begrüßung. Immer wieder einmal reisten fremde Steinmetze auf ihre Bauhütte zu und baten um Förderung und Arbeit. Der feste Stamm, den Erwin von Steinbach hatte, umfasste lediglich acht bis zehn Männer, die zumeist auch den Winter über blieben. Die übrigen kamen, auf einige Wochen oder auch auf ein Jahr, als Wandergesellen. Indessen eine Frau? Für ein Handwerk, das so viel Kraft erforderte? Josef hatte zwar davon gehört, dass es Steinmetzinnen gab, begegnet war er indessen noch nie einer.

Diese Sabina war vielleicht vier, fünf Jahre älter als er und hatte fast so breite Schultern wie ein Mann. Ansonsten war sie durch und durch ein Weib, mit großen Brüsten, einem fröhlichen Lachen und langem, dunklem Haar, dass sie hochgesteckt trug und nur notdürftig unter einem bunten Kopftuch verborgen hielt. Sie war nicht eigentlich hübsch, dafür war ihr

Kinn zu kräftig und ihre Nase ein wenig lang. Doch sie hatte große, ausdrucksvolle schwarze Augen und volle, schön geschwungene Lippen.

«Wer starrt mich denn da so an?», grinste sie jetzt in seine Richtung. «Du musst der neue Hüttendiener Josef sein.»

Sie trat neben ihn und betrachtete aufmerksam sein Werkstück.

«Hier ist dir wohl das Schlageisen abgerutscht.» Sie deutete auf eine kleine Vertiefung in der Hohlkehle des Steins. «Wenn das der Parlier sieht.»

Das zweite Mal an diesem Vormittag wurde er rot.

«Der Meister hat jedenfalls nichts dazu gesagt», murmelte er.

Sie lachte und zeigte dabei eine Reihe perlweißer Zähne.

«Bemerkt hat er es mit Sicherheit. Und wenn er nichts gesagt hat, dann liegt das daran, dass man den Kratzer von weitem nicht sieht, oder daran, dass er dich mag. Ich schätze, mein Vater mag dich.»

Josef starrte sie an. «Dein Vater?» Er fragte sich, warum ihm der Meister nie von seiner Tochter erzählt hatte.

«Richtig. Ich bin Sabina von Steinbach, meines Zeichens Steinmetzin. Und seit diesem Jahr auch Bildhauerin. Jetzt schau mich nicht so an.» Sie blickte ihn durchdringend an. «Glaubst du etwa, ein Weib kann keine Steine behauen? Eine Wäscherin oder Bäuerin hat's mit ihrer Arbeit auch nicht leichter.»

«Nein, nein, das meine ich ganz und gar nicht», flunkerte er, obwohl sie ins Schwarze getroffen hatte. «Ich wusste bloß nicht, dass Meister Erwin eine Tochter hat. Ich kenne nur deine beiden Brüder Gerlach und Johannes.»

Es ärgerte ihn, dass sie ihn so verunsicherte. Er war zwar schon längst kein Knabe mehr, hatte aber noch keinerlei Erfahrungen mit den Frauen. Er hätte nicht einmal gewusst, wie er ein Mädchen, das ihm gefiel, ansprechen sollte.

Sie klopfte ihm freundschaftlich auf die Schulter. «Dann schaff mal weiter an deinem Stein, wir werden uns jetzt öfters sehen. Ich bleibe den Winter über hier.»

Als sie sich abwandte, rief er: «Warte. Wo hast du dein Handwerk gelernt, da ich dir noch nie begegnet bin?»

«An der Kirche von Niederhaslach. Und danach war ich zwei Jahre auf Wanderschaft. Weißt du, als Tochter beim Vater in die Lehre zu gehen, das tut nicht unbedingt gut.»

Er sah ihr nach, wie sie ihm zuzwinkerte und dann schwungvoll das Tor öffnete und nach draußen verschwand. Ein außergewöhnliches Mädchen, dachte er. Und sie hatte sogar schon ausgelernt und war auf Wanderschaft gewesen.

Plötzlich erfasste ihn eine Art Wehmut, dass seine Lehrzeit im Frühjahr, sofern sein Gesellenstück gelang, zu Ende gehen würde. Was kam danach? Sollte er in Straßburg bleiben? Oder seine Eltern und die gute alte Odilia verlassen und wie Sabina auf Wanderschaft gehen? Auf der Stufe eines Laubwerkmachers wollte er jedenfalls nicht stehen bleiben. Sein Ziel war es, Tier- und Menschengestalten zu erschaffen, so naturgetreu, dass die beim Betrachten zum Leben erweckt wurden. Er würde sich bald entscheiden müssen.

Der Tag seiner Lossprechung ging zu Ende, und Josef fühlte sich glücklich und traurig zugleich. Nach einer launigen Rede des Meisters hatte Josef feierlich auf die Steinmetzordnung geschworen, auf Gehorsam, Ehre und Geheimhaltung. Danach hatte Meister Erwin ihm unter dem Beifall aller sein Zeichen überreicht, das er ein Leben lang in Ehren zu halten hatte und das nun zusammen mit seinem Namen in das Straßburger Hüttenbuch eingetragen wurde. Es war ein Quadrat, das auf der Spitze stand und genau in der Mitte einen Punkt aufwies.

Ab heute war er also ein wahrhaftiger Steinmetzbruder und durfte bei allen wichtigen Entscheidungen auf einer Hütte mitsprechen. Die Bürgschaft von drei Pfund Pfennigen hatte sein Vater zurückerhalten, er selbst ein Pfund Pfennige als ersten Lohn bekommen. Und daher musste er den Lehrbraten, ein kräftiges Spanferkel, und den Bechertrunk aus eigener Tasche bezahlen. Inzwischen war das Spanferkel verspeist, das Bierfass ging zur Neige, ein erster kühler Wind an diesem warmen Juniabend kam auf. Der Altgeselle Johann, der Parlier und Meister Erwin hatten sich bereits schlafen gelegt. Die beiden Letzteren würden Josef morgen bei Sonnenaufgang vor die Stadt begleiten. Von seinen Eltern und Odilia hatte er sich schon heute Mittag verabschiedet, die letzte Nacht würde er hier auf der Hütte zusammen mit seinen Gefährten verbringen.

Eberhard stieß ihn in die Seite. «Du schaust grad drein, als wäre das deine Armsündermahlzeit, bevor man dich zum Galgen zerrt.»

Josef musste lachen und nahm einen tiefen Schluck von seinem Bier. «Ich freu mich schon sehr. Aber der Abschied fällt mir halt gar zu schwer. Sogar von dir, du Plagegeist.»

«Wir werden uns wiedersehen, ganz bestimmt. Ansonsten kann ich nur sagen: Wärst halt hiergeblieben.»

Jedem Steinmetz war nach der Lossprechung freigestellt, zu bleiben oder aber zu scheiden und zu wandern. Josef hatte sich nach langem Ringen mit sich selbst fürs Wandern entschieden.

So schüttelte er jetzt auch entschlossen den Kopf.

«Ich will noch was von der Welt sehen, bevor ich alt und grau werde. Und Regensburg soll eine wunderschöne Stadt aus uralten Zeiten sein.»

Ganz kurz dachte er an Sabina, die auch auf Wanderschaft war. Vielleicht würde er ihr ja irgendwo begegnen. Sie hatten sich den Winter über ein klein wenig angenähert. Besser gesagt, hatte sie ihn immer wieder auf den Arm genommen, und er war jedes Mal dagestanden wie ein dummer Gassenbub. Weil sie ihm nämlich gefiel, auch wenn sie älter war und so anders als andere Mädchen.

«Hast ja recht, Josef.» Eberhard stieß mit ihm an. «Ich hätt's damals nach der Lossprechung wie du machen sollen. Jetzt krieg ich meinen Hintern nicht mehr hoch. Und am Bischofsdom zu Regensburg kannst sicher eine Menge lernen. Wie lange willst du dort bleiben?»

«Auf ein Jahr, wenn man mich nimmt, und dann wieder weiterziehen. Ach Eberhard, wenn man doch nur in die Zukunft sehen könnte … Aber ganz gleich, wie's kommt: Ich freue mich!»

Kapitel 27

Freiburg,
Anfang August, Anno Domini 1310

Mit lautem Knall schlug Andres von Endingen das schwere Buch zu.

Was für eine bodenlose Frechheit! Zuerst diese Rüge des Neuen Rats wegen der zu kostspieligen Rechnungsmahlzeiten und jetzt die Abmahnung wegen seiner angeblich unleserlichen Buchführung.

Hätte er vorher gewusst, dass er eines Tages jedes Jahr aufs Neue dem Münsterpfleger Gottfried von Schlettstadt einen Eid schwören und sich bei den Ausgaben der Fabrica für jeden Furz und Mückenschiss rechtfertigen musste – er hätte dieses Amt gar nicht erst angenommen. Wer, wenn nicht er, kümmerte sich denn hier um alles, damit der Bau ordnungsgemäß voranging? Wer schlug sich täglich mit diesem starrköpfigen Baumeister herum? Wer hatte von früh bis spät den Krach auf dem Werkhof zu ertragen? Münsterpfleger Gottfried von Schlettstadt war nicht einmal vornehmen Geschlechts, sondern entstammte einer dieser zu Reichtum gelangten *Krämerfamilien.* Und dieser hergelaufene elsässische Kornhändler wagte es nun, ihm, dem studierten Geistlichen aus dem alten Stamm der Endinger, auf die Finger zu glotzen und ihn zu maßregeln! Betrachtete ihn als seinen Buchhalter, ach was: als seinen Handlanger und Laufburschen!

«Eure Eigenmächtigkeiten sind vorbei, Magister Fabricae», waren Schlettstadts Worte bei der letzten Buchprüfung gewesen. «Gebt acht, dass Euer Stuhl nicht zu wackeln beginnt.»

Aufgebracht schlug er mit der Hand auf das Stehpult und ging zur Anrichte, um sich einen Becher Rotwein einzuschenken. Sogar diesen guten Burgunder vom Bärenwirt musste er aus eigener Tasche zahlen, kostenlos stand ihm nur das Sauerampfergesöff vom Heiliggeistspital zu. Wenigstens trampelte ihm Heinrichs Familie nicht mehr auf dem Kopf herum. Seit dem Frühjahr besaß der Baumeister ein eigenes Haus gegenüber der Lateinschule, nicht weit vom Münster entfernt, und Andres von Endingen durfte nun seine und des Pfarrrektors auswärtigen Gäste in der Wohnung einquartieren.

Der schwere, samtige Wein beruhigte ihn ein wenig. Wenn nur diese Hitze nicht wäre. Die Luft stand in seiner Wohnstube, trotz der beiden aufgerissenen Fenster, durch die heute wieder einmal besonders laut das Klopfen, Hämmern und Gebrüll der Werkleute hereindrang.

Er nahm einen letzten Schluck, als die dicke Beate, seine Magd und Köchin, an die Tür klopfte und ihr rotbackiges Gesicht hereinsteckte.

«Hoher Besuch, Schaffner – ähm, will sagen Magister Fabricae! Graf Egino und Pfarrrektor Gebhard sind gekommen.»

Er warf ihr einen tadelnden Blick zu. Dieses dumme Weib lernte einfach nicht, die seinem Amt geziemende Anrede zu benutzen.

Er strich sich eine Haarsträhne aus der verschwitzen Stirnglatze und straffte die Schultern. Wenigstens stand die Grafenfamilie hinter ihm, wenn auch deren jüngster Spross, dieser Gebhard, eine recht lächerliche Jahrmarktfigur war.

«Die Herren sollen eintreten. Und bring uns Brot, Obst und Käse zum Imbiss und einen neuen Krug Burgunderwein.»

«Sehr wohl, Magister.»

Er hörte schwere Schritte die Wendeltreppe heraufkommen. Graf Egino betrat als Erster die Wohnstube, sein sorgfältig gestutzter Kinnbart war inzwischen ebenso ergraut wie sein ehemals rotblondes Haupthaar.

«Wir stören nicht lange, Magister Andres», begrüßte er ihn knapp, aber nicht unfreundlich, während der Pfarrherr hörbar schnaufend im Türrahmen stehen blieb und erst einmal nach Luft schnappte. Der junge Mann wurde von Tag zu Tag fetter, was sein glattes Vollmondgesicht nur noch kindlicher aussehen ließ.

«Gelobt sei Jesus Christus», grüßte er, wie es unter Geistlichen üblich war, und Andres gab ein halblautes «In Ewigkeit, Amen!» zurück.

Er wies auf die mit weichen Sitzkissen belegte Steinbank am Fenster.

«So setzt Euch doch, Ihr lieben Herren, und esst und trinkt mit mir.»

Gebhard ließ sich das nicht zweimal sagen und nahm von dem Brett, das die Magd eben hereintrug, ein großes Stück Hartkäse, bevor er seinen massigen Körper fast behutsam auf den Kissen niederließ, sorgsam bedacht, dass sein mit Goldfäden besticktes Priestergewand keine Falten schlug.

Unter allerlei nichtssagenden Trinksprüchen des alten Grafen tranken sie ihren ersten Becher Wein leer, bevor der Stadtherr mit der Sprache herausrückte.

«Mein Sohn und ich sind hier, werter Magister Andres, weil Wir leider, leider die bereits zugesagte Schenkung an die Fabrica zurückziehen müssen. Vorerst zumindest.»

«Oh, ist das so? Das ist fürwahr schade, Graf, aber Ihr werdet Eure triftigen Gründe haben. Schließlich weiß ich, wir sehr Euch Liebfrauen am Herzen liegt.»

Dir liegen doch nur die eigenen Vergnügungen am Herzen, dachte Andres hingegen im Stillen und war über diese Verlautbarung nicht allzu überrascht.

Egino nickte bekümmert. «Das tut es, Magister, und der Entschluss fiel mir schwer. Aber du kannst dir denken, was es mich gekostet hat, fünf Töchter angemessen zu verheiraten.»

«Vier, lieber Herr Vater, vier», verbesserte Gebhard und biss so herzhaft in eine reife Birne, dass ihm der Saft über das bartlose Kinn rann. «Unsere geliebte Clara wollte ja zum Glück lieber eine Braut Christi werden.»

«Himmel, Kerl, das ist doch jetzt wurscht!», raunzte ihn der Graf unwirsch an und wandte sich wieder Andres zu. «Allein die Vermählung von Graf Konrad mit Katharina von Lothringen zum diesjährigen Osterfest hatte Uns ein Vermögen gekostet. Drei Dörfer mussten Wir hierfür verpfänden! Wir könnten uns natürlich bezüglich einer Sonderabgabe an Unsere Stadtbürger wenden, aber du weißt ja selbst, wie halsstarrig die sind. Das kann nur Unser allerletzter Ausweg sein, vorher drehen Wir lieber jeden Pfennig dreimal um.»

Hierzu nickte der Pfarrrektor heftig.

«Wenn du erlaubst, Vater, möchte ich noch etwas einwerfen.» Gebhard zupfte unruhig an seinen protzigen Goldketten herum. «Ihr, werter Magister Fabricae, habt doch die versprochene Donation hoffentlich noch nicht eingeplant? Oder für die zwei Mark Silber bereits Ausgaben getätigt, sodass Ihr jetzt in Nöte geratet? Seitdem die Bauherrschaft bürgerlich geworden ist, haben Wir als Pfarrrektor ja leider keinen Einblick mehr in die Ausgabenbücher ...»

Misstrauisch sah Andres ihn an. Was wollte der Kindskopf ihm damit sagen? Unterstellte er ihm etwa Misswirtschaft? Wollte der jetzt womöglich die Ein- und Ausgaben mit ihm durchgehen? Dabei sah er aus, als könne er nicht eins und eins zusammenrechnen …

«Keine Sorge, lieber Rektor Gebhard», entgegnete er kühl. «In der von mir verwalteten Fabrica wird nur ausgegeben, was auch vorhanden ist. Möchtet Ihr Euch vergewissern?»

«Nein, nein, so meinte ich das nicht.» Gebhard griff mit seinen dicken Fingern nach dem letzten Stück Käse. «Ich wollte nur sagen: Habt ein wenig Geduld. Jetzt, wo unser Kirchenschiff fertig eingewölbt ist und, dem Herrgott sei Dank, wieder als Ganzes dem Gottesdienst zur Verfügung steht, sollen ja nun die Altäre und Bildwerke vervollständigt werden. Damit wartet nun noch ab. Zur geistlichen Erbauung haben Unsere Gläubigen ja bereits die wunderbare Vorhalle und die Madonna im Sternenkleid mitsamt den beiden Leuchterengeln. Was braucht es da vorerst die zwölf Apostel an den Pfeilern des Langhauses?»

«Dreizehn», berichtigte Andres. «Dreizehn Apostel und der auferstandene Heiland.»

«Wie dem auch sei – Meister Heinrich soll lieber unverzüglich am Turm weiterbauen. Und seine Bildhauer beginnen mit den Propheten und Posaunenengeln für den neuen Turm, ganz wie wir beide es neulich mit dem Werkmeister besprochen haben. Dieser Turm liegt meinem Vater als Stadtherr und mir als Rektor dieser Pfarrei nämlich ganz besonders am Herzen, und ich verspreche Euch, bald schon kann die Fabrica wieder mit einer Stiftung seitens des Grafenhauses rechnen. Richtig, Vater?»

Der verzog das Gesicht. «Das hättest du auch weitaus kürzer

ausdrücken können. Ich jedenfalls möchte dich, mein lieber Andres, ersuchen, beim Münsterpfleger Gottfried von Schlettstadt und bei den Ratsherren durchzusetzen, dass der Turmbau an erster Stelle steht.»

«Wie soll das gehen?», fragte Andres verdutzt. «Schließlich bin ich nur der Verwalter und daher weisungsgebunden gegenüber den städtischen Bauherren. Die haben das Sagen, auf die muss ich hören.»

«Deshalb hat mein Sohn Gebhard ein Schriftstück in meinem Namen aufgesetzt.» Er legte eine versiegelte Pergamentrolle auf die Fensterbank. «Darin steht, dass ich, Graf Egino von Freiburg, noch binnen dieses Jahres eine Jahrzeit zum Seelenheil meiner geliebten Frau Mutter, Sophia Gräfin von Zollern, stifte, in Höhe von drei Mark Silber. Unter der Voraussetzung, dass unverzüglich und ausschließlich am Turm weitergebaut wird. Angesichts dieser großzügigen Stiftung wird der Rat nicht nein sagen.»

Andres lächelte. Drei Mark Silber – das war ja noch eine ganze Silbermark mehr als die ursprüngliche Schenkung!

«Das ist in der Tat eine erhebliche Zuwendung. Ich verspreche Euch, lieber Graf: Ich werde alles tun, was in meiner Macht steht. Und gerade die Kaufleute unter den Ratsherren, zu denen auch unser Münsterpfleger gehört, sind ja allesamt große Förderer des Kirchenbaus.»

«Gut. Aber da ist noch etwas, Andres: Ich schätze, dass bald schon mein ältester Sohn und Mitregent Konrad hier auftauchen wird. Bei dir und auch beim Baumeister. Er will das Gegenteil, nämlich den teuren Neubau des Turms verhindern.»

«Verzeiht, Herr, aber das kann ich schier nicht glauben. Graf Konrad kann es doch inzwischen gleichgültig sein, wie hoch die Kosten für unser neues Münster sind, wo er keinen

Pfennig mehr herausrücken muss. Warum sollte er sich also einmischen?»

«Ganz einfach: um mir, seinem eigenen Vater, eins auszuwischen. Und nebenbei auch den stolzen Freiburger Bürgern. Glaub mir, er wird alles versuchen, damit du gegenüber dem Münsterpfleger und den Ratsherren Stein und Bein schwörst, dass der neue Turm die Stadt ruinieren wird. Vielleicht wird er dir hierfür sogar eines seiner Güter anbieten.»

«Keine Sorge, Herr, da beißt er bei mir, um beim Bau zu bleiben, auf Granit. Der Turm wird errichtet.»

Egino nickte wohlwollend, erhob sich und zog seinen Jüngsten mit sich in die Höhe.

«Dann verlasse ich mich darauf, dass du standfest bleibst, Magister. Am Ende soll es dein Schaden nicht sein.»

«Ihr könnt mir getrost vertrauen», erwiderte Andres und wollte sie zur Haustür begleiten, doch der Alte wehrte ab.

«Wir finden selbst hinaus. Und das Schriftstück lege alsbald dem Rat vor, gib es aber nicht aus der Hand.»

Nachdem die beiden verschwunden waren, starrte Andres missmutig auf die übrig gebliebenen Käserinden und Obststücke, an denen sich eine Schar Schmeißfliegen gütlich tat. Dass demnächst auch noch der junge Graf hier auftauchen würde, gefiel ihm gar nicht. Er sah sich schon zerrieben zwischen zwei mächtigen Mühlsteinen.

Er nahm das Holzbrett und beförderte die Essensreste mitsamt den Fliegen zum Fenster hinaus, bevor er an sein Schreibpult trat. Abschätzig verzog er das Gesicht. Konnte es ihm nicht einerlei sein, was der eine wollte und der andere nicht? Der Zwist zwischen dem alten und dem jungen Herrscher ging ihn nichts an. Hauptsache, er hatte sein Auskommen, und der Bau ging die nächsten zehn, zwölf Jahre weiter.

Er schlug die Ausgabenseiten der letzten Woche auf, die Gottfried von Schlettstadt bereits mit ihm durchgegangen war, und machte sich daran, die Einträge zu «verschönern», wie er es innerlich nannte: Dort, wo er ausreichend Platz gelassen hatte, änderte er mal zehn Pfennige in neunzehn, mal fünf in fünfzehn Pfennige. Wohlbemerkt nur bei den Ausgaben für Material und Werkzeug der *städtischen* Handwerke, denn bei der halbjährlichen Rechnungsprüfung wurden hie und da Stichproben gemacht, und eine Nachfrage bei Meister Heinrich könnte ihn um Kopf und Kragen bringen. Schließlich wusste der alte Fuchs auch nach Wochen noch, was eine Fuhre Sand oder ein neues Schlageisen gekostet hatten. Er überlegte kurz, ob er auch noch ein paar kleinere Ausgaben, die er gar nicht getätigt hatte, in die laufende Woche eintragen sollte, verwarf es dann aber wieder. Der Schlettstadter überprüfte derzeit allzu sorgfältig seine Angaben, und am morgigen Samstag war es wieder so weit.

Unwillkürlich musste er lächeln. Es kam auch so ein hübsches Sümmchen zusammen. Fast hundert Pfennige waren es diesmal, die er der Kasse der Fabrica entnehmen und in die eigene Schatulle stecken konnte. Dafür würde er sich heute Abend nicht nur ein fürstliches Essen in der Krone leisten, sondern hernach die Dienste einer jungen Hübschlerin.

Gerade einmal drei Tage später, zu Beginn der neuen Woche, tauchte fürwahr Graf Konrad im Schaffnerhaus auf, in Begleitung der Brüder Heinrich und Wilhelm Kolman von der Wilden Schneeburg. Alle drei steckten sie in den schäbigen braunen Kutten der Barfüßermönche, die Kapuzen tief ins Gesicht gezogen. Bloß die feinen Kalbslederschuhe passten nicht zu dieser geradezu lächerlichen Verkleidung.

Beate führte sie mit hochrotem Kopf in die Stube und murmelte ein ums andere Mal: «Verzeiht nochmals, Ihr hohen Herren. Verzeiht vielmals.»

Andres, der eben im weich gepolsterten Lehnstuhl sein Mittagsschläfchen gehalten hatte, verkniff sich ein Grinsen. Wahrscheinlich hatte die dumme Gans den Grafen und seine Begleiter nicht einlassen wollen in dieser Aufmachung.

Er sprang auf und verbeugte sich tief vor dem Grafen, dann nickte er den Kolmanbrüdern zu. Die beiden hünenhaften Kerle, die inzwischen ebenso wie Graf Konrad ihre Kapuzen abgenommen hatten, sahen aus, wie das Gassengeschwätz es ihnen nachsagte: finster und unberechenbar. Der ältere Heinrich mit dunkelbraunem Zottelhaar und ungepflegtem Vollbart, der jüngere Wilhelm desgleichen, nur war sein Haar tiefschwarz. Beide hatten sie breite, rötliche Gesichter mit riesigen Nasen. Die von Heinrich war platt geschlagen, dafür prangte auf Wilhelms Stirn eine lange, bläuliche Narbe. Sie hausten auf ihrem Felsennest oben im Wald von Oberried. Seitdem man sie aus dem Bürgerstand ausgeschlossen hatte, sah man sie nur noch höchst selten in der Stadt, wo sie nach wie vor ein Anwesen besaßen. Man sagte ihnen nach, sie seien Landschädlinge, die reisende Kaufleute auf ihre Burg entführten und Lösegeld erpressten.

Unabhängig davon, was von den Gerüchten der Wahrheit entsprach, dachte sich Andres: Wer denen bei Dunkelheit begegnet, nimmt am besten die Beine in die Hand.

«Welche Ehre in meiner bescheidenen Wohnstube», sagte er indessen laut. «Darf ich Euch den guten Burgunderwein vom Bärenwirt anbieten?»

«Nur zu», grinste der junge Graf. Nun, allzu jung war Konrad auch nicht mehr mit seinen etwas über dreißig Jahren, wie Andres schätzte. Doch noch immer war er ein sehr gutaussehendes Mannsbild mit einer aufrechten, von zahlreichen Kämpfen gestählten Gestalt. Anders als bei seinen Begleitern wirkte Konrads langes, blondes Lockenhaar gewaschen und gekämmt, der Kinnbart war sorgfältig gestutzt.

Der Graf ließ sich auf der Fensterbank nieder und wies Andres an, die Fensterläden ein Stück weit zu schließen. «Es braucht niemand zu sehen, dass wir hier sind.»

Andres gehorchte, während die Kolmanbrüder nahe der Tür stehen blieben. Beate brachte, wie schon drei Tage zuvor, einen Imbiss und zwei Krüge mit Wein, und Andres dachte kurz daran, den Besuch des Grafen Egino zu erwähnen, unterließ es dann aber. Warum nicht einfach abwarten, welche Kuh besser zu melken war? Im Übrigen hatte er bislang noch nichts unternommen im Sinne des alten Grafen und des Pfarrrektors, er hatte schlichtweg Wichtigeres zu tun gehabt.

Graf Konrad hielt sich nicht lange mit Zutrinken auf.

«Ist dieser Turm, mit dem jetzt begonnen wurde, noch zu verhindern?», fragte er Andres ohne Umschweife.

«Ich fürchte nein. Die Mehrzahl der Räte ist dafür, die große Mehrheit im Volk ohnehin. Der Neubau ist der Stolz der Stadt. Da braucht es schon mehr als einen hergelaufenen Hetzprediger, der sich in der Stadt herumtreibt und gegen den Turmbau wettert – wie man sieht, wurde er erfolgreich davongejagt. Aber warum, wenn ich fragen darf», setzte Andres listig hinzu, «seid Ihr gegen den Turm, wo ihr Grafen für die Kosten gar nicht mehr aufkommen müsst?»

«Das stimmt zwar, Schaffner, aber mein werter Herr Vater tut es seit einiger Zeit nicht nur freiwillig, sondern immer häufiger, wie du sehr wohl weißt.»

«Nun ja, er trägt hin und wieder sein Scherflein bei, aber die Welt ist es nicht.»

Auf Konrads Stirn zeigte sich eine steile Falte. «Lüg mich nicht an! Er will der Fabrica drei Mark Silber zukommen lassen, sobald die Herren von Üsenberg ihre Kriegsschulden bei uns beglichen haben. Eine Stiftung um sein und seiner Mutter Seelenheil willen – jetzt im Alter wird er plötzlich gottesfürchtig! Lächerlich! Für diesen protzigen Turm gibt er auf einmal das Vermögen, das wir nicht haben, mit vollen Händen aus, genau wie für seine anderen Vergnügungen. Er verpfändet und verkauft unsere schöne Grafschaft Zug um Zug.»

Was das nicht immer schon so gewesen?, hätte Andres ihm am liebsten erwidert. Und seid Ihr mit Euren ständigen Fehden auch nur einen Deut besser?

Konrad beugte sich zu ihm vor. «Hör zu, Schaffner: Dieser Turm wird so nicht gebaut. Ich will meinem Vater wie auch diesen aufmüpfigen Bürgern einen Denkzettel verpassen. Und du arbeitest Hand in Hand mit mir, sonst …»

«Was sonst?» Andres wurde unruhig. Der Graf drohte ihm unverhohlen!

«Sonst schick ich dir meinen Schatzmeister vorbei. Der findet jeden einzelnen deiner Fehler in den Rechnungsbüchern. Und das sind ja nicht wenige. Ich denke, die Bürger werden nicht darüber erfreut sein.»

Andres fuhr es heiß über den Rücken. Wie konnte der Graf davon wissen? Dann holte er tief Luft. Mit Sicherheit war das bloß eine Drohung frisch ins Blaue hinein.

«In meinen Büchern ist alles ordnungsgemäß verzeichnet. Und glaubt mir, ich bin selbst auch kein Freund von unnötigem Protz am Kirchenbau.» Er versuchte sich an einem Lächeln. «Doch nun sagt mir, Herr, wie Euch die Verhinderung des Turms gelingen soll.»

«So klingt mir das schon besser, Andres. Alsdann: Vorsorglich haben wir schon mal den wunderbar nützlichen Wanderprediger wieder herbestellt, den aus Kolmar. Damit er das Volk ein weiteres Mal gehörig aufstachelt, und zwar draußen vor dem Obertor bei der Grafenmühle, auf *meinem* herrschaftlichen Grund und Boden. Für ausreichend Maulaffen, die sein Wort in die Stadt tragen, will ich zu Anfang schon sorgen.» Er lachte. «Das Gute ist, dass dieser Bruder Paulus selbst an sein unsinniges Gebrabbel glaubt.»

«Das mit dem Prediger wird Eurem Vater als Stadtherrn nicht gefallen und dem Magistrat auch nicht», warf Andres ein.

«Auf die Ratsherren pfeif ich, und mein Vater wird nicht mehr lange Stadtherr sein, das prophezeie ich dir. Unser Mönchlein mit seinen Hetzpredigten macht übrigens nur den Anfang, und seine Warnungen werden bald schon auf fruchtbaren Boden fallen. Denn dafür wirst in erster Linie *du* sorgen, und meine beiden Kolmanfreunde helfen dir dabei. Aber auch ich selbst will meinen Teil beitragen – ein paar wenige Verbündete im Alten Rat habe ich schließlich noch, die sich für eine schlichte, bescheidene Baulösung einsetzen werden.»

Andres schluckte. Er saß tatsächlich in der Zwickmühle und sah keinen Ausweg. «Was muss ich also tun?»

«Das will ich dir gern erklären. Zunächst wirst du …»

Konrad hielt plötzlich inne, erhob sich und schlich lautlos zur Tür, die er schwungvoll aufriss. Eine verdatterte Beate stand im Türrahmen.

«Ich wollt nur … wollt nur fragen, ob Ihr Herren noch Wünsche habt», stammelte sie betreten.

«Verschwinde», fuhr der Graf sie an und winkte den jungen Kolman heran.

«Du bleibst vor der Tür stehen, Wilhelm. Und du, Schaffner, solltest dir schleunigst eine neue Magd suchen.» Leise fuhr er fort: «Ab jetzt nur noch im Flüsterton. Womöglich haben auch deine Wände Ohren.»

Zwei geleerte Weinkrüge später waren die Einzelheiten geklärt, und der Graf verabschiedete sich.

«Jetzt muss ich aber dringlichst los.» Mit einem anzüglichen Grinsen zog er sich die Kapuze seiner Mönchskutte ins Gesicht. «Auf mich wartet noch ein kleines Stelldichein in Adelhausen. Eine blutjunge Schönheit.»

Dieser elende Schürzenjäger, dachte sich Andres, während er die drei zur Haustür brachte. Schlimmer noch als sein Vater.

In der Tür drehte sich Konrad noch einmal zu ihm um und musterte ihn scharf.

«Kein Wort zu niemanden», zischte er, «haben wir uns verstanden? Sonst wird dir doch noch mein Schatzmeister einen Besuch abstatten.»

Andres nickte mehrfach und zog dabei unwillkürlich die Schultern ein. In was für eine Heimtücke hatte er sich da bloß hineinziehen lassen? Obwohl die sommerliche Hitze nachgelassen hatte, stand ihm der Schweiß in allen Poren.

Mit bleischweren Beinen kehrte er in die Stube zurück, wo auf der Fensterbank neben einem Lederbeutel herrliche Karfunkelsteine in allen Rottönen glitzerten. Noch einmal die gleiche Menge würde er bekommen, wenn der neue Turm vom Tisch war. Doch bis dahin hatte er einiges zu leisten, und er wusste jetzt schon, dass ihm das schlaflose Nächte bereiten würde. Indessen: Hatte er wirklich eine Wahl gehabt?

Kapitel 28

Fünf Tage später,
Mitte August, Anno Domini 1310

Anselm hatte als einer der Ersten die Zunftversammlung der Krämer und Kaufleute verlassen und stand nun etwas unschlüssig vor dem schönen Fachwerkhaus Zum Falkenberg, das der Stadt hin und wieder als Fest- und Tanzsaal diente und auf der Nordseite des Münsters lag.

Von der Schenke drüben an der Ecke zur Marktgasse drang fröhliches Gelächter herüber. Es war Samstagabend und trotz einbrechender Dunkelheit viel los in der Stadt. Die Knechte und Handwerksgesellen genossen ihren Feierabend zum Wochenende, die Badhäuser und Schenken hatten eine Stunde länger geöffnet. Anselm überlegte, ob er an diesem lauen Sommerabend nicht den Heimweg über den still und verlassen daliegenden Kirchplatz einschlagen sollte anstatt über die belebte Große Gass. Er wollte noch ein wenig den Kopf freibekommen, bis er zu Hause war.

Heute war beim geselligen Umtrunk, der nach abgeschlossener Tagesordnung folgte, auch in ihrer Zunftversammlung von nichts anderem die Rede gewesen, als dass erneut dieser Bettelmönch aus Kolmar in ihrer Stadt aufgetaucht war. Seit Dienstag wetterte er wieder gegen ihren ach so gotteslästerlichen Kirchturm, indessen nicht auf dem Markt in der Großen Gass, sondern draußen vor dem Obertor, bewacht von

Graf Konrads Dienstmannen. Anselm selbst war noch nicht dort gewesen, hatte aber durch die Magd erfahren, dass Bruder Paulus eine erstaunlich große Zuhörerschaft hatte, die täglich wuchs. Anselm war sich sicher, dass der junge Graf selbst die Finger im Spiel hatte, aus welchen Gründen auch immer. Wahrscheinlich wollte er schlichtweg Unfrieden stiften, und der Rat konnte rein gar nichts dagegen unternehmen, da der Platz vor der Grafenmühle Herrschaftsgebiet war. Nun standen zwar fast sämtliche Kaufherren, allen voran der Kornhändler und Münsterpfleger Gottfried von Schlettstadt und er selbst, hinter dem Bauvorhaben, doch hatten sich heute unter den Kleinkrämern in der Zunft die ersten Zweifler gemeldet. Und ausgerechnet Loderer hatte sich prompt zu deren Wortführer gemacht.

Womit Anselms gute Laune dahin war. Aber eigentlich hätte ihn diese Entwicklung nicht verwundern müssen. Schon bei der letzten Ratssitzung am Mittwochnachmittag hatte Loderer sich hervorgetan, indem er sich lautstark einer kleinen Gruppe vom Alten Rat um den ehemaligen Schultheißen Konrad von Tusslingen angeschlossen hatte, die plötzlich wieder die sogenannte «Einfachlösung» verfocht, was hieß: den Turm auf halber Höhe beenden. Womit das Münster aussehen würde wie eine bessere Dorfkirche.

Anselm schnaubte. Dieser Windbeutel! Noch die Woche zuvor hatte Loderer verlautbart, dass er für den schönsten Turm der Christenheit mit Freuden zwei Mark Silber spenden wolle, was mit seiner geänderten Haltung natürlich vom Tisch war. Und dann war da auch noch dieser Schaffner Andres von Endingen gewesen, der überraschend in ihre Mittwochssitzung hereingeschneit kam, mit einem zusammengerollten Pergament, an dem das gräfliche Siegel hing. Er hatte reichlich verwirrt gewirkt, als er die überaus großzügige Schenkung Graf

Eginos verkündete und schon im nächsten Atemzug in aller
Ausführlichkeit vor den unsagbar hohen Ausgaben warnte, die
da auf die Fabrica zukämen, da ein solcher Turm eine jahrzehn-
telange Bauzeit erfordere. Bürgermeister Snewlin im Hof hatte
ihn schließlich unterbrochen mit den barschen Worten: «Was
wollt Ihr eigentlich? Für oder gegen den Turm sprechen? Das ist
im Übrigen Sache des Rats und nicht die Eure als Schaffner.»

Zum Glück ließ sich Baumeister Heinrich von diesen neuerlichen Querelen nicht beirren. Ungerührt arbeitete er mit
seinen Männern am Turm weiter und war gerade dabei, die
ersten Mauersteine um den Glockenstuhl und die darin vor-
gesehene Türmerstube hochzuziehen. Die wundersame zwölfeckige Sterngalerie, die den alten Unterbau in das Achteck des
neuen Turms überführte, war bis auf die Maßwerkbrüstung
bereits fertig, und man ahnte schon, dass da etwas Großartiges
im Entstehen war. Als Huldigung an den Schöpfer des neuen
Turms hatte Heinrich sogar für eine der Konsolen zur Galerie
eine Büste Erwin von Steinbachs geschaffen.

«Warum schaust du so griesgrämig drein, Anselm?»

Gottfried von Schlettstadt war aus der Tür des Zunfthauses
getreten und lächelte ihm aufmunternd zu. Der Münsterpfleger war ihm längst vom Zunft- und Ratsgenossen zum guten
Freund geworden.

Anselm wollte gerade antworten, als die Tür erneut auf-
schwang und Loderer erschien. Wortlos drückte er sich an ihnen vorbei, als ob sie Luft seien, und verschwand in Richtung
seines Domizils, das nur einen Steinwurf entfernt lag.

Kopfschüttelnd blickte Gottfried ihm nach.

«Der Kerl redet seit einem Jahr kein Wort mehr mit dir. Ist
das immer noch wegen eurer Rauferei?»

Anselm zuckte die Schultern. «Wohl eher, weil man ihm

damals eine mehr als doppelt so hohe Strafe aufgebrummt hat. Wegen Verleumdung sowohl des Baumeisters als auch meiner Frau.»

«Ich denke, das geschieht ihm recht. Aber er sollte es wie ein Mann nehmen, statt sich wie ein beleidigtes Kleinkind aufzuführen. Wahrscheinlich weiß er, dass wir von der Zunft alle auf deiner Seite waren, als wir von eurem Zweikampf erfuhren.»

Wider Willen musste Anselm lachen.

«Ich jedenfalls bereue es keinen Moment, dass ich ihn verdroschen habe.» Dann wurde er wieder ernst. «Er sät schon wieder Zwietracht. In unserer Zunft wie auch im Stadtrat.»

«Du meinst, wegen dem Münsterturm?»

«Ja. Die Hetzpredigten dieses Lotterpfaffen kommen ihm und einigen anderen doch gerade recht. Ich habe kein gutes Gefühl dabei. Wir haben schon einmal einen guten Baumeister verloren.»

«Ach was, zerbrich dir nicht unnötig den Kopf wegen ein paar Quertreibern. Die hat es immer gegeben, und trotzdem geht es mit unserem schönen Münster voran.»

«Mag sein. Aber früher waren es die Herrschaften vom Alten Rat gewesen, die uns Neuen Vierundzwanzigern ans Bein zu pinkeln versuchten. Jetzt tönen sogar die Handwerksleute gegen den neuen Turm, wie der Eisenkrämer oder der Apotheker. Und im Rat neuerdings besonders laut Bäcker Nussbaum. Zu teuer und zu selbstherrlich, blöken sie alle, und werden auch noch beklatscht.»

«Der Nussbaum tut das doch nur, weil er damals das Amt des Kirchenbäckers nicht bekommen hat. Gekränkte Eitelkeit.» Er schlug Anselm auf die Schulter. «Wollen wir noch auf ein Bier in die Krone gehen?»

«Ein andermal. Ich habe Verena versprochen, dass ich gleich

nach Hause komme. Aber du könntest mich begleiten. Verena würde sich freuen.»

«Gerne. Aber nur kurz.»

Sie überquerten den Platz vor dem mächtigen Westportal. Wo sonst gehämmert, gesägt und geklopft wurde, lag alles still und verlassen im Halbdunkel. Da sah Anselm auf der Galerie des Turms ein Licht flackern. Das war merkwürdig, war die Türmerstube für die nächtliche Stadtwache doch noch längst nicht fertig.

«Siehst du auch das Licht auf der Galerie?», fragte Anselm seinen Begleiter und kniff die Augen zusammen. Jetzt erkannte er sogar zwei: eines, das sich bewegte, ein anderes am Ausgang der steinernen Wendeltreppe, die auf der Südseite hinaufführte.

«Das wird der alte Custos sein, der vor der Nacht noch einmal seinen Rundgang macht», erwiderte Gottfried.

Tatsächlich hörten sie oben jemanden rufen: «Hallo? Ist da wer?»

Im nächsten Augenblick splitterte Holz, und ein gellender Aufschrei ließ Anselm zusammenzucken. Keinen Atemzug später prallte etwas dumpf auf dem Erdboden auf.

Fast gleichzeitig rannten sie los, um die mächtigen Strebepfeiler herum, auf die Nordseite von Liebfrauen. Dort lag zwischen geborstenem Gerüstholz die kleine, hagere Gestalt des alten Kirchendieners, das Gesicht zur Seite gedreht, die Glieder unnatürlich verbogen.

Entsetzt beugte sich Anselm zu ihm nieder. Der Unterkiefer war zerschmettert, die weit aufgerissenen Augen blickten starr nach oben, als hätte der arme Mann im Augenblick des Todes den Himmel um Hilfe angefleht. Denn dass der Custos tot war, daran bestand kein Zweifel.

Anselm schlug das Kreuzzeichen. Allmächtiger, was war geschehen? War er auf dem Gerüst ausgerutscht?

«Ich lauf zum Pfarrhaus», stieß Gottfried mit gepresster Stimme hervor und war auch schon verschwunden.

Keine hundert Schritte weiter sah Anselm die Schatten mehrerer Männer aus dem Zunfthaus treten, und er duckte sich unwillkürlich. Was er jetzt ganz und gar nicht wollte, war ein Auflauf neugieriger Gaffer. Die ungeklärten Todesumstände des armen Kirchendieners würden nur Wasser auf den Mühlen der Turmgegner sein. Des närrischen Wanderpredigers ohnehin.

Doch die Männer schauten nicht einmal in seine Richtung und schritten plaudernd zur Großen Gass davon.

Mit zitternden Händen schloss Anselm dem Toten die Augen und sprach dabei leise ein Vaterunser. Plötzlich erinnerte er sich daran – damals war er noch ein junger Mann gewesen –, wie sich hier unter dem vorigen Baumeisters einer von dessen Männern zu Tode gestürzt hatte, eine unglückliche, verwirrte Seele namens Jecklin. Doch seither war auf dem Werkhof zum Glück niemand mehr ums Leben gekommen, von dem schrecklichen Werkstattbrand abgesehen, und Unfälle hatte es auch keine schlimmeren als auf anderen Baustellen gegeben.

Gedämpfte Stimmen und eilige Schritte näherten sich, als auch schon Gottfried mit dem Parlier um die Ecke bog. Wolfhart hatte sich eine der Tragen, mit der die Männer sonst schwere Steine schleppten, unter den Arm geklemmt, Gottfried trug eine Lampe bei sich. Inzwischen war es dunkel geworden.

«Pfarrer Raimund will, dass wir ihn vor den Täuferaltar bringen», sagte Wolfhart mit rauer Stimme und beugte sich zu dem Leichnam hinunter, um ihm den Schlüsselbund vom

494

Gürtel abzunehmen. Als er sich wieder aufrichtete, sah Anselm im Schein der Lampe Tränen in den Augen des sonst so verschlossenen, harten Mannes.

«Gehen wir gleich hier durchs Turmportal», beschied der Parlier und überreichte Gottfried den Schlüssel. «Sonst haben wir die halbe Nachbarschaft am Hals. Dem Baumeister sagt inzwischen unser Hüttenknecht Bescheid.»

Schon hatten sich einige Türen und Fenster rund um den Kirchplatz geöffnet, und jemand rief: «Was ist geschehen? Was treibt ihr da?»

Ohne darauf zu achten, hievten Wolfhart und Anselm den Toten behutsam auf die Bahre, während Gottfried ihnen leuchtete. Anselm zuckte zusammen, als er die Knochen in dem zerschmetterten Körper knacken hörte. Die rechte Gesichtshälfte war nur mehr eine blutige Masse, und so versuchte er, den Blick auf die zerschlissene Kutte des Alten zu richten.

Drinnen vor dem Johannes-Baptist-Altar wartete schon eine Gruppe von Männern auf sie: neben den drei Leutpriestern im hastig übergeworfenen Talar und dem zweiten Kirchendiener ein völlig aufgelöster Schaffner sowie der junge Pfarrrektor Gebhard von Freiburg.

«So deckt ihn doch endlich zu!», schnauzte der mit seiner kindlich hohen Stimme in die Runde, doch Anselm konnte es ihm nicht verdenken. Zu grauslich war der Anblick des Leichnams.

Noch bevor der Kirchendiener das Bahrtuch herbeigeschafft hatte, begannen die Geistlichen mit dem Totengebet und innigen Fürbitten an die Heiligen, damit dem bereits Verstorbenen die Absolution erteilt werden konnte. In dieser Zeit erschienen auch Baumeister Heinrich mit seinem Sohn und Lehrknaben Henni sowie der Hüttenknecht mit einigen Werkleuten, die er wohl in den umliegenden Schenken aufgetan hatte. Alle waren sie aschfahl im Gesicht.

Pfarrer Raimund besprengte den Toten mit Weihwasser und kniete nieder: «Ego te absolvo a peccatis tuis. In nomine Patris et Filii et Spiritus Sancti.»

«Amen», antworteten die Umstehenden im Chor, und der Priester zeichnete dem Toten mit geweihtem Öl das Kreuz auf die Brust, dem augenscheinlich einzig unversehrt gebliebenen Körperteil. Dann endlich wurde der Tote bedeckt, und Anselm atmete auf.

Pfarrer Raimund erhob sich. «Geht nun nach Hause, ihr lieben Leute, und kommt morgen früh zur Sonntagsmesse wieder, auf dass wir alle gemeinsam für den Toten beten und von ihm Abschied nehmen. Wir Priester werden bis dahin die Totenwache halten. – Ihr bitte auch, Pfarrrektor», fügte er hinzu, als Gebhard von Freiburg sich schon abwenden wollte.

Sie verließen die Kirche durch das Nikolausportal, Anselm und Gottfried zusammen mit dem sichtlich erschütterten Baumeister, als der Schaffner ihnen hinterhereilte. Er holte tief Luft und fasste Anselm und Gottfried bei der Schulter.

«Wartet. Habt *Ihr* den armen Custos gefunden?»

Auf seiner Halbglatze stand der Schweiß, und seine kleinen Äuglein sprangen unruhig zwischen ihnen hin und her.

«Ja, Magister Andres», erwiderte Gottfried ruhig. «Wir waren gerade auf dem Heimweg von unserer Zunftversammlung.»

«Habt Ihr … wisst Ihr um die näheren Umstände seines Todes?»

«Er ist uns sozusagen vor die Füße gefallen. Zuvor haben wir auf der Turmgalerie sein Licht gesehen.» Der Münsterpfleger musterte Andres von Endingen scharf. «Gehörte es eigentlich zu den Aufgaben des alten Mannes, zur halben Nacht auf den Turm zu steigen?»

Anselm wusste, dass die beiden fast schon auf Kriegsfuß miteinander standen, seitdem Gottfried in der Ausgabenliste der Fabrica einige Ungereimtheiten hatte nachweisen können.

«Nein, eigentlich nicht», stotterte der Schaffner. «Er soll bloß schauen, dass alle Türen verschlossen sind, und ob sich abends noch jemand hier herumtreibt.»

Die Überheblichkeit, die der Schaffner sonst an den Tag legte, war gänzlich verflogen.

«Wart Ihr vorhin eigentlich in Eurer Stube?», mischte sich Anselm ein.

«Ja, die ganze Zeit. Warum fragt Ihr?»

«Dann könntet Ihr doch etwas gehört haben, wo Ihr an diesem lauen Abend sicher die Fenster zur Kirche hin offen stehen habt?»

«Nun, ich hatte den ganzen Abend in der Heiligen Schrift gelesen. Schon gleich nach der Rechnungsprüfung durch den Herrn Münsterpfleger habe ich damit angefangen.»

«Keine verdächtigen Geräusch bei der Kirche? Keine Schritte oder Stimmen?»

«Nein. Wie gesagt, ich war ganz in mein Studium versunken. Wollt Ihr damit sagen, Kaufherr», auf seinem Gesicht zeigten sich rote Flecken, «dass der Sturz gar kein Unglück war?»

«Möglicherweise war noch jemand anderes auf der Baustelle. Wir haben den Kirchendiener rufen hören: *Ist da wer?*, kurz bevor er verunglückt ist. Und ein zweites Licht oben an der Wendeltreppe war auch zu sehen.»

«Das … das wäre ja furchtbar!»

Baumeister Heinrich räusperte sich. «Wie dem auch sei: Sobald es morgen früh hell wird, werde ich mir die Unglücksstelle genauer ansehen. Vielleicht wissen wir danach mehr.»

So war am nächsten Tag aus der Sonntagsmesse eine Totenmesse geworden, an der auch sämtliche Werkleute teilnahmen. Im Kirchenschiff drängten sich mehr Menschen als an Ostern und Weihnachten zusammen. Anselm fragte sich die ganze Zeit, wie die Nachricht von dem rätselhaften Tod des Kirchendieners so schnell die Runde machen konnte. Zum Glück beschränkte sich Pfarrer Raimund bei der Totenfeier darauf, von einem «großen Unglück» zu reden.

Nach der Messe stand Anselm wie üblich noch ein wenig mit Verena und den Kindern vor dem Nikolausportal, während seine Augen die Menge nach Meister Heinrich absuchten. Dabei entdeckte er so einige hohe Herren, die sonst nie die Messe der Bürger besuchten, sondern diese mit ihrem eigenen Priester an einem gesonderten Altar zelebrierten. Plötzlich stutzte er: Was taten denn die Kolmanbrüder hier? Dass sie es überhaupt wagten, sich unters Freiburger Volk zu mischen …

Seine jüngste Tochter Sophie zupfte ihm am Rock.

«Tut es eigentlich sehr weh, wenn man von einem so hohen Turm fällt?», fragte sie ihn mit großen Augen.

«Blödsinn», antwortete an seiner Stelle ihre ältere Schwester Klara. «Man ist doch sofort tot! Da hat man gar keine Schmerzen mehr.»

Sophie nickte nachdenklich. «Dann hat der alte Mann ja noch Glück gehabt.»

«Jetzt hört auf damit», ging Verena dazwischen. Auch ihr war die Nachricht gestern Abend sichtlich zu Herzen gegangen. «Schau, Sophie, da drüben ist deine Freundin Gritli. Darfst zu ihr laufen.»

Das ließ sich die Kleine nicht zweimal sagen.

«Komm.» Anselm nahm Verena beim Arm. «Gehen wir auch hinüber. Ich muss Heinrich etwas fragen.»

Zur Familie des Baumeisters hatten sich bereits Bürgermeister Snewlin im Hof sowie der Münsterpfleger und dessen Frau gesellt. Die Ehe der beiden war kinderlos geblieben, doch die Schlettstadterin hatte aus der Not eine Tugend gemacht und kümmerte sich rührend um die Kinder der Ärmsten in der Stadt.

Die drei Männer standen etwas abseits, und Anselm trat zu ihnen. Seit jenem Zweikampf mit Loderer duzte er Heinrich, und inzwischen fand er es nur noch lächerlich und beschämend, dass er jemals geglaubt hatte, Verena und der Baumeister hätten eine heimliche Liebschaft eingehen können.

Die Männer begrüßten sich, dann fragte Anselm den Baumeister, ob er schon etwas herausgefunden habe am Morgen.

Er nickte. «Das Gerüst war aus gutem Holz, nichts Morsches dabei. Aber ich hatte vorsichtshalber den Zimmermannmeister Rutschi dazu holen lassen, und er meinte, jemand habe mutwillig einige Nägel entfernt.»

Anselm atmete tief aus. Somit bestätigte sich also seine schlimme Ahnung, die ihn in der gestrigen Nacht nach dem Sturz immer mehr bedrängt und kaum hatte schlafen lassen. «Ihr anderen wisst schon davon?», fragte er in die Runde.

Snewlin im Hof nickte bekümmert. «Ja, Kaufherr. Wenigstens kann man unserem Baumeister nun keine Schlamperei vorwerfen, von wegen schlecht gebauten Gerüsten und so. Aber nun werden wir wohl das Gericht einberufen müssen.»

«Bloß, wer hätte diesem einsamen alten Mann etwas Böses tun sollen?»

«Wer weiß?», ergriff Gottfried das Wort. «Vielleicht war es

gar nicht gegen den Custos gerichtet. Vielleicht sollte es einfach nur irgendwen treffen. Auf jeden Fall hat sich dort oben jemand am Geländer zu schaffen gemacht, um Schaden zu stiften. Oder, wie in unserem Falle, jemanden zu töten. Jedenfalls ist der Turmbau wieder in aller Munde.»

«Du meinst, jemand wollte mit dem Unfall unseren Turm in Verruf bringen?»

«Genau das meine ich.»

Erschrocken sah Anselm zu Heinrich. «Dann hätte es ja auch einen deiner Leute treffen können. Oder gar dich selbst.»

In diesem Augenblick ertönte vom Pfarrhaus her eine durchdringende Stimme:

«So kommt mit mir, ihr Freiburger Leut', wenn ihr die Wahrheit hören wollt! Folgt mir hinaus zur Grafenmühle, damit ich euch das rechte Wort predigen kann!»

«Verschwinde, Kuttenbrunzer!», brüllte jemand, und Anselm unterdrückte gerade noch einen deftigen Fluch.

Der Bürgermeister bekam einen hochroten Kopf. «Ich werde den Kerl ins Verlies schleifen lassen», stieß er hervor und ward schon von der Menge der Kirchgänger verschluckt, die sich jetzt wie eine zähflüssige Masse durch das Gässchen in Richtung Obertor wälzte. Binnen kurzem war der Kirchplatz fast leer.

Verdutzt blickten sich die Männer an.

«Das ging ja rasch», raunte der Baumeister, als Verena und Elisabeth zu ihnen traten.

«Nehmt ihr Männer die Kinder mit nach Hause?», bat Verena. «Wir wollen ebenfalls zur Grafenmühle.»

Kopfschüttelnd sah Anselm seine Frau an. «Was soll das? Willst du allen Ernstes den Hetzpredigten dieses Giftmischers lauschen?»

«Ich finde, man sollte mit eigenen Augen sehen und mit eigenen Ohren hören, was vor sich geht. Du etwa nicht?»

«Nein, das muss ich mir wahrhaftig nicht antun. Aber ich bin natürlich gespannt, was du erzählst.»

«Die halbe Stadt hatte sich bei der Grafenmühle versammelt», berichtete Verena aufgeregt beim Mittagessen, «und dieser Bruder Paulus war am Ende ganz heiser von seinem Geschrei. *Hochmut kommt vor dem Fall*, hat er immer wieder gekreischt, und dass der unselige Turm nun sein erstes Opfer gefordert hätte. Stell dir vor, er will den Konstanzer Bischof auf seine Seite ziehen, auf dass der Weiterbau verboten wird.»

«Als ob unser Bischof jedem hergelaufenen Wanderprediger sein Ohr leihen würde», gab Anselm scheinbar ungerührt zurück. «Außerdem glaube ich nach wie vor, dass die Mehrheit der Zuhörer von der Burg stammt und auf Befehl von Graf Konrad dort war.»

So ganz traute er aber seinen eigenen Worten nicht.

Verena schüttelte bestimmt den Kopf. «Nein, Anselm. Dazu habe ich zu viele Leute aus der Nachbarschaft gesehen und auch viele deiner Zunft- und Ratscollegen. Sogar das Weib des Schultheißen war da. So einige wollten den Mönch zwar fortjagen, die meisten waren aber ziemlich beeindruckt von seinem Geschwätz. Das befürchte ich zumindest ...»

Da beschloss er, statt seines Mittagsschlafes Bürgermeister Snewlin im Hof aufzusuchen, auf dass der seinen Vetter, den Schultheißen, darauf drängte, gleich am nächsten Morgen die Schöffen einzuberufen und die beiden Heimliche Räte zu ernennen. Das Gericht musste sich schnellstmöglich dem Todesfall annehmen, um herauszufinden, wer diesen gottlosen Frevel auf dem Kerbholz hatte. Vor allem aber wollte

Anselm erreichen, dass Gottfried und er als Zeugen des Unglücks angehört würden. Auch Andres von Endingen musste vorgeladen werden, denn Anselm hatte den Eindruck, dass der Schaffner irgendetwas verheimlichte, aus welchen Gründen auch immer.

Als er auf die Salzgasse hinaustrat, lag die Stadt wie erstarrt in der sonntäglichen Mittagsruhe. Wer nicht zu Hause blieb und ein Schläfchen hielt, war bei dem angenehm warmen Wetter am unteren Burgberg oder am Dreisamufer spazieren oder besuchte Verwandtschaft im Umland.

Der Bürgermeister hatte sein Stadthaus gleich neben dem Heiliggeistspital in der Großen Gass, und der kürzeste Weg führte über das alte Kaufhaus und den Kirchplatz. Hier und da konnte man noch die Essensgerüche des sonntäglichen Festmahls in der Gasse riechen, doch plötzlich, im Schatten des Kaufhauses, stieg Anselm frischer Brandgeruch in die Nase. Der kam ganz deutlich vom Kirchplatz.

Mehr als beunruhigt beschleunigte Anselm seinen Schritt. Seltsam, dass er gar keine Feuerglocke gehört hatte. Nun ja, vielleicht brieten sich die Bauleute zur Feier des Sonntages ja nur eine Hammelkeule auf offenem Feuer, auch wenn das verboten war.

Kaum hatte er die enge Seitengasse zum Kirchplatz hinter sich gelassen, brannte es ihm schon in den Augen. Vor der Bauhüttenwerkstatt hatte sich eine Menschenmenge angesammelt, die erschrocken auf das qualmende Dach starrte. Er brauchte einen Moment, bis er erkannte, dass der rechte Teil des Dachstuhls eingestürzt war. Dort waren die Balken schwarz verkohlt, noch immer waberten Rauchschwaden daraus hervor. Dann tauchte aus dem Gebälk die vierschrötige Gestalt von Hüttenknecht Kunzi auf.

«Der Brandherd ist gelöscht!», rief er hinunter. «Keine Gefahr mehr.»

Anselm eilte auf Heinrich zu, der, wie einige andere auch, Eimer und Feuerpatsche in den Händen hielt.

«Was ist geschehen, um Himmels willen?»

«Ich weiß auch nicht recht.» Der Baumeister wirkte verstört. «Zum Glück hatte Kunzi den Brand gleich bemerkt. Er war als Einziger von meinen Leuten hier. Hatte im Schatten der Werkstatt ein wenig gedöst, als er ein Knistern gehört hatte. Ich selbst war zufällig im Pfarrhaus, um mit den Leutpriestern die Prophetenfiguren für den neuen Turm zu besprechen, und so waren wir auch gleich an Ort und Stelle. Zusammen mit dem Parlier und einigen Nachbarn war der Brand schnell gelöscht, und die beiden Feuerknechte konnten wieder abziehen.»

«Ist das Feuer vom Ofen her entstanden? Vielleicht durch Funkenflug?»

«Nein, der Ofen war den ganzen Sommer hindurch nicht mehr benutzt worden. Ich verstehe es einfach nicht. Erst gestern der Tod des armen Custos, und heute das.»

Täuschte sich Anselm oder stand da hinter dem offenen Fenster des benachbarten Schaffnerhauses Andres von Endingen? Als er hinaufwinkte, verschwand der Schatten sofort.

Wolfhart trat neben sie, mit rußgeschwärztem Gesicht. «Es raucht und stinkt zwar noch gewaltig darinnen, aber du kannst jetzt rein, Meister. Es ist kein größerer Schaden entstanden. Einen Teil der Balken austauschen, neue Dachsparren und Schindeln drauf, dann kannst du deine Reißkammer wieder benutzen. Ich schätze, wir brauchen drei Tage dafür.»

Da erst begriff Anselm. Nicht der Schlafraum der Steinmetze hatte gebrannt, sondern die Zeichenstube des Baumeisters!

«Was … was ist mit dem Riss des Turms, der dort hing?», fragte er erschrocken.

Müde zuckte Heinrich die Schultern. «Verbrannt. Aber ich kann ja heilfroh sein, dass nichts Schlimmeres geschehen ist. So wie damals, unter Meister Gerhard.»

Anselm glaubte sich verhört zu haben.

«Verbrannt, sagst du? Aber wie wollt ihr dann weiterbauen? Und überhaupt: Warum hängt die Zeichnung eigentlich sonntags unverschlossen in der Werkstatt, nur damit ein paar Neugierige sie studieren können? Oder auch zerstören, wie du siehst …»

«Die Freiburger sollten sich halt mit ihrem Turm verbunden fühlen. Trotzdem halb so schlimm, es war nur eine Abschrift. Erwin von Steinbachs Entwurf liegt zusammengerollt und gut verpackt im Kirchenarchiv, und das ist immer abgeschlossen. Muss ich ihn eben erneut abzeichnen, und das dauert natürlich seine Zeit. Aber ich bin ja selbst schuld.» Er seufzte leise. «Kommst du mit, Anselm? Ich will mir die Schäden aus der Nähe anschauen.»

Da die Leiter zur Reißkammer angekohlt war, kletterten sie zunächst hinauf in die Schlafstube, die, dem Herrgott und dem beherzten Hüttenknecht sei Dank, kein Feuer gefangen hatte. Nicht auszudenken, wenn dort die Strohsäcke in Brand geraten wären!

Die benachbarte Reißkammer hingegen war hinüber. Der dicke Dielenboden schien, von Ruß- und Brandspuren abgesehen, noch halbwegs in Ordnung, während die obere Dachfläche sowie die halbe Giebelseite abgebrannt waren. Von Heinrichs Pergament, das auf die Giebelwand gespannt gewesen war, war nicht einmal ein Fetzen übrig geblieben.

«Ich frage mich», murmelte Heinrich, «welcher Erzdummkopf auf den Gedanken kommt, auf dem Dachboden ein offenes Feuer zu machen? Das kann nur ein Besoffener gewesen sein oder ...»

Er stockte, während Anselm nickte.

«... oder jemand, der euch Bauleuten und der Fabrica schaden wollte», vervollständigte er den Satz.

Er beugte sich zu einem verkohlten Bündel hinab und schnüffelte. Es roch harzig-schweflig. Gerade so wie diese Mischung des Apothekers, mit der damals beim Beschuss der Burg die Feuertöpfe befüllt wurden. Merkwürdig war auch, dass dieses Bündel genau an der Wand lag, an der der Riss gehangen hatte.

«Das hier hat jemand willentlich getan und nicht etwa aus Versehen. Und ich fürchte, derjenige hatte es gezielt auf den Riss abgesehen.»

«Aber warum? Was soll das alles?» Fast verzweifelt sah Heinrich ihn an.

«Wir werden es herausfinden, das verspreche ich dir. Wir beide suchen jetzt den Bürgermeister und den Schultheißen auf, um zu berichten.»

Der Baumeister nickte reichlich mutlos.

Leider trafen sie weder den einen noch den anderen daheim an. Als sie zur Werkstatt zurückkehrten, waren dort die Aufräumarbeiten in vollem Gange.

Anselm legte dem Baumeister die Hand auf die Schulter. «Du gehst am besten nach Hause, Heinrich. Hier sind genug Hände zum Helfen.»

«Hast recht. Ich könnte schon einmal mit dem Abzeichnen der Urfassung beginnen. Gut, dass wir die wenigstens sicher aufbewahrt haben.»

«Hast du denn den Schlüssel fürs Kirchenarchiv?»

«Ja.» Heinrich klopfte gegen den Schlüsselbund an seinem Gürtel. «Kommst du mit? Wir haben ja fast denselben Weg nach Hause.»

Sie gingen hinüber zum südlichen Chorturm, wo Anselm wartete. Wieder hatte er das Gefühl, beobachtet zu werden, doch hinter dem offenen Fenster des Schaffnerhauses war niemand zu sehen. Vielleicht war es vorhin auch nur Beate gewesen, die neugierige Magd des Schaffners. Nun, er würde Andres von Endingen einen Besuch abstatten, sobald Heinrich zurück war. Sollte der Schaffner zu Hause sein, würde er ihm die Frage stellen, warum er nicht beim Löschen geholfen hatte.

Während Heinrich im Archiv verschwunden war, dachte er daran, dass der Brand die Arbeiten am Bau zum Glück nur verzögern und nicht ernsthaft gefährden würde. Dass es sich bei dem zerstörten Riss lediglich um eine Abschrift handelte, hatte der Brandstifter wohl nicht bedacht.

Kreidebleich im Gesicht kehrte Heinrich zurück, zu Anselms Erstaunen mit leeren Händen.

«Er ist weg! Der Riss ist aus dem Archiv verschwunden!» Heinrich sah ihn so fassungs- wie ratlos an.

«Wie? Bist du dir ganz sicher?»

«Aber ja. Seit Jahr und Tag liegt er an derselben Stelle in einer Truhe. Erst letzte Woche hatte ich ihn in der Hand, um etwas nachzuprüfen.» Der sonst so gelassene Baumeister presste die zitternden Hände vor der Brust zusammen. «Heiliger Blasius, mach, dass das nicht wahr ist!»

«Ganz ruhig, Heinrich.» Anselm war bemüht, einen kühlen Kopf zu bewahren. «Vielleicht ist das nur ein Versehen. Vielleicht hat sich ja der Pfarrrektor über den Sonntag den Riss ausgeliehen und vergessen, dir Bescheid zu geben. Gebhard von

Freiburg hat doch ebenfalls einen Schlüssel zum Archiv, nicht wahr?»

«Ja. Genau wie der Münsterpfleger und der Schaffner. Das heißt, den Schlüssel des Schaffners besitze *ich* derzeit, da ich eben gerade wegen des Risses darauf bestanden habe. Andres von Endingen wollte sich längst meinen Schlüssel nachmachen lassen, hat es aber bis jetzt versäumt.»

Anselm überlegte. «Könnte es rein gedanklich sein, dass jemand den Schlüssel unbemerkt von deinem Schlüsselbund entfernt hat? Nur für kurze Zeit? Und ihn dann wiedergebracht hat?»

«Wie denn? Ich trage den Bund doch immer bei mir. Und zu Hause in der Wolfshöhle liegt er an einem Ort, den nur Elisabeth und mein Ältester Henni kennen.» Doch dann stutzte er. «Aber jetzt, wo du es sagst ... Erst neulich war mir aufgefallen, dass der Archivschlüssel an anderer Stelle im Ring eingehängt ist als zuvor. Ich konnte mir das nicht erklären, dann hab ich mir aber gesagt, dass ich mich ganz gewiss täusche, weil ich diesen Schlüssel nur höchst selten benutze.»

Anselm versuchte, sich nicht anmerken zu lassen, wie aufgeschreckt er war. Das hing doch alles miteinander zusammen: der tödliche Sturz, der Brand und jetzt der verschwundene Entwurf Erwin von Steinbachs! Wer und was auch immer dahintersteckte, eines war sicher: Vorerst konnte am Turm nicht weitergebaut werden.

«Hattest du in den letzten Tagen vielleicht Besuch bei dir zu Hause? Womöglich in deiner Abwesenheit», fragte er so ruhig es ihm möglich war.

«Nicht, dass ich wüsste. Aber ich werde Elisabeth fragen. Und vielleicht weiß ja doch mein Henni was über den Schlüssel.» Sorgenvoll verzog er das Gesicht. «Der Junge wird natürlich gleich denken, ich wollte ihm etwas unterstellen. Wir haben derzeit oft Streit miteinander, weil ich so streng mit ihm bin. Aber er ist mir einfach zu großspurig geworden, das gefällt mir nicht. Vielleicht hätte ich ihn doch einem anderen Meister in die Lehre geben sollen. Aber sei's drum, ich frag ihn.»

«Gut. Und ich schaue vor dem Abendessen nochmals bei meinem Freund, dem Münsterpfleger, vorbei. Vielleicht kann er sich das mit dem Archivschlüssel erklären. Mit ihm kann ich offen sprechen.»

Heinrich nickte bekümmert. «Bleiben noch der Schaffner und der Pfarrrektor.»

«Da sollten wir vorsichtig sein», sagte Anselm zögernd. «Andres von Endingen wird dir bestimmt einen Strick daraus drehen, wenn er erfährt, dass dir der Archivschlüssel abhandengekommen sein könnte. Und Gebhard von Freiburg wird wahrscheinlich alles gleich brühwarm im Grafenhaus weitererzählen. Nein, den Rektor lassen wir erst einmal außen vor, und zum Schaffner gehe ich allein. Ich möchte ohnehin wissen, warum er sich vorhin nicht hat blicken lassen. Geh du jetzt deinen Sohn fragen – weißt du denn, wo er steckt?»

»O ja», erwiderte Heinrich grimmig. «Im Storchen beim Umtrunk, wie jeden Sonntagnachmittag.»

Anselm sah ihm nach, wie er mit hängenden Schultern zur Vorderen Wolfshöhle davonging. Dann überquerte er den Kirchplatz und klopfte lautstark gegen die Tür des Schaffnerhauses. Aus einem der oberen Fenster steckte Beate ihr rundes Gesicht heraus.

«Was wollt Ihr, Herr?»

«Ist der Schaffner im Haus?»

«Ja, aber der liegt mit 'ner Kopfgrippe im Bett. Deshalb konnt' er ja auch nicht beim Löschen helfen.»

«Dann sag ihm, dass Ratsherr Wohlleb um den Schlüssel fürs Kirchenarchiv bittet.»

Der Kopf verschwand, um keine drei Atemzüge später wieder aufzutauchen. «Der Schaffner sagt, sein Schlüssel wär beim Baumeister, er hätt gar keinen mehr. Und dass Ihr ohnehin nicht ohne Begleitung in dieses Dings ... in dieses Archiv dürft.»

Zwei Tage später, an Mariä Himmelfahrt, wurde die geliebte und hochverehrte Schutzpatronin von Liebfrauen mit einer heiligen Messe gefeiert. Die Kirche war gut besucht, obwohl es mitten in der Woche war, und anlässlich des hohen Feiertages hielt ausnahmsweise Pfarrrektor Gebhard den Gottesdienst ab. Während er die Zeremonien und Gebete in grausam falschem Latein herunterschnurrte, trug er die in der Volkssprache gehaltene Predigt umso wortgewaltiger vor.

«Auch Kirchenbau ist Gottesdienst», rief er mit seinem dünnen Stimmchen von der neu erbauten Kanzel herab. «Auch Kirchenbau ist Lobgesang auf Gott, den Heiland und für uns hier ganz besonders auf die heilige Mutter Maria, unsere Himmelskönigin! Ganz besonders ihr wollen wir damit ein Geschenk machen und unsere Demut zeigen. Denn Kirchenbau bedeutet unerhörte Anstrengung und Opferbereitschaft! Erbracht nicht nur von den Werkleuten, sondern auch von euch Bürgern, die ihr von eurem hart erarbeiteten Lohn abgebt. Aber ich weiß, ihr alle tut es mit Freuden, und so dürfen wir nicht wanken mit dieser schönen Kirche, in die meine gräfliche Familie schon so viel Herzblut gesteckt hat – und Silber ohnehin. Ein jeder von euch, vom Bettler bis zum Edelmann, vom Taglöhner bis zum Kaufherrn, trage weiterhin sein Scherflein hierzu bei, und ihr werdet sehen ...»

Am Nordportal entstand Unruhe, und Anselm, der zwischen Medicus Thomann und dem Paradiesmüller auf der Männerseite stand, reckte den Kopf.

«… ihr werdet sehen, dass es euch tausendfach …»

Weiter kam Gebhard von Freiburg nicht.

«Hört nicht auf ihn!» Mit wehenden Rockschößen stürmte Bruder Paulus herein und erklomm die oberste Stufe zum Chor. «Hört nicht auf ihn, denn aus ihm spricht die Stimme des Teufels! Warum hört ihr nicht auf die Stimme des Herrn? Hat ER euch noch nicht genug Zeichen gegeben?»

Die Leutpriester und Altardiener versuchten, zu ihm vorzudringen, doch auf den Stufen hatten sich schützend Wilhelm und Heinrich Kolman wie die Erzengel aufgepflanzt, die Hände am Griff ihrer umgürteten Schwerter. Derweil stand der Pfarrrektor auf seiner Kanzel zur Salzsäule erstarrt und schwieg.

«Erst der tödliche Sturz vom Turm», donnerte Bruder Paulus über ihre Köpfe hinweg, «dann der verbrannte Riss in der Bauhütte. Und nun, hört alle her, ist auch noch auf ganz wundersame Weise der ursprüngliche Entwurf des Turms verschwunden! Aus dem verschlossenen Kirchenarchiv! Versteht ihr denn nicht? Das ist ein Zeichen. Der Allmächtige *will* nicht, dass ihr an diesem satanischen Kirchturm weiterbaut! Wie viele Fingerzeige Gottes braucht ihr denn noch?»

Ein Raunen ging ob dieser Nachricht durch die Reihen der Kirchgänger, und auch Anselm war zusammengezuckt, aber aus einem anderen Grund. Der Münsterpfleger und er waren übereingekommen, die Sache mit dem verschwundenen Riss vorerst nicht nach außen dringen zu lasen. Woher also um alles in der Welt wusste der Hetzprediger davon?

«Du lügst!», brüllten einige. «Hinfort mit dir aus unserer Kirche!»

Der Paradiesmüller stieß einen Pfiff aus. «*Deshalb* wird also nicht weitergebaut am Turm. Hast du das gewusst, Anselm?»

Gerade wollte er darauf antworten, als sich auf der Treppe zum Chor ein Gerangel entwickelte. Schon strauchelte Pfarrer Raimund, mit seinem starken Übergewicht nicht gerade zum Kampf geeignet, und ging zu Boden. Ein gutes Dutzend beherzter Männer eilte ihm und den anderen Priestern sofort zu Hilfe. Derweil zeterte Bruder Paulus ungerührt weiter:

«Wie verblendet seid ihr nur? Reicht euch *ein* Menschenleben nicht aus als Warnung? Muss erst der Himmel auf eure ganze Stadt herniederstürzen? Lasst ab von eurem schändlichen Tun, zeigt eure Inbrunst im Gebet und nicht in himmelhohen, gotteslästerlichen Türmen und weltlich-bunten Glasfenstern. Das alles ist eitel und sündig! Aber ihr? Ihr Dummköpfe werdet erst erwachen, wenn es zu spät ist!»

Weiter kam er nicht.

«So stopft dem Kerl endlich das Maul!», kreischte der Rektor, endlich zu Sinnen gekommen, von seiner Kanzel herab, doch hinter dem Altar war es längst zu einer handfesten Rauferei gekommen. Auch Jakob der Müller hatte Anselm am Arm gepackt und mit nach vorn gezogen. Ihre Schwerter zu ziehen, das wagten die Kolmanbrüder indessen nicht in der heiligen Kirche, sodass sie stattdessen Hiebe wie Hammerschläge austeilten. Schon waren den beiden einige Freiburger Ritter zur Hilfe gekommen, und bald wusste man nicht mehr, wer hier gegen wen um sich haute. Bruder Paulus wollte sich im Schutz der Rangelei auf und davon machen, aber ein junger Knecht mit feuerrotem Haar schlug ihm die Nase blutig, woraufhin der Eiferer die Stufen hinunterstolperte und sich drei andere auf ihn stürzten.

Obwohl sich Anselm eigentlich zu alt für solch eine kindische

Prügelei fühlte, verlieh ihm die Wut, die sich in ihm gegen diesen Lotterpfaffen und dessen Anhänger angestaut hatte, ungeahnten Kampfesmut. Ein Schlag in die Rippen ließ ihn zwar taumeln, aber er fing sich gleich wieder und versetzte erst Rudolf von Waltershofen, dann dem jungen Keppenbacher einen kräftigen Hieb gegen die Schläfe. Aus dem Augenwinkel sah er den Schaffner hilflos mitten im Getümmel stehen. Augenscheinlich wusste dieser nicht, auf welche Seite er sich schlagen sollte. In demselben Augenblick holte Jakob Paradiesmüller aus, um gegen den älteren Kolmanbruder einen seiner gefürchteten Kinnhaken auszuteilen, als ihm unabsichtlich der orientierungslose Andres von Endingen in die Quere kam und den kräftigen Hieb gegen den Schädel bekam. Er stürzte, schlug mit dem Hinterkopf auf der untersten Stufe auf und blieb reglos liegen.

«Aufhören!», schrie jemand. «Sofort aufhören! Der Schaffner ist tot!»

Die Kämpfenden hielten inne. Medicus Thomann kämpfte sich durch die Menge und kniete sich zu dem leblosen Schaffner nieder, um ihm den Puls zu fühlen.

«Ist er wirklich tot?», fragte Anselm betroffen, als der Endinger plötzlich die Augen aufriss.

«Der Herr … will mich … richten», stieß der Schaffner hervor, wobei ihm Blut aus den Mundwinkeln quoll. Dann sackte sein Kopf zur Seite, seine Glieder erschlafften.

Andres von Endingen entging dem Tod, wenn auch nur knapp. Thomann und der städtische Wundarzt hatten ihn zu seinen Ordensbrüdern ins Augustinerkloster verbracht, wo er die nächsten Wochen mehr oder weniger bei Bewusstsein im Krankenzimmer vor sich hindämmerte. Es sah so aus, als würde er nie wieder Herr seiner Sinne werden. Was den Todessturz vom Turm anbelangte, so hatten die Richter mangels Beweisen auf ein Unglück befunden.

Bruder Paulus ward seit dem großen Raufhandel nicht wieder gesehen. Ein Gericht wurde wegen des Faustkampfes nicht einberufen, von Amts wegen hatte es geheißen, weil nicht mehr auszumachen gewesen war, wer das Handgemenge angefangen hatte. In Wirklichkeit waren jedoch allzu viele Ratsherren darin verwickelt gewesen.

Dennoch hinterließen die Ereignisse hässliche Spuren. Ein tiefer Riss ging seither durch den Rat und das Freiburger Volk über die Frage, wie fortan mit dem Turm zu verfahren sei. Ob er als Glanzstück des Münsters weit hinauf in den Himmel ragen sollte oder in weitaus bescheideneren Maßen zügig den Abschluss des gesamten Kirchengebäudes bilden sollte.

Doch die Arbeit am Turm ruhte ohnehin, da Erwin von Steinbachs Entwurf verschwunden blieb. Bis auf den Parlier und drei Bildhauer, die an den Apostelfiguren für das Langhaus arbeiteten, entließ Heinrich noch im Spätsommer seine Steinmetze. Wenn von den Bürgern gespendet wurde, dann nur noch für die Buntglasfenster im Kirchenschiff. Dabei taten sich hier besonders die reichen Zünfte hervor und entfachten damit den Neid der ärmeren, die das verteufelten.

Notgedrungen zeichnete Heinrich derweil einen neuen Entwurf, und zwar einen sehr viel schlichteren für einen quadratischen Turm mit ziegelgedeckter Haube. Er war hierüber mehr als niedergeschlagen. Sobald er mit dieser Aufgabe fertig wäre, ließ er den Münsterpfleger wissen, wolle er die Meisterstelle an den Parlier abgeben und mit seiner Familie nach Straßburg zurückkehren. Dann würde nur noch die wahrhaft kunstvolle Sterngalerie davon zeugen, dass hier ums Haar ein Meisterwerk entstanden wäre.

«Und wenn Erwin von Steinbach den Riss nochmals zeichnet?», hatte Anselm ihn in jenen Tagen einmal gefragt.

Heinrich hatte abgewunken. «Der ist alt geworden, mit zittrigen Händen und schlechtem Augenlicht. Wie soll er da noch zeichnen können? Längst hat sein Sohn das Ruder übernommen.»

«Vielleicht könnt ihr beide ja gemeinsam daran arbeiten?»

«Nein, Anselm, lass gut sein. Fast denke ich, dass wirklich ein Fluch auf diesem Kirchenbau liegt.»

Auf Bitten Gottfrieds von Schlettstadt und einer knappen Mehrheit des Magistrats übernahm Anselm vorübergehend das frei gewordene Schaffneramt, so lange, bis der Konstanzer Bischofshof einen neuen und vor allem verlässlichen Geistlichen schicken würde. Mit Bedacht hatte man sich entschieden, dass man grundsätzlich einen Mann von auswärts haben wollte, um künftig Verquickungen mit dem Grafenhaus und deren Verbündeten zu vermeiden. Anselm tat seine neue Aufgabe ehrenamtlich, und als erfahrenem Kaufmann fielen ihm Buchführung und Verwaltung glücklicherweise nicht schwer. Bei allem, was die Bauhütte betraf, wurde er von Heinrich, bei allen kirchlichen Angelegenheiten von Pfarrer Raimund unterstützt. Und seinen inzwischen achtzehnjährigen Sohn Burkhard hatte er, sehr zu Verenas Freude, vorzeitig aus Ravensburg zurückbeordert, damit der ihn zu Hause im Handel unterstützten konnte.

So verbrachte Anselm täglich zwei, drei Stunden auf der Bauhütte oder in der Stube des Schaffnerhauses. Dort fand er zum Ende des Herbstes hin, als er nach einer alten Rechnung des Steinbruchs suchte, ein Lederbeutelchen. Zu seinem großen Erstaunen enthielt es die schönsten Karfunkelsteine. Eine großzügige Gabe an die Fabrica? Bei den Spendeneinnahmen der letzten Monate war im Buch hiervon jedoch nichts zu finden gewesen. Konnte das ein Hinweis auf seinen schon länger gehegten Verdacht sein? Hatte Andres von Endingen also doch Dreck am Stecken, wie Anselm und auch der Münsterpfleger schon des Öfteren vermutet hatten? Hatte der Kerl heimlich Stiftergaben auf die Seite geschafft?

Da fiel ihm auf dem Lederbeutel das eingestanzte Adlerwappen der Freiburger Grafen ins Auge, mit einem verschnörkelten «K. v. F.» darunter. Vielleicht ging es gar nicht darum, dass der Schaffner Zuwendungen für die Kirche für sich verwendete. Hatte er sich stattdessen etwa von Graf Konrad bestechen lassen? Aber um was zu tun? Ein Gedanke nahm Gestalt an. Konnte das wirklich wahr sein? Hatte der Schaffner sich kaufen lassen, um eigenhändig das Feuer in der Reißkammer zu legen, Heinrichs Archivschlüssel an sich zu nehmen und den Riss verschwinden zu lassen? Dass die prächtige Bürgerkirche dem jüngeren Grafen ein Dorn im Auge war, wusste ein jeder in Freiburg.

Nach diesem Fund suchte Anselm sogleich das ganze Schaffnerhaus nach der Pergamentrolle mit dem Turmriss ab, nahm hierfür das halbe Bett auseinander, hob lockere Dielenbretter an. Als er nichts fand, marschierte er in die Salzstraße, wo nicht weit von seinem Anwesen die Augustiner ihr Kloster hatten. Ein paarmal hatte Anselm dem Schaffner dort einen Krankenbesuch abgestattet, aus Pflichtgefühl, aber auch aus Neugier, und war jedes Mal erschüttert gewesen über den erbärmlichen Zustand des einst so dünkelhaften Mannes. Das ohnehin schüttere Haar war ihm gänzlich ausgegangen, seine vorher schon schmächtige Gestalt noch mehr in sich zusammengesunken, zumeist redete er wirr daher. Mittlerweile war er jedoch vom Siechenzimmer in eine eigene Zelle umgezogen, und an seinen lichten Tagen nahm er sogar an den Stundengebeten der Mönche teil.

An diesem kalten Novembernachmittag hatte Anselm kein Glück mit ihm. Zwar fand er Andres von Endingen im Kreuzgang vor, wo er gebückt und mit den Armen am Rücken Runde um Runde drehte, doch schien er seinen Besucher nicht einmal zu erkennen.

«Anselm Wohlleb, sagt Ihr, Kaufherr und einstweiliger Schaffner der Münsterfabrik?» Er lachte auf. «Den kenne ich nicht. Aber guter Mann, wer immer Ihr seid: Der Magister Fabricae bin immer noch ich.»

Womöglich spielte er diese Blödigkeit nur vor, deshalb machte Anselm einen weiteren Vorstoß. «Glaubt mir, ich bin der Wohlleb und neuer Schaffner. Und ich habe eine Frage an Euch. Wofür hat Euch Graf Konrad die Edelsteine gegeben?»

Da würde der Endinger böse. «Die Karfunkelsteine! Das sind *meine*, bringt sie mir sofort her! Sonst werde ich Euch des Diebstahls anklagen.»

Ganz so verwirrt konnte er also nicht sein, dachte sich Anselm. Zumal er nicht einmal abstritt, dass die Steine vom Grafen waren. Ruhig erwiderte er: «Solange nicht geklärt ist, wofür Ihr die Steine bekommen habt, bleiben sie in Obhut der Fabrica. Und noch etwas: Wie seid Ihr an Heinrichs Archivschlüssel gekommen?»

Die kleinen Äuglein des Endingers flackerten unruhig. «Er hat ihn mir gegeben. Ich musste doch einen für mich nachmachen lassen. Aber was, zum Teufel, geht Euch das an, Wohlleb?»

«Damit habt Ihr Eure Maske fallen lassen. Ihr erinnert euch also doch. Und Ihr lügt! Ihr habt ihm den Schlüssel heimlich entwendet, aus dem Archiv den Riss gestohlen und den Schlüssel dann unbemerkt wieder an Ort und Stelle getan.» Anselm baute sich dicht vor ihm auf und hielt mit beiden Händen das Gesicht des dürren Mannes fest, um ihm in die Augen zu blicken. «Sagt mir sofort, wo sich der Riss befindet!»

Mit ungeahnter Kraft stieß ihn der Endinger von sich weg. «Fahr zur Hölle, du Erzschelm!»

Dann drehte er sich um und wedelte mit den Armen. «Zu Hilfe, zu Hilfe! Ich werde bedroht!»

Sofort waren zwei Mitbrüder zur Stelle, und Anselm wurde trotz seiner Beteuerungen, dem Endinger nichts angetan zu haben, zur Pforte geführt.

Das war Anselms letzter Besuch im Kloster gewesen. Was auf der Bauhütte geschehen war, würde sich wohl nie aufklären lassen. Ihm blieb nur noch, auf den neuen Münsterschaffner zu warten, und falls der Originalriss nicht doch noch auftauchte, darauf zu hoffen, dass Heinrich sich umstimmen ließ. Glücklicherweise unternahm auch Verena alles, um Elisabeth und ihren Mann zum Bleiben zu überreden.

Vier Monate später, zum Frühlingsbeginn des Jahres 1311, verstarb Andres von Endingen. Noch am selben Abend erschien Gottfried von Schlettstadt bei Anselm, um ihm mitzuteilen, dass der ehemalige Schaffner bei seinem Prior eine letzte Beichte abgelegt und dabei sein Gewissen erleichtert habe, mit der Bitte, dem Münsterpfleger etwas Wichtiges mitzuteilen.

So kam nun doch noch heraus, was Anselm schon vermutet hatte: Im Auftrag eines ungenannten hohen Herrn hatte Andres von Endingen sowohl den Brand gelegt als auch den Riss aus dem Archiv entwendet. Die Kolmanbrüder habe er als Helfershelfer gehabt, den Tod des Custos indessen nicht gewollt. Wilhelm Kolman habe nur zwei, drei Steine auf dem Turm lockern sollen, damit diese herunterfielen. Dass Kolman sich am Geländer der Sterngalerie zu schaffen gemacht hatte, habe er nicht gewusst. Den Kolmanbrüdern habe er dann Erwin von Steinbachs Entwurf übergeben, und er vermute, dass die beiden einen zahlungskräftigen Käufer hierfür suchten, bislang aber noch nicht gefunden hätten.

Nachdem Gottfried von Schlettstadt all dies auch im Rat vorgetragen hatte, war die Empörung zunächst groß: Ein Teil der Ratsherren sprach sich voller Zorn dafür aus, eine starke Kriegsmannschaft aufzustellen und die Wilde Schneeburg der Kolmanbrüder zu schleifen, um deren Treiben als Land-schädlinge und Strauchritter endgültig ein Ende zu machen. Am Ende aber beschloss man, den Frieden zu wahren und statt-dessen den jüngsten Sohn Heinrich Kolmans zu entführen. Das war nämlich nicht nur ohne Krieg und Truppen möglich, sondern auch ein Leichtes, da der Bursche sich abends gern in den Freiburger Schenken herumtrieb. Man setzte den jungen Heinrich im Predigerturm fest und forderte zur Auslösung den Riss zurück, was zwei Tage später durch einen reitenden Boten geschah. Die Freude und Erleichterung hierüber waren so groß, dass man für den darauffolgenden Sonntag einen Dankgottes-dienst festsetzte, der von einem großen Fest für alle gefolgt sein sollte. Denn wenn die Bürger nun eines felsenfest wollten, dann, dass an ihrem wunderbaren Turm weitergebaut wurde.

Der Märztag war bewölkt, aber trocken und mild, und so blieben die Kirchgänger nach der Messe zu Hunderten und Aberhunderten auf dem Kirchplatz, um sich an Freibier und Bratwürsten gütlich zu tun, die Bürgermeister Snewlin im Hof spendiert hatte. Manche hatten Sackpfeifen und Fideln mit-gebracht, hie und da wurde bald schon ausgelassen getanzt, an den Tischen und Bänken war kein freier Platz mehr zu finden.

Die beiden langen Tafeln vor dem Schaffnerhaus waren den Ratsherren und der Bauhütte vorbehalten, Anselm selbst saß zwischen seinem Freund, dem Münsterpfleger, und dem neuen Schaffner Bruder Pirmin. Über dessen Wahl war Anselm mehr als glücklich, hatte er den Mönch und Ordenspriester vom Kloster Reichenau in den letzten Wochen doch als gebildeten, lebensklugen und besonnenen Mann kennengelernt. Er strahlte eine große Gemütsruhe aus und trug stets ein stilles, Vertrauen einflößendes Lächeln auf seinem rundlichen Gesicht.

«Ich fühle mich wirklich sehr wohl in Eurer Stadt», sagte er, als ihm seine Hausmagd Beate die nunmehr dritte Bratwurst an den Tisch brachte, und blickte zufrieden in die Runde. «So lasst uns darauf anstoßen, dass ich mit Gottes Willen die Fertigstellung Eures Liebfrauenmünsters noch erlebe.»

Das hoffen wir alle, dachte Anselm, während er seinen Becher hob. Er lächelte hinüber zu Verena, die keine zwei Schritte weiter mit den Frauen am Nachbartisch saß, Arm in Arm mit Elisabeth und vor Glück strahlend, dass ihre Freundin nun doch in Freiburg blieb. Gerade winkte sie Thea heran, die frische Spitzwecken verteilte. Die Tochter des Kirchbecks, die einst in ihrem Hause Lesen und Schreiben gelernt hatte, war zu einer jungen Frau geworden, und hübsch anzusehen obendrein.

«Nun setz dich endlich zu uns, Thea», hörte er Verena zu ihr sagen, «und feiere mit uns. Meine Klara soll dich ablösen.»

Woraufhin das Mädchen freudestrahlend neben ihr Platz nahm.

Anselm entfuhr ein kleiner Seufzer. Könnte das Leben doch immer so friedlich und freundlich sein!

Er beugte sich zum Baumeister vor, der ihm gegenübersaß.

«Hättest du wirklich deine Sachen gepackt, wenn der Riss nicht wieder aufgetaucht wäre?»

«Ich weiß nicht ...» Heinrich wiegte den Kopf hin und her. Dann grinste er. «Nein, ich glaube, ich wäre dennoch geblieben und hätte euch Freiburgern halt einen plumpen, kleinen Dorfkirchenturm vor die Nase gesetzt.»

Kapitel 29

Straßburg,
im Herbst des folgenden Jahres 1312

Odilia bestand nur noch aus Haut und Knochen. Reglos ausgestreckt, die Augen geschlossen, lag sie auf ihrem Bett, und Josef musste schon ganz genau hinschauen, um zu erkennen, dass sich ihr Brustkorb unter der Decke hob und senkte. Sie war so winzig geworden und die Haut ihrer Hände dünn wie Pergament, sodass man alle Äderchen sehen konnte.

«Schläfst du, Gevatterin?», fragte er leise, doch sie gab keine Antwort.

Seit letztem Sommer war er wieder zurück in Straßburg. In Köln, wo er nach seinem Regensburger Jahr Arbeit am Dom gefunden hatte, hatte ihm ein anderer Wandergeselle die Nachricht überbracht, dass seine Mutter verstorben sei. Woraufhin er heimgekehrt war, in nur sieben Tagen Fußmarsch, nur um auch den Vater im Sterbebett vorzufinden. Doch der Herrgott hatte Josef genügend Zeit geschenkt, um sich wenigstens von ihm verabschieden zu können und ihm seine unendliche Dankbarkeit mitzuteilen, die er für die Zieheltern empfand, seitdem er erwachsen war. Dankbarkeit dafür, dass sie ihn aufgenommen und großgezogen hatten und dass sein Vater ihn für drei Jahre in die Schule geschickt hatte, was in einer Handwerksfamilie keinesfalls selbstverständlich war. Vor allem aber dafür, dass er hernach doch noch das Steinmetzhandwerk lernen durfte. In seiner Sterbestunde schließlich hatte der Vater ihn gesegnet und gesagt, wie sehr die Mutter und er ihn immer liebgehabt hätten.

Als er an ihrer beider Grab gestanden war, hatte er sich unendlich allein gefühlt. Ohne Geschwister, ohne Eltern, ohne jegliche Verwandtschaft. Aber Odilia war für ihn da gewesen, hatte ihn getröstet in seinem Kummer und ihm angeboten, dass er bei ihr einziehen könnte. Woraufhin er Bett, Tisch und Kleidertruhe aus dem Elternhaus geholt, alles auf eine Maultierkarre geladen und bei Odilia das Obergeschoss bezogen hatte. Das väterliche Haus mitsamt Werkstatt hatte er gegen einen geringen Mietzins dem Altgesellen überlassen, der bald darauf die Meisterstelle des Vaters einnahm.

So marschierte Josef denn seit einigen Monaten jeden Tag aus der Krutenau über die Illbrücke hinüber zum Münster, wo die herrliche Westfassade große Fortschritte machte. Erwin von Steinbach hatte ihn bei seiner Rückkehr mit offenen Armen empfangen und als Steinmetzgesellen aufgenommen. Nach der anfänglichen Freude hierüber hatte Josef bald gemerkt, dass inzwischen dessen ältester Sohn Johannes das Sagen hatte. Zwar waren Meister Erwins Erfahrungen und Kenntnisse beim Bau des Liebfrauenmünsters nach wie vor unentbehrlich, doch körperlich zu arbeiten vermochte er kaum noch, so stark zitterten an manchen Tagen seine Hände, und auch die Augen sahen nur noch in die Ferne einigermaßen gut. Mit dem Jungmeister, wie sich Johannes von Steinbach selbst gern nannte, hatte Josef indessen so seine Schwierigkeiten, wie mit allen Menschen, die verschlossen und unnahbar waren. Obschon im Alter von Anfang dreißig, hatte Johannes angeblich noch nie eine Braut gehabt, sondern lebte nur für sein Handwerk. Er lachte nie, trank nicht, und selbst bei Festmählern hielt er sich maßvoll zurück. Das alles hätte Josef einerlei sein können, wäre da nicht sein sehnlichster Wunsch gewesen, endlich als Bildhauer zu arbeiten, und dazu brauchte er die Unterstützung von Johannes. In Köln nämlich hatte er das Laubwerkmachen bis zur Vollkommenheit gelernt, doch der Jungmeister, selbst ein ausgezeichneter Bildkünstler, ließ ihn nicht an die Skulpturen heran. So hatte sich Josef kurzerhand einen flachen, etwa ein Fuß hohen und breiten Sandsteinbrocken gesucht, auf eine Handkarre gepackt und mit sich in die Krutenau gezogen, wo er seither in seiner spärlichen Freizeit an einem Marienbildnis arbeitete. Fast immer unter Odilias aufmerksamen Blicken, bei gutem Wetter draußen vor der Holzbank, bei schlechtem drinnen in ihrer Wohndiele. Manchmal erzählte sie ihm dabei aus ihrem Leben und ihrer Zeit mit Meister Gerhard in Freiburg, manchmal schwieg sie aber auch und schien in Gedanken weit weg zu sein.

In den letzten Wochen hatte sie weitaus mehr geschwiegen als gesprochen. Und auf der Bank vorm Haus war sie auch nicht mehr gesessen. Seit dem Spätsommer hatte die bis dahin noch recht rüstige und im Geiste hellauf wache alte Frau zusehends an Kraft verloren.

Josef schluckte, als er jetzt das eingefallene Gesicht betrachtete. Ihm war, als würde Odilia vor seinen Augen förmlich dahinschwinden, und er konnte nichts dagegen tun. Bedrückt streichelte er ihre Hände.

«Erzähl mir doch noch ein wenig von der Welt, die du bereist hast», flüsterte sie. «Wo ich doch nie weiter als bis Freiburg gekommen bin.»

Da erzählte er ihr einmal mehr von den Flüssen, Bergen und Städten, die er gesehen hatte, von dem Leben in der Fremde, wo man mitunter die Mundart der Leute kaum noch verstand, vor allem aber von den herrlichen Gotteshäusern, die man nun überall in der französischen Weise erbaute.

Manchmal lächelte sie mit geschlossenen Augen, wenn er etwas mit ganz besonderer Begeisterung beschrieb. Doch plötzlich – er wollte gerade von seiner missglückten Flussschifffahrt auf der Donau berichten, bei der er vor lauter Übermut ins Wasser gefallen war und ums Haar ertrunken wäre – unterbrach sie ihn: «Mir ist mit einem Mal so kalt, mein Junge.»

«Warte, ich lege Feuerholz nach und hole noch eine zweite Decke.»

Nachdem er zwei Scheite nachgelegt und eine warme Wolldecke über sie gebreitet hatte, zitterte sie noch immer am ganzen Leib. Da legte er sich kurzerhand neben sie aufs Bett und schmiegte sich an sie. Ihr Zittern hörte auf.

«So ist's besser», flüsterte sie und tastete nach seiner Hand. «Dich hat der Herrgott noch einmal zu mir geschickt, weißt du das?»

Er nickte in die Dämmerung des Abends hinein. Zum Glück konnte sie nicht die Tränen in seinen Augen sehen.

Lange Zeit lagen sie schweigend nebeneinander. Er überlegte, ob er ein Licht anzünden sollte, aber er wollte nicht von ihrer Seite weichen.

«Ab heute ist das Haus deines.» Ihre Stimme war schwach und dünn. «Wenn du es verkaufen willst, dann nur an gute Menschen. Versprichst du das?»

«Ja, Gevatterin», erwiderte er heiser. «Aber noch bist du ja da.»

Kaum spürbar drückte sie seine Hand, danach breitete sich mit einem Mal eine große Leere im Raum aus. Sie war von ihm gegangen. Weit, weit fort.

Nachdem Josef den Schmerz über diesen neuerlichen Verlust eines geliebten Menschen überwunden hatte, übergab er noch im Winter Odilias Häuschen um Gotteslohn an das Reuerinnenkloster, zum Dank für alles, was die Weißfrauen in seiner frühen Kindheit für ihn und später dann für Odilia getan hatten. Tags darauf bezog er wieder seine alte Dachkammer im Elternhaus, in einer Hausgemeinschaft mit dem neuen Zimmermannsmeister und dessen Lehrknaben. Er vergrub sich fortan in Arbeit.

So verging das Frühjahr. Ende Juni, nach einem Jahr als Laubwerkmacher am Straßburger Münster, nahm Meister Erwin ihn zur Seite und führte ihn zum Portal des Querhauses, wo sie ungestört waren.

«Du weißt, dass ich dich sehr schätze», begann er so ernst, dass Josef erschrak. «Schon als Knabe hast du einen eisernen Willen bewiesen, hast zwei Jahre lang als Wandergeselle reichlich Erfahrung gesammelt und legst obendrein eine bemerkenswerte bildnerische Begabung an den Tag, wie dein Laubwerk zeigt. Ich würde dich gern hier in Straßburg behalten, das weißt du ja. Aber ich bin alt, und inzwischen hat mein Sohn die Zügel in der Hand. Auch wenn mein Augenlicht schwach geworden ist, erkenne ich, dass es zwischen euch beiden nicht gut werden würde. Ihr seid zu verschieden, obendrein fürchte ich, dass Johannes in dir einen Nebenbuhler sieht, was die Kunst des Bildhauens betrifft.»

Er war ein wenig außer Atem gekommen und lehnte sich an das Mauerwerk.

«Deshalb mache ich dir einen anderen Vorschlag: Meister Heinrich, genannt der Leiterer, sucht dringend noch einen guten Laubhauer und einen Steinbildhauer. Und zwar für den Turm der Freiburger Pfarrkirche, den ich einst entworfen habe.

Dein alter Gefährte Eberhard macht sich nächste Woche auf den Weg dahin, und ich finde, du solltest mit ihm gehen.»

Josef blinzelte verdutzt. Mit dem guten Laubhauer, der gebraucht wurde, war Eberhard gemeint. Was sollte er selbst dann in Freiburg tun? Sollte er etwa als Bildhauer …?

«Aber ich bin doch noch gar kein Bildhauer.»

«Nun, noch nicht, aber du wirst einer werden, und ein guter dazu, das spüre ich. Ich empfehle dich Meister Heinrich nämlich als seinen Kunstdiener. Damit hast du zwei Jahre Zeit, dich in alle höheren Fertigkeiten einzuarbeiten, erhältst dennoch den vollen Lohn und kannst dich am Ende Bildhauer nennen oder gar Parlier werden.»

Nach fast zwei Tagen Wanderschaft durch die sengende Hitze der Rheinebene erreichten sie verschwitzt und erschöpft das Stadttor von Freiburg.

«Wir haben es geschafft», murmelte Josef und wischte sich mit dem Handrücken den Schweiß von der Stirn. Der schwere Ranzen drückte, die Kehle brannte ihm vor Durst, und seine Tunika fühlte sich an wie ein nasser, klebriger Lappen. Die letzten Stunden war er genauso schweigsam geworden wie sein Freund Eberhard.

«Zum Glück sind wir da», knurrte der grimmig. «Wegen dir bin ich fast am Verhungern. Was musst du auch diesen dämlichen Stein mitschleppen, anstatt genügend Wegzehrung einzupacken.»

Josef musste lachen. «So freu dich doch einfach, dass du endlich mal deinen Hintern hochbekommen hast und was von der Welt siehst. Das wolltest du doch immer.»

Als Wandergesellen mussten sie kein Torgeld begleichen, und so eilten sie durch die staubigen Gassen der Vorstadt zum nächstbesten Brunnen, um ihren Durst zu stillen und sich zu waschen.

«Was, wenn Meister Heinrich mich gar nicht als Kunstdiener will?», fragte Josef plötzlich entmutigt.

Eberhard grinste. «Dann wanderst halt morgen wieder zurück. Mir gefällt's jedenfalls hier, mit all dem Wald und den Weinbergen drumherum.»

Vor der Haupthütte läutete das Glöckchen gerade zur halbstündigen Vesperpause, als sie den Kirchplatz betraten. Die herbeiströmenden Werkleute starrten sie unverhohlen neugierig an.

Josef hielt Eberhard am Arm fest. «Warte. Lass uns noch einen Augenblick hier stehen bleiben.»

Staunend schweifte sein Blick über das Gotteshaus. Was dort entstand, war weder eine Bischofs- noch eine Stiftskirche und war doch so groß und prachtvoll, dass es sich mit einer solchen ohne weiteres messen konnte. Es fehlte nur noch hie und da an Figurenschmuck auf den Strebepfeilern und an Wasserspeiern, an bunten Glasfenstern und vor allem an der Hauptsache: dem neuen Turm. Der Glockenstuhl war bereits ummauert, als feingliedriges, fast zerbrechlich wirkendes Achteck mit vorgesetzten Dreikantpfeilern, deren Ziertürmchen Platz für riesige Skulpturen boten. Bereits jetzt überragte der Turm das Langhaus deutlich und würde, wie ihm Meister Erwin mit einer groben Zeichnung auf dem Reißboden gezeigt hatte, noch um etliches himmelwärts wachsen.

Eberhard stieß ihn in die Seite. «So komm endlich! Die glotzen alle schon her.»

Wie seit jeher an den Bauhütten und unter den Steinmetzen üblich, würden Eberhard und er nun beweisen müssen, dass sie keine hergelaufenen Scharlatane waren. Josef schlug das Herz bis zum Hals, als sie zu der Laube vor der Werkstatt schritten, wo die Männer inzwischen an einer langen Tafel Platz genommen hatten. In geziemendem Abstand blieben sie stehen. Als eine rundliche Magd eine Platte mit Käse und Wurst brachte, begann Josefs Magen vernehmlich zu knurren.

Dreimal klopften sie mit ihren Wanderstäben kräftig auf den Boden.

«Gott zum Gruße, Brüder», begann Eberhard als der Ältere. «Wir sind zugereiste Gesellen aus Straßburg und ersuchen den Meister der Freiburger Hütte um Förderung. Mein Name ist Eberhard Illkircher, der meines Gefährten Josef Holtzer.»

Ein bartloser, nicht allzu großer Mann erhob sich. Er trug als Einziger keine kurze Tunika mit Schurz über den nackten Beinen, sondern ein wadenlanges, gegürtetes Gewand mit ärmelloser Heuke darüber und statt einer Bundhaube ein Barett. Sein welliges, volles Haar war kurz geschnitten und trotz erster grauer Strähnen dunkel wie seine Augen, die die beiden Neuankömmlinge jetzt offen und freimütig anblickten.

«Wer empfiehlt euch?», fragte er zurück.

«Meister Erwin von Steinbach. Meinen Gefährten als Bildhauer, mich selbst als Laubwerkmacher.»

Ein leises Raunen kam auf. Der bärtige Mann zur Rechten des Meisters schien Josef mit seinen leicht hervorstehenden Augen zu durchbohren.

«Schreibt eure Zeichen in den Sand und erklärt sie», befahl der Meister.

Sie gehorchten. Beider Zeichen verrieten, dass sie im Straßburger Werk von Liebfrauen gelernt hatten. Mit fester Stimme und ohne sich einmal zu verhaspeln, erklärte Eberhard als Erster den Verlauf seiner Linien, während Josef sich zuerst einmal kräftig räuspern musste, bevor er zu sprechen ansetzte:

«Mein Quadrat steht für die heilige Zahl vier und das Rechte Maß, und es steht auf der Spitze, um das Gleichgewicht des makellosen, gleichseitigen Vierecks auszudrücken. Der Punkt in der Mitte, um den man sich den gerechten Kreis ohne Anfang und Ende vorstellen kann, steht für den Ursprung alles Seins, also für Gott.»

Ein warmherziges Lächeln breitete sich auf dem Gesicht des Werkmeisters aus, und er hob die Arme: «Fortan seid ihr, Eberhard und Josef, keine Fremden mehr, sondern unsere Brüder. Als Werkmeister Heinrich der Leiterer heiße ich euch in der Freiburger Hütte willkommen.»

«Als Parlier Wolfhart», ergänzte der Bärtige mit unbewegter Miene, «heiße ich euch als Vertreter des Meisters und als euer Sprecher ebenfalls willkommen.»

Jetzt rührten sich auch die übrigen Werkleute, ohne Meister und Parlier sieben an der Zahl, schüttelten ihnen die Hände und nannten ihre Namen. Da erst erkannte Josef den Bildhauer Petermann wieder, dem er als Junge in Straßburg so gern über die Schulter geschaut hatte. Beide freuten sich sehr über das Wiedersehen. Ein kräftiger, gedrungener Kerl im Kittel aus grauem Zwilch stellte sich als Kunzi, der Hüttenknecht, vor und ein reichlich herablassend dreinblickender junger Bursche, der dem Meister auffallend ähnlich sah, als dessen Sohn Henni, Hüttendiener im fünften und somit letzten Lehrjahr.

Josef wusste, dass sie als Neue die erste Mahlzeit neben dem Meister einnehmen durften, galt es doch, noch viele Fragen zu beantworten. So wartete er, bis sich Eberhard zu dessen Rechten gesetzt hatte, und nahm selbst links von Meister Heinrich Platz. War er auf der Reise noch voller Stolz gewesen, dass Erwin von Steinbach ihn als Kunstdiener empfahl, so wurde ihm jetzt angst und bange bei dem Gedanken, dass Meister

Heinrich dies ablehnen könnte. Denn ihm war klargeworden, dass für die Freiburger Kirche ein erfahrener Bildhauer gesucht wurde, und das war er schließlich keineswegs.

Nach einem kurzen Tischgebet ging es ans Essen und Trinken, aber Josef war der Magen wie zugeschnürt. Wie aus weiter Ferne hörte er Eberhard so bedächtig wie knapp seine Erfahrungen im Laubhauen schildern, woraufhin der Meister am Ende befriedigt nickte und sich Josef zuwandte.

«Und nun zu dir, Josef Holtzer aus Straßburg. Wie alt bist du?»

«Einundzwanzig Jahre, Meister.»

«Da du aus Straßburg stammst, nehme ich an, dass auch du unter dem großen Erwin von Steinbach gelernt und gedient hast, wenn auch einige Zeit später als unser neuer Geselle Eberhard.»

«Ja, Meister. Bis Johanni vor drei Jahren war ich bei ihm Hüttendiener. Dann bin ich als Wandergeselle für ein Jahr nach Regensburg gegangen, um das Laubwerk zu erlernen, danach für ein weiteres Jahr nach Köln.»

«Was denkst du, Josef: Was war das Wichtigste, vom Steinhauen einmal abgesehen, das du während deiner Wanderjahre gelernt hast?»

Josef musste nicht lange nachdenken. «Jetzt erst habe ich richtig verstanden, warum man mit der neuen Bauweise ein Kirchenschiff überhaupt so hoch bauen kann. Weil die Wände nämlich an Schwere verlieren, indem sie von großen Maßwerkfenstern durchbrochen sind. Gleichzeitig setzen dort, wo der Gewölbedruck auf die Wand trifft, die Strebebögen an und leiten die Last über die Seitenschiffe hinweg ab auf die äußeren Pfeiler.»

Meister Heinrich nickte. «Besser hätte ich's nicht erklären

können. Und warum setzen wir auf diese Pfeiler schmuck-
reiche Aufbauten? Gott zur Ehre oder dem Kirchgänger zur
Sicherheit?»

Josef musste lächeln. «Beides. Lehne ich meinen Wander-
stab hier gegen die Tischkante, könntet Ihr ihn mit einem
Finger umwerfen. Halte ich aber von oben fest drauf, dürfte
Euch das kaum gelingen. Dasselbe leisten die schweren Aufbauten.»

In diesem Augenblick trat ein etwa siebzehn- oder acht-
zehnjähriges Mädchen mit einem Korb an das Kopfende der
Tafel. Sie trug ein leichtes, hellblaues Sommergewand mit einem dünnen Tuch über Schultern und Ausschnitt.

«Soll ich Euch noch die restlichen Spitzwecken dalassen,
Meister Heinrich? Ich sehe», sie warf Josef ein scheues Lächeln
zu, «dass Ihr heute zwei Mann mehr seid.»

«Gerne, Thea. Unsere beiden neuen Gesellen hier haben
nach ihrer Reise gewiss einen Bärenhunger. Und gib auch deinem Vater Bescheid, dass wir fortan mehr Brot brauchen.»

Josef starrte die junge Frau an wie eine Erscheinung, während sie sich vorbeugte und die Herrenbrötchen auf dem Tisch
verteilte. Sie hatte gelocktes, kastanienbraunes Haar, ein zartes
Gesicht mit einer schmalen, geraden Nase, einer hellen, glatten Stirn und jetzt, wo sie verhalten lächelte, zwei Grübchen in
den Wangen. Ihre Augen, leicht schräg gestellt und von tiefem
Grün, waren wunderschön. Vor allem aber glichen ihre Züge
zu Josefs größter Verblüffung vollkommen dem Gesicht der
Muttergottes, das er in Sandstein gemeißelt hatte. Gerade so,
als hätte er sich diese Thea zum Vorbild genommen!

Ein leichter Tritt gegen sein Schienbein ließ ihn zusammenzucken. Er kam von Parlier Wolfhart, der ihm gegenübersaß
und ihn wohl zu Recht mit finster gerunzelter Stirn ansah, als

wolle er sagen: Bist du auf Mädchen aus oder zum Arbeiten nach Freiburg gekommen?

Nachdem Thea einen Schritt zurückgetreten war, um ihren leeren Korb zu schultern, grüßte sie freundlich in die Runde. In der Nachmittagssonne schimmerte ihr langes Haar rotgolden. Halblaut murmelte Josef einen Gruß und warf ihr einen letzten, verstohlenen Blick zu.

«Und von Köln aus», fragte der Werkmeister weiter, «wolltest du wieder nach Straßburg zurück?»

Noch immer verwirrt, schüttelte Josef den Kopf. «Eigentlich wäre ich gern länger in Köln geblieben, aber dann sind kurz nacheinander meine Eltern in Straßburg verstorben.»

«Das tut mir sehr leid, mein Junge. Wessen Handwerk war dein Vater?»

«Er hat etliche Jahre der Straßburger Münsterfabrik zugearbeitet. Als Zimmermannsmeister.»

Woraufhin Henni breit zu grinsen begann. «Deshalb also hat man dich Josef getauft. Josef, der Zimmermann.»

Ums Haar hätte Josef ihm geantwortet, dass er so schon vorher geheißen hatte, aber um nichts in der Welt hätte er sich den Männern als Findelkind offenbaren wollen.

«Mag sein», erwiderte Josef deshalb nur und nahm einen großen Schluck von seinem inzwischen lauwarmen Dünnbier.

«So hast du also», fuhr Meister Heinrich fort, «in Köln das Bildhauen erlernt?»

Er spürte, wie er bis über beide Ohren rot wurde. Nun musste er beichten, dass das Bildhauen noch nicht zu seinen erprobtesten Fähigkeiten gehörte.

«Das nicht gerade. Ich habe für den neuen Chor des Doms an Maßwerk und Ziergiebeln gearbeitet. Und als ich dann wieder in Straßburg war, auch an Fialen und Kreuzblumen.»

Ein wenig entgeistert sah ihn der Meister an, und Parlier Wolfhart verzog das Gesicht.

«Dann bist du nichts als ein weiterer Laubwerkmacher», sagte der. «Da hat uns Erwin von Steinbach ja wohl gehörig missverstanden.»

Mutlos biss Josef sich auf die Lippen. Er wagte plötzlich nicht mehr, das kurze Empfehlungsschreiben aus der Gürteltasche zu ziehen. Er war schlichtweg zu jung und zu unerfahren für das, was hier gebraucht wurde. Das Beste wäre tatsächlich, er würde sich morgen früh wieder auf die Reise machen. Wie hatte er nur so einfältig sein können. Aber dann sah er das Gesicht seines Ziehvaters vor sich, der sich überwunden hatte, ihm, seinem Sohn, das zu ermöglichen, was er um sein Leben gern machen wollte. Nein, er würde nicht klein beigeben. Das hier war ein Traum, der in Erfüllung gehen könnte. Er musste alles versuchen. Josef gab sich einen Ruck.

«Ich habe etwas mitgebracht aus Straßburg. Nach Feierabend habe ich dort an einem Stein gearbeitet ...»

Er bückte sich, zog aus seinem Ranzen den tellergroßen Stein hervor, den er in ein dickes Wolltuch gewickelt hatte, und legte ihn vor dem Meister auf den Tisch. Neugierig streckten alle Umsitzenden die Köpfe vor, während Josef das Tuch zurückschlug, bis das Marienantlitz frei lag.

Niemand rührte sich mehr, niemand sagte etwas. Es schien eine Ewigkeit zu vergehen, bis jemand einen anerkennenden Pfiff ausstieß. Meister Heinrich hingegen blieb stumm. In gespannter Aufmerksamkeit spürte er mit dem Zeigefinger den Linien des Gesichts nach, dem Haaransatz, der zierlich herausgearbeiteten Krone über dem Schleier. Den Heiligenschein um den Kopf hatte Josef mit dem Zahneisen in scharfen Linien auf dem rauen Stein nur angedeutet.

Endlich sah der Meister auf. Täuschte sich Josef oder war da nicht doch die Andeutung eines Lächelns? Beherzt zog er das kleine Stück Pergament aus der Tasche und reichte es ihm. Was darauf geschrieben stand, wusste er selbst nicht. Er hätte es als Vertrauensbruch empfunden, das Brieflein zu lesen.

«Das hier hat Erwin von Steinbach mir für Euch mitgegeben», sagte er leise, um sich vor den anderen nicht hervorzutun. Aus Erfahrung wusste er, dass das als Neuer unter den Brüdern gar nicht gut ankam. Aber er hatte keine Wahl.

«Aha», brummte Meister Heinrich, nachdem er die Zeilen mit weit ausgestreckten Armen gelesen hatte, und lehnte sich zurück. «Jetzt nimm dir erst mal einen Kanten Käse und ein großes Stück Wurst, mein Junge. Du hast ja noch gar nichts gegessen. Danach führe ich euch durch den Kirchenbau, anschließend könnt ihr euch bis zum Garaus-Läuten allein umsehen. Macht euch auch mit den Taglöhnern und den städtischen Handwerkern auf der Baustelle bekannt, schaut den Männern bei der Arbeit über die Schulter. Und nach dem Abendessen zeigt euch der Hüttenknecht euren Platz im Schlafsaal über der Werkstatt. Morgen früh geht's dann los. Für dich, Josef, heißt das, du arbeitest zunächst am Maßwerk für die letzten Fenster im Obergaden. Danach sehen wir weiter.»

Damit schien die Unterredung beendet. Eine Entscheidung war nicht gefallen, aber Meister Heinrich hatte Josefs Ansinnen auch nicht abgelehnt.

An diesem Abend brauchte Josef keine zwei Vaterunser, um auf seinem Strohsack in tiefen Schlaf zu fallen. Das letzte Bild, das er innerlich vor Augen hatte, war sein Stein mit dem Gesicht der Muttergottes, das plötzlich farbig wurde und zu lächeln begann. Mit tiefen Grübchen in den Wangen und einem strahlenden Blick aus smaragdgrünen Augen.

Meister Heinrich entpuppte sich als väterlicher, mitunter auch strenger Mann, und Josef fühlte sich sofort wohl in dessen Truppe. Schon bald durfte er an einer Fiale arbeiten, und es wurde ausgemacht, dass Meister Heinrich zu Weihnachten entscheiden würde, ob er ihn als Meisterknecht aufnehmen würde.

«Wie es Brauch ist, würdest du dann zu mir in mein Haus ziehen», hatte der Meister ihm gesagt. «Mit der Fiale kommst du ja gut zurecht. Als Nächstes darfst du an einen Wasserspeier, an dem du dich bis Weihnachten beweisen wirst. Aber wie es auch immer ausgeht, als Laubhauer bist und bleibst du mir auf jeden Fall willkommen.»

Bei diesen Worten hatte sich die Miene seines Sohnes, der neben dem Vater stand, versteinert. Josef wusste inzwischen, dass Henni selbst auf die Förderung als Kunstdiener hoffte, doch das sollte Josef gleich sein. Der Meister konnte zwar nur einen Schüler ausbilden, aber da Henni noch nicht einmal Geselle war, kam er also für diese Ausbildung gar nicht in Frage. Insgeheim hielt Josef ihn für einen Aufschneider, der sich etwas darauf zugutehielt, dass er der Sohn des Baumeisters war. Für die Arbeit am Stein indessen zeigte er wenig Gefühl und war nicht geeignet für die feinen Arbeiten, die man als Kunstdiener brauchte.

Auch wenn Josef ihm bei der Arbeit um Längen voraus war, standen er und Henni trotzdem von Anfang an in einer Art Wettstreit um die Gunst des Meisters. Aber Josef ertrug die ständigen Sticheleien des anderen, der ihn immer nur spöttisch «Josef von Nazareth» nannte, in Gleichmut.

Leider wurde er auch mit dem Parlier nicht recht warm. Die Männer respektierten Wolfhart, da er sehr erfahren im Kirchenbau war und seine Anweisungen, wenn er denn den

Meister vertrat, Hand und Fuß hatten. Und er nahm sich Zeit, wenn einer der Gesellen mit einem Anliegen, gleich welcher Art, zu ihm kam. Trotzdem schien niemand, bis auf Henni vielleicht, gut Freund mit ihm zu sein. Beim Feierabendtrunk in der Schenke hielt er sich abseits seiner Leute, und beim gemeinsamen Badhausbesuch war er, wie Josef von Petermann erfuhr, noch nie dabei gewesen. Verbissen und verschlossen wirkte er auf Josef, gerade so wie Erwin von Steinbachs Sohn Johannes, und genau wie der hatte Wolfhart weder eine Braut noch eine Ehegefährtin, und das, obwohl er schon mitten in den Dreißigern war. Vor allem ihn, den Neuen, schien er mit seinem stechenden Blick unablässig zu beobachten.

Gleich am ersten Abend in Freiburg hatte er Josef beiseitegenommen.

«Dass Meister Erwin dich als Kunstdiener empfohlen hat, ist eine Zumutung», ließ er ihn ohne Umschweife wissen. «Wir brauchen hier keinen Laubwerkmacher, der nach Feierabend mal an einem Steinbrocken herumgewerkelt hat. Jetzt vergeuden wir über Wochen und Monate kostbare Zeit, um uns dann erst recht dringlich nach einem gestandenen Bildhauer umsehen zu müssen.»

Fortan strafte der Parlier ihn mit Missachtung, doch Josef sagte sich mit einer inneren Ruhe, die ihn selbst erstaunte, dass er Wolfhart schon noch beweisen würde, was in ihm steckte. Er jedenfalls wusste, dass er am richtigen Platz angekommen war.

Von allen anderen hingegen waren Eberhard und er mit offenen Armen aufgenommen worden. Von Anfang an war Josef mit großer Freude bei der Arbeit, und der Meister musste ihn regelrecht drängen, nach Feierabend Schlageisen und Klöpfel beiseitezulegen. Vielleicht wäre er mit seiner Fiale noch schneller fertig geworden, wäre da nicht Thea gewesen. Die Bäckerstocher verzauberte ihn jeden Tag mehr. Er fieberte darauf hin, dass sie morgens und zum Versperimbiss das Brot vorbeibrachte, und wenn sie dann vor ihm stand mit ihrem Korb und ihn mit den leuchtend grünen Augen anblickte, brachte er nicht mehr als ein dümmliches Lächeln zustande. Obendrein war er, weiß Gott, nicht der Einzige, dem Thea gefiel. Jedes Mal war es ein großes Hallo, wenn sie auftauchte, und die Männer überboten sich mit Schmeicheleien und Schöntun. Henni wagte es sogar, ihr hin und wieder den Arm um die Hüfte zu legen oder ihr die Wange zu streicheln. Dafür hätte Josef ihn jedes Mal erwürgen können. Selbst Wolfharts sonst so grimmiger Blick wurde weich, wenn er die junge Frau sah, und er lächelte ihr versonnen zu. Thea schien all das nicht wahrzunehmen, wie sie auch Josef nicht beachtete. Mehr noch, sie schien seinem Blick regelrecht auszuweichen. So blieb ihm nur, abends beim Einschlafen von ihr zu träumen, davon, ihr einmal allein zu begegnen. Und immer häufiger fragte er sich, warum sein Marienbildnis ausgerechnet ihre Züge trug.

«Schon ein Vaterunser lang starrst du Löcher in die Luft.» Der alte Petermann stupste Josef in die Seite. «Du weißt, dass du dir keinen Fehler erlauben solltest, also reiß dich besser zusammen.»

Wie ein ertapptes Kind sah Josef ihn an. Sie saßen beide im Freien in der Sonne an diesem milden Herbsttag Anfang Oktober, und keine halbe Stunde vorher hatte Thea den Kirchplatz überquert. Da hatte er allen Mut zusammengenommen und ihr ein freundliches «Grüß Gott, Thea» zugerufen, woraufhin sie zu ihm gekommen war und ihm bei der Arbeit zugesehen hatte. Nur auf einen Augenblick, um dann mit einem Lächeln und einem «Ich muss weiter, Josef» ihren Weg fortzusetzen. Sie hatte sich also seinen Namen gemerkt!

«Wieso, ist der Meister in der Nähe?», fragte er verunsichert und sah sich um.

«Ich rede nicht vom Baumeister, Junge, sondern von Wolfhart. Er hat dich im Visier, und das weißt du auch.»

Trotzig zuckte Josef die Schultern. «Er soll mich in Ruh' lassen, ich hab ihm nichts getan.»

Petermann schüttelte den Kopf. «Allein, dass du hier bist, reicht. Wenn du nach zwei Jahren als Kunstdiener ausgelernt hast, stehen dir nach altem Brauch zwei Wege offen: Entweder ernennt der Meister dich zum Bildhauer oder aber zu seinem Parlier. Du sägst also an dem Ast, auf dem Wolfhart sitzt.»

«Aber ich will doch gar nicht Parlier werden, sondern Bildhauer!»

«Kann sich Wolfhart da so sicher sein? Als Parlier winkt dir ein höherer Lohn, und du kannst dich jederzeit um eine frei werdende Meisterstelle bewerben.»

Kurzerhand legte Josef sein Werkzeug auf den Boden und marschierte hinüber zum Turm, wo Wolfhart gerade eine Lieferung Steine begutachtete.

«Ich möchte, dass Ihr eines wisst, Parlier: Ich werde Euch niemals Eure Stellung streitig machen. Ich habe nur einen einzigen Wunsch, nämlich Skulpturen zu schaffen.»

Wolfhart musterte ihn scharf.

«Gut, ich hab's vernommen.»

Dann drehte er sich um und ließ ihn stehen.

Zwei Tage später bot sich für Josef eine unerwartete Gelegenheit, über den eigenen Schatten zu springen, was Thea betraf. Wie jeden Morgen wartete er ungeduldig darauf, dass die Hüttenglocke die Morgenarbeit für eine Stunde unterbrechen würde. Inzwischen arbeitete er mit Begeisterung an einem Wasserspeier, einem lustigen Fabelwesen mit weit aufgerissenem Maul, das er selbst entworfen hatte. Als Thea endlich mit ihrem Brotkorb erschien, schielte er immer wieder einmal aus der offenen Werkstatt hinaus zur Laube. Während die Hüttenmagd Gisela die Schüsseln mit der noch dampfenden Eiersuppe auf den Tisch stellte, legte Thea bei jedem Platz zwei Scheiben Schwarzbrot auf den Tisch und in das Körbchen am oberen Ende des Tisches ein halbes Dutzend Spitzwecken. Die waren für Meister Heinrich, den Parlier und die Gäste bestimmt, welche hin und wieder an den Mahlzeiten teilnahmen. Als nun Hüttenknecht Kunzi die Glocke läutete, erstarb der Lärm rundum fast augenblicklich, und die Männer eilten von ihren Arbeitsplätzen zum Morgenessen.

Wie immer wurde Thea von allen fröhlich begrüßt, so manch frecher Blick war auch dabei. Normalerweise pflegte Meister Heinrich am Frühstück teilzunehmen, bei dem er die Morgensprache mit einem kurzen Gebet und der Tageslosung hielt, ebenso wie beim Imbiss am Nachmittag. Nur das Mittag- und Abendessen nahm er bei sich zu Hause ein. Heute aber blieb sein Platz leer, als Wolfhart auch schon verkündete, man solle nur anfangen zu essen, der Meister käme heute etwas später. Bevor der Parlier sich auf der Bank niederließ, nickte er Thea mit einem scheuen Lächeln zu, die gerade als Letztes die Becher mit dem Dünnbier verteilte.

Petermann legte ihr väterlich die Hand auf den Arm.

«So eine fleißige Tochter hätt ich auch gern daheim», sagte er. «Meine junge Grit im fernen Straßburg glotzt nur den lieben langen Tag den Burschen hinterher.»

Sie musste lachen und sah dabei noch schöner aus. «Wie wollt Ihr das wissen, wo die Grit doch in Straßburg ist?»

Auch die anderen lachten. Bis auf den Parlier, der dem Altgesellen unwirsch die Hand wegzog.

«Jetzt lass das Mädchen in Ruh' und iss!»

«Das will ich meinen!» Plötzlich stand Theas Vater am Tisch, eine Zornesfalte auf der Stirn. Josef war dem dicklichen Kirchbeck mit dem bleichen Gesicht erst zwei- oder dreimal begegnet und mochte ihn nicht.

«Kreuzsackerment, wo bleibst du so lang?», fauchte der jetzt Thea an. «Du weißt genau, dass Bertschi krank ist und wir jede Hand in der Backstube brauchen.»

«Deinem Mädchen gefällt's halt bei uns», rief Henni, vorlaut wie immer.

«Ich sag's euch: Wenn einer von euch meine Tochter auch nur anlangt, prügle ich den windelweich.»

Mit hängenden Schultern stand Thea neben ihrem Vater, während sich in ihren Augen eine Mischung aus wütender Empörung und Traurigkeit spiegelte.

Josef versetzte dieser Anblick einen Stich. Er wusste selbst nicht, wie ihm geschah, als er aufsprang und rief: «Was beschwert Ihr Euch, Meister? Die Thea macht doch nur ihre Arbeit, und die macht sie sehr gut.»

Alle starrten ihn an. Währenddessen war das Gesicht des Kirchbecks dunkelrot angelaufen.

«Was erlaubst du dir, du Rotzlöffel. Ich sage dir ...»

«Einen guten Morgen allerseits», wurde er von Meister Heinrichs tiefer Stimme unterbrochen. «Was Thea betrifft, kann ich dem Josef nur recht geben. Deine Tochter, lieber Hannes, verdient ein ordentliches Lob für ihre Arbeit. Und wenn's hier einmal etwas lustiger zugeht, dann gönne ihr und uns das.

Ansonsten versichere ich dir, dass Thea bei meinen Leuten nichts Unrechtes geschieht. Dafür verbürge ich mich.»

«Pah! Du kannst deine Augen auch nicht überall haben. Und außerdem ... Ach, rutscht mir doch den Buckel herunter.»

Er packte Thea beim Arm und zog sie mit sich fort. Dabei drehte sie sich noch einmal um, und Josef hatte den Eindruck, dass ihr Blick nur ihm galt. Ein Blick, in dem er Überraschung wie Freude zu lesen glaubte.

Die Zeit verging wie im Fluge, und genau wie sein Freund Eberhard, der inzwischen eine Braut in der Vorstadt hatte, fühlte sich Josef längst heimisch in Freiburg. Fünf Monate lag seine Ankunft nun schon zurück, die Adventszeit mit ihren langen, dunklen Abenden war angebrochen, und sein erstes bildhauerisches Werk nahm immer feinere Züge an. Von den anderen drei Bildhauern bekam er großes Lob für den Wasserspeier, doch sowohl der Parlier als auch der Meister enthielten sich jeglicher Bemerkungen.

Seit dem hässlichen Auftritt des Kirchbecks Anfang Oktober hatte Josef den Eindruck, dass Thea ihre Zeit auf der Bauhütte noch kürzer hielt. Sie wirkte gehetzt und bedrückt zugleich. Ein einziges Mal nur war er ihr in diesem Herbst allein begegnet, an einem Sonntag nach dem Kirchgang, und diese Begegnung war ihm tagelang in lebhaftester Erinnerung geblieben. Er hatte sie zu seiner großen Überraschung in der Portalhalle vorgefunden, wo er für seinen Wasserspeier den Gesichtsausdruck des händeringenden Teufels studieren wollte. Eigentlich war Fremden der Zugang wegen der Bauarbeiten am Turm verboten, aber Thea hatte die hölzerne Absperrung einfach ein Stück beiseitegeschoben und sich hindurchgezwängt.

Reglos stand sie vor der Madonna am Türpfeiler und schien zu beten. Als sie ihn hereinkommen hörte, fuhr sie erschrocken herum.

«Was machst du hier? Bist du mir gefolgt?»

«Aber nein», stotterte Josef. «Ich … ich wollte etwas nachschauen. Für den Wasserspeier, an dem ich gerade arbeite.»

«Ach so.» Sie schwieg, ohne ihn aus den Augen zu lassen. Dabei sah sie so unglücklich aus, dass er an sich halten musste, sie nicht in den Arm zu nehmen.

«Kannst froh sein, dass ich nicht der Parlier bin», versuchte er zu scherzen. «Der tät jetzt ein Donnerwetter über dich loslassen.»

Oder dich mit Blicken verschlingen, dachte er bei sich.

«Ich weiß, dass es verboten ist», erwiderte sie. «Aber manchmal komme ich sonntags zum Beten her. Der Kirchendiener weiß das und lässt mich.»

Wieder schwiegen sie und sahen verlegen zu Boden. Josef kam sich tölpelhaft vor wie ein Knabe.

«Ist dein Vater eigentlich immer so streng?», fragte er schließlich.

Um ihre Mundwinkel zuckte es. «Manchmal. Nein, eigentlich fast immer.»

«Mein Vater war auch sehr streng. Aber dann habe ich den Grund dafür verstanden, und es wurde viel besser zwischen uns.»

Kaum waren die Worte heraus, merkte Josef, wie dumm sie waren. Als ob das Thea trösten könnte.

Da fragte sie unvermittelt: «Wie lange wirst du hier in Freiburg bleiben?»

«Am liebsten für immer. Also, zumindest bis Turm und Kirchenschiff vollendet sind. Aber das dauert noch etliche Jahre.»

Er spürte, wie seine Stimme unsicher wurde. «Na ja, es kommt drauf an, ob der Meister mich zu Weihnachten als seinen Meisterschüler annimmt.»

Sie nickte und wies auf die zahllosen Figuren der Halle. «Es muss schön sein, so etwas zu schaffen. Als ob man Kinder in die Welt setzt.»

«Ja, so ähnlich ist es», presste er hervor. In seinem Inneren brannte es lichterloh, und er hielt ihre Nähe kaum noch aus.

«Ich will dich nicht weiter stören, Thea. Vielleicht treffen wir uns wieder. Hier drinnen, an einem Sonntag», brach es aus ihm heraus.

Schon stand er wieder draußen im nasskalten Herbstwind und wusste, dass er Thea niemals sonntags in der Portalhalle aufsuchen würde.

So war er ihr in diesen Wochen der dunkler werdenden Jahreszeit regelrecht aus dem Weg gegangen, auch wenn ihre Blicke sich bei Tisch immer wieder suchten. Die Vorstellung, mit ihr allein zu sein, brachte ihn nämlich schier um den Verstand.

Josef hatte kaum einen Bissen heruntergebracht. Dabei war das ausgiebige Weihnachtsessen wunderbar gewesen, mit knusprigem Gänsebraten, wie ihn auch seine Mutter immer gemacht hatte, und allerlei anderen Fleisch- und Gemüsegerichten. Die freundliche Baumeisterin hatte sich alle Mühe gegeben, dass er sich wohlfühlte am Tisch der Meisterfamilie, ihn immer wieder zum Essen und Trinken ermuntert. Genau wie ihre ältere, etwa vierzehnjährige Tochter Kathrin, während die jüngere Gritli ihn die ganze Zeit mit einem kecken Grinsen beobachtet hatte.

Heute war also der Tag der Entscheidung gekommen. Josef

saß wie auf Kohlen und wartete nur auf den einen, alles entscheidenden Satz.

Meister Heinrich lehnte sich zurück und wischte sich den Mund am Tischtuch ab.

«Und jetzt noch einen heißen Gewürzwein zum Abschluss. Unsere Kathrin ist eine Meisterin im Zubereiten von Gewürzwein.»

Das Mädchen stand auf und verschwand nach nebenan in die Küche.

«Lässt du dann endlich die Katze aus dem Sack, Vater?», drängte Henni. Er hatte während der Mahlzeit kaum zwei Sätze gesprochen.

«Wart's ab», antwortete er seinem Sohn knapp.

Normalerweise wohnte Henni genau wie Josef auf der Bauhütte und verbrachte nur die Sonn- und Festtage zu Hause. Unter dessen argwöhnischen Blicken fühlte Josef sich nun aber doch wie ein Eindringling. Wie sollte das erst werden, wenn er hier einziehen würde? Dann schalt er sich einen voreiligen Narren. Bisher hatte Meister Heinrich nämlich kein einziges Wort über die Lippen gebracht, was Josefs Zukunft betraf. Im Gegenteil, die letzten Wochen hatte er ihn um einiges strenger herangenommen als zuvor, hatte ihn immer wieder ermahnt, ernsthafter bei der Sache zu sein.

Als Kathrin wenig später den dampfenden Würzwein einschenkte, hielt Josef die Anspannung kaum noch aus. Endlich hob Meister Heinrich seinen Becher.

«Auf das Wohl meines frischgebackenen Schülers und Kunstdieners Josef Holtzer!»

Alle am Tisch außer Henni strahlten, und Josef saß zunächst nur ganz verdattert da, bis er wirklich verstand, was der Meister gerade gesagt hatte. Mehr als ein «Ich danke Euch!»

brachte er vorerst nicht heraus. Dabei hätte er den Baumeister am liebsten umarmt vor Freude. Aber der hatte noch nicht zu Ende gesprochen.

«Du hast eine ganz außergewöhnliche Begabung, die der Herrgott nur selten verschenkt. Sei dankbar dafür und werde nicht hochmütig. Fast schade drum», er lächelte fröhlich, «dass dein Wasserspeier in so großer Höhe hängen wird und man ihn gar nicht so genau wird betrachten können. Dafür, dass du so wenig Erfahrung hast, ist er nämlich erstaunlich ausdrucksstark geworden. Das halbe Jahr für diese Arbeit will ich dir im Übrigen auf die zwei Jahre der Ausbildung bei mir anrechnen.»

Das war noch mehr, als Josef je zu hoffen gewagt hatte.

«Überlege es dir dennoch gut», fuhr der Meister fort, «ob du nicht lieber noch einige Zeit als Laubhauer arbeiten willst. Du bist noch sehr jung. Die Zeit als Meisterknecht wird kein Honigschlecken. Nach Feierabend mit den anderen durch die Schenken ziehen, das ist hiermit vorbei – von den Samstagen einmal abgesehen. Stattdessen wirst du dich in meinem Haus in deiner freien Zeit auch mit Aufgaben beschäftigen, die dir vielleicht nicht so liegen. Nur wenn du also gewillt bist, auf so einiges zu verzichten, dann fange morgen bei mir als Meisterschüler an, und ich werde dich Dinge lehren, die dir eine neue Welt erschließen. Du wirst dich in die Geheimnisse der Zahlen und ihrer Bedeutung einarbeiten, in die Berechnung von Winkeln und Mauerdicken, in die Bedeutung des Rechten Maßes eines Bauwerks, in die Kunst der Geometrie. Kurzum: in die Fundamente unserer Baukunst. Obendrein wirst du auf dem Reißboden Bauteile und Schablonen entwerfen und alles erfahren, was ein Baumeister zur Führung seiner Bauhütte tun und wissen muss. Dir wird abends beim Einschlafen der Kopf schwirren, dafür bekommst du aber auch seitens der Fabrica den vollen Lohn eines angehenden Bildhauers geleistet. Bist du also gewillt?»

«Ja, Meister, ich will nichts anderes. Und ich danke Euch nochmals von ganzem Herzen.»

«Gut. Morgen Nachmittag werden wir dir zu Ehren auf der Bauhütte eine kleine Feier ausrichten, danach packst du dein Bündel und ziehst zu uns. Und jetzt trink endlich von dem guten Wein!»

Eine gute Stunde später verließ Josef das Haus des Baumeisters, vom Wein beschwingt, im Herzen überglücklich. Henni brachte ihn zur Tür und raunte ihm dabei zu: «Glaub bloß nicht, du könntest dich jetzt in meiner Familie einnisten, Josef von Nazareth.»

«Jetzt sei doch nicht so missgünstig, Henni», gab Josef in seinem Glück großmütig zurück. «Werde erst mal Geselle, geh auf Wanderschaft, erlebe die Welt da draußen, und dann zeig deinem Vater, was du kannst. Auch für dich kommt alles recht, wirst sehen.»

«Spar dir deine großen Worte», hörte er Henni noch erwidern, dann fiel die Tür ins Schloss.

Draußen war schon die frühe Nacht hereingebrochen, der festgefrorene erste Schnee des Winters knirschte unter seinen Stiefeln. Er hätte in den Schenken, die jetzt am Weihnachtsabend gut besucht waren, nach Eberhard und den anderen suchen können, aber ihn zog es woandershin. Der Abend gab ihm den Mut dazu.

Wie das Haus des Baumeisters lag auch die Bäckerei des Kirchbecks in der Vorderen Wolfshöhle, nur einige Häuser entfernt. Als er dort ankam, war alles dunkel. Unschlüssig trat er von einem Bein aufs andere, dann klopfte er kurzerhand an die Tür zur Bäckerei. Sollte Theas Vater aufmachen, würde ihm schon etwas einfallen. Doch es war nur ihr jüngerer Bruder Clewi, der in diesem Sommer als Lehrjunge in der Backstube angefangen hatte. Hin und wieder hatte er zusammen mit Thea das Brot zur Bauhütte gebracht. Als Josef sich die Handlampe neben das Gesicht hielt, schien Clewi ihn zu erkennen, ohne sonderlich erfreut zu wirken.

«Was willst du hier?», fragte er barsch.

«Ich soll der Thea etwas vom Baumeister ausrichten. Wegen der Brotlieferung morgen.»

«Das kannst auch mir sagen und dann wieder verschwinden.»

«Geht's auch ein bisschen freundlicher, Clewi?», lächelte Josef ihn an. «Gesegnete Weihnachten erst einmal.»

Schulterzuckend ging Clewi ins Haus zurück und rief dabei: «Thea, komm runter. Da ist einer der Werkleute für dich.»

Er hörte ihre Schritte auf der Treppe, und als sie vor ihm stand, wie immer schmal und blass, schlug ihm das Herz bis zum Hals. Unwillkürlich dachte er an ihre Begegnung in der Portalhalle, die nun schon etliche Wochen zurücklag.

«Frohe Weihnachten, Thea.»

Überrascht sah sie ihn an, schien sich aber zu freuen. «Frohe Weihnachten, Josef.»

Er lugte über ihre Schulter, aber Clewi war bereits die Treppe hinauf verschwunden. Trotzdem sagte er laut: «Ich war eben beim Baumeister und möchte dir etwas sagen.» Und fügte leise hinzu: «Ist dein Vater auch da?»

«Der sitzt mit Bertschi im Wirtshaus. Dabei war er schon vorher betrunken», flüsterte sie zurück.

«Ziehst du dir etwas über und gehst ein paar Schritte mit mir? Bitte! Nur ganz kurz.»

Sie zögerte, murmelte etwas von ihrem Vater, nickte dann

aber. Kurz darauf kam sie in einen wollenen Kapuzenumhang gehüllt zu ihm heraus. Von oben hörte er Clewi mit jemandem reden.

«Hat dein Bruder Besuch?»

«Ja, ein Freund ist bei ihm», antwortete sie und schenkte ihm ein schüchternes Lächeln. «Gehen wir.»

Schweigend und sich seiner selbst gar nicht mehr so sicher lief Josef neben ihr die Gasse hinab in Richtung Oberlinden, als ihnen drei grölende Burschen entgegenkamen. Die sahen aus, als wenn ihnen der Sinn nach derben Späßen stünde.

«Da hinein», sagte sie und zog ihn von der Gasse weg in ein halboffenes Scheunentor. «Ich kenn diese Kerle, die haben nur Raufhändel im Kopf.»

Im Schein der Lampe sah er ihre grünen Katzenaugen fragend auf ihn gerichtet. Nun musste er mit der Sprache heraus. Es ging ihm nämlich nicht nur darum, ihr von seinem erfolgreichen Abend zu berichten.

«Ich … ich wollte dir nur sagen, dass der Meister mich angenommen hat. Als sein Schüler», begann er atemlos.

Augenblicklich breitete sich ein Strahlen auf ihrem Gesicht aus. «Das freut mich sehr, Josef.»

«Wirklich?» Er war noch immer verunsichert.

«Ja, wirklich! Denn du wärst doch fortgegangen, wenn er dich nicht genommen hätte, oder?»

Das Grölen auf der Gasse entfernte sich.

«Ich weiß nicht.» Er schüttelte den Kopf. Er musste nun seinen ganzen Mut zusammennehmen. «Nein, ich wäre trotzdem geblieben. Wegen … wegen dir.»

Den letzten Satz konnte er nun nicht mehr zurücknehmen, und er schaute Thea erwartungsvoll an. Zu seiner großen Erleichterung lächelte sie.

«Aber warum bist du sonntags nie mehr in die Portalhalle gekommen?», fragte sie leise. «Ich habe oft gewartet nach dem Beten. Immer vergeblich. Ich dachte schon, dass du gar nicht ...» Sie brach ab.

Er wusste nicht, was er ihr antworten sollte, wie er erklären sollte, was er für sie empfand. Stattdessen stellte er die Laterne ab und nahm ihre Hände in seine. Sie wich nicht vor ihm zurück. Sie war so schön in ihrer Zartheit, so schön, wie er es niemals würde in Stein meißeln können. Das Schweigen zwischen ihnen hatte nun nichts Verlegenes mehr, sondern verband sie. So schien es ihm zumindest.

«Ich muss wieder zurück», sagte sie schließlich.

«Ich weiß», erwiderte er, umfasste ihre Wangen und küsste sie sachte auf den Mund. Was er sich in so vielen Nächten erträumt hatte, geschah: Sie erwiderte seinen Kuss.

Erst ein nahes Rascheln ließ sie auseinanderfahren. Es kam vom halboffenen Tor. Josef stürzte hinüber und sah nur noch eine dunkle Gestalt durch die nächtliche Gasse davoneilen. Jemand hatte sie beobachtet!

Thea trat neben ihn. «Lass ihn laufen, wer immer es war. Aber bring mich besser nach Hause. Ich will keinen Streit mit meinem Vater.»

Dicht beieinander gingen sie rasch zurück, ihre Hand hatte sich in seine geschoben. Und sie ließ ihn nicht los, bis sie vor der Haustür standen. Der Zauber war ungebrochen.

Hatte Josef schon voller Freude das Haus des Baumeisters verlassen, so war er jetzt der glücklichste Mensch in der ganzen Stadt.

Kapitel 30

*Freiburg, am Tag
nach Weihnachten, Anno Domini 1313*

«Ich hab's geahnt, du loses Weibsstück! Ich hab's geahnt!»
Hochrot im Gesicht umrundete der Vater den Küchentisch und schlug bei jedem Wort mit der geballten Faust neben
Thea auf die Holzplatte. Voller Angst, der nächste Schlag
könnte ihr gelten, krümmte sie sich zusammen. Schon einmal
hatte sie das erlebt, im Sommer vor vier Jahren, als der Bluterguss auf ihrer Stirn wochenlang zu sehen gewesen war. Weil
sie angeblich mit dem Nachbarjungen herumgetändelt hatte.
Hatte es diesmal etwa mit Josef zu tun? Mit dem heimlichen
Beobachter von gestern Abend? Sie hatten sich eben gerade
alle zum Mittagessen an den Tisch setzen wollen, als es unten
geklopft hatte. Der Vater war nachsehen gegangen und voller
Zorn zurückgekehrt.

«Du bist keinen Deut besser als deine Mutter!», brüllte er
weiter, die Augen rot unterlaufen von einer langen Nacht mit
viel zu viel Weingenuss. «Dich mit dem Nächstbesten in der
dunklen Scheune herumdrücken, Unzucht treiben am Geburtstag unseres Heilands! Pfui Teufel!»

Sie hatte also richtig vermutet. «Wer sagt das?», flüsterte
sie erschrocken, doch der Vater antwortete nicht. Stattdessen
fragte er Clewi, der sein Grinsen kaum verbergen konnte: «War
gestern Abend jemand hier? Von der Bauhütte vielleicht?»

550

«Ja, einer von diesen jüngeren Steinmetzen.»

Mit hartem Griff zerrte der Vater sie von der Bank hoch. «Stimmt das? Wehe dir, du lügst mich an!»

«Er wollte mir nur was vom Baumeister ausrichten.»

«*Ausrichten?*» Er lachte schrill auf, während sein rechter Arm drohend nach oben fuhr. «Wer ist *er*?»

Da rief ihre jüngere Schwester Marga, die verängstigt am Herd stand, dazwischen: «Bitte, Vater, lass sie. Sie hat bestimmt nichts Schlimmes getan.»

«Halt den Mund, Marga! Also: Wer ist der Erzlump?»

Thea biss sich auf die Lippen und schwieg.

«Dann will ich's dir sagen: Josef Holtzer heißt der Schelm! Der Sohn des Baumeisters hat euch bei eurem schamlosen Treiben nämlich beobachtet.»

Thea starrte ihn an. Die Gestalt am Scheunentor war demnach kein hergelaufener Trunkenbold gewesen, sondern dieser verfluchte Henni, der sie jeden Tag mehr mit den Augen verschlang.

«Der Kerl lügt!», stieß sie hervor. «Josef und ich haben nichts Unrechtes getan. Dieser Henni ist doch nur …»

Weiter kam sie nicht. Der Vater holte aus und schlug ihr mit der flachen Hand erst rechts, dann links ins Gesicht. Der zweite Schlag war so hart, dass sie rücklinks nach hinten kippte und mit dem Hinterkopf gegen das Wandbord prallte. Als sie zu Boden sank, tanzten vor ihren Augen grelle Funken.

Sie wollte ihrem Vater sagen, wie sehr sie ihn hasste, brachte aber kein Wort heraus. Als sie nach ihrem schmerzenden Kopf tastete, war ihre Hand plötzlich blutverschmiert. Wie durch einen Nebel hindurch sah sie Marga, die sich mit vor Schreck aufgerissenen Augen und einem Leintuch zu ihr herunterbeugte, um ihr den Kopf zu verbinden, hörte aus weiter Ferne die

Stimme des Vaters: «Die nächsten Tage bleibst du in der Schlafkammer bei Wasser und Brot. Und die Bauhütte wird ab jetzt
von Marga und Clewi im Wechsel beliefert. Ich will dir schon
noch Zucht beibringen. Marga, führ sie hinauf und verriegle
von außen die Tür.»

Mühsam schleppte sie sich neben ihrer Schwester die Treppe
hinauf. Als sie sich auf das Bett sinken ließ, das sie mit ihr teilte,
zog Marga sie vorsichtig in die Arme.

«Das hätte der Vater nicht tun dürfen. Warum ist er immer
nur so gemein zu dir?»

«Ich … ich weiß es nicht. Was ist mit meinem Kopf?»

«Du hast eine Platzwunde, vom Sturz. Und dein rechtes
Auge schwillt auch zu.» Marga strich ihr tröstend über die
Wange. «Magst du *mir* sagen, was gestern Abend mit Josef
war?»

«Ein andermal. Der Kopf fühlt sich plötzlich so schwer an.
Lass mich am besten allein.»

«Dann schau ich später nach dir. Wenn der Vater wieder in
der Backstube ist.»

Thea wickelte sich in die Bettdecke, während von draußen
der Riegel vorgeschoben wurde. Schmerzen spürte sie keine
mehr, nur eine dumpfe Leere im Innern. Was war das nur mit
ihrem Vater? Warum behandelte er sie so anders als Marga? Als
ihre Schwester ihm in diesem Herbst gestanden hatte, dass
sich zwischen ihr und dem Zimmermann Heinzmann Rutschi
etwas angebahnt hatte, hatte er nicht getobt, sondern über
das ganze Gesicht gestrahlt. Dabei war Marga fast zwei Jahre
jünger als sie. Hier in der Küche hatten sie alle miteinander das
Verlöbnis mit Heinzmann gefeiert, und der Vater hatte damit
geprahlt, was für eine prachtvolle Hochzeit er kommendes Ostern ausrichten wolle. Nicht dass Thea der Schwester ihr Glück

nicht gegönnt hätte, wenngleich sie diesen Rutschi, der nach dem Tod seines Vaters dessen Meistertitel ererbt hatte, nicht leiden konnte. Nein, es war die Freude des Vaters, die ihr einen tiefen Stich versetzt hatte. Seit Mutters Tod war sie nichts als eine Dienstmagd für ihn gewesen, die jahrelang ohne Lohn gekocht, den Haushalt geführt und die jüngeren Geschwister versorgt hatte. Und jetzt hielt er sie auch noch gefangen wie eine Diebin.

Sie ballte die Fäuste. Das musste ein Ende haben. Da Marga bald ausziehen würde, Clewi inzwischen kein Kind mehr war und schon als Lehrknecht arbeitete, war sie keinem von beiden mehr verpflichtet. Sie war längst in dem Alter, ihr eigenes Brot verdienen und für ihre Ehe sparen zu können.

Ihre Gedanken flogen nur so dahin. Sie würde sich eine Stellung als Magd suchen! Sollte der Vater doch sehen, wie er allein zurechtkam. Aber wahrscheinlich war es ihm ohnehin recht, wenn sie aus dem Haus war.

Heute Morgen war sie noch so glücklich gewesen, war singend mit ihrem Brotkorb zur Bauhütte marschiert, hatte mit Josef heimliche, aber umso innigere Blicke ausgetauscht und dabei ihr Herz klopfen gehört. Er hatte ihr von Anfang an gefallen, weil er so anders war als all die jungen Männer, die sie kannte und denen sie bei der Arbeit begegnete. Und dabei war es nicht geblieben, jetzt hatte sie sich in ihn verliebt.

Augenblicklich sah sie sein Gesicht vor sich, seinen ewig verstrubbelten blonden Haarschopf, die strahlenden hellbraunen Augen, sein fröhliches Lachen. Manchmal hatte er trotz seiner Größe und Körperkraft fast etwas Mädchenhaftes an sich. Sein Kuss war so zärtlich und vorsichtig gewesen, und beim Abschied an der Haustür hatte er ihr gesagt: «Wenn ich ausgelernt habe, bin ich Bildhauer und kann eine Familie ernähren.» Sie hätte ihn gern gefragt, ob sie nun ein Paar seien, sich aber nicht getraut.

Sie schluckte und starrte auf die Dachbalken über sich. Bald schon würde er sich fragen, warum sie nicht mehr zur Bauhütte kam. Kurz dachte sie daran, die Schwester zu bitten, Josef zu überbringen, dass der Vater sie eingesperrt hatte, verwarf es dann aber. Sollte der Vater das mitbekommen, würde er auch Marga bestrafen. Und das wollte sie auf keinen Fall.

Nach drei Tagen war ihr Auge abgeschwollen und die Wunde am Hinterkopf halbwegs verheilt, sodass sie keinen Verband mehr tragen musste. Der Vater ließ sie wieder hinaus aus der Kammer, Haus und Hof durfte sie indessen auch die nächsten Wochen nur verlassen, um Wasser am Brunnen zu holen. Nicht einmal auf den Markt ließ er sie, da er wohl fürchtete, sie könne schnurstracks zum Kirchplatz laufen. Sie fügte sich, aber aus ihrem ganz eigenen Grund: Sie wollte Gras über die Sache wachsen lassen, so lange, bis er sich nicht mehr um sie kümmerte. Und dann würde sie sich endlich irgendwo in der Stadt eine Anstellung als Dienstmagd suchen. Denn erst, wenn sie das getan hatte, konnte sie versuchen, auf eigenen Beinen zu stehen. Bis dahin war sie ihm ausgeliefert.

Zugleich musste sie die Zeit nutzen und endlich herausfinden, welches dunkle Geheimnis hinter der Ablehnung steckte, die sie schon als kleines Kind zu spüren bekommen hatte. Denn dass es da ein Geheimnis gab, davon war sie mehr und mehr überzeugt. Während der Zeit in der Dachkammer war ihr nämlich ein Satz Josefs nicht mehr aus dem Kopf gegangen: *Mein Vater war auch sehr streng. Aber dann habe ich den Grund dafür verstanden, und es wurde besser.*

Immer wieder kreisten ihre Gedanken um Josef. Sie hoffte

inständig, dass er zu ihr halten würde, auch wenn sie sich nun eine Zeitlang nicht sehen würden. Vielleicht würde sich in nicht allzu ferner Zukunft für sie eine Gelegenheit ergeben, ihn wiederzusehen. Hauptsache, er kam nicht auf den Einfall, zu ihrem Vater zu gehen, denn das würde auch für ihn eine Tracht Prügel bedeuten. Das wusste sie mit Sicherheit.

Zu Jahresbeginn war der letzte Schnee verschwunden. Die Tage wurden klar und frostig, die Landstraßen waren gut befahrbar und die Marktstände wieder mit Ware bestückt. Da der Vater neue Gerätschaften für die Backstube brauchte, wollte er an diesem Mittwochvormittag zum wöchentlichen Krämermarkt. Vor Mittag würde er nicht zurück sein.

Thea nutzte die Gelegenheit und verschwand über den Hinterhof, ohne den Geschwistern oder Bertschi Bescheid zu geben. Das Ziel ihres heimlichen Ausflugs war Agnes. Die Heilerin kannte den Vater am besten, und deren Satz, dass auch die Mutter ein schweres Schicksal gehabt habe, hatte sie nie vergessen, auch wenn es viele Jahre her war.

Die alte Frau stand am Herd, um Kräuter einzukochen. Mit der Rechten rührte sie im Kessel, mit der Linken stützte sie sich auf einem Stock ab, denn sie war nicht mehr ganz sicher auf den Beinen.

«Wie schön, dass du mich besuchen kommst!», rief sie, nachdem Thea durch die wie immer unverschlossene Tür eingetreten war. In ihrem Häuschen war es wohlig warm, anders als bei Thea zu Hause, wo der Vater immer an Brennholz für die Küche sparte.

Agnes zog den Kessel an der schweren Eisenkette ein Stück nach oben und bat Thea, sich mit ihr an den Tisch zu setzen.

«Du siehst nicht gut aus», sagte sie besorgt. «Was hast du auf dem Herzen?»

Thea gab sich einen Ruck. «Der Vater hat mich nach Weihnachten geschlagen und tagelang im Dach eingesperrt. Wegen einem Jungen.»

Ihr Gesicht wurde noch ernster. «Bist du denn verliebt?»

«Ja, Gevatterin. Sehr.»

«Dann war's nicht recht von deinem Vater. Ihr Jungen werdet flügge, und da haben wir Alten nicht einzuschreiten. Es sei denn, ihr tut etwas Unrechtes.»

«Der Josef und ich, wir haben uns nur geküsst. Zum ersten Mal.»

Sie nickte. «Und dafür hat dein Vater dich bestraft.»

«Ja, weil der Sohn des Baumeisters uns verraten hat. Ich verstehe es einfach nicht. Die Marga ist jünger und durfte sich schon verloben. Warum ist der Vater so ganz anders mit ihr? Warum war er auch mit unserer Mutter oft so hart gewesen, obwohl er doch bei ihrem Tod bitterlich geweint und wochenlang getrauert hat? Und warum hat mich die Mutter nie gegen ihn verteidigt? Hatte sie denn solche Angst vor ihm?»

Durchdringend sah die Alte sie an. «Und jetzt denkst du, ich könnte dir all diese Fragen beantworten. So viele Fragen hast du da.»

«Ich glaube, dass Ihr die Wahrheit kennt, Gevatterin, und ich bitte Euch inständig, dass Ihr mir sagt, was Ihr wisst.»

Agnes schien nachzudenken. «Also gut. Du bist alt genug, und deine Mutter ist nicht mehr unter uns. Sie hatte mich nämlich gebeten, Stillschweigen zu bewahren. So sollst du also jetzt die ganze Geschichte erfahren.» Agnes setzte sich auf ihrem Stuhl zurecht und schaute Thea entschlossen an. «Du weißt ja, dass ich mit meinen Heilkünsten schon Sophia von Zollern,

Graf Eginos Mutter, zu Diensten war, ebenso wie später dessen
Frau, Katharina von Lichtenberg. Deshalb habe ich viel vom
Leben auf der Burg mitbekommen. Auch, wie dein Vater und
deine Mutter sich dort kennengelernt hatten. Beide waren noch
sehr jung gewesen und, wie ich glaube, auch sehr verliebt ineinander. Sie wollten heiraten, doch Graf Egino erlaubte es nicht.
Nun war Egino zu jener Zeit ein schlimmer Schürzenjäger, der
sich am liebsten Mädchen aus dem Volk nahm. Sehr zum Kummer von Gräfin Katharina, deren Ankleidemagd deine Mutter
war.»

Agnes hielt inne, um zu verschnaufen, und Thea stockte der
Atem. Sie ahnte, was kommen würde.

«Egino hatte auch deiner Mutter nachgestellt, die damals
ein dunkles, unglaublich hübsches junges Mädchen war», fuhr
die Alte fort. «Sie musste sich vor dem Grafen immer wieder
verstecken. Schließlich hatte er sie aber doch mit Gewalt ins
Bett zwingen können und ihr Schweigen mit der Drohung
erpresst, ihren Hannes andernfalls wegen Diebstahls an den
Galgen zu bringen. Als sie dann mit dir sichtlich guter Hoffnung war, ging dein Vater, der deine Mutter nie angerührt
hatte, außer sich zu Gräfin Katharina. Die hatte die Wahrheit längst geahnt und Egino gezwungen, die beiden noch vor
deiner Geburt von der Burg zu schaffen. Damit Stillschweigen bewahrt wurde, hatte dein Vater dann die Bäckerei bekommen.»

«Dann bin ich also ein Grafenbastard», stieß sie tonlos hervor.

«Glaub mir, deine Mutter konnte nichts dafür. Trotzdem hat
sie sich zeit ihres Lebens schuldig gefühlt. Und trotz ihrer Beteuerungen wurde das Herz deines Vaters zu Stein. Er konnte
wohl nicht anders, weil deine Mutter ihm alles war. Vielleicht

kannst du nun beide, deine Mutter, aber auch deinen Vater, ein wenig besser verstehen.»

Thea drehte sich alles im Kopf. Sie hätte gern bitterlich geweint, aber in ihr gab es keine Tränen.

«Mein Vater wird mich also ewig hassen, genau wie er meine Mutter gehasst hat …»

«Nein, du musst verstehen: Er hat sie auch geliebt. Deshalb war er so verletzt.» Zärtlich strich Agnes ihr über die Wange. «Und ich bin mir sicher, er spürt auch für dich Liebe, ganz tief drinnen. Hör zu, Thea: Auch ich bin ein Bankert, vielleicht kann dich das ein wenig trösten. Als junges Mädchen hatte ich sehr darunter gelitten, und als man mich ins Kloster abschob, habe ich deswegen sogar mit Gott gehadert. Jetzt aber weiß ich: Wir sind *alle* Geschöpfe Gottes, ohne Unterschied. Und daher bitte ich dich: Nimm es hin, wie es ist, und schaue in die Zukunft.»

Als Thea wenig später noch ganz benommen nach Hause zurückkehrte, traf sie vor der Tür ausgerechnet auf ihren Vater.

«Wo warst du?», fing der sofort zu brüllen an. «Hab ich dir nicht befohlen, daheim zu bleiben?»

Doch obwohl Agnes sie um Verständnis für den Vater gebeten hatte, war Theas Zorn plötzlich ebenso groß.

«Willst du mich wieder schlagen? Dann tu es, hier vor allen Leuten!»

Sie schob sich an ihm vorbei ins Haus. Dort blieb sie vor der Treppe stehen und fauchte ihm ins Gesicht: «Du hältst mich für eine Hure, genau wie meine Mutter! Ist es das? Ein Grafenbankert wie ich kann ja nichts anderes sein. Aber du hast mich genug gestraft, ich werde mir in der Stadt eine Anstellung als Magd suchen, und dann hast du mir nichts mehr zu sagen. Und ich werde Josef heiraten.»

Während ihrer wütenden Rede glotzte er sie mit offenem Mund an.

«Du weißt es also», flüsterte er und schien einen Moment verstört. Dann aber fasste er sich wieder und höhnte: «Ja, geh nur zu deinem Josef. Als ob der als ehrbarer Handwerker einen Bastard wie dich heiraten und sich zum Gespött der Leute machen würde. Nie und nimmer würde der das!»

Ehe Thea wusste, wie ihr geschah, griff er nach ihrem Arm und schleifte sie hinauf unters Dach, vorbei an einer entsetzten Marga. Oben in der Kammer riss er den Deckel ihrer Kleidertruhe auf. Wütend starrte er sie an.

«Pack deine Sachen», befahl er. «Ich will dich aus den Augen haben. Morgen früh noch vor Sonnenaufgang bringe ich dich nach Basel zu meinem Vetter, damit du für ihn als Magd arbeitest. Und ich schwöre dir, niemand hier wird erfahren, wo du steckst, nicht mal deine Geschwister. Dein Josef erst recht nicht.»

Bevor er hinausging, drehte er sich noch einmal um.

«Ich hätte deine Mutter niemals heiraten dürfen. Auch sie war schon ein Bastard, die Frucht einer welschen Fahrenden und eines Herrn von Geroldseck. Deshalb hatte man sie ja auch weggeschafft auf die Burg. Auf dir und deiner Mutter liegt ein Fluch!»

Nachdem er die Tür hinter sich zugeknallt und verriegelt hatte, kamen ihr endlich die Tränen. Nicht weil sie nun die ganze Wahrheit wusste, sondern weil sie erkannte, dass ihr Vater recht hatte: Eine wie sie würde Josef niemals heiraten.

Taumelnd erhob sie sich vom Bett und kniete vor der Kleiderkiste nieder. Ja, es war das Beste, wenn sie dieser Stadt auf immer den Rücken kehrte.

BUCH 3

Glaube, Hoffnung, Liebe

DIE JAHRE 1318 BIS 1330

Kapitel 31

Freiburg im März,
Aanno Domini 1318

Dumpf hallten die Trommelschläge von den Häuserwänden wider, als hinter dem gräflichen Fahnenträger der Wagen mit dem schwarzen Sarg durchs Obertor rollte. Die ganze Stadt war an diesem kalten Märztag auf den Beinen, um dem alten Grafen auf dem Weg zu seiner Grablege die letzte Ehre zu erweisen. Einmal quer durch die Stadt sollte Eginos letzte Reise führen, vom Obertor über den Fischmarkt und wieder hinaus zum Lehener Tor, wo sich das Klarissenkloster befand. Dort würde er neben seiner vor zwei Jahren verstorbenen Ehefrau Katharina beigesetzt werden.

Heinrich, der mit seinen Männern in einer riesigen Menschenmenge bei Oberlinden darauf wartete, sich in den Trauerzug einzureihen, fragte sich, warum das Grafenpaar niemals eine Grablege im Münster ins Auge gefasst hatte. Dass ihre Tochter Clara seit vielen Jahren in ebenjenem Kloster lebte, konnte nicht der Grund sein. Eher schon war dies ein Zeichen dafür, dass Liebfrauen nun endgültig zur Bürgerkirche geworden war.

Hinter dem prächtig geschmückten Wagen mit dem Sarg ritt auf einem glänzenden Rappen als Erster Graf Konrad einher, seinen blondlockigen, erst zwei Jahre alten Stammhalter Friedrich vor sich im Sattel. Ihm folgten sein jüngerer Bruder

Gebhard, seine vier Schwestern mit deren Anhang und gut zwei Dutzend hoher geistlicher und weltlicher Herren. Allesamt waren sie hoch zu Ross und trugen eine ausgesprochene Trauermiene zur Schau, bis auf die ganz ins Gebet versunkene Grafenschwester Clara, die als Nonne zu Fuß mitschritt.

Graf Konrad blickte mit zusammengebissenen Lippen starr geradeaus. Er ahnte wohl, vermutete Heinrich, was die meisten in der Stadt von ihm dachten, nämlich was für ein herzloser Sohn er sei. Genau zwei Jahre zuvor hatte er die Alleinherrschaft erzwungen, indem er den eigenen Vater auf der Burg gefangengesetzt und wochenlang hatte darben lassen. Die Freiburger hatten damals geraunt, dass hierüber die Gräfin Katharina vor Kummer gestorben sei. Nach deren Tod und dem Verzicht des alten Grafen auf die Herrschaft mit all ihren Gütern und Rechten hatte Konrad den Vater nicht etwa in Freiheit gelassen, sondern in den alten Vogtshof neben der Grafenmühle verbannt, wo er sich mit den Einkünften aus dem benachbarten Dörfchen Ebnot begnügen musste. Es hieß, hierüber habe sich allmählich sein Verstand eingetrübt. In seinen ruhelosen Nächten sei er oftmals auf die Wehrmauer seines Gehöfts gestiegen und habe hinausgerufen: «Gebt mir endlich, was einem ehrbaren Ritter gebührt, gebt mir Rüstung, Schlachtross und Knappen!»

Unwillkürlich schüttelte Heinrich den Kopf. Was für eine Heuchelei diese Ehrenbestattung war! Und Bürgerschaft wie Bauhütte waren angehalten, daran teilzunehmen. Um wie viel mehr wäre ihm und seinen Leuten daran gelegen gewesen, den Sarg Erwin von Steinbachs zu begleiten, der im Januar unerwartet verstorben war. Doch die traurige Nachricht hatte ihn leider zu spät erreicht, und einmal mehr dachte er jetzt daran, dass dieser großartige Baumeister seinen Turm nun niemals zu Gesicht bekam.

Inzwischen hatten sich die Vertreter der Stadt in den Zug eingereiht, mit Schultheiß, Bürgermeister, sämtlichen Amtsträgern und Ratsherren, hernach schickten sich auch die Väter und Söhne der vornehmen Geschlechter und städtischen Ritter an.

Da gab Münsterschaffner Bruder Pirmin, im Gegensatz zu seinem Vorgänger ein durch und durch redlicher Mensch, dem Baumeister ein Zeichen. Heinrich reckte den Stock mit der Fahne, die sein Weib Elisabeth eigens hierfür genäht und mit dem Bauhüttenkreuz bestickt hatte, in die Luft und betrat zusammen mit Schaffner, Münsterpfleger und den übrigen Steinmetzen die Gasse. Noch vor den achtzehn Zünften der Stadt mit deren jeweiligen Bannern zu schreiten, dazu hatte der Bürgermeister sie eingeteilt, doch auf diese sicherlich als Ehre gemeinte Anweisung hätte Heinrich gerne verzichtet, um stattdessen in seiner Werkstatt weiterzuarbeiten.

Bis hin zum nächsten Stadttor säumten Weiber, Kinder und Alte die Gasse, und ein jeder schlug das Kreuzzeichen, als der Totenwagen vorbeikam. Manche weinten sogar, als ob ein naher Angehöriger verstorben sei. Kurz vor dem Fischbrunnen entdeckte Heinrich Elisabeth mit seinen Töchtern in der Menge. Als die drei ihm fröhlich zuwinkten, musste er ein Grinsen unterdrücken, und augenblicklich hob sich seine Stimmung wieder. Mit der Bestattung heute würde die dreitägige Trauerzeit ein Ende finden, die besagte, dass man nicht tätig sein durfte, und so brauchte man nicht länger die Zeit totzuschlagen.

Seit kurzem arbeiteten sie nämlich wieder draußen, wenn auch dick vermummt und eingehüllt. Doch bald schon würden die Tage spürbar länger und milder werden und die Bauarbeiten endlich wieder vorankommen. Dass der Turm eine solch mühevolle Feinarbeit bedeutete, hatte ihn die letzten zehn, zwölf Jahre oft bedrückt. Hier war es nicht damit getan, Quaderstein auf Quaderstein zu setzen, vielmehr galt es, zerbrechlich und schwerelos wirkendes Maßwerk samt Türmchen, Giebeln und Laubwerk zu erschaffen, und das kostete viel Zeit. Doch mittlerweile sah er es mit anderen Augen: Er und seine Männer erfüllten dem verstorbenen Schöpfer des Turms, den Menschen hier und nicht zuletzt dem Allmächtigen einen Traum, und traumhaft schön würde ihr Werk werden, das sah man schon jetzt. Damit, dass die Fertigstellung bestimmt noch seine zehn Jahre brauchen würde, hatte er sich abgefunden. Gut, er ging allmählich auf die Fünfzig zu, aber daran wollte er nicht denken. Noch war er voller Kraft und Arbeitsfreude und gewillt, diesen Turm zu Ende zu bauen!

Eigentlich hatte er allen Grund, zufrieden zu sein. Das Kirchenschiff war vollendet, so gut wie alle vorgesehenen Skulpturen gesetzt und bemalt, darunter auch der auferstandene Heiland, den er selbst geschaffen hatte, und die Apostel an den Mittelschiffsäulen. Das heißt, bis auf den Apostel Johannes, für den dieser verschrobene Kaufherr Loderer so großzügig gespendet hatte und den bald schon Josef in Angriff nehmen würde.

Josef Holtzer war ein Glücksgriff, und Heinrich war dem Straßburger Baumeister heute noch dankbar, dass er den unerschrockenen jungen Mann nach Freiburg geschickt hatte. Kaum einer konnte ausdrucksvollere Gesichter schaffen, jeder Faltenwurf eines Gewands hatte seine Richtigkeit, jede Geste seiner Figuren stimmte und löste im Betrachter tiefe Empfindungen aus. Als Loderer letzte Woche zu ihm kam und für die Johannesfigur großspurig nach dem fähigsten Bildhauer verlangt hatte, hatte Heinrich hierfür Petermann bestimmt, doch der hatte nur den Kopf geschüttelt: «Lass das den Jungen machen, Meister. Der ist besser als ich.»

Unwillkürlich wandte Heinrich sich zu seinem ehemaligen Kunstdiener um, der zwischen Eberhard und Petermann hinter ihm ging. Josef erwiderte seinen Blick und nickte ihm lächelnd zu.

Wie schön, dass der Junge wieder lächelte, dachte Heinrich. Er erinnerte sich nur allzu gut an dessen erste Wochen, ja Monate in seinem Haus, als Josef jeden Tag wie ein Häufchen Unglück bei Tisch gesessen war. Es hatte geraume Zeit gedauert, bis er Heinrich den Grund für sein Unglück offenbart hatte. Zwar war ihm damals nicht entgangen, dass der Junge ein Auge auf die Tochter des Kirchenbecks geworfen hatte, er hatte sich aber nicht weiter den Kopf darüber zerbrochen, warum statt des Mädchens plötzlich dessen Geschwister das Brot zur Bauhütte brachten. Bei den jungen Leuten wusste man nie. Doch dann war Thea plötzlich von einem Tag auf den anderen aus der Stadt verschwunden und Josef völlig fassungslos gewesen. Kurzerhand hatte Heinrich den Kirchenbeck aufgesucht, um ihn zur Rede zu stellen, doch der hatte störrisch jede Auskunft zu ihrem Verbleib verweigert.

Was er seinem damaligen Schüler in der für ihn so schmerzhaften Zeit hoch anrechnete: In seiner Arbeit und seinem Studium hatte Josef nicht nachgelassen. Im Gegenteil schien ihm beides der Strohhalm gewesen zu sein, an dem er sich geradezu verbissen festklammerte. Nun, zum Glück waren diese Zeiten vorbei. Inzwischen war Josef wohl darüber hinweg, freute sich an kleinen Erfolgen und ging nach Feierabend wieder hin und wieder mit seinen Gefährten ein Bier trinken.

Ohne dass Heinrich es recht bemerkt hatte, war der Trauerzug nun vor dem Kloster Sankt Klara in der westlichen Vorstadt angekommen. Die Torflügel der Pforte waren weit geöffnet, hier hatten indessen nur noch geladene Gäste Zutritt. Als sich das Tor hinter den Letzten schloss, atmete Heinrich auf: Sie hatten ihre Schuldigkeit getan, sie konnten gehen.

Der Zug der Stadtbürger löste sich auf, und wie nach dem Kirchgang bildeten sich kleinere Grüppchen. Heinrich entdeckte seinen Freund Anselm Wohlleb im Kreis des Medicus Thomann und einiger Ratsherren. Der Kaufmann war nun auch schon im gesetzteren Alter, mit grauen Schläfen und ein wenig eingefallenen Wangen im bartlosen Gesicht, doch seine schlanke, hochgewachsene Gestalt und sein wacher Blick verliehen ihm immer noch etwas Jungenhaftes. Seit letztem Sommer war er wieder, nach dreijähriger Unterbrechung, in den Rat gewählt worden und stand nach wie vor der Fabrica und dem inzwischen alt und fast gebrechlich gewordenen Gottfried von Schlettstadt tatkräftig zur Seite.

Heinrich verabschiedete sich von Schaffner und Münsterpfleger und gesellte sich zu der Gruppe um Anselm. Dort disputierte man gerade über die Frage, ob es ohne den alten Grafen nun besser oder noch schlimmer würde mit der Grafenherrschaft.

«Wir müssen bei Graf Konrad auf jeden Fall achtsam bleiben. Vor allem, wo wir keinen verlässlichen König mehr an unserer Seite haben», gab Thomann zu bedenken, worin Heinrich ihm beipflichten musste. Die Welt war in den letzten zehn Jahren immer unsicherer geworden, weil nichts von Dauer schien. Zuerst war König Albrecht meuchlings von seinem Neffen mit dem Schwert zerstückelt worden, dann war sein Nachfolger Heinrich von Luxemburg, ein überaus kluger und umsichtiger Herrscher, fünf Jahre später vom eigenen Beichtvater vergiftet worden. Inzwischen spaltete ein Doppelkönigtum das Reich:

Die luxemburgische Partei, zu deren Verbündeten sich auch Graf Konrad zählte, unterstützte den Wittelsbacher Ludwig von Baiern, während die Gegenseite, darunter vormals auch Graf Egino, Friedrich von Habsburg zum König auserkoren hatte. Die unter König Heinrich erzielte Einigkeit im Reich war also zerbrochen, und in Freiburg munkelte man, dass Konrad seinen Vater niemals ohne Unterstützung König Ludwigs hätte entmachten können.

Als hätte der Gewürzhändler und Ratsherr Konrad der Malterer seine Gedanken gelesen, begann der zu wettern: «Zwei deutsche Könige haben wir, dazu Fürsten, die sich wie Strauchritter aufführen, und einen verderblichen Papst in Avignon. Was für eine verrottete Zeit!»

«Umso wichtiger ist unser Ratsbeschluss, dass wir im Thronstreit weiterhin strikt unparteiisch bleiben», warf Anselm ein. «Hoffen wir also, dass die Zeiten für uns Bürger nicht wieder schlechter werden, wo Konrad ein noch größerer Verschwender ist als sein Vater.»

Jakob Paradiesmüller nickte. «Zumal wir zwei Missernten in Folge hatten und das letzte Jahr fast schon ein Hungerjahr war. Viel zu oft hatten wir die Schupfe am Fischbrunnen in Betrieb, weil wir Betrügereien an Maßen und Gewichten bei unseren Nahrungsmitteln zur Bestrafung bringen mussten.»

«Nun, die Planeten sagen immerhin ein gutes Erntejahr voraus», meldete sich wieder Medicus Thomann zu Wort. «Und ein Gutes hatte der Wechsel zu Konrads Alleinherrschaft ja: Wir konnten ihn wie immer, wenn die Herrschaft wechselt, zu neuen Zugeständnissen bewegen. Laut königlichem Brief müssen wir nicht mehr für die gräflichen Schulden haften, und dass wir die Steuer auf Korn und Wein auch für die Freiburger Dörfer bekommen, erlaubt uns, der Fabrica mehr Geld zufließen zu lassen. Was Euch, lieber Baumeister, ganz besonders freuen sollte.»

«Das tut es auch.» Heinrich lächelte. «Aber auch so habe ich bislang nie an der Unterstützung durch euch Bürger gezweifelt.»

«Meine lieben Freunde», mischte sich der Kronenwirt Dietrich ein, «wollen wir uns hier wirklich die Beine in den Bauch stehen? Ich schlage vor, ich schließe uns mein Hinterzimmer auf, und wir verkosten alle gemeinsam meine neue Weinlieferung.»

Für dieses Angebot erhielt er rundum Beifall, und auch Heinrich stimmte gerne zu. Da trat Wolfhart zu ihm heran und sagte ihm leise ins Ohr: «Vielleicht kommst du besser mit mir, Meister. Bei mir im Schaffnerhaus ist jemand zu Gast, der sich nicht vor deine Augen traut.»

Überrascht sah Heinrich ihn an. «Etwa Henni?»

«Genau der.»

Er spürte, wie sein Herz augenblicklich schneller schlug. «Gut, gehen wir.»

Auf den Gassen standen die Menschen immer noch müßig herum, als wüssten sie nichts anzufangen mit der geschenkten Zeit. Und so war es ja auch: Zu arbeiten hatte Graf Konrad ihnen verboten, die Schenken und Badhäuser waren geschlossen.

Schweigend durchquerten sie die Stadt in Richtung Liebfrauen – Wolfhart, weil er ohnehin nie unnötig redete, Heinrich, weil er reichlich aufgewühlt und in Gedanken bei seinem Sohn war. Seit bald vier Jahren hatte er ihn nicht mehr gesehen, hatte ihn gleich nach seiner Lossprechung auf Wanderschaft geschickt mit den harten Worten, die nächsten drei Jahre brauche er sich nicht mehr in Freiburg blicken lassen. Zum Abschied hatte er ihn zwar dennoch fest umarmt und ihm gesagt, hernach wolle er ihn gerne wieder aufnehmen, doch der Schaden war da schon angerichtet. Ohne sich noch einmal nach ihm umzusehen, war Henni mit seinem Bündel auf dem Rücken an jenem verregneten Junimorgen davonmarschiert, und Elisabeth hatte tagelang geweint.

Der Grund für Heinrichs Härte: Am Abend vor der Lossprechung hatte Henni auf der Bauhütte zu viel getrunken und war zur Nacht schwankend und mit verheulten Augen heimgekommen, hatte ihn mit den Worten «Ich muss dir etwas beichten» aus dem Halbschlaf gerissen. Und dann war alles herausgekommen: Bei dieser alten Geschichte mit dem aus dem Archiv gestohlenen Riss war *er* es gewesen, der Andres von Endingen den Schlüssel verschafft hatte.

«Ich wollte ihm doch nur einen Gefallen tun», hatte Henni ihm in jener Nacht weinend gestanden. «Du und der Schaffner, ihr wart doch damals zerstritten, und der Endinger wollte etwas Wichtiges in den alten Kirchenbüchern nachschauen. So hatte er wenigstens behauptet. Er hat mich umschmeichelt und mir auch ein paar Pfennige zugesteckt. Als dann rauskam, dass der Riss weg war, habe ich mich nie getraut, die Wahrheit zu sagen. Ich weiß, ich bin ein schlechter Sohn. Und die Lossprechung morgen habe ich auch nicht verdient.»

Heinrich war außer sich gewesen. Sein eigener Sohn hatte ihm unbemerkt den Schlüssel vom Bund entwendet und somit dafür gesorgt, dass sie monatelang nicht am Turm hatten weiterbauen können! Gut, der Junge hatte nicht ahnen können, was er anrichten würde. Was Heinrich aber am meisten traf, war, dass Henni ihm das über Jahre hinweg verheimlicht hatte.

Zwar hatte er ihn nach dieser nächtlichen Unterredung trotzdem zum Gesellen ernannt, dennoch war seine Enttäuschung über dieses Vergehen so groß gewesen, dass er ihn aus den Augen haben wollte. Zumindest für einige Zeit. In den letzten Jahren hatte Heinrich ihm aber verziehen und seine damalige Entscheidung sogar bedauert. Solche Dummheiten gehörten wohl dazu, wenn man erwachsen wurde.

«Was war das eigentlich damals zwischen euch?», holte der Parlier ihn in die Gegenwart zurück. «Wir alle hatten den Eindruck, dass du deinen Sohn mehr oder weniger fortgejagt hast.»

«Fortgejagt?» Heinrich seufzte leise. «Nun ja, er hatte eine Dummheit begangen. Du kennst doch den Henni, er konnte ein ziemlicher Bruder Leichtfuß sein und großspurig obendrein. Da hatte ich mir gedacht, er soll sich erst mal in der Fremde behaupten. Aber heute bin ich ihm nicht mehr böse.»

Als sie den Hinterhof des Schaffnerhauses betraten, spürte Heinrich, wie sehr er sich auf das Wiedersehen mit seinem Sohn freute. Nicht nur Elisabeth, auch er selbst hatte ihn in diesen Jahren immer wieder schmerzlich vermisst. Und so schlug ihm nun das Herz bis zum Halse, während er die Außentreppe hinaufstieg zu seiner früheren Wohnstatt. Wolfhart war im Hof zurückgeblieben, mit den Worten: «Ich lass euch erst einmal allein.»

Verlegen und fast ängstlich wirkte Henni, wie er da in Wolfharts Stube auf einem Schemel kauerte.

«Willkommen in Freiburg, mein Junge», begrüßte Heinrich ihn freudestrahlend, um ihm das Unbehagen zu nehmen. «Komm her und lass dich umarmen.»

Zögernd erhob sich Henni. «Dann … dann bist mir nicht mehr böse?»

«Nein. Ich habe viel darüber nachgedacht in den letzten Jahren. Du warst noch ein halbes Kind damals, gerade einmal vierzehn. Dass du mir die Sache so lange verschwiegen hattest, das war mir arg – und das musste ich erst einmal verdauen. Jetzt aber – vergeben und vergessen.»

Er schloss ihn in die Arme, wobei Henni stocksteif stehen blieb, als ob er dem Frieden noch nicht traute. Wer wollte es ihm vergelten? Dann schob Heinrich ihn ein Stück weit von sich weg.

«Lass dich ansehen. Gut siehst du aus, stark und gesund.»

Tatsächlich war über die Jahre aus dem Jungen ein gestandenes Mannsbild geworden, nach dem sich sicherlich nicht nur die jüngeren unter den Weibern umdrehten. Zumal ihn der dunkle Vollbart älter wirken ließ.

Da endlich lächelte Henni, wenngleich noch immer verunsichert.

«Darf ich … darf ich wieder zu euch zurück?», fragte er leise. «Zu meinen Steinmetzbrüdern und zu meiner Familie?»

«Aber ja!» Heinrich zog ihn erneut an sich. «Was meinst du, wie sich deine Mutter freuen wird. Jetzt erzähl erst mal, wo du überall warst.»

«Gleich, Vater. Eines muss ich noch wissen: Hast du damals irgendwem von dem Archivschlüssel erzählt?»

«Nein, mein Junge. Oder glaubst du, ich hätte meinen eigenen Sohn verraten? Deine Tat hatte schwerwiegende Folgen, wie du weißt, aber das konntest du damals nicht ahnen, als du dich dazu hast hinreißen lassen. Aber schließlich ist der Riss ja wieder aufgetaucht. Nur deine Mutter kennt die Wahrheit, sie hat dir indessen schneller verziehen als ich. Wir haben nun alle Zeit der Welt, darüber zu reden. Jetzt komm, gehen wir nach Hause.»

Kapitel 32

Drei Wochen später,
zu Ostern, Anno Domini 1318

omm bald mal wieder zum Essen vorbei», rief Kathrin ihm nach, als Josef das Haus des Baumeisters verließ und ihr noch einmal zuwinkte. Meister Heinrich hatte ihn zum Osteressen eingeladen, bei dem sich Henni zum Glück bald schon wieder aus dem Staub gemacht hatte. Der Kerl hatte sich nämlich keinen Deut verändert. Nach seiner Rückkehr drei Wochen zuvor hatte er sich noch recht kleinlaut gegeben, war aber bald schon wieder obenauf und prahlte auf der Bauhütte mit seinen Erlebnissen während der Wanderjahre. Ohne ihn war es dann noch ein wunderbarer und unbeschwerter Nachmittag geworden. Sie hatten zu würfeln begonnen und dabei viel gelacht, vor allem die Baumeisterin und deren älteste Tochter Kathrin. Kathrin war es auch gewesen, die ihn zur Tür gebracht und dabei zugeraunt hatte, wie schade sie es fände, dass er nicht mehr bei ihnen wohnte.

Dieser letzte Satz hallte in ihm nach, und Josef verlangsamte seinen Schritt. Er war verwirrt. Kathrin war ein liebes Mädchen, immer fröhlich und guter Dinge, innerlich wie äußerlich das Ebenbild der Mutter. Sie hatte dieselbe lustige Stupsnase und die blauen Augen, nur war ihr Haar nicht hellrot, sondern blond. Bei Tisch hatte Heinrich ihm den Platz zwischen ihr und der Baumeisterin zugewiesen und jedes Mal verschmitzt gelächelt, wenn Kathrin und er miteinander gescherzt hatten.

Er mochte das Mädchen, doch heute hatte er das erste Mal den Eindruck gewonnen, dass da mehr von Kathrins Seite sein könnte. Und dass das von ihren Eltern wohlgelitten war. Er hingegen sah in ihr vielmehr eine jüngere Schwester, die ihm in seiner Zeit als Meisterschüler sehr vertraut geworden war. Und war sie mit ihren gerade mal achtzehn Jahren ohnehin nicht zu jung für ihn? Gut acht Jahre lagen zwischen ihnen, aber im Grund wusste er, dass das ganz normal war zwischen Frau und Mann.

Er blieb stehen und schüttelte unwirsch den Kopf. Was machte er sich da nur für blödsinnige Gedanken! Als ob man im Haus des Baumeisters seinen baldigen Heiratsantrag erwartete. Wahrscheinlich hatte er einfach nur zu viel von dem weißen Traminer getrunken.

Er bemerkte, dass er zu weit gelaufen war und vor dem Haus des Kirchenbecks innegehalten hatte. Ein Stück weiter stand die alte Scheune, in der er einst Thea geküsst hatte, und ein schmerzhafter Stich fuhr ihm bei diesem Gedanken in die Brust. Er hatte sie noch immer nicht vergessen.

Über vier Jahre war sie nun schon fort, er hatte seither nie wieder ein Mädchen auch nur angesehen. Seine Gefährten machten sich schon lustig über ihn, foppten ihn, er würde noch als alter, kauziger Hagestolz enden. Immer wieder wollten sie ihn überreden, samstags mit ihnen das städtische Frauenhaus zu besuchen, oder sie führten ihm in der Badstube ganz dreist eine willige Magd zu. Dabei waren all ihre Bemühungen vergebens. Bis heute war er noch nie bei einem Weib gelegen, war es doch Thea, die er in seinen Träumen liebkoste.

Am Bäckerhaus klapperte ein Fensterladen. Josef schlug sich

rasch die Kapuze seiner Gugel über den Kopf und machte sich davon. Dem Kirchenbeck zu begegnen, hätte ihm jetzt gerade noch gefehlt. Schon bald nach Theas Verschwinden hatte Josef ihn aufgesucht, besser gesagt, war in seine Backstube gestürmt und hatte ihn ungehalten gefragt, wo seine Tochter sei. Da hatte der ihm wortlos die Arme auf den Rücken gedreht und auf die Straße gesetzt. Seither tauschten sie nur noch eisige Blicke aus, wenn sie einmal zufällig aufeinandertrafen.

Inzwischen gab sich Josef selbst die Schuld dafür, was geschehen war. Vielleicht war er mit dem Kuss ja zu weit gegangen. Oder, was noch schlimmer wäre, Thea hatte niemals dasselbe für ihn empfunden wie er für sie. Als sie nach jenem Weihnachtsabend kein Brot mehr austrug, hatte ihr Bruder Clewi ihm frech ins Gesicht gelogen, dass Thea krank sei. Er hatte es ihm damals geglaubt. Bis er von Meister Heinrich erfahren musste, dass sie gar nicht mehr in der Stadt war. Danach hatte er vor Kummer tagelang, ja wochenlang nicht mehr richtig gegessen und geschlafen. Am darauffolgenden Ostern schließlich hatte Heinzmann Rutschi, der inzwischen zum Meister der Werkszimmerleute aufgestiegen war, Theas Schwester Marga geheiratet, mit einem so prunkvollen Festgelage im Gasthaus Zum Storchen, dass die ganze Stadt davon sprach. Doch er konnte sich bei Gott nicht erklären, warum Thea selbst zur Hochzeit der eigenen Schwester nicht erschienen war. Als Josef den Rutschi am nächsten Tag gefragt hatte, ob er etwas von Thea wisse, hatte der nur höhnisch gelacht: «Die kommt nicht mehr zurück, die hat längst einen anderen.» Aber auch das war für ihn keine Erklärung, warum sie verschwunden und nie wieder aufgetaucht war.

Um seinen Schmerz nicht mehr zu spüren, hatte Josef sich in Arbeit gestürzt, und ganz allmählich war er ruhiger geworden.

Hatte er anfangs noch oft gedacht, wäre er nur niemals nach Freiburg gekommen, war er inzwischen heilfroh darum. So unendlich viel hatte Meister Heinrich ihn gelehrt über die wundersame Welt der Baukunst und Bilderhauerei, und nach dem Ende seiner Zeit als Schüler hatte er an die erste wichtige Skulptur gedurft, den König David mit der Harfe, der nun unter dem Baldachin neben der südlichen Fensterrose thronte und für den er viel Lob erntete. Danach hatte er sich weit über ein Jahr lang an einer wahrhaft harten Herausforderung abgearbeitet, und zwar an dem Propheten Moses, der zusammen mit zehn weiteren Propheten die Nischen in den Dreikantpfeilern des Turms füllen sollte. Da die Propheten ihren Platz so hoch droben hatten, mussten sie übermannsgroß und in zwei Blöcken geschaffen werden. Doch nicht allein daran war er manchmal schier verzweifelt, sondern weil der Kopf aus ebendem Grund, dass man von weit unten auf ihn schaute, entgegen der Natur sehr viel größer als der Körper zu sein hatte. Auf einem Jahrmarkt in Köln hatte er mal einen Spaßmacher mit riesigem Wasserkopf gesehen, und gerade so war ihm sein Prophet vorgekommen. Wie sollte er einem Moses mit Wasserkopf den verlangten düsteren Ernst ins Gesicht zaubern? Doch am Ende war es ihm gelungen. Inzwischen schaute die hagere Gestalt auf Höhe des Glockengeschosses auf die Dächer der Stadt herab, und jedes Mal, wenn Josef zu dem heiligen alten Mann hinaufsah, glaubte er, dessen mahnenden Blick zu spüren.

Als er jetzt den Kirchplatz betrat, ließen die letzten Sonnenstrahlen die Mauern von Liebfrauen in warmen Gelb- und Rottönen aufleuchten. Rund um die Bauhütte war alles still. Nur der Parlier saß ganz allein auf der Bank am Schaffnerhaus und zeichnete mit einem Stock gedankenverloren Kringel in den sandigen Boden. Auch er war zum Osteressen eingeladen gewesen, hatte aber dankend abgelehnt. Wie er da so auf der Bank kauerte, tat er Josef plötzlich leid. Denn eigentlich mochte er diesen eigenbrötlerischen Menschen, und nachdem Wolfhart gemerkt hatte, dass er niemals nach dessen Stellung als Parlier gestrebt hatte, war es ein wenig besser zwischen ihnen geworden.

Wolfhart sah erst auf, als er sich neben ihn setzte.

«Da bist du ja endlich», brummte er. «Dieser Kaufherr Loderer hat vorhin nach dir gefragt.»

«Loderer? Was wollte der von mir?»

«Wegen der Johannesfigur. Sollst morgen Vormittag bei ihm vorbeikommen. Und der alte Münsterpfleger war auch schon hier. Wollte von mir wissen, ob einer von uns nebenher eine kleine Marienfigur für seinen Torbogen am Haus schlagen könnte. Ich wette, er hat dabei an dich gedacht.»

Täuschte Josef sich oder schwang da Missgunst in Wolfharts Stimme mit?

«Und? Was hast du ihm gesagt?»

«Dass er dich fragen soll, ob du ihm dein Erstlingswerk schenkst. Ich hab's ihm gezeigt, liegt ja seit Jahren drüben im Werkzeugschuppen. Jedenfalls war er ganz begeistert.»

Es hatte ein wenig gedauert, bis Josef begriff, wovon er sprach. Er hatte das Marienantlitz völlig vergessen. Damals hatte er vorgehabt, es Thea zu schenken, aber jetzt war es nutzlos geworden. Seine Gedanken taten einen Sprung: Sollte er doch um Kathrins Hand anhalten?

«Meinetwegen kann er es haben», murmelte er.

Sie schwiegen und starrten zu Boden. Da malte Wolfhart mit seinem Stock ein großes «T» auf den Boden.

«Es sieht der Thea vom Kirchenbeck gleich», sagte er.

«Na und? Das ist Zufall, ich kannte sie ja vorher gar nicht.»

«Trotzdem. Du könntest es *ihr* schenken, wenn sie wieder nach Freiburg zurückkommt.»

Fast böse starrte Josef ihn an. «Sie wird nicht mehr zurückkommen. Das weiß ich.»

«Bist du nicht ein wenig jung, um als erfahrener Bildhauer zu gelten?» Loderer musterte ihn eindringlich aus seinen wässrigen, bleigrauen Augen. «Ich hatte ja eher an den Altgesellen Petermann gedacht.»

Sie standen in der großen Eingangsdiele, die dem Kaufherrn auch zum Warenumschlag diente, und Josef staunte nicht wenig über die vielen kostbaren Seiden- und Brokatstoffe, die als Ballen im Wandregal gestapelt waren.

Er zuckte die Schultern und zwang sich, höflich zu bleiben.

«Wenn Ihr auf Petermann besteht – bitte. Ihr seid schließlich der Stifter der Figur. Dann müsstet Ihr allerdings noch einige Monate warten, weil Petermann derzeit an einem der letzten Propheten für den Turm arbeitet.»

«Er könnte seine Arbeit unterbrechen. So ein Stein wird schließlich nicht faulig, wenn man ihn stehen lässt, oder?» Er kicherte leise über seinen Scherz.

«Das nicht. Aber um am Turm weiterbauen zu können, müssen erst alle Großfiguren um den Glockenstuhl versetzt werden. Wenn Ihr Euch also tatsächlich so lange gedulden wollt ...»

«Nein, nein, das dauert mir denn doch zu lange. Der Baumeister hat mir deinen David mit der Harfe am Seitenschiff gezeigt. Sehr lebensnah. Wenn man ihn betrachtet, glaubt man, seine Musik zu hören.»

Josef musste ein Schmunzeln unterdrücken. Diesen letzten Satz hatte Meister Heinrich ihm einmal wortwörtlich gesagt, und jetzt plapperte Loderer ihn nach. Na ja, so viel Empfindungsvermögen hätte er diesem selbstgefälligen Kaufherrn ohnehin nicht zugetraut.

«Dann ist es also abgemacht», sagte Josef laut. «Ich werde heute noch einen geeigneten Stein aussuchen.»

«Sehr schön. Übrigens habe ich mir neulich im Kirchenschiff die Apostelfigur des Philippus angesehen, die ich ausgezeichnet finde. Ist ja auch von diesem Petermann. Allein der Faltenwurf des Umhangs, der nachdenkliche Ausdruck des Gesichts … Darunter, auf der Konsole, prangt das Wappen unseres letzten Bürgermeisters.»

Josef nickte.

«Ja, Heinrich von Munzingen ist der Stifter.»

«Nun denn, statt eines Wappens habe ich einen anderen Wunsch. Ich hätte den Apostel Johannes, diesen Lieblingsjünger Jesu, gerne mit *meinen* Gesichtszügen. Und sag mir jetzt nicht, dass die Ähnlichkeit des Philippus mit dem Munzinger reiner Zufall ist.»

Jetzt musste Josef wirklich grinsen. «Ihr wisst aber schon, dass Johannes zu Lebzeiten Jesu ein sehr junger Mann gewesen ist?»

Loderer verzog das Gesicht. Da erst fiel Josef auf, dass er sich seinen Vollbart hatte abnehmen lassen.

«Das weiß ich sehr wohl, mein lieber Holtzer. Genau deshalb habe ich mich ja heute balbieren lassen. Mein Weib sagt, dass ich somit wesentlich jünger aussehe. Ich erwarte von dir also nicht mehr und nicht weniger, als dass der Johannes meine Züge trägt. Meine hohe Stirn, die lange, gerade Nase, die buschigen Augenbrauen … Man möchte ja als Stifter schon auch, dass ein bisschen was von einem selbst in solch einer Bildhauerarbeit steckt.»

«Ich denke, ich habe Euch verstanden, Kaufherr. Ihr wollt Euch im Apostel Johannes als jungen Mann wiederfinden.»

Den leisen Spott in Josefs Stimme schien er überhört zu haben, denn er begann zu strahlen. «Richtig, mein Junge. Dann gehen wir jetzt also nach oben in die Stube, damit du mich zeichnen kannst. Pergament und Kohlestifte habe ich besorgt.»

«Das wäre verfrüht. Das Gesicht einer Figur arbeite ich als Letztes aus. Ihr könnt Euch den Bart also getrost bis zum Herbst wieder wachsen lassen.»

In diesem Augenblick schwang die Tür zum Hinterhof auf, und Loderers Söhne traten ein.

«Das Fuhrwerk ist entladen, die Fässer sind im Keller», vermeldeten sie.

Diebold, der nur wenig älter war als Josef und bereits Gesellschafter im Handelshaus seines Vaters, hatte gerade erst wegen betrügerischer Abrechnungen eine Turmstrafe hinter sich. Die ganze Stadt wusste davon, auch, dass er vom Vater gegen eine hohe Summe, die als Strafgeld erfreulicherweise an die Fabrica ging, losgekauft worden war. Wie ein reuiger Sünder wirkte er indessen nicht gerade, so breitbeinig und mit vorgereckter Brust und dünkelhafter Miene, wie er da in der Eingangshalle stand. Nun ja, er war eben ein getreues Abbild seines Vaters.

Höflich begrüßte Josef die beiden, wobei nur Rudolf, der jüngere der Brüder, zurückgrüßte.

«Schön, dass ich dich treffe, Josef», sagte der. «Ich wollte dich fragen, ob du mich mal auf den Turm mitnimmst. Ich würde mir gern die Propheten aus der Nähe ansehen.»

«Aber ja. Nächsten Sonntag?»

«Abgemacht.»

Rudolf, der Goldschmied gelernt hatte, wirkte in dieser Familie wie ein Kuckuckskind. Er war ein feinsinniger Mensch, der den Kirchenbau eifrig und mit wachem Blick verfolgte, und Josef freute sich schon darauf, mit ihm den Turm zu besichtigen.

«Dann will ich nicht länger stören», sagte er und schüttelte dem alten Loderer die Hand. «Ihr könnt jederzeit in der Werkstatt vorbeikommen, um meine Arbeit zu begutachten.»

«Worauf du dich verlassen kannst.» Loderer wandte sich seinen Söhnen zu. «Dieser begabte junge Bildhauer wird nämlich fürs Kirchenschiff den Apostel Johannes erschaffen, und zwar mit *meinen* Gesichtszügen.»

Woraufhin Diebold nur gleichgültig nickte und Rudolf die Augen verdrehte.

Als Josef wieder draußen am Kirchplatz stand, schüttelte er den Kopf. Wie viele eitle Gecken es doch unter den Stiftern gab. Taten so, als würden sie in Großmut und Gottesglauben spenden, dabei wollen sie sich nur selbst ein Denkmal setzen.

An diesem Abend holte Josef das Marienantlitz aus dem Schuppen und legte es zuunterst in seine Kleidertruhe. Das sollte niemand bekommen, schon gar niemand, der es nicht zu schätzen wusste. Und vielleicht würde Thea ja doch eines Tages zurückkehren.

Um Johanni, wenn sich nach altem Brauch die meisten Wandergesellen eine neue Bauhütte suchten, kam auf die Freiburger Hütte überraschender Besuch. Ein Fuhrwerk brachte gerade frisches Bauholz, zugeschnitten in einer der zahlreichen Sägemühlen oben im Wald, und Josef musste einmal mehr daran denken, was für ein Fortschritt das war. Er selbst hatte noch, als Lehrjunge seines Vaters, mühevoll die rohen Stämme beilen müssen, bevor die Brettschneider sie nicht weniger mühevoll in Bohlen zerteilten. Auf der anderen Seite hatten durch die Sägemühlen viele Männer ihre Arbeit verloren.

Josef, der an diesem warmen Tag im Freien arbeitete, stutzte, als der Fuhrmann auf die Ladung kletterte und sich anschickte, das Holz ausgerechnet vor dem Münsterturm abzuladen.

«Halt!», rief er und rannte hinüber. «Bringt das Holz zur Friedhofsmauer auf der Nordseite. Hier ist es uns Steinmetzen im Weg.»

Der Bärtige schüttelte den Kopf. «Da ist kein Platz mehr. Anweisung vom Zimmermeister Rutschi.»

«Wenn das jemand zu bestimmen hat, dann der Werkmeister oder der Parlier. Wartet hier, ich geh sie holen.»

Doch der Fuhrmann scherte sich einen Kehricht um Josefs Worte und beugte sich nieder, um die Spanngurte zu lösen. In ebendiesem Augenblick tauchte am hinteren Ende des Wagens ein fremder Geselle mit Wanderstock auf, die Kapuze tief ins Gesicht gezogen.

«Weg da!», schrie Josef, stürzte sich auf den Fremden und riss ihn mit sich vom Wagen fort. Dabei stolperten beide und fielen der Länge nach hin, während ein Teil der Ladung nicht weit von ihnen zu Boden krachte.

«Bist du noch bei Verstand?», begann Josef lautstark zu schelten. «Blind wie ein Maulwurf über den Werkhof zu laufen …»

«So dicht stand ich nun auch wieder nicht beim Wagen», gab eine erstaunlich weiche Stimme zurück. «Außerdem hätte dieser Holzkopf von Fuhrmann lautstark warnen müssen. So ist die Regel.»

Fast erschrocken ließ Josef den anderen los. Dem war beim Sturz die Kapuze vom Kopf gerutscht – und er war ein Weib!

«Trotzdem danke ich dir für deinen Wagemut.» Sie klopfte

sich den Staub von der knielangen Tunika und hob ihr Reisebündel vom Boden auf. «Als mein Lebensretter schulde ich dir
was. Du darfst dir also was wünschen.»

Aber Josef starrte sie nur mit offenem Mund an. Die Frau
war niemand anderes als die Steinmetzin Sabina von Steinbach,
Tochter des Baumeisters Erwin.

Es musste sieben oder acht Jahre her sein, dass sie den Winter auf der Straßburger Bauhütte verbracht hatte. Seither war er
ihr nie wieder begegnet. Sie war zu einer reifen Frau geworden,
soweit er das unter ihrem Umhang erkennen konnte, doch ihre
Haut war immer noch glatt wie die eines jungen Mädchens,
ihr Mund mit den vollen Lippen noch immer so verführerisch
schön geformt.

«Warum glotzt du mich eigentlich so an?» In ihren dunklen
Augen blitzte Spott auf. «Weil ich eine Steinmetzin bin? Das
soll's geben in Gottes weiter Welt.»

«Erkennst du mich denn nicht mehr?», fragte er zurück, innerlich enttäuscht darüber, dass er damals so wenig Eindruck
hinterlassen hatte.

Sie sah ihn einige Augenblicke prüfend an, bevor sie sich
gegen die Stirn schlug.

«Natürlich! Josef, der schüchterne Hüttendiener meines Vaters!» Sie grinste keck. «Aus dir ist ja ein richtiges Mannsbild
geworden. Ich wette, du hast eine hübsche Braut hier in der
Stadt. Oder hat's dich gar schon in den Hafen der Ehe gezogen?»

Nicht auf den Mund gefallen und immer geradeheraus,
so hatte er Sabina in Erinnerung. Aber die Gesellschaft von
Männern in den Bauhütten schien sie noch frecher gemacht zu
haben. Josef spürte, wie Missmut in ihm aufstieg.

«Weder das eine noch das andere», erwiderte er und ärgerte

sich im selben Augenblick, ihr überhaupt geantwortet zu haben. Was ging das schließlich Sabina an?

«Dann arbeitest du jetzt also für die Freiburger Hütte?», fragte sie munter weiter. «Als Bildhauer, nehme ich an.»

Josef nickte, verlegen und stolz zugleich. «Ja, seit drei Jahren darf ich mich Bildhauer nennen.»

Lachend klopfte sie ihm auf die Schulter. «Jetzt sei nicht so bescheiden. Zufällig weiß ich, dass mein Vater dich als Meisterschüler hierher empfohlen hat. Demnach hast du dich also bewährt.»

«Das weißt du?», fragte er erstaunt.

«Nun ja, hab halt wissen wollen, was aus dem verträumten Lehrknaben geworden ist.»

Josef konnte nicht verhindern, dass er nun über das ganze Gesicht zu strahlen begann. Sabina hatte sich also tatsächlich nach ihm erkundigt. Um von sich selbst abzulenken, fragte er:

«Und du? Willst du bei uns arbeiten?»

«Deshalb bin ich hier. Von eurem wundersamen Kirchturm spricht ja alle Welt. Und deshalb hoffe ich, auf ein Jahr bleiben zu dürfen.»

«Das fände ich auch schön. Bloß – eigentlich brauchen wir keine Bildhauer mehr.»

Sie wurde ernst. «Ich tät auch Maßwerk schlagen, wenn ich nur ein Stück weit an diesem Turm mitbauen dürfte.»

Da begriff Josef. «Es ist dir wichtig, weil dein Vater ihn entworfen hat, nicht wahr? Es tut mir sehr leid, dass er so plötzlich verstorben ist. Er war ein großartiger Lehrmeister und Mensch.»

Um ihre Mundwinkel bebte es kurz, dann fasste sie sich wieder. «Er hatte ein langes und erfülltes Leben.»

Sie legte den Kopf in den Nacken und betrachtete den Kirchturm, bei dem inzwischen das zweite Geschoss des Achtecks erreicht war, das aus nichts weiter als aus riesigen, luftigen Maßwerkfenstern bestehen würde.

«In diesem Turm aus Licht und Stein», sagte sie leise, «begegnen sich Himmel und Erde.»

«Das hast du schön gesagt.»

Sie wandte sich wieder ihm zu. «Weißt du, was ich manchmal denke? Eines Tages werden die Maler, Bildhauer und Baumeister nicht nur ihre Werke hinterlassen, sondern auch ihre Namen. Womit sie sich unsterblich machen.»

«Dein Vater wird sich ganz sicher unsterblich machen. Weil dieser einzigartige Turm nämlich bis in alle Ewigkeit hier stehen wird.»

«Ach Josef, woher willst du das wissen? Bist du etwa ein Prophet? Außerdem: Wer kennt in hundert Jahren noch den Namen Erwin von Steinbach? Oder deinen Namen oder gar meinen?» Sie schlug ihm auf die Schulter, wie um das Gespräch nicht weiter in diese düstere Richtung gehen lassen. «Komm, bring mich zu Meister Heinrich. Damit ich endlich weiß, ob ich bei euch Förderung finde.»

Sabina von Steinbach durfte bleiben und wurde willkommen geheißen. Josef erfuhr, dass sie zuvor viele Jahre in Frankreich gewandert und erst wieder nach Straßburg gekommen war, als ihr Vater im Sterben lag. Zwei, drei Jahre hatte sie dableiben wollen, war aber dort mit ihrem Bruder nicht klargekommen und hatte sich erneut auf dem Weg gemacht.

Bis auf Petermann, der sie von früher kannte, machten nicht nur die Steinmetze große Augen, dass nun wahrhaftig ein Weib mit ihnen arbeitete. Immer wieder schauten neugierige

Bürger auf der Bauhütte vorbei, um dieses Wunderwesen wie auf einem Jahrmarkt zu bestaunen.

So jedenfalls kam es Josef vor.

«Stört es dich eigentlich nicht», fragte er sie einige Wochen nach ihrer Ankunft, «dass dich immer alle so angaffen? Als ob du ein Affenmensch mit zwei Köpfen wärst!»

Sie lachte lauthals los. «Das war aber jetzt mal ein schmeichelhafter Vergleich, Josef Holtzer. Sehe ich denn so schrecklich aus?»

«Ach herrje, nein ...», stotterte Josef bestürzt. «So hab ich das nicht gemeint.»

Noch immer vermochte sie es, ihn zu verunsichern. Dabei fühlte er sich ihr längst ebenbürtig, sah sich nicht mehr als dummen Hüttendiener, sondern als durchaus erfahrenen Bildhauer.

«Warum bleibst du eigentlich nur auf ein Jahr und nicht, bis der Turm fertig ist?», fragte er, um abzulenken.

Sie lächelte versonnen. «Das Bleiben ist nicht so meine Sache. Ich bin lieber in der Welt unterwegs. Als Nächstes zieht es mich nach Wien, an den Stephansdom, wo ein neuer Chor erbaut wird.»

Das fand Josef für ein Weib mehr als erstaunlich. Lag nicht der Wunsch, ein Nest zu bauen und Kinder aufzuziehen, in der Natur einer Frau? Aber Sabina war ohnehin durch und durch anders. Ganz selbstverständlich hatte sie sich schon an ihrem ersten Arbeitstag mit ihrem Schemel und ihrem Werkstein neben Josef niedergelassen und plauderte mit ihm, als würden sie sich seit Ewigkeiten kennen. Natürlich wohnte Sabina nicht gemeinsam mit den Männern im Schlafsaal, sondern in einer der Gästekammern der Fabrica, doch nach Feierabend saßen sie an diesen lauen Sommerabenden oft auf der Bank vor der Werkstatt, oder Josef zog mit ihr durch die Stadt. Es schien ihr nichts auszumachen, dass hinter ihrem Rücken getuschelt wurde, sie hätte eine Liebschaft mit dem viel jüngeren Josef, ja sogar, dass sie sich heimlich bei Vollmond am Burgberg lieben würden. Josef hingegen machte dieses Geschwätz oft verlegen.

Zum Einbruch der dunklen Jahreszeit bekam Sabina eine neue Aufgabe zugewiesen. Bislang hatte sie an den Ziergiebeln für die oberen Turmfenster gearbeitet, und zwar mit großem Eifer, obwohl sie, dessen war sich Josef sicher, ganz andere Fähigkeiten besaß. Nun sollte sie einen der sieben Wasserspeier schlagen, die am Ansatz jener Ziergiebel die Ecksporen zieren würden. Und zwar wahrhaftig nur zieren, denn dort oben gab es gar keine Regenrinnen mehr. Dafür kam ihnen nun eine symbolische Bedeutung zu, nämlich die Verkörperung der sieben Hauptlaster als Versuchung des Menschen auf dem steinigen Weg ins Himmelreich.

Sabinas Erfahrung als Bildhauerin wurde also endlich gebraucht. Außer ihr hatte der Werkmeister derzeit nur noch drei weitere Bildhauer unter sich, Josef, Petermann und einen älteren Meister aus Basel, wobei Josef noch auf längere Zeit mit seinem Apostel Johannes beschäftigt war. Sabina freute sich über ihre Aufgabe wie ein Kind, umso mehr, als die Steinmetze übereingekommen waren, dass sie sich als Tochter des großen Baumeisters Erwin von Steinbach aussuchen durfte, wen sie in Stein verewigen wollte.

«Nimm doch die Wollust», schlug Henni bei ihrer Morgenbesprechung gewohnt dreist vor. «Zumindest wie ein nacktes Weib ausschaut, weißt *du* schließlich am besten.»

Meister Heinrich wollte ihn schon zurechtweisen, aber Sabina war schneller. «Besser als du gewiss. Nein, ich nehme den Zorn, darin kenne ich mich auch ganz gut aus. Und was das Wörtchen *zumindest* angeht: Lern du selbst erst mal unterscheiden zwischen Wollust und echter Leidenschaft. Im Hurenhaus lernst du das jedenfalls nicht.»

Henni wurde rot, und alle anderen lachten.

Als sie wenig später vom Tisch aufstanden, um an die Arbeit zu gehen, hielt Henni Josef bei der Schulter fest.

«Die ist bestimmt ganz gierig im Bett, oder?», flüsterte er ihm ins Ohr.

«Das müsstest du schon selbst ausprobieren», gab Josef so keck und ungerührt zurück, dass es ihn selbst überraschte. «Aber dich lässt sie ja leider nicht ran.»

Von Sabina wusste er, dass Henni ihr einmal im Dunkeln aufgelauert und dafür eine so heftige Maulschelle geerntet hatte, dass er zu Boden gegangen war. Dabei gab es auch für Josef Tage, oder besser gesagt Nächte, wo er sich vorstellte, bei Sabina zu liegen, nackt, wie Gott sie geschaffen hatte. Doch in Wirklichkeit hatte er Angst, sich in der Liebe allzu dumm anzustellen. Zwar war er inzwischen tatsächlich einmal heimlich im Frauenhaus gewesen, ohne seine Gefährten, aber das hatte mit einem ziemlich beschämenden Misserfolg geendet. So war er also noch immer unbeschlafen, wie sein Freund Eberhard es nannte.

An einem Samstag Anfang Dezember war es schließlich wieder so weit, dass die Baustelle winterfest gemacht werden musste und alle städtischen Handwerker bis zum nächsten Frühjahr verabschiedet wurden. Aus diesem Anlass gab die Fabrica zum Nachmittag ein kleines Fest, mit Bratwürsten auf dem Schwenkrost und gutem Wein. Am Kopfende der Tafel, die sie in der Werkstatt aufgebaut hatten, saßen als Ehrengäste der Schaffner Bruder Pirmin und der alte, schon sehr gebrechlich wirkende Münsterpfleger Gottfried von Schlettstadt.

Nachdem das erste Fässchen Rotwein geleert war, wurde die

Stimmung ausgelassener. Vor allem die Freiburger Maurer waren als trinkfeste Gesellen bekannt. Petermann und der Schmiedeknecht spielten auf der Fidel, dazu wurde laut gesungen und getanzt, im Reigen oder Paartanz. Die einzigen Frauen waren Sabina, die Bauhüttenmagd Gisela, die trotz ihres reifen Alters noch immer drall und überaus beweglich war, des Baumeisters schönes Weib Elisabeth und deren Tochter Kathrin, und alle vier durften sie natürlich keinen Tanz auslassen. Josef fiel auf, dass Kathrin auffallend oft neben oder mit seinem Freund Eberhard tanzte und dass die beiden sich immer wieder verstohlen zulächelten. Er war ihr seit Ostern möglichst aus dem Weg gegangen, und jetzt versetzte es ihm einen kleinen Stich, dass sie sich offensichtlich schnell mit einem anderen getröstet hatte. Dann schalt er sich einen missgünstigen Narren: Er sollte sich besser freuen für Eberhard, denn Kathrin war ein nettes Mädchen, und die beiden passten gut zueinander.

«Was schaust du so missmutig?» Sabina stand vor ihm. «Komm, tanz mit mir!»

Sie nahm ihn bei den Händen und zog ihn hinaus auf den sandigen Vorplatz der Werkstatt. Sie tanzte voller Anmut, zu ihm hin, von ihm weg, und wenn sie sich mit ihm drehte, zog sie ihn so dicht an sich heran, dass er ihre runden Brüste spürte. Dass ihm dabei schwindelte, musste an dem reichlich genossenen Wein liegen.

Als sie außer Atem an den Tisch zurückkehrten, hatte Kathrins jüngere Schwester Gritli, die der Magd zur Hand ging, überall Wein nachgeschenkt, und Bruder Pirmin hob zum zigsten Mal an diesem Abend seinen Becher: «Auf euch Werkleute! Auf diese wunderbare Mannschaft! Gebe Gott, dass wir im Frühjahr alle wieder gesund beisammen sind.»

Dann lächelte er zufrieden und mit rosigen Wangen in die

Runde, während Gottfried von Schlettstadt nur noch müde blinzelte. Längst war das Feuer unter dem Bratrost niedergebrannt, dafür hatten sie vor den geöffneten Toren der Werkstatt zwei Pechpfannen entzündet.

«He, Rutschi», hörte Josef hinter sich Kunzi rufen. «Was ist eigentlich mit Kindersegen bei euch?»

«Geht's dich was an, Hüttenknecht?», blaffte der Zimmermannsmeister ungehalten zurück. «Kümmere dich um deinen eigenen Scheiß.»

«Der Kunzi hat recht», mischte sich Henni ein und trat sichtlich angetrunken an die Tafel. «Wenn ich mich nicht täusche, ist eure Hochzeit schon über vier Jahre her. Willst du keinen Nachwuchs oder kannst du nicht?»

«Hältst du wohl deinen Mund?», fuhr seine Mutter dazwischen, doch Heinzmann Rutschi hatte sich bereits schwankend erhoben und den Tisch umrundet. Er packte Henni am Kragen. Das halblange, fettige Haar hing Rutschi wirr ins Gesicht, in seinem Vollbart klebten Brotkrümel. Unwillkürlich dachte sich Josef, dass Theas Schwester Marga mit diesem ungeschlachten Kerl zu bedauern war. Rutschi war zwar ein guter Handwerker, aber unbeliebt bei seinen Leuten. Und dass er auch Marga nicht gerade mit Samthandschuhen anfasste, war auf der Bauhütte ein offenes Geheimnis.

«Hast ja bloß so ein großes Maul, weil du der Sohn des Baumeisters bist», fauchte der gerade. «Aber auch ein Baumeistersohn darf sich gern eine Tracht Prügel bei mir abholen.»

Als Josef dazwischengehen wollte, war Meister Heinrich schon zur Stelle.

«Du entschuldigst dich sofort bei Meister Rutschi», befahl er Henni und riss ihm den Weinbecher aus der Hand. «Gesoffen hast du außerdem genug für heute.»

Henni gehorchte mit einem unverschämten Grinsen und reichte dem Zimmermann die Hand. «Nichts für ungut, Rutschi. Wir wollen doch das Jahr in Frieden beschließen. Ich nehm's also zurück und wünsch dir hiermit reichen Kindersegen.»

Rutschi war anzusehen, dass er mit dieser Art Entschuldigung nicht recht umzugehen wusste, betrunken, wie er war.

«Alsdann», murmelte er und nahm Hennis Hand. Die anderen am Tisch klatschten Beifall.

«Los, Petermann, spiel weiter!», rief Eberhard.

Da hob der Münsterpfleger den Kopf.

«Ich denke, für mich wird's Zeit. In meinem Alter ist man solcherlei Umtriebe nicht mehr gewohnt.»

Er zog seinen Gehstock unter dem Tisch hervor, und Josef half ihm aufzustehen. Dann reichte er ihm den Arm.

«Ich bring Euch nach Hause, Kaufherr.»

«Ach was, mein Junge, das braucht es nicht.»

«Ich mach's gerne, ein bisschen frische Luft tut mir gut.»

Er nahm ihm die Laterne ab, und sie traten nach draußen, wo ein Großteil der Feiernden bereits wieder am Tanzen war. Auch Sabina.

Der Münsterpfleger war wirklich nicht mehr gut zu Fuß, und so tappten sie langsam über den südlichen Kirchplatz in Richtung Große Gass, wo Gottfried von Schlettstadt gegenüber dem Heiliggeistspital wohnte. Die kühle Dezemberluft tat Josef gut und vertrieb seinen kurzen Anfall von Wehmut, der ihn ergriffen hatte, nachdem Henni Margas Hochzeit erwähnt hatte. Womit ihm natürlich sofort wieder Thea durch den Kopf geistert war.

«Warte», hörte er hinter sich Sabinas Stimme. «Ich komme mit.»

Sie nahmen den alten Münsterpfleger in ihre Mitte, und Gottfried von Schlettstadt fragte Sabina voller Neugier nach ihrem Vater aus.

«Ich bin Meister Erwin leider nur ein einziges Mal begegnet», sagt er ihr beim Abschied vor seiner Haustür. «Er war ein großartiger Baumeister.»

Sabina nickte stolz. «Und ein guter Vater dazu.»

Den Rückweg legten sie beide schweigend im Stockdunklen zurück, da sie für sich selbst keine Laterne mitgenommen hatten. Auf Höhe des Kirchturms fragte Sabina plötzlich: «Hast du Angst vor den Toten?»

«Nein, wieso?»

«Dann komm.»

Sie zog ihn zur Pforte des Friedhofs, der sich auf der Nordseite von Liebfrauen befand, und schob das Gitter auf. Vor der Andreaskapelle flackerte das Ewige Licht, sonst war alles finster in dieser sternenklaren, mondlosen Nacht. Die Büsche und Grabsteine umstanden sie wie schwarze Gestalten, die sich, wie es Josef schien, sachte bewegten.

«Hierher komme ich manchmal, wenn ich nachts nicht einschlafen kann», sagte sie im Flüsterton, wie um die Toten nicht zu wecken. «Und in Nächten wie heute setzte ich mich auf die Steinbank vor der Kapelle und betrachte den Sternenhimmel. Nirgends herrscht so eine Ruhe, so ein Frieden wie nachts auf dem Friedhof.»

«Du bist schon ein seltsamer Mensch», murmelte er.

«Findest du?» Sie nahm seine Hand. «Du hast dir immer noch nichts gewünscht von mir.»

«Gewünscht?»

«Wo du mir doch bei meiner Ankunft das Leben gerettet hast.»

«Jetzt übertreibst du aber. Dir wäre höchstens ein Balken gegen das Bein gerollt. Das hast du selbst behauptet.»

«Trotzdem! Ich könnte dir beispielsweise einen Kuss anbieten.»

Er wollte etwas Scherzhaftes erwidern, als er auch schon ihre weichen Lippen auf seinem Mund spürte, während ihre Rechte ihm zärtlich durchs Haar strich. Ein wohliger Schauer durchfuhr ihn. Er öffnete seine Lippen und zog sie an sich. Sie war so warm und weich, ihr Kuss zart und fordernd zugleich. Doch ganz plötzlich wusste er nicht mehr, wohin mit seinen Händen, kam sich linkisch vor wie ein kleiner Junge.

Er löste sich von ihr und trat einen Schritt zurück, wobei er ums Haar über eine Grabplatte gestolpert wäre.

«Wir gehen wohl besser zurück», stotterte er. «Die anderen werden uns sicher schon vermissen.»

«Wenn du meinst.» Ihre Stimme klang enttäuscht. Aber es war ihm nicht möglich, ihr sein abweisendes Verhalten zu erklären.

Kurz vor der Werkstatt, wo das Fest noch immer in Gange war, verabschiedete sie sich mit den Worten, sie sei müde und wolle zu Bett. Er sah ihr nach, wie sie davoneilte, und hätte sich vor Wut ohrfeigen können für seine grenzenlose Blödheit.

Die Wintermonate vergingen überraschend schnell. Bis Lichtmess hatte Josef seinen mannshohen Apostel Johannes so weit fertig, dass er sich an dessen Gesichtszüge machen konnte, und Sabina schuf derweil eine unglaublich ausdrucksstarke Verkörperung des Zorns. Über den Kuss hatten sie zu Josefs Erleichterung nie wieder ein Wort verloren. Stattdessen beobachtete er Sabina jeden Tag aufs Neue gebannt bei der Arbeit am Zorn. Sie war in der Tat sehr gut! Unter ihren treffsicheren Schlägen entstand ein hagerer, bärtiger Mann, nackt und mit aufgebäumtem Oberkörper, der sich vor Wut die Haare raufte und stumme Schreie ausstieß. Josef selbst hingegen hatte seine Schwierigkeiten mit dem Apostel. Mit der schlanken Gestalt des Jünglings in dem weich fließenden Gewand konnte er zwar zufrieden sein, auch mit dessen Haltung, dem späteren Betrachter unter sich leicht zugewandt, die Schreibfeder und das Buch mit dem Evangelium in den Händen. Die Miene des Johannes indessen wollte ihm nicht gelingen. Er war so weit, dass er es plötzlich kaum noch wagte, den Meißel anzusetzen.

Entmutigt legte er an diesem Montag sein Werkzeug beiseite. Bis Ende Februar, hatte er Meister Heinrich versprochen, wollte er fertig sein, und das waren nur noch zwei Wochen. Sein Blick ging zu der Zeichnung, die er von dem alten Loderer gemacht und an die Bretterwand der Werkstatt genagelt hatte. Wie er es auch drehte und wendete: Er kam nicht weiter, weil er den Kaufmann nicht mochte.

Sabina sah von ihrer Arbeit auf.

«Du musst ihn nochmals zeichnen.»

«Warum das denn?», fragte er zurück.

«Ganz einfach: Wenn du deinen Johannes nach diesem Bild schaffst, sieht er hinterher aus wie ein griesgrämiger Eierkrämer.»

«Oder wie der echte Loderer!», knurrte Josef. Aber er hatte verstanden, was sie meinte.

Er stand auf, holte sich einen Kohlestift und trat zu dem Pergamentbogen. Mit einem Lappen wischte er Brust- und Halspartie weg, um Platz zu schaffen für eine neue, wenngleich kleinere Zeichnung. Aus dem schütteren welligen Haar machte er weiche Locken, die hohe Stirn des Kaufmanns behielt er bei, ebenso die recht lange, gerade Nase. Die buschigen Brauen wurden zu feinen, geschwungenen Linien, die Augen darunter größer und klarer, und statt Loderers verkniffenen Lippen zeichnete er einen fast mädchenhaften Mund. Josef betrachtete sein zeichnerisches Werk und konnte sich nicht entscheiden, was er davon halten sollte: War das ein Gesicht, in dem sich Loderer wiederfinden würde, obwohl es ihm nicht besonders ähnelte, einfach nur, weil es jung und hübsch war und eine besondere Ausstrahlung besaß? Da sich der Kaufmann für den Mittelpunkt der Welt hielt, würde er sich zumindest geschmeichelt fühlen …

Ohne dass er es bemerkt hatte, war Sabina neben ihn getreten. Sie legte ihm die Hand auf die Schulter, sodass ihre Fingerspitzen seinen Nacken berührten.

«Jetzt hast du *deinen* Johannes», sagte sie lächelnd.

Am ersten Samstag im März hatte Josef sein Werk vollendet und von Meister Heinrich großes Lob geerntet. Schon in der nächsten Woche sollte der Apostel im Langhaus auf die Konsole mit dem Adler versetzt werden, gleich am Eingang, dem Petrus gegenüber. Der Adler war übrigens nicht nur das Sinnbild für den Evangelisten, sondern auch das Wappentier der Loderers, was wunderbar zusammenpasste. Trotzdem war Josef nicht wenig aufgeregt: Würde Loderer, als Stifter des Werks, einverstanden sein mit der Ausführung?

Die Steinmetze waren eben vom Mittagessen in die Werkstatt zurückgekehrt, als dort der Kaufmann mit seinem jüngeren Sohn erschien. Der Alte trug einen kostbaren Pelz, obgleich heute der erste warme Tag des Jahres war.

«Dann wollen wir mal sehen, was unser junger Künstler geschaffen hat», tönte er so laut, dass sich alle Köpfe nach ihm

umdrehten. Breitbeinig stellte er sich vor Josefs Skulptur auf
und kratzte sich den Bart, den er sich wieder stehen ließ. Josef
hielt den Atem an.

Loderers bleigraue Augen blitzten, ob aus Empörung oder
Begeisterung, das war nicht auszumachen. Schließlich ließ er
seine Stimme ertönen.

«Wunderbar, junger Mann. Wun-der-bar!»

Rudolf grinste. «Der ist dir fürwahr wie aus dem Gesicht geschnitten, Vater.»

«Findest du?» Loderer trat noch näher heran. «Du hast recht.
So sah ich einmal in jungen Jahren aus.»

Josef fiel ein Stein vom Herzen. Loderer nestelte an seinem
Beutel, der von dem schweren Silbergürtel herabhing, und
drückte Josef ein gutes Dutzend Münzen in die Hand.

«Nimm das zum Dank.»

«Nein, nein, ich habe nur meine Arbeit gemacht», wehrte
Josef erleichtert ab.

«Nimm es an, Josef», mischte sich Wolfhart ein, der eben
die Stiege zur Reißkammer herunterkam. «Du hast mehr als
gute Arbeit geleistet.»

Josef spürte, wie er über dieses Lob von ganz unerwarteter
Seite errötete, und legte das Geld in seine Werkzeugkiste.

«Dann habt vielen Dank, Kaufherr.»

Nachdem die beiden Besucher wieder verschwunden waren,
flüsterte Sabina ihm zu: «Dafür könntest du mich heute auf
einen Schoppen Wein einladen. Du weißt schon, wegen dem
griesgrämigen Eierkrämer.»

Josef musste lachen. «Einverstanden. Aber erst nach dem
Badhaus.»

Heute war der zweite Samstag im Monat, wo alle Werkleute schon zur frühen Nachmittagsstunde frei hatten und ihren

Badpfennig erhielten. Sabina besuchte an diesen Tagen die Frauenbadstube in der westlichen Vorstadt, da ihr das Treiben in den gemischten Badstuben nicht gefiel.

Sie kamen überein, dass Josef sie dort abholen würde. Als er Stunden später gebadet und mit frisch gewaschenen Haaren fast im Laufschritt die Stadt durchquerte, schien noch immer die Sonne und es war angenehm mild. Die Viehweiden in der Vorstadt bekamen ihr erstes frisches Grün, auf den Obstbäumen zwitscherten die Vögel.

Er war natürlich zu früh dran und vor dem Badhaus keine Sabina zu sehen. Vorwitzig steckte er den Kopf durch die unverschlossene Tür und lugte in den Vorraum, als die Gewandhüterin ihn auch schon anschnauzte: «Hier is nur für Weiber und Kinder. Willst du baden, musst du nach nebenan zu den Männern.»

«Schon recht.»

Er zog sich zurück und wanderte ungeduldig vor dem Badhaus auf und ab. Endlich kam sie heraus, das lange, dunkle Haar noch feucht.

Sie hakte sich bei ihm unter. «Lass uns noch ein Stück spazieren gehen. So mit dem offenen, nassen Haar kann ich als ehrbare Frau nicht in die Schankstube.»

«Ehrbare Frauen gehen gar nicht erst in eine Schenke», gab er lachend zurück. «Aber ich weiß ja, das schert dich nicht.»

«Richtig.»

Sie roch wunderbar nach Rosmarin und Kamille.

«Übrigens», fuhr sie fort, «würde ich mich an deiner Stelle von einem wie Loderer nicht duzen lassen. Du bist kein Taglöhner oder Knecht, sondern stehst nach deiner Zeit als Kunstdiener im Rang eines Bildhauermeisters.»

«Ach, das ist mir wurscht.»

«Sollte dir aber nicht.» Sie zwinkerte ihm zu.

Sie durchquerten das kleine Tor, das zusammen mit Graben und Palisadenzaun die Vorstadt abschloss, und kamen aufs freie Feld. Josef ließ sich von ihr führen und ertappte sich dabei, wie er hin und wieder beseligt die Augen schloss.

Am Ende landeten sie am Dreisamufer, wo sie sich im weichen Gras niederließen, mit dem Rücken an den starken Stamm einer Weide gelehnt. Sie waren weit und breit allein.

«Lass uns hier noch ein bisschen in der Sonne sitzen», bat Sabina und legte ihren Umhang ab. «Die ist ohnehin bald verschwunden.»

Josef nickte nur. Er fühlte sich plötzlich wieder gehemmt, so eng neben ihr.

«Du wirst mir fehlen, wenn ich mich zu Johanni wieder auf den Weg mache», sagte sie leise.

«Dann bleib doch einfach länger. Heinrich wird dich liebend gern dabehalten wollen.»

«Ich kann nicht. Da ist diese Unruhe in mir – die war schon immer da.»

Josef wurde traurig bei diesem Gedanken. Nein, er war nicht verliebt in Sabina. Nur einmal in seinem Leben war er bislang verliebt gewesen, und das war vorbei. Aber noch nie war ihm eine Frau so vertraut geworden wie Sabina. Sie war ihm Freundin und große Schwester zugleich.

Eine Zeitlang schwiegen sie. Auf der anderen Seite des Flusses zog ein Schäfer mit seiner Herde vorbei in Richtung des Dörfchens Lehen. Als er kaum noch zu erkennen war, trat ein junges Paar aus dem Schatten eines Gebüsches, küsste sich kurz und innig, um dann in Richtung Stadt zu eilen.

Josef stutzte: Wer da Hand in Hand davonging, war niemand anderes als Rudolf Loderer und Sophie Wohlleb.

Sie lehnte den Kopf gegen seine Schulter. «Schön, die beiden jungen Leute dort drüben.»

«Das war der junge Loderer von heute Mittag. Und das Mädchen die Sophie, die jüngste Tochter vom Kaufmann Wohlleb.»

«Wieso sagst du das so erstaunt?»

«Weil beider Eltern sich spinnefeind sind. Die Ärmsten, das kann nicht gutgehen.»

Sie stieß einen kleinen Seufzer aus. Dann drehte sie sich zu ihm hin, umfasste sein Gesicht und küsste ihn.

Sofort war er wieder da, dieser wohlige Schauer, der ihm durch den ganzen Leib ging. Sie streifte ihm den Umhang ab, löste den Gürtel seiner Tunika, streichelte unter dem groben Leinenstoff erst seine Brust, dann seinen Rücken, ohne dass sich ihre Lippen voneinander lösten. Da erst wagte er, auch sie zu berühren. Unsicher fuhr er mit seiner Rechten in den Ausschnitt ihres Gewands und ertastete ihre runden, festen Brüste. Sofort begannen seine Hände so heftig zu zittern, dass er innehalten musste.

«Du brauchst keine Angst zu haben», hörte er sie flüstern. «Ich weiß, dass du noch nie bei einem Weib gelegen bist.»

Dann geschah etwas, woran er nicht in seinen kühnsten Träumen zu denken gewagt hätte: Sie richtete den Oberkörper auf, zog sich erst ihr Gewand, dann ihr Unterkleid über den Kopf, bis er sie gänzlich nackt vor sich sah. Mit vollendeten Rundungen, wie sie kein Künstler jemals meisterhafter würde formen können, die Haut hell wie schimmernder Marmor. Sie bat ihn, sie nicht nur anzusehen, sondern zu berühren. Überall. Dabei lächelte sie versonnen und stieß hin und wieder kleine, spitze Laute aus. Am Ende, als er es nicht mehr auszuhalten glaubte, zog sie ihn über sich und streifte ihm die Beinkleider ab. Sie liebten sich, endlich. Indessen nicht nur einmal, da der erste Rausch viel zu schnell vorüber war, sondern bald darauf, im letzten Schein des Abendlichts, ein zweites Mal.

Eng aneinandergeschmiegt, ihre Kleider als Schutz gegen die einsetzende Kälte über sich, warteten sie, bis sich ihr Herzschlag beruhigt hatte.

«Es ist schön mit dir, Josef», sagte sie. «Ich wünsche mir, dass das nicht das letzte Mal war.»

«Ganz bestimmt nicht.» Er küsste sie auf die Nasenspitze. Nach einem kurzen Atemholen fügte er hinzu: «Du bist mir so vertraut.» Und dann: «Ich liebe dich, Sabina.»

Doch er wagte nicht, ihr noch länger in die Augen zu schauen, denn im selben Augenblick, da er das sagte, wurde ihm klar, dass es nicht stimmte. Und dass Sabina dies wusste.

Das ganze Frühjahr hindurch liebten sie sich trotzdem, wo und wann immer sich eine Gelegenheit bot. Die waren leider selten genug. Wie eine Lehrmeisterin zeigte ihm Sabina, was einer Frau gefiel, was sie am meisten genoss, und im Gegenzug erfüllte sie seine Wünsche. Mit all seinen Sinnen kostete er diese Augenblicke mit ihr aus. Manchmal hatte Josef dabei das Gefühl, im Paradies zu sein, manchmal jedoch war er hinterher traurig, fühlte sich leer. Weil er dann spürte, dass in seinem Herzen etwas fehlte.

Kapitel 33

Anfang Juni, Anno Domini 1319

«Ich begreife es einfach nicht.» Mit verdrießlicher Miene legte Anselm seinen Löffel auf die Tischplatte und verschränkte die Arme. «Es geht und geht nicht voran mit diesem Turm. Dabei ist unsere Fabrica inzwischen vermögend genug, um weitere Steinmetze oder Bildhauer einzustellen, und das habe ich Heinrich auch schon mehrfach gesagt.»

«Er wird schon wissen, was zu tun ist», erwiderte Verena leichthin.

«So? Weiß er das? Seitdem Gottfried von Schlettstadt nicht mehr unter uns weilt», er machte ein flüchtiges Kreuzzeichen, «erfahren wir nur noch herzlich wenig, was auf der Bauhütte vor sich geht.»

«Ach Anselm. Letzte Woche hast du noch gesagt, dass der neue Münsterpfleger seine Sache gut macht. Warum gehst du nicht einfach hin und wieder selbst zu Heinrich und hältst dich auf dem Laufenden? Das hast du doch früher auch getan.»

«Warum? Weil mir die Zeit fehlt, deshalb. Weil ich nämlich alles allein machen muss. Unser Herr Sohn steckt ja seine Nase lieber in Bücher, als sich um die Geschäfte zu kümmern. Und nicht etwa in die Rechnungs- und Auftragsbücher, wie du weißt. Wo bleibt er überhaupt? Er sollte rechtzeitig zum Abendessen zurück sein von der Burg Hachberg.»

«Vielleicht ist ja was mit den Pferden? Ich mach mir auch langsam Sorgen.»

«Ach was. Der Junge vertrödelt seine Zeit bestimmt wieder mit dem Besuch irgendwelcher Kirchen. Außerdem ist er nicht allein unterwegs, was soll da schon geschehen?» Er wandte sich ihrer Jüngsten zu. «Was ist mir dir? Schmeckt dir das Essen mal wieder nicht?»

Sophie schrak auf. «Nein, es schmeckt gut. Hab bloß keinen Hunger.»

Besorgt sah Verena sie an. Sophie hatte sich stark verändert in den letzten Wochen und Monaten. Aus dem einst so lebhaften Kind war ein junges Mädchen geworden, das sich immer häufiger in Träumereien verlor, seiner Mutter kaum noch etwas erzählte und die Hausarbeit reichlich fahrig und oft auch unwillig erledigte. Von Elisabeth wusste sie obendrein, dass Sophie für ihre alte Kinderfreundin Gritli kaum noch Zeit fand. Dabei wirkte Sophie eigentlich nicht unglücklich, im Gegenteil. Manchmal, wenn sie mit ihren Gedanken wieder einmal ganz woanders war, lächelte sie plötzlich selbstvergessen vor sich hin.

Gütiger Himmel, fuhr es Verena durch den Kopf, das Mädchen wird sich doch nicht verliebt haben?

«Warum isst du so wenig?», fragte sie es besorgt, wobei sie eine gewisse Strenge in ihrer Stimme nicht zu unterdrücken vermochte. «Du wirst immer dünner.»

Sophie verzog das Gesicht.

«Früher habt ihr immer gesagt, ich wäre ein Pummelchen. Und jetzt bin ich euch plötzlich zu dünn.» Sie wies auf Burkhards leeren Platz. «Soll ich den Bohneneintopf noch mal auf den Herd stellen? Der wird ja ganz kalt.»

Da schlug Anselm mit der Hand auf den Tisch. «Wer zu

spät kommt, braucht auch kein warmes Essen. Und wer keinen Hunger hat, braucht erst gar nicht mit uns bei Tisch zu sitzen.»

Verena sah ihn kopfschüttelnd an. «Warum bist du in letzter Zeit nur so gereizt? Wenn es wegen Burkhard ist, dann sag ihm, was dich stört.»

In diesem Augenblick schwang die Stubentür auf und ein verschwitzter Burkhard trat ein. Seine sonst so blassen Wangen waren gerötet, unter dem Arm hielt er einen in Leinen eingeschlagenen Gegenstand.

«Entschuldigt, wenn ich so spät bin. Aber ich bin unterwegs noch aufgehalten worden.»

«Von einer schönen Frau?», fragte Verena augenzwinkernd, um die angespannte Stimmung ein wenig aufzuheitern. Doch das war genau der falsche Satz gewesen.

«Unser Sohn hat kein Auge für das weibliche Geschlecht», spottete Anselm. «Genauso wenig wie für den Handel. In seinem Alter könnte er längst eine Frau haben und mein Gesellschafter sein.»

Womit Anselm nicht ganz unrecht hatte. So manches Mal hatte sich Verena gefragt, warum Burkhard noch nie eine Braut gehabt hatte. Dabei war er ein ansehnlicher Bursche, schlank und hochgewachsen wie sein Vater, und in seiner sanften Art bei den Frauen durchaus beliebt.

Trotzig schob er die Unterlippe vor. «Du bist ungerecht, Vater. Den Handel mit den Markgrafen von Hachberg habe ich jetzt unter Dach und Fach gebracht, und zwar zu besseren Konditionen, als wir gedacht haben. Ich bin also nicht der Versager, für den du mich hältst.»

«Das hat dein Vater nie behauptet», versuchte Verena zu beschwichtigen.

«Aber er denkt es. Und das hier», er legte das Paket auf den Tisch, «habe ich für uns alle mitgebracht.»

Neugierig beugte sich Verena vor, während er das Leintuch zurückschlug. Es war eine Handschrift, und auf dem Ledereinband prangte in goldenen Lettern *Legenda Aurea*.

«Auf Deutsch heißt das Buch *Goldene Legende*», fuhr er strahlend fort. «Es ist eine Sammlung von Geschichten über das Leben Jesu und der Heiligen. Auch werden die Bedeutungen unserer kirchlichen Bräuche und Hochfeste auf einfache Weise erklärt. Ich dachte mir, wir können an den langen Winterabenden zusammen darin lesen. Es ist zwar auf Latein, aber ich übersetze es euch beim Vorlesen und ...»

«Woher hast du das?», unterbrach ihn Anselm barsch.

«Aus der Schreibstube des Klosters Tennenbach. Von den Markgrafen aus war das nur ein kleiner Umweg. Und der Abt hat es mir zu einem guten Preis verkauft», erwiderte er erfreut.

Anselm schnaufte hörbar durch. «Dafür also gibst du unser Geld aus!»

«Nicht unser Geld, Vater. *Mein* Geld.»

«Gut. Bestens.» Anselm schlug das Buch wahllos in der Mitte auf. «Und hübsche Bildchen für unsere kleine Sophie hat es auch darin. Dann können wir uns ja gleich ans Lesen machen, und unser Knecht und der Fuhrmann erledigen derweil die Arbeit für uns.»

«Gibt es für dich denn gar nichts anderes mehr als immer nur dein Handelshaus?», brauste nun auch Burkhard auf.

«*Mein* Handelshaus? Genau das ist der Punkt, mein Sohn: Es ist auch *dein* Handelshaus! Vielleicht möchte ich ja in den nächsten zehn Jahren ein bisschen kürzertreten, indem mein Herr Sohn allmählich die Geschäfte übernimmt. Aber so, wie es jetzt ausschaut, würdest du die Karre ja blindlings gegen die Wand fahren. Ich jedenfalls mache mich jetzt an die Arbeit.»

Er schob seinen Stuhl zurück und verließ mit einem lauten Türenknall die Stube.

«Willst du noch was vom Eintopf?», fragte Sophie ihren Bruder.

«Nein, der Hunger ist mir vergangen», sagte er sichtlich enttäuscht.

«Dann räume ich mal den Tisch ab und mache den Abwasch», murmelte sie und ging ebenfalls hinaus.

Mit hängenden Schultern ließ sich Burkhard auf seinen Stuhl sinken.

«Nichts kann ich ihm recht machen, dabei wollte ich uns allen nur eine Freude machen», stieß er hervor. «Und er wollte nicht mal wissen, zu welchen Bedingungen wir die Markgrafen beliefern werden. Da könnte er nämlich mal ausnahmsweise stolz auf mich sein.»

«Dein Vater hat das nicht so gemeint. Er sieht genau wie ich, dass du dir Mühe gibst, dass du deine Aufgaben gewissenhaft erfüllst.» Sie unterbrach sich und zögerte. «Aber was er meint ist, dass dir als Kaufmannsgehilfe und späterer Teilhaber etwas fehlt, und zwar das Feuer, der richtige Eifer. Dass du für die Sache brennst. Er sieht dich schließlich als seinen Nachfolger, der die Familientradition fortführen soll.»

Seine Finger strichen über den Ledereinband der Heiligenlegenden.

«Ich verstehe ja, was Vater sich wünscht, aber ich kann kein Feuer entfachen, wo keine Glut ist.» Er stockte, bevor er fortfuhr. «Weißt du, was mich wirklich mit Leidenschaft erfüllen würde? Dieses Buch in die deutsche Sprache zu übersetzen.

Dann könnte man es auch in den Pfarrschulen verwenden und in deiner Mädchenschule.»

Sie lächelte. «Das ist ein schöner Gedanke, Burkhard.»

«Ja, nicht wahr? Aber sag bloß dem Vater nichts von dem Vorhaben.»

Damit ging er hinaus.

Sie verstaute die schöne und sicherlich sehr wertvolle Handschrift in der verschließbaren Truhe, die all ihre Wertsachen enthielt, und nahm sich vor, schon heute Abend darin zu blättern. Vielleicht konnte sie ja wenigstens Sophie dafür begeistern, wenn Anselm sich schon so sträubte.

In der Küche fand sie Sophie, die mit dem Abwasch fast fertig war und ihr einen bittenden Blick zuwarf.

«Darf ich nachher noch ein wenig zu Gritli?»

Diese Frage kam Verena gerade recht.

«Du warst doch erst gestern Nachmittag über zwei Stunden bei ihr. Und hast deshalb verpasst, die Hühner zu füttern.»

«Wir hatten halt so viel zu erzählen.»

«Ach ja? Zufällig habe ich heute Morgen in der Metzgerlaube Elisabeth getroffen, und von ihr habe ich erfahren, dass du nur recht kurz bei Gritli warst.» Sie warf ihrer Tochter einen scharfen Blick zu. «Wo warst du also?»

«Ich … ich hab auf dem Heimweg auf der Großen Gass Gauklern zugesehen und dabei die Zeit vergessen.»

«Aha. Wo die Marktgasse ja auch genau auf dem Heimweg liegt zwischen dem Haus des Baumeisters und unserem.»

Sophie errötete. «Ich hab halt so ganz in Gedanken einen Umweg gemacht.»

Verena tat das Mädchen fast leid. Sophie war jetzt sechzehn, und Verena erinnerte sich noch gut daran, wie sie in ihren Anfangszeiten mit Anselm die Eltern angeflunkert hatte, wenn es darum ging, ihn heimlich zu sehen. Trotzdem ging das zu weit. Schließlich hatten ihre Eltern Anselm als Nachbarjungen sehr gut gekannt, und sie als Mutter hatte ein Recht darauf zu wissen, mit wem sich Sophie traf. Selbst wenn es sich nur um eine erste Schwärmerei handeln sollte.

Sie setzte sich auf die Küchenbank und zog ihre Jüngste zu sich heran.

«Warum lügst du mich an?» Liebevoll strich sie Sophie übers Haar.

«Aber ich war doch bei Gritli. Und hinterher spazieren», beharrte sie.

«Mit wem? Sag es mir bitte, Sophie.»

Sofort schossen Sophie die Tränen in die Augen. «Du fragst mich aus, als wäre ich eine gemeine Diebin! Dabei hab ich nichts Schlimmes getan!»

Unvermittelt machte sich Sophie los und rannte aus der Küche hinauf in ihre Dachkammer.

Verena stieß einen tiefen Seufzer aus. Der Haussegen hing wirklich gehörig schief im Hause Wohlleb.

Wenigstens gab es mit ihrer älteren Tochter Klara keinen Ärger. Die war glücklich verheiratet mit einem rechtschaffenen Kaufmann in Basel, hatte zwei gesunde Kinder zur Welt gebracht, und mindestens einmal im Jahr traf man sich hier oder dort, auch wenn das natürlich für sie, als Mutter und Großmutter, viel zu selten war.

Kaum dachte sie an Klara, wanderten ihre Gedanken zu Thea. Deren überstürzter Weggang aus Freiburg bei Nacht und Nebel hatte Verena damals sehr getroffen. Wie das arme Mädchen von ihrem Vater behandelt worden war, hatte sie ja zur Genüge mitbekommen. Wohin Thea verschwunden war, wusste niemand, und der Kirchenbeck, den sie irgendwann aufgesucht hatte, hatte halsstarrig geschwiegen. Wahrscheinlich hätte sie nie wieder von Thea gehört, wäre ihre Klara nicht nach Basel gezogen. Die beiden hatten sich nämlich zufällig im letzten Sommer dort auf dem Markt getroffen und sogleich wiedererkannt. Somit wusste Verena nun, dass Thea sich zunächst bei einem Basler Messerschmied, einem entfernten Vetter ihres Vaters, als Hausmagd verdingt hatte. Dort aber war sie wie eine Sklavin in der Levante gehalten worden, wie sie Klara erzählt hatte, und so hatte sie sich kurzerhand eine neue Anstellung gesucht und auch gefunden: als Küchenmagd bei den Basler Domherren, wo sie unter dem Küchenmeister bald zur Suppenköchin aufgestiegen war. Warum Thea aus Freiburg fortgegangen war, hatten indessen weder sie noch Klara herausfinden können. Angeblich war sie aus freien Stücken gegangen, und jetzt ging es ihr gut, auch wenn sie von früh bis spät hart arbeiten musste. Nur ihre Schwester Marga vermisste sie wohl sehr, und so hatte sie über Klara liebe Grüße an Marga wie auch an Verena und Anselm ausrichten lassen.

Das alles hatte Verena zu Ostern erfahren, als Klara mit ihrer Familie hier zu Besuch war. Was Marga und ihr neues Leben als Ehefrau betraf, so hatte es das arme Mädchen fast noch schlimmer getroffen als Thea, und Verena hatte sich mit ihrer Tochter beraten, ob man Thea hiervon überhaupt erzählen sollte, wenn sich die beiden noch einmal in Basel über den Weg laufen würden. Verena kannte Margas Ehemann, den Zimmermannsmeister Heinzmann Rutschi, nur vom Sehen, wusste aber, dass er für die Bauhütte arbeitete und ein grober Klotz war. Der Gassentratsch indessen berichtete, dass er Marga immer wieder schlage, wohl aus Zorn darüber, dass sie nicht guter Hoffnung wurde. Obwohl sie jeden Tag zum Beten in die Kirche ging, wohlweislich nach Sankt Nikolaus in der Neuburgvorstadt, um am Münster nicht ihrem Ehemann zu begegnen. In letzter Zeit hatte man die Arme sogar mehrfach weinend durch die Gassen irren sehen, sie habe sich dabei immer wieder gegen die Brust geschlagen und gerufen: «Der Herr will mich prüfen! Der Herr will mich prüfen!»

Verena erinnerte sich wieder daran, wie sie einstmals Thea gefragt hatte, ob ihre jüngere Schwester nicht auch Lesen und Schreiben lernen wolle. Thea hatte eifrig genickt: «Bestimmt. Ich werde sie fragen.» Und wie sie am nächsten Tag enttäuscht zu ihr zurückgekehrt war: «Sie will nicht. Sie sagt, es sei hoffärtig und gegen Gottes Wille, wenn ein Weib so klug wie ein Mann sein will.»

Diese Art Frömmigkeit hatte Verena damals fast wütend gemacht, und nun schien es um Margas Gottesfürchtigkeit noch schlimmer zu stehen als damals im strengen Elternhaus.

Sie erhob sich von der Küchenbank und beschloss, noch einen Abendspaziergang zu ihrer Freundin Elisabeth zu machen. Es war noch leidlich hell draußen an diesem warmen Frühsommertag, und sie wollte ihren Kopf frei bekommen.

Die Gassen waren voller Menschen, die schwatzend beisammenstanden, während die Kinder Ball spielten oder Reifen über den holprigen Untergrund trieben. Alle wirkten sie fröhlich und zufrieden, nichts deutete darauf hin, dass sich hinter manchen Häuserwänden schreckliche Geschichten abspielten.

Vor dem Haus des Baumeisters traf sie auf drei Mägde, die aufgeregt tuschelnd die Köpfe zusammensteckten. Wahrscheinlich ging es wieder einmal um Graf Konrad, der seine Finger nicht von den jungen Frauen lassen konnte. Es hieß, er habe eine hübsche Taglöhnerin aus der Vorstadt geschwängert, weigere sich aber, den Knaben als den seinen anzuerkennen.

Verena erblickte unter den Mägden Elisabeths Hausmagd,

die jetzt freundlich grüßte. «Geht nur hinein, Kaufherrin. Die Baumeisterin ist oben in der Stube.»

«Ich hoffe, ihr tratscht nicht über eure Herrschaften», sagte Verena mit scherzhaftem Unterton.

«Aber nein!» Die Hausmagd tat entrüstet. «Es geht um das Weib vom Zimmermann Rutschi. Habt Ihr's schon gehört?»

«Nein, was?»

«Die hat heut barfuß und mit offenem Haar auf der Großen Gass gepredigt, wie der Mönch damals! Gegen den Turm hat sie nämlich gepredigt, und dass er uns allen Unglück bringen würde!»

«Heilige Mutter Gottes!» Verena erbleichte. «Und was ist dann geschehen?»

«Dann sind zwei Büttel gekommen und haben sie weggeschafft. Jetzt ist sie eingesperrt im Heiliggeistspital.»

Gut zwei Wochen später klopfte es am frühen Abend gegen die Haustür. Anselm und Burkhard, die sich wieder einigermaßen versöhnt hatten, waren noch zusammen unterwegs, die Magd hatte bereits Feierabend und war nach Hause gegangen. So öffnete Verena selbst und glaubte ihren Augen nicht zu trauen: Vor ihr stand, staubig, verschwitzt und mit einem kleinen Reisebündel über der Schulter, Thea!

Voller Freude schloss Verena sie in die Arme.

«Dann hast du also meinen Brief wegen Marga bekommen?», fragte sie.

Thea nickte erschöpft. Ihre Augen waren gerötet. «Ja, liebe Gevatterin, und vielen herzlichen Dank dafür. Ist sie ... ist sie immer noch im Spital eingesperrt?»

«Leider ja. Aber sie wird dort gut umsorgt, ich habe sie schon ein paarmal besuchen dürfen. Jetzt komm erst einmal herein und mach dich frisch. Du kommst gerade recht. Das Abendessen steht auf dem Herd, du hast sicher großen Hunger und Durst.»

Nachdem sich Thea am Wasserfass im Hof gewaschen hatte, tappte sie müde hinter Verena die Treppe hinauf in die Küche. Die Arme war, wie Verena erfuhr, den ganzen Weg zu Fuß gelaufen, zwei Tage lang.

«Hast du dich wenigstens einer Reisegruppe angeschlossen?», fragte sie, während sie ihr Apfelmost einschenkte.

«Ach, ich hab keine Angst um mich. Aber es waren viele Bauernmägde unterwegs, wegen der Heuernte. Wohnt denn die Sophie nicht mehr bei euch?»

«Doch, doch. Sie müsste jeden Augenblick hier sein.»

Und wieder, dachte Verena, werde ich sie tadeln müssen wegen ihres Zuspätkommens.

Laut sagte sie: «Weißt du was? Wir beide essen schon mal. Und du wohnst auf jeden Fall bei uns. Kannst so lange bleiben, wie du willst.»

«Danke, Gevatterin. Für heute nehme ich's gern an, aber morgen frage ich bei der Heilerin Agnes an. Als Gegenleistung könnte ich der alten Frau zur Hand gehen.»

«Ach Kind, die Agnes liegt auf dem Friedhof. Sie ist letztes Jahr friedlich eingeschlafen, der Herr sei ihrer Seele gnädig.»

Thea schluckte, dann traten ihr die Tränen in die Augen. «Das wusste ich nicht. Es hat sich wohl viel verändert in Freiburg ...»

«Ja, so einiges. Unser guter alter Münsterpfleger ist auch verstorben, genau wie Graf Egino und dessen Frau Katharina.»

Um Theas Mundwinkel zuckte es. «Der alte Graf ist tot?»

«Ja, aber die wenigsten weinen ihm eine Träne nach. Wobei sein Sohn keinen Deut besser ist. Aber jetzt iss erst einmal was.

Die Hühnersuppe habe ich selbst gekocht. Unsere Magd ist nämlich eine erbärmliche Köchin.»

Verstohlen beobachtete sie Thea beim Essen. Sie wirkte so reif und erwachsen, verglichen mit dem letzten Mal, als sie sie gesehen hatte. Und mehr als hübsch war sie obendrein, mit ihren feingeschnittenen Zügen und den tiefgrünen Katzenaugen. Wenn sie nur nicht so traurig aussehen würde.

«Wie lange warst du jetzt eigentlich fort?», fragte sie.

«Fünf Jahre und fünf Monate», kam die Antwort so prompt, als habe Thea über all die Zeit jede Woche gezählt.

«Und wirst du zurückgehen nach Basel?»

Sie schüttelte den Kopf. «Ich möchte mir bald schon eine Arbeit suchen. Aber nicht in Freiburg. Vielleicht in Waldkirch oder Breisach.»

«Und deinen Vater? Willst du ihn besuchen?»

«Nein.»

«Aber ihr könntet vielleicht wieder zueinander finden, meinst du nicht? Wenn du willst, komme ich mit dir.»

«Nein, Gevatterin, das hat keinen Zweck. Am liebsten wäre mir, er würde gar nicht erfahren, dass ich hier bin. Ich bin allein wegen meiner Schwester gekommen.» Sie legte den Löffel beiseite und wischte sich über die Augen. «Was hat Marga Euch erzählt, wenn Ihr sie besucht habt?»

«Gar nichts. Sie redet nicht. Mit niemandem.»

Da brach Thea nun vollends in Tränen aus. Sie weinte so heftig, dass es ihren Oberkörper schüttelte. Vergebens versuchte Verena, sie zu trösten.

«Marga darf nie wieder zu diesem Mann zurück», stieß Thea endlich unter Schluchzen hervor. «Nie wieder.»

Kapitel 34

Am nächsten Morgen,
zu Johanni, Anno Domini 1319

Auf den Stufen der Freitreppe zum Heiliggeistspital hielt Thea inne und spürte, wie ihr erstmals seit ihrem Aufbruch von Basel angst und bange wurde. Vor dem Wiedersehen mit der verwirrten Schwester, die gewiss in einem großen Saal voll mit Siechen und unsinnigen armen Toren lag. Vor der Begegnung mit ihrem Vater. Ja überhaupt davor, wie es mit ihrem Leben jetzt weitergehen sollte.

Den ganzen Weg hierher war sie von dem Verlangen getrieben worden, Marga aus ihrer Seelennot zu helfen – alles andere war ihr unwichtig gewesen. Noch am selben Tag, als Verenas Nachricht angekommen war, hatte sie ihren Abschied beim Küchenmeister am Domhof eingereicht. Und noch immer konnte sie es kaum fassen, was die Wohllebin ihr in wenigen Worten in dem Schreiben mitgeteilt hatte. Dass Marga von diesem Rutschi geschlagen wurde, war schlimm genug, jetzt schien sie auch noch den Verstand zu verlieren. Womöglich erkannte sie nicht einmal die eigene Schwester, womöglich war sie gar nicht mehr zu retten.

Thea atmete tief durch und wandte sich noch einmal um. Auf der Großen Gass öffneten die Marktleute gerade ihre Verkaufslauben, bald würde es hier von Menschen nur so wimmeln. Trotz der sommerlichen Wärme, die derzeit herrschte, trug sie ihren langen Mantel mit der großen Kapuze, die sie sich tief ins Gesicht gezogen hatte. Sie wollte nicht, dass jemand sie erkannte.

Nein, sie hatte Freiburg nicht vermisst. Zu sehr war diese Stadt mit dem lieblosen Vater verbunden und ihrem Schicksal als Grafenbastard, für das sie sich an manchen Tagen zutiefst schämte, als trüge sie selbst die Schuld daran. Schon als sie sich gestern den Stadtmauern genähert und das Burgschloss im Abendlicht hatte schimmern sehen, war es ihr kalt den Rücken heruntergelaufen, und sie hätte am liebsten kehrtgemacht. Wäre da nicht ihr Wille gewesen, Marga zu helfen. Dass Egino inzwischen tot war, änderte nichts daran, dass ihr Leben verpfuscht war. Kein ehrbarer Mann wird dich heiraten wollen, hörte sie im Geiste den Vater sagen. Auf dir und deiner Mutter liegt ein Fluch!

Plötzlich stutzte sie: Aus der engen Gasse, die den Münsterplatz mit der Marktstraße verband, trat ein seltsames Paar ins Sonnenlicht. Auf den ersten Blick sah es aus wie zwei Männer, die voreinander stehen blieben, sich ansahen und einander die Hände reichten. Dann spürte sie einen heftigen Stich ins Herz, als sie erkannte, wen sie vor Augen hatte: Der mit dem blonden Haarschopf war Josef, älter zwar, aber unverkennbar ihr Josef, und der andere im Handwerksgewand war ein Weib! Im nächsten Augenblick lagen die beiden sich in den Armen und küssten sich sogar, nur um sich rasch wieder voneinander zu lösen und eilig auseinanderzugehen – Josef wohl zurück zum Münster, die Frau in Richtung Christoffelstor.

Josef hatte also eine Braut! Ganz offensichtlich eine Steinmetzin, so etwas gab es wohl. Sie hatte Josef schon vor langer Zeit aus ihrem Gedächtnis gestrichen, zu schmerzhaft war die Erinnerung an ihn, doch jetzt, wo sie ihn so überraschend vor

Augen gehabt hatte, tat das mehr weh, als sie jemals geglaubt hätte.

Wie betäubt stand sie einige Augenblicke da, bevor sie kraftlos den Türflügel aufschob. Als Besucher konnte man das Spital immer noch nur über die Kapelle betreten, deren Dämmerlicht sie jetzt fast tröstend umfing. Unsicher ging sie auf den Pförtner zu, der gleich neben dem Portal auf einem Schemel kauerte.

«Ich möchte zur Kirchenbeckin Marga, dem Eheweib von Heinzmann Rutschi. Ich bin ihre Schwester.»

Wortlos gab der alte Mann ihr einen Wink, ihm zu folgen. Durch eine Seitenpforte verließen sie die Kapelle und schritten einen langen Gang entlang, vorbei an einer offenen Tür zu einem Saal voller Betten, aus dem schrilles Gelächter und Schreie ertönten.

«Ist meine Schwester auch in solch einem Saal?»

«Nein, die hat eine eigene Stube. Droben.»

Thea war mehr als erleichtert. Im Spital, wo sehr kranke oder alte Menschen versorgt wurden, gab es die Armen-, Mittel- und Herrenpfründner. Doch schon die Armenpfründner, die im großen Saal nicht mal ein Bett für sich allein hatten, mussten eine gehörige Summe Geldes einbringen oder ihren ganzen kärglichen Besitz. So hatte dieser Heinzmann Rutschi wohl doch noch einen Funken Mitgefühl, wenn er für Marga eine teure eigene Stube bezahlte.

Nachdem sie über eine steinerne Wendeltreppe das zweite Stockwerk erreicht hatten, machte der Pförtner vor einer schweren Eichenholztür halt. Sie war mit einer kleinen Luke und einem schweren Riegel versehen.

«Ist meine Schwester etwa eingeschlossen?», fragte Thea entsetzt.

«Natürlich. Die würde sonst nur Unsinn anstellen.»

Umständlich schob er den Riegel zurück und stieß die Tür auf. Thea unterdrückte einen Aufschrei.

Die Gestalt, die dort stocksteif im Bett saß, konnte nie und nimmer Marga sein! Sie trug einen dicken Verband um den Kopf, das ehemals so feine Gesicht wirkte eingefallen wie bei einer Greisin, die Augenlider waren rot entzündet. Das Erschreckendste aber war ihr Blick: Er ging zwar starr in ihre Richtung, aber doch durch sie hindurch.

«Hier ist Besuch für Euch, Kirchenbeckin», sagte der Pförtner nicht unfreundlich. Und zu Thea gewandt: «Ich lass Euch dann allein und bleibe so lange vor der Tür.»

Beklommen näherte Thea sich der Schwester, setzte sich zu ihr auf den Bettrand und nahm ihre Hand. Die war kalt wie bei einem Leichnam.

«Ich bin's, deine Schwester Thea.»

Marga zeigte keine Regung und starrte weiterhin zur Tür, als würde sie einen wichtigen Gast erwarten.

«Erkennst du mich denn nicht?»

Müde wandte Marga ihr das Gesicht zu. «Ich warte auf den Erzengel Michael», sagte sie tonlos. «Habt Ihr ihn gesehen?»

Thea stiegen die Tränen in die Augen. «Nein, Marga. Der wird auch nicht kommen. Du bist im Heiliggeistspital und sehr krank. Aber bald wirst du wieder gesund, dafür werde ich sorgen. Das verspreche ich dir.»

Sie gab keine Antwort.

«Erkennst du mich wirklich nicht? Ich weiß, ich war lange weg, im fernen Basel, aber jetzt bin ich bei dir und komme jeden Tag, bis du gesund bist. Und du musst auch nicht zurück zu Rutschi.» Thea spürte, wie Margas Hand zusammenzuckte. «Wir werden schon eine Lösung finden.»

Marga biss sich auf die blutleeren Lippen und starrte wieder zur Tür. Da erst entdeckte Thea, dass das einzige Fenster hoch über dem Bett vergittert war wie in einem Verlies. Wie schrecklich war das alles – ihre Schwester eingesperrt und in einem Zustand, der schlimmer war, als sie befürchtet hatte.

«Möchtest du vielleicht etwas trinken?», fragte sie schließlich, nur um überhaupt etwas zu sagen, und wies auf das Tischlein in der Ecke, wo neben der Waschschüssel ein Krug und ein Becher standen. Doch Marga schwieg weiterhin.

Da nahm Thea auch ihre andere Hand und sprach einen alten Abzählreim, mit dem sie ihr als Kind das Zählen beigebracht hatte.

«Ene, mene, einerlei – das sind deiner Finger zwei. Und ist der nächste noch dabei, dann haben wir schon drei. Und nehmen wir noch diesen hier …»

«… dann haben wir schon vier», vollendete Marga, und ein Anflug von einem Lächeln breitete sich auf ihrem wachsbleichen Gesicht aus. Die Starre aus ihrem Körper verschwand.

«Verrat's aber nicht der Mutter, dass ich schon zählen kann», flüsterte sie.

«Wie du meinst. Und dem Vater?»

«Dem schon. Der freut sich.»

«Dann weißt du jetzt also, wer ich bin?»

Statt einer Antwort schmiegte sich Marga an sie, ganz wie früher, wenn sie zusammen in ihrem Bett eingeschlafen waren. Theas Herz tat einen Freudenhüpfer.

Nach kurzem Zögern fragte sie: «Möchtest du denn zurück zum Vater?»

«Lieber nicht. Mir geht's gut hier. Jeden Morgen und jeden Abend geht die Siechenmutter mit mir in die Kapelle, um zu beten. Manchmal kommt auch die Mutter Oberin von den Reuerinnen hierher, um mir und anderen Siechen Trost zu spenden. Und der Bader schaut auch jeden Tag vorbei, weil ich mir doch manchmal den Kopf stoße.»

Bestürzt sah Thea sie an. Sie hatte geglaubt, der Verband habe mit Rutschis Gewaltausbrüchen zu tun.

«Du stößt dir selbst den Kopf?» Ihre Stimme zitterte. «Warum um Himmels willen?»

«Weil ich die bösen Gedanken aus dem Kopf haben will.»

«Welche bösen Gedanken?»

«Ich … ich wünsche mir manchmal, der Heinzmann Rutschi wäre tot.»

Immerhin, dachte sich Thea, war sie wieder in der Wirklichkeit angekommen.

«Dann willst du also nicht zurück zu ihm?», fragte sie leise.

Marga drückte sich noch fester an sie. «Ich muss, wenn ich wieder gesund bin. Der Herr Pfarrer hat doch beim Segen gesagt: *So bleibet zusammen, bis dass der Tod euch scheide.*»

«Nein, das musst du nicht. Ein Mann darf seine Frau nicht schlagen, bloß weil sie keine Kinder bekommt. Das ist ein großes Unrecht.»

«Aber ich bin doch schuld dran.»

«Hör auf, Marga! Niemand ist schuld dran, wenn keine Kinder kommen.»

Woraufhin Marga wieder schwieg. Thea glaubte schon, sie wäre in ihrem Arm eingeschlafen, als sie sie plötzlich fragen hörte:

«Hast *du* einen Mann?»

Unwillkürlich dachte Thea an ihre Jahre in Basel zurück. Viele Männer hatten um ihre Gunst geworben, junge wie alte, doch sie hatte alle zurückgewiesen. Am Ende hatte man ihr den hässlichen Spottnamen «Jungfrau mit dem eiskalten Herzen» verpasst.

Sie schüttelte den Kopf. «Nein, Marga, und ich brauch auch keinen.»

«Jedes Weib braucht einen Mann. Erst den Vater, dann den Ehemann.»

Da kam Thea der rettende Gedanke.

«Ein Weib kann aber auch zur Braut Christi werden.»

Sofort richtete sich Marga auf. Ihre geröteten Augen glänzten.

«Das wäre schön. Weiß du, wo ich gerne wäre? Bei den Reuerinnen in der Vorstadt. Die Mutter Oberin von dort ist solch ein guter Mensch.» Dann sackte sie wieder in sich zusammen. «Aber der Heinzmann würde das nie erlauben.»

«Das werden wir noch sehen.» Thea küsste sie auf beide Wangen. «Aber vorher musst du erst einmal gesund werden.»

Sie nickte. «Jetzt bin ich müde und muss schlafen. Ich muss viel schlafen, weil ich im Traum immer dem Erzengel Michael begegne. Er hat nämlich den Satan bezwungen.»

Sie drehte sich zur Seite und schloss die Augen.

«Dann schlaf, Marga. Ich komme wieder. Jeden Tag, bis du den Erzengel nicht mehr brauchst.»

Aufgewühlt verließ Thea wenig später die Stube mit der tief schlafenden Schwester im Bett.

«Kommt Heinzmann Rutschi manchmal zu Besuch?», fragte sie draußen den alten Pförtner.

«Nein. Euer Vater bezahlt das alles. Aber der kommt auch nicht zu Besuch. Das arme Ding kann einem wirklich leidtun.»

Die Wohllebin sah sie überrascht an, als Thea ihr von der Schwester berichtete. «Dann hat sie dich also erkannt?»

Sie standen in der großen Diele, wo Verena Wohlleb gerade ihre Schülerinnen verabschiedet hatte.

«Ja, Gevatterin. Aber ob sie wirklich gesund wird, weiß ich nicht. Jedenfalls nicht, wenn sie eingesperrt im Spital bleibt. Und zurück zu Rutschi darf sie auf keinen Fall. Habt Ihr gewusst, dass der sie dort noch nicht einmal besucht hat?»

Die Wohllebin nickte bekümmert. «Ich weiß. Der Rutschi ist kein guter Mann. Aber wie könnte man deiner armen Schwester bloß helfen?»

«Mir ist da ein Gedanke gekommen, Gevatterin. Als ich das Kloster erwähnt habe, hat sie gestrahlt und gemeint, sie wäre gern bei den Reuerinnen.»

«Ach Thea, als verheiratete Frau darf sie doch höchstens als Laienschwester ins Kloster eintreten, und selbst das kostet Güter oder Geld. Rutschi bezahlt ja nicht einmal das Spital.»

Das hatte Thea nicht in ihre Überlegung einbezogen. Entmutigt dachte sie sich, dass das bisschen, das sie sich von ihrem Lohn abgespart hatte, wohl kaum reichen würde. Laut sagte sie: «Wenn ich erst eine Anstellung als Magd habe, dann findet sich schon ein Weg. Habt vielen Dank, Gevatterin, dass ich heute bei Euch übernachten durfte. Ich hole dann mal mein Bündel aus der Stube und bringe den Strohsack zurück auf den Dachboden. In der Vorstadt finde ich bestimmt Unterkunft in einer Reiseherberge.»

«Aber du kannst doch hierbleiben, wir haben genug Platz. Und lass endlich das Gevatterin und sag Verena und Du zu mir. Mein Mann würde sich auch freuen, wenn du bei uns wohnst.»

«Aber ich will Euch – ich will dir nicht zur Last fallen.»

«Nichts da!» Der Kaufherr, der wohl die letzten Worte mitangehört hatte, trat aus der Tür zum Warenlager und legte ihr die Hand auf die Schulter. «Du bleibst bei uns, solange du in Freiburg bist. Mit Sophie habe ich schon gesprochen. Du kannst bei ihr in der Kammer wohnen, das Bett ist groß genug.

Schließlich hat sie darin jahrelang mit ihrer großen Schwester geschlafen.»

«Das … das kann ich nicht annehmen», stotterte Thea.

Die Wohllebin lächelte. «Du kannst. Weil wir nämlich eine gute Köchin brauchen. Und das bist du bestimmt, wenn du für die Basler Domherren gekocht hast. Gleich heute kannst du das Mittagessen in die Hand nehmen. Die Magd wird bald vom Markt zurück sein, sie soll dir beim Kochen helfen. Zuvor aber gehst du bei deinem Vater vorbei und schilderst ihm Margas Not. Außerdem sollte er wissen, dass du wieder da bist, er ist schließlich dein Vater.»

Sie schüttelte den Kopf. «Er wird mich gar nicht erst ins Haus lassen.»

«Versuche es, Thea. Inzwischen bist du eine erwachsene Frau, und es ist viel Zeit vergangen. Wenn du willst, begleite ich dich auch.» Sie nahm sie zur Seite und sah sie prüfend an. «Was ist eigentlich damals Schlimmes geschehen, dass du so Hals über Kopf aus Freiburg verschwunden bist? Willst du es mir nicht sagen?»

Thea mochte die Wohllebin wirklich gern, aber niemals hätte sie das Geheimnis ihrer Herkunft preisgegeben. Und das mit Josef brauchte auch niemand zu wissen.

«Wir hatten einen schrecklichen Streit», gab sie ausweichend zur Antwort, «und da hat er mich zu seinem Vetter nach Basel gebracht. Möglichst weit weg eben. Er wird mich nicht sehen wollen.»

«So, ihr beiden», mischte sich erneut der Kaufherr ein. «Wir machen jetzt Nägel mit Köpfen. Es geht schließlich nicht an, dass ein Vater seine Tochter im Spital verkommen lässt. Ich habe selbst zwei Töchter, und ganz gleich, ob sie verheiratet sind oder nicht: Ein Vater hat die Verantwortung für sie bis zu seinem Tod. Thea, ich begleite dich zum Kirchenbeck. Jetzt gleich.»

Ihr war mehr als unwohl zumute, als sie neben dem Kaufmann das kurze Stück von der Salzgasse hinüber zur Vorderen Wolfshöhle marschierte.

Vor der Bäckerei schloss Clewi gerade die Läden für den Straßenverkauf. Ihm blieb der Mund offen stehen, als er Thea erkannte.

«Du bist wieder zurück?», fragte er ungläubig. Er war zu einem kräftigen jungen Mann geworden, und insgeheim freute sie sich, ihn so gesund wiederzusehen.

«Wie du siehst», gab sie dennoch kühler als gewollt zurück. Ein wenig trug sie ihm immer noch nach, dass er ihr nie zur Seite gestanden war. «Hast du eigentlich gewusst, dass ich in Basel war?»

«Nein, niemand von uns wusste, wo du steckst. Der Vater wollte nicht darüber reden, wohin er dich gebracht hatte.»

Da umarmten sie sich nun doch.

«Vater wird vielleicht Augen machen», sagte Clewi schließlich sichtlich verlegen.

Er hielt dem Kaufmann die Tür auf und rief hinein: «Vater, hier ist Besuch für dich.»

Als Thea hinter dem Kaufherrn an ihm vorbeischlüpfte, flüsterte er ihr zu: «Gut, dass du wieder hier bist. Der Marga geht's nämlich gar nicht gut.»

Da hörte sie die Stimme des Vaters aus der Backstube, die so missmutig klang wie eh und je: «Ihr hier, Kaufherr? Das Brot hab ich heut früh doch schon Eurer Magd übergeben.»

«Deshalb bin ich nicht gekommen. Sondern wegen Eurer Tochter Marga.»

Der Kaufherr trat einen Schritt zur Seite, damit der Kirchbeck sehen konnte, wer hinter ihm stand. Ums Haar wäre Thea wieder zur Tür hinaus, doch dort stand Clewi im Weg. Schon hatte ihr Vater sie im Halbdunkel der Diele erkannt.

«Dass mich Donner und Hagel erschlagen!» Er trat auf sie zu. «Was will *die* denn hier?»

Unwillkürlich wich sie zurück. Er war noch breiter und schwammiger geworden, die Nase glänzte rot.

«Hatte ich dir nicht gesagt, du brauchst mir nie wieder unter die Augen zu treten?»

Wohlleb stellte sich zwischen sie.

«Ganz ruhig, Meister Hannes. Thea ist nicht wegen Euch zurückgekommen, sondern wegen ihrer Schwester. Ganz davon abgesehen, wohnt sie in unserem Hause und steht damit unter meinem Schutz.»

Den letzten Satz hatte er in einem fast drohenden Unterton vorgebracht.

«Komm, Thea», fuhr er sanfter fort, «erzähl deinem Vater, was du uns erzählt hast.»

Sie gab sich einen Ruck. «Ich war bei Marga im Spital. Sie hat große Angst vor Rutschi, und nur deshalb hat sich ihr Geist verwirrt. Wir müssen ihr helfen, und die einzige Lösung ist das Kloster.»

«*Wir?*», unterbrach der Vater sie ungehalten. «Geht dich das noch irgendwas an?»

Mit einem Mal fühlte sie eine ungeahnte Kraft in sich. Es ging hier um ihre Schwester, aber es ging auch um sie selbst. Sie war nicht mehr das kleine Mädchen, dass vor ihrem Vater erzittern musste. «Jahrelang», begann sie mit fester Stimme, «habe ich meine jüngeren Geschwister wie eine Mutter umsorgt, und deshalb geht's mich sehr wohl was an. Verstehst du denn nicht? Marga ist todunglücklich, sie stößt sich jeden Tag den Kopf blutig – willst du das? Vielleicht verliert deine geliebte kleine Marga bald vollends den Verstand oder stirbt ...»

Um seine Mundwinkel zitterte es. «Geh mir aus den Augen.»

«Thea hat recht, Meister», fuhr der Kaufmann erneut dazwischen. «Ihr allein könnt Eurer Tochter noch helfen. Und Gott, der ihr seit jeher Halt gibt. Ihr müsst Heinzmann Rutschi dazu bringen, dass er den Klostereintritt erlaubt. Die Ordensoberen könnten beim Papst sogar die Aufhebung des Ehebandes aus einem gerechten Grund beantragen, sofern Rutschi auf das Recht der Ehe mit Marga verzichtet. Bringt ihn bitte dazu, das ist Eure heilige Pflicht als Vater. Und was Gift und Gabe für den Eintritt anbelangt – darin würde ich Euch auch aushelfen, falls es nötig ist.»

Das Gesicht des Vaters lief rot an. «Hinaus, alle beide. Verlasst sofort mein Haus.»

Als sie auf der Gasse standen, brach Thea in Tränen aus.

«Ich hab's gewusst», schluchzte sie. «Er hat ein Herz aus Stein.»

«Nein, Thea, er ist nur voller Bitterkeit. Letztes Jahr im Herbst, als dieser Rutschi Marga mal wieder ein blaues Auge geschlagen hatte, ist er zu ihm auf die Bauhütte und hatte ihn vor aller Augen halb totgeprügelt. Drei Tage saß er dafür im Turm. Du glaubst gar nicht, wie sehr sich die Leute über ihn und Rutschi das Maul zerrissen haben. Genau wie jetzt wieder, wo man Marga ins Spital gesperrt hat.»

«Was aber, wenn Rutschi nicht auf das Recht der Ehe verzichtet?»

«Dann bleibt ihr noch die Möglichkeit, sich bei den Reuerinnen als Laienschwester zu bewerben oder in eines der hiesigen Beginenhäuser einzutreten. Und jetzt beruhige dich erst einmal.»

Es tat gut, im Hause Wohlleb aufgenommen zu sein. Dennoch fand Thea in dieser zweiten Nacht noch weniger Schlaf als in ihrer ersten. Mal sah sie ihre Schwester vor sich, wie sie blutüberströmt ihren Schädel gegen die Wand schmetterte, dann wieder den Vater, der mit erhobener Faust auf Thea zuging. Und zwischendurch hatte sie Josef vor Augen, wie er ein Weib im Steinmetzgewand küsste.

Die Wohllebin, die sie fortan Verena nannte, ließ ihr freie Hand bei der Arbeit, und sie erhielt in den nächsten Tagen viel Anerkennung für ihre Kochkünste.

«Selbst der Morgenbrei schmeckt besser bei dir», lobte Burkhard, dessen bedächtige Art sie sehr mochte, schon beim Frühstück. «Ich hoffe, du bleibst noch recht lange bei uns.»

Aber auch vor anderen Aufgaben scheute sie nicht zurück. Ungefragt mistete sie den Hühnerstall aus, wenn sich Sophie wieder einmal davor drückte, oder scheuerte die alten Dielenböden in den Dachkammern. Sie wollte damit ihre Dankbarkeit gegenüber ihren Gastgebern ausdrücken. Vor allem aber lenkte die Arbeit ab, wenn sie wieder einmal bedrückt aus dem Spital zurückkam, das sie zweimal am Tag aufsuchte. Immerhin erkannte Marga sie nun jedes Mal auf Anhieb und lächelte sogar hin und wieder. Ihr Gerede vom Erzengel Michael oder vom Satan, der sich in ihrem Herzen einnisten wollte, hörte indessen nicht auf. Allein aus diesem Grund betete sie viel für Marga. Sie wäre hierzu gerne wie früher in die Portalhalle gegangen, fürchtete aber, dabei Josef über den Weg zu laufen. Nur aus der Ferne hatte sie ihn einige Mal gesehen, was ihr jedes Mal einen Stich versetzt hatte. So betete sie vor dem Kruzifix an der Stubenwand.

Ihrem Vater war sie zum Glück nicht wieder begegnet. Trotz der sommerlichen Wärme verließ sie das Haus stets gänzlich von ihrem Kapuzenmantel verhüllt, damit er oder Josef sie nicht erkannten. Bis Verena sie am vierten Tag in der Küche beiseitenahm.

«Du musst dich doch nicht mehr verstecken, jetzt, wo dein Vater weiß, dass du hier bist.»

«Ich … ich mag es einfach nicht, wenn mich jemand anspricht, den ich von früher kenne.»

«Denkst du vielleicht an jemanden Bestimmtes?»

Thea schüttelte den Kopf.

Am selben Abend war das Baumeisterehepaar zu Gast, mitsamt ihrer jüngsten Tochter. Thea erinnerte sich, dass Gritli schon als Kind Sophies beste Freundin gewesen war. So steckten die beiden denn auch den ganzen Abend über tuschelnd die Köpfe zusammen.

Diesmal hatte sich Thea beim Kochen besondere Mühe gegeben und in Absprache mit der Hausherrin drei Gänge vorbereitet: Flusskrebse auf Spinat, Pastinaken mit gebratenem Hühnerklein sowie Schweinebraten in saurer Soße. Dementsprechend lang zog sich die Mahlzeit hin, dementsprechend viel wurde getrunken.

Nachdem Thea zum Nachtisch die Mandeltörtchen hereingebracht hatte, bat Verena sie, sich zu ihnen an den Tisch zu setzen, und der Kaufherr hob seinen Becher.

«Auf Thea, unsere neue Köchin, die uns wieder mal bewiesen hat, was sie in Basel gelernt hat!»

Alle tranken sie ihr zu.

«Du bist wirklich eine begnadete Köchin, Thea», rief Meister Heinrich und setzte augenzwinkernd nach: «Nur schade, dass du jetzt nicht mehr das Brot austrägst. Du hast immer meine ganze Mannschaft zum Strahlen gebracht. Sogar unseren verknöcherten Parlier. Was man von deinem Bruder Clewi oder dem alten Gesellen Bertschi nicht gerade behaupten kann.»

Alle lachten, nur Thea nicht. Allein die Erinnerung an jene Zeiten versetzten ihr einen Nadelstich. Doch es sollte noch schlimmer kommen.

Wieder hob Meister Heinrich seinen Becher. «Und noch einmal ein Prosit auf unsere Älteste Kathrin und ihr Verlöbnis mit Eberhard, meinem fleißigen Laubwerkmacher. Auf das junge Glück!»

«Auf das junge Glück!», riefen die anderen, und Thea stimmte mit ein.

Da begann Elisabeth, die Baumeisterfrau, zu lachen. «Sei ehrlich, Heinrich: Dir wäre es doch lieber gewesen, unsere Kathrin würde den Josef Holtzer heiraten.»

Thea zuckte zusammen.

«Nun ja», brummelte Meister Heinrich, «es hat nicht sollen sein. Der Josef war halt doch immer sehr zurückhaltend. Außerdem», wandte er sich Thea zu, «hatte der nicht eher ein Auge auf dich geworfen? So, wie er dich immer angeschaut hat?»

«Ich … ich weiß nicht», stammelte sie und spürte, wie sie rot wurde. Hatte Meister Heinrich sie damals also beobachtet? Wusste er womöglich auch, dass sein Sohn Henni sie verraten hatte?

Der Baumeister lächelte. «Bei euch jungen Leuten kennt man sich wirklich nicht aus. Weiß der Josef überhaupt, dass du wieder in der Stadt bist?»

«Ich denke nicht.»

Missbilligend schüttelte er den Kopf. «Du hättest der Bauhütte längst mal einen Besuch abstatten sollen. Meine Männer täten sich freuen. Oder lassen dir die Wohllebs etwa keine Zeit hierfür?», fügte er scherzhaft hinzu.

«O nein, aber ich will mich ja auch noch um meine Schwester kümmern.»

Sofort wurde er wieder ernst. «Das tut mir sehr leid, Thea, das mit deiner Schwester. Du glaubst nicht, wie oft ich dem Rutschi schon ins Gewissen geredet habe. Nur leider steht er als städtischer Zimmermann bei der Fabrica in Lohn und Brot – wäre er einer *meiner* Leute, ich hätte ihn längst von dannen gejagt.»

Fast war sie erleichtert, dass nun von Marga die Rede war.

«Vielleicht könntet Ihr ihm ja nochmals ins Gewissen reden», bat sie vorsichtig. «Die Marga will nicht zurück zu ihm, sondern zu den Klosterfrauen. Aber das geht nicht gegen seinen Willen.»

«Ich versprech's dir, Thea.» Der Baumeister erhob sich. «Liebe Verena, lieber Anselm: Es ist spät geworden, höchste Zeit, schlafen zu gehen. Wir danken euch für diesen wunderschönen Abend.»

Dann blickte er sich um. «Wo stecken eigentlich Gritli und Sophie?»

«Guter Mann, du bist ja angetrunken», lachte seine Frau. «Die beiden sind schon vor dem Nachtisch vors Haus gegangen. Du weißt doch, wie die Mädchen in dem Alter sind. Ihre Gespräche sind nicht für unsere Ohren bestimmt.»

Während des Aufbruchs begann Thea, den Tisch abzuräumen und Geschirr und Platten hinüber in die Küche zu tragen. Dort steckte Meister Heinrich noch einmal den Kopf zur offenen Tür herein.

«Dein Essen war wirklich köstlich. Hätten wir in der Fabrica nicht schon eine Köchin, würde ich dich den Wohllebs abwerben.»

«Danke, Meister», erwiderte sie, noch immer verwirrt.

Plötzlich brach es aus ihr heraus: «Kann man als Weib eigentlich Steinmetz werden?»

«Aber ja, wenn's auch selten vorkommt, weil es viel Kraft dafür braucht. Ich hatte bis vor kurzem selbst eine Steinmetzin, die Sabina von Steinbach, die Tochter des berühmten Baumeisters Erwin.» Er lachte. «Du willst doch wohl nicht das Handwerk wechseln?»

«Nein, ich habe nur so gefragt. Dann ist diese Sabina also wieder fort?»

«Ja, sie war nur von Johanni bis Johanni bei uns, auf ein Jahr. Seit vier Tagen ist sie wieder fort. Sie ist ein Freigeist, sie liebt das Wandern von Bauhütte zu Bauhütte. Alsdann, Thea, komm doch bald mal vorbei. Und dem Josef richte ich schon einmal schöne Grüße von dir aus, ja?»

«Das braucht es nicht, wirklich nicht», entgegnete sie hastig und verabschiedete sich.

Während sie mit Bürste und Spülwasser die Töpfe bearbeitete, hörte sie auf der Gasse die Frauen nach Sophie und Gritli rufen. Zugleich klang ihr wie ein Glockenhall der Name Sabina in den Ohren. Dann hatten sich die beiden also Lebewohl gesagt, vor einigen Tagen am Spital. Vielleicht ja nur als gute Freunde …

«Ich helfe dir beim Abwasch.» Verena betrat die Küche. «Unsere Magd musste ja mal wieder ausgerechnet heute früher Feierabend machen. Und Sophie ist eben heulend hinauf in ihre Dachkammer gerannt. Vielleicht kannst du sie nachher fragen, was ihr schon wieder für eine Laus über die Leber gelaufen ist. Du bist ja so etwas wie eine große Schwester für sie.»

«Ja gerne, ich frage sie. Vielleicht hat sie sich nur mit Gritli gestritten.»

Sie arbeiteten Hand in Hand, zu zweit waren sie rasch fertig. Verenas Plaudereien hatte Thea nur mit halbem Ohr zugehört.

«Ich geh dann auch zu Bett», sagte sie und trocknete sich die Hände ab.

«Schlaf wohl, Thea. Und mach dir wegen Marga nicht allzu große Sorgen. Seitdem du hier bist, scheint es ihr ja von Tag zu Tag besserzugehen.»

«Das schon. Bloß ändert das nichts daran, dass sie nicht zurück zu Rutschi soll.»

«Das wird sich alles finden. Sag, Thea», Verena betrachtete sie nachdenklich, «ist es etwa der Bildhauer Josef, dem du nicht begegnen willst?»

Nach kurzem Zögern nickte sie.

«Dann bist du wegen ihm so Hals über Kopf aus Freiburg weg?»

«Nein, nein, das nicht. Allein wegen meinem Vater. Und jetzt muss ich wirklich zu Bett. Gute Nacht, Verena.»

Mit ihrem Talglicht in der Hand tappte sie die schmale Treppe hinauf und hatte schon wieder das Bild von Josef und der Steinmetzin vor Augen. Nein, so verabschiedeten sich keine Handwerksgefährten, so verabschiedeten sich Liebende.

Sophie schien bereits zu schlafen. Aus dem kleinen Kind, das bei ihren Stunden in der Mädchenschule oft dabei gewesen war und hin und wieder mit Clewi gespielt hatte, war ein hübsches junges Mädchen geworden. Leise zog sich Thea aus und kroch neben ihr unter die Decke. Sie wollte gerade das Licht löschen, als sie sah, wie Sophie die Tränen über die Wangen liefen.

«Hast du Kummer?», fragte sie im Flüsterton.

Statt einer Antwort kam ein unterdrücktes Schluchzen.

«Hattest du Streit mit Gritli?»

Sie öffnete die Augen. «Nein, viel schlimmer.»

Thea verstand sofort. «Dann ist es wegen einem jungen Burschen, nicht wahr?»

«Die Eltern dürfen es nicht wissen …», stieß sie unter Tränen hervor.

«Aber mir kannst du es vielleicht sagen. Ich bin verschwiegen. Erinnerst du dich dran, wie du mir als Kind mal ein großes Geheimnis anvertraut hast? Ich habe es nie verraten.»

Ein kurzes Lächeln huschte im Schein der Tranlampe über ihr Gesicht. Sie nickte.

«Das war, als ich dem Vater einmal einen Pfennig aus der Kasse gestohlen hatte, weil der so neu war und so schön silbern geglänzt hatte. Und als ich damit auf der Gasse gespielt hatte, hatten ein paar Buben ihn mir weggenommen. Damals dachte ich, dass wir nun arm werden deshalb und ich daran schuld wäre. Und dass der Vater mich in ein Findelhaus geben würde.»

«Siehst du? Nichts davon ist geschehen.» Sie strich Sophie übers Haar. «Und so ist auch jetzt wahrscheinlich alles halb so schlimm.»

«Nein, Thea. Es ist alles zu Ende.» Sie schluchzte leise. «Als wir vorhin draußen waren, die Gritli und ich, da hab ich mich heimlich mit ihm getroffen. Er ist Geselle beim Goldschmied von Oberlinden, gleich hier um die Ecke. Aber obwohl die Gritli aufpassen sollte, hat uns sein älterer Bruder erwischt und gedroht, es unseren beiden Vätern zu verraten, wenn wir uns noch einmal sehen.»

«Liebst du ihn denn?»

«Ja, sehr. Und er mich auch.»

«Aber dann solltest du längst deinem Vater davon erzählen. Oder zumindest deiner Mutter. So, wie ich deine Eltern kenne, werden sie einfach nur wissen wollen, mit wem du dich triffst.

Und den jungen Mann dann einladen, um ihn besser kennenzulernen.»

«Das ist es ja gerade!» Sophies Tränen flossen erneut. «Sie kennen ihn gut. Es ist Rudolf Loderer, und unsere Väter sind Todfeinde. Die werden uns niemals erlauben, zusammenzubleiben und zu heiraten.»

Thea holte tief Luft. Das war tatsächlich eine schwere Bürde. Dass ein Vater in diesen Dingen das letzte Wort hatte, wusste sie nur allzu gut.

«Versprich mir, dass du nichts verrätst», flehte Sophie, noch immer flüsternd.

«Ja, ich versprech's. Aber du musst mir auch etwas schwören: Macht keine Dummheiten, du und dein Rudolf. Nicht dass ihr auf den Gedanken kommt, gemeinsam fortzulaufen. Das würde deinen Eltern das Herz brechen.»

Als Sophie daraufhin nickte, wirkte das auf Thea alles andere als überzeugend.

Am nächsten Morgen ging es Marga wieder schlechter. Sie hatte leichtes Fieber, wie Thea erst vom Pförtner, dann von der Siechenmeisterin erfuhr, und wollte keinen Besuch haben. So beschloss Thea schweren Herzens, noch einmal am Nachmittag wiederzukommen, und kehrte reichlich bedrückt ins Haus der Wohllebs zurück. Indessen nicht nur wegen Marga. Auch Sophies traurige Geschichte beschäftigte sie sehr, und obendrein musste sie unablässig daran denken, dass jeden Augenblick Josef bei den Wohllebs auftauchen könnte. Ihn wiederzusehen fürchtete sie gleichermaßen wie sie es herbeisehnte. Spätestens jetzt wusste er von Meister Heinrich, dass sie wieder in der Stadt war. Und je stärker dieser Gedanke wurde, desto mehr wuchs ihr Zorn auf Henni. Hätte er sie damals nicht beim

Vater verpetzt, wäre vielleicht alles anders verlaufen mit ihr und Josef. Und sie hätte womöglich gar nie erfahren, wessen Kind sie war.

Als sie die Küche betrat, räumte dort statt der Magd Verena die Einkäufe für das Mittagessen aus dem Korb.

«Ist die Magd krank geworden?», fragte sie.

«Nein, sie hat ihre Stellung aufgekündigt. Mit den Worten: *Ich werde hier ja wohl nicht mehr gebraucht.*»

«Ach du meine Güte. Dann ist sie wegen mir gegangen? Das tut mir sehr leid.»

Verena zog sie neben sich auf die Bank. «Das braucht es nicht, wir sind nicht sonderlich gut miteinander ausgekommen. Mir wäre ohnehin am liebsten, du würdest ganz hierbleiben. Wir brauchen wirklich eine gute Köchin, nicht zuletzt wegen der häufigen Gäste meines Mannes. Du hast Kost und Unterkunft frei und bekommst denselben Lohn wie die Magd. Was die übrige Arbeit angeht, soll Sophie dir zur Hand gehen. Einverstanden?»

«Einverstanden.»

Wider Erwarten freute sich Thea über dieses großzügige Angebot, auch wenn es bedeutete, vorerst in Freiburg zu bleiben.

«Wo steckt Sophie eigentlich?», fragte sie.

«Sie füttert die Hühner. Danach soll sie dir beim Kochen helfen. Hat sie dir eigentlich gestern Abend noch etwas erzählt?»

Diese Frage hatte Thea längst erwartet. Anlügen wollte sie Verena nicht, daher erwiderte sie: «Sie hat sich zum ersten Mal verliebt, in irgendeinen Burschen, aber es wird nichts draus. Sie wird drüber wegkommen, ganz bestimmt.»

Verena nickte. «Schön, dass sie jetzt dich hat, wenn sie schon ihrer eigenen Mutter nichts verraten will.»

Am Nachmittag machte sich Thea erneut auf den Weg ins Spital. Es war ein Samstag, und sie hatte nicht daran gedacht, dass die Werkleute jeden zweiten Samstag früher Feierabend machten. Mittlerweile war es Ende Juni und das Wetter schwül und heiß. So hatte sie auf ihren Kapuzenmantel verzichtet, war nur im leichten Sommergewand unterwegs, als sie kurz vor dem Spital ausgerechnet auf den Baumeistersohn traf, mit dem sie noch ein Hühnchen zu rupfen hatte. Er musste sie sogleich erkannt haben, denn er wollte die Straßenseite wechseln, mit gesenktem, abgewandtem Blick.

Aber sie war schneller. Bevor er im Gasthaus Zur Krone verschwinden konnte, hielt sie ihn am Arm fest.

«Lange nicht mehr gesehen, Henni», sagte sie und konnte nicht verhindern, dass ihre Stimme vor unterdrückter Wut bebte.

«Thea!» Er grinste verkrampft. «Hab schon gehört, dass du wieder in der Stadt bist! Wie schön!»

Herausfordernd starrte sie ihn an, das Kinn hoch erhoben.

«Hast du mir nichts zu sagen?»

«Ach herrje, Thea – es tut mir wirklich leid, das von damals. Ich wusste ja nicht, dass dein Vater dich gleich aus dem Haus jagt wegen so was.»

«Hat er auch nicht», log sie. «Ich bin von selbst gegangen. Aber jetzt bin ich wieder da. Weiß eigentlich noch jemand außer mir, dass du uns an meinen Vater verraten hast? Ich finde, zumindest Josef sollte es wissen.»

Scheinbar zerknirscht rang er die Hände. «Bitte sag ihm das nicht. Es war gemein und dumm von mir. Aber weißt du, ich war doch damals selbst so schrecklich verliebt in dich – hattest du das nie bemerkt? Verzeih mir, Thea, bitte verzeih mir.»

Sie wurde unsicher. War das nun eine dreiste Lüge oder

hatte er sie tatsächlich aus Eifersucht und verletztem Stolz verraten? Plötzlich hatte sie wieder jenen Morgen vor Augen, als ihr Vater sie außer sich vor Wut geschlagen und anschließend eingesperrt hatte.

Aufgebracht erwiderte sie: «O nein, so schnell verzeihe ich dir nicht. Du hast alles zunichtegemacht.»

Da verzog er trotzig das Gesicht. Jegliche wohl nur vorgetäuschte Reue war verschwunden. «Dann geh doch zu deinem Josef! Aber das wird ihn einen Dreck scheren. Weil er dich nämlich längst vergessen hat. Mit der Steinmetzin Sabina war er zusammen, seiner großen Liebe. Die kennen sich nämlich schon seit seiner Lehrzeit in Straßburg und waren ein heimliches Paar. Hättest ihn mal sehen sollen, als sie zu Johanni nach Wien weitergezogen ist – Rotz und Wasser hat er geheult. Und jetzt lass mich in Ruh'. Ich habe meinen wohlverdienten Feierabend.»

Damit verschwand er in der Tür des Wirtshauses.

Theas Herz krampfte sich zusammen. Dieser Hieb hatte gesessen! Kein bisschen weniger war ihre Liebe zu Josef in all den Jahren geworden, das wusste sie jetzt. Und das würde sie quälen, solange sie hier in Freiburg war. Am liebsten wäre sie umgehend zu den Wohllebs zurück, um ihre Sachen zu packen, hätte sie Verena nicht schon zugesagt, bei ihr zu arbeiten. Außerdem würde sie das Geld gut brauchen können für Margas Eintritt ins Kloster. Und nicht zuletzt wollte sie ihr bis dahin zur Seite stehen.

Während sie mit bleischweren Beinen die Gasse überquerte, kam ihr der Satz der Heilerin Agnes in den Sinn. *Nimm hin, wie es ist, und schaue in die Zukunft.* Nichts anderes blieb ihr übrig. Die Liebe zu Josef war Vergangenheit, nun kam etwas Neues auf sie zu, wie ungewiss es auch sein mochte.

Kapitel 35

Im Juli, Anno Domini 1319

«Was ist bloß mit dir, Josef?» Kopfschüttelnd verschränkte Meister Heinrich die Arme. «Ich habe dich beobachtet: Schon seit einer Ewigkeit starrst du Löcher in die Luft. Und das nicht zum ersten Mal in diesen Tagen.»

Verlegen ließ Josef Klöpfel und Schlageisen sinken und betrachtete sein Werkstück, an dem er seit kurzem arbeitete. Er sollte einen der vier Posaunenengel schaffen, die zum Jüngsten Gericht bliesen und knapp unterhalb des Turmhelms über die Stadt wachen würden. Bis auf die groben Umrisse der Flügel war allerdings noch nicht viel zu erkennen von der Engelsgestalt, die fast so groß werden würde wie er selbst.

Ja, er fühlte sich ertappt. Seitdem der Werkmeister ihm vor drei Tagen Grüße von Thea ausgerichtet hatte, war er nicht mehr recht bei der Sache.

«Ich habe ein bisschen Kopfschmerzen in letzter Zeit», entgegnete er. «Vielleicht ein leichter Sommerkatharr.»

«Warum hast du deinen Stein überhaupt hierher in die Laube verfrachtet, anstatt bei den anderen in der Werkstatt zu arbeiten? Dort wäre es jetzt nicht so zugig.»

Tatsächlich ging ein kühler Wind, der immer wieder feine Regentropfen unter das Strohdach trieb. Das gestrige Gewitter hatte die schwüle Sommerhitze wohl endgültig vertrieben.

«Im Sommer bin ich lieber an der frischen Luft», antwortete

er. Dabei arbeitete er, seitdem Sabina fort war, schlichtweg lieber für sich allein.

Meister Heinrich musterte ihn besorgt. «Wenn dich irgendetwas bedrückt, dann kannst du mir das jederzeit sagen.»

«Danke, Meister. Aber da ist nichts. Es wird schon wieder.»

Wie um das zu beweisen, nahm er sein Werkzeug und trieb kräftige Schläge in den Flügelansatz. Aus dem Augenwinkel sah er, wie der Werkmeister die nach allen Seiten offene Laube verließ und durch den Sprühregen zum Turm eilte. Trotz des nasskalten Schmuddelwetters wurde dort weitergebaut.

Josef seufzte. Hätte er ihm sagen sollen, dass er ihm besser keine Grüße von Thea ausgerichtet hätte? Sie musste schon vor einiger Zeit nach Freiburg zurückgekehrt sein, doch seltsamerweise war er ihr nie begegnet. Seitdem er nun wusste, dass sie hier war, hatte eine Unruhe von ihm Besitz ergriffen, die ihm manchmal sogar die Hände zittern ließ. War sie nur wegen ihrer kranken Schwester zurückgekommen, über deren Geisteszustand sich schon die halbe Stadt das Maul zerriss? Oder auch wegen ihm, da sie ihm doch Grüße ausrichten ließ? Warum aber wollte sie ihn dann nicht wiedersehen? Warum war sie nicht ein einziges Mal zur Baustelle gekommen?

Die letzten beiden Tage hatte er sich nach Feierabend stundenlang in der Nähe von Wohllebs Haus herumgetrieben, wo sie wohl untergekommen war. Hatte sich, die Kapuze seiner Gugel tief ins Gesicht gezogen, in Toreinfahrten herumgedrückt und wie eine Katze auf der Lauer die Haustür angestarrt. Gestern Nachmittag nun, gerade als der erste Blitz vom Himmel darniederzuckte, war sie vom Fischbrunnen her die Salzgasse heraufgekommen und vor Schreck über das gleißende Licht stehen geblieben, keine zehn Schritte von ihm entfernt. Er hatte sogar ihre grünen Augen aufleuchten sehen! Dieser Blitz war ihm geradewegs ins Herz gefahren, denn er wusste mit einem Mal, dass er sie noch immer liebte. Sie hatte so erschrocken ausgesehen, und sie war noch immer so zart und wunderschön wie damals. Danach war sie so schnell sie konnte zum Haus der Wohllebs gerannt, sein Rufen blieb im Donnerhall ungehört. Inzwischen fragt er sich, warum er ihr nicht nachgelaufen war.

Henni trat zu ihm unter das Laubendach.

«Und? Kommst du voran?»

Was für eine blöde Frage, dachte sich Josef. Warum nur lungerte der Kerl in diesen Tagen ständig in seiner Nähe herum?

«Hast du nichts zu tun?», gab er nicht gerade freundlich zurück. Wobei er wusste, dass das ungerecht war. Auch wenn Henni das Maul immer noch ziemlich voll nahm und um jeden Weiberrock herumscharwenzelte wie ein Gockel, war aus ihm ein guter Arbeiter geworden. An seinem Maßwerk und Laubschmuck war nichts auszusetzen, und wenn er morgens wieder einmal einen schweren Schädel vom nächtlichen Saufen hatte, so ließ er sich nichts anmerken.

«Bin gerade fertig geworden und gönne mir eine Pause. Sag mal, Josef», sein Lächeln wirkte unsicher, «bist du inzwischen schon mal der Thea begegnet? Hier lässt sie sich ja nicht mehr blicken.»

Josef schüttelte stumm den Kopf und schlug eine überstehende Ecke ab.

«Aber ihr wart doch mal recht eng, oder etwa nicht?»

«Geht dich das irgendetwas an? Wenn du nichts anderes zu erzählen weißt, dann lass mich jetzt arbeiten.»

Statt weiterzugehen, ließ sich Henni neben ihm auf einem abgeschlagenen Steinbrocken nieder. Wieder ganz der Alte, sagte er mit spöttischem Unterton: «Ist schon erstaunlich, dass meine Schwester jetzt den Eberhard heiraten wird.»

«Was ist daran erstaunlich? Die beiden mögen sich halt.»

«Es ist nur so, dass mein Vater viel lieber dich als Schwiegersohn gehabt hätte. Und in aller Regel setzt er seinen Willen durch.»

«Zwischen Kathrin und mir war nie etwas, nicht die kleinste Tändelei.»

«Trotzdem. Mein Vater hält große Stücke auf dich. Weißt du, dass er dich immer noch liebend gern als seinen späteren Parlier hätte? Wolfhart ist schließlich nicht mehr der Jüngste.»

«So ein Unsinn. Der ist einiges jünger als dein Vater.»

«Außerdem macht er Fehler.»

«Was für Fehler?»

«Na ja, erst neulich hat er den falschen Stein bestellt, viel zu hart für das Maßwerkgeländer am Helmansatz.»

«Na und? Das kann jedem passieren.»

«Und mit dem neuen Münsterpfleger kriegt er sich immer wieder in die Haare.»

«Was willst du mir eigentlich sagen? Dass Wolfhart kein guter Mann ist? Wenn es das ist, dann sag es ihm selbst, anstatt hinter seinem Rücken über ihn zu lästern.»

«Aber nein.» Henni tat erstaunt. «Ich will nur sagen, dass du auf lange Sicht der bessere Parlier wärst.»

«Hast du es immer noch nicht begriffen, dass ich nicht Parlier oder Werkmeister werden will? Jetzt und später auch nicht. Das kannst du auch deinem Vater ausrichten, falls er sich tatsächlich Hoffnung machen sollte. Ich bin Bildhauer, nicht mehr und nicht weniger.»

Augenblicklich erhob Henni sich. «Dann will ich mal mit meinem neuen Stein beginnen. Bis später, Josef.»

640

Josef sah ihm nach, wie er durch den Regen davonschlenderte. Hennis Rede gegen Wolfhart hatte ihn verärgert. Inzwischen wusste er, dass bei Henni hinter jedem Handeln immer eine Absicht steckte. Warum also schleimte er sich neuerdings an ihn heran und machte zugleich den Parlier schlecht? Vielleicht sollte Josef ja *hierüber* einmal mit Meister Heinrich sprechen.

Bald schon wurde Josef so einiges klar. Es war ein Freitag, und da es in den letzten Tagen fast ununterbrochen geregnet hatte und die Leitern und Gerüste gefährlich rutschig geworden waren, sollten die Maurer und Steinmetze ihre Arbeit am Turm vorerst einstellen. Das eröffnete Meister Heinrich seinen Leuten bei der Morgensprache.

«Lassen wir die Arbeit am Turm also ruhen. Ich habe auch die städtischen Werkleute heimgeschickt, in der Hoffnung, dass das Wetter übers Wochenende wieder besser wird und wir am Montag weitermachen können. Aber ich habe euch heute noch etwas anderes zu verkünden. Nach reiflicher Überlegung habe ich beschlossen, meinen Sohn Henni für die nächsten zwei Jahre als Kunstdiener aufzunehmen. Nach seiner Lehrzeit hat er nun fünf Jahre Zeit gehabt, Erfahrungen zu sammeln, auch auf anderen Bauhütten, und ich denke, ihr gebt mir alle recht, dass aus ihm ein guter Laubwerkmacher geworden ist. Lieber Henni, dein Lotterleben hier auf der Hütte hat also ein Ende, ab heute wirst du wieder bei mir wohnen und in meiner Obhut stehen.»

Alle klatschten Beifall, wobei den meisten Gesichtern die Überraschung deutlich abzulesen war. Wusste doch jeder hier, dass es zwischen Henni und seinem Vater immer wieder zu Reibereien kam.

Aber Blut ist eben dicker als Wasser, dachte Josef, und sein Blick ging unwillkürlich zu Wolfhart. Der presste die Lippen aufeinander, während er in die Hände klatschte, und Josef ahnte, was in seinem Kopf herumging. Nach altem Brauch musste der Parlier seine Stelle abtreten, wenn ein Sohn des Meisters so weit war. Jetzt, wo Henni wusste, dass Josef nicht nach diesem Amt strebte, konnte der frischgebackene Kunstdiener damit rechnen, Wolfhart in zwei Jahren abzulösen.

So strahlte Henni denn auch über das ganze Gesicht, während er sich erhob. «Danke für dein Vertrauen, Vater. Ich will als Meisterschüler mein Bestes geben und werde dich nicht enttäuschen. Euch, liebe Steinmetzbrüder, lade ich heute nach Feierabend auf einen Umtrunk in den Storchen ein.»

Dann setzte er sich wieder und flüsterte Josef, der neben ihm saß, triumphierend zu: «Hättest du das gedacht, Josef von Nazareth?»

Kurz vor der Mittagspause begab sich Josef in die Reißkammer, um den Meister zu fragen, welche Größe und Form der Sockel seines Posaunenengels haben musste, der auf der höchsten Spitze des Dreikantpfeilers aufsitzen würde. Er fand Meister Heinrich im Gespräch mit dem Parlier. Beide standen sie vor einem aufgespannten Pergament, das den Aufbau des künftigen Turmhelms darstellte: eine reine, lichtdurchwirkte Maßwerkpyramide aus acht identischen, langgestreckten Dreiecken, die sich an ihren Spitzen in einer Kreuzblume vereinigten. Noch jedes Mal, wenn Josef diesen Entwurf sah, war er begeistert davon.

Der Baumeister winkte ihn heran. «Wir grübeln gerade nach, wie das Ganze zusammenhalten kann, so ohne Gewölbe und Innenverstrebung. Ich habe Erwins Riss wirklich in jeder Einzelheit abgezeichnet, aber wie er sich das mit dem Turmhelm gedacht hat, geht daraus nicht hervor. Und fragen können wir ihn ja leider nicht mehr.»

Aufmerksam betrachtete Josef die Zeichnung.

«Das Achteck des oberen Turms wird in der Helmpyramide fortgeführt», sagte er schließlich, mehr zu sich selbst. «Dort finden sich acht Stockwerke aus Maßwerk, die sich gleichmäßig nach oben verjüngen ...»

Er sah den Baumeister an.

«Auf jedem dieser Stockwerke müsste der Helm durch einen achteckigen Steinring zusammengehalten werden.»

Ein wenig spöttisch verzog Wolfhart das Gesicht. «So weit waren wir auch schon. Das reicht aber nicht aus, um dem enormen Druck und Gewicht standzuhalten.»

Josef dachte nach. «Dann müsste man in diese Steinringe eben Eisenstäbe einlegen, die in den acht Eckstreben durch eiserne Ringe miteinander verbunden sind. Wie ein umlaufender Gürtel sozusagen, der in den Stein versenkt ist.»

«Ein Ringanker aus Eisen! Das ist es!» Voller Begeisterung schlug Meister Heinrich ihm auf die Schulter. «Du bist gut, mein Junge. Und ich dachte immer, du könntest nur hübsche Figuren schlagen. Was sagst du dazu, Wolfhart?»

«Ja, das müsste gehen.» Der Parlier blickte fast ein wenig missmutig drein. «Warum bist du eigentlich hier?», wandte er sich an Josef. «Machst du schon Mittagspause?»

«Es ist wegen dem Sockel für meinen Posaunenengel. Die Fialen auf den Dreikantpfeilern sind ja bereits gesetzt, und ich sollte die Maße für den Übergang wissen.»

Verdutzt sah der Baumeister Wolfhart an. «Haben wir noch den Riss dieser Fialen?»

Der schüttelte den Kopf.

«Nein, aber wir brauchen ja nur nachzumessen.» Er sah aus

dem halboffenen Giebelfenster. «Der Regen lässt gerade nach. Ich gehe mal eben hinauf.»

«Aber nein, das hat doch noch Zeit, bis das Wetter besser wird», wehrte Josef ab. «Dann kann ich selbst auf den Turm.»

Der Parlier zuckte die Schultern. «Ich hab ohnehin mein Winkelmaß oben vergessen. Bis nachher.»

Er verließ die Kammer und polterte ungewohnt laut die Stiege hinab.

«Das ist mir jetzt gar nicht recht, dass er bei diesem Mistwetter auf den Turm steigt», murmelte Josef. «Und irgendwie scheine ich ihn verstimmt zu haben.»

Der Meister winkte ab. «Ach, du kennst ihn doch, unseren alten Griesgram.»

Wenig später läutete der Hüttenknecht das Glöckchen zum Mittagessen. Josef, wieder zurück in der Laube, sammelte sein Werkzeug ein und wollte sich eben auf den Weg zum Schaffnerhaus machen, als er von der Sterngalerie herab den Türmer brüllen hörte: «Meister Heinrich, kommt herauf! Ein Unfall, schnell!»

Josef ließ alles stehen und liegen und rannte los, hinüber zum Turmaufgang. Schon stürmten auch die anderen heran.

«Josef und Eberhard, ihr kommt mit mir», befahl der Meister. «Ihr anderen wartet unten. Und holt eine Trage.»

Zu dritt hasteten sie die über zweihundert Stufen des Treppenturms hinauf, immer im Kreis herum, bis Josef schwindlig wurde. Je höher sie kamen, desto feuchter wurde der Stein zu ihren Füßen.

Oben bei der Sterngalerie, auf halber Höhe des Turms, erwartete sie der völlig aufgelöste Türmer.

«Der Parlier … er liegt in der Schnecke, schwer verletzt!»

Die Schnecke war ein enger Wendeltreppenturm, der an

644

der Nordostecke zusammen mit dem Turm in die Höhe wuchs. Noch war er nach oben hin offen und ungeschützt, mündete sozusagen in die rundum eingerüstete Baustelle. Zur Treppensäule hin hatte sich überall Regenwasser angesammelt, und sie mussten achtgeben, nicht wegzurutschen.

Sie fanden Wolfhart auf halber Höhe, zusammengekrümmt und kopfunter auf den schmalen Stufen liegend. Josef erschrak bis ins Mark: Die Lache unter ihm war kein Regenwasser, sondern schimmerte im einfallenden Licht dunkelrot. Sein Haar war blutverschmiert, die Augen hatte er geschlossen.

«Ist er ... tot?», fragte der Türmer nicht minder fassungslos.

«Nein», entgegnete Meister Heinrich. «Er atmet. Hast du eine starke Decke in deiner Stube?»

Der Mann nickte.

«Dann geh sie holen. Wir müssen sie unter ihn ziehen und ihn dann vorsichtig herabschleifen.»

Josef kam es vor wie eine Ewigkeit, bis sie es mit dem massigen Körper – jeder von ihnen hielt einen der vier Deckenzipfel in den Händen – endlich zurück zur Sterngalerie geschafft hatten. Derweil war Wolfhart zu sich gekommen und stöhnte zum Gotterbarmen. Er blutete noch immer aus zwei Kopfwunden, sein rechter Arm in der ärmellosen Tunika war völlig aufgeschrammt und stand in einem seltsamen Winkel von der Schulter ab.

Da sich auf dem Bau am Turm immer mal wieder jemand leicht verletzte, bewahrten sie in der Türmerstube genügend Verbandszeug auf. Der Türmer brachte einen Leinenwickel, mit dem Meister Heinrich dem Schwerverletzten notdürftig einen Kopfverband anlegte. Als er dabei versehentlich an Wolfharts rechte Schulter stieß, schrie der laut auf und versank wieder in Ohnmacht.

«Ist vielleicht besser so», murmelte der Baumeister. «Los, bringen wir ihn vollends hinunter.»

Schwer atmend traten sie wenig später auf dem Kirchplatz ins Freie, wo sie den Bewusstlosen auf die Trage legten. Josef schmerzten Arme und Rücken, als hätte er den ganzen Tag Steine geschleppt. Vor allem aber plagte ihn das schlechte Gewissen.

«Ich bin schuld», sagte er tonlos zu Meister Heinrich. «Hätte ich nicht gesagt ...»

«Hör auf! Wenn ihm einer hätte verbieten müssen, bei diesem Dreckswetter auf den Turm zu steigen, dann ich! Petermann, ihr bringt ihn zum Juden Salomon beim Christoffelstor, der ist der beste Wundarzt in der Stadt. Wir anderen müssen erst mal verschnaufen.»

An diesem Nachmittag arbeitete keiner mehr. Sie hockten in der Werkstatt herum, während es draußen wieder in Strömen regnete, und warteten darauf, dass der jüdische Arzt nach der Untersuchung Bescheid geben würde.

«Wie kann man nur so unvorsichtig sein», wetterte Petermann plötzlich. «Wahrscheinlich hat er's mal wieder brandeilig gehabt, dabei ist dort oben alles klatschnass.»

«Was wollte er eigentlich auf dem Turm?», fragte Henni in die Runde.

«Er hatte sein Winkelmaß oben vergessen», erklärte sein Vater ruhig. «Aber das ist jetzt auch einerlei. Beten wir lieber, dass er den Sturz gut übersteht.»

Josef sprach die ganze Zeit kein Wort. Er wusste: Allein er trug die Schuld.

Zwei, drei Stunden mussten sie sich gedulden, bis der jüdische Arzt erschien und sie mehr erfuhren.

«Er ist wieder bei sich, braucht aber vor allem viel Ruhe und ein eigenes Bett. Deshalb haben wir ihn ins Heiliggeistspital gebracht.»

«Und was habt Ihr feststellen können?», fragte der Baumeister bange.

Salomon strich sich durch den langen, nassgeregneten Bart.

«Die Platzwunden am Kopf sind wohl weniger schlimm, auch wenn er reichlich Blut verloren hat. Der rechte Arm war aus dem Schultergelenk gesprungen, ich habe ihn wieder eingerenkt. Der Unterarm ist allerdings gebrochen. Zweifach sogar.»

«Kommt er wieder auf die Beine?»

«Auf jeden Fall. Ob er aber seinen Arm wieder je richtig bewegen kann, das weiß nur der Ewige.»

«Können wir ihn denn besuchen?», fragte Petermann.

«Morgen vielleicht, wenn es die Siechenmutter erlaubt.»

Am nächsten Tag marschierten sie nach dem Mittagessen gemeinsam hinüber ins Spital, indessen wurden sie abgewiesen.

«Kommt morgen wieder, noch schläft er die ganze Zeit», waren die Worte der Siechenmeisterin.

Doch Josef musste Wolfhart unbedingt sehen, wo er sich so heftige Vorwürfe machte. Nach Feierabend versuchte er es erneut. Der Regen hatte endlich aufgehört, und in den Gassen war viel los, da etliche Handwerker heute ihren Badstubensamstag hatten.

Für diesmal erlaubte der Pförtner ihm einen kurzen Besuch. Mit etlichen anderen Siechen und Verletzten lag Wolfhart im Krankensaal, immerhin hatte er als Einziger ein Bett für sich allein. Sein bärtiges Gesicht wirkte ganz klein inmitten des Kopfverbandes, der rechte Arm war in einer Schlinge vor die

Brust gebunden, wobei der Unterarm bis zu den Fingerspitzen ebenfalls in einem dicken Verband steckte.

«Du hast sicher große Schmerzen», begann Josef.

Wolfhart starrte stumm zur Decke.

«Ich … ich wollte das nicht», stammelte Josef. «Wirklich nicht. Es tut mir so leid.»

Mühsam hob der Parlier den Kopf.

«Du wolltest also nicht», begann er in spöttischem Unterton, «dass ich auf diesem verdammten Gerüstbrett ausrutsche und gradwegs in die Schnecke stürze? Das freut mich, Josef Holtzer.»

Josef war noch mehr verunsichert. Was wollte er ihm damit sagen? Da erst begriff er.

«Dann bist du nicht im Treppenaufgang, sondern oben auf dem Gerüst ausgerutscht? Gütiger Himmel, du hättest vom Turm stürzen können!»

Wolfhart kniff die Augen zusammen. «So ist es. Aber ich hab ja noch Glück gehabt, der Herrgott wollte mich noch nicht bei sich haben. Er wollte mich nur mal eben zum Krüppel machen.»

«Aber du wirst wieder gesund, Wolfhart. Ganz bestimmt.»

«Ganz bestimmt», äffte der Parlier ihn verbittert nach. «Mit einem zerschmetterten rechten Arm lässt es sich als Steinmetz auch wunderbar arbeiten, wie du weißt. Bist *du* es eigentlich, der mich jetzt vertreten darf?»

«Nein, nein – der Petermann, weil er der Älteste und Erfahrenste von uns ist. Und nur solange, bis du wieder bei uns bist. Hör zu, Wolfhart, ich will wirklich nicht deine Stellung als Parlier. Glaub mir das bitte.»

Er ließ sich wieder ins Kissen sinken. «Geh jetzt», presste er hervor. «Und sag den andern, dass ich kein Mitleid brauche. Und euren Besuch schon gar nicht.»

Er schloss die Augen und wandte das Gesicht ab.

Niedergeschlagen verließ Josef den Siechensaal und tappte den langen Gang entlang. Als er die Tür zur Spitalskapelle öffnete, wäre er ums Haar mit einer jungen Frau zusammengestoßen.

«Verzeihung», murmelte er und trat einen Schritt zurück. Da erst erkannte er sie.

«Thea!»

Ganz kurz nur begegneten sich ihre Blicke – sie sah mit einem Mal viel älter und ernster aus, als er sie in Erinnerung hatte. Und noch erschrockener als bei dem Gewitter vor ein paar Tagen.

Er wollte sie beim Arm berühren, doch sie hatte sich schon abgewandt und begann, den Gang entlangzulaufen.

«So warte doch!» Diesmal folgte er ihr. «Bitte!»

«Lass mich», gab sie zurück, ohne anzuhalten, und fügte unvermittelt hinzu: «Ich bin nicht wegen dir nach Freiburg gekommen, sondern wegen Marga. Es geht ihr schlecht.»

Dann stürmte sie die Wendeltreppe am Ende des Gangs hinauf.

Dass die arme Marga hier im Spital war, hatte er ganz vergessen. So blieb er stehen und sah Thea nach. Warum diese harten Worte? Was hatte er ihr getan? Vielleicht war das mit dem Kuss ja damals zu voreilig gewesen, aber sie hatte ihn doch wiedergeküsst und ihn am nächsten Morgen auf der Bauhütte so glücklich angelächelt! Und hatte er ihr mit seinem Satz, dass er bald schon würde eine Familie ernähren können, nicht gezeigt, wie ernst es ihm war? Viel, viel ernster als mit Sabina, die er eigentlich nur bewundert, aber niemals geliebt hatte, wie ihm jetzt, wo er Thea gegenübergestanden hatte, schlagartig deutlich geworden war.

Plötzlich kam ihm der Gedanke, dass sie von seiner Liebschaft erfahren haben könnte. Zum Beispiel von diesem Klatschmaul Henni. Trotzdem erklärte das nicht, warum sie damals ohne ein einziges Wort zu ihm die Stadt verlassen hatte.

Zur großen Überraschung aller humpelte der Parlier wenige Tage später auf die Baustelle und läutete die Hüttenglocke. Um die Stirn trug er lediglich einen schmalen Verband, der rechte Unterarm jedoch ruhte noch immer dick verpackt in einer Schlinge.

«Lieber Meister, liebe Brüder», begann er, nachdem sich die Männer um ihn versammelt hatten und ihn voller Freude begrüßten, «der Krüppel meldet sich hiermit zurück. Ich wollte euch nur verkünden, dass ich mein Amt als Parlier niederlege und morgen früh nach Straßburg zurückkehre.»

«Hast dir bestimmt auch schon ein Fuhrwerk bestellt, was?», rief Kunzi dazwischen, während die anderen reichlich entgeistert, ja bestürzt dreinblickten. «So, wie du humpelst, kommst du ja nicht mal bis Betzenhausen.»

«Kunzi hat recht.» Meister Heinrich baute sich vor ihm auf. «Was soll das jetzt? Du musst erst einmal richtig zu Kräften kommen, und wenn's dir hierfür im Spital zu öde ist, dann erholst du dich eben hier. Das andere habe ich im Übrigen überhört.»

Wollharts Blick verfinsterte sich. «Dann sag ich's eben nochmals: Ein Krüppel kann kein Parlier sein, und ich bin mir sicher, unter euch findet sich ein guter Nachfolger.»

Er wandte sich Henni zu und musterte ihn scharf. «Das ist es doch, was du immer wolltest, nicht wahr?»

Henni biss sich auf die Lippen.

«Schluss jetzt mit diesem törichten Geschwätz.» Der Baumeister schüttelte nachdrücklich den Kopf. «Dein Verstand hat nicht gelitten – auch wenn man das gerade meinen könnte –, und für die Aufgaben des stellvertretenden Werkmeisters braucht es keine zwei Arme. Oder wie oft hast du in letzter Zeit Steine geklopft? Außerdem ist gar nicht gesagt, ob nicht doch wieder alles gut zusammenwächst. Ich brauche dich, ob einarmig oder nicht, und wüsste keinen besseren Parlier.»

Die Männer brachen in kräftiges Beifallsklatschen aus.

«Nichts da mit Straßburg», rief Kunzi. «Du bleibst hier bei uns!»

«Du bleibst hier», fielen die anderen mit ein. «Du bleibst hier!»

Ein Ansatz von einem Lächeln zeigte sich in Wolfharts Gesicht, auch wenn er es offenbar zu unterdrücken versuchte, und in seinen Augen schimmerten Tränen. Der Sprechchor wollte gar nicht enden.

«Alsdann?» Der Baumeister hielt ihm seine Hand hin.

Wolfhart griff mit der Linken nach ihr und hielt sie fest. «Einverstanden.»

Erneuter Beifall brandete auf, und Petermann stieß ihn in die Seite.

«Künftig gehst du dann aber auch mal einen heben mit uns. Das geht auch gut mit nur einem Arm.»

Um Wolfharts Rückkehr zu feiern, verkündete der Baumeister am Nachmittag früher als sonst den Feierabend und spendierte ein kleines Fässchen Bier, zu dem er auch Bruder Pirmin, den freundlichen Schaffner, einlud.

«Da es noch zu früh ist für einen Schenkenbesuch mit deinen Steinmetzbrüdern, lieber Wolfhart», Meister Heinrich hob seinen Becher, «so kommt der Ausschank halt zu dir! Auf deine rasche Genesung!»

Bis das Bierfässchen geleert war, saßen sie fröhlich beisammen, einen weiterhin freudestrahlenden Parlier in ihrer Mitte. Dann brachen Bruder Pirmin und Meister Heinrich auf, um zum Abendessen heimzukehren, die anderen machten sich nach und nach auf den Weg in irgendeine Schenke. Zurück blieben der Parlier und Josef, der das letzte Tageslicht für seine Arbeit nutzen wollte. In Wirklichkeit hatte er keine Lust, noch mehr zu trinken. In letzter Zeit machten ihn Bier oder Wein eher traurig denn fröhlich.

Von seiner Laube aus sah er Wolfhart wieder einsam wie immer auf der Bank vor dem Schaffnerhaus sitzen. Plötzlich stand er auf und humpelte auf Josef zu.

«Hör mal …», begann er. «Es tut mir leid, dass ich dich so angefahren habe im Spital. An meinem Sturz bin nur ich schuld, niemand sonst. Ich war unvorsichtig und hab nicht auf meine Schritte achtgegeben, weil ich sauer war.»

«Aber warum?»

Wolfhart grinste schief. «Weil ich nicht selbst auf die Sache mit dem Ringanker gekommen bin. Und auch weil der Meister Henni zum Kunstdiener gemacht hat, auf Drängen seines Eheweibs. Du siehst ja selbst, wie der Bursche jetzt wieder Oberwasser hat. Nun ja», er zuckte die Schultern, «vielleicht täusche ich mich ja auch in Henni, und er bewährt sich. Verzeihst du mir also?»

Er streckte seine gesunde Hand aus, und Josef schlug ein.

«Aber ja.»

«Was meinst du, Josef, gehst du mit mir altem Hinkebein einen Krug Wein trinken? Ich lade dich ein. Nicht gerade in den Storchen, wo die anderen sind, aber bei Oberlinden gibt es einen neuen Ausschank mit gutem Burgunderwein.»

Josef freute sich aufrichtig. «Gerne.»

Der kürzeste Weg nach Oberlinden führte durch die Vordere Wolfshöhle, die schon im abendlichen Schatten lag. Als sie am Haus des Kirchenbecks vorbeikamen, fuhr es Josef plötzlich wie ein Gedankenblitz durch den Kopf: Was, wenn es Theas Vater gewesen war, der sie beide damals bei ihrem Kuss beobachtet und Thea deshalb nach Basel gezwungen hatte? Zuzutrauen wäre ihm das. Nur: Warum ging sie ihm jetzt, wo sie eine erwachsene Frau war und gar nicht mehr bei ihrem Vater lebte, noch immer aus dem Weg? Das ergab doch überhaupt keinen Sinn? Nein, da musste noch etwas anderes dahinterstecken.

Am Brunnen bei der Linde blieb Wolfhart stehen.

«Hier irgendwo muss der neue Ausschank sein», murmelte er und sah sich suchend um.

In diesem Augenblick entdeckte Josef in der nahen Toreinfahrt zu den Antoniterbrüdern Henni. Und zwar nicht allein. Die junge Frau im hellen Sommergewand war ohne Zweifel Thea. Sie stand mit dem Rücken zur Gasse, während Henni mit fuchtelnden Händen auf sie einredete.

Verdammt noch mal – was hatte der Kerl bloß mit ihr zu schaffen?

«Warte kurz», bat er den Parlier und überquerte im Laufschritt die Salzgasse. Entlang der Klostermauer schlich er sich näher heran.

«Warum kannst du mir nicht verzeihen?», hörte er Henni fragen. «Hast du nie bemerkt, wie sehr ich dich mag?»

«Verschwinde, du Verräter!», gab Thea ihm verächtlich zurück.

«Aber ich wusste doch nicht, dass dein Vater dich wegen diesem Kuss mit dem Josef gleich fortschickt. Ich wollte dich für mich haben. Nur deshalb hab ich's ihm verraten!»

In Josefs Innerem brach ein Sturm los. Endlich verstand er. Henni hatte Thea und ihn damals verraten. Henni war schuld, dass sie die Stadt verlassen musste. Er stürzte in die Toreinfahrt, wo Henni Thea eben bei den Schultern nahm und zu küssen versuchte.

«Du Dreckskerl!» Er schleuderte den völlig überraschten Henni gegen die Mauersteine und presste ihm die Hände um die Kehle. «Ich bring dich um! Du hast alles zerstört!»

Doch Wolfhart stand schon hinter ihm und schlug ihm mit seinem gesunden Arm die Hände weg.

«Lass ihn!», fauchte er Josef an.

In jammervollem Tonfall begann Henni zu wehklagen: «Du hast's gesehen, Parlier. Er wollte mich erwürgen! Das sag ich meinem Vater, dann war er die längste Zeit auf der Bauhütte.»

«Oder du», schnauzte Wolfhart und verpasste ihm eine saftige Maulschelle. «Ich hab genau gesehen, wie du das Mädchen angegangen bist. Nicht wahr, Thea?»

Doch Thea war verschwunden.

Josef zitterte am ganzen Leib. «*Du* warst das also an dem Weihnachtsabend damals. *Du* hast Thea und mich im Scheunentor beobachtet und hernach alles ihrem Vater verpetzt. Und nur deshalb ist sie fort aus Freiburg. Du elender Judas!»

Er spuckte Henni mitten ins Gesicht. Der wollte sich auf ihn stürzen, doch Wolfhart hielt ihn davon ab.

«Ist das wahr, Henni?», fragte er drohend.

«Der Josef lügt! Der ist doch nicht ganz bei Trost.»

Wolfhart schüttelte den Kopf. «Woran liegt es nur, dass ich Josef glaube und nicht dir? Hör zu, Henni: Einen Bruderverräter dulden wir hier nicht auf der Bauhütte. Wenn du dich der Thea noch einmal näherst, rufe ich die Brüder zur Versamm lung ein. Dann erfahren alle, auch dein Vater, was ich eben mitangehört habe. Hast du das verstanden?»

Henni nickte mit zusammengepressten Zähnen.

«Und jetzt entschuldige dich bei Josef, aber laut und deutlich.»

Scheinbar zerknirscht sah Henni Josef an.

«Es tut mir leid. Ehrlich. Ich wollte das alles nicht», presste er hervor. Dann machte er sich eilends aus dem Staub und verschwand in der einbrechenden Dämmerung.

Josef holte mühsam Luft. Ihm war, als würde ihn eine eiserne Faust umklammern.

«Danke, Wolfhart», sagte er leise, «dass du dazwischengegangen bist.»

«Schon recht. Übrigens habe ich gar nicht alles mitangehört. Nur deine Worte, und denen entnehme ich, dass Henni dich und Thea einst auseinandergebracht hat. Magst du mir mehr davon erzählen, bei einem Krug Rotwein? Du weißt, ich bin kein Tratschweib.»

So kam es, dass sich Josef erstmals alles von der Seele redete. Nicht einmal Eberhard hatte er damals von seinem Kummer erzählt, und was ihn an diesem Abend trotz allem glücklich machte, war die Erkenntnis, dass er in Wolfhart einen väterlichen Freund gewonnen hatte.

Am nächsten Tag fasste sich Josef auf Anraten des Parliers ein Herz und suchte nach Feierabend das Haus der Wohllebs auf. Mit Henni hatte er kein Wort mehr gewechselt, so wütend war er noch immer auf ihn. Dessen erzwungene Entschuldigung hatte ihn kein bisschen besänftigt.

Die Kaufherrin selbst öffnete ihm die Tür und schien ebenso erfreut wie überrascht, ihn zu sehen.

Er mochte die Wohllebin, auch wenn er nicht allzu viel mit ihr zu tun hatte. Schon vor seiner Freiburger Zeit war er ihr einmal in Straßburg begegnet, als sie zusammen mit Anselm Wohlleb die alte Odilia besucht hatte. Damals war ihm gewesen, als hätte Verena Wohlleb ihn mit ganz besonderer Neugier betrachtet. «Du bist also der Josef», waren ihre Worte gewesen. «Ich habe schon viel von dir gehört.» Nachdem er sie in Freiburg wiedergetroffen hatte, hatte er sich mehr als einmal gefragt, ob diese Frau wusste, dass er ein Findelkind war. Inzwischen war ihm das einerlei. Er vertraute ihr und hielt sie für alles andere als schwatzhaft.

«Störe ich beim Abendessen?», fragte er höflich und verlegen zugleich.

«Aber nein, noch sind wir nicht so weit. Du willst sicher zu Thea.»

«Ist sie denn da?»

«Ja, oben in der Küche. Ich bring dich hinauf.»

Mit großem Herzklopfen folgte er ihr die Treppe hinauf. Aus der halboffenen Tür zur Küche drangen Frauenstimmen.

«Sophie», rief sie, «kommst du und hilfst mir beim Hühnerfüttern?»

«Aber ich sollte doch mit der Thea das Abendessen kochen», tönte es zurück.

«Jetzt red nicht lang daher, sondern komm.»

Sophie war nicht minder erstaunt als ihre Mutter über Josefs Erscheinen. Als sie sich jetzt an ihm vorbeidrückte, warf sie ihm einen beschwörenden Blick zu, den er sehr wohl zu deuten wusste. Erst gestern Abend hatte er sie zusammen mit Rudolf Loderer gesehen, wie sie unter dem Schattendach der Oberen Linde verstohlen Händchen hielten. Von Rudolf, der schon seit langem unsterblich in Sophie verliebt war, wusste er, dass sich die beiden nur heimlich treffen durften, und so nickte Josef ihr jetzt zu, um ihr zu bedeuten, dass dieses Geheimnis bei ihm sicher war.

Da schob Verena Wohlleb ihn auch schon durch die Tür, mit den Worten: «Geh nur hinein. Ich lasse euch dann mal allein.»

Thea stand am Herd, aufrecht und halb der Tür zugewandt. Sie trug einen Arbeitsschurz aus grobem Leinen, das Haar mit einem Kopftuch hochgebunden, und sah trotzdem schöner denn je aus. In ihrem ebenmäßigen Gesicht spiegelte sich der Schein des Herdfeuers, eine einzelne Locke kringelte sich auf der Stirn, ihre vollen, wunderschön gezeichneten Lippen waren voller Erstaunen halb geöffnet, während sie ihn anstarrte, ohne ein Wort zu sagen.

Er zog die Küchentür hinter sich zu.

«Du wohnst also noch immer bei den Wohllebs?», begann er unbeholfen.

«Ich arbeite hier, als Magd und Köchin. Henni hat mir gestern Abend nichts getan, falls du deswegen gekommen bist.»

Josef musste an sich halten, bei dem Gedanken an Henni nicht aufzubrausen. «Der Hundsfott kann froh sein, dass ich ihm nicht die Zähne eingeschlagen habe!» Er schluckte. «Aber deshalb bin ich nicht hier. Nicht nur, jedenfalls.»

«Warum dann?»

Ihre Frage klang so furchtbar kühl, und das schmerzte Josef.

«Weil … weil ich es nicht verstehe. Ich verstehe nicht, warum du so plötzlich weggegangen bist, nur weil Henni uns an deinen Vater verraten hat. Und ich verstehe nicht, warum du mir jetzt aus dem Weg gehst. Damals in der Scheune – hat dir das denn so gar nichts bedeutet?»

Um ihre Mundwinkel zuckte es, und sie wirkte plötzlich traurig.

«Nur, weil wir uns geküsst haben?», erwiderte sie so leise, dass er sie kaum verstand, und blickte auf den Boden. «Du hast doch diese Sabina von Steinbach auch geküsst.»

Das also war der Grund! Sie wusste davon und war verletzt. Fast erleichtert tat er einen Schritt auf sie zu.

«Aber das war nichts Großes, Thea, ich schwöre es dir. Du warst doch schon Jahre weggewesen, und ich hatte mich mit Sabina ein wenig angefreundet.»

«Angefreundet», wiederholte sie fast spöttisch.

Er wollte nicht lügen. «Nun ja, wir waren für kurze Zeit ein Paar. – Ich bin schließlich kein Mönch», fügte er entschuldigend hinzu.

Sie nahm ein Holzbrett mit Hühnerklein vom Tisch, wandte ihm wieder den Rücken zu und schabte das Fleisch vorsichtig in den Topf mit siedendem Wasser.

«Vermisst du diese Sabina?»

Er schüttelte heftig den Kopf. «Das war nichts Ernstes. Das mit dir aber schon. Und ich … Ich liebe dich immer noch.»

Das Holzbrett fiel ihr aus der Hand und polterte zu Boden. Jäh drehte sie sich zu ihm um. In ihren Augen standen Tränen.

«Auch mir war es ernst mit dir. Sehr ernst. Aber es gibt gute Gründe, dass wir nicht zusammen sein können. Vielleicht werde ich es dir eines Tages erklären, aber jetzt lass mich besser allein.»

Ihm wurde heiß und kalt zugleich. Er griff nach ihren Händen und sah sie flehentlich an. «Was sollen das für Gründe sein, Thea? Es gibt nichts mehr, was zwischen uns stehen könnte.»

Sie entzog sich ihm und wischte sich die Tränen ab.

«Du musst jetzt gehen, Josef. Es hat alles keinen Sinn.»

«Aber du kannst mich doch jetzt nicht einfach so wegschicken? Du bist endlich wieder hier und … und ich möchte dich zur Frau! Wenn du willst, gehe ich jetzt sofort zu deinem Vater und halte um deine Hand an.»

Sie erbleichte. «Tu das nicht. Das macht alles nur noch schlimmer.»

«Aber was hat er gegen mich? Ich bin Bildhauermeister, kann eine Familie ernähren, besitze sogar ein ererbtes Haus in Straßburg, das derzeit einen guten Mietzins abwirft.» Mit einem Mal wurde er wütend. «Wen will er dann als Bräutigam für seine Tochter? Etwa einen Grafensohn?»

Sie schwankte gegen den Tisch und hielt sich daran fest.

«Glaub mir», flüsterte sie, «eine wie ich ist deiner nicht würdig. Und jetzt geh. Bitte!»

Kapitel 36

Drei Monate später, an einem Sonntag
im Herbst, Anno Domini 1319

So lass doch den Abwasch die Sophie machen.» Fast missbilligend musterte Verena Thea, die sich mit lautem Klappern am Waschtrog zu schaffen machte. «Du hast heute schließlich deinen freien Sonntag.»

Die zuckte die Schultern. «Hab heute ohnehin nichts vor.»

«Wie immer an deinen freien Tagen.» Verena unterdrückte einen Seufzer. «Ach, Thea, es ist nicht gut, wenn sich eine junge Frau so verkriecht. Dein Leben spielt sich nur noch bei uns oder bei Marga im Spital ab. Du solltest viel öfter unter die Menschen.»

Thea versuchte sich an einem Lächeln. «Am wohlsten fühle ich mich nun mal bei euch und bei der Arbeit.»

Kopfschüttelnd nahm Verena ihr die Spülbürste aus der Hand. «Weißt du was? Du gehst jetzt nach oben und ziehst dich um. Und dann machen wir beide einen Spaziergang an der Dreisam. Vielleicht ist das heute der letzte sonnige und warme Tag in diesem Jahr.»

«Meinetwegen.»

Thea schien von diesem Vorschlag nicht eben begeistert zu sein, als sie sich nun umständlich den Arbeitsschurz abstreifte und die Küche verließ.

Gedankenverloren ließ sich Verena auf der Küchenbank

nieder. Wie anders hatte sie Thea doch als Kind in Erinnerung. Mit welcher Neugier und Begeisterung hatte sie damals Lesen, Schreiben und Rechnen gelernt, mit welcher Freude täglich das Brot zur Bauhütte getragen. Inzwischen aber machte sich Verena ernsthaft Sorgen um sie. Seit vier Monaten lebte sie nun schon in ihrem Haushalt, und der heimliche Kummer, an dem Thea litt, ließ die junge Frau wie ein Schatten ihrer selbst wirken. Sie lachte nicht mehr, sprach nur noch das Nötigste, und ihre Arbeit verrichtete sie zwar untadelig, aber mit einer Verbissenheit, die einem Angst machen konnte.

Dabei konnte es nicht an Marga liegen. Deren Gemütszustand besserte sich ganz allmählich. Sie durfte sich frei im Spital bewegen, half hin und wieder sogar in der Küche oder im Kräutergarten mit aus. Von Wahnbildern und Heimsuchungen war nicht mehr die Rede, auch wenn sich ihre Gottesfürchtigkeit noch mehr gesteigert hatte und sie mehrmals täglich die Kapelle zum Beten aufsuchte.

Nein, es musste mit Josef Holtzer zu tun haben, dessen Besuch hier im Sommer überraschend kurz gewesen war und der mit hängenden Schultern das Haus verlassen hatte. Von ihrer Freundin Elisabeth wusste Verena, dass der junge Bildhauer, den sie schon bei der ersten Begegnung in Straßburg ins Herz geschlossen hatte, seither ebenfalls zusehends in Schwermut verfiel. Sie war überzeugt davon, dass die beiden sich seit langem liebten und Theas Vater sie auseinandergebracht hatte. Nur warum?

Sie war deshalb sogar beim Kirchenbeck gewesen, hatte ihn frank und frei gefragt, was er eigentlich gegen Josef einzuwenden habe.

«Gar nichts», war seine Antwort gewesen, «der ist nicht

besser oder schlechter als jeder andere hergelaufene Kerl. Und der Rest geht Euch nichts an.»

Was gab es da also für ein Geheimnis, das so schrecklich sein musste, dass Theas Vater die eigene Tochter noch nicht einmal jetzt, nach so langer Zeit, um sich haben wollte? Oder lag es doch an Josef? Hatte der Kirchenbeck womöglich herausgefunden, dass Josef ein Findelkind war? Aber außer ihr und Anselm wusste niemand in Freiburg davon, nicht einmal Baumeister Heinrich. Sie nahm sich vor, das Mädchen beim Spaziergang kurzerhand zu fragen.

«Ich bin fertig.»

Thea stand in ihrem blauen Sonntagsgewand in der Tür, ein blütenweißes Gebende mit dünnem Schleier auf dem Kopf. Verena freute sich: Sie sah hübsch und sogar recht vornehm darin aus.

«Gut, gehen wir.»

Sie verließen die Stadt durch das nahe Obertor. Den beim Volk einst so beliebten Spazierweg am unteren Burgberg hatte Graf Konrad nach der Absetzung seines Vaters sperren lassen, und so vergnügten sich nun die meisten Bürger bei schönem Wetter entlang der Dreisam. An diesem sonnigen Herbstsonntag waren es besonders viele, und so wurde Verena immer wieder freundlich gegrüßt. Zwei-, dreimal wurde auch Thea mit einem «Grüß Gott, Thea, wie geht es dir?» bedacht, und das Mädchen schien sich hierüber nun doch ein wenig zu freuen.

«Siehst du», sagte Verena fröhlich, «es ist doch schön, ab und an unter die Leute zu gehen.»

Thea nickte, die Miene bereits wieder ernst. «Wann kommen der Kaufherr und Burkhard eigentlich von der Messe zurück?»

«Heute oder morgen. Sofern das Wetter zwischen Frankfurt

und Freiburg überall so trocken ist wie hier», erwiderte Verena. Halb im Ernst, halb im Scherz fügte sie hinzu: «Vermisst du den Burkhard etwa schon?»

Da lachte Thea laut heraus, und auf ihren Wangen zeigten sich die lustigen Grübchen, die Verena schon so lange nicht mehr an ihr gesehen hatte.

«Aber nein! Deshalb habe ich nicht gefragt.»

Verena tat enttäuscht. «Schade. Ihr beide würdet gut zusammenpassen. Auch vom Alter her.»

Das Mädchen lächelte noch immer. «Ich mag den Burkhard sehr. Aber ich glaube, er sucht gar kein Weib.»

«Wie meinst du das?»

«Ich weiß nicht. Er hat so gar kein Auge für die Frauen. Er lebt in seiner eigenen Welt.»

Verena seufzte. «Das tut er. Leider Gottes.»

Dann blieb sie stehen.

«Ich möchte dich etwas fragen, Thea. Und würde mich freuen, wenn du offen antwortest.»

Überrascht sah Thea sie an. «Ja?»

«Hat dein Vater dich nach Basel gebracht, weil der Josef und du – weil ihr beide euch ineinander verliebt hattet?»

Thea biss sich auf die Lippen. «Er war sehr wütend», bestätigte sie schließlich. «Aber da ist noch etwas anderes.»

Verena nickte. «Dieses andere … Magst du mir davon erzählen? Es würde dich vielleicht erleichtern. Und ich kann schweigen wie ein Grab.»

Nachdrücklich schüttelte Thea den Kopf, doch Verena ließ nicht locker.

«Wenn du es *mir* nicht sagen willst, so solltest du es doch Josef sagen. Er leidet genau wie du.»

«Woher willst du das wissen?», kam es umgehend zurück.

«Von der Baumeisterin. Sprich mit ihm, Thea.»

Theas Gesicht zog sich schmerzvoll zusammen. «Ich kann nicht.»

Was für eine Last musste das Mädchen mit sich herumschleppen, dachte Verena bekümmert.

In diesem Augenblick kam munteren Schrittes Heilwig von Munderkingen auf sie zu, in ihrem Gefolge die beiden dicklichen, halbwüchsigen Töchter und die Hausmagd. Innerlich verdrehte Verena die Augen. Die Nachbarin aus der Salzgasse war als rechte Klatschbase bekannt und verschonte niemanden mit ihrem Geschwätz.

«Verena, wie schön dich zu sehen! Und die neue Köchin hast du auch mitgenommen auf den Sonntagsspaziergang! Aber wo ist denn deine Sophie?» Heilwig schlug sich gekünstelt gegen die Stirn. «Ach, die ist sicherlich ins Haus ihres Bräutigams eingeladen.»

Verdutzt starrte Verena sie an. Anselm und sie hatten vor der Reise zur Frankfurter Herbstmesse beschlossen, Sophie dem jungen Malterer vorzustellen, in der Hoffnung, dass die beiden sich nett fanden. Doch hiervon wussten bis jetzt nur sie und der Gewürzhändler Konrad der Malterer.

«Nein, Sophie ist zu Hause», entgegnete sie frostig.

«Ach, ich dachte nur. Jedenfalls finde ich, dass eure Sophie und der Kaufmannssohn gut zusammenpassen, ein wirklich schönes Paar.»

Nun wurde Verena erst recht stutzig. «Woher hast du das? Der junge Malterer und Sophie kennen sich bis jetzt nur vom Sehen.»

«Aber wer spricht denn hier von den Malterers? Ich meine den Rudolf Loderer. Mein Mann hat die beiden neulich abends vor dem Obertor gesehen, Hand und Hand und wirklich *sehr* verliebt. Aber wie dem auch sei, ich muss jetzt weiter. Einen schönen Tag noch.»

Damit trippelte sie davon und ließ Verena entgeistert zurück. Rudolf Loderer! Das konnte nur ein schlechter Traum sein.

Sie drehte sich zu Thea um. «Wusstest du davon?», fragte sie tonlos.

«Nun ja, sie hatte mir immer wieder einmal ihr Herz ausgeschüttet. Aber ich durfte es niemandem verraten. Sie selbst ist ja am unglücklichsten darüber, dass es niemand wissen darf.»

«Ich fasse es nicht!» Noch immer stand Verena wie vom Donner gerührt.

«Bitte, Verena, sei mir nicht böse. Es tut mir sehr leid, dass du es hier auf der Straße erfahren musstest.»

Verena war noch immer wie vor den Kopf geschlagen. Nein, auf Thea konnte sie nicht böse sein. Aber sie mochte gar nicht daran denken, was Anselm hierzu sagen würde.

Verena stürmte die Treppe hinauf und fand Sophie vor dem Herd, wo sie Glut nachschürte. Die Küche war blitzblank aufgeräumt.

«Wie lange geht das schon?», fuhr Verena sie an.

«Was meinst du?» Ihr Gesicht wurde feuerrot, was verriet, dass sie sehr wohl verstanden hatte.

«Jetzt stell dich nicht dumm!»

Sophie biss sich auf die Lippen. Von unten waren die Rufe des Knechts zu hören und das Knarren des Hoftores. Anselm und Burkhard waren also zurück.

«Seit wann seid ihr ein Paar?», fuhr Verena fort und spürte, wie ihre Empörung Mitleid wich. Wie ein Häufchen Elend stand ihre Tochter vor ihr, dabei hatte sie nichts anderes getan, als ihr Herz an den Falschen zu verlieren.

«Seit langem schon», stieß sie hervor. «Und wir wollen heiraten.»

«Das wird Vater niemals erlauben.»

Im Türrahmen tauchte Anselms hochgewachsene Gestalt auf. «Was werde ich niemals erlauben?»

Sophie schossen die Tränen in die Augen. «Bitte, Mutter, sag du es ihm.»

Verena holte tief Luft und ließ sich auf die Küchenbank sinken.

«Unsere Tochter und Rudolf Loderer wollen heiraten!»

«Ich habe mich wohl verhört.» Anselm blieb der Mund offen stehen. Als er sich wieder etwas gefasst hatte, fragte er: «Ist das wahr, Sophie?»

«Ja, Vater. Wir lieben uns.»

Eine Zeitlang herrschte eine bleischwere Stille in der Küche. Sophie stand aufrecht, fast trotzig da und blickte den Vater an, der reglos aus dem Fenster starrte, wobei Verena ihm deutlich den innerlichen Kampf ansehen konnte. Dann fasste er Sophie nicht gerade sanft beim Arm. «Zieh dir den Mantel über und komm. Wir gehen zu den Loderers.»

Schon waren die beiden aus der Küche verschwunden.

«So wartet doch», rief Verena hinterher. «Ich komme mit!»

Zu dritt verließen sie das Haus, wobei Anselm so schnell vorausstürmte, dass Verena und Sophie kaum Schritt halten konnten. Er schlug den kürzesten Weg zum nördlichen Kirchplatz ein, kreuz und quer durch die engsten Gassen. Als sie die in sonntäglicher Stille ruhende Baustelle beim Kirchturm durchquerten, konnte Verena nicht anders und nahm Sophies Hand. Die war eiskalt.

Da das Tor zum Hof und Lager des Kaufmanns verschlossen war, mussten sie an der Haustür klopfen und geraume

Zeit warten. Aufgebracht trat Anselm von einem Bein aufs andere.

«Sind die denn alle schwerhörig?», schnaubte er und schlug erneut den Türklopfer.

Es war Loderers blutjunge Frau, die ihnen öffnete. Nachdem Kunigund Snewlin vor zwei Jahren verstorben war, hatte Loderer nur eben das Trauerjahr abgewartet, um sich neu zu verheiraten. Verena staunte immer wieder darüber, mit welcher Selbstverständlichkeit sich manche Witwer ein Eheweib suchten, das gerade mal so alt war wie die eigenen Kinder.

Die Frau verzog abschätzig das Gesicht, als sie erkannte, wer da vor ihr stand.

«Ihr wisst genau, dass mein Mann für Euch nicht zu sprechen ist, Anselm Wohlleb. Außerdem hält er gerade seinen Mittagsschlaf.»

«Dann weckt ihn und sagt ihm, dass es um Rudolf geht. Und um unsere Tochter Sophie.»

Erschrocken musterte die Lodererin Sophie von oben bis unten. «Hab ich mir doch gleich gedacht, dass da etwas im Busche ist. Heilige Muttergottes, du bist doch nicht etwa guter Hoffnung von Rudolf!»

«Habt Ihr den Verstand verloren?», fuhr Verena sie an und blickte sich um, ob jemand in der Nähe war, der das gehört haben könnte. «Und jetzt lasst uns endlich herein.»

In der mit kostbaren Wandteppichen geschmückten Eingangshalle stand grinsend Diebold, Loderers Ältester, in seidenem, himmelblauem Hausmantel und bestickten Pantoffeln, was ihn einigermaßen lächerlich aussehen ließ.

«Ich glaube es nicht – die Familie Wohlleb!», rief er aus. «Ihr wagt euch wahrhaftig in die Höhle des Löwen.»

Dann zwinkerte er Sophie zu.

«Von mir hat's übrigens keiner erfahren, kleine Sophie. Es ist mir nämlich völlig einerlei, mit wem mein Bruderherz herumtändelt.»

«Halt deinen Mund, Diebold», blaffte Anselm ihn an. Da kam auch schon der Hausherr die Treppe herunter, in einem ebenso albernen Seidenmantel, der ihm über dem dicken Leib spannte.

«Was ist das für ein Lärm in meiner Mittagsruhe?», donnerte er von oben herab.

Noch immer verspürte Verena einen Würgereiz, wenn sie Wernher Loderer aus der Nähe sah, und sie bedauerte dessen Weib zutiefst, mit diesem fetten, fast kahlköpfigen und ungepflegt wirkenden Mannsbild verheiratet zu sein. Obendrein schien er im Alter schwachsichtig geworden zu sein, denn er erkannte sie erst, als er auf der untersten Treppenstufe angelangt war. Dabei sah er für einen kurzen Moment reichlich verdattert aus.

«Was wollt *ihr* denn hier?», polterte er sofort los. «Warum hat euch mein Weib überhaupt hereingelassen?»

«Weil wir dir etwas Wichtiges zu sagen haben», erwiderte Anselm überraschend beherrscht. «Dein Sohn Rudolf hat sich an unsere Tochter herangemacht.»

«An dieses halbe Kind? Du bist ja nicht ganz bei Trost.»

«Das stimmt nicht», rief Sophie unter Tränen dazwischen. «Er hat sich überhaupt nicht an mich herangemacht. Der Rudolf und ich, wir lieben uns! Seit langem schon.»

Jetzt starrte Loderer noch dümmlicher drein als zuvor. Er begann zu brüllen: «Rudolf! Komm sofort her!»

Die Tür zum Hinterhof öffnete sich so rasch, als habe Rudolf dahintergestanden und gelauscht. Völlig betreten blickte der junge Mann erst seinen Vater, dann Anselm an. Er war eigentlich ein netter, ansprechender Kerl mit seinen hellen, wachen Augen, dem rotblonden Haar und den lustigen Sommersprossen auf der Nase. Verena war ihm hin und wieder vor dem Haus des Goldschmieds von Oberlinden begegnet, wo er Geselle war, und immer hatte Rudolf sie aufs freundlichste begrüßt, ganz im Gegensatz zu seinem ungehobelten Bruder Diebold.

Trotz seiner Verlegenheit verneigte er sich ehrerbietig erst vor Anselm, dann vor Verena und warf Sophie ein kurzes Lächeln zu, das, wie Verena fand, sehr liebevoll wirkte.

«Hast du mir etwas zu sagen, Sohn?», donnerte Loderer erneut los.

Rudolf sah zu Boden. Wenn du jetzt alles abstreitest, dachte sich Verena, dann bist du ein Feigling und ein Betrüger an meiner Tochter obendrein.

Er hob den Kopf und straffte die Schultern.

«Ja, Vater. Sophie und ich wollen heiraten. Sobald ich meine Meisterstelle habe.»

«Das schlägt doch dem Fass den Boden aus! Weißt du, wessen Tochter die da ist? Ein Loderer wird niemals eine Wohlleb heiraten. Niemals!»

«Und wenn doch?»

«Dann bist du nicht mehr mein Sohn. Und vom Erbe siehst du keinen Pfennig. Ab sofort wirst du diese Sophie nicht wiedersehen.»

Anselm nickte. «Da sind wir uns ausnahmsweise mal einig, Loderer. Meine Tochter wird die nächsten Wochen zu Hause bleiben. Eine Ehe zwischen den beiden ist undenkbar, von einer Mitgift meinerseits ganz zu schweigen.»

Da wurde es Verena zu bunt. «Könnt ihr Männer endlich aufhören, von Sophie zu reden, als wäre sie Luft? Vielleicht solltet ihr beide euch einfach eine Bedenkzeit geben.»

Anselms Gesicht lief rot an. «Bedenkzeit? Willst du etwa, gerade du, dass unsere Tochter zu einem, der dich schon mehrfach begrapscht hat, Schwiegervater sagt?»

«Hinaus!», schrie Loderer. «Hinaus mit euch und betretet nie wieder mein Haus!»

So fanden sie sich denn mit einer in Tränen aufgelösten Sophie auf der Gasse wieder.

«Das mit dem Begrapschen hättest du wirklich nicht sagen müssen», flüsterte Verena Anselm zu. Dann nahm sie ihre Tochter tröstend in den Arm.

Anselm war immer noch außer sich. «Ich hätte noch ganz andere Dinge sagen können. Oder hast du vergessen, wie mein Vater ums Leben gekommen ist? – Und du hör auf zu heulen», wandte er sich an Sophie. «Was sollen die Leute denken?»

«Das ist mir wurscht», schluchzte sie und riss sich von Verena los. «Ihr denkt doch eh nur an euch. Aber ihr, ihr hattet es ja auch gut gehabt damals! Eure Eltern waren befreundet, und alle hatten sich gefreut über eure Heirat.»

Dann rannte sie davon.

«Sophie, bleib hier!», rief Anselm hinterher, doch sie war schon um die nächste Ecke verschwunden.

«Wo sie recht hat, hat sie recht», murmelte Verena und spürte, wie sie selbst gegen die Tränen ankämpfen musste. Sophie tat ihr so unendlich leid. War es etwa Rudolfs Schuld, dass er den falschen Vater hatte? Wäre er ein Malterersohn, hätte Anselm sich womöglich gefreut. Wie verbohrt Männer doch sein konnten!

Aber sie schwieg, weil sie Anselm nicht noch mehr aufbringen wollte. Und betete den ganzen Heimweg über, dass Sophie nach Hause gelaufen war und nicht sonst wohin.

In der Küche war Thea dabei, das Abendessen zu richten,

ein wenig Käse, Wurst und Obst nur, da sie schon mittags reichlich gegessen hatten. Aber Verena hatte ohnehin keinen Hunger. Und Anselm war sogleich im Warenlager verschwunden. Besorgt sah Thea auf.

«Ist Sophie daheim?», fragte Verena sie.

Thea nickte. «Sie hat fürchterlich geweint. Jetzt ist sie oben in ihrem Bett. Ist es wegen Rudolf?»

«Ja. Wir waren bei seinem Vater. Die beiden dürfen sich nicht wiedersehen.»

«Arme Sophie. Soll ich nach ihr schauen?»

«Tu das. Tröste sie ein bisschen, denn ich fürchte, sie wird sich dreinfinden müssen. So schwer das sein mag, aber in diesen Dingen haben nun mal die Väter das letzte Wort. Wo steckt eigentlich Burkhard?»

«Ich weiß nicht. Gleich nachdem ihr fort wart, ist auch er aus dem Haus gegangen.»

Als sie sich wenig später zum Abendessen einfanden, war Burkhard immer noch nicht zurück. Dafür hatte Thea es geschafft, Sophie mit an den Tisch zu bringen. Sie war ganz blass, aber immerhin weinte sie nicht mehr. Mit hängenden Schultern saß sie da und starrte auf ihren Teller.

«Gut, fangen wir ohne Burkhard zu essen an», beschied Anselm.

Auch er wirkte bedrückt. Immer wieder sah er hinüber zu Sophie, die keinen Bissen anrührte. Schließlich nahm er ihre Hand.

«Es tut mir wirklich leid für dich, Sophie. Aber manche Dinge im Leben gehen einfach nicht. Der Rudolf mag ein braver Bursche sein, aber du weißt schließlich, wie wir zu den Loderers stehen. Wusstest es von Anfang an.»

Sophie gab keine Antwort.

«Und glaub mir», fuhr er fort, «auch andere Väter haben anständige Söhne. Für nächsten Sonntag laden wir den Konrad Malterer mit seinem jüngsten Sohn Peter zum Mittagessen ein. Du wirst ihn mögen, da bin ich mir sicher.»

Bevor Sophie etwas erwidern konnte, betrat Burkhard die Küche und sah mit einem verlegenen Lächeln in die Runde.

«Entschuldigt, dass ich zu spät bin.»

«Wo warst du so lange?», fragte Anselm tadelnd.

«Bei den Freiburger Franziskanern. Und ich habe euch etwas Wichtiges mitzuteilen.»

Gütiger Herr im Himmel, nicht auch noch das, flehte Verena innerlich, denn sie ahnte, was nun folgen würde.

«Lieber Vater, liebe Mutter», fuhr er in feierlichem Tonfall fort, «der Abt des Klosters hat mich als Novize aufgenommen. Es fällt mir sehr schwer, euch zu verlassen, aber mein Entschluss ist unumstößlich.»

Kapitel 37

Im Winter, Anno Domini 1319 und 1320

«Er war hier!» Stocksteif und mit vor Schreck geweiteten Augen saß Marga im Bett. «Er hat mich geschlagen!»

Sie begann bitterlich zu weinen, und Thea schloss sie erschrocken in die Arme.

«Hab keine Angst», versuchte sie die Schwester zu beruhigen. «Das wird nicht noch einmal geschehen, das verspreche ich dir.»

Nachdem sich Marga ein wenig gefasst hatte, erfuhr sie, was vorgefallen war. Heinzmann Rutschi hatte am Vorabend, erstmals überhaupt, Marga im Spital besucht. «Ich lasse mich nicht länger zum Gespött der Stadt machen», waren seine Begrüßungsworte gewesen. «Du bist wieder gesund und kommst mit mir nach Hause.» Er hatte ihr befohlen, sich anzukleiden und ihn zu begleiten, doch Marga hatte sich geweigert, zumal er merklich angetrunken war. Da hatte er zugeschlagen. Erst nachdem sie lautstark um Hilfe gerufen hatte, hatte er von ihr abgelassen und war gegangen. Mit der Drohung, bald schon wiederzukommen.

«Hat er dir sehr weh getan?», fragte Thea erschrocken.

Marga griff nach dem Saum ihres Unterhemdes und streifte es sich über den Kopf. Theas Brust zog sich schmerzhaft zusammen, als sie die Blutergüsse an den Rippen von Margas magerem Körper sah.

«Hast du das der Siechenmutter gezeigt?»

Ihre Schwester schüttelte den Kopf. «Ich schäme mich so.»

«*Du* schämst dich?», brauste Thea auf. «Der Rutschi sollte sich in Grund und Boden schämen! Warte, ich gehe die Siechenmutter holen. Der Rutschi darf nie wieder das Spital betreten.»

«Bitte, bleib hier! Ich hab solche Angst, dass er zurückkommt.»

«Gut, dann begleite mich.»

Sie reichte Marga den Umhang, der am Haken bei der Tür hing, und wartete ungeduldig, bis sie sich Schuhe und Strümpfe angezogen hatte. Es musste eine Lösung gefunden werden, heute noch.

Gemeinsam suchten sie den Pförtner in der Kapelle auf.

«Wie konntet Ihr den Heinzmann Rutschi zu meiner Schwester lassen?», fuhr Thea ihn an. «Er hat sie grün und blau geschlagen.»

«Aber er ist ihr Ehemann», verteidigte sich der. «Wie soll ich ihm da den Zutritt verwehren.»

«Wo ist die Siechenmutter?»

«Im Speiseraum. Die Herrenpfründer bekommen gleich ihr Morgenmahl.»

«Und wo ist das?»

«Oben im zweiten Stock. Die hintere Treppe hinauf.»

Sie fanden die hagere, streng dreinblickende Frau des Spitalmeisters an der in blütenweißem Leinen eingedeckten Herrentafel stehend, wo sie gerade das Tischgebet mit einem guten Dutzend Siechen und Hochbetagten sprach. Still warteten sie im Türrahmen das Amen ab, bevor Thea den Speiseraum betrat.

«Was gibt es so Dringliches?», fragte die Siechenmeisterin sie unwirsch.

Thea spürte, wie ihr ganzer Zorn wieder aufbrandete. «Der Heinzmann Rutschi war gestern hier und hat meine Schwester verprügelt.»

«Was? Das kann ich kaum glauben.»

Thea drehte sich zu Marga um. «Zeig ihr bitte, was er getan hat.»

Neugierig glotzten die Alten herüber, und so schob die Siechenmutter sie beide hinaus in den kleinen Flur. Dort begutachtete sie Margas Verletzungen.

«Nun, den Bader braucht's hierfür nicht. Das heilt von allein.»

Verblüfft sah Thea sie an. «Darum geht es doch gar nicht. Begreift Ihr denn nicht? Das nächste Mal schlägt er sie vielleicht halbtot! Er darf nie wieder das Spital betreten.»

«Das geht leider nicht», wiederholte sie wie schon zuvor der Pförtner. «Als Ehemann hat er das Recht, sein Weib jederzeit zu besuchen. Aber», wandte sie sich an Marga, «da der Stadtarzt Euch für geistig gesund befunden hat, steht es Euch frei, das Spital zu verlassen.»

«Aber wo soll ich denn hin?», stieß Marga unglücklich hervor. «Ins Kloster darf ich ja nicht.»

«Nun, Ihr habt ja auch noch einen Vater, der sich um Euch kümmern kann», kam es kühl zurück.

Damit verschwand die Siechenmeisterin wieder in den Speiseraum.

Thea strich ihrer Schwester tröstend über die Wange. «Würdest du denn zum Vater wollen?»

«Ich weiß nicht … Dann hätte er nur wieder großen Ärger mit Heinzmann.»

«Das soll nicht deine Sorge sein. Vater weiß sich zu wehren.»

«Damit er wieder in den Turm gesperrt wird? Nein, Thea, das will ich nicht.»

«Aber du musst jetzt an dich denken. Du hast doch gehört, was die Siechenmutter gesagt hat.»

Marga nickte. «Gut. Kannst *du* den Vater fragen? Ich wage es nicht.»

«Einverstanden», willigte Thea ein, obwohl ihr dieser Gedanke mehr als Unbehagen bereitete, wo sie ihr Elternhaus doch nie wieder betreten hatte. «Außerdem werde ich den Kaufherrn Wohlleb darum bitten, dass er Heinzmann Rutschi beim Schultheißen anzeigt. Ein Mann hat schließlich nicht jedes Recht der Welt über sein Weib. Und jetzt gehst du am besten wieder zurück in dein Zimmer.»

«Ich hab aber Angst, so allein dort.»

«Gut, dann warte in der Kapelle, bis ich zurück bin.»

Auf dem Weg dorthin hielt Marga sie plötzlich am Ärmel fest. Sie sah sich um, ob jemand in der Nähe war, dann sagte sie leise:

«Da ist etwas, was ich schon so lange wissen möchte. Ich erinnere mich noch, dass der Vater dich damals hart bestraft hat, weil du dich heimlich mit dem Josef Holtzer getroffen hattest. Jemand hat euch beim Vater verraten. Bald danach warst du weg, und Clewi und ich wussten nicht einmal, wo. Ich hatte nächtelang geweint, und als du nicht zu meiner Hochzeit kamst, war das furchtbar für mich. Seither habe ich mich immer wieder gefragt, ob du damals aus freien Stücken gegangen bist oder ob der Vater dich gezwungen hat.»

«Er hat mich gezwungen», entgegnete Thea wahrheitsgemäß.

«Aber warum? Nur wegen diesem Josef? Du hättest ihn doch heiraten können, und alles wäre in bester Ordnung gewesen.»

«Nein, es wäre niemals in Ordnung gewesen», sagte Thea und kämpfte gegen die Tränen an. «Vielleicht werde ich es dir eines Tages erklären.»

Rasch verabschiedete sie sich von der Schwester und eilte hinaus. Draußen auf der Großen Gass zog sie sich ihren Umhang fester um den Leib und kämpfte sich durch den eisigen Regen, den der Wind ihr ins Gesicht peitschte. Binnen kurzem bildete sich unter ihren Holztrippen eine Schlammschicht, und sie musste bei jedem Schritt achtgeben, nicht wegzurutschen.

Was für ein nasskalter Winter! Weihnachten war lange vorüber und noch immer kein Frost, kein Schnee in Sicht. Seit Wochen waren die Gassen mit stinkenden Pfützen und Morast bedeckt, in dem Schuhe wie Karrenräder gleichermaßen stecken blieben. Die Welt war geradeso grau und trostlos, wie es sich in ihrem Inneren anfühlte. Liebend gern wäre sie gleich nach dem Spitalbesuch in die wohlig warme Küche der Wohllebs zurückgekehrt, doch sie durfte das Gespräch mit dem Vater nicht hinauszögern.

Als sie die Tür zur Bäckerei aufschob, wurde sie sofort vom Duft nach frischem Brot und der Wärme aus der Backstube umfangen. Wie sehr hatte sie das früher immer geliebt, wenn sie an kalten Tagen nach Hause gekommen war. Ja, es hatte doch auch schöne Stunden in ihrer Kindheit gegeben.

Clewi stand im Verkaufsraum und wog Brot ab. Zu ihrer Freude hatte er sie schon einige Male bei den Wohllebs besucht. Auch wenn sie beide kein allzu inniges Verhältnis hatten, so waren er und Marga doch ihre Familie für sie.

Als er sie jetzt bemerkte, rief er überrascht: «Was machst du denn hier? Ist Marga etwas zugestoßen?»

«Der Vater muss etwas tun. Der Rutschi war bei ihr und hat sie verprügelt. Weil sie nicht mit ihm mitkommen wollte.»

«Dieser elende Hundsfott! Los, gehen wir zum Vater.»

Er zog sie hinter sich her in die Backstube. Auch wenn sie keine Angst mehr vor ihrem Vater hatte, war ihr doch wohler, den Bruder zur Seite zu haben.

«Was willst du?» Der Vater musterte sie mit zusammengekniffenen Augen, ohne im Teigkneten innezuhalten. Ihr fiel sofort auf, dass er nicht mehr so aufgedunsen wirkte.

«Du musst der Marga helfen. Heinzmann Rutschi war gestern Abend bei ihr im Spital, reichlich betrunken, und hat sie grün und blau geschlagen, weil sie nicht mehr zu ihm zurückwill. Jetzt hat sie große Angst. Kann sie nicht wieder bei euch wohnen?»

Es war schon seltsam, wie leicht ihr das Wörtchen *euch* fiel. Nein, das hier war nicht mehr ihr Zuhause.

«Auf dass ich mit dem Kerl wieder aneinandergerate?», brauste er auf. «Ein Eheweib gehört zum Mann und nicht zum Vater, so ist das nun einmal.»

Doch seiner Miene war anzusehen, dass er von seinen eigenen Worten nicht sonderlich überzeugt war.

«Bitte, Vater, Marga ist deine Tochter», setzte Clewi nach. «Hierher wird sich der Rutschi nicht wagen. Zusammen mit Bertschi sind wir drei gestandene Mannsbilder, die sie beschützen können.»

«Gut», sagte er nach kurzem Zögern und sah nun wirklich besorgt aus. «Sie soll herkommen. Clewi, zieh dir was über und geh sie holen.»

Thea nickte erleichtert. «Danke, Vater.»

«Sonst noch etwas? Ich würde dann gerne in Ruhe weiterarbeiten.»

Damit war ihr Besuch für ihn wohl beendet. Aber was hatte sie erwartet? Dass er sie hinauf in die Wohnung bitten würde, auf einen Becher Most? Dass er versöhnliche Worte sprechen oder eine freundliche Geste zeigen würde? Nein, ihre Herkunft als Grafenbastard stand noch immer als eine unüberwindliche Mauer zwischen ihnen.

Er hielt den Kopf schon wieder gesenkt, als würde die Arbeit am Teigtrog seine ganze Aufmerksamkeit erfordern. Mit einem leisen Gruß verließ sie die Backstube, drehte sich im Türrahmen aber ganz gegen ihren Willen noch einmal um: Ihr Blick traf sich einen Atemzug lang mit dem des Vaters, und in seinen Augen schien ihr gegenüber nichts Feindseliges mehr zu liegen, sondern eine tiefe Traurigkeit.

«Wenn Marga wieder hier wohnt – kommst du uns dann hin und wieder besuchen?», fragte Clewi leise, nachdem er sie zur Haustür begleitet hatte, um dort in seine Straßenschuhe zu schlüpfen.

«Vielleicht», sagte sie nachdenklich und fragte sich, wie es sich für sie wohl anfühlen würde, wenn Marga wieder in ihr Elternhaus zurückgekehrt war.

Da stapfte zu Theas großer Überraschung Gisela, die Magd der Bauhüttenleute, mit einem Eimer in der Hand die Treppe herunter.

«Thea!», rief sie. «Das ist aber schön, dass du mal deinen Vater besuchst.»

«Ich bin schon wieder weg», murmelte sie.

«Schade.» Dann rief sie munter in Richtung Backstube: «Küche und Stube sind gerichtet, Heinzmann. Ich bring dem Schwein noch die Küchenabfälle, dann mach ich mich wieder auf den Weg.»

Nachdem sie durch das Türchen zum Hinterhof verschwunden war, fragte Thea ihren Bruder bass erstaunt: «Was hat Gisela hier zu schaffen?»

«Sie bringt hin und wieder den Haushalt auf Vordermann, wenn es ihre Zeit erlaubt. Seitdem Vater so viel Geld fürs Spital bezahlen muss, haben wir keine Magd mehr.» Er zwinkerte ihr zu. «Ich glaube, die beiden mögen sich.»

Als Thea das Haus der Wohllebs betrat, spürte sie sofort die gedrückte Stimmung, die hier seit Wochen herrschte. Vor allem Anselm Wohlleb hatte es noch immer nicht verwunden, dass sein einziger Sohn nun im Kloster lebte. Sein Handelshaus würde somit keinen leiblichen Nachfolger haben, und mehr als einmal hatte er bei den Mahlzeiten geseufzt: «Für wen mache ich eigentlich all das noch?»

Verena hingegen litt vor allem mit ihrer Tochter Sophie, die zusehends in Schwermut versank und mit niemandem, auch nicht mit Thea oder ihrer Freundin Gritli, über ihren Kummer reden wollte. Zwar durfte sie längst wieder das Haus verlassen, weigerte sich aber sogar, Thea zum Einkauf zu begleiten. So hatte Verena ihr die Aufgabe übertragen, täglich das Wasser vom Fischbrunnen zu besorgen, damit sie überhaupt einmal an die frische Luft kam. Von Burkhards Dachkammer aus, die Thea seit dessen Auszug bewohnte, konnte man, wenn man sich weit genug aus dem Fenster lehnte, den Brunnen sehen, und so manches Mal hatte Thea beobachtet, wie das Mädchen dort Wasser holte. Der Fischbrunnen war ein bevorzugter Treffpunkt der Frauen, wo Neuigkeiten und Tratsch ausgetauscht wurden, doch Sophie hielt sich stets abseits der anderen und sprach mit niemandem ein Wort. Der Versuch, sie mit dem jungen Malterer zusammenzubringen, war erwartungsgemäß ein Reinfall gewesen: Stumm wie ein Fisch und starr wie ein Eisklotz hatte Sophie das Sonntagsessen hinter sich gebracht, und nach einem weiteren, ebenso unerfreulichen

Treffen hatte sich Peter Malterer mit einer Jungfer aus der Snewlinsippe verlobt.

Es war, als sammelten sich immer mehr dunkle Wolken über diesem Haus, und nichts konnte sie vertreiben. Dabei war Thea oft genug selbst in ihre düsteren Gedanken versunken. So passte es zu ihrer eigenen Stimmung, dass während der Arbeit niemand mehr lachte oder schwatzte.

Auch als sie jetzt die Eingangshalle betrat, waren nur gedämpfte Stimmen aus dem Hof zu hören. Sie streifte die schmutzigen Schuhe und den nassen Umhang ab und klopfte gegen die Tür zum Warenlager, die nicht mehr den ganzen Tag offen stand wie früher. Es war ihr unangenehm, Anselm Wohlleb mit ihrer Sorge zu behelligen, aber sie hatte es Marga nun einmal versprochen.

«Herein», rief es von drinnen, und sie fand den Hausherrn am Schreibpult stehend, wie er etwas in ein dickes Buch eintrug. Sein neuer Kaufmannsgehilfe sah ihm dabei über die Schulter, ein unbeholfener junger Mann, der Burkhard ersetzen sollte, mit dem der Kaufherr aber alles andere als zufrieden war.

«Was gibt's, Thea?», fragte ihr Dienstherr, wobei sich seine Miene sichtlich etwas aufhellte.

«Ich will nicht lange stören», begann sie, «aber ich hätte eine große Bitte. Es geht um meine Schwester.»

Wohlleb nickte und wandte sich dem Gehilfen zu. «Gib also im Kaufhaus Bescheid, dass ich für übermorgen eine Warenbank für die neue Tuchlieferung brauche.»

«Soll ich jetzt gleich gehen?», fragte der junge Mann verunsichert.

«Was denkst du? Etwa übermorgen?»

Nachdem der Gehilfe verschwunden war, berichtete sie in knappen Worten, was im Heiliggeistspital geschehen war.

«Meine Frage an Euch ist nun: Darf der Rutschi das denn einfach tun oder kann man ihn hierfür vor Gericht bringen? Was ich meine ist», setzte sie nach, «könntet *Ihr* ihn als Ratsherr vor Gericht bringen?»

«Du hast recht, damit geht er zu weit. Und du hast gut daran getan, zu mir als Ratsmitglied zu kommen.»

«Dann könnte er also sogar bestraft werden?»

«Durchaus, zumal die Siechenmeisterin die Verletzungen mit eigenen Augen gesehen hat. Ein Mann, der wiederholt eine wehrlose Frau schlägt, ist ein Friedensbrecher, ganz gleich, ob es sich um sein eigenes Weib, eine Nachbarin oder eine ihm Fremde handelt. Die Vormundschaft des Mannes über seine Ehefrau dient nach altem Brauch und Herkommen allein dem Schutz des schwachen Geschlechts. Wer also glaubt, sein Weib wie einen Hund prügeln zu dürfen, hat etwas gründlich missverstanden. Wie heißt es doch so schön? *Nur Pöbel und Bauern schlagen ihre Frauen.* Mach dir also keine Sorgen, Thea, ich kümmere mich darum. Und im Haus eures Vaters wird deiner Schwester bestimmt nichts geschehen.»

Seitdem die dunkle Jahreszeit angebrochen war, suchte Thea wieder mehrmals die Woche das Liebfrauenmünster auf. Da die Portalhalle wegen des Turmbaus noch immer versperrt war, betete sie inzwischen zur Madonna im Sternenkleid, die drinnen im Kirchenschiff über dem künftigen Haupteingang gleichsam schwebte und vom Licht zweier Leuchterengel beschienen wurde. Ihr Name rührte von dem blauen Kleid mit den golden schimmernden Sternen. Erhaben und ein wenig unnahbar wirkte die Himmelskönigin, doch das Jesuskind war es, das Thea jedes Mal wieder das Herz öffnete. Nackt, wie es geboren war, ruhte es auf dem Arm seiner Mutter, hatte deren rotgoldenen Umhang um die Hüften geschlungen, und wendete sich mit aufmerksamem Blick dem Betrachter zu.

Dort betete sie für Marga, dass ihr bald schon Glück und Frieden beschieden sei, für Sophie, dass sie aus ihrer Schwermut herausfände, und schließlich auch dafür, dass ihr Vater sie eines Tages doch noch als seine Tochter annehmen würde. Dass Josef und sie wieder neu zusammenfinden könnten, darum wagte sie nicht zu bitten. Niemals würde sie es über sich bringen, ihm, dem allseits geachteten Bildhauermeister, zu offenbaren, wessen Kind sie in Wirklichkeit war.

Um ihm nicht zu begegnen, nutzte sie zum einen stets die Zeit der Vesperpause der Bauleute, zum anderen betrat sie die Kirche durch das Portal auf der nördlichen Friedhofseite, die der Baustelle im Westen und Süden gänzlich abgewandt war. Wenngleich man zu dieser dunklen Jahreszeit unterwegs eine Handlampe mit sich führen musste, löschte sie sie, sobald sie den Kirchplatz erreichte, um nicht gesehen zu werden. Sie tat das, obwohl ihr auf dem letzten Wegstück durch den dunklen Friedhof reichlich unheimlich zumute war. Zumal in dem Bretterverschlag an der Friedhofsmauer, wo die Gerätschaften des Totengräbers lagerten, seit einigen Monaten der Bettler und Narr Nepomuk hauste. Die Pfarrei ließ ihn gewähren, da er als harmlos galt, die Bauleute fütterten ihn sogar mit den Resten ihrer Mahlzeiten durch. Doch mit seinem viel zu großen Schädel auf dem kleinen, zwergenhaften Körper konnte er einem, wenn er lautlos wie eine Katze um die Ecken schlich, schon jedes Mal einen gehörigen Schrecken einjagen.

Gut eine Woche nach dem Besuch bei ihrem Vater hatte sie eine merkwürdige Begegnung. Normalerweise war die Kirche zum späteren Nachmittag hin recht leer, bis dann im Chorraum, durch Glockengeläut angekündigt, die kirchliche

Vesper der Geistlichen vor dem Hochaltar begann und Thea sich wieder auf den Heimweg machte. Auf diese Weise traf sie meist nur auf ein paar alte Weiblein, die mit ihren Laternen neben sich vor dem Täuferaltar knieten und halblaut ihre Gebete murmelten.

An jenem Nachmittag indessen hatte Thea das Gefühl, beim Beten beobachtet zu werden. Im Kirchenschiff herrschte ziemliche Dunkelheit, die nur hie und da von Kerzenlicht erhellt wurde. So bemerkte sie erst spät den Schatten, der sich von der Mittelsäule des heiligen Petrus löste und fast lautlos näher trat. Aus dem Augenwinkel erkannte sie, dass es sich um einen Franziskanermönch handelte.

Ohne Hast brachte sie ihre Bitten mit einem halblaut gemurmelten Ave Maria zu Ende, dann grüßte sie den Klosterbruder: «Gelobt sei Jesus Christus.»

«In Ewigkeit. Amen», kam es mit sanfter Stimme zurück.

Im Schein der Leuchterengel sah sie ein ansprechendes Gesicht mit den Zügen eines Mannes im gereiften Alter. Der sorgfältig geschnittene Kinnbart wies die ersten grauen Haare auf.

Dann stutzte sie. Mönche trugen gemeinhin keine Bärte, zudem kam ihr der Mann bekannt vor.

«Ich hoffe, ich habe dich nicht gestört», sagte er lächelnd.

«Nein, gar nicht», entgegnete sie, und es durchfuhr sie wie ein Blitzschlag: Der vermeintliche Mönch war Graf Konrad!

«Was schaust du so erschreckt?», fragte er.

«Ihr … Ihr seid gar kein Ordensbruder.» Unwillkürlich verneigte sie sich. «Ihr seid Graf Konrad, unser Stadtherr.»

«Das ehrt mich, dass eine meiner Bürgerinnen mich sogar in diesem Aufzug erkennt.» Er lächelte noch breiter. «Und jetzt fragst du dich bestimmt, warum ich mich hinter einer Mönchskutte verberge.»

Sie nickte, noch immer reichlich fassungslos.

«Nun, auch ein Graf möchte sich hin und wieder unerkannt unter sein Volk mischen. Hinzu kommt, dass ebendiese herrliche Madonna im Sternenkleid auch mein Lieblingsort zum Beten ist. Derzeit liegt meine Frau mit unserem zweiten Kind darnieder, und deshalb möchte ich die Jungfrau Maria um eine segensreiche Geburt bitten.»

«Aber Ihr habt doch eine eigene Burgkapelle?», fragte sie und wunderte sich selbst über ihre Forschheit. Aber so ganz aus der Nähe hatte der Graf etwas durchaus Angenehmes, ja Liebenswürdiges. Da durchfuhr es sie erneut: Dieser Mann war niemand anderes als ihr Halbbruder! Nie zuvor hatte sie hierüber nachgedacht, so quälend waren ihr die Gedanken an ihre Herkunft.

«Zwei Kapellen sogar», lachte er. «Aber hier bin ich ungestört, zumindest in diesem Mummenschanz. Und glaub mir, ich spreche nicht etwa jeden an, wenn ich Liebfrauen aufsuche. Aber so versunken, wie ich dich beten sah, hast du mich gerührt.»

Thea wusste nicht, was sie daraufhin sagen sollte.

«Wie heißt du, mein Kind?», fuhr er fort.

«Thea. Thea, die Kirchbeckin.»

«Dann bist du die Tochter von Hannes Kirchbeck?»

Ja, dachte sie bei sich. Ich bin die Tochter des Mannes, der als Kind auf deine Burg verschleppt worden ist. Und dem durch deinen Vater sehr viel Leid zugefügt wurde, genau wie meiner Mutter.

Laut sagte sie nur: «Ebendie bin ich, Herr.»

Er nickte. «Ich kann mich vage an ihn erinnern. Ich war noch ein Jüngling, als er uns verließ. Er war ein sehr guter Burgbeck.» Er berührte sie kurz an der Hand. «Komm, ich will dir etwas zeigen, was du ganz sicher noch nie gesehen hast.»

Was hätte sie anderes tun können, als ihm zu folgen? Durch das ganze Mittelschiff schritt er voran, den Kopf gesenkt, die schützende Kapuze tief in die Stirn gezogen. Vor dem Täuferaltar, vor dem nun keine Menschenseele mehr zu sehen war, bog er nach rechts ab und hielt unter dem Torbogen zur Nikolauskapelle inne.

«Und nun drehe dich weg und halte dir die Hände vor die Augen.»

Sie gehorchte, obwohl ihr ein wenig bange war. Ein leises Klopfen war zu hören, dann ein Knacken, das von einem dumpfen Ächzen abgelöst wurde.

Eine warme Hand legte sich ihr in den Nacken.

«Du darfst dich wieder umdrehen, Thea. Schau hier, hinter dem Torbogen.»

Mit ihrer Lampe in der Hand tat sie zwei Schritte in die Nikolauskapelle hinein, wo sich in der Wand hinter dem Altar eine Öffnung aufgetan hatte, nur etwa zwei Ellen breit und in der Höhe ihrer Körpergröße.

«Komm nur näher, Thea. Aber stolpere nicht.»

Ihre Neugier besiegte ihr Misstrauen. Niemals hätte sie hier in der Wand eine verborgene Tür vermutet. Als sie sich an dem Grafen vorbeizwängte, um einen Blick durch die Öffnung zu werfen, hielt der sie bei der Hüfte fest. Steil führten steinerne Stufen in die dunkle Tiefe hinab.

Der Griff des Grafen um ihren Leib war ihr mehr als unangenehm, und so trat sie rasch zurück, um sich von ihm zu lösen.

«Ist das … Ist das der Geheimgang, von dem die Leute immer reden?»

«Ganz recht. Durch ein verborgenes Räderwerk lässt die Tür sich öffnen und schließen. Wie, das darf ich dir selbstredend nicht zeigen. Durch diesen Gang können wir unbemerkt von der Burg in unser Chorgestühl vor dem Hochaltar gelangen. Das hat den Vorteil ...»

«Verzeiht, Herr», unterbrach sie ihn hastig, «aber ich muss nach Hause. Meine Herrschaften warten auf mich.»

«Du bist eine Magd?» Er musterte sie von oben bis unten. «Für wen arbeitest du?»

«Für die Kaufmannsfamilie Wohlleb. Und nein, ich bin Köchin dort.»

«Eine Köchin, wie schön. Dann geh.» Ritterlich nahm er sie beim Arm. «Ich bringe dich noch zum Kirchenportal.»

«Das braucht es nicht, Herr.»

Doch er ließ sich nicht abwimmeln. Am nahen Nikolausportal hielt er ihr den Türflügel auf.

«Es freut mich sehr, dass ich dich kennengelernt habe, Thea Kirchbeckin», sagte er dabei. «Ich hoffe, wir begegnen einander bald wieder.»

Darauf erwiderte sie nichts und schlüpfte rasch ins Freie. In der Dunkelheit wäre sie fast auf Josef geprallt.

«Was machst du denn hier?», stotterte sie. Augenblicklich begann ihr Herz heftiger zu schlagen.

«Ich suche Pfarrer Raimund.» Er war mindestens ebenso überrascht wie sie. «Ist er in der Kirche?»

«Ich weiß nicht ... Hab ihn jedenfalls nicht gesehen.»

«Und mit wem hast du da gerade an der Tür geredet?»

Sie spürte, wie sie rot anlief. «Mit Graf Konrad.»

«Mit dem Grafen?» Er starrte sie an. «Hier in unserer Kirche?»

«Ich bin ihm zufällig begegnet.»

Wie gern hätte sie ihm erzählt, dass Graf Konrad als Mönch verkleidet war und ihr den sagenhaften Geheimgang gezeigt hatte, aber die Kehle war ihr wie zugeschnürt. Sie konnte plötzlich nur noch daran denken, dass sie als Frau und zukünftige Ehegefährtin nichts wert war. Für Josef nicht und für niemanden sonst.

Vom Kirchturm begann die Vesperglocke zu läuten. Sie wollte sich an ihm vorbeidrängen, doch er hielt sie am Arm fest.

«Warte, Thea. Ich will dich nach Hause bringen. Es ist schon dunkel.»

«Ich habe eine Laterne dabei, wie du siehst», wehrte sie ab.

«Trotzdem. Was war das eben mit dem Grafen? Hat er dir aufgelauert? Du weißt schon, dass er sich gern an junge Frauen heranmacht.»

«Ich kann auf mich selbst achtgeben.»

Fast grob schüttelte sie seinen Arm ab und lief los. Hörte seine Schritte hinter sich und wusste, dass er ihr folgte. Aber sie drehte sich nicht nach ihm um, sondern schritt nur noch eiliger aus. Er sollte nicht sehen, wie ihr mit einem Mal die Tränen über das Gesicht liefen. Seine Sorge um sie hatte sie tief berührt, dabei würde er nie erfahren, warum sie ihn immer wieder von sich stieß.

Die Toreinfahrt der Wohllebs stand noch offen, von zwei Fackeln erleuchtet. Sie wischte sich über das Gesicht und ging hinein. Doch schon nach zwei Schritten blieb sie stehen. Sie konnte nicht anders, als sich umzuwenden und ihn anzuschauen. Josef stand auf der anderen Seite der Gasse und hob die Hand zu einem stummen Gruß. Dann ging er im Laufschritt davon.

Drei Tage später, den Freitag nach Lichtmess, erreichte die Kunde die Stadt, dass die Gräfin Katharina von Lothringen ein gesundes Mädchen zur Welt gebracht hatte. Am selben Nachmittag erschien ein gräflicher Bote bei Anselm Wohlleb, mit einer Nachricht, die für Thea gedacht war: Unter den Bürgern sei sie auserwählt, am Fest der Taufe teilzunehmen, und möge sich den Sonntag zur elften Vormittagsstunde auf der Burg einfinden.

Verena, Thea und Sophie umringten den Hausherrn in der Stube, der das Schreiben gleich zweimal vorlesen musste, so unglaublich klang es. Dann redeten alle durcheinander.

«Was für eine Ehre, Thea. Aber wie kommt der Graf ausgerechnet auf dich?» – «Wir müssen dir unbedingt ein festliches Gewand besorgen. Ach herrje, wo bekommen wir das auf die Schnelle her?» – «Ein Taufgeschenk brauchen wir ebenfalls. Was wäre da bloß angemessen?»

Nur Thea blieb stumm. Sie wusste, dass der Stadtherr es sich seit einiger Zeit zur Gewohnheit gemacht hatte, zu seinen Burgfesten nicht nur die Vornehmen einzuladen, sondern immer auch eine Handvoll einfacher Leute aus dem Volk. Ihre Begegnung mit Graf Konrad in Liebfrauen musste also nichts heißen, wahrscheinlich hatte er sie einfach nur nett gefunden. Dennoch war ihr am Ende so unbehaglich zumute gewesen, dass sie seither nicht mehr zum Beten in die Kirche gegangen war. Und allein beim Gedanken, diese Burg zu betreten, schüttelte es sie jetzt. War sie nicht sogar blutsverwandt mit dem Neugeborenen?

«Nein», sagte sie entschieden. «Wir brauchen uns gar nicht weiter den Kopf zu zerbrechen. Ich werde nicht gehen.»

«Aber warum das denn?» Sophie starrte sie verdutzt an. Erstmals seit langem war wieder Leben in ihr. Vielleicht hatte sie sich aber inzwischen auch einfach mit ihrem Schicksal abgefunden. «Ich tät sonst was darum geben, dabei zu sein», fügt sie hinzu.

«Ich verstehe dich auch nicht», setzte Verena nach. «Ein gräfliches Festbankett erlebst du vermutlich nie wieder. Allein was du uns hinterher alles zu erzählen hättest!»

Thea wusste nicht, wie sie ihre Ablehnung begründen sollte.

«Was soll ich da?», sagte sie lahm. «Ich habe mit dem Grafenhof nichts zu schaffen.»

Wohlleb lächelte. «Recht so. Diese ganzen Einladungen Graf Konrads sind nichts anderes als der fast schon lächerliche Versuch, sich mit dem Volk gemeinzumachen. Um es dann bei nächster Gelegenheit wieder auszupressen. Meine Hochachtung, Thea, wenn du bei diesem Spiel nicht mitspielst.»

Auch in der Woche nach der Taufe betrat Thea Liebfrauen nur noch zum Sonntagsgottesdienst, so sehr ihr das stille Gebet mit Maria und dem Jesuskind auch fehlte. Immerhin war einer ihrer Herzenswünsche schon erfüllt worden: Marga lebte seit drei Wochen in Frieden beim Vater und erholte sich dort zusehends. Sie dort zu besuchen, hatte Thea indessen noch nicht gewagt. Dafür kam Marga hin und wieder, in der sicheren Begleitung Clewis oder Bertschis, bei den Wohllebs vorbei. Ihr Mann war tatsächlich vor Gericht berufen und zur Strafe von drei Pfund Wachs für Liebfrauen verurteilt worden.

Mitte Februar sagte sich Thea, dass das Aufeinandertreffen mit dem Grafen reiner Zufall gewesen sein musste und er wohl kaum jeden Nachmittag vor der Vesper im Kirchenschiff auf sie warten würde. Die Tage waren länger geworden, eine Laterne für den Weg durch die Dunkelheit brauchte es nicht mehr, und so machte sie sich bald wieder jeden Tag zur gewohnten Stunde auf den Weg nach Liebfrauen. Da sie die ersten Male den Eindruck hatte, auf dem letzten Wegstück zum Kirchplatz beobachtet zu werden, drehte sie sich nach jedem, der in ihre

Richtung ging, um, aber da nichts weiter geschah, tat sie es schließlich als Einbildung ab.

Um Josef nicht wieder zu begegnen, nahm sie nach wie vor den Umweg über die Vordere Wolfshöhle in Kauf, um von dort auf die Nordseite des Kirchplatzes zu gelangen und damit Baustelle und Werkstätten zu umgehen. Nicht nur dass dieser Weg weiter war – hierbei kam sie auch jedes Mal an ihrem Elternhaus vorbei. Zum Glück schlief ihr Vater zu dieser Stunde meist, da er als Bäcker zur halben Nacht aufstehen musste. Trotzdem nahm sie stets die andere Straßenseite und zog sich ihre Kapuze tiefer ins Gesicht.

Eines Nachmittags entdeckte sie auf dem Weg zur Kirche vor der Bäckerei ihre Geschwister, wie sie gerade dabei waren, die Haustür aufzusperren. Da vom Vater weit und breit nichts zu sehen war, überquerte Thea eilends die Gasse.

«Marga, Clewi!», rief sie leise. «Wartet!»

Die beiden drehten sich um, Marga mit einem überglücklichen Gesichtsausdruck. Sogleich fiel sie Thea um den Hals.

«Stell dir vor, ich darf zu den Reuerinnen! Dem Allmächtigen sei Dank! Wir waren eben in der Ratskanzlei, wo Heinzmann dem Gerichtsschreiber in die Feder gesprochen hat, dass er auf sein Recht als Ehemann verzichtet und mir erlaubt, den Schleier zu nehmen. Und danach sind wir sogleich zur Mutter Oberin von Sankt Maria Magdalena.»

«Ach, Marga, das ist die schönste Neuigkeit seit langem! Wie ich mich für dich freue!»

«Uns freut's auch», sagte Clewi gutgelaunt mit einem Grinsen, «wenn wir Marga nicht mehr auf Schritt und Tritt bewachen müssen und tags wie nachts sämtliche Tore und Türen absperren.»

«Dann ist der Vater also auch einverstanden?»

«Aber ja», nickte Marga freudestrahlend. «Dank dir hat er lange darüber nachgedacht. Ich glaube, *du* hast ihm die Augen geöffnet, du Liebe!» Sie bedeckte Theas Gesicht mit Küssen. «Ich bin dir so dankbar für alles, was du für mich getan hast. Allein schon, dass du wegen mir aus Basel zurückgekehrt bist.»

Lächelnd wehrte Thea ihre Liebesbekundungen ab. «Wann ist es so weit?»

«Die feierliche Aufnahme ist nächsten Sonntag. Keine Sorge, wir wollten dir heute noch Bescheid geben. Aber zuerst muss der Vater davon wissen.»

«Dann komm nur bald bei mir vorbei, Marga, und erzähl mir alles.»

Sie drückte der Schwester noch einen Kuss auf die Wange und setzte beschwingt ihren Weg fort. Was für ein herrlicher Tag, dachte sie. Das Gute siegte eben meistens doch!

Als sie auf der Chorseite des Münsters den Kirchplatz betrat, ging ihr Blick unwillkürlich hinüber zur Bauhütte. Sie entdeckte Josef vor dem Schaffnerhaus, wo er mit dem Baumeister und Bruder Pirmin, dem Schaffner, in ein Gespräch vertieft war. Wie es der Zufall wollte, sah auch Josef gerade in ihre Richtung. Ohne nachzudenken, winkte sie ihm zu, machte sich dann aber eilends aus dem Staub. Wie schön wäre es gewesen, ihre Freude mit ihm zu teilen. Doch es sollte nicht sein.

Drinnen im Halbdunkel des Kirchenschiffs kniete sie vor der Madonna im Sternenkleid nieder.

«Lieber Heiland, liebe Muttergottes, ich danke euch!», sprach sie im Stillen. «Ich danke euch so sehr, dass ihr schützend eure Hand über Marga gehalten und ihren Herzenswunsch erfüllt habt.»

Halblaut betete sie mehrere Ave Maria und Vaterunser. Nach dem letzten Amen ließ ein Räuspern sie auffahren.

«Ich habe dich bei der Tauffeier sehr vermisst, Thea», ertönte aus dem nördlichen Seitenschiff die ihr bekannte Stimme. «Komm her zu mir und sage mir, warum du mich so enttäuscht hast.»

Thea fuhr ein Schauer über den Rücken. Die Stimme des Grafen, die aus einem der am wenigsten beleuchteten Winkel der Kirche kam, klang zwar freundlich, aber es war ihr, als wenn er ihr auch drohen wollte. Doch sie wagte es nicht, sich zu widersetzen.

Unsicher erhob sie sich und ging ihm entgegen. Auch heute trug er das Mönchsgewand, seine Miene unter der Kapuze war im Dunkeln nicht zu erkennen.

«Was also hast du zu deiner Entschuldigung vorzutragen?», fragte er lauernd.

«Ich ... Ich war krank», log sie. «Wie so viele zu dieser Jahreszeit.»

«Das ist wahrhaftig jammerschade.» Er umfasste ihre beiden Hände. «Du hast ein rauschendes Fest verpasst. Es ist ja nicht so, dass du jeden Tag zu solch einer Feier eingeladen sein wirst.»

Sie konnte nicht anders, als sich umzusehen, ob irgendwer in der Nähe war, doch bis auf den Altardiener, der im weit entfernten Chorraum die Vesper vorbereitete, war niemand zu entdecken. Dann verschwand auch der, und ihr wurde angst und bange.

«Ja, Herr», stotterte sie, «das denke ich mir. Und ich bedauere es sehr.»

«Wirklich?»

Mit einem Ruck zog er sie an sich und presste ihr Gesicht gegen den groben Stoff seiner Mönchskutte. Zugleich drehte er sich mit ihr gegen die Steine der Außenmauer. Somit war sie eingeklemmt zwischen Wand und seinem kräftigen Leib und bekam kaum noch Luft. Geschweige denn, dass sie hätte schreien können.

«Du bist schön, Thea», stieß er hervor und drängte sich noch mehr an sie. «Ich begehre dich.»

Verzweifelt wand sie sich unter seinem Griff und seinem Gewicht und versuchte, das Gesicht freizubekommen.

«Aber, aber, Mädchen … Du wirst dich doch nicht wehren wollen? Andere Weiber deines Standes reißen sich um ein Liebesspiel mit ihrem Stadtherrn. Jetzt stell dich bloß nicht so an.»

Sein Keuchen an ihrem Ohr wurde heftiger, und sie flehte zur Muttergottes und allen Heiligen, dass er endlich von ihr ablassen möge. Doch das war nur der Anfang. Mit seinem Knie schob er ihren Rocksaum in die Höhe, dann spürte sie zu ihrem Entsetzen eine Hand die Oberschenkel emporfahren. Mit der anderen riss er ihren Kopf an den Haaren nach hinten und presste seine Lippen auf ihre. Sie wollte schreien, doch sie brachte nur eine Art Gurgeln hervor. Noch immer hatte er seine Hand zwischen ihren Beinen, als sie im Schritt auch schon ein brennender Schmerz durchfuhr.

Sie war verloren.

Doch dann erschlaffte sein Körper ruckartig und ging unter Ächzen in die Knie. Thea kam frei.

«Du Hundsfott», brüllte der am Boden kauernde Graf dem Schatten entgegen, der sich mit geballten Fäusten auf ihn stürzte. Im nächsten Augenblick eilten glücklicherweise zwischen den Mittelsäulen zwei Männer herbei. Aber was war das? Nicht um ihrem Retter beizustehen kamen sie, sondern um nun ihrerseits auf ihn einzuprügeln, sodass er von dem Grafen ablassen musste. Thea schrie auf: Wer da neben Konrad am Boden lag und sich schützend die Arme vor das Gesicht hielt, war niemand anderes als Josef!

«Zu Hilfe!», rief sie, so laut sie konnte. Und ein weiteres Mal: «Zu Hilfe!»

Jemand machte sich an der nahen, ansonsten für die Kirchgänger verschlossenen Tür zur Portalhalle zu schaffen, und schon sprang sie auf. Ein halbes Dutzend Werkleute stürzte herein. Ihre Fäuste prasselten auf die Gräflichen ein, während Josefs Freund, der Laubwerkmacher Eberhard, sie zur Seite zog.

«Lauf weg, schnell.»

Aber sie blieb wie angewurzelt stehen, während die Männer in einem wilden Handgemenge aufeinander eindroschen. Graf Konrad hatte sich aufgerappelt, um mitzukämpfen, dabei rutschte ihm die Kapuze vom Kopf.

«Der Graf!», brüllte jemand. «Das ist Graf Konrad!»

Augenblicklich hielten die Männer inne. Josef nutzte die Gelegenheit, entwand sich seinen Gegnern und rannte durch die Tür zum Turm davon. Erleichtert atmete Thea auf.

«Ihm nach!», befahl der Graf, und seine beiden Wächter liefen los. Dem ersten stellte jemand blitzschnell ein Bein, dem zweiten schlug der Parlier Wolfhart die Tür vor der Nase zu, und es entstand ein Gerangel.

Da eilten Bruder Pirmin und der Baumeister im Laufschritt durch die Nordpforte heran.

«Was um Himmels willen treibt ihr hier?», rief Meister Heinrich. «Habt ihr den Verstand verloren, euch an dieser heiligen Stätte zu prügeln?»

Jetzt erst erkannte er in dem vermeintlichen Mönch den Grafen und deutete eine Verbeugung an.

«Das will ich dir gerne sagen, Baumeister», schnaubte der.

«Unter deinen Leuten gibt es einen elenden Schelm, der mir gerade nach dem Leben getrachtet hat. Ich habe ihn genau erkannt, es war dieser blonde Bildhauer.» Er wandte sich an seine Wächter, und seine Stimme wurde schrill. «Worauf wartet ihr, ihr Nichtsnutze? Krempelt die ganze Baustelle um und danach sämtliche Häuser rund um den Kirchplatz. Wenn ihr den Kerl nicht findet, dann gnade euch Gott.»

Die Bauhüttenleute wagten es nicht mehr, die gräflichen Leibwächter aufzuhalten, und Thea begann am ganzen Leib zu zittern.

«Bitte, Graf Konrad», flehte sie, «lasst ihn in Frieden. Er hat doch nicht gewusst, wer unter der Mönchskutte steckt.»

«Mit Verlaub, lieber Graf», mischte sich besänftigend Bruder Pirmin ein, «wollt Ihr uns nicht wenigstens erläutern, was geschehen ist?»

Der Stadtherr straffte die Schultern. «So höret denn. Ich kam in diese unsere herrliche Pfarrkirche, um in aller Ruhe und Stille zu beten. Deshalb auch mein Mummenschanz. Da traf ich auf dieses junge Weib hier. Es schien mir verwirrt, und ich fragte, ob ich helfen könne. Da schwankte es, wie von Schmerzen gepeinigt, und ich fing es auf und hielt es fest. Nicht wahr, Mädchen?» Er warf Thea einen drohenden Blick zu. «Plötzlich nähert sich mir hinterrücks dieser Steinmetz, tritt mir in die Kniekehlen und schlägt mit der Faust auf mich ein. Ein feiger Anschlag auf mein Leben, den ich als oberster Gerichtsherr dieser Stadt mit dem Tode bestrafen werde.»

«Lieber Graf, das kann ich kaum glauben.» Bruder Pirmin wandte sich Thea zu. «Stimmt das, mein Kind?»

Fieberhaft versuchte Thea, ihre Gedanken zu ordnen. Jetzt nur nichts Falsches sagen. Wozu dieser Graf fähig war, wusste sie nun.

«Der Herr Graf hielt mich fest, das stimmt», erwiderte sie mit dünner Stimme. «Doch er trug die Kutte, und für Josef muss es ausgesehen haben, als würde ein Bettelmönch mir ein Leid antun. Er wollte mir nur helfen. Drum flehe ich Euch an, lieber Herr Graf», das Wörtchen *lieber* ging ihr nur voller Ekel über die Lippen, und sie konnte den Grafen dabei kaum ansehen, «ruft Eure Männer zurück.»

«Das meine ich allerdings auch.» Der Baumeister trat einen Schritt vor. «Wir freien Steinmetzbrüder sind nicht Eure Untertanen und haben unsere eigene Gerichtsbarkeit. Wir selbst werden entscheiden, ob unser Mann sich eines Vergehens schuldig gemacht hat, indem er auf geweihtem Boden eine Rauferei angezettelt hat, oder ob dies nichts anderes als der Versuch war zu helfen.»

«Ihr irrt. Sobald der Kerl eingefangen ist, kommt er auf die Burg.»

Bei den letzten Worten schob er Baumeister und Schaffner zur Seite und marschierte in Richtung Nikolauskapelle davon.

Schwer atmend lehnte sich Thea gegen die Mauer und spürte, wie sich ihr Magen hob und senkte. Ihre Lippen brannten von dem gewaltsamen Kuss, ihr Schoß von dem gewaltsamen Zugriff des Grafen.

Während sie gegen den Brechreiz ankämpfte, schickte der Baumeister seine Leute zurück an die Arbeit.

«Was ist mit dir, Thea?», fragte er voller Sorge. «Du siehst hundeelend aus.»

Sie schüttelte nur den Kopf. Vor ihren geschlossenen Augen tauchte das Bild eines im Verlies angeketteten Josef auf, der auf seine Hinrichtung wartete.

Bruder Pirmin trat hinzu. «Bist du nicht die Tochter des Kirchenbecks, der die Fabrica mit Brot beliefert?»

«Ja, Herr Schaffner.»

«Nun, ich bin nicht nur Schaffner, sondern auch Priester. Willst du uns hier, im Angesicht Gottes, nicht die Wahrheit sagen? Du brauchst dich nicht zu fürchten, mein Kind.»

«Niemand wird mir glauben», flüsterte sie und rang nach Luft.

«Doch, wir glauben dir.»

Sie gab sich einen Ruck. «Der Graf hat mir aufgelauert, zum zweiten Mal schon. Das erste Mal war es auch hier in der Kirche. Aber heute ... Heute hat er mich bedrängt. Wäre Josef nicht eingeschritten, dann ...» Sie brach ab.

Der Schaffner nickte langsam. «Das ist in der Tat eine schwerwiegende Angelegenheit. Um nicht zu sagen: ungeheuerlich.»

«Ehrlich gesagt», wandte Meister Heinrich ein, «habe ich mir genau so etwas schon gedacht, als ich dich so aufgelöst hier stehen sah. Komm, Thea, ich bringe dich jetzt nach Hause. Du brauchst Ruhe, nach allem, was geschehen ist.»

«Nein, nein, ich muss erst wissen, was mit Josef ist.» Die Angst um ihn nahm ihr schier den Atem. «Womöglich haben sie ihn schon geschnappt.»

«Gut.» Heinrich nickte. «Gehen wir nach draußen und fragen die anderen, ob sie etwas gehört haben.»

Vor der Kirche herrschte helle Aufregung. Sämtliche Werkleute und Anwohner hatten sich um die Turmbaustelle versammelt. Der Parlier eilte auf sie zu.

«Bis jetzt haben sie ihn nicht gefunden», verkündete Wolfhart, bevor er Thea prüfend anschaute und schließlich fragte: «Was hat der Graf dir angetan?»

«Lass sie», wehrte Meister Heinrich ihn ab. «Sie hat genug durchgemacht. Ich bring sie jetzt nach Hause.»

Doch Thea, die wieder Hoffnung geschöpft hatte, bestand darauf zu warten, bis die gräflichen Häscher aufgeben würden. Schließlich war es schon fast dunkel, und ohne Fackeln würde es für sie kaum Sinn machen, länger weiterzusuchen.

Während die Leibwächter die Häuser der Fabrica und die Werkstatt mit ihrem Anbau durchkämmten, durchfuhr es Thea bei jedem lauten Poltern mit Schrecken. Als die beiden Gräflichen tatsächlich nach Fackeln verlangten, weigerten sich alle, selbst Bruder Pirmin, ihnen welche zu geben.

«Was glotzt ihr so blöde?» Der jüngere der Leibwächter drohte ihnen mit der Faust. «Wir kommen wieder und werden das Aas schon finden. Und wenn wir mit einer Hundertschaft anrücken müssen.»

Thea spürte, wie sich ihr Magen in heftigen Krämpfen hob und senkte. Gleich darauf erbrach sie sich mitten auf den Kirchplatz.

Kapitel 38

Am Tag danach,
Anfang März, Anno Domini 1320

Heinrich hatte kaum geschlafen, als er sich am Morgen zusammen mit Henni auf den Weg zur Bauhütte machte. Wieder und wieder musste er an die arme Thea denken, die in dieser Nacht wahrscheinlich kein Auge zugetan hatte. Noch immer schüttelte ihn der Gedanke, dass der Freiburger Stadtherr mitten in ihrer Kirche versucht hatte, sie zu notzüchtigen. Und was noch schlimmer war: Vermutlich würde er niemals, zumindest nicht auf Erden, dafür belangt werden. Stattdessen sollte ihr mutiger Retter, der arme Josef, zum Tode verurteilt werden – was war das nur für eine Willkür in dieser Welt!

Dass Thea und Josef sich liebten, wie sich nur junge Menschen lieben konnten, das stand für ihn schon damals vor Theas Verschwinden außer Frage – was auch immer das sein mochte, das jetzt, nach ihrer Rückkehr, noch zwischen ihnen stand. Sofort hatte er wieder das Bild vom gestrigen Nachmittag vor Augen: Wolfhart, Josef und er hatten kurz vor der Vesperpause noch über den Aufbau der Turmhelmgalerie gesprochen, die sie mit dem einbrechenden Frühjahr in Angriff nehmen wollten, als Thea fröhlich herübergewunken hatte, bevor sie die Kirche betrat. So glücklich wie lange nicht mehr hatte Josef in diesem Augenblick ausgesehen und Heinrich sogleich gefragt, ob er ihn kurz entschuldigen möge. «Ja, geh du nur zu deinem

Mädchen. Und tu das Richtige», hatte er ihm geantwortet. Zum Glück, denn somit hatte Josef Schlimmeres verhindern können.

Als sie jetzt den Kirchplatz beim Münsterchor betraten, fragte Henni ihn: «Glaubst du, Josef kommt mit heiler Haut davon?»

«Ganz bestimmt», entgegnete er mit fester Stimme, obwohl er die ganze Nacht von Zweifeln geplagt gewesen war und sie immer noch spürte. Denn es war kaum anzunehmen, dass Josef es aus der Stadt geschafft hatte. Und in welchem Loch auch immer er sich die Nacht über versteckt gehalten hatte: Er musste große Ängste ausgestanden haben. Dazu war es bitterkalt gewesen.

«Er darf nur nichts Unbedachtes tun», fuhr er fort, mehr um sich selbst zu beruhigen. «Und wir als seine Brüder auch nicht. Das Wichtigste ist, dass der Magistrat uns Beistand leistet, und dafür müssen wir kämpfen. Wir sind zwar keine Bürger Freiburgs, unterstehen aber dennoch dem Schutz der Fabrica und damit der Bürgerschaft. Schauen wir, wie es inzwischen um die Sache steht, und besprechen wir uns dann.»

Kaum sah der Hüttenknecht sie von weitem kommen, läutete er die Glocke zum Morgenimbiss, und die Männer versammelten sich vor dem Schaffnerhaus, wo sie in den kalten Monaten ihre Mahlzeiten einnahmen. Ganz kurz blitzte in Heinrich die Hoffnung auf, Josef könnte unter ihnen sein, doch er erkannte nur Wolfhart, Petermann, Eberhard und Johannes, einen einfachen Steinmetz, der seit zwei Jahren dabei war. Ja, seine Mannschaft war kleiner geworden zum letzten Winter, aber da es jetzt nur noch galt, die oberste Galerie am Oktogon und den Turmhelm selbst zu erbauen, brauchte er für die nächsten paar Jahre nicht mehr Leute. Selbst die Gewerke der Maurer und Zimmerleute wurden kaum noch benötigt, einzig der Schmied würde viel zu tun bekommen, um die Eisenringe zur Festigung der Turmspitze anzufertigen.

Der Gedanke an die bevorstehenden Arbeiten versetzte Heinrich einen Stich. Den Einfall mit den Ringankern hatten sie Josef zu verdanken, und gestern noch hatte er mit ihm davon gesprochen, dass es bald schon an die Krönung ihres Werkes gehen würde. Einen solchen Turmhelm gab es in den ganzen deutschen und französischen Landen nicht, allein seine schiere Höhe von achtzig Ellen würde ohnegleichen sein – das entsprach einem Haus von rund zwanzig Stockwerken, gäbe es denn ein solches! Er und Josef hatten um ein Abendessen im vornehmen Roten Bären gewettet, wie lange sie brauchen würden, um ihr Werk zu vollenden. Josef hatte auf neun, er selbst auf sechs Jahre geschätzt. Wie dem auch sei: Nur zusammen mit Josef und Wolfhart glaubte er, diese letzte große Herausforderung zu schaffen.

Der Parlier kam ihnen entgegen.

«Seit dem Morgengrauen suchen zehn gräfliche Mannen alle Häuser in der Nähe des Kirchplatzes nach Josef ab», berichtete er. «Aber er ist wie vom Erdboden verschwunden.»

Heinrich rieb sich die Stirn. «Fragt sich, ob das eine gute oder eine schlechte Nachricht ist. Es könnte ihm auch etwas zugestoßen sein.»

«Jedenfalls sollte er es keinesfalls wagen, hierher zurückzukehren. Zwei der Männer sind noch verblieben», er deutete mit dem Kopf in Richtung Nikolausportal, wo ein bulliger Kerl mit Schwert im Gürtel auf und ab schritt, «um die Bauhütte im Auge zu behalten. Ich denke, sie werden Tag und Nacht Wache stehen.»

«Gut, setzen wir uns zusammen.»

Er betrat die Diele des Schaffnerhauses, wo die Magd Gisela eben das Morgenessen auftrug.

«Das ist ja schrecklich, was gestern geschehen ist», jammerte sie. «Die arme Thea, der arme Josef!»

Heinrich nickte nur müde. Er wartete, bis seine Männer Platz genommen hatten, dann hob er zu sprechen an.

«Männer, wir sollten zuversichtlich bleiben. Fürs Erste scheint sich Josef in Sicherheit gebracht zu haben, wo auch immer. Als ich gestern Abend die junge Kirchbeckin heimgebracht habe, habe ich mit dem Ratsherrn Wohlleb gesprochen. Er war genauso außer sich über die Sache wie wir und hat versprochen, alles zu tun, was in seiner Macht steht. Vorerst können wir also nur abwarten.»

«Darf denn dieser verdammte Graf einfach tun und lassen, was er will?», brauste Eberhard auf. «Gibt es nicht so etwas wie ein königliches Hofgericht, vor das man den Kerl bringen könnte?»

Der alte Petermann schlug ihm auf die Schulter. «Da täuschst du dich aber gewaltig. Beim Hofgericht geht es um hochwichtige Dinge wie Landfrieden oder Lehensstreitigkeiten, aber doch nicht um eine halb geschändete Bürgerstochter oder eine Todesdrohung gegen einen Steinmetzbruder. Das schert dort keinen.»

«Dann soll die Stadt dem Grafen halt den Fehdehandschuh hinwerfen», setzte Eberhard mit zornrotem Gesicht nach. «Das wäre schließlich nicht das erste Mal.»

«Jetzt hört auf damit», unterbrach Heinrich die beiden. «Das bringt doch nichts. Lasst uns essen und danach an die Arbeit gehen. Selbstredend halten wir dabei Augen und Ohren offen. Und falls über den Magistrat nichts herauskommt, müssen wir die Sache selbst in die Hand nehmen.»

Sichtlich bedrückt löffelten die Männer ihren Milchbrei. Zwischendurch schauten der Schaffner und alle drei Leutpriester vorbei, um zu hören, ob es Neuigkeiten gebe, und gingen dann wieder ihrer Wege, mit dem Versprechen, ebenfalls wachsam zu bleiben.

Sie waren gerade fertig mit dem Morgenessen, als Anselm Wohlleb und Münsterpfleger Conrad Snewlin zu Oberlinden die Diele des Schaffnerhauses betraten. Sie hatten Thea dabei. Obwohl ihre roten Augen verrieten, dass sie viel geweint hatte, wirkte sie gefasst.

«Josef ist immer noch nicht gefunden, er hat sich gut versteckt», sagte Heinrich, um gleich als Erstes das Mädchen zu beruhigen. «Allerdings weiß keiner von uns, wo, sodass wir ihm keine Hilfe zukommen lassen können.»

Der Münsterpfleger, ein wohlbeleibter, glatzköpfiger Mann, der sommers wie winters einen Pelzmantel trug, wiegte sorgenvoll den Kopf hin und her.

«Was für unerhörte Vorkommnisse! Und das mitten in unserer schönen Pfarrkirche – widerlich! Der Graf sollte sich was schämen. Aber Ratsherr Wohlleb und ich haben uns schon besprochen. Wir beide gehen jetzt schnurstracks zum Bürgermeister, auf dass er eine außerordentliche Ratssitzung einläutet. Schließlich geht es hier um eine unbescholtene Freiburger Bürgerstochter und um einen der fähigsten Bildhauer unserer Fabrica.»

«Das freut uns sehr zu hören. Ich danke Euch von Herzen», gab Heinrich zurück. «Gebt Ihr uns dann Bescheid?»

«Selbstverständlich, Baumeister.»

Die Ratsherren machten Anstalten, die Eingangshalle zu verlassen, während Thea stehen blieb.

«Ich würde gerne hier warten», sagte sie mit fragendem

Blick zu Wohlleb. «Vielleicht gibt Josef ja bald ein Lebenszeichen von sich.»

«Das sollte er vorerst tunlichst bleiben lassen, und schon gar nicht hier», erwiderte Wohlleb. «Aber bleib nur, wenn dir dabei wohler ist. Ich gebe gern Sophie Bescheid, dass sie heute Haushalt und Kochen übernimmt.»

Gisela, die dabei war, den Tisch abzuräumen, lächelte Thea aufmunternd zu. «Kannst ja solange mir zur Hand gehen.»

Die Werkleute erhoben sich, um sich an die Arbeit zu machen. Etwas hoffnungsvoller, aber immer noch mit hängenden Schultern verließen sie einer nach dem anderen das Schaffnerhaus. Wie anders, dachte Heinrich, war doch gestern die Stimmung gewesen. Bei dem trockenen, unverhofft früh eingebrochenen Frühjahrswetter hatten sie beschlossen, noch diese Woche das Winterhalbjahr für beendet zu erklären und endlich wieder am Turm weiterzubauen, und alle hatten sich darauf gefreut wie kleine Kinder.

«Kommst du mit mir in die Reißkammer?», bat Heinrich Wolfhart. «Wir sollten schon einmal die Maße des untersten Ringankers berechnen, damit sich der Schmied an die Arbeit machen kann.»

Als Heinrich gut zwei Stunden später die Werkstatt wieder verließ, sah er Thea wie ein Häuflein Elend auf der Bank vor dem Schaffnerhaus kauern.

«Geh nach Hause, Thea. Die Warterei hier bringt doch nichts. Sobald wir mehr wissen, schicke ich dir den Hüttenknecht vorbei.»

Sie nickte und erhob sich.

«Weiß dein Vater eigentlich, was dir geschehen ist?», fragte er leise. «Er als dein Vater und Vormund könnte beispielsweise Klage einreichen beim Schultheißengericht.»

«Nein, nur das nicht», wehrte sie erschrocken ab. «Und ich bitte Euch inständig: Sagt weder ihm noch Clewi, was der Graf getan hat. Bitte!»

«Das kann ich dir zwar gerne versprechen, aber er wird es ohnehin erfahren, wenn er es nicht schon weiß. Durch die Leibwächter des Grafen, die die Häuser durchsucht haben, die Magd oder einen der Ratsherren. Oder über den Gassentratsch, der gewiss schon umgeht. Deshalb sag es ihm lieber selbst, und zwar jetzt gleich. Schließlich bist du frei von jeglicher Schuld.»

«Niemals!»

Unvermittelt wandte sie sich ab und eilte davon.

Die Heftigkeit ihrer Antwort erstaunte ihn. Kopfschüttelnd sah er ihr nach. Er wusste zwar, dass da einiges im Argen lag zwischen Thea und ihrem Vater, aber dass es so schlimm stand, hätte er nicht gedacht. Dabei hätte der Kirchenbeck allen Grund, stolz auf seine Tochter zu sein.

Um vor Ort zu bleiben, falls es Neuigkeiten über Josef gab, beschloss Heinrich, das Mittagessen nicht wie sonst zu Hause einzunehmen, sondern gemeinsam mit seinen Leuten, und bat deshalb den Hüttenknecht, Elisabeth Bescheid zu geben. Als Kunzi zurückkehrte, war er in Begleitung von Anselm Wohlleb. Dessen Miene war angespannt.

«Die schlechte oder die gute Nachricht zuerst?», fragte er Heinrich.

«Warte noch kurz, ich will erst die Männer herrufen. Es ist ohnehin bald Zeit fürs Mittagessen.»

Auf Heinrichs Zeichen hin läutete Kunzi die Hüttenglocke, und kein Vaterunser später umringten die Steinmetzbrüder erwartungsvoll den Ratsherren.

«Zunächst einmal», begann Anselm, «war die Ratsversammlung nur spärlich besucht. Was leider vorauszusehen war, angesichts der kurzfristigen Einberufung. Um es kurz zu machen: Die Mehrheit hat sich gegen einen Zwist mit dem Grafen ausgesprochen. Die Sachlage wäre noch zu undurchschaubar, da der einzige Zeuge verschwunden ist und obendrein selbst beschuldigt wird, und zwar des landesverräterischen Meuchelmords. Den ohnehin seit langem wackligen Frieden wolle man keinesfalls aufs Spiel setzen.»

«Jedenfalls nicht für einen, der kein Stadtbürger ist, nicht wahr?», warf der Parlier höhnisch ein.

Anselm seufzte. «Immerhin ist man übereingekommen, dass man Josef Holtzer, sofern er auftaucht oder ihr ihn ausfindig macht, mit einer stark bewaffneten Kriegsmannschaft sicher bis vor die Grenze der Landgrafschaft geleiten will.»

«Was nichts anderes bedeutet», fuhr Wolfhart fort, «dass Josef nie mehr zu uns zurückkehren kann. Wahrlich eine schöne Lösung!»

Aufgebracht redeten die Männer durcheinander.

«Ruhe jetzt!», rief Heinrich dazwischen. «Vielleicht findet sich ja mit des Herrgotts Hilfe doch noch ein anderer Weg.»

Dabei hatte ihn selbst inzwischen jegliche Hoffnung verlassen. Er durfte sich gar nicht ausmalen, Josef womöglich auf immer zu verlieren.

In diesem Augenblick ertönten von der Großen Gass her Trommelschläge. Sie reckten die Köpfe, bis der Trommler als gräflicher Ausrufer zu erkennen war. Alle paar Schritte hielt er inne, um seine Botschaft zu verkünden:

«Bürger und Hintersassen Freiburgs! Höret, was euer Stadtherr euch zu sagen hat. Ein Pfund Pfennige für den, der den Steinmetzbruder Josef Holtzer an Graf Konrad ausliefert oder sein Versteck verrät. Der Mann ist des versuchten Meuchelmordes an unserem Grafen angeklagt.»

Anselm pfiff durch die Zähne. «Nun soll also die ganze Stadt ihn jagen.»

Kaum war der Trommler in ihre Nähe gekommen, begann Eberhard mit der Faust zu drohen.

«Verschwinde von unserer Bauhütte!», brüllte er außer sich, und in Richtung des Wachmannes, der sich grinsend zu dem Ausrufer gesellte: «Und du erst recht, du Erzlump! Den Josef kriegt ihr nie!»

Er wollte auf die beiden losgehen, doch Wolfhart und Petermann hielten ihn fest. Nie zuvor hatte Heinrich Josefs Freund so wütend gesehen.

Anselm schaute besorgt drein.

«Ich werde den Bürgermeister noch einmal auf die Dringlichkeit ansprechen», versprach er Heinrich. «Zumindest auf ein Gnadengesuch an den Grafen sollte sich der Rat einigen können.»

«Tu das, Anselm. Danke.»

Während des Mittagessens war die Stimmung der Männer noch niedergeschlagener als am Morgen, sie brachten kaum einen Bissen herunter. Schließlich ergriff Wolfhart das Wort.

«Wir sollten uns nicht auf den Magistrat verlassen, sondern selbst handeln.»

«Genau.» Eberhard richtete sich auf. «Wir gehen alle gemeinsam zum Grafen auf die Burg und fordern Straffreiheit für Josef. Weil er nämlich das Mädchen nur verteidigen wollte und den Grafen im Dunkeln, als Mönch verkleidet, gar nicht erkennen konnte.»

Petermann verzog das Gesicht. «Wunderbar. Dann wird Graf Konrad freundlich lächeln und sagen: *Euren Einsatz lobe ich mir. Ich nehme alles zurück und ziehe meine Wachmänner ab.*»

«So dumm ist der Gedanke gar nicht», wandte Wolfhart

ein. «Aber wir sollten nicht fordern, sondern höflich und in aller Demut bitten. Am besten setzen wir obendrein ein Schreiben seitens der Fabrica auf. Der Schaffner tut das bestimmt für uns. Gleich nach dem Essen. Was hältst du davon, Baumeister?»

«Ein Versuch wäre es wert», stimmte Heinrich ihm zu. «Vielleicht können wir Pfarrer Raimund überzeugen, uns zu begleiten. Er ist immerhin Geistlicher und erster Leutpriester dieser Stadt.»

So schnell hatten sie das Mittagessen noch nie beendet, denn alle brannten darauf, endlich etwas zu unternehmen.

«Alsdann, wartet vor dem Haus auf mich», beschied Heinrich. «Ich gehe eben hinauf zu Bruder Pirmin, damit er uns ein Bittgesuch schreibt. Kunzi, du fragst im Pfarrhaus nach, ob Pfarrer Raimund uns begleiten mag.»

Sie erhoben sich von ihren Bänken, als es dreimal gegen die Tür zur Diele klopfte und der Bettler Nepomuk in seinem buntscheckigen Flickengewand hereinlugte.

«Du hast uns grad noch gefehlt», knurrte Kunzi ihn an.

«Das freut mich, dass ich euch gefehlt habe.» Der kleine Mann strahlte. «Habt ihr was für meinen hungrigen Magen?»

Gutmütig ließ Heinrich ihn ein. Was konnte der arme Kerl, der nicht in der Lage war, sein eigen Brot zu verdienen, schon dafür, dass er zu einem so ungünstigen Zeitpunkt vorstellig wurde?

Heinrich winkte Gisela heran, während Nepomuk ihm nun die große, auf seinen Rock aufgenähte Tasche hinhielt. «Gib ihm wie immer etwas Brot. Dazu einen Wurstzipfel und von dem Dörrobst.»

Der Bettler legte den großen Kopf schief. «Darfs heute ein bissel mehr sein? Bin gar zu hungrig», sagte er, woraufhin die

Männer lachten, ihm freundschaftlich auf die Schulter klopften und bis auf Henni und den Parlier die Eingangshalle verließen.

«Bescheiden ist das aber nicht gerade», rügte ihn die Magd.

«Dafür wär's aber umso barmherziger von euch, wenn ihr mir mehr als sonst gebt.»

Fragend sah sie Heinrich an. Der nickte.

«Pack ihm die Tasche ordentlich voll, Gisela.»

Überschwänglich drückte der närrische Bettler ihm die Hand. «Der Zwerg dankt euch vielmals.»

Nachdenklich musterte Heinrich ihn, während Gisela ihm noch mehr Brot und dazu einen viertel Ring Hartwurst einpackte. Sonst war Nepomuk immer so genügsam, da stimmte doch etwas nicht.

«Dann hast du heute also besonders großen Hunger, was? Sozusagen Hunger für zwei?», fragte er ihn listig und bemerkte aus dem Augenwinkel, wie auch Wolfhart die Stirn runzelte.

«O ja, großen Hunger!» Nepomuk nickte heftig. «Vielleicht auch noch eine zweite Decke? Die letzte Nacht war gar zu kalt, und meine ist schon ganz löchrig!»

«Dann komm mit. Ich hol dir eine aus dem Schuppen. Was ist mit dir?», wandte er sich an Henni. «Willst du hier Wurzeln schlagen?»

«Ich dachte, ich könnte dich zum Schaffner begleiten.»

«Meinetwegen. Warte hier drinnen auf mich, ich hol dem Zwerg eben noch eine Decke.»

Er legte Nepomuk den Arm um die Schultern und führte ihn gemeinsam mit dem Parlier hinaus. Nebenan im Schuppen sahen sich die beiden Männer vielsagend an, während Nepomuk sorgfältig die zerschlissene Wolldecke, die Heinrich ihm gereicht hatte, zusammenrollte.

710

«Dann hast du also gefroren, letzte Nacht?», fragte Wolfhart ihn. «Oder hast du etwa ein Liebchen neuerdings?»

Nepomuks Augen bekamen einen traurigen Glanz. «Einen
wie mich will doch keine. Aber jetzt muss ich ganz schnell zurück, sonst …»

«Sonst?»

«Sonst … Sonst sterb ich vor Hunger», sagte er nun doch
unruhig.

Und schon war er wieder draußen auf dem Kirchplatz.

«Denkst du dasselbe wie ich?», fragte Wolfhart.

Heinrich nickte. «Es könnte sein, dass sich Josef bei ihm auf
dem Friedhof versteckt hält.»

«Dann gehe ich ihm jetzt nach», sagte Wolfhart entschlossen.

«Nein, warte. Damit würden wir ihn verraten, wo wir doch
alle unter Beobachtung stehen. Wenn Josef wollte, dass wir
jetzt schon seine Zuflucht kennen, hätte er dem Nepomuk
ja auch eine Nachricht an uns mitgeben können. Und er hat
recht, schließlich wacht auch auf der Friedhofsseite einer der
Grafenknechte. Deshalb vorerst kein Wort zu den anderen.
Wir dürfen nichts überstürzen und müssen einen kühlen Kopf
bewahren.»

«Aber was, wenn er verletzt ist? Außerdem drängt die Zeit,
wo sich jetzt wahrscheinlich die halbe Stadt ein kleines Vermögen verdienen will.»

«Da ist was dran.» Heinrich überlegte einen Augenblick.
«Sobald es heute Abend richtig dunkel ist, lenkst du die Wachmänner ab, am besten zusammen mit Eberhard, und ich schlei-
che mich derweil vom Nordportal auf den Friedhof zu Nepomuks Hütte. Bis dahin müssen wir aber einen anderen, einen
sicheren Ort für Josef gefunden haben. Denn sicher ist dieser

Bretterverschlag ja wahrhaftig nicht. Jetzt bringen wir aber erst einmal den Besuch beim Grafen hinter uns.»

Enttäuscht und entmutigt kehrten sie keine Stunde später von ihrem Gang zur Burg zurück – Heinrich, Wolfhart, Petermann, Eberhard, Johannes und Pfarrer Raimund. Sie waren nur bis zum Tor der Niederburg gekommen, wo der Wärter sie geraume Zeit hatte warten lassen, um ihr Anliegen weiterzuleiten. Als er zurückgekehrt war, hatte er ausrichten lassen, dass Graf Konrad über einen Nicht-Bürger keinesfalls mit ihnen verhandeln würde. Und das schriftliche Gesuch solle der Herr Pfarrer beim Kirchrektor einreichen, sobald sich dieser wieder in seinem Stadthaus am Münster aufhalte. «Ich bin aber Bürger dieser Stadt, seitdem ich hier ein Haus besitze, und habe somit das Recht auf eine Audienz», hatte Heinrich dem Mann empört entgegengehalten. Und prompt zur Antwort bekommen: «Eine Audienz ist nur für ein eigenes Anliegen gedacht. Um Euch geht es hier aber nicht, wie Ihr eben deutlich habt verlauten lassen.»

«Was machen wir jetzt?», fragte Eberhard niedergeschlagen, während sie die Vordere Wolfshöhle hinaufstapften.

«Abwarten und auf Gottes Beistand vertrauen», murmelte der Pfarrer. «Vielleicht wissen Henni und der Hüttenknecht ja schon mehr.» Sie hatten Kunzi zur Bewachung der Bauhütte zurückgelassen, und Henni hatte darauf bestanden, bei ihm zu bleiben.

Heinrich beschleunigte seinen Schritt. «Beeilen wir uns also.»

Gerade als sie den Chor des Münsters erreichten, hörten sie vom Friedhof her plötzlich ein großes Geschrei. Holz splitterte, etwas krachte zu Boden.

«Lauft!», rief Heinrich, und sie rannten die Friedhofsmauer entlang zum Tor. Dort mussten sie mit ansehen, wie zwei gräfliche Häscher die Tür des Geräteschuppens mit Fußtritten und ihren Schwertern bearbeiteten, bis sie barst.

«Josef ist da drinnen», rief Heinrich entsetzt. «Wir müssen ihm helfen!»

Schon waren die Grafenknechte unter lautem Gebrüll im Innern der Bretterhütte verschwunden, und so stellten sie sich als Schutzschild davor auf. Doch was konnten ein Pfarrer und eine Handvoll unbewaffneter Männer, von denen einer einen lahmen Arm hatte, gegen diese erfahrenen Kämpfer ausrichten? Entsetzt mussten sie mit ansehen, wie die beiden erst Nepomuk, dann Josef herauszerrten und ihnen dabei ihre Schwertspitzen drohend an den Rücken hielten. In Josefs und Nepomuks Augen war die blanke Angst zu erkennen. Aber noch immer standen die Steinmetzbrüder und der Kirchenmann wie eine Wand vor dem Verschlag.

«Aus dem Weg, ihr Ratten», befahl der Ältere, ein wahrer Hüne. Doch sie verharrten dicht beieinander.

«Ich zähle bis drei», zischte der Mann und schleuderte den Bettler zu Boden, um sein Schwert vor ihnen hin und her zu schwingen. Sie hatten keine Wahl, sie mussten zurückweichen. Da bückte sich Wolfhart, packte mit der gesunden Linken ein zerbrochenes Brett vom Boden und schleuderte es Josefs Wächter zielgenau gegen den Kopf. Der schrie auf vor Schmerz. Danach geschah alles gleichzeitig: Aus dem Augenwinkel sah Heinrich den untersetzten, schwergewichtigen Pfarrer wieselflink zur Kirche rennen, während Josef ein Stück zur Seite gesprungen war und ebenfalls loslaufen wollte, als sein Bewacher sich wieder gefasst hatte und mit dem Schwert nach ihm ausholte. Doch Nepomuk hatte vom Boden her bereits dessen

Fußknöchel gepackt und brachte ihn zu Fall. Mit Wutgebrüll und einem kräftigen Faustschlag in die Rippen stieß der andere Häscher Heinrich zur Seite und nahm Josefs Verfolgung auf, quer durch den Friedhof. Mit gezücktem Schwert war er ihm dicht auf den Fersen, während Pfarrer Raimund vom Nordportal her immer wieder rief: «Zu mir, mein Junge!»

Heinrich stockte der Atem, als er ebenso hilflos wie die anderen die Jagd beobachtete: Auch der zweite Wächter war nun hinter Josef her. Sie würden ohne Zweifel nicht viel Federlesens um ihn machen, wenn sie ihn einholten. Doch Josef schlug zwischen den Gräberfeldern Haken wie ein Hase, bis der Abstand größer wurde. Auf dem letzten Stück zwischen Friedhofskapelle und Kirchenportal legte er eine ungeahnte Schnelligkeit an den Tag, sodass er schließlich unbeschadet den Türring der Kirchenpforte erreichte, an dem er sich nun festklammerte. Da er ganz offensichtlich nicht mehr die Kraft hatte, den schweren Eichenholzflügel aufzuschieben, stellte sich der Pfarrer sofort schützend vor ihn. Der Kirchenmann hatte sich die Kette mit dem Kruzifix vom Hals gerissen und hielt sie wie zur Zauberabwehr den Schwertspitzen der Verfolger entgegen.

«Hinweg mit euch!», rief er mit donnernder Stimme. «Hier beginnt der Schutz der Kirche! Versündigt euch nicht gegen den Allmächtigen und die heilige Kirche!»

Schwer keuchend standen die Männer vor ihm und senkten schließlich nach einigem Zögern ihre Schwerter. Das uralte Recht auf kirchliche Zuflucht wagten selbst diese kriegserprobten Kampfhähne nicht zu verletzen. Heinrich, der sich mit seinen Leuten dem Pfarrer angeschlossen hatte, seufzte erleichtert. Vorerst war Josef gerettet.

Er drückte die Tür auf und schob den schwer atmenden Josef ins Kircheninnere. Dort umarmten sie sich stumm.

«Das war knapp», murmelte Heinrich mit rauer Stimme.

Erneut öffnete sich die Tür, und Pfarrer Raimund trat ein.

«Die Kerle haben sich bis zur Friedhofsmauer zurückgezogen», berichtete er. «Aber Eure Männer bewachen weiterhin die Tür.»

Dann schloss auch er Josef in die Arme.

«Ich danke Euch», stammelte Josef, der leichenblass war. «Ich danke euch allen. Und wenn Nepomuk nicht gewesen wäre, dann …»

Er brach ab und sah sie an.

«Ist er verletzt?»

«Ich denke nicht», gab Heinrich ausweichend zur Antwort. Er musste zugeben, dass er sich um den tapferen kleinen Mann nicht weiter gekümmert hatte. «Zumindest wird ihm weiter nichts geschehen, jetzt, wo er bei unseren Männern ist. Aber wir sollten uns schleunigst einen guten Ort für dich überlegen. Hier ins Kirchenschiff kommt jeder ungehindert hinein. Und dafür, dass auch Graf Konrad den Schutz der heiligen Stätte achtet, will ich nicht meine Hand ins Feuer legen.»

Der Pfarrer nickte. «Daran habe ich auch schon gedacht. Wir bringen dich in die Sakristei, Josef. Die ist stets verschlossen und kann obendrein von innen mit einem Riegel abgesperrt werden.»

Draußen wurden die Männerstimmen lauter. Deutlich war Eberhard herauszuhören: «Verschwinde endlich, du elende Laus! Hau ab!»

«Komm!» Heinrich nahm Josef beim Arm und führte ihn durch das Querhaus zur Sakristei, die sich gleich neben dem Nikolausportal befand. Während der Pfarrer an seinem Gürtel nach dem richtigen der zahllosen Schlüssel kramte, deutete Josef in die danebenliegende Kapelle.

«Dort ist der Zugang zu diesem Geheimgang. Wolfhart und ich haben einmal stundenlang versucht, das Türchen aufzubringen. Vergebens.»

«Der Geheimgang zur Burg?», fragte Pfarrer Raimund. «Ich dachte, der wird seit Ewigkeiten nicht mehr benutzt.»

«Ich fürchte doch», sagte Heinrich. «Als ich Thea gestern Abend nach Hause brachte, hat sie mir erzählt, dass der Graf beide Male wie aus dem Nichts in der Kirche aufgetaucht sei.» Er bemerkte, wie Josef bei der Erwähnung des Grafen die Fäuste ballte. «Und er hat ihr beim ersten Mal sogar den geöffneten Gang gezeigt. Wir sollten also gleich nachher dieses verfluchte Türchen zumauern.»

Josef holte tief Luft. «Wie geht es Thea?»

«Sie ist sehr tapfer. Aber sie sorgt sich natürlich sehr um dich.»

«Bitte, gebt ihr sogleich Bescheid, Meister.»

«Versprochen.»

Endlich hatte der Pfarrer die Tür zur Sakristei aufgesperrt, und Heinrich schob Josef in den schlanken, hohen Raum, der von einem Fenster hoch droben erhellt wurde.

«Setzt dich dort auf die Bank und komm erst einmal zur Ruhe.»

Doch Josef ging schnurstracks auf das große Kruzifix an der Stirnseite zu, fiel auf die Knie und begann zu beten.

«Es hat ihn alles ganz schön mitgenommen», murmelte Pfarrer Raimund.

«Wen wundert's. Ich möchte Euch jedenfalls von Herzen danken, Pfarrer. Ihr habt gerade ganz schön Mut bewiesen.»

«Ach was. Ich habe nur meine Christenpflicht getan.»

«Trotzdem. Obendrein werdet Ihr Euch mächtigen Ärger einhandeln bei Eurem Pfarrherrn, der schließlich der Bruder des Grafen ist. Soweit ich weiß, weilt er derzeit auf der Burg und hat sich somit Graf Konrads Lügengeschichte bis in die kleinste Einzelheit anhören müssen.»

«Als Geistlicher ist Gebhard von Freiburg erst recht an das Gesetz der heiligen Kirche gebunden.»

«Hoffen wir's. Ich werde nun einen meiner Männer herholen, damit er vor der Sakristei Wache steht. Dann könnt auch Ihr endlich wieder Eurem Tagwerk nachgehen. Und sagt bitte den anderen Pfarrern und Kaplänen Bescheid.»

«Das mache ich gleich als Erstes.»

«Glaubt Ihr, dass sie Einwände haben werden?»

«Als Kirchenmänner stehen sie aufseiten der Verfolgten. Und den Josef Holtzer mag hier ohnehin jeder gern.»

«Gut. Wenn Ihr dann noch kurz bei Josef bleibt, bis ich mit der Wache zurück bin? Schiebt vorsichtshalber den inneren Riegel vor.»

Am Nordportal hatten Heinrichs Leute noch immer Aufstellung bezogen, obwohl von den Grafenbütteln keiner mehr zu sehen war.

«Sind sie abgezogen?»

Wolfhart schüttelte den Kopf. «Einer hat sich wohl vor der Bauhütte aufgepflanzt, der andere ist zurück zur Burg. Hat uns angedroht, dass er mit zehn Mann zurückkommen wolle, um die Kirche Tag und Nacht zu bewachen.»

«Dürfen wir jetzt zu Josef?», fragte Eberhard.

«Du kannst die erste Wache übernehmen», beschied ihm Heinrich. «Er ist in der Sakristei untergebracht. Wir anderen holen jetzt alles, was er braucht: Strohsack, Decken, zu essen und zu trinken.»

Er wollte gerade nach Nepomuk fragen, als der mit großem Jammern aus seinem Bretterverschlag schlüpfte.

«Sodom und Gomorrha! Alles zerschlagen und zerstört!», rief er und humpelte auf sie zu. Blut rann ihm von der Stirn, auch die Unterarme waren böse aufgeschrammt.

Besorgt nahm Heinrich die Platzwunde unter dem struppigen Haarschopf in Augenschein.

«Die haben dich ja bös erwischt.»

«Ist nicht so schlimm. Viel schlimmer ist, dass ich kein Zuhause mehr habe.»

«Wir bauen dir eine neue Hütte», versicherte ihm Wolfhart. «Noch schöner als die alte.»

Heinrich nickte.

«Jetzt kommst du erst mal mit uns, damit wir deine Wunden versorgen. Und einen großen Krug Bier und eine Stärkung gibt's obendrein.» Er drückte dem Bettler die Hand. «Du bist wahrhaftig ein braver und mutiger Mann.»

«Du bist unser Held, Nepomuk!», rief Steinmetz Johannes und hob ihn sich kurzerhand auf seine starken Schultern.

Fast ausgelassen umrundeten sie die Kirche. Allein Heinrich schien eine große Sorge zu plagen: Wie lange würde Josef in der Kirche Zuflucht suchen müssen? Und wie in aller Welt konnten sie erreichen, dass er bald wieder ein freier Mann war und Freiburg doch nicht verlassen musste?

Wie erwartet, sahen sie zwischen Nikolausportal und Chor den Grafenbüttel auf und ab schreiten. Er warf ihnen einen grimmigen Blick zu. «Wir kriegen euren Steinmetzbruder schon noch. Und dann gnade ihm Gott.»

«Halt einfach dein dreckiges Maul», rief Petermann zurück.

Vor dem Schaffnerhaus wurden sie von Bruder Pirmin, dem Hüttenknecht und der Magd Gisela erwartet, alle drei sichtlich angespannt.

«So, wir ihr strahlt», Bruder Pirmins Miene hellte sich auf, «ist Josef in Sicherheit.»

«Nun ja», erwiderte Heinrich, «sicherer als vorher ist er immerhin. Wir haben ihn in die Sakristei bringen können. Eberhard bewacht ihn und hat sich vorsichtshalber mit einer Spitzhacke des Totengräbers bewaffnet.»

· «Die wird er hoffentlich nicht brauchen, Baumeister. Die Tür zur Sakristei hat das beste Schloss im ganzen Kirchenbau. Wir sollten ihm jetzt gleich ein Fleckchen einrichten, wo er es recht behaglich hat und dennoch die Pfarrer und Altardiener nicht bei ihren Messvorbereitungen stört.»

«Ja, das hatte ich vor.»

«Geht es ihm denn gut?», mischte sich Gisela ein. «Wir haben das Geschrei auf dem Friedhof bis hierher gehört.»

«Wirklich? Dann frage ich mich, warum Henni uns nicht zu Hilfe gekommen ist. Wo steckt er überhaupt?», wandte er sich an Kunzi.

«Ich weiß nicht. Er ist zwischendurch einfach verschwunden. Ich wäre Euch ja zur Seite gestanden, aber Ihr hattet doch gesagt, ich solle die Bauhütte nicht aus den Augen lassen.»

«Schon gut, Kunzi.»

Der Bettler begann, auf Johannes' Schultern hin und her zu zappeln.

«Lasst mich wieder herunter!»

Behutsam half Heinrich, ihn wieder auf den Boden zurückzubringen.

«Magst du jetzt mit Gisela mitgehen, Nepomuk? Sie soll dir deine Wunden säubern und einen Verband anlegen.»

«Das braucht's nicht mehr.» Der Bettler betastete seine Wunde.

Tatsächlich hatte seine Stirn zu bluten aufgehört. In diesem

Augenblick näherte sich ihr Bewacher, und Nepomuk drückte sich zitternd an Heinrich.

«Keine Angst, der tut dir nichts», beruhigte er ihn. «Sonst bekommt er es mit uns allen zu tun.»

«Aber warum sind die bösen Männer überhaupt zu mir gekommen? Ich hab doch niemandem was verraten, als ich bei euch war.»

«Nein, das hast du auch nicht. Du hast alles richtig gemacht.»

Plötzlich riss der Bettler die Augen weit auf und schlug sich gegen die Stirn.

«Unter euch ist ein Judas, der seinen Bruder um dreißig Silberlinge verraten hat.»

«Sei kein Narr.» Fast ärgerlich schüttelte Heinrich den Kopf. «Keiner von uns würde so etwas tun. Außerdem haben nur der Parlier und ich geahnt, dass Josef bei dir versteckt war, und weder er noch ich würden unseren Mitbruder jemals verraten.»

«So ist es», bestätigte Wolfhart rasch. «Die Grafenbastarde haben halt am Schluss rein zufällig auch deine Hütte durchsucht, genau wie die Häuser hier rundum. Schau, da kommt Henni. Frag ihn mal, ob er davon wusste.»

Aus Richtung des Turmes kam tatsächlich Henni angeschlichen. Er hatte die Kapuze seiner Gugel tief ins Gesicht gezogen und wirkte bedrückt.

Heinrich musterte ihn streng. «Wo hast du so lang gesteckt? Für so feige, dass du einem Kampf ausweichst, hatte ich dich wahrlich nicht gehalten.»

«Ich war die ganze Zeit auf halber Höhe auf dem Turmgerüst, um die Baustelle im Blick zu behalten», rechtfertigte er sich. «Ich wollte euch ja zu Hilfe kommen, aber in der Hast hab ich mir ganz böse an einem Nagel die Hand aufgerissen. Der

720

Türmer hat sie mir verbunden.» Wie zum Beweis hob er ihm seine verbundene rechte Hand entgegen. «Sind die Dreckskerle endlich weg?», fuhr er fort, wobei sein Blick unruhig den Kirchplatz absuchte. Ein paar neugierige Anwohner standen herum, vom Grafenbüttel war nichts zu sehen.

Heinrich zuckte nur die Schultern. «Willst du gar nicht wissen, was mit Josef ist?»

«Aber ja … Natürlich …», stotterte er. «Habt ihr ihn heil herausbekommen?»

«Wo herausbekommen?» Misstrauisch sah Wolfhart ihn an.

«Na, aus dem Friedhofsschuppen. Hab doch vom Gerüst aus gesehen, wie die Hundsfötter die Tür eingeschlagen haben.»

Da geschah etwas völlig Unerwartetes. Aus dem Schatten des Münsterchors trat der Wächter hervor und kam im Laufschritt heran. Sofort klammerte sich der Bettler wieder an Heinrich.

«Jetzt holen sie mich!»

Doch der Mann hatte es nicht auf Nepomuk abgesehen. Er eilte an ihnen vorbei, Henni hinterher, der sich ins Schaffnerhaus flüchten wollte. An der Türschwelle hielt der Wächter ihn fest und spuckte vor ihm aus.

«Keinen Pfennig kriegst du für den Mist, den du uns eingebrockt hast», zischte er so laut, dass es alle hören konnten, und marschierte davon.

«Du also, ein elender Verräter?» Heinrich starrte ihn an. Er konnte nicht glauben, was er da eben gehört hatte.

«Der Erzschelm lügt doch, dass sich die Balken biegen», stieß Henni hervor.

Da stand Wolfhart schon neben ihm, packte sein Handgelenk und wickelte in Windeseile den Verband auf, der nach innen zunehmend blutverschmiert war.

«Das sieht mir mehr nach einem sauberen Messerschnitt aus als nach einem Gerüstnagel. Und das hier», er zog ihm das Messer aus seinem Besteck am Gürtel, «sind Blutspuren. Du hast dir die Wunde selbst zugefügt. Du warst nicht auf dem Gerüst, um Wache zu halten, du hast unseren Bruder verpfiffen.»

Bestürztes Schweigen trat ein.

«Warum?», fragte Heinrich tonlos.

Henni senkte den Kopf, ohne zu antworten.

«Es tut mir leid, Meister, es dir sagen zu müssen», fuhr Wolfhart fort, «aber das ist nicht das erste Mal, dass er Josef verraten hat. Vor Jahren hatte er ihn und Thea bei einem heimlichen Stelldichein beobachtet und alles brühwarm dem Kirchenbeck zugesteckt. Woraufhin Thea nach Basel gebracht wurde. Nur deshalb musste sie fort.»

Heinrich spürte, wie unter seinen Füßen der Boden zu schwanken begann. So weit war es also gekommen mit Henni. Hatte er es aus Neid auf Josefs Erfolge getan? Aus Eifersucht auf das Mädchen, das er gern selbst erobert hätte? All das wog viel mehr als die Dummheit mit dem Archivschlüssel. Was hatte er mit dem Jungen nur falsch gemacht?

Er atmete tief ein und wieder aus. Er hatte keine andere Wahl, er musste nun eine zutiefst schmerzvolle Entscheidung treffen.

«Hör zu, Henni», begann er mit rauer Stimme. «Du bist die längste Zeit mein Kunstdiener und Steinmetz gewesen. Du gehst jetzt nach Hause, packst deine Sachen und verabschiedest dich von deiner Mutter. Wir wollen dich hier nicht wiedersehen.»

Kapitel 39

Am nächsten Morgen,
Anfang März, Anno Domini 1320

«Ich bin so froh, dass dir nichts geschehen ist», sagte Thea voller Glück, nachdem sie die Sakristei betreten hatte.

«Und ich, dass du gekommen bist», erwiderte Josef. Auch er strahlte über das ganze Gesicht.

Wie gerne hätte sie ihn umarmt. Aber Pfarrer Schwarz, der zweite Leutpriester von Liebfrauen, stand bei der Tür und beobachtete sie unverhohlen. Im Gegensatz zu den Steinmetzen durfte sie Josef nur im Beisein der Geistlichen besuchen. Ein Mann und eine Frau allein in der Sakristei, das vertrug sich in den Augen der Kirche ganz und gar nicht mit Sitte und Anstand.

Ungeachtet dessen nahm Josef sie bei der Hand und zog sie zu einer Holzbank im hintersten Winkel der Sakristei, auf der sein Strohsack lag. Er schob ihn herunter, um Platz zu schaffen, bevor sie sich in geziemendem Abstand nebeneinandersetzten.

«Möchtest du etwas essen oder trinken?» Er wies auf den Krug und den Brotkorb in der Ecke.

«Nein, danke.»

Sie konnte noch immer kaum fassen, dass ihm nichts geschehen war, und schaute ihn unentwegt an. Da entstand plötzlich eine große Verlegenheit zwischen ihnen.

«Du siehst müde aus», durchbrach er ihr Schweigen.

«Das bin ich auch. Ich habe schon die zweite Nacht kaum geschlafen. Aus Sorge um dich.»

Er lächelte schüchtern. «Jetzt ist ja alles gut.»

«Ich wusste nicht», fuhr sie fort, nur um überhaupt etwas zu sagen, «dass sie dich schon gestern gefunden und in die Sakristei gebracht haben. Eigentlich hatte Meister Heinrich versprochen, mir gleich Bescheid zu geben. Aber Kunzi war erst heute Morgen bei uns. Sonst wäre ich schon gestern gekommen.»

«Du darfst dem Meister nicht gram sein. Er war vermutlich zu beschäftigt. Er hatte einen schweren Tag gestern. Dazu ist er wegen der Sache mit Henni völlig niedergeschlagen. Hast du davon gehört?»

«Nur dass Henni nicht mehr in der Stadt ist. Was hat er denn angestellt?»

«Er war es, der mich verraten hat.»

Entgeistert sah sie ihn an. «Das kann ich nicht glauben. Das hat er gewagt, nach all dem, was er dir und uns schon angetan hat?»

«Ja. Mir tun vor allem seine Eltern leid.»

Wieder verfielen sie in Schweigen. Thea dachte daran, wozu ein Mensch doch fähig war. Und dann daran, was Josef für sie gewagt hatte. Von nebenan hörte sie die Steinmetze, wie sie das Türchen zum Geheimgang zumauerten. Gestern schon hatten sie den Abgang mit Bruchsteinen zugeschüttet – nie wieder sollte ein Grafenspross unbemerkt in diese Bürgerkirche gelangen.

Sofort hatte sie wieder das Bild Graf Konrads in seiner Mönchskutte vor Augen, und ihr Magen krampfte sich zusammen.

Sie warf Josef einen scheuen Blick zu. «Ich … ich wollte dir auch dafür danken, dass du mir zu Hilfe gekommen bist. Dass du dein Leben aufs Spiel gesetzt hast.»

Er wurde verlegen. «Das war doch nichts. Ich hatte ja nicht damit gerechnet, dass Leibwächter in der Nähe waren. Aber selbst wenn – ich hätte es wohl trotzdem getan.»

«Wenn du nicht gewesen wärst …» Sie brach ab und erhob sich. «Ich geh dann mal wieder.»

In seinen Augen spiegelte sich Enttäuschung. «Dann bist du nur gekommen, um dich zu bedanken?»

Sie wusste nicht, was sie erwidern sollte. Hätte sie ihm etwa gestehen sollen, dass sie ihn noch immer liebte?

«Dann sag mir wenigstens», fuhr er fort und stand ebenfalls auf, «warum du damals wirklich nach Basel gegangen bist. Weil dein Vater dich gezwungen hat? Oder weil du fort von mir wolltest? Bitte, Thea, ich muss es wissen. Weil ich dich nämlich liebe und weil ich dich zur Frau möchte. Habt Ihr gehört, Herr Pfarrer?», rief er laut. «Ich möchte Thea, die Tochter des Kirchenbecks, heiraten. Mit dem Segen der Kirche.»

Der hagere, sonst so gestrenge Pfarrer Schwarz strahlte. «Das höre ich gern, mein Sohn.»

Ein Sturm tobte in ihrem Inneren. Sie hätte mit allem gerechnet, aber nicht damit, nicht jetzt und nicht hier. Sie musste ihm endlich die Wahrheit sagen. Aber hieße das nicht, ihn auf immer zu verlieren? Trotzdem, sie war ihm die Wahrheit schuldig. Zudem wollte sie ihm nicht länger etwas vormachen. Sie sah hinüber zu Pfarrer Schwarz, und Josef verstand.

«Herr Pfarrer, ich hätte eine große Bitte: Könntet Ihr uns kurz allein lassen? Bloß auf ein Ave Maria.»

«Nun gut. Aber tut nichts Unbedachtes.»

Er entriegelte die Tür und schlüpfte hinaus.

«Erkläre es mir also», bat er fast verzweifelt.

«Ich liebe dich auch, Josef. Aber wir können nicht heiraten.»

«Aber warum? Bist du einem anderen versprochen?»

«Nein, das ist es nicht. Vielmehr …» Sie schluckte, und es fiel ihr schwer weiterzusprechen. «Nachdem Henni uns damals beobachtet und verpetzt hatte, habe ich erfahren, dass mein Vater nicht mein leiblicher Vater ist. Nicht er hat es mir gesagt, sondern die alte Heilerin Agnes. Da er so wütend über uns beide war, habe ich ihm voller Zorn ins Gesicht gesagt, dass ich Bescheid wüsste, dass er nicht mein Vater ist. Da wollte er mich aus den Augen haben. Und er hat mir obendrein ins Gesicht geschrien, dass ein ehrenwerter Steinmetz wie du niemals einen Bastard heiraten würde.»

Da er sie nur mit großen Augen ansah, fuhr sie nach kurzem Zögern fort:

«Siehst du? Jetzt sagst du nichts mehr. Aber das ist noch nicht alles. Was niemand in Freiburg weiß: Mein leiblicher Vater ist der verstorbene Graf Egino, der einst meine Mutter auf der Burg geschändet hatte. Ich bin also nichts anderes als ein elendes Grafenbankert, die Frucht einer Notzucht.»

Endlich war es heraus, und sie schwankte zwischen Erleichterung und Traurigkeit darüber, dass nun alles zu Ende war zwischen ihr und Josef.

Um seine Mundwinkel zuckte es.

«Warum hast du mir das nicht früher gesagt? Gütiger Himmel, Thea. Dabei bin ich doch wie du. Nur dass ich weder meine Mutter noch meinen Vater kenne. Weil ich nämlich im Kloster aufgewachsen bin.»

Mit dieser Antwort hatte sie als Letztes gerechnet. «Du bist ein Findelkind?»

«Ja. Irgendeine kreuzunglückliche Mutter hatte mich als Säugling an der Klosterpforte abgelegt. Als kleines Kind haben mich dann meine Zieheltern bei sich aufgenommen. Und weißt du was? Nach dem, was du mir eben offenbart hast, bin ich fast froh drum. Heißt das doch, dass wir einander noch tiefer verstehen.» Er ging vor ihr auf die Knie. «So frage ich dich jetzt also: Willst du, Thea, mich, das Findelkind Josef Holtzer, zum Mann nehmen?»

Ein Freudenschauer fuhr ihr über den Rücken. Sie zog ihn in die Höhe und umarmte ihn. «Ja, Josef. Ich will.»

Das Klopfen an der Tür ließ sie gerade noch rechtzeitig auseinanderfahren, als auch schon der Pfarrer mit einem lauten Räuspern die Sakristei betrat.

Ungeduldig stand Thea in ihrem feinen Festtagsgewand in der Diele und wartete darauf, dass sie endlich loskämen.

Schon die dritte Nacht hatte sie kaum geschlafen, diesmal aber vor schierem Glück. Sie hatte nicht umhingekonnt, beim gestrigen Abendessen von ihrem Verlöbnis zu erzählen, und alle hatten sich aufrichtig mit ihr gefreut. Anselm Wohlleb hatte sogar einen Krug teuren Rotweins aus dem Keller geholt, um es zu feiern. «Auf das Brautpaar», hatte er mehrmals gerufen. «Und dass ihr bald schon Hochzeit feiern könnt.» Nur Sophie war immer stiller geworden und früh zu Bett gegangen.

Heute nun würde das Glück seine Fortsetzung finden. Es war der Sonntag von Margas feierlicher Aufnahme ins Kloster, und Verena und Sophie hatten ihr versprochen, mit dabei zu sein. Da der Vater die Mitgift und Rutschis amtlichen Verzicht auf die Ehe der Priorin bereits übergeben hatte, stand der Erfüllung von Margas größtem Herzenswunsch nichts mehr entgegen.

«Seid ihr fertig?», rief Thea in Richtung Treppe. «Nicht, dass wir zu spät kommen ...»

Doch Verena erschien allein.

«Sophie will nicht mit», sagte sie. «Sie fühlt sich nicht wohl.»

«Ach herrje, sie wird doch hoffentlich nicht krank?»

«Das wird schon wieder», entgegnete Verena, aber ihre Miene verriet Besorgnis.

Sie traten hinaus auf die Salzgasse. Es war ein sonniger Frühlingsmorgen, die Luft von der Nacht noch sehr frisch und die Gasse zu dieser frühen Stunde fast menschenleer, als sie sich eilig auf den Weg machten.

Verena lächelte bereits wieder. «Du freust dich sehr für deine Schwester, nicht wahr, Thea?»

«Ja, das tue ich. Und mir fällt ein Stein vom Herzen, dass sie nie wieder zu Heinzmann Rutschi zurückmuss.»

«Und was ist mit dir? Jetzt, wo du Josef heiratest, wirst du sicher nicht mehr für uns als Köchin arbeiten. Sondern lieber eure Kinder aufziehen wollen.»

«Ach was.» Thea lachte. «So schnell kommen Kinder auch nicht auf die Welt. Und als Ehefrau einfach die Hände in den Schoß legen, das ist nichts für mich.»

Sie konnte immer noch nicht glauben, dass das Hindernis, das die ganze Zeit zwischen Josef und ihr gestanden hatte, gar keines gewesen war. Hätte sie Josef doch schon viel früher ihr Geheimnis anvertraut! Aber statt Vergangenem nachzutrauern, dachte sie nun lieber daran zurück, wie sie gestern Nachmittag mit Pfarrer Raimund bei Josef gewesen war. So viel hatten sie sich zu erzählen gehabt, und als der Pfarrer, der sich mit dem Rücken zu ihnen auf einen Schemel bei der Tür gesetzt hatte, schließlich unter leisem Schnarchen eingeschlummert war, hatten sie sich nochmals ihre Liebe geschworen, und Josef hatte ihr das wunderschöne Marienbildnis überreicht, dass er einst als Geselle geschaffen hatte und das ihr auf so unglaubliche Weise ähnlich sah. Sogar einen scheuen Kuss hatten sie danach ausgetauscht. Nur eines hatten sie ausgeklammert in ihrem Hochgefühl: wie ihr weiterer gemeinsamer Weg aussehen würde, falls Josef Freiburg auf immer verlassen musste. Als sie abends nach der kleinen Feier allein in ihrer Kammer gewesen war, war der Schatten, der über ihrer Freude lag, wieder dunkler geworden.

«Ich bete für euch», hörte sie Verena sagen, «dass das Gnadengesuch von Bürgermeister und Magistrat etwas bewirkt. Es würde mich sehr traurig machen, wenn ihr beide von hier fortmüsstet.»

«Mich auch, Verena.» Sie sah wieder diese düstere Wolke über ihrem Glück aufziehen. «Und für Josef wäre es ebenso hart, vielleicht sogar noch härter. Seit sieben Jahren arbeitet er am Münster mit, und sein größter Wunsch ist es, dabei zu sein, wenn Turm und Kirche fertig sind.»

Verena stupste sie in die Seite. «Dann wollen wir mal nicht den Teufel an die Wand malen. Freuen wir uns doch einfach über euer gemeinsames Glück.»

Sie waren am Predigertor angelangt, das in die westliche Vorstadt führte. Thea hielt inne. «Ich habe eine Bitte. Wenn wir jetzt gleich meinen Vater treffen – sag ihm noch nichts von dem Verlöbnis.»

«Wie du meinst. Weiß Marga es denn?»

«Ich habe es bei ihrem Besuch gestern angedeutet.»

Vor der kleinen, bescheidenen Klosterkirche der Reuerinnen, die sich vor einigen Jahren dem Dominikanerorden unterstellt hatten, standen gut drei Dutzend Bürger beisammen. Schon kam Marga auf sie zu und fiel erst Thea, dann Verena um den Hals.

«Wie schön, dass ihr gekommen seid.»

Thea musste sich zusammennehmen, um den Vater mit einem freundlichen «Grüß Gott» zu begrüßen. Da sie ihm schon lange nicht mehr begegnet war, fiel ihr sofort auf, dass er mit den dunklen Schatten unter den Augen gar nicht gut aussah.

Er nickte ihr nur kurz zu. Die Mauer der Fremdheit zwischen ihnen schien unüberwindlich, doch zum Glück war Verena dabei, die bald schon mit ihm über Gott und die Welt plauderte, während ihre Schwester vor Aufregung kaum ein Wort herausbrachte.

«Ich muss nun hinein», sagte Marga schließlich. «Mich umkleiden.»

Verständnislos sah Thea sie an. «Umkleiden?»

«Aber ja.» Die Schwester strahlte über das ganze Gesicht. «Schon als Kandidatin für das Noviziat lege ich heute meine Alltagskleidung ab. Hoffentlich für immer.»

Damit verschwand sie zwischen den weit geöffneten Flügeln des Hauptportals. Zu Theas Erleichterung riefen die Kirchenglocken kurz darauf zum Gottesdienst, und sie traten ein.

Wie überall in den Kirchen versammelten sich auch hier die Laien im Langhaus, nach Frauen und Männern getrennt, während Hauptaltar und Chor der Geistlichkeit vorbehalten war. Die Priorin hatte auf einem etwas erhöhten Chorstuhl Platz genommen, davor, auf den Stufen zum Chor, knieten drei in schlichte, schwarze Tuniken gekleidete junge Frauen. Erst auf den zweiten Blick erkannte Thea ihre Schwester, die in dem schwarzen Gewand noch blasser und zarter wirkte als sonst.

«Wo sind eigentlich die anderen Nonnen?», fragte sie Verena, als der Gottesdienst begann. «Sind die etwa gar nicht dabei?»

Verena deutete über sich. «Doch. Oben auf der Empore.»

Innerlich schüttelte Thea den Kopf. Da durften die Ordensfrauen in ihrer eigenen Klosterkirche nicht vor dem Hochaltar beten!

Anders als unter den Kirchgängern im Münster herrschte hier während der heiligen Messe eine andächtige Stille. Nach dem Tagesgebet, das die Eröffnung abschloss, trat der Ordenspriester in seinem prächtigen Ornat mit der veilchenfarbenen Stola über den Schultern zu den Anwärterinnen, die noch immer auf den Stufen knieten. Als Erstes wandte er sich an Marga.

«Willst du, Margaretha Kirchenbeckin, in unseren Orden eintreten und bleiben, aus deinem eigenen und freien Willen heraus?»

«Ja, ich will», erwiderte sie feierlich.

«Recht so, meine Tochter. Deinen guten Willen mehre und vollende in dir der Herr Jesus Christus. *Voluntatem tuam bonam augeat et perficiat in te dominus Iesus Christus!*»

In Theas Ohren klang das wie ein Eheversprechen, aber so etwas Ähnliches war es ja wohl auch. Nun legte der Priester ihr einen langen schwarzen Schleier übers Haar und befestigte darauf einen zwei Finger breiten, weißen Stoffstreifen. Dasselbe tat er mit den beiden anderen Kandidatinnen, die höchstens vierzehn Jahre zählten. Mit den Worten «Ehrwürdige Herrin, hiermit übergebe ich Euch diese Jungfrauen – möget Ihr sie aufnehmen und zur Ehre Gottes aufziehen» führte er sie anschließend zur Priorin, die sich erhob und alle drei mit einer wahrhaft herzlichen Umarmung empfing.

«Mit Freude heiße ich euch in unserer Klostergemeinschaft willkommen», rief sie mit fröhlicher Stimme. «Mögen euch die Nonnenkronen auf eurem Haupt als Zeichen der gottgeweihten Jungfrauen den Weg in ein geistliches Leben weisen.»

Dass Marga als Jungfrau angesprochen wurde, war für Thea einigermaßen befremdlich, war sie bis vor kurzem doch noch

Ehefrau gewesen. Doch wahrscheinlich hatte das für die Kirche keine Bedeutung mehr, jetzt, wo sich Marga für ihren Weg als Braut Christi entschieden hatte.

Alle zusammen wurden sie vom Priester mit Weihwasser besprengt und gesegnet und traten vor den Altar, um dort das Paternoster zu sprechen. Kaum war ihr Amen verklungen, erschallte von der Empore herab der hymnisch klingende Gesang der Nonnen.

Damit nahm der Gottesdienst, der von nun an gänzlich auf Latein abgehalten wurde, seinen Fortgang, mit Lesungen und Psalmengesängen, Predigt, Fürbitten und Gabenbereitung. Immer wieder warf Thea einen Blick hinüber zum Vater, dem zu ihrer großen Überraschung unablässig die Tränen über die fahlen Wangen rannen. Weinte er vor Rührung? Oder weil er wusste, dass er heute seine einzige Tochter verlor?

Nach dem Schlusssegen zogen sie unter Glockengeläut aus. Auf dem kleinen Vorplatz, der sich außerhalb des Klostergeländes befand, standen die Kirchgänger ein wenig unschlüssig herum. Sie schienen auf etwas zu warten.

«Sehen wir Marga denn noch einmal?», fragte Thea den Vater.

«Ja. Sie darf sich noch von uns verabschieden.» Sofort standen ihm wieder die Tränen in den Augen.

Da erst fiel ihr auf, dass sie eben ganz ohne Feindseligkeit miteinander gesprochen hatten. Plötzlich tat er ihr leid. Er sah so einsam und verloren aus.

Sie wollte etwas Tröstliches sagen, als die drei Anwärterinnen in ihren dunklen Gewändern auch schon in Begleitung der Priorin aus dem Portal traten.

Marga rannte auf sie zu.

«Es war so ergreifend für mich. Ihr ahnt gar nicht, wie glücklich ich bin!» Unbeholfen küsste sie den Vater auf die Wange. «Ich danke dir so sehr, dass du es mir ermöglicht hast.»

Dann umarmte sie Thea.

«Und auch dir will ich danken. Du hast so viel für mich getan.»

In diesem Augenblick trat die Mutter Oberin zu ihnen. Marga hatte zuletzt regelrecht von ihr als einem klugen und herzensguten Menschen geschwärmt. Und so wirkte die Oberin auch auf Thea. Obgleich sie dem mächtigen markgräflichen Geschlecht derer von Hachberg entstammte, war sie durch und durch eine Frau im Dienst Gottes und hatte sie so gar nichts Dünkelhaftes an sich.

Mit einem warmen Lächeln reichte sie Theas Vater die Hand.

«Seht es nicht als Trauertag, sondern als Freudentag an. Eure Tochter hat sich für ein Leben an der Seite des Herrn entschieden. Der Allmächtige und unsere Gemeinschaft werden sie schützen und für sie sorgen.»

«Das weiß ich wohl.» Er schluckte. «Dennoch ist es ein Abschied auf immer.»

«Nicht ganz, lieber Kirchenbeck. Die nächsten Wochen ist ihr die Zeit gegeben, in sich zu gehen und zu prüfen, ob dieser Weg der richtige für sie ist. Auch wir werden sie prüfen. Entscheidet sie sich dann für das Noviziat, ist ihr wie all unseren Mitschwestern erlaubt, einmal im Monat ans Sprechgitter bei der Pforte zu gehen, um sich eine Zeitlang mit ihren Lieben auszutauschen.»

«Einmal im Monat», wiederholte er, woraufhin er sich brüsk umdrehte und davonmarschierte.

«Bitte hol ihn zurück», flehte Marga Thea an. «Er hat sich nicht einmal verabschiedet!»

Konnte sie ihrer Schwester diesen Wunsch abschlagen? Im Laufschritt folgte sie dem Vater nach und holte ihn am Tor zum klösterlichen Rebgarten ein.

«Komm zurück. So kannst du doch Marga nicht stehen lassen.»

Er drehte sich zu ihr um. «Ich kann tun und lassen, was ich will. Das geht dich nichts an.»

«Ich weiß, Vater», sagte sie. «Aber tu es Marga zuliebe.»

Sein Gesicht wurde rot.

«Pah! Es ist ja nicht nur, dass ich heute meine Jüngste verliere. Glaubst du, ich habe nicht den Gassentratsch vernommen? Dieser verdammte Graf Konrad hat versucht, dich zu schänden. Es geht also immer weiter. Diese gräflichen Hundsfötter – auf ewig in der Hölle sollen er und sein Vater schmoren.» Er stampfte auf. «Warum nur hat Gott mich mit diesem Fluch bestraft?»

Da packte sie ihn bei den Armen.

«Hör endlich auf damit», schrie sie ihn an. «Es gibt nicht nur dich. Und es gibt keinen Fluch. Es gibt nur immer wieder böse Menschen in der Welt. Und wenn du mich unbedingt aus den Augen haben willst, dann gib mir deinen Segen zur Ehe. Josef will mich nämlich heiraten, *obwohl* ich ein Grafenbankert bin, und ich werde mit ihm fortgehen!»

Am späteren Nachmittag klopfte es unten gegen die Haustür, doch in der Regel war es nicht Theas Aufgabe zu öffnen. Sie war dabei, das Abendessen zu richten, und musste immer wieder an den ums Haar missglückten Abschied und ihr hitziges Zwiegespräch mit dem Vater denken. Tatsächlich war er danach mit ihr zum Kloster zurückgekehrt, stumm und schweren Schrittes. Geweint hatte er nicht mehr, sondern Marga mit

versteinerter Miene ein letztes Mal umarmt. Verena hatte vorgeschlagen, dass sie doch alle gemeinsam in die Stadt zurückkehren könnten, doch der Vater hatte abgelehnt und war beim
Predigertor in einer Vorstadtschenke verschwunden.

Es klopfte erneut, als Thea einfiel, dass Verena noch bei
ihrer Freundin Elisabeth war, um sie wegen Henni zu trösten.
Sophie lag mit Kopfschmerzen in ihrer Dachkammer, der
Hausherr genoss die Sonntagsruhe in der Stube, wo er in dem
wunderschönen Buch der Legenden las, für das Burkhard im
Kloster eine deutsche Übersetzung angefertigt hatte.

So legte sie nun rasch das Brotmesser beiseite und verließ die
Küche. «Ich komme schon!», rief sie in Richtung Haustür.

Auf der Schwelle stand die Magd Gisela und war außer sich
vor Aufregung.

«Wie gut, dass du da bist. Du musst mitkommen, dein Vater
ist bös gestürzt!»

«Gestürzt? Ist er verletzt?»

«Ja, es sieht übel aus. Zum Glück ist der Bader gleich gekommen, obwohl Sonntag ist.»

«Ach, Gisela, der Vater wird mich gar nicht bei sich haben
wollen.»

«Nun schieb deinen Groll beiseite, Mädchen, und komm.»

Sie gab Anselm Wohlleb Bescheid und folgte Gisela das kurze Stück hinüber zur Vorderen Wolfshöhle. Unterwegs erfuhr
sie, was geschehen war: Sturzbetrunken sei der Vater am Nachmittag heimgekehrt, habe sich fürchterlich mit Clewi gezankt,
der sich daraufhin zu seiner Braut nach Adelhausen geflüchtet
hatte, und schließlich sei der Kirchenbeck laut schimpfend auf
den Dachboden geklettert.

«Stell dir vor, dort hat er am heiligen Sonntag das Türchen
vom Mehlspeicher geöffnet, dort, wo draußen der Seilzug

hängt, und immer wieder über die Gasse geschrien: *Warum hat der Herrgott mir meine Familie genommen?*»

Vor Schreck blieb Thea stehen. «Dann ist er von dort oben heruntergefallen?»

«Nein, nein, dem Himmel sei Dank. Sonst wäre er ja jetzt mausetot. Der gute Bertschi ist hinauf und wollte ihn holen. Auf der Gasse war ja schon ein ganzer Menschenauflauf zusammengekommen. Ich selbst war nicht dabei, war drüben in der Fabrica und hatte meinen freien Nachmittag mit Nichtstun genossen, als Bertschi mich geholt hat. Jedenfalls hatte dein Vater sich von Bertschi nicht die steile Bohlenstiege hinunterhelfen lassen wollen und ist prompt gestolpert. Und dabei kopfüber die Stiege runtergefallen!»

Sie waren vor dem Bäckerhaus angekommen, wo immer noch ein paar Neugierige herumlungerten. Mit einem zornigen «Hier gibt's nichts zu glotzen» scheuchte Gisela sie weg.

Plötzlich fragte Thea sich, warum sie mitgekommen war. Hätte man nicht besser Marga holen sollen? In solch einem Notfall hätte sie das Kloster bestimmt verlassen dürfen.

Mit einem ganz und gar unguten Gefühl betrat sie ihr Elternhaus. Oben in der Schlafkammer, wo es ziemlich ekelhaft nach Erbrochenem und Knoblauch stank, erwartete sie Bertschi.

«Wie gut, dass du gekommen bist, Thea», rief er ihr zu. «Es geht ihm wirklich schlecht. Der Bader war schon da.»

Sie nickte nur und wagte sich kaum näher ans Bett. Dort lag der Vater reglos mit verbundenem Schädel wie einst Marga. Sein linker Arm war mit einem Tuch gegen den Körper gebunden, wohl, damit er ihn nicht bewegte.

«Du hättest längst den Eimer zur Abortgrube bringen können», schalt Gisela den Altgesellen. «Und frische Luft muss auch herein.»

Sie ging zum Dachfenster und schob den Laden beiseite.

«Ich wollte ihn nicht allein lassen», rechtfertigte sich Bertschi und griff nach dem stinkenden Eimer neben dem Bett. «Außerdem hat der Bader gesagt, dass er kein Tageslicht verträgt.»

«Ist der etwa schon wieder weg?»

«Ja, aber er will heute Abend nochmals nach ihm sehen. Von dem da», er wies auf den Krug, der auf einem Schemel stand, «soll er jedes Mal trinken, wenn er bei sich ist.»

«Was ist das?», fragte Gisela.

«Ein Sud aus Knoblauch, Mistel und Weißdorn. Es soll das Blut wieder in Wallung bringen.»

«Hoffen wir's. Wenn du unten bist, bring Essigwasser und einen Putzlumpen mit. Er hat schon wieder danebengespuckt.»

Thea trat beiseite, um Bertschi hinauszulassen.

«Ist er ... ist er ohnmächtig?», fragte sie die Magd.

«Ja, immer wieder. Der Bader sagt, dass es ihm ordentlich das Gehirn durcheinandergeschüttelt hat. Und sein linker Arm war aus der Schulter gekugelt, der ist aber schon wieder eingerenkt. Hör zu, Thea: Er darf nicht allein bleiben, weil er nicht aufstehen soll. Ich warte hier, bis Clewi heimkommt – Bertschi soll ihn suchen gehen. Die beiden werden im Wechsel die Nachtwache übernehmen. Da sie aber irgendwann in die Backstube müssen, würde ich dich bitten, beim ersten Hahnenschrei hier zu sein. Ich komme dann am Vormittag wieder, sobald ich die Arbeit für die Fabrica halbwegs geschafft hab. Würdest du das tun?»

Sie versprach es, obgleich ihr nicht wohl bei dem Gedanken war.

Nachdem Gisela mit dem Essigwasser die Reste des Erbrochenen von Bettrand und Fußboden weggewischt hatte, bat sie Thea, sich zum Vater ans Bett zu setzen.

«Sprich mit ihm. Vielleicht kommt er zu sich.»

«Was soll ich ihm sagen? Wir haben uns nichts zu erzählen.»

«Dir wird schon was einfallen.» Sie stellte den Krug zu Boden und rückte den Schemel ans Bett. «Setz dich.»

Thea gehorchte. Sie betrachtete die massige Gestalt des Mannes, zu dem sie auch in Gedanken immer noch Vater sagte. Würde er sterben müssen? Sein Atem ging seltsam stoßweise, hin und wieder zuckte es in seinen abgearbeiteten Händen.

«Was machst du denn für Sachen?», begann sie leise. «Du musst besser auf dich aufpassen. Clewi und Bertschi brauchen dich doch in der Backstube. Du musst also bald wieder gesund werden.»

Doch in seinem zerschundenen Gesicht zeigte sich keine Regung, und das schmerzte sie. Trotz allem war er ihr Vater. Er hatte sie ernährt und sich für sie abgerackert, nicht anders als für Clewi und Marga. Sie hatte ebenso oft neue Schuhe oder warme Handschuhe bekommen wie die anderen. Nur eben keine Zuneigung.

Irgendwann öffnete er die Augen. Ein wenig nur, und es sah aus, als schielte er. Wie aus weiter Ferne sah er sie an. Und dann bewegte sich seine rechte Hand in ihre Richtung. Zögernd nahm sie sie in ihre Hände und streichelte sie. Sie vermochte sich nicht zu erinnern, ob sie schon jemals seine Hand gehalten hatte.

«Bist du wach?», fragte sie. Von unten hörte sie Gisela in der Küche rumoren. Wenn nur Clewi endlich heimkehren und sie ablösen würde.

Zum Antworten war der Vater wohl zu schwach. Doch da seine Augen sie anblinzelten, fuhr sie fort: «Ich bin's, die Thea. Bald wirst du wieder gesund. Ganz bestimmt.»

Vorsichtig flößte sie ihm einen Löffel von dem Sud ein, doch die Hälfte floss sein stoppeliges Kinn herunter. Er hatte die Lippen bewegt, als ob er etwas sagen wollte.

Sie neigte ihren Kopf herunter.

Schwach und stoßweise kamen seine Worte.

«Verlass ... mich ... nicht.»

«Nein, Vater, keine Sorge», gab sie verwirrt zur Antwort, aber er schien wieder eingeschlafen zu sein.

Am nächsten Morgen blieb sie recht lange bei ihm. Er kam öfter als am Vortag zu sich, sprach aber kein Wort mehr mit ihr. Sah sie nur schweigend an, und sie fragte sich, was in seinem Kopf vorging. Wahrscheinlich hatte er sie gestern mit Marga verwechselt – anders konnte sie sich seine plötzliche Zuwendung nicht erklären. So flößte sie ihm weiterhin behutsam von dem Sud ein, reinigte den Dielenboden, nachdem er sich noch einmal krampfartig erbrochen hatte, und war froh, als Bertschi sie bei der Krankenwache ablöste.

Bei Josef im Münster vorbeizusehen, wagte sie nicht. Es war bereits mitten am Vormittag, und schon gestern hatten die Wohllebs großzügig darüber hinweggesehen, dass sie das Abendessen verpasst hatte. Vielleicht fand sich am späteren Nachmittag ein Stündchen Zeit.

Als sie in die Salzgasse einbog, sah sie Verena vor dem Haus auf und ab gehen und dabei in alle Richtungen spähen. Sie wirkte vollkommen aufgelöst.

«Was ist geschehen», fragte Thea.

«Die Sophie ist weg! Nach dem Morgenessen ist sie los, sie sollte vom Schwarzbeck das wöchentliche Brot abholen. Das hat sie auch getan, wie ich gerade erfahren habe. Aber das war vor gut zwei Stunden!»

«Wahrscheinlich hat sie unterwegs ihre Freundin Gritli getroffen», ließ sich Anselm Wohlleb von der Toreinfahrt her vernehmen, «und die beiden haben sich wieder einmal verschwatzt. Wie geht es deinem Vater, Thea?»

«Ein klein wenig besser, danke.» Sie dachte mit Schrecken daran, was Sophie ihr am Tag vor Margas Klosteraufnahme gestanden hatte: Sie habe zufällig Rudolf wiedergetroffen, und in ihren Augen hatte es verräterisch glücklich aufgeleuchtet. Woraufhin Thea ihr gesagt hatte, sie solle jetzt nur nichts Falsches tun.

«So schwatzt hier doch nicht herum», fuhr Verena dazwischen. «Wir müssen sie suchen gehen!»

«Sophie ist kein Kind mehr», gab Anselm zurück. «Statt wie ein aufgescheuchtes Huhn hin und her zu rennen, könntest du auch bei Elisabeth vorbeischauen und fragen, ob Gritli zu Hause ist.»

«Du hast recht. Ich mach mich gleich auf den Weg.»

Thea kam ein furchtbarer Verdacht.

«Warte», sagte sie. «Hast du schon in der Vorratskammer nachgesehen, ob etwas fehlt?»

«Warum … Was denkst du, um Himmels willen?»

Aber Thea hatte bereits die Eingangshalle durchquert und stürmte die Treppe hinauf. Auf den ersten Blick war die kleine Kammer hinter der Küche so gut mit Vorräten bestückt wie immer. Als Köchin indessen wusste sie genau, was bereits verbraucht war und was nicht.

«Es fehlt ein ganzer Ring Hartwurst», sagte sie zu Verena, die hinter ihr auftauchte. «Und der Kanten Hartkäse, den ich heute fürs Mittagessen verwenden wollte, ist auch weg. Genau wie der zweite Einkaufskorb.»

«Was hat das zu bedeuten?»

Thea holte tief Luft. Hatte sie selbst etwa Sophie erst auf diesen dummen Gedanken gebracht?

«Ihr solltet», sagte sie leise, «beim Goldschmiedemeister Quentlein vorbeigehen und nach Rudolf Loderer fragen. Womöglich ist er ebenfalls verschwunden.»

Kapitel 40

Am selben Montagvormittag,
Anfang März, Anno Domini 1320

Goldschmiedemeister Quentlein schüttelte den Kopf.

«Der Rudolf ist seit Samstag bei seinem Vater, weil ich ihn für diese Woche freigestellt habe. Des guten Wetters wegen ist der alte Loderer nämlich am Sonntag nach Basel aufgebrochen, zu einem Handelsgenossen, und weil sein Sohn Diebold mal wieder im Turm einsitzt, muss Rudolf einspringen. Warum fragt Ihr?»

Ein wenig verlegen winkte Verena ab. Was sollte sie dem freundlichen Goldschmied von ihren Sorgen um Sophie erzählen?

Doch Anselm war schneller.

«Es geht um unsere Tochter Sophie. Wir wissen nicht, wo sie steckt, und dachten uns, vielleicht weiß Rudolf es.»

Nachdenklich kratzte sich Quentlein den Kinnbart. «Die Sophie war am Samstagmorgen da, kurz bevor Rudolf sein Bündel gepackt hat. Ich hatte sie ja schon seit Ewigkeiten nicht mehr gesehen. Die beiden haben kurz miteinander geredet, dann hat Rudolf ihr geholfen, drüben am Oberlindenbrunnen die Wassereimer aufzufüllen. Mehr kann ich Euch leider nicht sagen, weil ich wieder meiner Arbeit nachgehen musste.»

Verena und Anselm sahen sich an.

«Hast du gewusst», fragte er mit einem leisen Vorwurf in

der Stimme, «dass sie das Brunnenwasser wieder an Oberlinden holt? Sozusagen vor Rudolfs Augen?»

«Wie sollte ich? Ich habe anderes zu tun, als Sophie den ganzen Tag hinterherzulaufen.»

Sie wandte sich wieder dem Goldschmied zu. «Konntet Ihr verstehen, worüber die beiden gesprochen haben?»

«Nein, liebe Kauffrau. Und ich belausche auch nicht die Gespräche meiner Gesellen. Aber wenn Ihr erlaubt, dass ich offen zu Euch bin: Ich finde es jammerschade, dass Ihr, wie auch die Loderers, gegen eine Verbindung der beiden jungen Leute seid. Die Sophie ist ein grundgutes Mädchen, an ihr habt Ihr mehr als recht getan. Und der Rudolf ist nicht wie sein Vater. Er ist ein aufrichtiger, fleißiger, bescheidener Bursche, ein geschickter Goldschmied wie auch ein guter Kaufmann.»

«Mag sein», erwiderte Anselm finster, «aber mitunter gibt es gewichtigere Gründe gegen eine Heirat. Habt Dank für Eure Auskunft, Quentlein, aber wir müssen weiter.»

Der Goldschmiedemeister brachte sie zur Tür.

«Vielleicht werdet Ihr Eure Tochter im Handelshaus der Loderers finden, jetzt wo der Alte und der Diebold nicht da sind. Wenn dem so ist, seid also nicht zu streng mit ihr. Und dem Rudolf richtet bitte aus, dass er noch seinen Lohn von letzter Woche abholen soll.»

Anselm eilte so schnell die Vordere Wolfshöhle hinauf, dass Verena kaum hinterherkam.

«Falls Sophie wirklich bei den Loderers ist, wird sie ihr blaues Wunder erleben», schnaubte er. «Sich einfach wieder heimlich mit Rudolf zu treffen!»

Verena hielt ihn am Arm fest und blieb stehen. «Was bleibt ihr denn anderes, wenn ihr Männer so stur seid? Du hast doch gehört, was der Goldschmied über Rudolf gesagt hat.»

«Ach, nun bin ich auch noch schuld daran, wenn sie von zu Hause wegläuft? Selbst wenn *ich* einer Heirat zustimmen würde – Wernher Loderer täte es mit Sicherheit nicht.»

Traurig sah sie ihn an. «Ich glaube kaum, dass sie bei den Loderers ist. Warum hätte sie das ganze Brot samt Wurst und Käse dorthin schleppen sollen?»

«Du meinst ...?»

Sie nickte. «Ich denke, sie ist längst fort aus Freiburg. Und zwar nicht allein.»

Verenas böse Ahnung bestätigte sich. Der Kaufmannsgehilfe, den sie bei einem vollbeladenen Fuhrwerk im Hof vorfanden, war außer sich.

«Heute in aller Herrgottsfrühe war Rudolf einfach verschwunden! Und das, wo er hier so dringend gebraucht wird. He, Kerl», schnauzte er einen der Knechte an, «die Kiste kommt nicht in den Keller, sondern ins Stofflager.»

«Und er hat keinerlei Nachricht an Euch hinterlassen?», fragte Anselm mit kalkweißem Gesicht.

«Nein. Dafür hat er zwei gute Wolldecken mitgehen lassen, Geschirr und Vorräte und obendrein unseren Maulesel. Als ob er nach Rom pilgern wollte!»

Verena versagten die Beine, und sie sank auf die Deichsel des Wagens nieder.

«Sie sind also fort», flüsterte sie. «Weit fort.»

«Was soll ich nur meinem Herrn sagen, wenn er zurück ist?» Der Gehilfe hörte nicht auf zu lamentieren. «Während hier der ganze Laden zusammenbricht, weil Diebold falsches Gold verkauft hat und dafür seit Tagen in Ketten liegt. Wäre er kein Loderer, würde er wahrscheinlich schon am Galgen baumeln. Ganz zu Recht hat der Kaufherr dem Rudolf die Aufsicht über-

744

tragen, weil der nämlich mehr vom Handel versteht als dieser Nichtsnutz von Bruder!»

«So hört endlich auf zu jammern», unterbrach Verena ihn mit Tränen in den Augen. «Hier geht's nicht um das Handelshaus, sondern um zwei junge Menschen, die sich womöglich gerade ins Unglück stürzen.»

Mühsam rappelte sie sich wieder auf.

«Komm, Anselm. Wir müssen an den Stadttoren nachfragen. Vielleicht können uns die Torwächter weiterhelfen.»

«Gleich, Verena. Wisst Ihr», fragte er den Handelsgehilfen, «ob Wernher Loderer außerhalb von Freiburg Verwandtschaft hat? Oder enge Freunde?»

«Er hat einen Vetter in Basel und einen Neffen in Straßburg. Freunde hat er eher keine. Ihr kennt ihn doch.»

«Und wann wollte er zurück sein?»

«Wartet … heute ist Montag – ich denke, bis nächsten Freitag.»

«Das ist viel zu spät, um erst dann etwas zu unternehmen», murmelte Anselm. «Rasch, Verena, gehen wir.»

Weder am südlichen Ausfalltor zur Basler Landstraße noch am nördlichen, wo es in Richtung Straßburg ging, hatte man morgens einen jungen Mann mit Maulesel in Begleitung eines Mädchens gesehen. Doch am Obertor wurden sie fündig.

«Ja, da waren zwei mit einem vollbepackten Maultier», gab der junge Wächter Auskunft. «Ich hab sie noch gefragt, wohin des Wegs, und der Mann hatte gemeint: Dorthin, wo das Glück auf uns wartet.»

Da brach Verena vollends ins Tränen aus, kaum hatte sie sich abgewandt.

«So beruhige dich doch.» Anselm nahm sie in den Arm.

«Wir gehen jetzt heim, und ich sattle mein Reitpferd. Ich werde das ganze Dreisamtal abreiten.»

«Aber sie haben einen halben Tag Vorsprung.»

«Mit dem Schimmel hole ich sie allemal ein. Und ich bin immer noch ein guter Reiter.»

Erst bei Dunkelheit kehrte Anselm zurück. In dem Dörfchen Ebnot, eine Stunde Fußmarsch von Freiburg entfernt, war das junge Paar mit dem Maulesel von mehreren Menschen gesehen worden, in Kirchzarten, eine weitere Stunde stadtauswärts, glaubte sich lediglich ein alter Mann an sie zu erinnern. Danach hatte sich ihre Spur verloren.

«Ich bin bis zur Schlucht der Falkensteiner geritten, hab unterwegs an jedem Köhlerhaus, jeder Waldarbeiterhütte angeklopft. Nichts.»

Verena klammerte sich an ihm fest.

«Ich glaube», stieß sie hervor, «wir haben unsere Jüngste verloren, vielleicht für immer.»

Kapitel 41

Am selben Nachmittag,
Anfang März, Anno Domini 1320

Du hast keine Schuld daran. Glaub mir, Thea.» Beschwö-
rend sah Josef sie an und rückte auf der Bank ein Stück
näher an sie heran. «Nur weil du Sophie von unserem Glück
erzählt hast ...»

Er hatte den ganzen Tag voller Ungeduld auf Thea gewartet
und sich so gefreut, als sie endlich die Sakristei betrat. Und nun
kauerte sie vor ihm wie ein Häuflein Unglück, weil Sophie und
Rudolf verschwunden waren. Er selbst wunderte sich eher, dass
sich die beiden nicht schon viel früher aus dem Staub gemacht
hatten.

«Aber ich hätte es merken müssen», stieß sie hervor. «Sophie
war immer trauriger geworden an dem Abend, als ich mit den
Wohllebs unser Verlöbnis gefeiert hatte. Bestimmt war sie da
zu dem Entschluss gekommen, mit Rudolf zu fliehen, wo sie
ihn doch am Brunnen wieder getroffen hatte. Vielleicht habe
ich selbst sie auf die Idee gebracht: Ich hab ihr nämlich gesagt,
sie solle keine Dummheiten machen. Und letzten Sommer
hatte ich sie sogar ermahnt, sie solle ja nicht auf den Gedanken
kommen, mit ihm durchzubrennen.»

«Ach was. Ich wette, das ist auf Rudolfs Mist gewachsen,
aber ganz gleich: Glaubst du nicht, dass die beiden auch ohne
dich auf diesen Einfall gekommen wären?»

«Vielleicht hast du recht. Ich mache mir halt solche Sorgen um sie. So allein da draußen.»

«Sie sind zu zweit und gut ausgerüstet. Ich kenne Rudolf lange genug: Er ist kein Heißsporn, der sich unnötig in Gefahr bringt. Den beiden geschieht schon nichts. Irgendwann werden sie von sich hören lassen – aus Augsburg oder Konstanz oder sonst woher. Und wer weiß, womöglich kommen diese beiden Sturköpfe von Vätern dann endlich zur Vernunft.»

Sie nickte, schien aber nicht gerade überzeugt, und er strich ihr zärtlich über die Wange.

«Ich habe dich so sehr vermisst den ganzen Tag. Du bist heute Morgen gar nicht gekommen.»

«Ich war bei meinem Vater.» Sie stieß einen Seufzer aus. «Das kommt ja noch hinzu. In der Aufregung hab ich dir das noch gar nicht erzählt. Er ist gestern Abend schwer gestürzt, völlig betrunken. Kopfüber von der Dachbodenstiege.»

Letztlich berührte ihn diese Nachricht herzlich wenig, weil dieser Mann Thea so großes Leid angetan hatte. Aber da sie so traurig dreinschaute, fragte er nach: «Wie steht es um ihn?»

«Nicht sehr gut. Er hat starke Schmerzen, vor allem im Kopf, und wirkt verwirrt. Der Bader hat ihm strenge Bettruhe verordnet, dabei ist er ohnehin die meiste Zeit nicht richtig bei sich. Aber lassen wir das», winkte sie ab. «Wie geht es dir inzwischen? Hast du alles, was du brauchst?»

«Eigentlich brauche ich nur dich», scherzte er und versuchte sich an einem Lächeln.

Oder hätte er ihr sagen sollen, dass ihm trotz der Fürsorge seiner Steinmetzbrüder allmählich die Decke auf den Kopf fiel? Seit drei Tagen und drei Nächten war er ein Gefangener der Sakristei. Gut, er brauchte keine Angst mehr zu haben wie in der Nacht in Nepomuks Hütte, und er hatte genug zu essen, zu trinken und eine warme Schlafstatt. Aber dieses tagelange Nichtstun und Warten brachte ihn fast um den Verstand. Hin und wieder ertappte er sich dabei, wie er halblaut Zwiesprache mit dem Gekreuzigten an der Wand hielt. Wie gern hätte er an einem Stein gearbeitet, und sei es nur an der Maßwerkbrüstung der Turmgalerie, doch er konnte schließlich die Sakristei nicht in eine Steinmetzwerkstatt verwandeln. Es grenzte ohnehin an ein Wunder, dass die Freiburger Geistlichkeit ihm dieses Obdach gewährte, obwohl der Pfarrrektor dagegen Sturm lief. Stattdessen hatte Meister Heinrich ihm zur Aufgabe gegeben, die Maße und Gewichte der weiteren Ringanker für den Turmhelm zu berechnen – eine reine Fleißaufgabe, um ihn beschäftigt zu halten, denn dasselbe tat der Baumeister mit Sicherheit selbst in diesen Tagen. Ja, seine Arbeit fehlte ihm sehr, aber mehr noch, dass er seine freien Stunden nicht mit Thea verbringen durfte. Wo doch ihr Glück eben erst begonnen hatte!

Als hätte sie seine Gedanken gelesen, sagte sie: «Deine Zeit hier ist bald vorbei. Ganz bestimmt. Und dann bereiten wir unsere Hochzeit vor.»

Unbeeindruckt von Pfarrer Schwarz, der bei der Tür wieder einmal wie Zerberus, der Höllenhund, über den Anstand zwischen ihnen wachte, nahm sie seine Hand.

«Weiß dein Vater denn davon?», fragte er.

«Ja. Ich habe es ihm gestern eröffnet, nach Margas feierlicher Aufnahme ins Kloster. Ich habe ihm auch gesagt, dass du Bescheid weißt, wer …» Sie geriet kurz ins Stocken, fing sich dann aber wieder und fügte im Flüsterton und mit Seitenblick auf den Pfarrer hinzu: «… wer mein leiblicher Vater ist.»

Dass Thea offen mit ihrem Vater gesprochen hatte, freute und überraschte ihn zugleich.

«Und? Wie hat er es aufgenommen?»

Ein wenig hilflos zuckte sie die Schultern. «Ich weiß nicht. Eigentlich hat er daraufhin gar nichts mehr gesagt. Aber wahrscheinlich ist er froh, dass mich überhaupt jemand zur Frau will.»

«Red doch nicht so, Thea. Und ob ich dich will. Meinetwegen könntest du aus einer Gauklerfamilie stammen oder einem Narrenkäfig entflohen sein.»

Sie mussten beide lachen, als ein Klopfzeichen an der Tür sie unterbrach, bevor im nächsten Moment Pfarrer Schwarz den Baumeister hereinließ. Josef erschrak über dessen ernstes Gesicht.

Thea und er standen auf und gingen ihm entgegen.

«Hast du schlechte Nachrichten, Meister?», fragte Josef, der sich mit Heinrich neuerdings duzte.

«Leider ja.» Er warf einen unsicheren Blick in Richtung Thea, die mehr als beunruhigt wirkte.

«Wenn es Josef betrifft», sagte sie hastig, «muss ich es ebenfalls wissen.»

«Nun gut. Der Bürgermeister und der Münsterpfleger waren eben bei mir. Der Graf hat das Gnadengesuch des Magistrats abgelehnt. Schlimmer noch: Pfarrrektor Gebhard von Freiburg will seine Verbindungen zum Konstanzer Bischofshof spielen lassen. Da es nicht angehe, einem Frevler, der einen feigen Anschlag auf den Grafen verübt habe, den Schutz der Kirche zu gewähren, will Gebhard von Freiburg den Bischof bitten, dass er dich dem Grafen übergeben darf.» Er holte tief Luft. «Du hast nicht mehr viel Zeit, Junge. Bereits gestern bei Sonnenaufgang hat der Rektor einen reitenden Boten nach Konstanz geschickt. Zwei Tage hin, ein Tag Audienz, zwei Tage zurück. Es bleiben dir also noch vier Tage.»

«Jetzt arbeitet also auch noch der Pfarrrektor gegen mich»,

murmelte Josef und spürte, wie sich seine Brust zusammenzog.

«Du musst fort von hier, Josef. Der Magistrat – und das ist jetzt die gute Nachricht – macht sich daran, eine berittene Scharwache zu rüsten. Sie soll dich auf die Snewlinburg Landeck bringen, wo der Gerichtsbann des Grafen endet. Von dort kannst du weiter nach Straßburg. Du hast mir doch erzählt, dass du noch im Besitz deines Elternhauses bist – ich bin mir sicher, dass du über Johannes, Meister Erwins Sohn, eine Arbeit als Steinmetz finden wirst.»

Josef starrte zu Boden. Seine Hoffnung auf einen guten Ausgang, die schon in den letzten zwei Tagen immer schwächer geworden war, hatte sich damit in nichts aufgelöst.

«Das bedeutet also», sagte er langsam, «wenn Gott kein Wunder geschehen lässt, werde ich nicht mehr mit euch weiterarbeiten können an unserem schönen Turm.»

Heinrich nickte sichtlich bewegt und legte ihm die Hand auf die Schulter.

«Ich muss jetzt gehen. Sobald ich mehr weiß, komme ich wieder.»

Pfarrer Schwarz ließ den Baumeister hinaus. Dann drehte er sich zu Josef um.

«Das tut mir wirklich leid, mein Sohn. Gott schütze dich auf all deinen Wegen.» Er öffnete die schmale Tür zur Gewandkammer. «Das Vespergebet beginnt gleich. Du musst jetzt gehen, Thea. Ich kann und darf euch nicht allein lassen.»

«Einen Augenblick noch, Herr Pfarrer», flehte Josef und zog Thea, ohne die Erlaubnis abzuwarten, mit sich in seine Schlafecke.

«Gehst du mit mir nach Straßburg?», fragte er sie.

«Glaub mir, ich würde nichts lieber tun.» Sie stockte. «Aber ich kann nicht weg, zumindest nicht jetzt, wo es dem Vater so schlechtgeht.»

«Hat sich dein Vater denn je um *dich* gekümmert, wenn du krank warst?» Sein Tonfall war schärfer als beabsichtigt. «Hat er sich überhaupt um dich gekümmert? Nein!»

«Ich verspreche dir, ich komme nach. Sobald es ihm bessergeht.»

«Wann wird das sein? Und wenn dein Vater ein Krüppel bleibt, pflegst du ihn dann bis zu seinem Tod? Ausgerechnet den Mann, der dich nie haben wollte?»

Erschrocken sah sie ihn an. «Warum redest du so garstig?»

«Verzeih mir, Thea. Bitte verzeih mir.» Er schämte sich plötzlich zutiefst. «Ich wollte dir nicht weh tun. Es ist nur so, dass ich nicht allein nach Straßburg will, wo es mit uns gerade erst begonnen hat. Außerdem sind da doch auch noch Gisela, dein Bruder und sein Geselle, die sich um ihn kümmern können. Verstehst du nicht? Ich will nicht schon wieder von dir getrennt sein.»

«Ich auch nicht, Josef, das weißt du. Aber ich kann es kaum erklären. Es hat mich sehr berührt, wie ich den Vater heute Morgen so hilflos habe liegen sehen. Und gestern Abend hat er plötzlich meine Hand gehalten, als er kurz bei sich war, und hat geflüstert, ich solle ihn nicht verlassen. Mein erster Gedanke war, dass er mich mit meiner Schwester verwechselt hätte, aber als ich eben auf dem Weg zu dir war, habe ich Gisela vor dem Schaffnerhaus getroffen. Sie hatte mich abgelöst heute Vormittag, und sie hat mir erzählt, dass er immer wieder meinen Namen genannt hätte.»

«Du wünscht dir die Versöhnung mit deinem Vater sehr», stellte er nüchtern fest, war aber selbst erschrocken, wie kalt ihn das innerlich ließ.

752

«Weil er mein einziger richtiger Vater ist, Josef. Einen anderen habe ich nicht.»

Irgendwie konnte er sie sogar verstehen. Sie hatte nicht viel Gutes erlebt in ihrer Kindheit, nur um am Ende erfahren zu müssen, dass sie die Frucht einer Schändung war. Nun sollte nicht alles schlecht gewesen sein.

«Du hast es gerade gehört», sagte er leise. «Es kann sein, dass ich schon morgen oder übermorgen fortmuss.»

«Ich weiß.» Ihre Augen füllten sich mit Tränen. «Ich komme morgen früh gleich nach Sonnenaufgang hierher.»

Wenn es dann nicht zu spät ist, dachte er und spürte, wie auch ihm die Tränen kamen. Es musste doch noch eine andere Lösung geben …

Da traf es ihn wie eine göttliche Eingebung: die Jagdhütte im Wald!

«Ich hab's, Thea. Es gibt da eine aufgegebene Jagdhütte der Kolman-Brüder, von der Rudolf Loderer mir einmal erzählt hat. Sie liegt oben im Oberrieder Wald nahe der zerstörten Wilden Schneeburg. Dort triffst du keine Menschenseele, sagt Rudolf, der sich manchmal sonntags dorthin geflüchtet hat, um seiner Familie aus dem Weg zu gehen. Wenn ich mich dort verstecke, könnten wir uns hin und wieder treffen. Das sind keine drei Stunden Fußmarsch von hier. Und wenn dann dein Vater wieder auf den Beinen ist, gehen wir zusammen nach Straßburg.»

«Aber das ist viel zu gefährlich allein im Wald! Und was, wenn der Graf mich heimlich beobachten lässt? Dann führe ich ihn gradwegs zu dir. Nein, wenn ich nicht nachkommen kann nach Straßburg, dann muss es noch etwas anderes geben.»

Der Pfarrer räusperte sich vernehmlich. «Bitte, Thea, geh jetzt.»

Inzwischen waren auch die anderen Geistlichen eingetroffen und drängten sich vor der Kleiderkammer, um sich ihr Priestergewand überzustreifen.

«Sofort, Herr Pfarrer.» Sie wandte sich wieder Josef zu. «Hör zu, *ich* werde mit Graf Konrad reden. Vielleicht will er vor deinen Leuten und den Ratsherren inzwischen nur noch sein Gesicht als strenger Stadtherr wahren, vielleicht rührt es ihn ja doch ein wenig, wenn ich ihn als Frau um Gnade für ihren Liebsten bitte. Mir werden schon die richtigen Worte einfallen. Halte die städtische Wachmannschaft noch zwei, drei Tage hin.»

«Tu das nicht, Thea!» Er war entsetzt über diesen Gedanken. «Er könnte dich in einen Hinterhalt locken und es wieder versuchen!»

«Nicht, wenn ich mir zu meinem Schutz jemanden mitnehme, vor dem der Graf Achtung hat. Wünsch mir also viel Glück. Und vergiss nicht: Ich liebe dich, Josef.»

«Ich liebe dich auch, Thea.»

Er sah ihr nach, wie sie zur Tür eilte, und wusste, dass er die kommende Nacht kein Auge zutun würde.

Kapitel 42

Am nächsten Morgen,
Anfang März, Anno Domini 1320

Nachdem Thea mehr schlecht als recht eine Nacht über ihr Vorhaben geschlafen hatte, fand sie es selbst reichlich waghalsig und konnte Josefs entsetzten Blick nur allzu gut verstehen. Zugleich wusste sie, dass das Vorsprechen bei Graf Konrad die einzige Möglichkeit blieb, Josef frei zu bekommen und ihm vielleicht doch noch seinen sehnlichsten Wunsch zu ermöglichen, am Freiburger Münsterturm weiterzubauen.

Gestern in der Sakristei hatte sie bei der Person, die sie zu ihrem Schutz begleiten sollte, noch an Anselm Wohlleb gedacht, der zu den angesehensten Bürgern der Stadt gehörte. Doch in der Nacht war ihr der Gedanke gekommen, dass gerade dies den Grafen zu Trotz und Abwehr herausfordern könnte. Und plötzlich hatte sie gewusst, wer sie unterstützen sollte. Doch die Frage war, ob dieser jemand auch bereit dazu war …

Schon beim ersten Hahnenschrei war sie erwacht und hatte sich hastig angekleidet. Als sie sich jetzt auf leisen Sohlen in die Küche schlich, war es im Haus noch totenstill. Sie hatte Verena die halbe Nacht hindurch weinen hören. Wahrscheinlich war sie erst gegen Morgen endlich eingeschlafen, und Anselm Wohlleb mit ihr.

In der Küche schürte sie das Herdfeuer und stellte Becher und Brot auf den Tisch. Verena hatte sie am Vorabend Bescheid gegeben, dass sie nicht beim Morgenessen dabei sein würde, doch die hatte nur teilnahmslos und ohne weitere Fragen genickt.

So sehr es Thea zu Josef zog – zuerst musste sie alles in die Wege leiten, um den Grafen umzustimmen. Sie warf sich ihren Mantel über, trat hinaus in die kalte Morgenluft und durchquerte, ohne nach rechts und links zu schauen, die Stadt, die allmählich zum Leben erwachte: Fensterläden wurden geöffnet, Nachttöpfe in die Gosse geleert, Handkarren zum Hoftor hinausgeschoben. Manch einer rief ihr einen freundlichen Gruß hinterher.

An der Pforte zum Kloster Sankt Maria Magdalena musste sie mehrfach das Glöckchen läuten, bis die Luke im Tor endlich geöffnet wurde. Ein altes, müdes Gesicht erschien.

«Wer bist du und was willst du, Tochter?», fragte die Pförtnerin bärbeißig. Thea ließ sich nicht abschrecken und lächelte sie freundlich an.

«Ich bin Thea Kirchenbeckin, die Schwester von Margaretha, die am Sonntag bei Euch aufgenommen wurde. Ich muss dringend die Mutter Oberin sprechen.»

«Was denkst du dir? Da könnte ja jeder kommen.»

Sofort fiel die Klappe wieder zu.

Aber Thea war fest entschlossen, nicht zu weichen, bis die Priorin vor ihr stand. Unablässig zog sie an der Kette der Glocke, bis die Luke wieder aufsprang. Kleine, helle Augen funkelten sie an.

«Was soll das? Hörst du wohl auf?»

«Ich flehe Euch an, liebe Frau: Gebt der Priorin Bescheid, dass ich sie sprechen muss. Es geht wahrhaftig um Leben und Tod, nur sie allein kann mir noch helfen.»

«Die Schwester von Margaretha sagtest du? Nun sei's drum,

aber du musst dich schon bis zum Ende der Frühmesse gedulden. Und du wartest nicht hier, sondern vor dem Kirchenportal.»

«Ich danke Euch von Herzen», rief Thea erleichtert, doch die Klappe hatte sich längst wieder geschlossen.

Mit klopfendem Herzen ging sie die Klostermauer entlang bis zur Kirche. Aus den schmalen Fenstern drangen die Chorgesänge nach draußen, und sie versuchte vergebens, die klare, helle Stimme ihrer Schwester herauszuhören.

Vor dem Portal setzte sie sich auf die oberste Stufe. Würde die Priorin sie auf die Burg begleiten? Da sie dem mächtigen Geschlecht der Markgrafen von Hachberg angehörte, würde Graf Konrad es mit Sicherheit nicht wagen, ihr die Tür zu weisen. Doch wer war sie, Thea, dass sie eine vornehme Frau und Klostervorsteherin um solch einen außergewöhnlichen Gefallen bitten durfte? Wahrscheinlich erinnerte sich die Mutter Oberin nicht einmal an sie. Und was noch schwerer wog: Thea müsste ihr die wahren Hintergründe offenbaren, und zwar vermutlich nicht nur die über den Angriff des Grafen in der Kirche.

Sie erschrak fast, als sich plötzlich mit einem lauten Knarren hinter ihr das Kirchenportal öffnete, und sprang rasch von den Stufen auf. Dem Himmel sei Dank – es war wirklich die Mutter Oberin. Und sie war allein.

«Gott zum Gruße, Thea», richtete sie freundlich das Wort an Thea, um sie dann ohne Umschweife zu fragen: «Welche Nöte treiben dich zu mir?»

«Gott zum Gruße, ehrwürdige Mutter. Habt vielen Dank, dass Ihr gekommen seid.»

Thea zögerte einen Augenblick. Was genau sollte sie der Ordensfrau erzählen? Doch der Blick in deren offenes Gesicht ermutigte sie fortzufahren.

«Ich bin wahrhaftig in großer Not. Das heißt, nicht ich, sondern mein Bräutigam Josef Holtzer. Seit Tagen versteckt er sich im Liebfrauenmünster, wo er Zuflucht gefunden hat, vor Graf Konrad. Doch jetzt soll er an ihn ausgeliefert und von ihm gerichtet werden. Und das nur, weil er mich … Weil er mich aus einer schrecklichen Lage errettet hat.»

In möglichst nüchternen Worten versuchte Thea zu schildern, was ihr in der Kirche durch Graf Konrad widerfahren war.

«Der Graf hatte sich als Barfüßermönch verkleidet, und schon aus diesem Grund hatte Josef gar nicht wissen können, wer wirklich unter der Kutte steckte», schloss sie ihren Bericht.

Das sanftmütige Lächeln der Priorin war einem Ausdruck tiefer Entrüstung gewichen.

«Dann ist sie also wirklich wahr, die Geschichte um den Grafen und das junge Mädchen … Ich habe davon gehört, aber du kannst dir denken, dass ich nicht viel auf Gassentratsch gebe. Es ist fürwahr eine Schande, was sich so manche Mannsbilder, erst recht unter den Herrschenden, immer wieder erlauben. Der Herr hat dem Manne das Weib zur Gefährtin gegeben und nicht zur Knechtschaft oder als Spielball ihrer Wollust. Du sagst, der wagemutige junge Steinmetz sei dein Bräutigam?»

«Ja, ehrwürdige Mutter. Wir wollen so bald als möglich heiraten. Doch wie es jetzt aussieht, muss er nach Straßburg fliehen, und ich kann nicht mit ihm. Weil mein Vater nämlich am Sonntag schwer gestürzt ist und meine Hilfe braucht.»

«Du armes Kind, auch das noch. Wir müssen deiner Schwester davon erzählen, damit sie für ihn betet.»

Thea nickte. «Aber ich hoffe, dass es dem Vater bald schon bessergeht.»

Sie wurde allmählich ein wenig ungeduldig, hatte sie doch

noch immer nicht die Gelegenheit gefunden, ihre Bitte auszusprechen. Doch die Priorin kam ihr zum Glück zuvor.

«Wie nun kann ich dir in der Sache mit deinem Bräutigam helfen?»

«Ich würde mich freuen, wenn Ihr mich zu Graf Konrad auf die Burg begleitet. Nachdem das Gnadengesuch des Stadtrats abgelehnt worden ist, möchte ich selbst um Gnade bitten. Doch allein wird der Graf mich niemals empfangen.»

Erstaunt sah die Mutter Oberin sie an.

«Und warum, glaubst du, sollte der Graf dir mehr Gunst erweisen als dem Rat dieser Stadt?»

Thea holte tief Luft. Nun musste sie den Satz aussprechen, der ihr im Herzen weh tat. Aber es gab keinen anderen Weg. «Weil ich, was er noch nicht weiß, seine Halbschwester bin.»

Wenn die Priorin verblüfft war, wovon Thea ausging, so ließ sie es sich jedenfalls nicht anmerken.

«Ich gehe davon aus», sagte sie langsam, «dass der verstorbene Graf Egino dein leiblicher Vater ist.»

«Ja, ehrwürdige Mutter, und er hatte meine Mutter als junge Magd auf der Burg mit Gewalt genommen. Das alles habe ich selbst erst vor einigen Jahren erfahren.»

«Ich nehme an, dein Vater weiß davon. Aber weiß es auch deine Schwester?»

«Nein, sie hat nicht die geringste Ahnung.»

«Dann sollten wir es dabei belassen. Es sei denn, es ist dir nun, auch nach dem, was geschehen ist, eine Herzenssache, dass sie es weiß.»

Thea dachte nach. Vieles würde Marga tatsächlich besser verstehen, wenn sie die Wahrheit kannte.

«Vielleicht sage ich es ihr, wenn sie endgültig in Euren Orden eingetreten ist.»

«Gut. Lass ihr und dir ruhig Zeit damit. Und jetzt zu deiner Frage, ob ich dich begleiten werde. Nun, ich kenne die gräfliche Familie recht gut, zumal Graf Konrads Mutter Katharina immer eine große Förderin unseres Klosters war. Du bist eine mutige Frau, Thea, und da du mir fest entschlossen scheinst, mit dem Grafen zu sprechen, will ich dich nicht allein gehen lassen.»

Thea hätte die Priorin in ihrer Freude und Erleichterung am liebsten umarmt. Stattdessen nahm sie ihre Hand und küsste sie.

«Danke, ehrwürdige Mutter. Danke!»

Die Ordensfrau lächelte. «Dann hole ich dich nach dem Stundengebet der Terz ab. Du lebst und arbeitest beim Kaufherrn Wohlleb, nicht wahr?»

«Ja, aber ich werde den Vormittag über bei meinem Vater sein, da mein Bruder und der Geselle zu dieser Zeit in der Backstube arbeiten müssen.»

«Gut, dann komme ich dorthin und sehe dabei gleich nach deinem Vater.»

Thea verabschiedete sich und machte sich hoffnungsfroh auf den Weg. Nicht nur, dass sie jetzt eine wichtige Unterstützerin an der Seite hatte – sie spürte auch, wie gut es tat, dass sie das Geheimnis ihrer Herkunft mit dieser warmherzigen, verständnisvollen Frau, noch dazu einer Frau Gottes, hatte teilen können.

Auf halber Strecke zur Bäckerei ihres Vaters bog sie auf den Münsterplatz ab. Am Turm war die Arbeit in vollem Gange, und ihr Herz machte einen kleinen Sprung bei dem Gedanken, dass Josef vielleicht bald schon wieder mit dabei sein würde. Denn insgeheim war sie sich sicher, dass sie mit Hilfe der Oberin Erfolg haben würde.

Sie winkte dem Baumeister zu, der auf halber Höhe auf dem Gerüst stand, und eilte in die Kirche. Dort klopfte sie mit dem vereinbarten Zeichen gegen die Tür zur Sakristei.

Josef selbst öffnete sie einen Spalt breit.

«Thea! Da bist du ja.» Er streckte den Kopf heraus und sah sich um. «Ohne Pfaffe oder Kaplan? Du weißt, dass ich dich nicht allein hereinlassen darf.»

Sie lachte. «Ich wollte dir nur etwas sagen. Ich muss gleich weiter zu meinem Vater.»

«Ach so», sagte er enttäuscht, und seine Miene verdüsterte sich. «Wir haben nicht mehr viel Zeit miteinander, denn morgen vor Sonnenaufgang kommt die städtische Scharwache mich holen.»

«Das braucht es gar nicht mehr, Josef!» Sie war voller Freude, ihm die gute Nachricht zu überbringen. «Stell dir vor, keine andere als die Priorin vom Reuerinnenkloster begleitet mich nachher zum Grafen.»

«Ist das wahr?» Seine Augen strahlten wieder.

«Aber ja! Ich war eben bei ihr. Du wirst sehen: Mit Unterstützung der Oberin, die der Graf achtet und wertschätzt, bist du heute noch ein freier Mann.» Sie küsste ihn mitten auf den Mund. «Und jetzt muss ich rasch weiter.»

«Du kommst spät heute», sagte Clewi tadelnd und legte den Holzzweig, an dem er bei Theas Eintreten geschnitzt hatte, beiseite. Der Vater lag schlafend auf dem Bett, sein Atem ging ruhig und gleichmäßig.

«Ich hatte noch etwas Wichtiges zu erledigen. Wie geht es ihm?»

«Besser. Der Bader meint, er wäre übern Berg. Er ist vorhin sogar ein paar Schritte im Zimmer herumgewandert, aber dann ist ihm schwindlig geworden. Er braucht eben immer noch viel Ruhe. Ich geh dann mal hinunter in die Backstube.»

«Tu das.»

Sie rückte den Schemel gegen die Bettkante und setzte sich. Hoffentlich regte der Vater sich nicht zu sehr auf, wenn er erfuhr, was sie vorhatte. Und dass sie der Klostervorsteherin reinen Wein eingeschenkt hatte.

Als hätte er ihre Anwesenheit gespürt, öffnete er die Augen. Sein Blick war viel klarer als am Vortag, und er schielte auch nicht mehr.

«Thea», flüsterte er. «Es ist gut, dass du gekommen bist.»

«Geht es dir wirklich besser?», fragte sie.

«Ja. Der Kopf schmerzt halt noch, und die Kehle ist mir wie ausgetrocknet.»

«Warte, ich gebe dir zu trinken.»

Sie half ihm, sich im Bett aufzurichten, und setzte den Becher, der neben dem Krug stand, an seine rissigen Lippen. Ein wenig zittrig nahm er ihn ihr aus der Hand.

«Ich versuche es selbst.»

Zwar floss ihm von dem Sud erst ein wenig über die Bartstoppeln, doch dann trank er in großen Schlucken, bis der Becher leer war. Sie wischte ihm mit einem Zipfel der Bettdecke das Kinn trocken.

«Tust du mir einen Gefallen?», fragte er. «Hilf mir aus dem Bett und reich mir deinen Arm. Ich will wieder ein paar Schritte gehen.»

«Aber das ist noch zu früh.»

«Nein, nein, das wird schon. Ich muss wieder auf die Beine kommen. Ein Bäckermeister, der den ganzen Tag im Bett liegt, das geht gar nicht.»

Aus Erfahrung wusste sie, dass man gegen den Willen des

Vaters nichts ausrichten konnte. So half sie ihm, die Beine aus dem Bett zu schwingen, und an ihrem Arm richtete er sich leicht schwankend auf. Jetzt erst fiel ihr auf, dass er sichtbar abgenommen hatte, seine knielange Tunika wirkte viel zu groß. Aber sein Gesicht hatte wieder Farbe bekommen.

«Siehst du? Es geht doch.» Er lächelte sie kaum merklich an. «Und nun halt mich fest.»

Schritt für Schritt durchquerten sie die Schlafkammer, gingen mehrfach hin und her, bis er ein wenig außer Atem geriet. Verwundert stellte sie fest, dass sie ihrem Vater nie zuvor so nahegekommen war.

«Jetzt ist aber erst einmal genug», beschied sie. «Wir können es ja nachher nochmals versuchen.»

«Hast recht.» Er ließ sich auf die Bettkante sinken.

Nach einem kurzen Innehalten setzte sie sich neben ihn. Diese neue Vertrautheit zwischen ihnen verwirrte sie.

Schweigend saßen sie eine Zeitlang nebeneinander, bis er schließlich sagte: «Morgen will ich wieder arbeiten.»

«Aber nur, wenn es der Bader erlaubt.»

«Ach was. Dieser Quacksalber hat mir gar nichts zu sagen. Komm, gehen wir wieder ein Stück.»

Diesmal waren seine Schritte schon kraftvoller, und am Ende konnte sie ihn sogar loslassen. Sie freute sich so sehr mit ihm, dass sie ganz vergaß, was für einen schweren Bittgang sie noch vor sich hatte.

Während er sich wieder ein wenig ausruhte, sagte er plötzlich: «Danke, dass du dich so um mich kümmerst. Du hättest dich auch einfach einen Kehricht um mich scheren können.»

«Was redest du da? Jede anständige Tochter würde sich um ihren kranken Vater kümmern.»

«Nun ja», murmelte er nur und starrte sichtlich verlegen zu Boden.

Es klopfte gegen die Kammertür, und die Priorin trat ein.

«Wie geht es Euch, lieber Kirchenbeck?», fragte sie und legte ihm fürsorglich die Hand auf die Schulter.

«Schon viel besser, ehrwürdige Mutter», erwiderte der Vater, mehr als überrascht von diesem Besuch, und erhob sich vom Bettrand. «Wie schön, dass Ihr vorbeischaut. Geht es Marga gut?»

«O ja. Ich denke, sie fühlt sich sehr wohl bei uns.»

Er wies auf den Schemel. «So setzt Euch doch.»

«Danke, aber ich will nicht lange bleiben. Als ich heute früh von Thea erfuhr, dass Ihr gestürzt seid, haben Marga und ich uns große Sorgen gemacht. Dass Ihr wieder halbwegs auf den Beinen seid, freut mich sehr.»

Er lächelte. «Ja, sagt meiner Kleinen nur, dass ihren alten Vater so schnell nichts umhaut.»

Dann stutzte er und wandte sich an Thea: «Du warst heute Morgen schon im Kloster?»

«Ja, Vater. Weil ich die Mutter Oberin um einen großen Gefallen bitten wollte.»

«Einen Gefallen?»

Zu Theas großer Erleichterung ergriff die Priorin das Wort.

«Ich nehme an, Ihr wisst, dass Eure Tochter und der Steinmetz Josef Holtzer einander heiraten wollen. Und dass Josef sich seit Tagen vor Graf Konrad in Liebfrauen versteckt hält.»

Sein Gesicht verzog sich schmerzvoll. «Ja, das weiß ich wohl. Und dieser Graf sei auf ewig verflucht dafür, was er Thea ums Haar angetan hätte.»

Sie wiegte besänftigend den Kopf. «Überlassen wir es dem Allmächtigen, den Grafen für seine Taten zu richten. Den

764

tapferen Josef sollten wir indessen nicht seinem Schicksal überlassen. Und deshalb will ich Thea auf die Burg begleiten und mit ihr um Gnade für Josef bitten.»

«Niemals!», brauste er auf. «Niemals wird Thea die Burg betreten, diesen Sündenpfuhl, dieses Sodom und Gomorrha! Und schon gar nicht als Bittstellerin. Ihr wisst ja gar nicht, was die Grafen mir und meiner Familie angetan haben.»

«Doch, lieber Kirchenbeck, ich weiß es. Thea hat mir alles erzählt. Und ich möchte Euch einen Rat geben: Ihr solltet aufhören, mit Eurem Schicksal zu hadern. Dankt lieber dem Herrgott, dass er Euch mit dieser wunderbaren Tochter», sie deutete auf Thea, «beschenkt hat und findet zum Frieden zurück.»

Mit Schrecken sah Thea, wie er sich schwer atmend an die Brust griff, und fürchtete schon, dass er ohnmächtig aufs Bett sinken könnte. Dann aber straffte sich sein Oberkörper.

«Es fällt mir schwer, es zuzugeben, aber Ihr habt recht, ehrwürdige Mutter. Und verzeiht mir meinen Zorn.» Er warf Thea einen, wie ihr schien, bittenden Blick zu. «Ich glaube, ich habe so einiges verstanden in diesen Stunden im Krankenbett. Das Gespenst der Vergangenheit soll mich endlich in Ruhe lassen.»

Er machte eine Pause, und Thea sah ihn bass erstaunt an. So hatte sie den Vater noch nie erlebt. Was er dann sagte, verschlug ihr indessen die Sprache: «Und aus ebendiesem Grund werde ich Euch zum Grafen begleiten.»

Die Priorin strahlte eine wohltuende Besonnenheit aus, während sie alle drei nebeneinander auf der Steinbank vor der gräflichen Kemenate saßen und seit geraumer Zeit auf Einlass warteten – Thea mit zugeschnürter Kehle, ihr Vater vornübergebeugt und nach dem mühsamen Aufstieg zur Burg immer noch um Luft ringend. Als einer Frau von Hachberg waren der Ordensfrau tatsächlich Tür und Tor geöffnet worden. Ein überaus höflicher Wächter hatte sie hinauf in den Palas geführt, wo Graf Konrads Leibdiener sie in Empfang genommen und gebeten hatte, vor dem Gemach zu warten.

Irgendwann hielt Thea es nicht mehr aus und sprang auf. «Wie lange sollen wir eigentlich noch hier herumsitzen?»

«Sei nicht so ungeduldig, Thea», tadelte die Mutter Oberin milde. «Und auch Euch, lieber Kirchenbeck, bitte ich, ruhig zu bleiben. Ungeduld und Erregtheit sind schlechte Verhandlungsführer.»

Der Vater nickte wortlos, und Thea setzte sich wieder. Sie spürte, wie sie zu schwitzen begann, obwohl es kalt war in diesen zugigen Gemäuern.

Endlich öffnete ihnen der Leibdiener die Tür.

«Graf Konrad lässt bitten!»

Ihrem Rang entsprechend betrat die Priorin als Erste das von einem großen Kaminfeuer und mehreren Wandfackeln stark überhitzte Gemach, dann folgte der Vater und hinter ihm Thea. Sie sah, dass seine Hände, die er auf dem Rücken zusammengelegt hatte, stark zitterten. Bestimmt dachte er an jene Zeit auf der Burg zurück, als der frühere Graf ihn zutiefst gedemütigt hatte. Ihr selbst erging es nicht viel besser, als sie Graf Konrad breitbeinig in einem Lehnstuhl unter dem halb geöffneten Fenster sitzen sah. Zwar trug er statt der falschen Mönchskutte nun ein weites, locker herabfallendes Gewand mit goldbesticktem Kragen und Saum, und das lange, volle Lockenhaar war von keiner Kapuze bedeckt, doch sein breites, selbstgefälliges Lächeln war dasselbe wie in der Kirche. Auch ihr Gefühl des Ekels, das sie damals gespürt hatte, war bei seinem Anblick sofort wieder da und wurde noch verstärkt, weil er sie eindringlich von Kopf bis Fuß musterte, bevor er die Priorin ansprach.

«Setzt Euch doch, ehrwürdige Mutter.»

Er wies auf den einzigen weiteren Lehnstuhl neben sich. Überhaupt war der Raum weitaus kahler und schmuckloser als die Wohnstube der Wohllebs. Lediglich das prunkvolle Himmelbett mit den roten Samtvorhängen an der hinteren Wand hatte etwas Herrschaftliches. Zwei langbeinige, dunkle Jagdhunde lagen davor und schnarchten leise vor sich hin.

Die Priorin trat vor den Grafen.

«Erlaubt mir, dass ich stehen bleibe, lieber Graf. Was wir zu sagen haben, dauert nur ein Ave Maria. Ihr kennt meine beiden Begleiter?»

Sein Lächeln wurde noch breiter.

«Wie sollte ich das arme Mädchen vergessen haben? Sie war in großer Verwirrung, als ich ihr an jenem Tag in Liebfrauen begegnete, und schien von Schwindel geplagt. Aber zum Glück konnte ich sie rechtzeitig auffangen, bevor sie zu Boden stürzte.»

Unwillkürlich ballte Thea die Fäuste, zwang sich aber, vorerst zu schweigen, ganz, wie die Mutter Oberin sie angewiesen hatte.

«Und du musst unser einstiger Burgbeck sein», wandte er sich in scheinheiliger Freundlichkeit an den Vater. «Als ich noch ein Knabe war, hast du mir hin und wieder einen warmen Herrenwecken zugesteckt.»

«Das mag sein, Herr.» Die Stimme des Vaters klang überraschend fest. «Aber wir sind nicht gekommen, um Erinnerungen aufzufrischen, sondern um der Gerechtigkeit willen.»

«Oho! Welch große Worte für einen einfachen Handwerksmeister. Und du hast sogar eine Frau von Hachberg als deine Schutzherrin gewinnen können.»

«Lassen wir uns doch ohne Umschweife reden, lieber Graf», mischte sich die Priorin in das Zwiegespräch. «Ihr wisst genau, weshalb wir hier sind. Es geht um den Steinmetz Josef Holtzer, um dessen Auslieferung Ihr über Euren Bruder den Bischofshof gebeten habt und als dessen Fürsprecherin ich hiermit auftreten möchte. Josef Holtzer ist der Bräutigam dieses Mädchens.»

Mit zusammengekniffenen Augen starrte der Graf Thea an, dann brach er in Lachen aus. «Dieser elende Hitzkopf, der mich hinterrücks erschlagen wollte, ist dein Bräutigam? Das hätte ich mir fast denken können. Nun denn, ehrwürdige Mutter: Was habt Ihr zu dessen Verteidigung vorzubringen?»

«Der junge Mann konnte nicht wissen, dass Ihr der Graf von Freiburg seid, denn Ihr trugt eine Mönchskutte mit Kapuze über dem Haupt, und außerdem ist das Licht im Seitenschiff spärlich. Er wollte also nur seine Braut verteidigen, wie es ein jedes rechte Mannsbild tun würde, da er sie angegriffen sah. Auch wenn Ihr, wie Ihr eben selbst gesagt habt, nichts Schlechtes im Sinn gehabt hattet, so musste es für ihn doch anders ausgesehen haben. Und deshalb müsstet Ihr als Ritter und Edelmann eigentlich verstehen, dass es ihn sogar regelrecht ehrt, dass er seinem Mädchen zur Hilfe eilte, auch wenn er einem unzweifelhaft sehr bedauernswerten Irrtum aufgesessen ist, wie Ihr sagt. Deshalb bitte ich Euch, den jungen Mann nicht weiter zu verfolgen und ihn in Frieden sein Handwerk verrichten zu lassen.»

«Euer Eifer für das einfache Volk rührt mich, Anna von Hachberg.» Seine Stimme wurde kalt. «Und doch spüre ich da einen kleinen, ärgerlichen Stachel in meinem Fleisch. Ihr unterstellt mir, dass ich in meinem Amt als Gerichtsherr kein gerechtes Urteil zu fällen vermag. Mein Entschluss steht aber fest: Sobald wir das Ja der Hohen Geistlichkeit zur Auslieferung erhalten, wird nirgends sonst als auf der Burg über den Holtzer Gericht gehalten. Nicht auf der Straße, nicht bei den Handwerkern in der Fabrica und nicht in Eurem Kloster. Und glaubt mir, ehrwürdige Mutter, dass Gottes Wille sich mir schon offenbaren wird, wenn ich darüber richten werde, ob der junge Heißsporn schuldig oder unschuldig ist. Und ich verspreche Euch sogar, dass er mit unserem Burgkaplan einen geistlichen Fürsprecher an seiner Seite haben wird.»

Verzweiflung stieg in Thea auf. Die ausgefeilte Rede der Priorin hatte rein gar nichts genutzt. Er war bei seinem Entschluss geblieben. Blieb ihr nun noch eine andere Wahl, als zum letzten Mittel zu greifen? Wohl kaum. Sie sah nicht zu ihrem Vater hinüber, atmete tief ein und trat einen großen Schritt vor, der mutig genug wirken und doch das richtige Maß an Demut zeigen sollte.

«Lieber Graf», zwang sie sich zu einem freundlichen Tonfall, «erlaubt mir bitte, mit Euch unter vier Augen zu sprechen.»

Graf Konrad grinste. «Nichts lieber als das.»

«Thea!», hörte sie den Vater hinter sich rufen. «Das verbiete ich dir.»

«Bitte, Vater, lass gut sein», wandte sie sich ihm mit flehendem Blick zu. Die Priorin neben ihr nickte.

«Gehen wir hinaus, Kirchenbeck, und warten vor der Tür.»

Als sie sich nun allein mit dem Grafen in der Kemenate fand, verspürte Thea zu ihrem Erstaunen keinerlei Angst mehr vor ihm. Gönnerhaft klopfte er neben sich auf den leeren Lehnstuhl. Sie nahm Platz, und zwar aus dem einzigen wie einfachen Grund: Sie wollte auf Augenhöhe mit ihm sein.

«So sprich also, Thea.» Er rückte näher an sie heran.

«Josef hat keinerlei Schuld auf sich geladen, wie die Mutter Oberin bereits treffend erklärt hat. Und so bitte jetzt *ich* Euch: Gebt Eurem Herzen einen Ruck und lasst Josef in Frieden. Mir zuliebe.»

«Dir zuliebe? Was soll das heißen? Du glaubst doch nicht etwa, *ich*, der *Graf*, würde *dir*, der *Bäckerstochter*, etwas zuliebe tun?» Verständnislos sah er sie an, bevor seine Augen plötzlich aufleuchteten. «Ach, ich verstehe. Du willst mir einen kleinen Handel vorschlagen …»

Er deutete mit dem Kinn in Richtung Himmelbett.

Beherzt schüttelte sie nur den Kopf, ohne ihrer Abscheu Ausdruck zu verleihen. «Das ganz sicher nicht. Ihr würdet die schwere Sünde der Blutschande begehen.» Sie hielt inne, als sie seine Verwirrung sah, bevor sie fast feierlich erklärte: «Wir haben nämlich denselben Vater.»

Da blieb Graf Konrad wahrhaftig der Mund offen stehen. «Du willst meine Schwester sein?»

«Halbschwester», berichtigte sie und fuhr mit nur mühsam unterdrücktem Zorn fort: «Graf Egino hatte meine Mutter, die hier auf der Burg Kammermagd der Gräfin war, mit Gewalt genommen und das wahrscheinlich mehrfach, bevor er ihr endlich die Erlaubnis zur Heirat gab.»

Er brach in ein übertriebenes Gelächter aus. «Das soll ich dir glauben? Das klingt mir doch allzu sehr nach einer Jahrmarktsgeschichte.»

«Dann fragt meinen Vater, den Kirchenbeck.» Sie hatte sich wieder gefasst. «Leider könnt Ihr Eure Frau Mutter nicht mehr fragen, sie hat nämlich davon gewusst. Noch bevor ich auf die Welt kam, verwies sie meine Eltern der Burg, und Graf Egino vermachte meinem Vater die Bäckerei in der Vorderen Wolfshöhle. Damit er den Mund hält.»

Er lehnte sich zurück und schien nachzudenken.

«Drei meiner Geschwister», sagte er schließlich lauernd, «haben ein Muttermal am linken Fußknöchel.»

Verblüfft starrte sie ihn an. «Das habe ich auch.»

Sie bückte sich und schob ihren Rocksaum ein Stück in die Höhe.

«Hier, am linken Knöchel.»

Da geschah etwas vollends Überraschendes. Sie hatte erwartet, dass er sie voller Abscheu anstarren würde, stattdessen nahm seine bis eben noch so verächtliche Miene einen gänzlich anderen Ausdruck an. Er sprang auf, nahm sie bei den Händen und zog sie in die Höhe.

«Komm an meine Brust, Schwesterherz», rief er überschwänglich und schloss sie in die Arme. Er drückte sie mehrfach, bis er sie endlich wieder losließ und einen Schritt zurücktrat.

«Lass dich nochmals richtig anschauen. Mein Vater, dieser alte Schwerenöter! Ich fasse es nicht! Du bist wahrhaftig die hübscheste seiner Töchter.»

Auch wenn er ihr immer noch mehr als zuwider war, nahm sie ihm seine plötzliche Herzlichkeit sogar ab.

«Dann glaubt Ihr mir jetzt?», fragte sie.

Er grinste spitzbübisch. «Allein dein Mut, zu mir zu kommen, beweist, dass du ein echter Grafenspross bist.»

«Dann erfüllt mir, Eurer Schwester, auch meine Gnadenbitte. Zumal Ihr Josef dankbar sein könnt, dass er Schlimmeres verhütet hat.»

«Als meiner Schwester kann ich dir die Bitte wahrhaftig nicht verwehren. Geh also zu deinem Liebsten und öffne ihm die Tür. Damit ihr endlich heiraten könnt und er diesen verdammten Turm fertigbaut.»

Da der Graf für seine Sprunghaftigkeit bekannt war, fügte sie rasch hinzu: «Ich möchte das aber in Brief und Siegel haben.»

Kopfschüttelnd betrachtete er sie. «Du bist nicht nur schön, sondern auch klug.»

Dann rief er seinen Leibdiener herein.

«Hol mir den Burgkaplan her, damit er mir ein Schreiben aufsetzt.»

Nur wenig später hielt Thea eine versiegelte Schriftrolle in der Hand, und Graf Konrad brachte sie zur Tür. Sie fühlte sich erschöpft wie nach einem langen, anstrengenden Marsch, zugleich jubilierte alles in ihr.

«Ihr beide ladet mich doch zu eurer Hochzeit ein?», fragte er augenzwinkernd, bevor er ihr die Tür öffnete.

«Es ist gewiss besser, wenn wir uns nicht wiedersehen», entgegnete sie höflich, um ihn sich nicht zum Feind zu machen. «Ihr wollt doch sicherlich nicht, dass die ganze Stadt davon erfährt? Das allein wäre schlimm genug, aber obendrein würde alle Welt, Ihr wisst ja, wie die Leute sind, nur darauf warten, wann ich endlich Ansprüche an das Grafenhaus stelle. Was ich, lieber Graf, wahrhaftig nicht vorhabe.»

Damit schob sie sich an ihm vorbei und betrat den düsteren, kühlen Gang, wo ihr Vater sie mit banger Miene erwartete, die Priorin dicht an seiner Seite.

«Ist alles gut mit dir?», fragte er.

«Ja, Vater, und jetzt lass uns rasch gehen.»

Ohne sich noch einmal umzudrehen, eilte sie voraus. Erst vor dem unteren Burgtor hielt sie inne und holte tief Luft.

«Mit diesem Schreiben hier», sie hob die versiegelte Rolle wie einen kostbaren Schatz in die Höhe, «ist Josef ein freier Mann.»

«Dem Himmel sei Dank. Und ich hatte mir schon solche Sorgen um dich gemacht», murmelte ihr Vater. «Diesen Grafen ist doch nicht zu trauen.»

«Nein, nein, er hat sich halbwegs wie ein Ehrenmann verhalten, glaub mir. Und Euch, ehrwürdige Mutter, möchte ich von ganzem Herzen danken, dass Ihr mitgekommen seid. Ohne Euch hätte Graf Konrad mich niemals empfangen.»

«Dann weiß er nun, dass du seine Halbschwester bist?», fragte die Priorin.

«Ja, und das ist auch gut so. Von seiner Seite habe ich nichts mehr zu befürchten, denke ich.»

Der Vater sah sie nachdenklich an. «Das hoffe ich. Und so darf ich also deine Hochzeit hier in Freiburg erleben, und ihr bleibt?»

Als sie mit einem freudigen «Ja» antwortete, begannen seine Augen verdächtig zu glänzen. Ein wenig unbeholfen zog er sie an sich und hielt sie fest.

«Mein Mädchen, meine Tochter ...», sagte er leise, während sie ihr Glück über diese zärtliche Geste kaum fassen konnte.

«Nun lauf.» Er löste sich wieder von ihr. «Lauf zu deinem Josef. Ich selbst muss noch langsam machen.»

Fragend sah sie die Mutter Oberin an.

«Geh nur, Thea. Ich bringe deinen Vater schon heil nach Hause. Nicht wahr, Kirchenbeck?»

«Das will ich hoffen.» Dem Vater war die Freude deutlich anzusehen. «Aber würdet Ihr zuvor noch mit mir auf den Gottesacker gehen? Ich möchte ans Grab meiner lieben Frau ...»

Eilig machte sich Thea auf den Weg. Vor Glück hätte sie die ganze Zeit singen und tanzen mögen wie als kleines Kind, wenn sie ein Lob von ihrer Mutter bekommen hatte. Auf dem

Kirchplatz lief sie als Erstem dem Baumeister in die Arme, der gerade aus dem Stadthaus des Pfarrrektors trat.

«Sag bloß, Thea – hast du etwa gute Nachrichten?»

«Stellt Euch nur vor, Meister Heinrich», sie wedelte mit der Schriftrolle in der Hand, «Josef kommt frei! Hier habe ich die Worte des Grafen, dass er seine Vorladung zurücknimmt und dass Josef auf immer unbehelligt in dieser Stadt leben und arbeiten darf!»

«Herrschaftszeiten!» Ungläubig starrte der Baumeister sie an. «Wie hast du denn das geschafft?»

Sie lachte. «Eigentlich war es gar nicht so schwer. Ehrlichkeit währt am längsten, würde ich sagen. Kommt Ihr mit mir in die Sakristei?»

«Überbring Josef die Freudennachricht ruhig allein. Ich warte hier auf ihn. Und dem guten Rektor gebe ich schon mal Bescheid, dass er sich die Antwort des Bischofhofs sonst wohin schieben kann.»

Das restliche Stück zur Kirche rannte Thea. An einem der Seitenaltäre hielt ein Kaplan gerade die Messe ab, eine Handvoll Menschen kniete vor dem Täuferaltar, als Thea so laut gegen die Sakristei klopfte, dass alle aufsahen.

«Ich bin's, Thea», rief sie, da sprang die Tür auch schon auf, und Josef sah sie erwartungsvoll an.

«Warst du … hast du …», stammelte er, doch statt einer Antwort fiel sie ihm um den Hals.

«Du bist frei», stieß sie immer wieder hervor, während ihr die Freudentränen über das Gesicht liefen. «Du bist frei!»

Es fiel ihr schwer, ihn wieder loszulassen.

«Ist das wirklich wahr? Ich kann gehen?», fragte er fassungslos, während die Kirchgänger neugierig zu ihnen herüberglotzten und der Kaplan sich missbilligend räusperte.

«Ja! Ich hab es sogar mit Brief und Siegel. Ach, Josef, ich bin so glücklich! Und weißt du, was das Zweitschönste ist? Nicht nur, dass mein Vater mich begleitet hat – nein, er hat mich hinterher das erste Mal in meinem Leben umarmt und mich *seine Tochter* genannt.»

Sie nahm ihn bei den Händen und schilderte ihm im Flüsterton, was auf der Burg geschehen war. Nur Graf Konrads Versuch, sie in sein Himmelbett zu locken, ließ sie wohlweislich aus. Sie wollte Josef nicht noch mehr gegen seinen Widersacher aufstacheln.

Als sie ihren Bericht beendet hatte, küsste er sie zärtlich mitten auf den Mund und sagte leise: «Thea, ich kann es gar nicht fassen. Ich liebe dich so sehr! Und ich habe dir so viel zu verdanken.»

«Aber ohne mich wärst du erst gar nicht in diese Lage geraten. Ach Josef, du musst mir bei Gott nicht danken.»

Prompt drängte sich Marx, der Kirchendiener, zwischen sie und öffnete die Tür des Nikolausportals.

«Jetzt aber hinaus», schimpfte er in scheinbarer Strenge. «Ihr vergesst wohl, dass ihr in einer Kirche seid.»

«O nein, Marx», strahlte Josef ihn an. «Das habe ich nicht vergessen. Schließlich hat mir diese Kirche das Leben gerettet.»

Hand in Hand traten sie hinaus auf den sonnenbeschienenen Kirchplatz, wo nicht nur Meister Heinrich sie erwartete, sondern die ganze Bauhütte mitsamt Pfarrer Raimund, dem Schaffner und der Magd Gisela. In ausgelassener Freude, unter Tränen und Lachen, wurde Josef empfangen wie der zurückgekehrte verlorene Sohn, und Thea hatte Mühe, noch einmal das Wort an ihn zu richten.

«Ich muss eiligst heim, das Mittagessen richten», rief sie ihm zu, als Eberhard ihn sich gerade auf die Schultern hob.

«Komm bloß bald wieder!», lachte Josef von seiner schwankenden Höhe herab.

Meister Heinrich nahm sie beiseite. «Zum Vesperläuten machen wir ein Fest und feiern Josefs Freiheit und euer Verlöbnis. Bring deine Familie und die Wohllebs mit, Abendessen gibt es dann bei uns.»

Sofort fiel ein Schatten auf ihre Glückseligkeit. Sie hatte völlig vergessen, in welch großer Sorge Verena und Anselm Wohlleb derzeit waren. Zum Feiern war den beiden ganz bestimmt nicht zumute.

Sie versprach dem Baumeister zu kommen und machte sich beklommen auf den Heimweg. Sie fand Verena in der Stube, wo sie reglos am offenen Fenster stand.

«Gibt es etwas Neues von Sophie?», fragte sie verunsichert.

Langsam drehte sich Verena zu ihr um. Sie sah furchtbar aus. Unter ihren geröteten Augen lagen dunkle Schatten, ihre Wangen waren blass und eingefallen.

«Nein», sagte sie tonlos. «Nichts.»

«Ich bin mir sicher, dass sie wohlauf ist. Bitte, Verena, du darfst die Hoffnung nicht aufgeben. Irgendwann wird sie sich melden», versuchte Thea sie zu trösten. «Ich weiß, dass dir das nichts hilft, aber ich hatte die Hoffnung auch nicht aufgegeben. Und jetzt … Jetzt ist Josef frei. Der Graf hat ihn begnadigt.»

Es dauerte einen Augenblick, bis der Sinn der Worte zu Verena durchdrang.

«Er ist frei? Begnadigt?» Sie lächelte, wenigstens für einen kurzen Augenblick.

«Ja, stell dir nur vor. Wenn du magst, erzähle ich dir alles in der Küche. Ich sollte schleunigst das Mittagessen vorbereiten. Überhaupt wollte ich mich bei dir entschuldigen, dass ich in diesen Tagen so oft fort war und die Arbeit liegengeblieben ist. Ab jetzt wird das anders.»

Verenas Lächeln war wieder erloschen. «Wegen mir musst du nichts kochen. Ich habe keinen Hunger.»

Unten klopfte es heftig gegen die Haustür. Sofort stürmte Verena die Treppe hinunter, und Thea folgte ihr. Der Kaufherr war bereits dabei zu öffnen.

Wie Verena sicherlich auch, hatte Thea ganz kurz gehofft, es könnte Sophie sein. Doch auf der Schwelle stand ein Mann mittleren Alters in einfacher, aber guter Kleidung. Sein Kopf war hochrot vor Aufregung.

«Wir müssen sofort eine Suchmannschaft ausrüsten, müssen reitende Boten in alle Himmelsrichtungen senden», stieß er hervor.

«Jetzt sagt erst mal, was geschehen ist», unterbrach ihn Anselm Wohlleb, der den Mann gut zu kennen schien.

«Stellt Euch nur vor, eben gerade ist einer der beiden Leibwächter meines Kaufherrn zurückgekehrt, mit einer schrecklichen Nachricht. Wernher Loderer ist kurz vor Kleinbasel tödlich verunglückt, gestern Nachmittag schon! Sein Pferd hat gescheut und ist mitsamt Reiter einen Abhang hinuntergestürzt! Wir müssen sofort Rudolf suchen gehen.»

Verena schüttelte den Kopf. «Wie wollt Ihr das anstellen? Eher findet sich eine Nadel im Heuhaufen. Aber wie Ihr meint, reitet nur los, reitet die ganzen deutschen Lande ab ...»

Mutlos ließ sie sich auf den Schemel bei der Tür sinken.

Da durchfuhr es Thea wie ein Blitz: die Jagdhütte! Die hatte sie in der Aufregung ganz vergessen. Die Hütte war einen Versuch wert, sie durften nichts unversucht lassen!

«Mir ist da ein Gedanke gekommen», sagte sie aufgeregt. «Von Josef weiß ich, dass Rudolf ein verlassenes Jagdhaus kennt, im Oberrieder Wald. Es muss ganz in der Nähe der verlassenen Burg der Kolmanbrüder sein, und Rudolf hat es wohl manchmal als Versteck genutzt.»

Mit großen Augen starrten die beiden Männer sie an.

«Worauf warten wir?», rief Anselm Wohlleb und warf sich seinen Umhang über. «Satteln wir die Pferde und reiten los.»

Es begann bereits zu dämmern, und die Stimmung unter der Werkstattlaube wurde immer ausgelassener. Dass Josef schon ein wenig angetrunken war, konnte Thea ihm nicht verdenken, schließlich musste er immer wieder mit seinen Freunden anstoßen. Auch Nepomuk wurde ausgiebig gefeiert, nur dass der arme Kerl den guten Wein nicht vertrug: Immer wieder sank sein schwerer Kopf vornüber auf die Tischplatte.

Thea saß am oberen Ende der Tafel neben Heinrichs Frau Elisabeth und dem Schaffner Bruder Pirmin. Ihr Vater war nicht mitgekommen, zu sehr hatte ihn der Gang auf die Burg erschöpft. Dafür war Clewi hier, saß mitten unter den Bauleuten und freute sich sichtlich für Josef und sie.

«Ich muss immer wieder an Sophie und Rudolf denken. Und an Verena», sagte sie leise zur Baumeisterfrau. «Als ich zum Vesperläuten losgegangen bin, ist sie wie ein herrenloser Hund immer wieder die Gasse auf und ab gelaufen und hat nach den beiden Männern Ausschau gehalten. Ich habe ein richtig schlechtes Gewissen, dass ich sie allein gelassen habe.»

«Das sieht man dir an, Thea. Dabei solltest du heute rundum glücklich sein, das würde auch Verena so wollen. Und wer weiß, vielleicht hat sie heute auch noch Grund zur Freude.»

«Trotzdem. Ich glaube, ich gehe kurz hinüber in die Salzgasse und schaue nach ihr.»

«Wenn du meinst … Aber du kommst wieder, versprochen?»

Thea nickte und erhob sich. Schon vor dem Pfarrhaus kamen ihr zwei Menschen entgegen, und sie traute ihren Augen nicht: Es waren Verena und Anselm!

Sie lief auf die beiden zu. «Wo ist Sophie?»

Allein das glückliche Lächeln in Verenas Gesicht war Antwort genug.

«Sie ist daheim und schläft. Sie war todmüde und obendrein schmutzig und ausgehungert wie ein Gassenkind. Ach, Thea, wir sind dir so dankbar. Die beiden waren tatsächlich in dieser heruntergekommenen Jagdhütte.»

Sie fielen sich in die Arme.

Auch Anselm Wohlleb strahlte. «Ich gehe dann mal bei den Loderers vorbei. Der arme Rudolf scheint mir völlig überfordert in seiner neuen Lage. Und der plötzliche Tod seines Vaters hat ihn wohl trotz allem, was vorher war, ziemlich getroffen. Wir sehen uns später auf der Bauhütte. Schließlich haben wir ja nun einiges zu feiern.»

«Das haben wir fürwahr», bekräftigte Verena und sah ihm nach.

«So dürfen die beiden also zusammenbleiben?», fragte Thea.

«Ja, Anselm ist endlich vernünftig geworden. Im Grunde mochte er Rudolf von Anfang an, hätte er nur nicht den Namen Loderer getragen. Und weißt du, was wir eben noch erfahren haben? Werner Loderer hat vor seiner Abreise nach Basel ein Testament aufgesetzt, in dem er seinen Ältesten Diebold vom Erbe ausschließt, wegen all seiner Betrügereien. Rudolf übernimmt nun das Handelshaus mit allen Rechten und Pflichten.»

«Ach, Verena, ich kann es kaum glauben. So hat also alles zu einem guten Ende gefunden.»

«Richtig. Und deshalb gehen wir jetzt zu Elisabeth und den anderen und feiern mit ihnen. Feiern wir das Verlöbnis zwischen dir und Josef und zwischen Sophie und Rudolf. Feiern wir, dass keiner von euch zu Schaden gekommen ist.»

Ohne Eile schlenderten sie das kurze Stück hinüber zur Bauhütte, und Thea lief immer wieder ein glückseliger Schauer über den Rücken.

Wie stand doch in der Bibel geschrieben? *Nun aber bleiben Glaube, Hoffnung, Liebe, diese drei. Aber die Liebe ist die Größte unter ihnen.*

Epilog

Zehn Jahre später, am Sonntag nach Pfingsten,
Anno Domini 1330

Eine Schar Schwalben zog in elegantem Schwung über Liebfrauen hinweg, als die Fanfarenbläser von der Sterngalerie herab die Vollendung des Kirchturms in alle vier Himmelsrichtungen verkündeten.

Heinrich durchströmte ein warmes Gefühl der Freude und, ja, auch das des Stolzes. Stein um Stein war ihr Turm über Jahrzehnte in die Höhe gewachsen und ragte nun als einer der schönsten und höchsten Kirchtürme der Christenheit in den Himmel, Gott zur Ehre und den Menschen zum Wohlgefallen. Somit war diese herrliche Pfarrkirche im Herzen der Stadt, deren Grundstein vor weit über hundert Jahren gelegt worden war, in ihrer ganzen Pracht vollendet, dem Fleiß der Werkleute und der Beharrlichkeit und Großzügigkeit der hiesigen Bürger sei Dank. Selbst die Handwerkerzünfte hatten mit ihren wunderschönen Buntglasfenstern in den letzten Jahren zu dieser Pracht beigetragen.

Heinrich strich sich verstohlen über die Augen. Er dachte daran, wie vielen Generationen diese Kirche Brot und Arbeit gegeben und wie viele Schicksale sie zusammengeführt hatte. Sie hatte Freundschaften wie Ehen gestiftet, so manch braven kleinen Mann groß werden, manch Hochmütigen straucheln sehen, war Zeuge dessen geworden, was Liebe und

Hass, Unglück, Neid und Habsucht aus den Menschen machten.

Auch Josef neben ihm, der sich wie alle Ehrengäste auf der hölzernen Bühne erhoben hatte und mit frohem Lächeln zur Galerie hinaufschaute, wirkte zutiefst gerührt.

«Wenn Erwin von Steinbach dies nur hätte erleben dürfen», flüsterte er ihm zu, und Heinrich nickte stumm.

Als der letzte Fanfarenstoß verhallte und sich alle wieder setzten, dachte Heinrich in leiser Wehmut daran, dass sich Josefs und seine Wege bald schon trennten. Heinrich hatte eine Bildhauerstelle für ihn ausfindig gemacht, an der Stiftskirche im elsässischen Niederhaslach. Der Abschied würde ihm sehr schwerfallen, wo Josef ihm doch zu einem zweiten Sohn geworden war. Auch Wolfhart und die anderen Steinmetze wollten in Kürze auf Wanderschaft gehen. Doch das brachte das Leben eben mit sich. Die Männer standen alle noch in der Blüte ihres Lebens, während er selbst alt geworden war. Dreißig Jahre, die Hälfte seines Lebens, hatte er nun schon in dieser Stadt verbracht, die ihm und seiner Familie längst zur Heimat geworden war. Hier wollte er seinen Lebensabend verbringen und sich nebenbei als Ratgeber beim Bau von Bürgerhäusern ein Zubrot verdienen. Hier würde er eines Tages sterben.

Er schob den Anfall von Schwermut, der ihn mit einem Mal ergriffen hatte, beiseite. Wie alle anderen wollte er diesen ganz besonderen Tag im Kreis seiner Familie und Freunde feiern. Der Kirchplatz rund um den Turm hatte sich in eine mit Blumengirlanden geschmückte Festwiese verwandelt, mit kostenlosem Ausschank von Wein und Bier. Jeder Bürger, jeder Hintersasse, jeder Gast der Stadt war zum großen Fest der Einweihung geladen, und so hatten die Bäcker frisches Brot gespendet, die Metzger Bratwürste, die Hausfrauen und Mägde allerlei Leckereien. Eigens zu diesem Anlass war vor dem Westportal des Münsters ein gut zwei Ellen hohes hölzernes Podest für die Ehrengäste errichtet worden. Zu denen gehörten neben dem Konstanzer Bischof, der heute die heilige Messe abgehalten und den Turm mit Weihwasser gesegnet hatte, auch Bürgermeister, Schultheiß, Münsterpfleger und Schaffner sowie Pfarrer Raimund, in Vertretung des wieder einmal abwesenden Kirchrektors. Aber auch Heinrich und seine Steinmetze hatten ihren Platz unter den Ehrengästen und, zur Überraschung aller, Graf Konrad. Hoch erhobenen Hauptes, im karmesinroten Gewand, thronte er neben dem Bischof am Kopfende des mit weißem Linnen bedeckten Tisches und winkte hin und wieder in einer lächerlich großspurigen Geste seinem Fußvolk auf der Festwiese zu. Damit, dass der ungeliebte Stadtherr zur Einweihung des Turms erscheinen würde, hatte niemand gerechnet, und Heinrich hatte schon befürchtet, Josef würde sich weigern, mit dem Grafen an einem Tisch zu sitzen. Doch Josef hatte ihn mit einem fast schon kecken «Seid gegrüßt, Graf» bedacht und sich dann an das entgegengesetzte Ende des Tisches gesetzt.

Während Bürgermeister Konrad Dietrich Snewlin sich nun in einer langatmigen Festrede erging, schweifte Heinrichs Blick über den Platz. Vor der Ehrenbühne befanden sich die beiden langgestreckten Tafeln der Ratsherren und Amtsträger, links davon die Tische für deren Familien. Alle anderen Festbesucher standen fröhlich plaudernd in kleinen Gruppen beisammen, ohne der Festrede allzu viel Aufmerksamkeit zu schenken. Kleine Kinder spielten Fangen oder Verstecken, vor dem Ausschank bildeten sich bereits die ersten Schlangen. Und dies alles unter einer warmen Maisonne, die der Herrgott ihnen für diesen Tag vom blitzblanken Himmel scheinen ließ.

Ein lautes Poltern unterbrach die Worte des Bürgermeisters,

und schon stürmte Josefs achtjähriger Sohn Michael die Stufen der Bühne herauf.

«Papa, ich will auch Turmbauer werden!», rief er, und alle brachen in Lachen aus.

Josef rutschte dichter zu Heinrich auf und zog den Knaben neben sich auf die Bank.

«Bist du wohl still», schalt er ihn in gespielter Strenge. «Wenn du Steinmetz werden willst, musst du jetzt auch zuhören.»

Der Junge nickte ernst und drehte sich nach seiner Mutter und seinem Großvater Hannes um, der voller Stolz sein jüngstes Enkelkind Maria auf dem Schoß hielt, und winkte ihnen zu.

Heinrich musste lächeln. Ja, sie waren alle älter geworden. Der Kirchenbeck ging am Krückstock und hatte sich längst aufs Altenteil zurückgezogen, war aber bei Gisela, die er vor einigen Jahren geheiratet hatte, in besten Händen. Und Anselm Wohlleb, wenngleich noch immer von aufrechter, gertenschlanker Gestalt, war schlohweiß geworden. Genau wie die beiden war auch Heinrich inzwischen mehrfacher Großvater.

Unwillkürlich wanderte sein Blick weiter zu seiner eigenen Familie. Kathrin, die nun schon seit vielen Jahren mit Eberhard verheiratet war, hatte ganz offensichtlich Mühe, ihre drei kleinen Kinder zu bändigen, wobei ihr Elisabeth wohl keine große Hilfe war in ihrer ewigen Nachsicht. Und seine Jüngste Gritli, die mit einem hiesigen Glasmaler verheiratet war, erwartete in den nächsten Wochen ihr erstes Kind. Die Freude hierüber war ihr jeden Tag mehr anzusehen.

Wer hätte vor zehn Jahren noch gedacht, dass sich alles zum Guten wenden würde? Thea und ihr Vater hatten endlich zueinandergefunden, die uralte Familienfeindschaft zwischen den Loderers und Wohllebs war Vergangenheit und beider

Handelshäuser zu einer Gesellschaft vereint. Und mit Henni, der im Straßburger Frauenwerk arbeitete, hatte er sich vor einigen Jahren versöhnt, weil Henni seine Taten nicht nur von Herzen bereut hatte, sondern auch die Geschädigten ehrlich um Entschuldigung gebeten hatte. Zwar war kein Künstler oder Parlier aus ihm geworden, dafür ein guter Steinmetz und obendrein ein treusorgender Vater und Ehemann.

«So lasst uns dem Allmächtigen danken», schloss der Bürgermeister seine lange Rede, die manch einen zum Gähnen gebracht hatte. «Damit übergebe ich das Wort an den Erbauer dieses Meisterwerks, an Heinrich von Straßburg, genannt der Leiterer.»

Heinrich schrak zusammen und räusperte sich, bevor er sich erhob.

«Ich bin kein Mann der Worte, liebe Festgäste, sondern des Handwerks», begann er zögerlich, «und daher will ich mich kurzfassen. Ihr verzeiht, lieber Bürgermeister, wenn ich Euch berichtige: Nicht ich habe diesen Turm erbaut, sondern die fleißigen Steinmetze dieser Bauhütte, die nicht minder fleißigen Maurer und Zimmerleute dieser Stadt, die Schlosser, Seiler, Mörtelmischer und Lastenträger. Wir alle gemeinsam, die Anwesenden und die heute nicht mehr unter uns Weilenden, haben den Plan des großen Baumeisters Erwin von Straßburg erfüllt, mit dem Segen des Allmächtigen und der Schutzpatronin dieser Kirche, die ihre Hand über uns gehalten hat. So möge denn dieses Gotteshaus niemals zerstört werden.»

Beifall brandete auf, der von den Klängen der Fidler und Sackpfeifer abgelöst wurde. Heinrich setze sich wieder und sah zu, wie die Knechte Weinkrüge an die Tische schleppten und die Mägde körbeweise leibliche Stärkung. Das Fest hatte begonnen.

Der Münsterpfleger, der Heinrich und Josef gegenübersaß, beugte sich ihnen entgegen.

«Aus diesem feierlichen Anlass heraus», sagte er mit verheißungsvoller Miene, «habe ich noch eine Überraschung, die Euch beide, so hoffe ich, freuen wird. Der Magistrat hat gestern beschlossen, dass wir außer Eurem Laubwerkmacher Eberhard auch noch einen Bildhauer behalten wollen. Nicht nur, dass wir hie und da noch Kirchenschmuck hinzufügen wollen, nein, bald schon sollen die zwei Chortürme erneuert werden, als kleinere Brüder unseres herrlichen Westturms sozusagen. Und wer weiß, vielleicht werden wir eines Tages den Chor erweitern zu einem herrlichen Hochchor, mit Umgang und Kapellenkranz. Wir bitten also Euch, Josef Holtzer, weiterhin für die Fabrica zu arbeiten. Was sagt Ihr dazu?»

Als Josef zunächst nur stumm nickte, legte Heinrich ihm den Arm um die Schulter und zog ihn voller Freude an sich. Dann reichte er dem Pfleger über den Tisch hinweg die Hand.

«Eine schönere Überraschung hättet Ihr mir heute nicht machen können.»

«Mir auch nicht.» Josef hatte die Sprache wiedergefunden, und seine Augen strahlten. «Darauf lasst uns trinken!»

Sie hatten gerade den ersten Schluck genommen, als Thea und Elisabeth an ihren Tisch traten.

«Trinken könnt ihr nachher noch», beschied Thea. «Jetzt wird getanzt!»

«Nichts lieber als das.» Josef küsste sie vor aller Augen. «Denn stell dir vor, Thea: Wir bleiben hier! Hier in Freiburg!»

Plötzlich stand Graf Konrad vor ihnen.

«Auch ich möchte Euch beglückwünschen, Meister Heinrich. Ihr habt unsere Stadt wahrhaftig bereichert.» Mit einem breiten Lächeln wandte er sich Thea zu. «Dich muss es ja ungemein freuen, liebe Thea, dass du die Fertigstellung dieses schönen Kirchturms an der Seite deines Ehemanns erleben darfst.»

Stille trat am Tisch ein, und Josefs Miene verfinsterte sich angesichts des Grafen und dessen vertraulicher Ansprache an Thea. Die indessen lachte unbekümmert auf.

«Da mögt Ihr recht haben, Graf», entgegnete sie und warf Josef einen liebevollen Blick zu. «Es ist ein Tag des Glücks allerseits. Aber wisst Ihr, was mich am meisten freut? Dass dieser *unser* Turm noch bestehen wird, wenn wir alle hier schon Staub und Asche sind und Euer Grafengeschlecht längst untergegangen ist.»

Nachwort der Autorin

Das weltweite Entsetzen über den Großbrand von Notre-Dame de Paris im April 2019 zeigte, wie sehr uns jahrhundertealte Kirchen in ihren Bann ziehen, ganz gleich, welchen Glaubens wir sind. Selbst wer nicht an überirdische Gerechtigkeit, an ein «himmlisches Jerusalem» glaubt, ist ergriffen von der Atmosphäre dieser Räume, dieser in Stein gehauenen Kunstwerke. Vielleicht mehr noch als die älteren romanischen oder späteren barocken Kirchen faszinieren uns die gotischen Kathedralen in ihrer filigranen, himmelwärts strebenden Architektur. Mit ihnen haben wir eine unfassbare Meisterleitung vor Augen, die die Baumeister und Werkleute im Mittelalter ganz ohne unsere modernen Hilfsmittel erbracht haben und die dennoch viele Jahrhunderte überdauerten – im Gegensatz zur Baukultur unserer Tage.

Wie Notre-Dame de Paris und andere Großkirchen jener Zeit war auch die mittelalterliche Freiburger Pfarrkirche von Anfang an der Muttergottes geweiht – der alte Name «Unser lieben *Frauen* Münster» weist übrigens nicht auf den Plural, sondern einen alten Genitiv hin. *Münster* nannten die Freiburger ihre Kirche schon zu Beginn des 14. Jahrhunderts, obschon sie eine reine Bürgerkirche war. Der Begriff wurde vor allem im südwestdeutschen Raum häufig zur Bezeichnung bedeutender

Stadt- und Stiftskirchen benutzt, als ein Ausdruck des Bürger-
stolzes. Zur Kathedrale, also einer Bischofskirche, wurde sie
erst 1827.

Ihre Vorgängerin, die konradinische Basilika des Zähringer
Stadtgründers Konrad, wurde für den Neubau ab etwa 1200
vollständig abgetragen. Dieser Neubau war eng verknüpft
mit dem Kampf der selbstbewusster werdenden Bürgerschaft
gegen ihre ungeliebten Stadtherren, die Grafen von Freiburg.
Wie in der nahen Bischofsstadt Straßburg wurde der Münster-
bau, zumal der herrliche Westturm, somit zu einem wichtigen
Symbol im Streit um die innerstädtische Vorherrschaft.

Die Ablösung der Zähringerherrschaft 1218 durch die Grafen von Freiburg hatte zunächst eine positive Entwicklung
für die Stadt bedeutet, die zu jener Zeit gut 9000 Einwohner
zählte. So regierten Graf Egino I. und dessen Sohn Konrad I.
noch in wohlwollendem Einverständnis mit den Bürgern und
förderten den Münsterneubau. Die Herrschaft durch Konrads Sohn Egino II. bedeutete jedoch eine Wende: Er und
seine Nachkommen waren Verschwender und Kriegstreiber,
sie verpfändeten und verkauften die Güter ihrer Grafschaft
Zug um Zug und erlegten den Bürgern immer neue Steuern
auf. Doch die durch Handel und den Ertrag aus den nahen
Silberminen immer reicher und selbstbewusster gewordene
Schicht des Stadtadels und der Kaufleute (später kamen noch
die erstarkenden Zünfte hinzu) wollte sich nicht mehr einseitig
auspressen lassen und forderte mehr Rechte ein – so auch die
Bauherrschaft für ihre Pfarrkirche, das Liebfrauenmünster.
Nachdem schließlich die Stadt selbst von den Grafen mehrfach verpfändet worden war, hatten die Freiburger die Nase
endgültig voll: 1368 kauften sie sich mit einer enormen Summe
von der verhassten Grafenherrschaft los und unterstellten sich

freiwillig dem Schutz der Habsburger, in dem sie bis 1806 verblieben.

Was die Stadtgeschichte betrifft, bin ich in meinem Roman also den historischen Spuren gefolgt, auch bezüglich der Namen der damaligen Amtsträger und Patrizier (früher Geschlechter genannt). Lediglich bei der Vermählung zwischen Graf Egino und Katharina von Lichtenberg habe ich mir aus romantechnischen Gründen eine kleine dichterische Freiheit erlaubt und die Hochzeitsfeier auf die Freiburger Burg verlegt. In Wirklichkeit wurde das Fest vom Straßburger Bischof Konrad von Lichtenberg auf dessen Burg bei Zabern (Saverne) im Elsass ausgerichtet, von ebenjenem Bischof, der 1299 im Kampf gegen die Freiburger Bürger getötet werden sollte. Eine weitere Freiheit habe ich mir mit dem Geheimgang erlaubt, auf den ein rätselhaftes Relief bei der Nikolauskapelle angeblich hinweist. Dieser Gang zwischen Münster und Burg taucht in den Sagen der Region immer wieder auf, da aber niemals Reste davon gefunden wurden, verweisen ihn die heutigen Historiker ins Reich der Legende.

Meine Protagonisten, wie etwa die Familien Loderer und Wohlleb, sind frei erfunden. Sie rekrutieren sich aus den Gruppierungen, die mit dem Turmbau zu tun haben, aus Geistlichkeit, Bürgertum, Grafen, Baumeistern und Werkleuten sowie den sogenannten «kleinen Leuten». Die Figur der Bildhauerin Sabina von Steinbach ist historisch nicht gesichert, sondern womöglich nur ein Mythos. Ich habe sie symbolhaft aufgeführt für alle Künstlerinnen vergangener Jahrhunderte, die es sehr wohl gab, die aber nirgends belegt sind.

Die beiden Baumeister Gerhard und Heinrich sind als Charaktere ebenfalls meiner Phantasie entsprungen, bei ihren Namen habe ich mich an den aktuellen Forschungsstand gehalten.

Das Problem hierbei ist, dass für den Zeitraum meines Romans (1270 bis 1330) zu den Baumeistern keine schriftlichen Verträge oder Urkunden überliefert sind und ein Meister Gerhard von Straßburg, ein Meister Heinrich von Straßburg oder auch ein Peter von Basel lediglich in Nebenquellen, ohne genauere Angaben, erwähnt werden. Erst ab 1359 ist mit Johannes von Gmünd ein Baumeister namentlich und zeitlich gesichert. Was daran liegt, dass Künstler wie Baumeister erst in der Frühen Neuzeit mit ihren «signierten» Bildnissen in Erscheinung treten. Ob es sich bei der Konsolenbüste unterhalb der Sterngalerie um den Turmbaumeister Heinrich von Straßburg handelt, der sich damit ein Bildnis gesetzt hat, ist umstritten. Ebenso könnte es sich um eine Huldigung des Künstlers an den berühmten Straßburger Baumeister Erwin von Steinbach handeln, nach dessen Plänen der Westturm, zumindest jedoch die einzigartige Ausführung ab dem quadratischen Unterbau, errichtet wurde. Das scheint unter den Historikern inzwischen unbestritten.

Überhaupt gibt es aus den Anfangszeiten des Kirchenbaus kaum schriftlichen Quellen. Erstmals um 1295 wird in einer Urkunde «Unser Frauen Werk zu dem Münster zu Freiburg» erwähnt, im Jahre 1311 ein bürgerlicher Münsterpfleger namens Gottfried von Schlettstadt. Auch zum Turm existiert nur ein einziges gesichertes Datum: das Jahr 1291, da man den hölzernen Glockenstuhl aufrichtete. Ansonsten geht man davon aus, dass die Bauzeit von 1270 bis 1330 dauerte, also rund sechzig Jahre, wenngleich mit mehrfachen Unterbrechungen.

Unabhängig von allen (kunst-)historischen Unsicherheiten bleibt eines unbestritten: Der Freiburger Münsterturm gehört zu den schönsten Kirchtürmen der christlichen Welt. Allein der sechsundvierzig Meter hohe, nur noch aus Rippen und Maßwerk bestehende Turmhelm ist ein künstlerisches und architektonisches Meisterwerk. Er setzt sich aus über 12 000 Einzelteilen zusammen, das innere Gerüst bilden eingelegte Eisenanker, die tatsächlich eine Erfindung der Freiburger Bauhütte waren! So wurde denn dieser in der Geschichte der Gotik erste vollständig durchbrochene Steinhelm zum Vorbild für viele europäische Kirchtürme.

Zum Ende des Romans lasse ich meine Protagonistin Thea die Prophezeiung aussprechen, dass der neue Turm die Grafenherrschaft überdauern werde. Nicht nur das trifft ein: Selbst die schwere Bombardierung der Stadt am 27. November 1944 hat der mittelalterliche Münsterturm nahezu unbeschadet überstanden, während die umliegenden Gebäude fast sämtlich zerstört wurden.

Glossar

Abakus – uraltes mechanisches Rechenhilfsmittel, mit Kugeln auf Stäben in einem Rahmen; vergleichbar dem Rechenbrett mit Münzen

abbinden – Festwerden des Kalkbreis im Mörtel

Abend – alter Begriff für die Windrichtung Westen

Aborterker – erkerartiger Abtritt (Toilette) an der Außenseite von Wohnhäusern und Burgen

Absolution – Vergebung von Sünden durch einen Geistlichen

Adelhausen – ehemaliger Stadtteil und gleichnamiges Dominikanerinnenkloster im heutigen Stadtteil Wiehre

Alter Rat – auch alte Vierundzwanziger: der ursprüngliche Magistrat im mittelalterlichen Freiburg aus vierundzwanzig Patriziern, die im Gegensatz zum Neuen Rat auf Lebenszeit gewählt waren

Antoniergasse – Rue de l'Arc-en-Ciel im heutigen Straßburg

Antoniter – christlicher Hospital-Orden des Mittelalters, zur Pflege der am *Antoniusfeuer* Erkrankten

Antoniusfeuer – auch Brotseuche, Gliederbrand: qualvolle, oft tödliche Krankheit nach Genuss von durch Mutterkornpilz vergiftetem Getreide, im Mittelalter recht häufig

Aufwarter – Diener bei Tisch in herrschaftlichem Haushalt

Augustiner-Eremiten – einer der Bettelorden mit Armutsideal, in

Freiburg an der Salzstraße gelegen; das Gebäude dient heute als Museum

Augustinus (von Hippo) – Philosoph, Bischof und einer der Kirchenväter der Spätantike, die entscheidend zur Bildung des Christentums beigetragen hatten (354–430)

Ausfall – militärisch: Ausbruch aus einer Belagerung

Ausstäupen – öffentliche Leibesstrafe am Pranger mit Rutenschlägen

Ave Maria – katholisches Grundgebet zur Anrufung Marias, der Mutter von Jesus («Gegrüßest seist du, Maria»)

Baar – Landstrich zwischen Südschwarzwald und Schwäbischer Alb

Bader – ursprünglich Betreiber einer Badstube, bald schon Arzt der kleinen Leute. Daraus entwickelte sich der Handwerkschirurg oder Wundarzt (im Gegensatz zum gelehrten, studierten *Medicus*)

balbieren – veraltet: barbieren, rasieren

Baldachin – in der Architektur: steinerne Überdachung einer Skulptur

Baltisches Meer – anderer Name für die Ostsee

Bankert – Bastard, uneheliches Kind

Barett – flache Kopfbedeckung ohne Schirm oder Krempe, ähnlich einer Baskenmütze

Barfüßer – volkstümlicher Name für den Franziskanerorden

Bauhütte – siehe *Hütte*

Beginen – Gemeinschaft religiöser Frauen, die ein eheloses Leben in ordensähnlichen Häusern führen, jedoch ohne Klausur, und sich u. a. der Krankenpflege und Sterbebegleitung widmen

beilen – Kanthölzer oder Balken aus Rundhölzern mit Beilen schlagen

Bergfried – Schutzturm der Burgherrschaft

Besteck – ursprünglich das Behältnis, in dem man Messer und Löffel am Gürtel trug

Betzenhausen – nordwestlicher Stadtteil von Freiburg; noch heute erinnert das alte Sühnekreuz (Bischofskreuz) dort an die Schlacht zwischen Bürgern und Grafen

Bisanz – deutscher Name für Besançon in Frankreich

Blutgericht – auch Hochgericht, Halsgericht: traditionell vom Landesherrn ausgeübt (Grafengericht), bei Mord, Totschlag und erheblicher Körperverletzung

Blutsturz – Tod nach starken Blutungen aus dem Darm, nach blutigem Erbrechen

Bogenlaibung – in der Architektur: Innenfläche eines Bogens

Bossen – überstehendes, unbehauenes Material eines Steines innerhalb einer Mauer (Bossenquader)

Brauner – Farbdefinition bei Pferden: braunes Fell mit schwarzer Mähne und schwarzem Schweif

Breisgau – Landschaft rund um Freiburg, zwischen Oberrhein und Schwarzwald

Bruderhof – mittelalterlicher Verwaltungs- und Wohnsitz der Straßburger *Domherren*, gleich hinter dem Münster

Bruoch – weite mittelalterliche Unterhose

Brunnberg – heutiger Bromberg, wo sich die *Brunnenstube* mit den Quellen zur Wasserversorgung befand

Brunnenstube – Einfassung einer Quelle zur Gewinnung von Trinkwasser, in Freiburg unterhalb des Brunnbergs (Bromberg) beim heutigen Waldsee. Die Lage war geheim, mit Rasen und Reisig abgedeckt

Bundhaube – einfache, leinene Haube, auch von Männern getragen, die sich unter dem Kinn binden lässt (ähnlich den heutigen Babyhauben)

Burghut – Wachmannschaft einer Burg

Burgund – im Mittelalter Bezeichnung für eine riesige Region zwischen Mittelmeer und Nordsee, die in unterschiedliche Herrschaften aufgeteilt war; das heutige Burgund ist sehr viel kleiner

Campanie – alter Name für die französische Champagne

Chor – Altarraum in Kirchen, der früher den Geistlichen und Mönchen vorbehalten war

Christoffelstor – nördliches Stadttor der Innenstadt, an der Stelle des heutigen Siegesdenkmals

Custos – lat. für Wächter; Vorläufer des heutigen Küsters (Kirchendieners)

Deichel – Holzröhren mittelalterlicher Wasserleitungen; in Freiburg gibt es heute noch die «Deicheleweiher», wo das Holz gelagert wurde

Deutschherrenorden – Ritterorden aus der Zeit der Kreuzzüge

Dies Irae – Anfang eines mittelalterlichen Hymnus vom Jüngsten Gericht, als Teil der Totenmesse gesungen

Domherren – Beamte geistlicher Fürsten / Bischöfe; für die Leitung einer Bischofskirche (Domkapitel) mussten sie geweihte Priester sein, für andere Ämter nicht

Domprobst – Leiter des Domkapitels einer Bischofskirche, siehe *Domherren*

Donation – lat. für Spende, Schenkung

Dreipass – architektonische Ornamentform aus drei Kreisbögen an Fenstern und Portalen; typisch für die *Gotik*

Dreisam – Fluss durch Freiburg; lag früher dichter an der Altstadt als heute

Dub – deutscher Name für den französisch-schweizerischen Fluss Doubs

Ebnot – alter Name des Dorfes Ebnet, heute Stadtteil von Freiburg

Edelfreie – Adlige, Freiherren

Elle – altes Längenmaß; die Freiburger Elle entsprach 54 cm

Elz – Nebenfluss des Rheins vom mittleren Schwarzwald her

Ensisheim – mittelalterliche Kleinstadt im Elsass

Ego te absolvo – lat. Sprechformel der *Absolution*: Hiermit spreche ich dich los (von deinen Sünden)

Erntemonat – deutscher Name für den Monat August

Evangelium – altgriechisch für frohe Botschaft; vier Bücher am Anfang des Neuen Testaments in der Bibel

Fabrik, Fabrica – siehe *Kirchenfabrik*

Falkensteiner Steige – alter Name für das Höllental östlich von Freiburg

Fialen – spitze, steinerne, reich verzierte Türmchen in der *gotischen* Architektur

Fischmarkt – zentraler Platz in Freiburg, heute Bertoldsbrunnen

Fischbrunnen – ehemaliger Marktbrunnen am *Fischmarkt*

Fleischbank – Verkaufstisch der Metzger

Förderung – hier: Arbeit, Anstellung

französische Bauweise – alte Bezeichnung für *Gotik*

Frauenhaus – alte Bezeichnung für Freudenhaus, Bordell

Frauenwerk – bis heute Name der Straßburger Münsterbauhütte (frz.: Œuvre Notre-Dame)

Fries – streifenartiges, meist waagrechtes Schmuckelement in der Architektur; kann mit Ornamenten oder Figuren besetzt sein

Fronhof – herrschaftlicher Gutshof; die ihm unterstellten Bauern mussten dem Fronhof Abgaben und Frondienste leisten

Fuder – altes Raummaß, abgeleitet von der «Fuhre», die ein zweispänniger Wagen laden konnte

Fuß – altes Längenmaß, je nach Region um die 30 cm. Der Freiburger Fuß (Freiburger Werkschuh) hatte die Länge von 32,4 cm

Gabenbereitung – Teil der heiligen Messe, bei dem Hostien und Wein als Opfergaben dargebracht werden

Garaus-Läuten – Kirchenglocken kennzeichneten Anfang und Ende des lichten Tags und damit der Arbeitszeiten

Gartenvorstadt – hiermit ist die Lehener- und Predigervorstadt gemeint, westlich des Rotteckrings

Gebende(schleier) – mittelalt. Kopfbedeckung für verheiratete Frauen aus einem langen Leinenschleier, der um Ohren und Kinn geschlungen war und oft mit Schmuckreif getragen wurde. Verhüllte das Haupthaar meist vollständig und konnte so straff sein, dass es beim Essen oder Sprechen störte

Georgi, Georgstag – Datumsangabe nach dem heiligen Georg, dem Drachentöter: 23. April

Gerechtsame – Lizenz, Nutzungsrecht (z. B. für eine Badstube)

Gerichtslaube – offene Laube am Freiburger *Fischmarkt*, wo öffentlich Gericht gehalten wurde; das heute Gerichtslaube genannte Gebäude hieß früher *Ratsstube*

Gertrudis – Datumsangabe nach der Äbtissin und heiligen Gertrud von Nivelles: 17. März

Geschlechter – ältere Bezeichnung für Patrizier, städtische Oberschicht

Gesims – waagrechtes Bauteil, das aus einer Wand ragt

gesotten – gekocht

Gevatter/in – Anrede für vertraute, zumeist ältere Menschen

Gewerke – die handwerklichen und bautechnischen Arbeiten im Bauwesen

Gliederbrand – siehe *Antoniusfeuer*

Gotik, gotisch – Epoche der Architektur und Kunst des Mittelalters, von Mitte des 12. Jahrhunderts bis etwa 1500; die Bezeichnung «Gotik» entstand aber erst sehr viel später

Gottseibeiuns – Umschreibung für Teufel

Greif – vogelartiges Fabelwesen als Mischung aus verschiedenen Tierarten

Große Gass – heute: Kaiser-Joseph-Straße, damals Haupt- und Marktgasse mit zahlreichen Verkaufsständen

Gugel – Mode des 13. bis 15. Jahrhunderts: Kapuze an breitem Schulterkragen, mit Kapuzenzipfel bis über den Rücken

Gurtbogen – gemauerter Bogen eines Gewölbes

Haberkasten – Gefängniszelle im ehemaligen *Predigertor*; für die «besseren» Bürger vorgesehen

Hausarme – anerkannte Almosenempfänger einer Gemeinde / Stadt

Heiliggeistspital – bürgerschaftliche Freiburger Einrichtung der öffentlichen Fürsorge als eine Art Alten- und Pflegeheim, die im Laufe des Mittelalters immer vermögender wurde; Standort war an der heutigen Kaiser-Joseph-Straße zwischen Marktgasse und Münsterstraße

Heimliche Räte – Ermittlungsrichter und öffentliche Ankläger im spätmittelalterlichen Gerichtsverfahren Freiburgs

Hellebarde – spießähnliche Langwaffe

Herold – höfischer Ausrufer, Unterhändler und Zeremonienmeister; musste in Fremdsprachen und Wappenkunde firm sein

Herrenbrot, Herrensemmel – Weißbrot aus hellem, feingemahlenem Weizen gebacken; üblich ist sonst dunkles Brot

Herrenpfründner – wohlhabende Insassen des *Heiliggeistspitals*, siehe auch Pfründner

heuer – süddt.: dieses Jahr

Heuke – ärmelloser, glockenförmig geschnittener, fast waden-
langer Umhang

Hilarius – Datumsangabe nach dem heiligen Hilarius von Poi-
tiers, einem frühchristlichen Bischof und Kirchenlehrer:
13. Januar

Hildegard von Bingen – Äbtissin, Heilige und Universalgelehrte
(1098–1179), deren heilkundige Schriften noch heute bekannt sind

Himmelskönigin – Bezeichnung für Maria, die Muttergottes

Hintersasse – Einwohner, der zwar den Schutz der Stadt genießt
und Steuern bezahlt, aber kein Bürgerrecht hat

Hochfeste – hohe katholische Feiertage; die meisten davon, wie
Fronleichnam oder Allerheiligen, werden noch heute als
arbeitsfreie Tage ausgewiesen

Hochschiff – oberer Teil des *Mittelschiffs* einer Kirche, der die beiden *Seitenschiffe* überragt

Hofgericht – höchstes landesherrliches Gericht im Mittelalter
bzw. Gericht des Kaisers

Holztrippen – Schuhuntersatz, um das kostbare Schuhwerk vor
Matsch und Straßendreck zu schützen. Mit einem Leder-
steg am Fuß gehalten und durch zwei untergelegte Klötz-
chen erhöht

Hübschlerinnen – Prostituierte

Hütte – Kurzform für Bauhütte, auch Kirchen-, Münster- oder
Dombauhütte: Organisationsform des gotischen Kathedra-
lenbaus als Werkstattverband. Wichtigste Komponente
war, neben anderen Gewerken, die Steinmetzbruderschaft,
die gegenüber den städtischen Zünften ihre eigene, über-
regionale Ordnung hatte

Hüttenknecht – diente der Steinmetzbruderschaft als eine Art
Hausmeister und Handlanger in allen Arbeitsbereichen

Hüttendiener – alter Name für Lehrling in einer Bauhütte

Ill – elsässischer Nebenfluss des Rheins

Inquisition – lat. für Untersuchung: Prozessverfahren der mittelalterlichen Kirche gegen Ketzer, später auch gegen vermeintliche Hexen

Jahrzeit, Jahrzeitmesse – jährliche Seelenmesse für einen Verstorbenen, gegen Schenkung/Stiftung an die entsprechende Kirche

Jesse – Vater des biblischen Königs David und damit Stammvater Jesu

Joch – Architektur: Bauteil zwischen zwei Säulen oder Pfeilern

Johanni – Datumsangabe: 24. Juni. Damals traditioneller Stichtag für einjährige Ämter oder Eide

Josephstag – Datumsangabe nach dem heiligen Josef, dem Bräutigam der Gottesmutter: 19. März

Kanzlei – hier: Ratskanzlei. Städtischer Verwaltungssitz, in Freiburg an der Stelle des heutigen Alten Rathauses

Kapitell – mit Ornamenten ausgeformter oberer Abschluss einer Säule

Kaplan – Nebenpriester in einer größeren Pfarrei oder auch nur für einen bestimmten Personenkreis (Burg, Spital)

Karfunkelsteine – veraltet für rote Edel- und Halbedelsteine

Karmesinrot – kostbarer Farbstoff aus Schildläusen

Kastellan – Burgverwalter

Katarrh – altertümliche Bezeichnung für jede Art von Erkältung

Katheder – hier: Schreibpult

Kebse – Konkubine, heimliche Geliebte

Kehricht – süddt. für Abfall, Dreck

Kemenate – mit einem offenen Kamin beheizbarer Raum auf einer Burg; diente meist als Wohn- und Schlafzimmer zugleich

Kinzig – rechter Nebenfluss des Rheins

Kirchenfabrik, Kirchenbauhütte – mittelalterliche Unternehmens-form, die die Baulast und -leitung des Kirchenbaus trug; un-terstand zunächst dem Stadtherrn, dann der Bürgerschaft, unter Aufsicht hoher Verwaltungs- und Finanzbeamter. In die Fabrik integriert war die Bruderschaft der Steinmetze, die sogenannte Bauhütte, wobei sich später der Begriff Münsterbauhütte für das Gesamtunternehmen durchsetzte

Kirchgasse – hiermit ist die Freiburger Münsterstraße gemeint; Münster wurde die Pfarrkirche erst um 1300 genannt

Klarissen – Nonnen des Franziskanerklosters St. Clara im Ge-biet der heutigen Eisenbahnstraße

Klausur – Klosterbereich, der nur den Nonnen/Mönchen vor-behalten ist; im übertragenen Sinne Leben in klösterlicher Abgeschiedenheit

Klöpfel – auch Knüpfel: hammerähnliches Schlagwerkzeug der Steinmetze

Koben – Verschlag, kleiner Stall

Komtur – Leiter einer Niederlassung von Ritterorden

Konradinisches Münster – erste Freiburger Pfarrkirche, Vorgänge-rin des Münsters; vom Zähringerherzog und Stadtgründer Konrad I. ab 1120 erbaut

Konsole – Architektur: aus der Wand herausragender, tragender Vorsprung, oft mit Ornamenten oder Figuren geschmückt

Krabbe – stilisierte Blattknospe aus Stein als typisches Schmuck-element der Gotik

Kreuzblume – Schmuckelement der Gotik: in Kreuzform an-geordnetes Blattwerk aus Stein, oft als Krönung eines Turms, Giebels oder einer *Fiale*

Kreuzrippengewölbe – Gewölbe, das durch gemauerte, sich kreu-zende Rippenbögen gehalten wird; typisch für die *Gotik*

Kreuzsplitter – gemeint ist hier ein Splitter vom Kreuz Jesu, den weltweit viele Kirchen zu ihrem *Reliquien*schatz zählen.

Kruppe – hinterer Bereich des Pferderückens

Krutenau – Straßburger Stadtteil, damals Vorstadt jenseits der *Ill*

Kunstdiener – damals vertiefender Ausbildungsstatus eines Steinmetzgesellen in Konstruktion und Bildhauerei als eine Art Meisterschule

Laie – hier: Kirchenvolk, Gläubige einer Religionsgemeinschaft, die nicht zu den Geistlichen gehören

Lammportal – südlicher Nebeneingang zum Münster

Langhaus – langgestreckter Hauptteil traditioneller Kirchenbauten; mündet zumeist im Osten in den *Chor*, vor dem häufig ein *Querschiff* eingeschoben wird, sodass ein Grundriss in Kreuzform entsteht

Laubwerkmacher – auch Laubhauer: Steinmetz für Schmuckelemente wie *Fialen*, *Krabben*, *Maßwerk*, *Kreuzblumen*

Lehen – Begriff der mittelalterlichen Gesellschaftsordnung: Lehen (Landgüter, aber auch Ämter oder Rechte) wurden vom Landesherrn oder König vergeben, gegen den Schwur auf Treue und Kriegsdienst; nahe Freiburg trägt auch ein Dorf diesen Namen

Lehener Tor – eines der beiden ehemaligen Innenstadttore nach Westen (befand sich an der Ecke Rotteckring mit Bertoldstraße)

Lehrgerüst – hölzerne Gerüsthilfe zum Aufmauern von Fensterbögen und Gewölben

Lettner – hölzerne oder steinerne Schranke in der Kirche, die den Altarbereich der Mönche / Priester (Chor) vom Bereich der *Laien* trennt

Leutpriester – auch Pleban: Priester für das Kirchenvolk, im

Gegensatz zum Ordenspriester für Nonnen/Mönche; den klassischen Münsterpfarrer, vom Stadtrat gewählt, gab es in Freiburg erst im Spätmittelalter

Levante – Orient, Morgenland

lichter Tag – Tagesstunden bei Helligkeit, nach der sich früher die Arbeitszeiten richteten

Lichtgaden – auch Obergaden: im Kirchenbau die über die *Seiten-schiffe* ragende obere Wandfläche des *Mittelschiffs*, mit Fenstern durchbrochen. Siehe auch Hochschiff

Lichtmess – Datumsangabe: 2. Februar (Mariä Lichtmess)

Lossprechung – auch Ledigsprechung: Erhebung von Handwerkslehrlingen in den Gesellenstand; freisprechen von etwas

Malefizglocke – Gerichtsglocke nach einer Urteilsverkündung (lat. maleficium für Verbrechen, böse Tat)

Malefizkerl – Draufgänger, Haudegen, Teufelskerl

Mariä Himmelfahrt – Festtag zu Ehren der Muttergottes am 15. August

Mark – Währungsgewicht im Mittelalter: Aus einer Mark Silber wurden 256 Pfennige geschlagen. Große Beträge zahlt man bis Aufkommen des Guldens meist mit ungemünztem Silber, also in Barren von einer Gewichtsmark (ca. 250 Gramm)

Martini, Martinstag – Datumsangabe nach dem heiligen Martin: 11. November

Martinstor – heute noch bestehendes südliches inneres Stadttor, früher auch Norsinger Tor genannt

Maßwerk – filigrane Durchbrechung des Steins nach geometrischen Mustern an Fensteröffnungen, Balustraden und Wänden; typisch für die *Gotik*

Medicus – (auch Physikus, doctor medicinae) studierter Arzt, der im Gegensatz zum *Wundarzt*, dem Vorläufer des Chirurgen, für die angesehenere Innere Medizin zuständig war

Meisterknecht – siehe *Kunstdiener*

Metzig – Metzgerei

Michaelis, Michaelistag – Datumsangabe nach dem Erzengel Michael: 29. September (Rechnungsbücher wurden von Michaelis bis Michaelis geführt)

Mitra – hohe, spitze Bischofsmütze

Mittelschiff – mittlerer Teil des *Langhauses* einer Kirche, sofern rechts und links *Seitenschiffe* angebaut sind

Mömpelgard – deutscher Name für die Stadt Montbéliard im Westen Frankreichs

Monstranz – kostbares Schaugefäß für Heiligenreliquien

Morgensprache – rituelle Ansprache eines Vorstehers von *Zunft* oder *Hütte*, auch in Klöstern üblich

Muhme – altes Wort für Tante, weibliche Verwandte

Münsterpfleger – siehe *Pfleger*

Münsterschaffner – siehe *Schaffner*

Neuburg(vorstadt) – nördliche Vorstadt des alten Freiburg, nördlich des heutigen Siegesdenkmals

Neuer Rat – auch Nachgehender Rat: im 13. Jahrhundert entstandenes Ratsgremium aus jährlich neu gewählten Bürgern, das den *Alten Rat* der Patrizier (auf Lebenszeit gewählt) ergänzte

Niederhaslach – Gemeinde im Elsass mit der berühmten gotischen Stiftskirche St. Florentius, bei deren Bau der Sohn des Baumeisters Erwin von Steinbach, Gerlach von Steinbach, tödlich verunglückte

Novize, Noviziat – Mönchsanwärter(schaft) in einem Kloster

Obere Au – lose, unbefestigte Häuseransammlung vor dem heutigen Schwabentor / Obertor. Die heutige Oberau liegt weiter ostwärts

Obergaden – siehe *Lichtgaden*

Obertor – alter Name des heute noch bestehenden Freiburger

Schwabentors; Turm zur Stadtseite hin ursprünglich offen, erst 1547 mit einer steinernen Wand geschlossen

Obolus – ursprünglich antike Münze; synonym für kleine Spende, kleiner Geldbetrag

Oktogon – regelmäßiges Achteck

Ornat – festliche Amtstracht eines Geistlichen oder Herrschers

Ortenau – historische Landschaft rund um Offenburg/Baden

Page – in Adels- und Ritterkreisen: erste Stufe eines Knaben in der Ausbildung zum Knappen/Ritter

Palas – mehrstöckiges Hauptgebäude (Wohnhaus) der mittelalt. Burg

Paradies – Teil der historischen Schneckenvorstadt mit Badstube und Mühle, auf dem Gelände des heutigen Kollegiengebäudes IV der Universität

Parlier – Sprecher der Steinmetzbruderschaft (frz.: parler). Daher rührt der Name der berühmten Steinmetz- und Baumeisterfamilie Parler aus Schwäbisch Gmünd

Pastinake – im Mittelalter sehr verbreitete Rübenart

Paternoster – lat. für Vaterunser (Gebet); auch synonym für kurze Zeitspanne

Peterstor – ehemaliges äußeres Stadttor vor der westlichen Vorstadt; etwa auf heutiger Kreuzung Bismarckallee mit Bertoldstraße

Pfarrrektor – auch Kirchrektor: oberster Leiter der Pfarrei, in Freiburg über lange Zeit ein nachgeborener Sohn der Grafen von Freiburg

Pfleger – hier: amtlicher Verwalter/Treuhänder des Vermögens von Kirchen, Stiftungen, Spitälern aus den Reihen des Stadtrats. Eine besondere Bedeutung kam dem Münsterpfleger zu, der die *Kirchenfabrik* leitete

Pfründe – Einkünfte aus einem (kirchlichen) Amt

Pfründner – hier: Spitalinsasse, der sich durch Vermögen / Stiftung einen Platz im Spital erkauft hat, wo ihm je nach Vermögenslage Unterkunft, Verpflegung und medizinische Versorgung garantiert sind; siehe auch *Herrenpfründner*

Pfund – Pfund Silber oder Pfund Pfennige: mittelalterliches Währungssystem vor Einführung des Guldens; ein Pfund Silber entspricht 240 Pfennigen

Portalhalle – Vorhalle im Münsterturm, als Durchgang zum Kirchenschiff; berühmt für seine Skulpturen aus der christlichen Heilsgeschichte

Prediger – volkstümlicher Name für den Dominikanerorden

Predigertor – eines der beiden Innenstadttore nach Westen (Ecke Rotteckring / Unterlinden)

Predigervorstadt – westliche Vorstadt des alten Freiburg (westlich Unterlinden und Rotteckring), mit Gärten und Badstuben

Prior(in) – Klostervorsteher(in)

Psalter – mittelalterliches Gebets- und Gesangbuch

Querschiff – auch Querhaus: zwischen *Langhaus* und *Chor* angelegter Querbau einer Kirche; damit ergibt sich die Form eines Kreuzes

Ratsstube – ältestes Freiburger Rathaus (Turmstraße), das heute fälschlicherweise «Gerichtslaube» genannt wird. Die ursprüngliche *Gerichtslaube* als öffentlicher Gerichtsort lag am heutigen Bertoldsbrunnen mitten im Marktgeschehen

Rechtes Maß – alter Begriff für den «goldenen Schnitt», einem als harmonisch empfundenem Verhältnis zweier Strecken zueinander; in der Architektur und bildenden Kunst verwendet

Regal – landesherrliches (ursprünglich königliches) Hoheits- und Nutzungsrecht über Verkehrswege, Zölle, Bergbau oder Jagd; Regalien konnten beliehen und verliehen werden

808

Reißboden – Bauwesen: glatte Bodenfläche oder Holzplattform, auf die vor Ort die Konstruktionszeichnung übertragen wird

Reißkammer – Arbeitszimmer des Baumeisters für seine Pläne (Risse), Zeichenkammer

Rektor – siehe *Pfarrrektor*

Reliquien – anbetungswürdige sterbliche Überreste eines Heiligen oder Teile von dessen persönlichem Besitz

Rentkauf – mittelalterliches Wertpapier, das Zinsen («Rente») einbrachte

Reuerinnen – volkstümlicher Name für die Nonnen vom Orden der heiligen Maria Magdalena zur Buße, der ursprünglich der Aufnahme und Bekehrung bußfertiger Straßendirnen diente

Riss – technische Zeichnung, Bauzeichnung

Rückenkraxe – Rückentrage, als Korb oder aus Holz

Rote Ruhr – schmerzhafte bakterielle Infektion mit blutigem Stuhlgang, die tödlich sein kann

Rute – hier: Maßeinheit von 15–18 *Fuß*

Sakrament – heilige rituelle Handlung im christlichen Glauben wie Ehe, Taufe oder Krankensalbung

Sakristei – Nebenraum einer Kirche zur Aufbewahrung gottesdienstlicher Gerätschaften und zur Vorbereitung der Geistlichen auf den Gottesdienst

Sankt Gallus, Gallustag – Datumsangabe nach dem irischen Mönch und Heiligen Gallus: 16. Oktober

Sankt Jakob – auch Jakobstag; Datumsangabe nach dem Apostel Jakob: 25. Juli

Sankt Martin – Datumsangabe, 11. November, siehe *Martini*

Sattelgasse – alter Name für die Freiburger Bertoldstraße

Schabracke – rechteckige Satteldecke, die reich verziert sein kann

Schaffner – hier: Geschäfts- und Rechnungsführer von Einrichtungen wie Kirchen, Spitälern, Stiftungen, dem jeweiligen Pfleger unterstellt. Der Münsterschaffner war in der Regel ein Geistlicher und für die Verwaltung der *Kirchenfabrik* zuständig

Scharwache, Scharwächter – städtischer Wacht- und «Polizei»-Dienst, wahrgenommen durch Bürger oder später durch besoldete Stadtknechte

Schatzung – direkte Steuer, Abgabe einer Gemeinde / Stadt an ihren Landesherrn; der Gesamtbetrag wurde unter den Einwohnern umgelegt

Schaugericht – als aufwendiges Schaustück zubereitete Speise der höfischen mittelalterlichen Küche

Schellenwerk – Zwangsarbeit in Fesseln, Ketten und Schellen

Schelm – ursprünglich böses Schimpfwort, da es auch den Abdecker und Henkersknecht bezeichnete

Schießrain – Übungsplatz der Armbrustschützen, auf Höhe der heutigen Wallstraße

schleifen – militärisch: eine Wehrmauer / eine Burg niederreißen

Schlierberg – Westseite des Freiburger Lorettobergs; hier wurde Lehm und Buntsandstein abgebaut

Schlupfhure – auch Winkelhure: heimliche Prostituierte, Straßendirne

Schultheiß – Gemeindevorsteher von Dorf oder Stadt als höchstes Amt; in der Regel vom Landesherrn eingesetzt und mit niederer Gerichtsgewalt

Schultheißengericht – Stadt- bzw. Dorfgericht, in der Regel für geringere Vergehen. Gegensatz *Blutgericht*

Schupfe – Korb oder Käfig am Ende einer großen Wippe; als Schandstrafe bei Lebensmittelbetrug

Schwarzwecken – Brötchen aus ungesiebtem, dunklem Roggenmehl

Schweinekoben – einfacher, kleiner Schweinestall

Seitenschiffe – durch Pfeiler abgetrennte offene Räume rechts und links des *Mittelschiffs* einer Kirche

Setzer – hier: diejenigen, die Mauersteine setzen, eigentlich Aufgabe von Maurern

siech – krank, gebrechlich

Siechenmutter – auch Siechenmeisterin: im Spital für Pflegedienstleitung und Krankenverwaltung zuständig. Meist Frau des Spitalmeisters

Snewlin-Sippe – weitverzweigte, einflussreiche Freiburger Patrizierfamilie mit zahlreichen Besitztümern im *Breisgau*

Söller – auch Altan: balkonähnlicher Vorbau eines Obergeschosses, auf Pfeilern oder Mauern ruhend

Speisewirtschaft – im Gegensatz zu einer Gassenschenke ein Gasthaus mit Schild und Namen zum Beherbergen von Reisenden, mit Ausschank und warmer Küche

Spitzwecken – längliche Brötchen

Steinhütte – siehe *Hütte*

Stola – schalähnliches Gewandstück, Teil des Priesterornats

Strebebögen – Stützbögen zwischen Außenmauern von Gewölben und Pfeilern, typisch für große gotische Kirchenbauten

Strebepfeiler – Stützelement an hohen Mauern wie Kirchtürmen wie auch als Teil des Strebewerks, wo über *Strebebögen* die Last / Schubkraft des Kirchengewölbes aufgenommen wird

Strebewerk – skelettartige Bauweise gotischer Kirchen aus *Strebepfeilern* und *Strebebögen*, die eine Reduzierung des massiven Mauerwerks erlaubt

Stundengebet – gemeinsames klösterliches Gebet, zu dem man sich traditionell achtmal am Tag versammelte, also alle drei Stunden

Tabernakel – in der *gotischen* Architektur: Ziergehäuse mit Säulen und Spitzdach auf *Strebepfeilern*

Talar – weite, knöchellange Amtstracht von Gelehrten und Geistlichen

Tappert – halblanger, seitlich geschlitzter Überwurf; als Amtstracht in den Farben und mit dem Wappen der jeweiligen Herrschaft

Terz – drittes der täglichen klösterlichen *Stundengebete*, gegen 9 Uhr vormittags

Tor Zur Langen Brück – ehemaliges südliches Ausfalltor nahe der Dreisam, später Schneckentor genannt

Tresterwein – auch Nachwein: minderwertiger Wein aus den Traubenresten nach der Pressung

Trippen – siehe *Holztrippen*

Triumphkreuz – das 2,63 Meter hohe Kruzifix ist um 1200 entstanden und damit ältestes noch erhaltenes Kunstwerk im Münster

Tunika – ursprünglich ein Untergewand der Römer, wurde sie im Mittelalter vornehmlich von Männern als kurzes, weites Obergewand getragen, im Sommer ohne Beinkleider darunter

Turm – gleichbedeutend mit Gefängniszelle, die in den meisten Städten in den Stadttürmen untergebracht waren

Ungeld – älteste indirekte Steuer auf Güter des täglichen Bedarfs, ähnlich der heutigen Mehrwertsteuer

Verhüttung – im Bergwerkswesen: Gewinnung und Verarbeitung von Metallen

Vesper – kirchliches Abendgebet am späten Nachmittag; bald schon synonym für einen kleinen Imbiss zu dieser Zeit

Viertel – hier: altes Raummaß, um die acht Liter

Vierundzwanziger – Synonym für den Freiburger Stadtrat im Spätmittelalter, entsprechend der Anzahl der Ratsherren; es gab einen *Alten Rat* der Vierundzwanziger wie auch einen *Neuen Rat* – insgesamt also 48 Ratsherren

Vierung – Bereich in einer kreuzförmig angelegten Kirche, wo sich Haupt- und *Querschiff* überschneiden

Villingen – mittelalterliche *Zähringer*stadt auf dem südlichen Schwarzwald

Vogesen – elsässisches Mittelgebirge westlich des Oberrheins

Vogt – hoher Verwaltungsbeamter einer Herrschaft oder Burg

Wasserspeier – Ausflüsse der Dachentwässerung an *gotischen* Kirchen, meist als höchst phantasievolle Figuren gestaltet

Wecken – Brötchen

Wehrgang – mit Zinnen oder Schießscharten geschützter Gang auf der Burgmauer

Welsch, Welscher – alte Bezeichnung für Angehörige romanischer Völker und darüber hinaus für alle(s) Fremde

Werkleute – Handwerker der Kirchenbau*hütte*; hierzu zählten neben den freien Steinmetzen auch die Arbeiter der städtischen Handwerke

Werkstein – bearbeiteter, zur Verwendung fertiger Stein

Wimperg – *gotischer* Ziergiebel über Fenstern und Portalen

Windeknecht – Lastenträger oder einer, der Lasten aufzieht

Wolfshöhle – historische Bezeichnung für die Gassen unterhalb des Freiburger Schlossbergs: die heutige Herrenstraße hieß Vordere, die heutige Konviktstraße Hintere Wolfshöhle

Würi – alter Name für den Stadtteil Wiehre, damals ein Dorf vor der Stadt längs der Dreisam

Wundarzt – auch Bader; im Gegensatz zum gelehrten *Medicus* ein Handwerksberuf (Arzt der kleinen Leute). Untersteht wie die städtische Hebamme und der Apotheker dem i. d. R. studierten Stadtarzt

Zabern – deutscher Name für das elsässische Saverne

Zähringer – das schwäbische Herrschergeschlecht der Zähringer gründete im Mittelalter zahlreiche Städte, u. a. Freiburg im Breisgau, Offenburg, Villingen, Bern, Fribourg / Schweiz

Zehnt – Abgabe der Bauern an den geistlichen oder weltlichen Grundherrn

Zeugmeister – Verwalter von Waffen und Rüstungen

zinsfrei – hier: mietfrei

Zisterzienser – Mönchsorden aus der Zeit um 1100, der sich als Reform-Orden der Verweltlichung der Klöster entgegenstellte

Zunft – christliche Genossenschaft von Handwerkern einer bestimmten Sparte zur Wahrung gemeinsamer Interessen; auch Kaufleute und Krämer nannten ihren Zusammenschluss zunächst «Zunft», später «Gilde» oder «Gesellschaft»

Zwilch – grober, meist ungefärbter Leinen- oder Wollstoff der einfachen Leute

Zwinger – befestigter Vorhof mit gesonderten Toren vor Stadtmauern und Stadttoren, zur besseren Verteidigung

Danksagung

Der «Turm aus Licht» ist der zwanzigste meiner historischen Romane, die sämtlich im Rowohlt Verlag erschienen sind. Allerhöchste Zeit also, den Lektor(inn)en von Rowohlt zu danken, die mich durch alle Höhen und Tiefen des Schreiballtags begleitet haben – mit ihrem Sachverstand, ihrem klaren Blick fürs Sprachliche und ihrer persönlichen Empathie.

Ein herzliches Dankeschön hiermit an Ditta Friedrich, Marcus Gärtner, Silke Jellinghaus, Katharina Schlott und Anne Tente für ihre Unterstützung und die wunderbare Zusammenarbeit!

Weitere Titel

Das Mädchen und die Herzogin

Der Hexenjäger

Der Pestengel von Freiburg

Der Ruf des Kondors

Die Bettelprophetin

Die Himmelsbraut

Die Räuberbraut

Die Vagabundin

Henkersmarie

Unter dem Banner des Kreuzes

Wie der Weihnachtsbaum in
die Welt kam

Die Hexe von Freiburg

Die Hexe von Freiburg

Die Tochter der Hexe

Die Gauklerin

Serafina

Das Aschenkreuz

Hostienfrevel

Das Siechenhaus

Tod im Höllental

Die Tote in der Henkersgasse